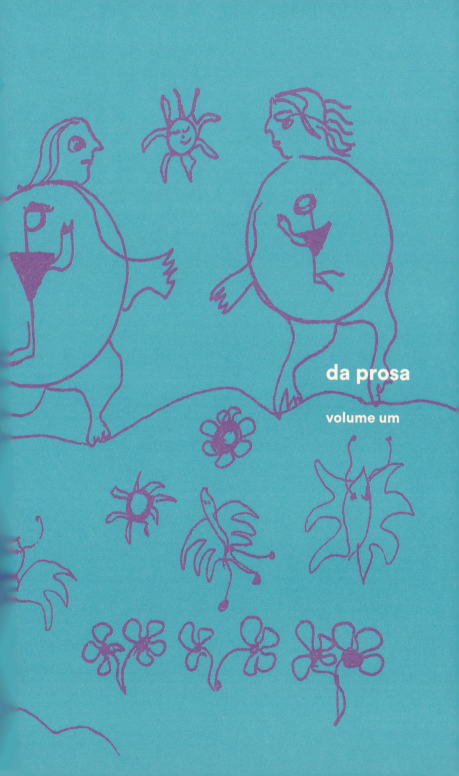

Copyright © 2018 by Daniel Bilenky Mora Fuentes

*Grafia atualizada segundo o Acordo Ortográfico da Língua
Portuguesa de 1990, que entrou em vigor no Brasil em 2009.*

Capa e projeto gráfico
Elisa von Randow

Fotos de capa e luva
Fernando Lemos

Seleção de desenhos
Ana Lima Cecilio

Ilustrações
Hilda Hilst, Centro de Documentação Cultural Alexandre Eulálio, CEDAE (IEL, Unicamp)

Preparação
Andressa Bezerra Corrêa

Revisão
Angela das Neves
Jane Pessoa

Dados Internacionais de Catalogação na Publicação (CIP)
(Câmara Brasileira do Livro, SP, Brasil)

Hilst, Hilda, 1930-2004.
    Da prosa / Hilda Hilst. — 1ª ed. — São Paulo :
Companhia das Letras, 2018.

ISBN: 978-85-359-3086-3

    1. Ficção brasileira 2. Prosa brasileira I. Título.

18-13922   CDD-869.1

Índice para catálogo sistemático:
1. Ficção: Literatura brasileira 869.1

4ª reimpressão

Todos os direitos desta edição reservados à
EDITORA SCHWARCZ S.A.
Rua Bandeira Paulista, 702, cj. 32
04532-002 — São Paulo — SP
Telefone: (11) 3707-3500
www.companhiadasletras.com.br
www.blogdacompanhia.com.br
facebook.com/companhiadasletras
instagram.com/companhiadasletras
twitter.com/cialetras

Sumário

volume um

10 Apresentação

13 Fluxo-floema (1970)
163 Kadosh (1973)
289 Pequenos discursos. E um grande (1977)
337 Tu não te moves de ti (1980)

volume dois

11 A obscena senhora D (1982)
59 Com os meus olhos de cão (1986)
103 O caderno rosa de Lori Lamby (1990)
153 Contos d'escárnio — Textos grotescos (1990)
229 Cartas de um sedutor (1991)
307 Rútilo nada (1993)
323 Estar sendo. Ter sido (1997)

407 Cinco pistas para a prosa de ficção de Hilda Hilst — Alcir Pécora
419 A palavra deslumbrante de Hilda Hilst — Carola Saavedra
433 Um grande pudim de cenoura — Daniel Galera
451 Sobre a autora

Apresentação

APÓS QUASE VINTE ANOS de intensa produção de poesia, que teve início com *Presságio*, em 1950, Hilda Hilst inaugurou uma nova fase. No fim da década de 1960, no breve período de três anos, a autora se dedicou à escrita de nada menos que oito peças de teatro. Em 1970, veio a lume sua estreia na ficção: *Fluxo-floema*, lançado pela editora Perspectiva, revelou o talento radical e surpreendente da poeta para a prosa.

Qadós, seu segundo livro de ficção, foi publicado em 1973 pela Edart. Quando a editora Globo relançou a obra de Hilda, no início da década de 2000, com organização do professor Alcir Pécora, a grafia do título mudou para *Kadosh*, a pedido da própria autora. Estes dois volumes, acrescidos de *Pequenos discursos. E um grande,* foram reunidos sob o título *Ficções*, em 1977, pelas Edições Quíron.

O terceiro livro de prosa de Hilda, *Tu não te moves de ti*, foi lançado em 1980 pela Cultura, dois anos antes de vir à tona *A obscena senhora D.* Publicada pela editora Massao Ohno, esta quarta novela mescla poesia, teatro e prosa, e se estabeleceu como uma das obras mais cultuadas de Hilda. Em 1986, a editora Brasiliense lançou *Com os meus olhos de cão e outras novelas*, que agrupava, além da obra homônima inédita, *Tu não te moves de ti, A obscena senhora D* e textos selecionados de *Qadós* e *Fluxo-floema*.

O caderno rosa de Lori Lamby inaugurou a fase das "adoráveis bandalheiras" de Hilda. Lançado em 1990 pela editora Massao Ohno, com ilustrações de Millôr Fernandes, o livro causou furor até mesmo entre seus ávidos leitores. Na sequência viria *Contos d'escárnio — Textos grotescos*, também em 1990, pela Siciliano, e no ano seguinte *Cartas de um sedutor*, pela editora Pauliceia. Os três títulos compõem a trilogia erótica — ou sua "despedida da literatura séria", nas palavras da autora. *Bufólicas*, volume de poemas lançado em 1992 pela editora Massao Ohno, ilustrado por Jaguar, se somaria aos três títulos de prosa para formar a "tetralogia obscena". Essa reunião seria publicada em 2015 pelo selo Biblioteca Azul, da editora Globo, sob o título *Pornô Chic*.

A breve novela *Rútilo nada*, lançada pela Livraria e Editora Pontes, de Campinas, saiu em 1993. Quatro anos depois, veio o último livro de prosa de Hilda, *Estar sendo. Ter sido*, pela Nankin, que tanto do ponto de vista da forma quanto da temática chamam a atenção por sua profunda transgressão.

Da prosa reúne, portanto, toda a produção ficcional de Hilda, em ordem cronológica de publicação. Ao longo de 27 anos, entre o início da década de 1970 e o fim da década de 1990, a autora criou uma obra absolutamente original, questionadora, combativa e a cada dia mais atual.

Os editores

FLUXO-FLOEMA

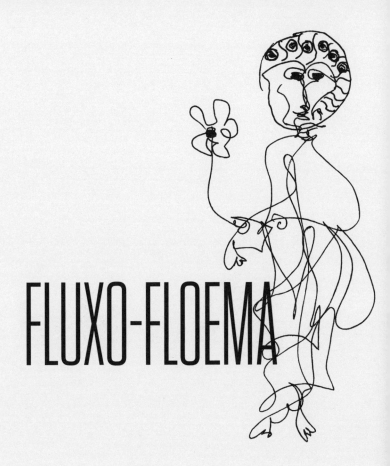

(1970)

Havia em suma três, não, quatro Molloys. O das minhas entranhas, a caricatura que eu fazia desse, o de Gaber e o que, em carne e osso, em algum lugar esperava por mim.

....

Havia outros evidentemente.
Mas fiquemos por aqui, se não
se importam, no nosso circulozinho de iniciados.

SAMUEL BECKETT, *MOLLOY*

FLUXO

À Lygia Fagundes Telles

CALMA, CALMA, também tudo não é assim escuridão e morte. Calma. Não é assim? Uma vez um menininho foi colher crisântemos perto da fonte, numa manhã de sol. Crisântemos? É, esses polpudos amarelos. Perto da fonte havia um rio escuro, dentro do rio havia um bicho medonho. Aí o menininho viu um crisântemo partido, falou ai, o pobrezinho está se quebrando todo, ai caiu dentro da fonte, ai vai andando pro rio, ai ai ai caiu no rio, eu vou rezar, ele vem até a margem, aí eu pego ele. Acontece que o bicho medonho estava espiando e pensou oi, o menininho vai pegar o crisântemo, oi que bom vai cair dentro da fonte, oi ainda não caiu, oi vem andando pela margem do rio, oi que bom bom vou matar a minha fome, oi é agora, eu vou rezar e o menininho vem pra minha boca. Oi veio. Mastigo, mastigo. Mas pensa, se você é o bicho medonho, você só tem que esperar menininhos nas margens do teu rio e devorá-los, se você é o crisântemo polpudo e amarelo, você só pode esperar ser colhido, se você é o menininho, você tem que ir sempre à procura do crisântemo e correr o risco. De ser devorado. Oi ai. Não há salvação. Calma, vai chupando o teu pirulito. Eu queria ser filho de um tubo. No dia dos pais eu comprava uma fita vermelha, dava um laço no tubo e diria: meu tubo, você é bom porque você não me incomoda, você é bom porque é apenas um tubo e eu posso olhar para você bem descansado, eu posso urinar a minha urina cristalina dentro de ti e repetir como um possesso: meu tubo, meu querido tubo, eu posso até te enfiar lá dentro que você não vai dizer nada. As doces, primaveris, encantadoras manhãs do campo. As ervinhas, as graminhas, os carrapichos, o sol doirado, e os humanos cagando e mijando sobre as ervinhas, as graminhas, os carrapichos e sob o sol doirado. Meu filho, não seja assim, fale um pouco comigo, eu quero tanto que você fale comigo, você vê, meu filho, eu preciso escrever, eu só sei escrever as coisas de dentro, e essas coisas de dentro são complicadíssimas mas são... são as coisas de dentro. E aí vem o cornudo e diz: como é que é, meu velho, anda logo, não começa a fantasiar, não começa a escrever o de dentro das planícies que isso não interessa nada, você agora vai ficar riquinho e obedecer, não invente problemas. Empurro a boca pra dentro da boca, chupo o pirulito e choramingo: capitão, por favor me deixa usar a murça de arminho com a capa carmesim, me deixa usar a manteleta roxa com alamares, me deixa, me deixa, me deixa escrever com dignidade. O quê? Ficou louco outra vez? E o teu filho não tá com encefalite? Toma, toma quinhentos cruzeiros novos e se não tá com inspiração vai por mim, pega essa tua folha luminosa e escreve aí no meio da folha aquela palavra às avessas. Uc? Não seja idiota, essa é a primeira possibilidade, invente novas possibilidades em torno do. Amanhã eu pego o primeiro capítulo, tá? Engulo o pirulito. Ele me olha e diz: você engoliu o pirulito. Eu digo: não faz mal, capitão, o uc é uma saída pra tudo. Está bem. Ele sai peidando no meu belíssimo pátio de pedras perfeitas e grita: amanhã, hein? Sorrio.

Convenhamos, sou de bons bofes. Digo: meu filho, amanhã você toma a tua gamaglobulina e sara viu? Aí, esfrego as pálpebras, a minha mulher entra no escritório, digo tome cuidado com o poço, ela toma, digo: minha querida, você não tem nenhuma ideia a respeito do? Do? ela responde. É, eu digo, ele mesmo. Bem, ela está pensando, já é alguma coisa. Esfrego as pálpebras novamente, tomo um gole de chá, ela está pensando por mim, quem sabe ela sabe. Não, meu querido, não tenho nenhuma ideia a respeito. Oh, não, não me atormente assim, eu vou comprar aquele livro lindo que você sempre quis. Qual?

Aquele que fala aquelas coisas dos seus autores na primeira página, como é mesmo? Ah, sim: *"tous cinq vénérés par leur pitié, leur tolérance, leur savoir et leur amour inébranlable et pur de la patrie et de la liberté"*. Aquele? Já compraram, ela me diz, o livreiro telefonou ontem e disse: dona, eu estava guardando o livro pra senhora há dez anos mas hoje veio uma velha e comprou. Desculpe, dona. Então eu te compro aquele disco do Palestrina. Aquele? Meu pobre querido, aquele foi queimado no dia do incêndio. Que incêndio? Pois você não se lembra que incendiaram a casa do homem que vendia Palestrina? Não. Pois é. Dou três gritos e ponho minha mulher pra fora do escritório. Ela está chorando agora, está chorando sentada no meu belíssimo pátio de pedras perfeitas. Fecho a porta de aço do meu escritório. Esperem, ela está batendo na porta de aço. Abro. Ela diz: tive uma ideia, querido, se você escrever uc? Não, não adianta, essa é a primeira possibilidade que ocorre a qualquer um, invente... invente novas, novas possibilidades em torno do. Já estou falando como o cornudo. Vai, vai. Sento-me. Vamos, pense, digo para mim mesmo, olhe para esse cavalo de jade que o teu amigo trouxe da China especialmente para você. Olho. Há alguma coisa a dizer sobre esse cavalo? É um cavalo de jade que o meu amigo trouxe da China para mim. Você já disse isso. Não há mais nada a dizer? É um belo cavalo. Olhe para essa caixinha de metal dourado com uma pedra roxa na tampa. Olhei. Não há nada a dizer sobre essa caixinha? Meu Deus, estou me desviando das proposições do cornudo. Meu querido — é a minha mulher novamente — e então? Então esquece, mulher, vai, vai, vai ferver duas abóboras pra gente caçar tubarões amanhã. Ela já sabe que quando eu digo isso é porque não há solução. E o menino? Que menino? O nosso filho. Ah, vê se ele não morre até amanhã. Está bem. Agora estou livre, livre dentro do meu escritório. É absurdo minha gente, estudei história, geografia, física, química, matemática, teologia, botânica, sim senhores, botânica, arqueologia, alquimia, minha paixão, teatro, é, teatro eu li muito, poesia, poesia eu até fiz poesia mas ninguém nunca lia, diziam coisas, meu Deus, da minha poesia, os críticos são uns cornudos também, enfim, acreditem se quiserem, não sei nada a respeito do. Respira um pouco, vai escrevendo que a coisa vem. Primeiro fica de pé. Abre os braços. Boceja. Olha através das vidraças. Olhei. Agora escreve... Espera, eu preciso sentar. Então senta. Agora escreve: meus guias protetores, os de cima e os de baixo, por favor entrem em harmonia. Abre depressa o armário e veste a batina preta com frisos vermelhos. Pronto. Agora escreve: dentro de mim, este que se faz agora, dentro de mim o que já se fez, dentro de mim a multidão que se fará. Alguns eu os conheço bem. Mostram a cara, assim é que eu gosto, me enfrentam, assim é que eu gosto, cospem algumas vezes na minha boca, assim é que eu gosto. Gosto de enfrentar quem se mostra. Olhe aqui, Ruiska — Ruiska sou eu, eu me chamo Ruiska para esses que se fazem agora, para os que se fizeram, para a multidão que se fará, e para não perder tempo devo dizer que minha mulher se chama Ruisis e meu filho se chama Rukah. Não me percam de vista, por favor. Olhe aqui, Ruiska, você não veio ao mundo para escrever cavalhadas, você está se esquecendo do incognoscível. O incognoscível? É, velho Ruiska, não se faça de besta. Levanto-me e encaro-o. Digo: olhe aqui, o incognoscível é incogitável, o incognoscível é incomensurável, o incognoscível é inconsumível, é inconfessável. Ele me cospe no olho, depois diz: ninguém está te mandando escrever sobre o incognoscível, estou dizendo não se esqueça do incognoscível. Ah, está bem. Finjo que entendo. Ou entendo realmente que não devo esquecer do incognoscível? Encosto a cabeça no chão. Não porque tenha vontade, não, ele é que me obriga a encostar a cabeça no chão. Irriga a tua cabeça, velho Ruiska, suga a vitalidade da terra, torna-te terra, estende-te no chão agora, abre os braços, abre os dedos, faz com que tudo se movimente dentro de ti, torce as tuas vísceras, expele o teu excremento. Quem é você, Ruiska? Hein? Ele está começando a perder a paciência, está se aproximando, me esbofeteia, não faz mal, vai batendo, vai me arrancando os dentes, corta a minha língua, faz o que quiser mas eu não sei responder. Quem é você, Ruiska? Hein? Está bem, está bem, sou um porco com vontade de ter asas. Quem é que te fez porco? O incognoscível. Agora sim ele perdeu a paciência, está quebrando o meu lápis, está escarrando em cima da minha mesa, ah que trabalhão para limpar tudo estou pensando, e estou pensando como é possível que esses que se fazem em mim, que se fizeram e que se farão, não compreendam a impossibilidade de responder coisas impossíveis. Ora vejam só, existo apenas há alguns minutos, essa ninharia de tempo, e é claro que não posso responder o que sou. Porque não sei. Até que eu gostaria de dizer, por exemplo: olha, meu amigo, é tão simples responder o que sou, sou eu. E ele ficaria muito contente, ele colocaria a grande cruz de rubi sobre o meu peito e ir-se-ia. A mesóclise é como uma cólica no meio do discurso: vem sempre. E não é só isso, a mesóclise vem e você fica parado diante dela, pensando nela, besta olhando pra ela. Leva muito tempo pra gente se recompor. É. Leva muito tempo. Agora, por exemplo, dormi durante duas horas depois de olhar para a mesóclise. E olhem que foi pouco, normalmente eu durmo durante dois dias depois de uma mesóclise. Durmo e quando acordo digo para Ruisis, pelo telefone interno: me corta o saco se eu usar outra vez a mesóclise. Ela tentou mas eu saí correndo, fui à casa do seu Nicolino que é ferreiro e sabe fazer tudo, e ele me arranjou umas placas bojudas de ferro, forradas de veludo preto, e fiquei a salvo. Ruisis leva tudo a peito. Eu também levo tudo a peito mas achei que a mesóclise, enfim, não merecia tanto sacrifício. Apesar de que eu nunca uso o meu saco. Usa-se? Em que casos usar-se-ia? Bem, não há nada como uma mesóclise depois da outra. Quando se está a salvo. Respiro fundo. Aquele que me cuspia na boca já se foi. Ainda bem. Ora bolas, o incognoscível. Aliso a minha batina preta de frisos vermelhos. Aliso com ternura, com doçura, com loucura. Seria bom se eu pudesse participar agora de uma cerimônia litúrgica muito solene, levantar a hóstia, não, não, levantar a hóstia seria contemplar o incognoscível? Seria? Bem, isso é pouco, o bom é adentrar-se no incognoscível, confundir-se com ele, mas de qualquer jeito eu vou fazer uma cerimônia litúrgica a meu modo, nada de se deitar na terra e abrir os braços e os dedos, nada de se deitar, levantar-me sim, estender as mãos para a frente, depois para o alto, captar com as pontas dos dedos o fogo de cima, movimentar os braços como uma hélice, envolver-se de chamas, empurrar a chama para o peito e para o meio dos olhos. Estou pronto. Começo a sair de mim mesmo. É doloroso sair de si mesmo, vem uma piedade enorme do teu corpo, uma piedade sem lágrimas, é, Ruiska, o teu corpo está velho, teus ombros se estreitaram, teu peito afundou, tu, com a tua matéria espessa, cu com a minha matéria escassa, eu atravessando as paredes, que alívio, eu no jardim, subindo no tronco, sentado nos galhos, eu me alongando como um peixe-espada, eu me tornando todas as árvores, todos os bois, as graminhas, as ervinhas, os carrapichos, o sol doirado no meu corpo sem corpo, sim, no meu jardim há vários bois, há vacas também, há um lago de água salgada cheio de peixe-espada, é bonito dizer isso, um lago de água salgada cheio de peixe-espada, é mais bonito ser tudo isso, ser água, escorregadia, amorfa, ser o que a água é quando está dentro de uma coisa que é uma apenas, ser o rio, o copo, ser todos os rios, todos os copos — o cornudo que me esqueça —, ser leve, tatuado de tudo, tatuado de nada, ser o estilete, a mão, a tinta, a figura, ser um mitocôndrio, e não há dúvida que vocês não sabem o que é o mitocôndrio, o bom da biologia é saber por exemplo o que é o mitocôndrio, pegar o seu micrógrafo eletrônico e olhar o mitocôndrio, e vem a propósito o mitocôndrio porque estou no meu jardim e os plastídios verdes das plantas se parecem aos mitocôndrios, não se aborreçam comigo, pois quando se sai do próprio corpo o mitocôndrio fica uma coisa tão simples e é por isso que eu falo dele. Paremos com o mitocôndrio, sinto que vocês podem se aborrecer. Em hipótese alguma devo falar do mitocôndrio. A estrutura do. Que vontade de falar, é tão bonito, mas deixa pra lá, velho Ruiska, comece as tuas visitas. Bem, devo visitar meu filho. Esqueci do meu filho, esqueci que deveria dizer para Ruisis que os quinhentos cruzeiros estão no canto da estante, pois foi ali que o cornudo os deixou, fechei a porta de aço? Esqueci que deveria dizer para Ruisis que o nosso filho deve tomar gamaglobulina, senão ele vai morrer. Mas agora não consigo voltar ao meu corpo, oh como é difícil deixar de ser o universo e voltar a ser apenas eu. Acalma-te, Ruiska, vai lentamente até a janela do escritório, olha-te olhando a vidraça, o teu corpo está de pé, olhando a vidraça, aproxima-te, agora entra. Está escuro aqui. O meu corpo é um bloco de cera, estou lívido, olhando através da vidraça. Reabsorvo-me. Vejo a minha mesa cheia de escarros. Havia um jornal imundo por aqui, tenho certeza. Está escrito: só para lhe dar uma ideia nós já planejamos e executamos projetos superiores a oitenta bilhões de cruzeiros. Os cães. É, este trecho é ótimo para limpar escarros. Limpo-os. Jogo o jornal na cesta. Fico à escuta. Nada. Morreram todos? Abro a porta. Ruisis está sentada num banquinho, ainda bem, não morreu. Como é, mulher, ferveu as abóboras? Ela diz: Ruiska, o nosso filho morreu. Morreu? Tão depressa? Ela diz: você usou a mesóclise, não foi? Sim. Ela diz: bati na porta feito louca, disquei para o telefone interno. Ah. Onde é que ele está? Ela não me responde, apenas olha para o belíssimo pátio de pedras perfeitas. Rukah está deitado no seu minúsculo caixão doirado. Castiçais de bronze, de prata, de lata. No centro do pátio de pedras perfeitas. Que harmonia. Eu sempre disse a Ruisis que não devíamos ter filhos. Que fatalmente morreriam. Não sei, de encefalite, de tédio, não sei. Ruiska, por que você inventou esse filho? E por que resolveu matá-lo tão depressa? Os laços de carne me chateiam. São laços rubros, sumarentos, são laços feitos de gordura, de náusea, de rubéola, de mijo, são laços que não se desatam, laços gordos de carne. O galo está cantando, o carneiro está balindo, a vaca está mugindo, Ruisis está chorando e meu filho está deitado mudo, no seu pequeno caixão, no centro do pátio de pedras perfeitas. Vou à cozinha, tomo um copo d'água, como um pedaço de bolo, quero dizer, mastigo um pedaço de bolo, não que eu esteja comemorando, apenas mastigo um pedaço de bolo, pedaço de bolo que o meu filho gostaria de mastigar, mastigo por ele e olhem, comemoro sim, comemoro essa pequena vida que de tão perfeita exauriu-se, de tão perfeita... Como ele era? Assim: quando eu não fechava a minha porta de aço, ele entrava e comia os meus papéis. Se fosse só isso não seria muita coisa porque como já disse existe em nós uma saída para tudo. Mas de início, ele picava miudinho os meus papéis, depois fazia uma bolinha, passava cola e açúcar. Depois engolia. Várias bolinhas, muita cola, muito açúcar. Ruisis dizia: o nenê comeu muitas bolinhas, tenha paciência, é apenas uma criancinha, não Ruiska, não, não faça assim, ele vai morrer sufocado, não faça assim, na banheira não, ele vai morrer afogado, não faça assim, ele vai morrer deformado. Nada disso aconteceu, ele morreu de encefalite, acho que sim, como convém a uma criancinha que faz bolinhas com os papéis do seu pobre pai. As últimas bolinhas faziam parte de um trabalho de cem anos. Eu havia estudado o homem. O homem na sua quase totalidade, o homem em relação a si mesmo, em relação ao outro, em relação a Deus, sim, principalmente em relação a Deus. Já era alguma coisa. Eu ia mandar o trabalho para a Alemanha, porque somente a Alemanha, a grande fera pecadora, a que se puniu, punindo, é que ia entender a dimensão das futuras punições que eu vaticinava ao homem. Mas Rukah picou miudinho, engoliu com muita cola e muito açúcar. Um dia eu procurava os óculos no meu belíssimo pátio de pedras perfeitas. Agachado eu ia: pílulas, grãos de milho, pregos, carvão em brasa, inocências de Rukah. Meu filho, ajude a procurar os óculos do teu pai. Um pontapé no olho. O médico, que é o médico do cornudo, sim, porque não tenho dinheiro para pagar um médico, disse: vamos para o hospital, velho Ruiska. Fui, fiquei, saí. E todos os dias, o rugido: você está com uma úlcera na córnea, e por isso eu te aconselho a escrever daqui por diante coisas de fácil digestão, coisas que você pode fazer com pouco esforço, acaba com a coisa de escrever coisa que ninguém entende, que só você é que entende, é por causa dessas coisas que você tem agora uma úlcera na córnea. Mas foi Rukah quem. Oh, ele é apenas um bom menino que ajuda o pai a procurar os óculos no belíssimo pátio de pedras perfeitas. Está bem. Às vezes eu penso que Rukah é filho do cornudo, porque Ruisis é boazinha. Mas acho que não a ponto de me dar essa alegria. Outra coisa: eu, Ruiska, tinha várias máscaras de cera, belíssimas, estupendas. Uma manhã vejo Rukah diante de um improvisado fogão de tijolos e dentro do caldeirão as minhas máscaras, quero dizer, apenas um nariz quase desfeito, metade de algumas testas estupendas, e ele: pai, olha como você mesmo derrete bonito. O médico onde está? Estou aqui, ele diz. Onde? Mostra-te, homem, onde? Aqui. Além de uma úlcera na córnea, tens tabagismo, tuas mucosas estão queimadas, fedes. Eu fedo? É fedo o presente de quem fede? É, deve ser. Estás rouco. É alergia. Não é, é do fumo, terás em seguida um daqueles na laringe. Tenho certeza que é alergia, doutor, olha, todas as vezes que saio do meu escritório, todas as vezes que é preciso abrir a porta de aço, todas as vezes que é preciso fechar a clarabóia e colocar a tampa no poço por bondade, atravessar o meu pátio para conversar com quem quer que seja, eu fico rouco. A clarabóia? O poço? Doutor, é o seguinte —. Limite-se a dados essenciais. Oh, pois não, me dando ordens, quer saber? Não conto mais nada. Ruisis cochicha com a mulher do cornudo que chegou há pouco e postou-se toda de amarelinho no meu lindo sofá de couro preto, cruzou as perninhas peludas e agora palpita: todos nós queremos te ajudar. A vaca. Oh, pois não, peludinha, vocês têm me ajudado muito, isso é verdade, médicos etc. A vaca. É para teu bem que te pedimos novelinhas amenas, novelinhas para ler no bonde, no carro, no avião, no módulo, na cápsula. Agora ela tirou uma lima de ouro do bolso e começou a limar as unhas. Eu digo: pare de limar as unhas no meu lindo sofá de couro preto. Oh, Ruiska, por que você é assim? E continua. Eu digo: pare. Ela diz: você é antissocial, é burguesinho besta. Muito bem, abro a braguilha e começo a me masturbar. Ninguém se mexe. Sorriem obliquamente. Guardo a coisa. Levanto-me. Grito: bando de inúteis, corja porca, até que inventei uma bela sonoridade, muito bem, corja porca, mas essa gente não percebe nada, eu poderia ter dito creme de leite, caju, caguei, anu, são uns analfabetos, uns intrujões, uns estrujões, uns intru, uns estru, os corjaporcagueicajuanu. Todo esse esforço me faz chorar. Caminho com lentidão. Peço a Ruisis minha bengala de jacarandá com aquela cara na ponta, e vou saindo. Gerúndio. Gerundivo. Bem, bem. Bonito o gerundivo. Eu sei gerundivo? Existe gerundivo? Bem, bem. Passemos. Estou sendo visto por trás, estão examinando meu casaco xadrezinho puído, minha calça de flanelinha cor de caramelo, puída também. O meu filho que neste pedaço ainda não estava morto diz: pai, está tudo puído, colabora, o que é que te custa escrever um pouco sobre aquilo, aquilo também é de Deus, não é pai? Me sinto velhinho, me sinto sozinho, penso: dois, três, meu Deus, oi a vida não é nada disso que se quer, olho para trás, não para trás no tempo, olho para trás e por cima do ombro, vejo Ruisis, o médico, o cornudo, a de amarelinho e Rukah. Estão acenando, que ridículos, estão acenando como se eu estivesse num navio, que ridículos, sim estou mal, agora estou vomitando, talvez esteja num navio, devo continuar, que nojo, abro a porta de aço com a minha chave Yale, sento na cadeira alta de madeira, olho para minha mesa enorme, para o poço, para a claraboia, para o telescópio e para o anão. Agora é que é, minha gente, eu não lhes falei do anão. Não falei porque o anão apareceu depois da morte de meu filho, então esse negócio de que eles ficaram acenando para mim, deve ter sido num outro dia, mas tenho certeza que o cornudo e a de amarelinho estavam por perto, Rukah é que talvez já tivesse morrido, Ruisis estava, ai me atrapalho inteiro com essa coisa de precisar contar coisa por coisa, ainda não posso falar do anão, porque primeiro foi a morte do meu filho, depois é que veio o anão. Foi mesmo? Porque o anão não teria surgido se o meu filho não tivesse morrido. Querem que a gente escreva com uma língua dessas. Surgido, morrido. Que porcaria. Oh, o anão. HO HO HO GLU GLU GLU, é a minha maneira de estar a sós com o anão. Assim que eu me sento na cadeira dura de madeira, evite isso, cadeira, madeira, o anão tira os meus sapatos, esfrega os meus pés, sopra nos meus pés e diz: pezinhos, encaminhem toda a energética da terra para a cuca diamantina do meu patrãozinho. Oh, o anão. A primeira vez que eu o senti ao meu lado, apenas senti, não vi, a última vez, isto é, três dias depois da morte do meu filho... três dias? três mil dias? Enfim, uma noite eu estava usando o meu fino telescópio, a noite estava muito fria, a noite estava muito clara e eu estava, estava, oh, tão contente de poder usar o meu fino telescópio, o meu telescópio apontando para uma anã branca. E isso é raro, é raro conseguir observar uma anã branca, muito raro mesmo, então eu estava olhando para a anã branca e pensando, porque o bom da astronomia é pensar enquanto a gente olha, e pensar coisas assim: muito bem, anã branca, te peguei, mas o que eu gostaria ainda mais, sabe o que é? Eu gostaria de pegar uma anã negra, um cadáver estelar e examiná-lo detalhadamente, sim lógico, é impossível, ainda que existisse uma anã negra na nossa galáxia eu não poderia vê-la pois ela seria negra, poderia, seria, meu Deus, então eu estava pensando assim olhando para a anã branca quando senti um puxão nos fundilhos da minha calça de flanelinha cor de caramelo. Ou estava com batina? Bom, não sei, pensei, outra vez meu Deus, pensei: deve ser Rukah. Mas Rukah havia morrido e senti muito medo, senti um medo horrível do meu filho morto, oh, como as criancinhas me metem medo, santo Deus, vivas ou mortas sempre me meteram medo, depois reagi e pensei dou três safanões e ele sai daí. Que língua, que ressonâncias. Então dei três safanões. Foi o que fiz. Três. Mas um puta que pariu estrondoso se fez ouvir, não, não era Rukah, porque Rukah tinha uma coisa: ele demorava muito para dizer um puta que pariu. Muito. Então não era Rukah, pensei, e continuei olhando para a minha estrela anã branquinha. Minha, branquinha, oh Senhor. Se não era Rukah, não só por causa do puta que pariu, mas também porque estava morto, quem seria? O espírito de Rukah? Que excitante podia ser, pensei me cagando de medo, e resmunguei: mais um, mais um aqui neste escritório, oh, já não bastam os que me visitam e me cospem na cara e falam do incognoscível? Já não basta? gritei olhando para a estrela anã. É duro, é duro ser constantemente invadido, nem com a porta de aço não adianta, eles se fazem, se materializam. Ora, ora, Ruiska, você abre uma claraboia, abre um poço, e não quer que ninguém apareça? Vamos, você vai gostar de mim, eu sou um anão. Alguma coisa a ver com estrelas anãs branquinhas e negras? Não, Ruiska, nada disso, apenas uma coincidência, não fique fazendo ilações, relações, libações. Hi, o anão é um letrado, meu Deus. Posso olhar para você? Claro, ele disse. HO HO HO GLU GLU GLU, eu não pude me conter, ele parece uma pera, não, um abacate, a cabeça eu quero dizer. De onde você vem, hein? Do intestino, da cloaca do universo, do cone sombrio da lua. E veio fazer o quê? Agora ele ri: gli, gli, gli. Espero. Tenho muita paciência com crianças, com anões, eu sempre tenho muita paciência antes de assá-los na grelha. Ruiska, espere um pouco, não te enfeza, uma só pergunta antes de começarmos o nosso conluio. Ai, o anão fala como um literato, oh Senhor, será que ele é desses que escrevem bem? Desses que dizem que uma boa linguagem salva qualquer folhetim? Será desses? Estou perdido. Olhem, antes de continuar a minha conversa com o anão, devo dizer que a claraboia e o poço estão na mesma direção, e isso às vezes me atrapalha quando eu uso o telescópio porque não posso ficar no centro do assoalho, porque no centro do assoalho, em direção à claraboia, está o poço. Será que estão me entendendo? O difícil desse meu jeito é que as frases ficam sempre mais complicadas do que seria sensato, porque o sensato, o criterioso, seria dizer assim: a claraboia e o poço têm o mesmo eixo. Às vezes uso recursos extremos para me fazer entender em casos extremos. A claraboia e o poço têm um único eixo. Agora sim. Um único eixo. Está clarinho e soa muito bem. Se é que está certo. Vejamos — eixo: linha reta que passa pelo centro de um corpo e em torno do qual esse corpo executa movimento de rotação. Muito bem. Esse pessoal dos dicionários escreve muito bem. Mas é realmente isso o que eu quero dizer em relação à claraboia e ao poço? Claro que não é bem isso apesar de que a abóbada celeste parece mover-se e a Terra também. A Terra não parece mover-se, a Terra move-se efetivamente, acho que depois de Galileu todo mundo sabe disso. Ai, devo continuar durante quanto tempo? Alguma coisa se faz em ti se eu continuo? Não posso ouvir as respostas mas algumas eu as intuo. Oh, poupem--me. Não, não me poupem, apupem-me. Ruiska, tenha um mínimo de decência com a tua língua. Apupando ou poupando, passemos. Passemos, continuemos. Agora Ruisis pelo telefone interno: tenho visões. Ah, é? Que visões? Toma nota, anão. Vi que você e eu subíamos a colina. Que colina? Uma colina que vi na minha visão. Ruisis, por favor, não diga que a subida era íngreme. Posso não dizer que era íngreme mas a subida era difícil de subir. Adiante, adiante, Ruisis, o anão está ficando impaciente. Que anão? Um. Ah. Então estavas na subida. Sim, e os arreios eram de couro aveludado. Os arreios de quem? Dos cavalos. As selas eram de prata delicada. As selas de quem? Dos cavalos. Oh, Ruisis, por que você não diz de uma vez estamos a cavalo e pronto? Continua, conta logo essa estória, mulher, para ver se eu aproveito na minha. Então subíamos. A colina. Bonito isso. O quê? Essa coisa de subir a colina a cavalo, escuta, era de noite ou de dia? De noite, Ruiska. Bonito, muito bonito, eu prefiro a noite para essas subidas. Chegamos ao cume. Tão depressa? Não aconteceu nada na subida? Nada digno de nota, apenas o ar tinha certos cheiros. Concentre-se, Ruisis, isso me interessa, que cheiros exatamente? Que cheiros você prefere, Ruiska? Oh, mulher, conte os cheiros que havia. Mas eram certos cheiros, eu não te disse? Certos cheiros. Se eu soubesse que cheiros eram eu não teria dito certos. Certo, minha filha, muito certo. Certos, eu disse. Pois não, Ruisis, certos, está certo. As sutilezas da língua. Então subíamos. Você já estava no cume. Ah sim, havia uma gruta. No cume? Sim, uma gruta como nunca vi. Não diga, descreva a gruta. Úmida. Oh, não, eu não estou pendurado no telefone interno para te ouvir dizer que no cume da colina havia uma gruta úmida, por favor, tudo menos úmida. Está bem, era uma gruta... Hein? Ai, não sei, uma bela gruta. Desligo. O anão me diz: fale, Ruiska, fale do teu de dentro, porque assim como você vem fazendo a coisa vai se perder. O meu de dentro é turvo, o meu de dentro quer se contar inteiro, quer dizer que Ruisis, Ruiska, Rukah, são três coisas que se juntaram aqui com um propósito definido, elas caminham para algum lugar, elas serão alguém, elas não podem estar aqui por nada, nem eu as colocaria aqui por nada, entende, anão? Tu mesmo, anão, seria tão simples te definir. Defino-te? Ou não te defino? Não é melhor que cada um defina o seu próprio anão? O meu anão certamente não é igual ao vosso, nem poderia ser, porque se eu sou como sois, também sou único, e o meu anão é único também, apesar de ser igual ao vosso. Ao vosso anão. Esperem. Há certas coisas que eu preferiria calar. Há outras que eu preferiria dizer. Agora não sei se digo as coisas que preferiria calar ou se calo as coisas que preferiria dizer. Preferiria calar mas vou dizer que é preciso descobrir o tempo. Se descobrirem o tempo vão ver que é facílimo ter uma claraboia e um poço, que as coisas de fora e as coisas de dentro ficam transitáveis. Seria bom colocar nesse relato, Ruiska, mais imagens, usar e abusar da imagística. Bonito dizer imagística, principalmente quando não se tem nenhuma imagem. Uma imagem bonita seria: o cão vermelho passeia suas patinhas no gramado molhado. Ou então: o cão verde passeia as suas patinhas no gramado vermelho. O cão passeia. As suas patinhas molhadas. No gramado vermelho. O gramado vermelho recebe as patinhas molhadas do cão. Verde. Molhado. Por favor, tudo isso tem sentido, tem sentido tudo o que aparentemente não tem sentido, e tem sentido também tudo o que realmente não tem sentido. Ah, eu queria ter sentido. Eu queria ter sentido aquela água na cara outra vez, aliás eu gostaria de ter sentido aquela água na cara outra vez, sabem como foi? Foi assim: de manhãzinha eu passeava dentro do pomar de d. Mariquinha. Peguei um maracujá, uma romã, ia pegando uns araçás quando senti aquela água na cara, jogada por d. Mariquinha. Xinguei assim: ô velha fedida, avarenta. Ia enxugar a cara. Um vento bateu. Fiquei parado no vento. Olhei tudo querendo ser sempre menino, querendo sempre ter um maracujá, uma romã, a vontade de alguns araçás, e água na cara e vento. Grande que eu era de pé, e alguma coisa me estufou o peito, alguma coisa me encheu a boca e eu gritei. OOOOOOOOIAAAAAAAAI e outra vez bem comprido OOOOOOOOOOOOOOOOIAAAAAAAAAAAAAAAAI. E a mãe veio correndo, os irmãos também, a velha muito assustada, os cachorros também, as galinhas pretas pequenininhas, a mula veio que veio depressa e todos me rodearam e a mãe falou sem respirar: oquefoimeninooquefoi? E aí eu disse sem querer dizer: mãe, o mundo me dói, me dói pra valer. Ruiska, escolhe o teu texto, aprimora-te. Hein? Do verbo aprimorar. Fala do poço. O poço é escuro, a princípio. Depois vai clareando. À medida que você vai entrando, o poço vai clareando. Entrando. Clareando. Que porcaria. Que grande porcaria outra vez. Vou mergulhar no poço. Sabem como entro no poço? Entro assim: as minhas duas mãos se agarram nas paredes rugosas, esperem, comecei errado, é assim que eu entro no poço: primeiro, sento-me na borda, abro os braços, não, não, vou entrando, raspando os cotovelos nas bordas, meu Deus, esse jeito é muito difícil de entrar, acho que devo entrar de outro jeito no poço. Devo realmente entrar no poço? Ou quero entrar no poço para justificar as coisas escuras que devo dizer? O que você quer dizer, velho Ruiska? Umas coisas da carne, uns azedumes, impudores, ai, uma vontade enorme de limpar o mundo. Quero limpar o mundo das gentes que me incomodam. Quem? Os velhos como eu, os loucos como eu. Sempre que devo entrar no quarto de um velho começo a imaginar como seria bom tirar as coisas das gavetas, jogar fora os papéis velhos dos velhos, as fotografias amarelentas, os trapinhos, deixar tudo limpo e vazio. E os loucos. Anão, eu gostaria de matar todos os loucos, entrar no hospício, chamar todo mundo no pátio, e dizer com voz vozeirona: tomem toda a sopinha do jantar, minha gente, senão não tem cinema. Não entendi. Assim: a sopinha está envenenada e com a ameaça de cortar o cinema todo mundo toma a sopinha esverdeada envenenada. Cinema, é? Velho louco, Ruiska, diz aquele teu poema. Digo:

Reses, ruídos vãos
vertigem sobre as pastagens
ai que dor, que dor tamanha
de ter plumagens, de ser bifronte
ai que reveses, que solidões
ai minha garganta de antanho
minha garganta de estanho
garganta de barbatanas e humana
ai que triste garganta agônica.

Também não precisa chorar, anão, sim, compreendo, eu mesmo estou chorando, era bonito cantar, trovar, mas bem que diziam: tempo não é, senhores, de inocência, nem de ternuras vãs, nem de cantigas, diziam e eu não sabia que a coisa ia ser comigo, entendes? E o mundo parecia cheio de graça, era bom ir andando e pegar o leite na varanda, apesar de que pessoalmente nunca fui, mas eu sentia que devia ser bom, o leite, as rosquinhas, tudo isso tinha graça, Rukah também tinha certa graça, depois que tomava o leite se cagava, mas o tempo não está para graças, para garças também não está, viste lá em cima que essa coisa de ter plumagens não é bom, asas então nem se fala, plumagens todo mundo te olha diferente, ter plumagens é salvar de repente um cachorro da carrocinha, entendes? Isso é ter plumagem. Te olham arrevesado, cachorro é pra matar, seu, esse aí então tá todo sarnento, olha o pus escorrendo, olha a casca feridosa da ferida. Ai, o mundo. Ai, eu. Olhe aqui, Ruiska, não fale tanto em si mesmo agora, porque o certo no nosso tempo é abolir o eu, entendes? Como é que é, anão? Fale do homem cósmico, dos, das. Mas se eu ainda não sei das minhas vísceras, se ainda não sei dos mistérios do meu próprio tubo, como é que vou falar dos ares de lá? Verdade é que eu intuo os ares de lá. Mas é justo falar do de cima se o de baixo nem sabe onde colocar os pés? Ai, sei que não quero morrer, quero fazer o possível para não morrer, a terra, a terra dentro da gente, a terra sobre a gente e sob a gente, isso da terra me exaspera, agora tem cremação, ah, não é isso, nem o fogo, é o escuro de mim mesmo, que vontade de encontrar umas roseiras floridas, um jasmim-manga, vontade de encontrar dentro de mim uns clarões, umas auroras boreais, uns repentinos rojões, inocências, queria tanto amar todos com todos esses folguedos dentro de mim, queria demais ser limpinho, branquinho, nuvenzinha acetinada, não, anão, não sou fresco não, se falo assim é para que você compreenda a delicadeza delicadíssima da minha alma, como tudo me surpreende, como tudo se distende dentro de mim, nos minutos enlanguesço, envelheço, enlanguesço rejuvenescendo, sim senhor, anão, saio pouco deste escritório, e cada vez que saio, Ruisis me diz: estás mais jovem, velho Ruiska, teu rosto tem uma coloração que me dá muito gosto, abre a boca, oh ela diz quando eu abro a boca, que lindas mucosas cor-de-rosa, que dentes tão limpos, abaixa a cabeça velho Ruiska, para que eu examine teus abundantes cabelos, ela diz, eu abaixo, oh ela diz que maravilhosíssimos cabelos, que doirado, que aroma, que. Aí dou algumas voltas no meu belíssimo pátio de pedras perfeitas, relincho galopando, me envolvo de ares circulares, olho para os dulcíssimos espaços, olho em seguida para Ruisis, ah, Ruisis vai envelhecendo, tem olhinhos estreitos, olhinhos caídos, tristes olhinhos de velha, meio remelentos, pobrezinha, e quando ela chora, sim porque de vez em quando ela chora quando se lembra das caganeiras terníssimas de Rukah, de vez em quando o alívio que ela sentiu com o passamento de Rukah... Meu Deus, passamento. Enfim, ela chora, ai, os mistérios escurinhos da maternidade. Quando ela chora, a lágrima não cai como cai na jovenzinha que chora, não, quando Ruisis chora, a lágrima fica boiando cheia de sal, de espessura dentro do olho, e nas bordas do olho, não, nas bordas não, só na borda inferior, valha-me Deus, dizer sónaborda é de uma agressividade, é de uma falta de, é de uma grande falta de. Sónaborda, meu Deus. Enfim, é preciso continuar. Na borda, fica matéria branco-amarelada, no canto do olho também, as pálpebras ficam vermelhinhas e enrugadas, é, Ruisis envelhece rapidissimamente. Rejuvenesço. Fecho a minha porta de aço e rejuvenesço apesar das companhias imundas, das outras menos imundas, das companhias beatificantes, das outras que eu ainda não lhes falei. Uma coisa agora. O anão acaba de me dizer o que ele ouviu por aí. Diz, anão, outra vez. Ele diz: velho Ruiska, dizem que tu és "como uma coluna grega que não contente com sua sofrosine, retorce-se sobre o seu pedestal". онононон, glu glu glu, isso é muito bom, eu sou mesmo assim, tu vês, me presenteei com Ruisis, eliminei Rukah, dei vida a ti, dei-te vida, te dei, oh Senhor, eu tão pobrinho com a minha calça de flanelinha cor de caramelo, meus fundilhos puídos, eu tão pobrinho te dei vida, dei-te vida, te dei. Vou mergulhando no poço. O olho encarnado do sapo no fundo do poço. No fundo do poço o olho encarnado do. Sapo no fundo do poço. Sapofundo. Que bonito sapofundo, que bonito. Há cadáveres por aqui. Ah, isso há. Não queria chegar a tanto. Dizer que há cadáveres é chegar a tanto, é chegar aonde eu não queria. Cadáveres de quem, Ruiska? Oh, não me obrigues, anão. Oh, sim, velho Ruiska, chega perto, vamos, olha os verdolengos fios de carne desse corpo, foste tu que o mataste, não foste tu? Fostetu. Têtu. C'est un homme têtu. Responde, vê como ele tem coisas que se parecem às tuas coisas, olha a boca levantada dos lados, olha o nariz chanfradinho, olha o olho, Ruiska, o olho é teu, não há dúvida, o olho é desses olhos alagados, olho que viu toda vileza do mundo, olho que suplicou, olho que. Quem é ele, Ruiska, hi, como ficaste menino de repente, que brejeirice, que correcorre. É meu pai, anão, meu pai amadíssimo. Como ele era na víscera, hein? Ele era eu, anão, ele era todo pra fora e ao mesmo tempo era todo pra dentro. Ele era pra fora no dar, ele dava as coisas que tinha, dava coelhos, carneiros, cordeirinhos, arroz feijão pra todo mundo. Nisso ele era pra fora, apesar de que esse pra fora vem de dentro. Depois ele era pra dentro nos adentros, ele entrava no curral e ficava se desentranhando, achando o mundo cheio de gente triste, achando a vida bonita mas cheia de gente de ferro, gente dura como coisa muitíssimo dura, ele não era simples não, nada disso, era homem muito complicado, muito torcido como eu mesmo, e quando eu digo que ele se desentranhava quero dizer que ele ficava se descobrindo, que ele punha pra fora os pensamentos de dentro, que ele pensamenteava alto, entendes? Ele falava alto. Ele dizia: meu Deus, meu grande Deus. Ele falava alto no curral, no meio das vacas, ele falava alto e pensava estar sozinho mas eu ouvia tudo, ouvido limpinho, olho fresco, ele falava assim: meu Deus, por que o mundo me comove tanto? E só dar dois três passos, ver o olho do cavalo, ver o olho da vaca, ver o homem meu Deus, o homem, esse abismo mais fundo que me come, meu Deus a memória tristíssima de tanta inocência, como eu gostaria de arrancar a minha pele sem medo e mostrar o meu todo para o outro. Ele dizia meu Deus, assim com esse corpo, assim com esse sangue, AHHH, eu existo até onde, eu existo até... até... até que grande muro eu existo? Ele passava os dedos no couro da vaca, ele beijava o ubre da vaca, sorria e ria grande e alto para a vaca, depois esguichava o leite no corpo grande e alto que era dele, e gritava: isso o que é, que milagre é esse que é branco, eu sou tão EXISTIR quanto esse que é branco e que sai do ubre da vaca? Ai, anão, o meu pai era todo de ossos, esguio, de dentes quase redondos, dentes que não queriam matar, dentes que não queriam mastigar, língua que não queria empurrar coisas para dentro da goela, ele era tão bom, ele pegava na planta e dizia: linda que tu és, planta, linda plantada na terra, linda cheia de sumo, e que folha lustrosa, que bom te tocar, te saber, te olhar, linda que tu és. Ele falava tão gente com a planta, velho Ruiska? Falava com a montanha, com a terra, nem imaginas o que ele falava com a terra, ele falava: eu te amo de um jeito que ninguém sabe ao menos o trejeito, eu te amo inteira com a tua escuridão, o teu vermelho, o teu diamante, teus amarelos, teu vermelho-cristal, teu vermelho-fundo, teu, tua. Depois ele arranhava a terra, se lavava de terra, depois me chamava: Ruiska! Ruiska menino! Eu saía e entrava, ele dizia de um jeito santo: come terra, filho Ruiska, esfrega a terra no dente, bobalhão, cheira essa que vai te comer, essa linda vermelha, essa que é mais você do que você, essa que é mais eu do que todos os meus cantares, meus esgares, meus.

Ai como era bonito lá. Eu subia o caminho que levava à colina, ah como era bonito lá, o tronco, a distorçura da árvore, eu debaixo da árvore, eu debaixo de toda aquela nervura, eu fremente, tremente eu, eu Ruisis subindo o caminho que vai até a colina e os cavalos ao lado, e ele. Bem que podia ser Ruiska, Ruiska que um dia me amou, podia ser mas não é, porque Ruiska só cuida de si mesmo, o seu corpo é todo uma coisa que se enrola, o corpo de Ruiska é como um cipó sugando uma árvore que não sei, o corpo de Ruiska é seco, estala, é seco-marrom, ai Ruiska sem aurora, afogado nas paredonas do escritório, subjugado pelos fantasmas do de dentro, pobre Ruiska que foi meu, quer um cordão para se comunicar com o outro, quer uma corda esticada, ele numa ponta, o outro noutra, e cada vez mais perto, pobre filho-homem, seco, seco, buscando a palavra, buscando a palavra morta. Está velho sim, eu digo que está moço, está velho, uma fundura de olhos, um vazio de carnes, antes como ele era bom quando se deitava comigo, ele olhava grande e gosmento e dizia: Ruisis, o teu ventre é como uma papoula, papoula quente, depois me beijava: Ruisis, a tua boca é uma uva gorda, sugauva você é, suco vermelho bom, a tua boca e a tua língua são dois gemeozinhos que se entendem bem, a tua boca se abre e a tua língua se estende, língua porosa, redonda, rosada. Depois, Ruiska expelia fumaças com suas piteiras cor de ouro, piteiras torneadas, umas de casquinha de ouro, outras de marfim cor de âmbar bem claro, outra de dente de javali. Enquanto expelia, cantava: te amo, amada, pele de anta esticada. E ria bom, ria lindo. O verso dele era uma espiga amarelo-serafim, amarelo-querubim, que verso. Quando ele acabava um poema, ele aparecia na sala, claro, sibilino: vê, vê se essa cinza de que falo não é a tua cinza, vê se esse corpo que eu declaro é o teu corpo, vê se as arestas desse todo são tuas, minhas e de todos. E o canto começava, e era uma coisa em fogo que escorria daquela boca, uma língua comprida esticando as palavras, um fechar-se controlado e grosso, um abrir-se de água. Depois gritava: cresci, Ruisis, cresci doendo dentro de mim, está escuro, tudo tão escuro, quero arrancar de mim essa coisa ávida, o que é, Ruisis, essa coisa que se incha de avidez? Sou eu, Ruisis, que incho de avidez? Olha para mim, para o meu olho de fogo, olha para o meu peito, o meu peito é mais vida que o teu seio, o meu peito é de terra, é a bendita, entendes? Eu dizia que sim, eu abria meus braços que nesse tempo eram belos, eram braços roliços e duros, eu os abria contente de poder abraçar aquele que se dizia em dor, em avidez, em vida, depois fechava os meus olhos, sorria comprido e lento e entendia. Ruisis, por que você só fala de Ruiska, quando Ruiska te amava, quando Ruiska era jovem, quando Ruiska cantava, me ama um pouco do jeito que tu amavas esse que parece louco. Não, não quero subir mais. Vem, por favor, tem uma gruta lá, é tão bonita uma gruta, é cheia de pingos, por favor, que nos importa se aquele que te amava vive? Que me importa tudo se te amo? Dulcíssima, apenas alguns passos, vem, entardece bonito desse lado, vem, tem um cáctus aqui, ah se você visse, um cáctus com uma flor bojuda na ponta, uma pequena flor escarlate. Escarlate. Vem. Mas a memória não me deixa mais amar, compreendes? Tudo termina e fica muito para memorizar. Será possível que nada te desmancha, será que não és capaz de te deitares aqui comigo, sobre a colina? Calada. Vem, gazela fina de olhinhos cor de maravilha, vem. Não, não quero subir mais, oh, pareces uma *Dionaea muscipula*, pareces uma *Drosera*. Para quem te guardas? Para Ruiska? Queres saber o que ele é agora? O que é Ruiska para os teus olhos de desejo? Um pobre louco, ninguém mais entende o que ele escreve, tu achas que posso publicar um livro onde só está escrito AIURGUR? Pois escreveu mil páginas com AIURGUR. Deixa-me, tu não entendes, pois é uma linguagem cifrada de Ruiska, é exercício e cadência, e nos AS, nos IS, nos US, Ruiska põe vibrações, ele sabe o que faz, AIURGUR, é bonito, é bonito, convenhamos, a palavra é toda AI, toda UR, toda GUR. Se ficasses calada.

Enfim calaste. Glória ao Pai, glória a todos os silêncios. Ruisis, se te visse enciumada como ficaria contente, se te visse áspera e engastada nos cantos como gata, se te visse minha, quanta coisa que precisas, Ruisis, eu te daria, quanta maravilha, quanto rondó, cadeira de veludo com passamanaria doirada, tudo doirado, escarlate. Escarlate. Eu preciso voltar. Está bom, não faz mal, ainda estou contente quando estou contigo, desse contentamento que Ruiska descreveu um dia em algum livro, não sei se te lembras, era assim: vida que eu bebo a cada dia, fogo sobre mim de amor, eu alegria, fogo, sobrevida, eu cantiga. Já sei. Te lembras? Cantemos juntos:

> Ai como eu queria
> te amar, aai
> como eu queria te amar sem o verso
> ai como eu queria
> reverso de mim mesmo
> te amar
> AAIIIIIIII IIIIA
> Aicomoeuqueriateamarrrrrrrr
> Respirando alegria.

Vem, vamos descendo e cantando.

Anão, escuta aqui, não ouves um canto? Não ouves um canto que me soa, que ressoa a alguma coisa minha? Não, espera um pouco Ruiska, estou ouvindo agora, Ai, como eu que ria te a mar rrrrrr, não é isso? Gostarias, Ruiska, que eu subisse e olhasse pela claraboia para ver quem canta com tamanha euforia? E a voz parece melodiosa, as vozes, quero dizer, uma voz de mulher, afinada e airosa, e outra voz de homem, homem desejoso da mulher. Eu te pergunto, anão, disseste homem desejoso da mulher que com ele canta? Deixa-me prestar mais atenção, agora ouço bem, hein o que disseste? Quem que com ele canta? Desejoso de quem? Pois pararam.

Goi, goi, pai coração de boi, pão pão Joana de Ruão, goi, goi, o pai não sabe o que de dentro de mim é, eu sou três, perfeito querubim com o buraco da mãe e o mais comprido do pai, eu sou criança de muito entendimento, de muita verdade, de muita poesia, é preciso mastigar o que o pai escreve, mastigar e engolir porque o que vale é a poesia e não tratados, fantasmagorias do pai, o que vale é a planície doirada, o vale cor de beterraba, o que vale é o três dentro de mim, noiteaurora, pombamora, branco e vermelho dentro de mim, pai tristeza que não me quer querubim, mãe encantada do pai e por isso afligida e surpresa em relação a mim, goi goi alecrim, goi goi espigão, goi goi roseiral-mirim. Eu sou três. Eu amo Ruisis e amo Ruiska, odeio Ruisis e odeio Ruiska, amodeio Rukah. Amor feito de vísceras, de matérias várias, de mel, amo tudo o que pode ser, amo o que é, amodeio tudo o que pode e é. Louvado seja esse bem-estar de assim ser, louvado seja o meu dorso estriado, minhas misérias, glórias de outro, a expectativa de vinganças, Ruiska abrindo o poço para que eu desapareça, coisa muito a seu gosto, Ruiska com a claraboia escancarada para que eu resolva voar, para que eu resolva assumir o ser da cigarra, saindo pela claraboia e morrendo depois transparência, rigidez acetinada, glória a todos esses que cantam até a morte, glória teria Ruiska se continuasse a cantar como cantava mas depois disseram coisas tão, disseram coisas, e ele todo sábio na poesia ficou na boca dos que menos valiam, ele todo onipotente na poesia, todo amor, foi comparado a poetazinhos-pipi, a chazinhos de losna, a lambisgoias, ai goi goi, se é verdade que amor *vincit omnia*, Ruiska deveria sair vencedor em todas as causas, causa longínqua, causa propínqua, causa. Quero lhes contar do meu ser a três mas é tão difícil, goi goi, é ser de um jeito inteiriço, cheio de realeza, é ser casto e despudorado, é um ser que vocês só conheceriam num vir a ser, é como explicar à crisálida que ela é casulo agora e depois alvorada, é como explicar o vir a ser de um ser que só se sabe no AGORA, ai como explicar o DEPOIS de um ser que só se sabe no instante? Goi goi estão vendo que esforço faz a minha linguinha para dizer dos mistérios do depois? E ainda assim com esse esforço, a veia engrossando no pescoço, a língua se enrolando líquida, mesmo assim vocês estão dizendo ui ui, que tipo embobinado, que caldeirão de guisado, que merdafestança de linguagem. Então. Jesus não aparece, nem Azazel, nem algum de asa cor de gerânio e olhinhos cor de terra, de cornos doirados, rabo de trança, goi goi o mundo, o demônio, a carne, ai o sonho, asa bicéfala sobre os ombros, ai entrei no reino escamoso da memória, dentro de mim os vossos sopros, a algidez da hora, se eu me faço em dois, se eu me parto agora, o que fica de mim é um ou dois? Fica um resto de mim em ti? Ou ficas em mim? Ou ficamos os dois sobre uma laje rosa adornada de plumas e de serafins? Como me preferes? Eu grandalhão, menino assoberbado, gordo de culhões, ou eu menina miosótis, bracinho e púbis glabro? Como me preferem: eu alecrim, eu espigão, eu roseiral-mirim? Toma as minhas mãos ainda quentes, galopa no meu dorso, tu que me lês, galopa, não é sempre que vais ver alguém que é um, feito de três, assim à tua frente, não é sempre que vais ver alguém contando *trifling things* com tanta mestria e com maior gozo, *trifling things* pensas tu porque vês Ruiska todo de folhas friskas, porque vês Ruisis assim, ísis, infinitas arestas, porque vês a mim como adãoeva, dúplice sim, tríplice sim, multifário, multífido, multífluo, multisciente, multívio, multíssono, ai sim, principalmente multíssono, goi goi chin chin roseiral-mirim, e podes me chamar de Verissimus porque há em mim uma avalanche de verdade, há todo um vir a ser inusitado, água lama pedra rocha perene em mim, e eu sou tão pequenininho, e tão verdadeiro que os pássaros vêm aprender o seu canto em mim e todas as manhãs chio, gorjeio, a minha laringe estremece em gois gois chins chins roseirais-mirins e depois adormeço com a fauna boquiaberta sobre o peito, e entro na memória, escalo rochedos, vou de lâmina em lâmina ferindo os pés e depois as mãos e depois o peito e a cabeça, a cabeça é um grande ovo liquefeito e a gosma escorre na pedra, na terra, na lâmina mais aguda do rochedo, na. Sim, sim, devo parar e dizer ao meu coração: "*o Jeovah our lord how wondrous great and glorious is thy name through all the earth*", devo dizer e tocar o vestido estriado do meu Deus, devo dizer ao meu Deus: ai que proposições me propuseste, que enormíssimas aflições carrego sobre o plexo, tão pequenininho eu sou, meu Deus, tão rouxinol mas a garganta em frinchas, a garganta semeando sons para o ouvido de poucos, pensa bem meu Deus o que queres de mim, devo viver continuamente vivendo verdades e despejando-as no ventre desses que me leem, eu Rukah feito de dois, de três, vomitando verdades no ventre desses caciques empombados, dessas medusas emplumadas, vomitando o meu ouro no ventre rechonchudo e quente desses dinossauros? Vê bem meu Deus o que queres de mim, devo continuar sangrando o ombro até quando? Devo continuar expelindo a minha víscera de prata, a minha brilhante tripa, os meus neurônios de vidro facetado e raro, no ventre endomingado e gordo desses jacarés de purpurina pintados, ai devo? Meu Deus vê bem o que queres de mim e só de perguntar vem uma dor do lado, um estupor, só de Te pensar pensando em mim, no meu pequeno destino, nessa miuçalha que sou, nesse pachola que aparento ser, mas que não sou, só de Te pensar pensando que é possível que eu seja pterocarpo, fruto alado, ah, sim, isso talvez eu seja, tenho sido repasto de tanto vertebrado, guardam nada de mim, eu só excrescências, ai que dor existir pterocarpo, fruto voador salivado na boca do opressor, ai que dor existir polpudo e alado, que dor ser tanta coisa assim, ser tão igual aos meus iguais e terminar morrendo pequenininho, ao mesmo tempo velho, eu menino, eu ancião, eu fêmea, eu varão de vara grande sem nada para varar, eu grande e fecundo sem ninguém para me colher, eu funículo, verdejando sempre, eu lamprômetro medindo a luz dos outros. És tu agora, Ruiska? Sou eu agora, anão. Lado luminoso, lado estelar, guia de tantas raízes, leva-me até o vértice, leva-me até o teu ângulo claro, subiremos os dois gozosos, epicentauros, subiremos degrau por degrau, primeiro a fé, depois a esperança, depois a caridade, depois o peito em chaga, lancetado. Queres subir, Ruiska? Quero nascer de novo, anão, encolher aos poucos, entrar no ventre de Ruisis, ser dois e três como o nosso filho Rukah, ser eu. Escute, Ruiska, ela vem descendo a colina, vem cantando outra vez. O homem também. Que homem? Aquele que te compra, aquele que te obriga a falar da caverna, do tubo, o cornudo. Ai, anão, tenho que escrever o que o homem propõe, ai não sei, aiaiaiai. Pensemos. Começa a descrever a coisa como se a coisa fosse uma flauta. Vários sons? Sim, Ruiska, distorce o tubo, cria uma teoria. Sei, sei, anão, podes ditar, não sei. Comecemos então: tubo sonoro, sibilino, raro. Raro? Bem, Ruiska, digamos, tubo de dúplice função. Hein? Bem, Ruiska, então é melhor assim: tubo abissal, em muitos pequenino, noutros canal. Vamos, vamos, anão. Tubo sagrado. Hein? Porque expele a tua matéria deletéria. Ah, sim. Tubo espectral. Por quê? Escuro, Ruiska, escuro. Evidente, anão. Ó tubo, ó tubinho, ó tubão. Não sei mais o que dizer mas pensa, Ruiska, se pensasses num tratado de escatologia comparada? Não. E se. Eis-me aqui. Falaste, anão? Não. Não ouviste? Não. Presta atenção. Eram três tartaruguinhas de carapaça luzidia, as patinhas plúmbeas, as cabeças oblongas. Que palavras são essas, anão? Ouviste afinal? Sim, Ruiska, serão alvíssaras? Presta atenção. Faze-te ao largo. Em arco. Dobra-te. Estende. Solta. Lança a que perfura e mata. Arranca do dorso agora a seta. Asceta. Acerta a direção da seta. Lança. Meu Deus, quem é essa que assim fala? Ruiska, meu nome é Palavrarara. Palavrarara! Recebe, anão, Palavrarara. Sentai-vos, senhora, reclinai-vos. O poder de dizer sem ninguém entender. Compreendo muito bem, senhora. O poder de calar. A oferenda. O altar. Quereis uma almofada, de peito de pomba forrada? Aqui está. Vosso desejo satisfeito. Ruiska, fagueira estou. Aroeira. Cala-te, anão, não rimes, e não te coces agora. Quereis um descanso para os vossos afilados pés? Buscai, anão. A tua arca de veludo, Ruiska? Não seja besta, anão, Palavrarara está para nascer que eu conheça pisando na minha arca preta. Esse toco calcinado vai bem para os pés dessa fala de treta. Como dizeis, Ruiska? Que tenho andado, senhora, de muleta, que estou muito cansado. Um cajado é o que necessitais, esses acastoados, de ouro, de calcedônia, de diamante, de jade, de celidônia. Sou muito pobre, senhora. Foste poeta um dia, não? Sim senhora. Amavas Catulo? E outros lubricosos, outros erotômanos. A quem te dirigias quando versejavas? A ninguém. Disseste aquém? A ninguém, senhora. Disseste além? A ninguém. Ah, sim, a alguém, disseste bem. Ruiska, eu Palavrarara, "trouxe una grilanda de ouro com uũas pedras preciosas, que ham virtude de confortar, contam alguũs. Enton veerás que todas as cousas de que os homeẽs em a vilhice ham temor, é vento mui pequeno, que o abala como canavea leve". Meu Deus, anão, estou muito por fora. Sentai-vos mais a gosto, senhora. "Passaste queenturas, misquindade? Nom hajas temor, lances âncora pera haveres folgança e assessego." Palavrarara, quereis dizer que devo voltar ao ventre da mulher e ali ficar? "Pois, amigo, di-me, que esperas ainda? O muito esperar é de fraco e enfermo coraçom. Os homeẽs ora som homildosos, ora sobervosos, ora som buliçosos come moços. Danosa condiçom." Evidente, senhora, já vi que vossas influências são de antanho, talvez Petrarca, talvez "Boosco Deleitoso"? E a respeito do, sabes alguma coisa, Palavrarara, para que eu satisfaça o editor e possa comer e dar algum pirulito para o anão roer? Vê como estou puído. "És sempre de mi tam afastado, obraste em muitos pecados, e em muita malícia e priguiça de benfazer, misquinho, beveste maldades assi como água, a vida solitária nom é pera os sandeus nem pera aqueles que som mudadiços pelas maas paixões que ham em si, adeus." Volta, Palavrarara, volta! Oh, anão, vê se ela vem de volta, ai a ilusão de conseguir amiga de bom coraçom, coração, ai, como sou infeliz, a mulher aparece, trato com compaixão, ela se ofende porque pergunto uma sugestão para o tubo, ah cornudo, por tua causa perdi Palavrarara, introsca preclara, ai, a grilanda, a guirlanda de ouro, onde está? Palavrarara, volta! Quero a guirlanda, quero sossegar! Sossega, Ruiska, lá és homem para conviver mais tempo com fêmea de palavra gorda e traseiro rubicundo? Era rubicundo, anão? Pois era. Rubicundo... é bonito, anão. Ruiska, será que és um bilro, bilontra, desejando bimbalhar nessa biltra? Anão, vou sair por aí. Palavrarara me deixou sem fala. Vou pegar minhas asas, pegue aí nesse canto as minhas asas de cobre, de amianto, dá-mas, e tu me seguirás em linha quase reta pelo subsolo, ah, estão velhinhas essas asas minhas, as plumas encardidas, olha aqui um rato, que fedor, e essa luz batendo no meu rosto, o que é? Deixa-me ver, essa é, espera, já vais ver, essas são as Cefeidas, muito bem, ando muito bem na astronomia. Põe o teu rabo, o teu corno, teus pés de morceguinho, e vai descendo enquanto eu vou subindo, sacode as asas para mim, ando cansado, ai que sofreguidão, que vontade de ir a Raba, a Rafat, a Rafeedya, a Ramalla, a Ramin, a Ramoon, a Ranteessa, a Raskaideh, a Rujeeb. Onde é tudo isso? Anão, sou bom na geografia, tudo isso é na margem ocidental do rio Jordão, olha, outro dia mostrei a Ruisis essas folhas pisadas de palavras e ela me disse que tudo era poesia, que corno, anão, que cornudo esse ser de Ruisis que é em mim, que boca mal fechada, poesia sim, poesia amada minha. Dá-mas, anão. O quê? As asas. Já vais? Agora sim. Segue o meu rasto à tua maneira, polo oposto, vai entrando no poço outra vez, adeus anão, vai, olha que o rabo ficou preso na borda, anão. Só na borda, Ruiska? Vou puxar. Santo Deus, sónaborda outra vez, vai, ooooo, adeus. Ahhhhhh, que ares, que dutilíssima expansão, sobrevoo os lilases, as éguas, a região da mostarda, os carneiros, ai o ser do lobo como me assusta, está lá, escondeu-se nas zínias, ai que bonito o lobo preto nas zínias, sobrevoo o vale, o verde-roxo das verduras, o cânhamo, não não, não devo pensar nisso, a canela, as caneleiras, que cheiro bom, o cânhamo outra vez, será que só um pouquinho vai... não não, devo afastar-me, bem, vou pousar aqui nessa ponta de pedra. Como vai amigo gavião? Falaste? Pergunto se vais bem, se tens o que comer, se amas a vida, amas? Que conversa, os meus adentros já são tão complicados sem a fala e tu me vens com perguntas, aquieta-te. Posso ficar um instante ao teu lado? Que conversa, que parolice. Hein? Digo que palras. És aparentado com Palavrarara? Não anda por aqui há muito tempo, há séculos talvez, por que perguntas? Porque falas quase com a mesma garganta. É bem possível, o que eu ouvi me marcou, olha aqui na minha asa. Falas de quem? Pois de Palavrarara, homem, quando a donzela passou lá no vale, eu disse: vê Palavrarara, lá vai ela com seu cavalo. Ela me disse: cavalo não, gavião, palafrém. Eu disse: qual palafrém, que antiga, os anos passam e você cospe na mesma medida. Ela disse: do latim, *palafredus*, do baixo latim, gavião. Eu disse cavalo, Palavrarara, rebanho em vez de armento, azedo em vez de aziumado, caga-lume em vez de vaga. Ela repetiu: palafrém. Eu disse cavalo. Então enlouqueceu, digo-te que sim que enlouqueceu, decepava minhas penas, gorgolejava raivosa, me partiu a asa e repetia esganiçada: palafrém palafrém palafrém, ooom. Desde esse dia, homem, tenho medo de quem fala e tu tens cara de escriba, ah não me engano, e quem escreve é filho de Palavrarara. Qual filho, gavião, me torço inteiro para essas donas, mães do glossário e da gramática, já perdi editor, talvez perca a mulher com o editor, tudo por amor à língua, entendes? Não, não, gavião, não quero mais saber, apesar de que ficou mais difícil, tudo ficou difícil, mas conta lá da donzela que viste com o palafrém cavalo ou que coisa sei lá que viste, donzela palafrém, mulher cavalo, conta. Deixa-me olhar o mundo. Está bem. Devo parar aqui e pensar que se todos fossem Ruiska, o mundo pararia de rodar. Se todos fossem Ruiska, se o meu ser fosse o ser de todos, ah se o meu ser fosse ser de todos, uma garra de amor, a tua garra, gavião, em cada peito, cravada para sempre, carregada como um amuleto, ah se o meu ser fosse o teu ser, em tudo eu te seria, verias com esse olho que é o meu, limpo, dolorido, eu te daria tudo de mim, umbigo, roseiral-mirim. Homem, como falas, deixa-me olhar o mundo. Está bem. Ruiska também olhou, olhou, viajou pelos ares durante muitos dias, durante muitas noites o anão seguiu-lhe os passos, polo oposto, subsolo, até que (voz fininha) uma tarde quando o sol já não era uma bola e sim uma metade (acaba aqui) encontraram-se. Ruiska baixou, o anão emergiu da terra, deram-se as mãos, sentaram-se sob uma goiabeira de folhas rendilhadas, parecem vermes, anão, olha só como comem as nervuras, então, então como foi o teu passeio? Estás vermelho, anão, e o ocre do teu rabo, puxa vida, onde é que o meteste? O anão subiu aos ombros de Ruiska, arfou. Perdeste a fala? Velho Ruiska, tu não sabes nada da minha escuridão, encontrei no caminho, espera um pouco, antes vou comer o amarelo, esse redondo gordo da goiaba.

Come. Velho Ruiska... encontrei a serpente... era de prata esverdeada... e... boa essa goiaba. E... enrabou-me. Hein? Pois foi. Fiquei preso no covil e o rabo de prata entrava na minha víscera, estufava, olha, cheguei a dar dez gritos de prazer, dormi, acordei, e o rabo não saía nem por nada. Disse para a serpente: obrigada amiguinha pelo prazer, pela alegria de ter o teu rabo na minha caverninha, mas agora devo seguir o amigo lá de cima, deixa-me partir, gozei esplendorosamente, obrigadinha. E a serpente nada. Não saía? Pelo contrário, mais entrava. Fiquei assim alguns dias, comi minhocas, cascudinhos que não sei bem o nome, de vez em quando eu olhava para trás para ver até onde eu estava metido, quero dizer, até onde ela se metia em mim, e quando eu olhava ela silvava redonda de alegria, até que inventei de meter o meu próprio rabo, esse ocre que vês, naquela gargantinha, foi o que me valeu, Ruiska, enquanto ela tossia eu tossia também e num espasmo medonho desligamo-nos, espera Ruiska, ainda não acabei. Fui saindo de costas, obrigadinha, e depois corri, mas a maldita atrás, não queria por nada me largar, chamava-me de irmãozinho, dizia coisas, Ruiska, nem posso repetir o que a maldita dizia, houve um momento em que ela se inteiriçou, pensei é agora, vem como lança e me estoura, mas não, abriu-se prodigiosa, em leque, te lembras daquele mexedor de champanhe que a mulher do editor trazia na bolsinha? Não era lima, anão? Que nada, uma pequena vara, um botão na ponta e a peludinha apertava e do outro lado saía uma vassourinha. Pois a serpente também, mas que vassoura homem, aí é que entendi por que gritei dez vezes, entendeste por certo, quando o rabo entrava ela abria a vassoura na minha víscera e chacoalhava. E depois? Senhora minha, eu disse, pela minha barba, deixa-me seguir caminho, não posso perder meu velho amigo, e ela se aproximava, fazia caras, homem, que caras, apertava os olhinhos, de repente não sei quem foi que me ajudou. O quê? Caiu fulminada. Não. Verdade, Ruiska, a um palmo de mim, silvou, retesou-se inteirinha, desabou esfarinhada. Que sorte, anão. Pois foi. Agora escuta outra, o corpo, quero dizer o porco-espinho, comendo um pássaro. O digerir a dois, sim, porque eu também comi, a perna, uma perninha gorda, devia ser um pássaro desses que voam pouco ou de vida farta, sei lá, quando chegou a hora da cabeça ele cantou assim: por que me devoras, devora-te a ti mesmo, porco-anão. E nós dois, eu e o porco, nos olhamos, afinal, pensamos, éramos um ou dois? Mas deixa continuar o canto-funeral, melhor, o canto moribundo do coitado: quando devoras a minha cabeça que só canta e olha, devoras o olhar do outro, rico e limpo sobre as coisas, ou pensas que devoras o mais fundo de ti, esse que quer sair em canto e não consegue porque o teu corpo trava, esse que quer sair lindo de ti? Porrrra, anão, que cantochão, que pássaro letrado, na certa engoliste o Espírito Santo. O pior vem agora: imagina que minutos depois ou talvez dias, não sei, eu estava estendido conversando umas coisas do mal com o espinhudo, dizendo a ele que se todos fossem iguais a nós dois, que se todos comessem esses de asas, etéreos, esses de cabeça de nuvem, esses pálidos querendo tocar o manto do divino, o mundo ficaria bem mais simples, pão, pão, guerra, guerra, pois bem estava assim dizendo, quando minhas tripas cantaram, vê se pode, a coisa foi subindo, no estômago, na laringe, quis falar não pude, abri a boca e vê se pode, Ruiska, o espinhudo ao mesmo tempo se dobrou, e da boca escancarada de nós dois duas formas informes se juntaram. Hein? Pois o pássaro, Ruiska, inteiro, nas nossas barbas, foi assim, Ruiska, não faz essa cara, assim mesmo, pedaços que eu comi, pedaços que o espinhudo comeu do pássaro maldito, tudo foi posto pra fora e as coisas se juntaram, e o pássaro voltou a ser melhor do que era antes, antes de ser comido, e trinou, Ruiska, trinou, fez um círculo no espaço e se não me engano, acho que não porque o espinhudo também viu, abriu as asas, aureolado, que luz cegante, meu velho, acho que se limpou nas entranhas de nós dois, uma ressurreição, ficou tão claro, fiquei com o olho aguado só de olhar para cima, e o porco-espinho rosnou, barriga desempanturrada: que merda, anão, a comida voou. É, é difícil acabar com esses zinhos, estão em toda parte. E continuo, Ruiska, isso ainda não foi nada, fiquei de pança vazia, de miolo quente, pensei: pois não é que agora engulo esses de bem, de asas, eles dão as suas voltinhas pelas minhas mucosas e, bem, pensava assim, fiquei pensando. Sei. Agora o pior. Não, não conta, estou farto, come outra goiaba, essa está limpinha, come. Ora, Ruiska, tenho que continuar: fui dar a mão ao porco-espinho, assim para me despedir, afinal nada mais nos unia, o de dentro ficara o de fora, a víscera voara, e, pois é, olha a minha mão. O que é que tem? Mas, homem, não vês, está seca, encarquilhou-se. Nem reparei, um pouco amarelada, mas só. Tem movimento, anão? Que nada. Estica assim. Não posso. Faz força. Mais. Um pouco mais. Virou para cima, AIAIAIAI, a mão ficou como esses guarda-chuvas que o vento dobra, aiaiaiaiaiaiai, AI. Espera um pouco, não grites, é, não tem jeito, a parte de cima afundou, parece um ninho, anão, a tua mão, e agora? Agora não faz mal, me conformo, vamos andando, vamos até a cidade. A cidade não. Ruiska, chegou a hora, tens que compreender. Que medo, anão. Olha, não fales muito, o mundo por aí tem sofrido bastante, tu é que não sabes por que ficas fechado, aliás, Ruiska, queria te dizer que manténs uma posição muito antipática, isso de se trancar, ter a porta de aço, os adentros, sei, sei, mas não está bem, deves procurar uma saída. A claraboia. Não Ruiska... deves... penso que deves... que nunca mais... quenuncamaisdevesescrever... há meios mais eficientes de comunicação, a coisa é visual agora, entendes? Estás me matando, anão, para. Ruiska, eu sei que não és um sapo coaxando dentro de um só lago, eu sei, mas os outros te veem sapofundo no lago. Que bonito sapofundo, que bonito. Sim, mas não adianta, eu sei desse teu ser que também é o meu, sei que Ruisis é também você, e Rukah é o ser a três que também és, inventaste muito bem, és tão só, eu compreendo. Para, não diz que é invenção. Ora, Ruiska, vão saber de qualquer jeito. Tenho vergonha, para. Por agora, mas fica sabendo que a tua metafísica de dentro é coisa pra depois, entendes? E anda mais depressa, estás mancando. Anão, por favor, o meu de dentro o teu a dor o vazio palavra morta da minha boca tudo trevoso queria amo não sei amo não sei demais paredões da memória memória memória memória cascalho confundindo o percurso das águas dor pátio onde os homens caminham chamados ai AAAAAAAAAIIIIIIIII que chamados estiletes a terra os dentes pó pó mas a memória os girassóis o Deus Deus Deus o azul o ovo a periferia da galáxia vida vida ali se faz mais matéria ali começa a matéria ai e eu e eu nunca mais o meu de mim sempre agora o meu do outro meu mais longe ou meu mais perto não sei o outro não é eu ou não sei umbigo centro de mim ou do universo não sei ando querendo colocar o bilhete na parede alguém vai pegar vai ler diz diz que é também o teu de dentro diz que não sou só eu que tento diz por favor lê lê vou vomitar ninguém para pôr a mão na testa goi goi chin chin roseiral-mirim laranjeiras correria vida goiabada em lata memória memória memória morrer fica saliva gosma gosma esticando sempre teia sempre teia teia de aranha centro umbigo AAAAAAIIAAAIAAI. Agora fica quieto, há uma passeata, não vês? São os príncipes do mundo, a juventude, os que vão fazer. O quê? Vão acabar com os discursos do medo, o homem vai nascer outra vez, e tu, olha, deves te preparar para esse fim-começo, esconde as tuas mãos, são mãos de escriba, escondo a minha voltada para cima, o homem é carne e sangue, ossos também, e só, entendes? Não tentes falar. Eles vêm vindo. Não digas que. Não dá mais tempo. E VOCÊS DOIS QUEM SÃO? Responde corretinho, Ruiska. Sabem, eu escrevia, e esse aqui sou eu mesmo mas do cone sombrio. PARA AÍ. Um escritor, senhores, muito bem, o que escreves? Escrevia, sabem, sobre essa angústia de dentro. PARA AÍ. Senhores, eis aqui, um nada, um merda neste tempo de luta, enquanto nos despimos, enquanto caminhamos pelas ruas carregando no peito um grito enorme, enquanto nos matam, sim porque nos matam a cada dia, um merda escreve sobre o que o angustia, e é por causa desses merdas, desses subjetivos do baralho, desses que lutam pela própria tripa, essa tripa de vidro delicada, que nós estamos aqui mas chega, chega, morte à palavra desses anêmicos do século, esses enrolados que se dizem com Deus, Deus é esse ferro frio agora na tua mão, quente no peito do teu inimigo, Deus é essa bala, olhem bem, Deus é um fogo que vai queimar essas gargantas brancas, Deus é tu mesmo, homem, tu é que vais dispor do outro que te engole, e quem é que te engole, homem? Todos que não estão do teu lado te engolem, todos esses que se omitem, esses escribas rosados, verdolengos, esses merdas dessa angústia de dentro. Espera um pouco, moço, não sou desses não, quando falo de mim quero falar de ti, nós dois e todos, nós todos somos um, entende? Vem, Ruiska, o moço vai te arrancar a víscera. Espera, anão, o senhor entendeu? Baralho, velho escriba, olha esse cara aqui, sabes quantas vezes por semana esse cara come? Não senhor, não trouxe penico nem medidor. Pois não era preciso, velho escriba, é que não come, só tu é que enches teu penico, ele come uma côdea seca por semana, não come bifes não, come só o enxofre da vida. Alcachofra? Alcachofra para o teu rabo de escriba, vilão, PESSOALLL! OS IMUNDOS VÊM VINDO!, façam uma frente só, sai porco-escriba, sai porco-anão, unam-se aos nossos inimigos. OOHHHHAHHHHUIUIUI PEGA ESFDDDDCSE AÍ COM ESSE ANÃO DE CIRCO. OS SENHORES FAZEM PARTE DOS REVOLTOSOS? Para dizer a verdade, capitão, estava apenas conversando sobre essa coisa de escrever e. ESCREVES? Sim senhor. Porra, Ruiska, outra vez. TOMA LÁ UMAS BORDOADAS. Ai, capitão, me larga, me ajuda anão, dos dois lados me matam, UIIII. Vem, Ruiska, não fica aí no meio, olha lá um caminho, vamos correr, corre mais e chega até o riacho, corre, para, onde é que estás, ah já estás aí, oi, sabe-se lá qual é o lado? Descansa, molha os pés, tens um olho de sangue, que mania também de dizer tudo, para com isso, já não escreves há séculos, morde a mão e cala, isso de palavras acabou-se. Não posso mais dizer, anão? Não como dizes, deves falar do outro, mas não do jeito que falas, fala claro, fala assim: apresentar armas, e todos te entenderão, escarra três vezes sobre os teus mitos, enche a boca de sangue e todos te entenderão, enfia a faca no peito dos eleitos e todos te entenderão, usa o estrôncio noventa, fala cem vezes merda, e principalmente degola a tua cabeça, fecha o punho assim, assim Ruiska, não sabes nem fechar o punho, também que merda, assim não. Olha, anão, corta um pedaço. De quê? Tira uma lasca da minha perna, tira um pouco de pele. Por quê? Pronto, tiro eu. Deixa a pele aí perto do rio, aí entre as pedras, deixa que a água chegue perto, melhor viver na água, sabes, esse pouco de epiderme vai crescer e formar um novo eu. Dessa lasca de pele que tiraste há de se fazer um Ruiska outro inteirinho, tanto assim queres viver? Um construtor de águas, um outro feito de mim mas todo nu, despojado de tudo, nu no corpo, nu por dentro, ah, vai balbuciar, isso vai, não abro mão do balbucio, vai dizer blu, plinka plinka ohe ohahu, vai entrar dentro do rio e gritar OHEOHUOHAHU. Ruiska, o que queres dos homens? Que te entendam? Que te cocem a cabeça? Façam blu blu no teu pintinho? Conta de um jeito claro o que pretendes, as palavras existem para... para, bem, para. Parabéns anão, elucidaste, as palavras enfim, as palavras... oh pervinca, oh begônia, sabes da begônia? Sabes do mistério da begônia? Sabes do verme que é cortado em mil pedaços e que depois cada pedaço é um verme? A palavra, anão, vê bem, se eu digo amor, o que é que sentes? Uma coisa no peito, um quente. E se tu dizes, sem que te perguntem, sinto uma coisa no peito, um quente, as gentes te dirão que é amor o que sentes? Ora, Ruiska, não, vão dizer, espera um pouco, diz para mim essa coisa que no fundo me obrigaste a dizer. Anão, sinto uma coisa no peito, um quente. Então te digo, Ruiska, estás mal, talvez adoentado, e olha que deu certo porque... não é doença o amor? Não, é coisa grande que nasce contigo e depois vai morrendo. Por quê? Coexistes, vives ao lado dos, das. Olha a minha cara, anão. Olhei. Gostas dela? Bem, não é nada esquisita, é normal, tens umas rugas aí perto dos olhos, um olho, olha para mim, é bom teu olho, clarinho, tem pintas amarelas. Amas o meu rosto, anão? Bem, é uma cara que não se pode amar, sabes por quê? Já te digo, tu não te dás, quando me olhas estás dizendo sempre: eu sou eu, em nada teu igual. Mas tu sabes que eu sou parte de ti, não sabes? Pois é claro, Ruiska, sou tua sombra, tudo que vem de baixo em ti, é coisa minha, e és tu também inteiro. Tens ódio no teu de dentro, anão? Claro, não sou feito de açucenas, tu sabes que me enrabam por aí, que é treva esse sulco que faço sob a terra, que existo porque, sabes que não sei bem por que existo? Nem eu, anão. Estamos conversando há muito tempo e quase nada do que falas eu entendo. Nem eu, Ruiska. AIURGUR é bonito porque tem ronco e ais, AIURGUR é muito dor, tu não achas? Tem ronco, isso é verdade. Te lembras das coisas que eu dizia? Quem é que não se lembra, Ruiska, tinhas o dom... tinhas... ora, uma magnificência, e tinhas também altivez, uma... espera, uma austeridade, lá isso eras, austero, muito, um mestre da austeridade. E que boa linguagem. Dizias: morte, meu sopro, dizias: é palavra essa que se levanta agora prodigiosa? Ai, estás te desmanchando, Ruiska. Não, é nada, é esse sol do meio-dia, o olho já não vê, mas percebe uma luz, percebe que... o olho a dimensão do nada a memória outra vez o corpo retina infância quaresmeiras do acaso fugidias fugidias quando me tocaram a primeira vez quando me tocaste pai as mãos sobre o meu peito meu Deus eu que não sou eu matéria de vileza eu que ai esse amor mais fundo universo do medo balbucio apenas mas é muito mais é muito mais isso de dizer menos é mui to ma is. Ruiska, o que é que procuras? Deus? E tu pensas que Ele se fará aqui, na tua página? No teu caminhar de louco? No silêncio da tua vaidade? Sim, no teu caminhar de louco, em ti todo fragmentado, abjeto. Ele se fará na vontade que tens de quebrar o equilíbrio, de te estilhaçares, Ele se fará no riso dos outros, nesses que sorriem apiedados quando te descobrem, Ele se fará enorme porque e somente agora que te mostras, agora é que dás ao outro o mais pobre de ti, fala, Ruiska, sem parar, fala desse teu fundo cor de cinza, mostra a tua anca, teus artelhos, tuas canelas peludas, teu peito encovado, teu riso frouxo, mostra tudo de ti, sabes, não tens nada, tua língua se enrola a cada palavra, não tens amor nem guias, estás sozinho como um porco que vai ser sangrado, estás sozinho como um boi que vai ser comido, sabes como é com o boi? Abrem a veia, deixam-no sangrar, enquanto isso todos conversam, amam, tu és um boi, Ruiska, um boi aberto, esburacado, tu és um porco, Ruiska, e te imaginas homem, pedes todos os dias que te deem as mãos, suplicas, procuras o Deus, Ele está aí mesmo no teu sangue, na tua natureza de porco, nesse chão escuro por onde escorrem os teus humores, no teu olho revirado, ai, acalma-te, preserva-te, estás em emoção, te pensas magnífico dizendo as tuas verdades, mas continuas breu para o teu próximo, e todo o teu caminho terá um só destino, a morte, ela sim é grandiloquente, ela é rainha, chega a qualquer hora, oh, não te exaltes, recebe-a, tens mais ossos que carnes? Ai, não creio, tens carne, comias dez alcachofras num só dia, para o fígado, sei, que nada, comias porque a tua língua engrossava de prazer, e depois o creme de leite, o olho vesgo abrindo a lata, a fúria da primeira colherada. Comias, comias, andavas pelo jardim, gozavas com os teus verdes, teus cáctus amarelos, tuas bocas-de-leão, ai que maravilha, são azuladas, fumavas. De repente: meu Deus, Santo Pai, eu Te agradeço a minha vida. Que vida, Ruiska? Teus prazeres, tuas misérias? E a cama. A cama sem Ruisis ou cheia de Ruisis, tu mesmo, homem-fêmea se abrindo e se fechando. Escuta, anão, estou pensando. Em quê? Na coexistência, nesse ser dos outros. Vai falando. Me ouves? Claro, mas vou fritando esses peixes, nem imaginas como foi duro pescar este aqui, todo prateado, olha, e depois olhou com um olho, nem te digo, eu que sou cheio de ódio tive pena, olha que íris, que coisa bem pensada, hein Ruiska, mas falavas, anda, te escuto. Que é difícil. Ah, muito. Queres o peixe na manteiga ou no mijo? Vai fritando. Falavas. Sim, que é difícil. É. É muito difícil. Mais difícil sem pão. Eu digo a vida. Ah, também muito difícil. Mais difícil sem a ideia. Podes viver sem a ideia? Não. E sem o peixe? Vive-se, mas fala baixo senão te engolem. Há gente por perto? Eh, nunca se sabe, o outro dia, lá na parte de baixo, eu peidava e ria quando apareceu um sapo gargarejando: anão, vai peidar pra lá, aqui é baixo mas não é cu de sapo. Dei-lhe uma rasteira. No sapo? Sim. Difícil, não? Tudo é difícil, Ruiska, dificílimo, arrota pra ver se não é duro, vê, não conseguiste, peida, vê, não podes, coça o meio das costas, vê, não consegues, anda de lado e sentado, vê, é dificílimo, acalma-te, come o peixe, agora sim está frito, estás frito também, pois coexistes.

OSMO

NÃO SE IMPRESSIONEM. Não sou simplesmente asqueroso ou tolo, podem crer. Deve haver qualquer coisa de admirável em tudo isto que sou. Bem, vou começar. É assim: eu gostaria realmente de lhes contar a minha estória, gostaria mesmo, é uma estória muito surpreendente, cheia de altos e baixos, uma estória curta, meio difícil de entender, surpreendente, isso é verdade, muito surpreendente, porque não é a cada dia que vocês vão encontrar alguém tão lúcido como eu, ah, não vão, e por isso é que eu acho que seria interessante lhes contar a minha estória, estou pensando se devo ou não devo. O meu medo é que vocês não sejam dignos de ouvi-la, por favor não se zanguem, isso de dignidade é mesmo uma besteira, lógico que há gente que se importa muito com essas coisas de honra e dignidade, eu não, eu nunca me importei e por isso é que eu estou pensando agora que não tem a menor importância, enfim, que não é nada importante o fato de vocês serem dignos ou não, dignos ou não de ler a minha estória, claro. Ou de ouvir? Como vocês quiserem. Para dizer a verdade não tenho a menor vontade de escrevê-la, há três dias que passo as mãos nessas folhas brancas, nessas brancas folhas de papel, há três dias que dou umas cusparadas pelos cantos, a minha mãezinha não me aguentava desde pequenininho, não só por causa dessas cusparadas, não me aguentava por tudo, entendem? Não, não entenderam, já vi, aliás eu nunca mais vou dar cusparadas, desde já. Bem, eu vou explicar: a minha mãezinha não me aguentava porque ela era louca para dançar, dançar, isso mesmo, eu espero que vocês saibam o que é dançar, antes era ficar andando pelo salão, a dois, é assim que eu ainda danço, agora é ficar sozinho se rebolando, tanto faz, a gente sempre está sozinho ainda que esteja a dois, a três, dançando ou, enfim, a gente sempre está sozinho. A minha mãezinha dançava a dois. Mas não é exatamente isso que eu quero contar, aliás nem sei se é de bom-tom ficar falando assim da mãezinha da gente mas vocês hão de convir que eu não falei nada de ofensivo, apenas disse que ela gostava de dançar. Isso parece ser do gosto de quase todas as mulheres. Isso de dançar. Pelo menos as que eu conheci. Todas gostavam muito de dançar. Ainda gostam. Não sei bem por quê, até perguntei a um amigo meu, quero dizer, não é bem meu amigo mas é mais ou menos, então como eu estava dizendo, perguntei por que as mulheres inventam sempre esse negócio de dançar e o convite vem invariavelmente quando você está cansado, pelo menos comigo acontece assim, então você está cansado e resolve pegar a sua metafísica e de repente ela telefona, angustiada, absurda: faz um favor pra mim, tá? O quê? Vamos dançar. De início, dá aquele mal-estar medonho, lógico, porque eu estou deitado na minha cama, estou tomando nota das coisas mais importantes e as coisas mais importantes são aquelas que falam de Deus, eu tenho mania de Deus, enfim, eu quero dizer que eu estou acomodado e muito bem acomodado. Aí, eu respondo: como é mesmo que você falou? A voz do outro lado começa a se decompor: ah, já vi que você não quer. Não, não é isso, é que eu não entendi mesmo. Você quer dançar? Dançar? Ora, bem... bom, não está chovendo não? E o que é que tem se está chovendo ou não? Isso é verdade, perdão, eu estava assim meio confuso, não é nada não, dançar hein? Quando chega nesse ponto é aquilo: ah, você nunca foi meu amigo, você não me quer bem etc. e logo em seguida: você sabe como é que eu estou por dentro para chegar a pedir uma coisa assim? Não, meu bem, eu não sei como você está por dentro, como é que você está? Estou a ponto de morrer, por favor, me leve a dançar. Daqui meia horinha hein? Desligou. Aí, encosto a cabeça no travesseiro, voluptuosamente, olho para esta maravilha que é o meu quarto, olho para o travesseiro, afago-o, fecho meu livro mas não sem sublinhar este trecho precioso: "Deus tira o bem, do mal que acontece. Por isso, o universo é mais belo contendo o mal como um canto". Muito bem. Gostaria de continuar a citar trechos mas agora não tenho muito tempo. Vamos lá. Tomo um banho? É melhor. Abro o chuveiro. Está frio ainda. Estou nu, com o sabonete na mão, e espero. Agora está quente. Ótimo. É pra dançar mesmo? Vamos, vamos, não é tão grave, você dança um pouco e depois diz que está com cistite sim, cistite é um negócio chatíssimo, a gente não para mais de urinar, não, não é bem assim, cistite dá vontade da gente urinar mas a gente não urina. Tanto faz, invento qualquer coisa. Começo lavando bem as axilas, agora esfrego o peito, o meu peito é liso e macio, na verdade eu sou um homem bem constituído, tenho um metro e noventa, tenho ótimos dentes, um pouco amarelados, mas ótimos, quase não tenho barriga, um pouco, como todo mundo da minha idade, eu ainda não lhes disse a minha idade, eu acho que existo desde sempre, mas afinal o que importa? Agora as coxas. As coxas são excelentes porque eu fazia todos os dias cem metros na *butterfly*, vocês imaginam como isso me deixou com um peito deste tamanho, ah, sim, eu estava falando das coxas, pois é, são excelentes. Há mulheres que dizem que as minhas coxas são fortes, sei lá, uma porção de besteiras, ou melhor, não são besteiras o que elas dizem, as minhas coxas são excelentes realmente, mas acho que vocês não estão interessados, ou estão? Se não estão, paro de contar, mas se estão, posso acrescentar que além de fortes, têm uma penugem aloirada, e a única coisa que não combina muito com as minhas coxas é uma vacina um pouco redonda demais, um pouco rosada demais, e essa vacina não combina muito com as minhas coxas. Mas esse fato não tem sido empecilho para nada. As mulheres não se aborrecem com isso. Também seria um pouco de delicadeza demais isso de se impressionar com uma vacina redonda e rosada, apesar de que eu sempre me impressionei com pequenas coisas. Sempre. Me lembro que na adolescência comecei a gostar de uma menina lá da escola, ela era sem dúvida uma linda menina, e um dia eu notei que ela tinha uma verruga um pouco abaixo do queixo, uma verruguinha de nada, podem crer, e no entanto aquela verruga fez com que tudo em mim murchasse, tudo, e isso foi horrível porque à noite quando queria pensar na menina para poder gozar, por favor não me interpretem mal, para poder gozar de horas agradáveis, sozinho na cama olhando as estrelas, porque a janela ficava sempre aberta, então quando queria pensar na menina e sonhar, lá me vinha a verruga e eu disfarçava, dizia para mim mesmo: não seja idiota seu imbecil, a menina é linda, o que é que tem uma verruguinha de nada? É, mas não funcionava. Desisti. Lógico. Desisti porque todas as noites era essa mesma besteira que me vinha e eu olhava as estrelas e pensava numa égua amarela, porque à falta de uma menina sem verruga, só uma égua amarela mesmo. Bom. As coisas que se pensam no banho. Incrível. Não sei se lavo a cabeça ou não. Não gosto de lavar a cabeça à noite porque tenho a cabeça muito sensível, já fui a vários neurologistas, e eles dizem que a minha cabeça é muito boa, e que não podem saber o que se passa nela, aliás, com ela, e me receitam Beserol e eu tomo Beserol mas não adianta muito. Os neurologistas são estranhos. Um deles está estudando o hipotálamo há mais de trinta anos e ainda não chegou a qualquer conclusão. Sempre que me encontro com ele, pergunto: e o hipotálamo? Ele responde: meu filho, é um mistério, é um autêntico mistério. Às vezes penso que seria melhor dizer pra ele não se preocupar mais com o hipotálamo mas isso seria o mesmo que sentenciá-lo à morte, porque o homem só vive pelo hipotálamo para o hipotálamo, e sempre com o hipotálamo. E é difícil acabar com uma coisa pela qual se vive. Isso é. Então não digo nada, ou melhor, digo: um dia, doutor, um dia a coisa vem. E ele segue em frente. As orelhas é que são difíceis de lavar, aliás, os ouvidos, eu meto o dedo lá dentro mas sempre fico com medo de não ter metido o suficiente, e é muito chato ter esse medo. Bem, acho que estou limpíssimo, lavei-me completamente. Lavei tudo. As toalhas estão sempre molhadas, eu não entendo por quê, ah, lembrei-me, antes de me deitar eu havia tomado um banho, mas que besteira, fui tomar outro banho sem precisar, e lembrei-me da Mirtza que me dizia: filhinho, você vai ficar sem o óleo natural da pele, você tem a mania do banho, um dia o teu corpo começa a soltar umas escamas e você nem sabe por quê. Por isso. Por isso. Coitada da Mirtza, ela não era exatamente um peixe de tão limpa, não era, enfim ela já está morta e quando as pessoas estão mortas não convém falar muito sobre elas. Ai, esqueci dos chinelos, não faz mal, vou assim mesmo de pés descalços para o quarto, me sento na cama e quando sento, ainda sinto, esperem, uma observação, esquisito esse negócio de quando sento ainda sinto, bem, fica assim mesmo, enfim, sinto o calor do meu corpo na cama. Não vou deixar a cama vazia por muito tempo, ela, quero dizer a Kaysa, não vai querer dançar a noite inteira, ou vai? A minha cueca. A minha cueca é deliciosa, sabem por quê? Eu mando fazer as minhas cuecas com esse tecido que chamam de pele de ovo, não sei se vocês conhecem, não é todo mundo que pode ter cuecas de pele de ovo, eu tenho porque nessas partes onde as cuecas tocam eu sou muito sensível, e eu falo nessas partes e não falo o pênis, e tal, porque acho que sem falar vocês vão entender, afinal todo mundo tem essas partes, ou não? Bem, não é por pudores estilísticos que não falo o... sim, talvez seja por um certo pudor, porque agora nas reticências eu deveria ter escrito cu e não escrevi, quem sabe deveria ter escrito ânus, mas ânus dá sempre a ideia de que a gente tem alguma coisa nele, não sei explicar muito bem, mas é sempre o médico que pergunta: o senhor tem fístulas no ânus? Não me lembro mais se isso de fístulas foi comigo, ah sim, foi comigo mesmo, é o seguinte: eu tenho o ânus muito estreito e cada vez que é preciso ir ao banheiro, é pudor sim, mas logo mais perderei, vocês vão ver, cada vez que é preciso, como eu ia dizendo, eu não consigo. Não consigo ir ao banheiro, e isso é uma chatice e dá fístulas no ânus. Então fui ao médico e ele me enfiou o dedo lá dentro, o dedo dele, lógico, não sei qual dedo, acho que não importa, mas na hora de sair, quero dizer, na hora que ele deveria tirar o dedo, ele não conseguiu porque eu sou assim muito tenso, e apertei e não conseguia relaxar. Foi muito desagradável e o médico achou que era preciso fazer uma ligeira intervenção cirúrgica, não naquela hora, eu já tinha conseguido relaxar, mas posteriormente. Achei besteira e não fiz coisa alguma porque pensei: antes um ânus apertado do que ficar se cagando por aí. Viram como eu consegui? Aos poucos a gente consegue tudo, essa coisa de pudor é só no começo, quero dizer no começo de começar alguma coisa. Depois a gente vai metendo. É assim mesmo. A minha cueca é deliciosa mesmo, fininha, transparente, e ainda agora me lembro novamente da Mirtza, vocês vão ver por quê. A Mirtza passou uns tempos na Índia, depois eu explico direitinho, agora não tenho muita vontade, mas então a Mirtza vivia me escrevendo e pedindo que eu lhe mandasse calcinhas de nylon, ela dizia que na Índia não tem calcinhas, não sei se isso é verdade, deve ser já que a Mirtza não teria outros motivos para me pedir calcinhas, não sei, talvez tivesse, e ela pedia calcinhas desse nylon bem transparente e eu mandava sempre duas dúzias e logo mais vinha outra carta pedindo mais calcinhas. Bem, eu mandava. E estou pensando agora, porque só agora é que me ocorreu, o que será que a Mirtza fazia com tantas calcinhas? Quem sabe ela vendia. Será? A Mirtza era estranha, além de ser um pouco sujinha, seria bom contar um pouco sobre ela apesar de que a vida de Mirtza não foi uma vida muito rica, ela não merecia viver por muito tempo, mas também não foi uma vida muito banal porque a Mirtza era uma ladra. Não era uma ladra qualquer, era uma ladra de alto... olhem, era uma ladra de alta-costura. Ela roubava moldes, vocês me compreendem? Não entendo muito desse negócio de alta-costura mas parece que é um negócio muito sério e ninguém pode roubar nada antes das coleções, nem depois, lógico, e a Mirtza roubava e vendia os moldes. Parece que era um negócio muito rendoso porque ela sempre roubava moldes. Enfim, não entendo disso e nunca perguntei direito porque também não me interessava. É muito fácil escolher uma roupa no meu armário, porque todos os meus ternos são iguais, escuros, eu só ando de terno muito escuro, e as minhas gravatas são também todas iguais, essas de tricô, estreitas, pretas ou azuis-marinho. É besteira isso de ter ternos de todas as cores, riscadinhos etc., isso é para gentalha, a gente sempre está bem-vestido quando está com terno escuro, azul-marinho ou preto, gravata estreita de tricô, meias azuis-marinho ou pretas de cano longo, lógico, é horrível mostrar os pelos das canelas, a única coisa que é possível variar é a camisa. A camisa pode ser azul-clarinho ou branca. Eu gosto mais de branca. Às vezes ponho as azuis-clarinhas. Clarinho ou clarinhas? Tanto faz, ninguém vai se importar com isso, mas de repente podem se importar e vem algum idiota e diz: iii... o cara é um bestalhão, escreveu azuis-clarinhas em vez de (ou ao invés de?) azuis-clarinho. Isso eu vou pensar depois. Nos trechos mais importantes. Mas nos trechos mais importantes eu não vou falar de camisas, podem crer. Quando eu começar a falar mais seriamente, não que tudo isso não seja muito sério, é seríssimo, mas quando eu escrever sobre as minhas preocupações maiores, porque as minhas preocupações maiores não são camisas nem gravatas, vocês já devem ter notado, ou não? Enfim, quando eu escrever sobre as coisas da morte, de Deus, eu vou evitar palavras como azul-clarinho ou clarinha etc. O cabelo está comprido mas está bem. Agora a minha lavanda. Acho que estou atrasado. A Kaysa deve estar a essa hora no portão, ela é demais impaciente, e deve estar toda de preto, com aqueles decotes que me chateiam um pouco. Acho que não expliquei, a Kaysa é a mulher que telefonou e que pediu para dançar. Não se confundam, a Mirtza está morta, a Kaysa está viva. Tirar o carro da garagem também é chato, se fosse um pouco mais cedo o José tiraria. O José é meu empregado. Ótimo aliás. A única coisa é que o José é pederasta, já sei vocês estão dizendo: iii... que falta de imaginação, um empregado pederasta. Pois é, mas eu sou muito honesto quando resolvo contar no duro uma coisa, e a verdade é essa mesmo: o José é um pederasta. Discreto. Eu sei que ele recebe meninos no quarto mas finjo que não sei, afinal não tenho nada com isso, não sou eu que vou ser enrabado. Bom, nunca mais vou falar do José. Aliás posso ter todos os defeitos mas esse negócio de cu nunca me entusiasmou. Todo mundo que fala de cu vira santo. Uma vez tentei esse negócio.

Numa mulher, assim só pra ver, afinal falavam tanto. Mas não acertei. De jeito nenhum. Não sei se era porque a mulher rebolava muito mas o fato é que não acertei. Acho que foi melhor. Não me explico bem, foi melhor não ter acertado. Afinal isso de cu é para sair e não para entrar. Não sei por que insistem. É uma merda de qualquer jeito. Esse mesmo médico que queria me fazer uma intervenção me contou uma estória horrível. Não sei bem a propósito de quê. Ah, naturalmente. Ele me contou que um menininho foi consultá-lo. Escondido dos pais. Consulta aqui, consulta lá, e daí ele viu que o ânus do menininho estava num estado lastimável. Era urgente operá-lo e tudo o mais. Deu uma grande confusão mas depois de seis meses o menininho estava novo, quero dizer, com ânus de platina, tudo direitinho, e ele o médico disse para o menininho: meu filho, nunca mais tenha relações anais. Nem mais uma vezinha doutor? Os menininhos desta geração têm a mania do cu. Ninguém explica, ninguém sabe por quê, dizem que é a busca do pai, mas vão procurar o pai tão lá no fundo? Não sei, dizem que é falta de amor e mil estórias mas ninguém ainda me explicou direito por que esse negócio de dar o cu é tão moderno. Dizem também que todo sujeito sensível e delicado é um pederasta porque a sociedade atual é toda de agressão etc., e o cara acaba dando o cu por delicadeza e carência de afeto. É isso, carência de afeto. São os termos que usam. Não entendo, porque se eles são tão delicados, como é que eles aguentam esse troço? Não deve ser mole, não. Enfim, não tenho nada com isso, apesar de que me surpreende bastante. Pronto, ela está lá. Eu não disse? O decote é imenso, mas está bem, está bem. Demorei? Ah, você nem sabe, o Hanzi me escreveu e é por isso que estou tão abalada... Conta, conta. Sabe, ele vai definitivamente para a Alemanha Oriental e agora quem é que vai tomar conta do meu apartamento? Olhem, para vocês não se confundirem muito, eu vou explicar que o Hanzi é um ex-amante da Kaysa, um homem muito bonzinho, é meio complicado e chato contar tudo mas é mais ou menos assim: o Hanzi viveu algum tempo com a Kaysa lá na Finlândia, porque a

Kaysa é finlandesa, eu não disse para vocês? Deixa pensar um pouco, não, não disse. Então é isso, o Hanzi é jornalista também, é alemão, e estava sempre em dúvida quanto ao leninismo-marxismo e pelo que ela está me contando, ele não está mais em dúvida. Ah, é? Vai mesmo? Pois é, e isso é um transtorno porque tenho coisas valiosas lá em Helsinque, e o Hanzi cuidava de tudo tão bem, você acha que eu devo mandar buscar as coisas? Ele vai e não volta mais, Kaysa? Não, não volta, ah, será que ele não me roubou nada? Mas o que é que ele podia ter roubado, Kaysa? Ora, meu caro, as minhas pratas, eu tenho um bule de chá, de prata, deste tamanho. É, é grande. E depois o faqueiro. Mas escuta aqui, Kaysa, se ele agora é um leninista-marxista ele não vai se interessar por bules de chá etc. Iiiii, que besteira, você tem uma ideia limpa dos comunas meu caro, prata é prata. E agora ela resolveu falar de todas as coisas que tem no apartamento, e isso tenho certeza que vocês não vão se interessar, tapetes persas, vasos chineses, aquarelas russas, e enquanto ela fala me vem aquele trecho: "o universo é mais belo, contendo o mal como um canto". O mal é a morte? É a vida? Vamos pensar um pouco: o imponderável, as zonas escuras, a travessia perturbadora em direção à... Em direção a quê, afinal? Vamos pensar um pouco porque até agora eu estava distraído. Então, pensemos: quando morremos, morremos definitivamente ou é possível que exista uma outra realidade impossível de pensar agora? Impossível de pensar agora porque agora as nossas antenas vão até um certo ponto e depois não vão mais, eu sei que não estou dizendo as coisas com lucidez, apesar de que eu lhes falei que sou um homem muito lúcido mas a presença e a fala de Kaysa me incomodam, bem vamos lá, eu preciso continuar pensando: quem sabe se na morte adquirimos uma outra dimensão muito mais viva do que esta aparente dimensão de vida, será possível que é preciso morrer para conhecer o todo da nossa extensa dimensão? E vai até onde a nossa dimensão? Olhem, eu também não contei tudo direitinho para vocês, aquela estória por exemplo da menina com a verruguinha de nada, da janela aberta, vocês se lembram?

Da égua amarela, vocês se lembram? Bem, a menina, a égua amarela, têm alguma coisa a ver com a estória mas não é toda a estória. É verdade que eu pensava na menina, que a verruga da menina me atrapalhava, e que eu resolvi pensar na égua amarela para ficar mais sossegado, tudo isso é verdade, mas o importante para mim foi de repente uma coisa que eu vi quando comecei a pensar na égua amarela. Vocês vão achar tudo isso meio debiloide, mas as coisas que acontecem conosco não são corolários de um teorema (ou são?). Debiloide ou não, para ser honesto como eu prometi a mim mesmo que haveria de ser na hora de contar as coisas, devo dizer que não me importa nada o que vocês pensam de mim, que eu já me importei, até uma vez tive um acesso de fúria quando a minha mãezinha que adorava dançar me disse que alguém lhe dissera o seguinte a meu respeito: o seu filho, dona, tem alguma coisa que não vai bem. Aí quebrei todos os cristais, dei mil cusparadas nos tapetes que também eram persas, as mulheres têm mania dos tapetes persas, depois o que elas fazem mesmo em cima desses tapetes é foder, não tenho nada com isso, mas além das cusparadas, mijei nos tapetes persas da minha mãezinha, e disse: espera que eu ainda vou dar uma cagadinha, e depois, você, mãe, manda de presente o tapete pro cara que disse esse negócio de mim, aliás, você, mãe, você deveria ter feito na hora o que eu estou fazendo agora, mas eu sei mãe, você não tem presença de espírito, não é? E como você gosta muito de seu filhinho, do seu filhinho que fica sozinho porque não tem com quem ficar quando você vai dançar, então, como você gosta muito de mim, sua vaca, você não respondeu nada, não é? E também fez aquelas caras de mãe sofrida, e abaixou a cabeça e esticou a boca ameaçando choro, não é? E aí o homem convidou você para dançar, não foi, mãe? Ora, mas não é absolutamente nada disso que estou interessado em contar, apesar de que é sempre bom contar essas grandes cagadas familiares, é bom, é bom, não me arrependo não. Vejamos, já nem sei onde estou, eu disse que não me importava com o que vocês possam pensar de mim, mas quando penso no homem que disse aquela frase, até hoje fico com vontade de encontrá-lo, sacudi-lo e dizer: o quê? O que é que não vai bem comigo, hein? Bem, mas agora não me importa nada e eu vou contar o que vi, deitado na cama e com a janela aberta. Foi assim: eu estava deitado na cama e a janela estava aberta e eu pensava na égua depois de pensar na menina etc., e ao mesmo tempo que pensava na égua olhava para o céu, porque a janela estava aberta etc. E de repente, tomei consciência de que o que eu estava vendo no céu era aquela cruz de estrelas que se chama o Cruzeiro do Sul, vocês conhecem pelo menos isso não? Bem, tomei consciência e devo ter pensado rapidamente, pois é, é o Cruzeiro, e assim que acabei de pensar vi essa coisa absurda e vou contar: eu não sabia que as estrelas do Cruzeiro do Sul se chamavam, aliás ainda se chamam, alfa, beta, gama, delta e épsilon, eu não sabia mas depois fiquei sabendo porque fui examinar uma carta celeste, aliás é difícil encontrar uma boa carta celeste, e então de repente vi que épsilon começou a andar lentamente em direção a alfa, andou, andou, chegou até alfa, contornou alfa e desapareceu, e eu pensei, que besteirada, isso é impossível, as estrelas não andam assim, isso eu sei desde pequenininho, e depois de pensar assim, vi que beta começou a andar lentamente em direção a gama, andou, andou, contornou gama e desapareceu. Aí me sentei na cama, esqueci totalmente da égua amarela, e pensei mas que loucura aquilo é o Cruzeiro do Sul etc., elas andaram, eu vi que elas andaram assim com a velocidade de um avião, eu vi, e fiquei olhando o Cruzeiro sem épsilon e sem beta, pensei *ma dove vanno*, acabei de pensar quando épsilon e beta ressurgiram ao mesmo tempo, e o Cruzeiro ficou como sempre. Olhem, querem saber? Estou cansado de contar essas coisas e tudo o mais, tenho uma vontade muito grande de não contar mais nada, inclusive de me deitar, porque se vocês soubessem como cansa querer contar e não poder, porque agora estou dançando, é ridículo mas estou dançando com a Kaysa, e ao mesmo tempo que estou dançando estou pensando na melhor maneira de contar quando eu afinal me resolver a contar. Enfim, acho que nesta hora eu devia estar na minha mesa, sentado, e ao meu lado, isto é, em cima da mesa, uma porção de folhas de papel branquinhas, e eu pegaria numa folha de papel, colocaria a folha de papel na máquina de escrever e começaria a minha estória. Começaria assim talvez: eu me chamo Osmo, quero dizer, para vocês eu digo que me chamo Osmo, mas o meu nome verdadeiro, se é que a gente tem um nome verdadeiro, tem sim, mas o nome verdadeiro não interessa. Sempre fui de opinião que não se deve dizer o nosso nome verdadeiro, só a gente é que sabe o nosso nome, e isso deve ser uma coisa secreta, eu penso assim. Quem me chamava de Osmo era a Mirtza, mas vocês também podem me chamar de Osmo. Eu, Osmo, tenho um negócio de importação-exportação e não convém dar detalhes porque vocês não vão importar nem exportar coisa alguma. Os negócios vão bem, eu vou, dou as minhas ordens e tudo funciona. É incrível mas funciona. De vez em quando, eu viajo. E numa dessas viagens eu encontrei a Mirtza. Olhei para a Mirtza, a Mirtza era branca, muito branca aliás, ela parecia essas gringonas de hospital, as pernas grossas, o cabelo crespo e aloirado e toda branca. Convidei a Mirtza para viajar um pouco comigo, e além de me deitar com ela, achei também que ela tinha alguma coisa da minha mãe, e isso, essa coisa dela ter alguma coisa da minha mãe, em vez de (ou ao invés de?) atrapalhar as nossas relações como a princípio julguei, não atrapalhou nada, foi muito bom até, à noite eu me deitava com a Mirtza e contava um pouco de mim mesmo. No começo foi ótimo, ela me ouvia, me alisava o cabelo, falava umas palavras estranhas que eu não entendia porque a Mirtza era lituana, ela falava a minha língua também, a minha língua é uma língua de bosta, ninguém fala a minha língua, e na cama, de repente, a Mirtza falava essa língua que se fala na Lituânia. Era bom. Até hoje não sei por que a Mirtza falava a minha língua, ela certamente me elucidou mas eu não me lembro. Aí, eu dizia, deitado na cama: Mirtza, um dia, eu vi, sabe essas estrelas do Cruzeiro do Sul... O quê? Aí eu explicava o negócio do Cruzeiro do Sul. A Mirtza ficava olhando para o teto do quarto, isso no começo, e dizia: olha, Osmo, eu acredito em você, apesar de que é meio louca essa estória, porque você mesmo diz que as estrelas não andam desse modo que você viu andar, mas eu acredito em você, Osmo. Também não sei por que a Mirtza me chamava de Osmo porque Osmo é um nome finlandês e a Mirtza era lituana e eu não sou finlandês, bem, não importa. Quando ela disse que acreditava em mim, fiquei louco de contente. Pensei: eu fui encontrar uma lituana que acredita em mim. E isso é inacreditável. Aí, eu falava, falava, e nas primeiras noites ela ouvia o que eu falava, depois ela queria fazer amor e eu fazia amor direitinho e tudo o mais, mas eu queria continuar falando depois. Depois de fazer amor. Aí, ela não me ouvia mais. Comecei a compreender que a Mirtza só me ouvia antes de fazer amor, e então pensei: essa mulher é uma vaca, ela finge que se interessa pelas coisas que eu falo, só porque depois ela sabe que eu vou fazer amor direitinho e tudo o mais, mas no fundo ela não tem o menor interesse pelas coisas que eu falo. Bem. Fiquei com essa dúvida e tal, a Mirtza foi para a Índia, eu fui para outro lado, mandei as calcinhas etc., quero dizer, só mandei as calcinhas, e combinamos de nos encontrar numa pequena cidade da Finlândia. Não sei por que escolhi a Finlândia, e não sei por que escolhi aquela cidade, não sei mesmo, e é por isso que eu acho que alguém resolve as coisas por mim, alguém que não sei quem é. A cidade chama-se Koivuniemi. E em Koivuniemi nos encontramos outra vez. Achei que a Mirtza voltou bem-disposta, um pouco bem-disposta demais, talvez, e o que me aborreceu seriamente: já não me ouvia nem antes nem depois. Logo na primeira noite, a primeira noite da volta, ela me disse: Osmo, tenho vontade de dançar. Dançar? Mas aqui tem um lugar para dançar? Tem sim, agora é outono, e os homens do campo festejam as colheitas. Ah, é? eu disse. E continuei: mas não sei dançar as danças que eles dançam. Então a Mirtza começou a dizer que era simplíssimo, era assim: dois passos para um lado, assim amor, depois mais dois para o outro lado, assim amor, e depois ela rodava, rodava, e eu ficava olhando parado e dizendo: ah sei, sei. Mas por que Mirtza você quer dançar? Você dançava na Índia?

Lá é esquisitíssimo, amor, é assim. E ela começava a dançar outra vez. Fomos. E agora não quero falar muito sobre a festa. Depois. E quando a festa acabou, já muito tarde, a Mirtza quis passear no bosque de bétulas. O bosque de bétulas. Esperem um pouco, era muito tarde, mas o que eu quero dizer é que estava amanhecendo. O cheiro ingênuo daquele chão verde misturado à terra e o cheiro branco e acre da nuca de Mirtza. Beijei os braços gordos e a minha boca deslizava sobre a pele de Mirtza, e os meus olhos olhavam os poros delicados, olhavam sem ver, olhavam a totalidade daquela pele, e passei a língua, e era como se eu passasse a língua sobre a superfície cremosa da coalhada, e ela ria, a garganta cor-de-rosa, a língua cor-de-rosa, os dentes minúsculos, as axilas suadas. Deitei-a. Deitei-a, e fiquei de pé, olhando-a. Eu não sabia o que olhava, nem por que olhava, sim evidente, olhava uma mulher deitada na terra, uma mulher que se chamava Mirtza, que tinha a pele muito branca, as mãozinhas gordas que muitas vezes seguravam o meu pênis com um gesto ovalado, como se o meu pênis fosse um novelo de lã. Olhava a Mirtza e perguntava a mim mesmo o que olhava. E ela também me perguntava o que eu olhava. Não respondi, fiquei olhando e depois olhei o sol entre as bétulas, e enquanto olhava o sol entre as bétulas, pensava: o que foi que me deu? O que é que eu estou querendo pensar com tamanha acuidade, o que é que eu estou querendo esconder de mim mesmo, por que não penso logo o que gostaria de pensar? Leve, muito leve este ar. E havia também um certo canto de pássaro, podem crer. E agora penso: que fim será que levou o ex-marido de Mirtza, um enfermeiro inglês paralítico que morava na Austrália? E me veio uma enorme vontade de rir, acho incrível que alguém possa ter um ex-marido enfermeiro inglês paralítico que mora na Austrália. E por que me vem uma vontade enorme de meter quando penso nessas coordenadas de Mirtza? Vocês devem achar bizarro, é, bizarro é o termo, vocês devem achar bizarro essa vontade de meter pensando nessas coisas. Eu também acho. É bizarro, têm razão, e essa bizarria não teria outro interesse para vocês se só me conduzisse à vontade de meter. Lógico. Ele deve estar numa cadeira de rodas. Ele deve ter as pernas brancas. E daí? Daí, Mirtza e o marido se fundem, umas pernas brancas, uma imobilidade masculino-feminina à espera. Mirtza diz: bem, eu vou me levantar. Comprimo o meu pé direito contra o seu tornozelo, ela deita-se novamente e sorri: vem, Osmo. Espera, estou pensando uma coisa. Que coisa? Estou pensando se você seria capaz de me responder. O quê? De me responder por que é que eu penso e vejo coisas que ninguém pensa e vê. Que coisas você viu que ninguém vê? Você não se lembra mais, Mirtza? Do quê? Do Cruzeiro. Que Cruzeiro? A estória das estrelas, Mirtza. Ah. Ah, o quê? Eu já disse, Osmo, que acredito em você, não faz essa cara, mas o que mais que eu posso dizer? Vem, Osmo. Mirtza, eu ainda não acabei de falar. Ela sorri: está bem, e o que mais que você pensa? No teu ex-marido. Ela morre de rir: Osmo, como você fica de repente engraçado. Aí me deitei sobre ela, encostei as minhas coxas naquelas coxas de Mirtza e do seu enfermeiro, e meti meu pênis, meu pênis reto como o tronco da bétula, e não meti simplesmente, meti com furor, com nojo também, e assim que terminei, cometi o grande ato. E depois do grande ato peguei o corpo de Mirtza, levantei-o acima dos meus ombros e o sol bateu nas coxas de Mirtza, suave, um sol suave, um sol perfeito para depois do grande ato. Agora não vou dizer tudo o que fiz. Ou digo? Gosto mais de dizer o que penso porque o que a gente faz são atos comuns, colocar o corpo de Mirtza apoiado num tronco de bétula, arrumar a calça, a minha calça, arrumar a minha camisa azul-clarinha (ou clarinho, ainda não sei), andar vagarosamente, olhar para todos os lados e não ver ninguém, agora uns passos mais apressados, um pequeno canto me comoveu, um canto de pássaro me comoveu, isto é, me fez respirar à larga, estiquei a boca, um pouco assim como a gente faz quando quer mostrar os dentes quando alguém pergunta se são brancos ou amarelos, os meus são amarelos, eu já lhes disse, não sei por que estiquei a boca assim, e depois sorri, e depois assoviei. Assoviei um canto de ninar finlandês, um canto que eu ouvi no fim da festa, eu não participei da festa, eu deixei que a Mirtza dançasse à vontade, fiquei na quina vazia de uma parede, eu disse a Mirtza antes de ficar na quina vazia: você vai dançar, eu quero ver você dançar a noite inteira, finja que eu não estou presente, eu quero ver você livre dançando, dançando, finja que não me conhece, é melhor assim. Por quê? Vai dançar, por favor vai dançar, eu gosto de te ver dançar. Quero dizer, Mirtza, e sem que você ouça: vai vaca, vai dançar. E por favor, não deduzam que a minha mãezinha que gostava de dançar tem alguma coisa a ver com tudo isso. Deixem-na dormir, por favor. O canto de ninar finlandês é assim: tuu, tuu, tupakarulla, tuu, tuu, tupakarulla, e eu não sei o que quer dizer mas era belo aquele tuu, tuu, tupakarulla, experimentem dizer, dá vontade de ficar dizendo sem parar, e eu primeiro assoviei e depois cantei tuu, tuu, tupakarulla, cada vez mais depressa tupakarulla, tupakarulla como se estivesse montado num cavalo, um cavalo vermelho a galope no bosque de bétulas, tupakarulla, bétulas, ah, tupakarulla, bétulas, cada vez mais depressa, agalopeagalopeagalope, que perfume, que lago, eu poderia ter jogado o corpo de Mirtza no lago, mas não, o corpo de Mirtza não era amigo de muita água, aquele corpo tinha o seu próprio cheiro, um cheiro singular e não era lícito despojá-lo daquele cheiro-perfume-singular, cada corpo tem direito ao seu lugar, cada corpo pertence a um lugar, o meu ainda não sei, talvez ao fogo, porque o fogo na verdade não consome, o fogo... não quero divagar agora sobre o fogo, talvez um dia, numa outra estória eu possa dizer mais coisas a respeito do fogo, por enquanto não posso porque estou a galope, estou no ar, estou no ar porque estou respirando com notável avidez e só posso estar no ar, respirando assim, e sempre depois do grande ato respiro assim, não é uma sensação de alívio podem crer, é como se eu acabasse de sair do ventre da minha mãezinha, deve ser isso, e sair do ventre da mãezinha da gente não é uma sensação de alívio, vocês devem saber porque já saíram do ventre das suas mãezinhas, então não é uma sensação de alívio, é uma imposição, e você se submete a ela, a essa imposição, e respira com notável avidez. Porque não pode ser de outro modo, você não pode deixar de respirar, você é obrigado a respirar, pois é para isso que você tem essas duas massas porosas, ramificadas, e agora olho para cima, e os ramos das bétulas esvoaçam, difícil dizer isso os ramos das bétulas esvoaçam, é assim sibilante, não é bom, mas me perdoem eu não tenho a menor vontade de escolher palavras agora, não estou preocupado com consoantes sibilantes, posso me preocupar com isso mais adiante e tentar corrigir, é sempre melhor não sibilar, quem é que sibila afinal? A serpente sibila? A serpente silva? A serpente silva sibilante? Não estou preocupado. Estou preocupado em existir. Existir é sibilante. Enfim, o existir não me confunde nada. O que me confunde é a vontade súbita de me dizer, de me confessar, às vezes eu penso que alguém está dentro de mim, não alguém totalmente desconhecido, mas alguém que se parece a mim mesmo, que tem delicadas excrescências, uns pontos rosados, outros mais escuros, um rosado vermelho indefinido, e quando chego bem perto dos pequenos círculos, quando tento fixá-los, vejo que eles têm vida própria, que não são imóveis como os poros de Mirtza, que eles se contraem, se expandem, que eles estão à espera... de quê? De meus atos. Não meus atos cotidianos, nada disso de se levantar da cama, tomar resoluções, banho, caminhar, não é nada disso, talvez em alguns dias, quem sabe, esses pequenos atos se encadeiem de modo a me levar ao grande ato, não sei, preciso refletir mais demoradamente, e chamo o meu ato de grande ato não porque ele tenha importância para mim, para mim é simples, é apenas muito estimulante, mas o grande ato deve ter importância para a maior parte das gentes, ah, isto eu sinto que é verdade, porque se não tivesse importância eu não me confundiria tanto, quero dizer, eu não ficaria tão em dúvida quanto à possibilidade de me dizer aos outros, de me confessar. E quando faço o que convencionei chamar de "o grande ato", vejo que um daqueles pontos rosados se fecha, cicatriza, é como se nunca ele tivesse existido, porque a pele desse outro alguém que está dentro de mim, a pele do dono desses pontos rosados, só deseja uma coisa: desfazer-se das delicadas excrescências. Quando eu penso em todas essas coisas, penso também na dificuldade de descrevê-las com nitidez para todos vocês. Vocês são muitos, ou não? Gostaria de me confessar a muitos, gostaria de ter uma praça, um descampado talvez fosse melhor, porque no descampado, olhando para todos os lados (não se preocupem com as minhas rimas internas) para essa coisa de norte sul leste oeste, vocês compreenderiam com maior clareza, vocês respirariam mais facilmente, e poderiam vomitar também sem a preocupação de sujar o cimento, poderiam vomitar e jogar em seguida um pouco de terra sobre o vômito, e quem sabe depois vocês fariam pequenas bolas com todos os vômitos, naturalmente usando luvas especiais, claro, e lançariam as bolas com ferocidade sobre mim. E se houvesse alguém parecido comigo, eu o colocaria ao meu lado, e quem sabe depois viria mais alguém, e outros e muitos, e ficasse um apenas, a atirar o seu bolo de vômito e terra sobre nós, isso seria o ideal porque poderíamos organizar uma bela partida de beisebol, beisebol sim, beisebol é mais vida, a bola a gente agarra, a gente abraça, a gente encosta no peito. Beisebol sim. Incrível. Eu não imaginava conseguir dizer tanto. Incrível. Eu sempre me penso fechado, sobre mim uma lâmina de pura resistência, uma lâmina coesa, fosca, uma lâmina sobre os meus costados, chegando até a cabeça, em forma de viseira, se colando depois sobre o meu rosto, e eu carrego esta lâmina e ando um pouco agachado, assim como esses velhos que têm sempre um feixe de lenha sobre os ombros, e olhem que eu sou bem alto, e assim mesmo me sei agachado. Agora vejam bem, a lâmina termina na garganta, e o peito, o ventre, o sexo, as coxas, e o resto, fica sem proteção, recebendo constantemente a emanação das calçadas onde vocês pisam, onde vocês cospem, onde vocês vomitam. Penso: vocês não serão culpados do meu grande ato? A emanação que penetra nos meus órgãos poderosos não é vossa? Já sei que vão dizer que eu estou querendo me safar daqueles pontos rosados, que aliás não são totalmente meus, são daquele alguém que eu já lhes expliquei. Não quero me safar não. Pelo contrário, dizendo que eu cumpro o meu grande ato através da emanação de vocês, eu não estou me safando, porque vocês ficam livres, cuspindo ou vomitando, e eu só fico livre através do grande ato, estimulante sim, mas pesado também, porque se não fosse pesado eu não estaria tentando explicar tudo isso. Claro, já sei: Osmo, por que você não rompe a lâmina e caminha reto como nós, e cospe e vomita como nós? Afinal, sempre haverá um outro para carregar a lâmina, você deixa a lâmina numa esquina, encostada a um poste, porque numa esquina sempre tem um poste, você deixa a lâmina e disfarça, ou melhor não disfarça, não é necessário, você deixa a lâmina como as crisálidas deixam aquela casca, e sai por aí. Não. Não posso. Eu nunca me perdoaria. Eu não sou qualquer um que vai largando as coisas pelas esquinas, e muito menos a lâmina, a lâmina coesa, fosca, a belíssima lâmina sobre os meus costados. Agora a Kaysa quer parar de dançar. Sentamo-nos. Eu estou com aerofagia porque bebi champanhe, peço um caldo quente, tomo o caldo, a Kaysa está sorrindo para um sujeito baixinho de cravo na lapela. Bem, eu quero ir embora. Estou farto. Vamos, vamos embora. Ela fica danada, arruma a alça do vestido, porque a alça despencou para o ombro, levanta-se, e quase não me dá tempo de pagar a conta, está danada, vê-se, ela gostaria de ficar, de continuar sorrindo para o homem baixinho, mas eu não larguei a minha metafísica para perder tempo neste antro, pode ficar danada e tudo o mais. Ligo a chave do carro, a mulher não diz uma palavra, o vidro está embaçado, limpo o vidro, começo a pensar na esquisitice de quase todas as mulheres, a começar da minha mãezinha, e agora me enterneço pensando na minha mãezinha e resolvo fazer uma cosquinha no queixo da Kaysa e digo: Kaysa, eu não quis interromper o teu namoro com aquele baixinho, não quis mesmo, mas eu estou um pouco cansado, e por isso resolvi sair daquele lugar, entende? Ela puxa a boca: namoro? Você disse namoro? Osmo, quer saber de uma coisa, pare aí. Aí, onde? Nesse boteco. Parei. Escuta, Kaysa, o que você vai fazer no boteco? Vou tomar um cognac. Por favor, Kaysa, vamos dormir, eu estou cansado e com vontade de urinar.

Urina no boteco, homem. Não, Kaysa, vou urinar mais adiante atrás do carro, e olhe, o boteco está vazio, acho que não há ninguém para lhe dar o cognac, mas se você quiser tomar o cognac eu te espero mais adiante, tá? Ela vai. Tenho certeza que a Kaysa vai telefonar para o antro e vai chamar o baixinho. Batata. Daqui, onde estou urinando, posso vê-la. Apareceu um homem no balcão, ela está no telefone, agora pediu o cognac para o homem, agora começa a rir no telefone, deve estar dizendo para o baixinho que está sozinha e triste, que eu sou um bestalhão que não gosta de dançar, e que larguei-a no boteco, e que ela vai voltar para o antro, e o baixinho diz que sim, que volte, que espera por ela na porta do antro, que ela pegue um táxi etc. Desligou o telefone, acabei de urinar, eu estava mesmo com vontade, ela está pagando a conta e agora vem vindo. Abro a porta do meu carro, ela entra, ela diz: sinto muito, meu caro, mas vou continuar dançando, me deixa num táxi. Kaysa, você telefonou para o baixinho? Sim. Você disse que estava sozinha e que eu sou um bestalhão e que eu te larguei num boteco? Disse, disse, disse. Muito bem, Kaysa, vamos procurar o seu táxi. Osmo, Osmo, eu não quero dormir, entende? Eu quero continuar dançando, entende? Eu estou triste, entende? Entendo. Para onde que você está indo, Osmo? Aqui não vamos arranjar táxi algum, aqui é um caminho deserto, você não vê? Sim, Kaysa, aqui é um caminho deserto, mas a noite está limpa e o Cruzeiro está lá imóvel, tudo está imóvel, será que as coisas só modificam o seu rumo quando um olhar de absoluta pureza... Será? Sim, porque o meu olhar era de absoluta pureza quando pensei na égua amarela na noite de épsilon e beta. E agora ela pensa que eu continuo este caminho de paineiras, este caminho deserto e lavado de terra, para possuí-la, sim, ela pensa isso, e está tão descansada que até reclinou a cabeça, fechou os olhos e se esqueceu de que deveria continuar dançando, ela está contente de ser apenas Kaysa mulher, mulher que tem tapetes persas, e agora dou duas cusparadas apesar de que lhes prometi que não mais as daria, mas dei, dei duas cusparadas e perguntei: você dançava e fornicava com o Hanzi nos teus tapetes persas, hein, Kaysa? Ha, ha, ha, Osmo, como você é engraçado. Sim, eu sou muito engraçado, eu sou bizarro. Pare. Vem, vem fornicar na terra. O meu peito parece um fole, ela está encantada, ela também parece um fole, um fole encantado, resfolegando debaixo do meu corpo, Kaysa, tapetes persas vasos chineses aquarelas russas leninismo-marxismo (oh, que estimulante!) Hanzi guardião de riquezas, oh, como as mulheres têm coordenadas absurdas, como tudo é absurdo, e como tudo que é absurdo me dá vontade de meter, oh, Deus Deus Deus, eu deveria ter grifado aquela frase "Deus é um nome incomunicável", e deveria ter trocado Deus pela palavra homem, e então ficaria assim: homem é um nome incomunicável. E agora os meus polegares de aço junto ao seu pescoço, o pescoço delicioso de Kaysa, ah, que ternura rouca explode dessa garganta, que ternura, que ternura. A lua sobre a garganta de Kaysa, o corpo eu vou deixar aqui sob os ramos, que lua, que lua. Ligo a chave de meu carro, depressa, depressa, abro todos os vidros e com este vento batendo na minha cara eu estou pensando: talvez eu deva contar a estória da morte da minha mãezinha, aquele fogo na casa, aquele fogo na cara e tudo o mais, não, ainda não vou falar sobre o fogo, foi bonito sim, depois eu falo mais detalhadamente, essa estória sim é que daria um best-seller, todas as estórias de mãe dão best-sellers, e querem saber? Amanhã, se ninguém me chamar para dançar, eu vou começar a escrevê-la.

LÁZARO

A Caio Fernando Abreu

O MEU CORPO ENFAIXADO. Ah, isso ela soube fazer muito bem. Ela sempre foi ótima nessas coisas de fazer as coisas, sempre foi a primeira a levantar-se da cama, uma disposição implacável para esses pequenos (pequenos?), como é que se diz mesmo? Afazeres, pequenos afazeres de cada dia. Mas não é a cada dia que morre um irmão. Quero dizer, milhões de irmãos morrem a cada dia, mas eu era o seu único irmão homem, depois, há Maria. Maria cheia de lentidão, irmã lentidão, irmã complacência. Eu estava dizendo que não é a cada dia que morre um irmão, mesmo assim ela soube fazer a minha morte, ela soube colocar tudo, como se coloca tudo no corpo de alguém que morre. Primeiro ela tirou a minha roupa. E tirar a roupa de um morto é colocar outra. Depois lavou-me. Depois escolheu as essências. São todas muito dispendiosas, mas eu fui encharcado de essências. Não, ela não me tirou as vísceras, não pensem nisso, não é isso que eu quero dizer. Ela embebeu as faixas nas essências. É isso que eu quero dizer. E depois ela enfaixou-me, os gestos amplos, pausados, indubitáveis, indubitáveis sim, o gesto de quem está fiando. Fiando numa roca sem tempo. Observei-a desde o início... esperem um pouco, como é que se pode explicar esse tipo de coisa... estou pensando... acho que é melhor dizer assim: observei-a, logo depois de passar por essa coisa que chamam de morte. E um pouco antes, também. Primeiro um golpe seco na altura do coração. O espanto de sentir esse golpe. Os olhos se abrem, a cabeça vira para o lado, tenta erguer-se, e dá tempo de perceber um prato de tâmaras na mesa comprida da outra sala. Dá tempo de pensar: alguém que não eu vai comer essas tâmaras. A cabeça vira para o outro lado. A cabeça ergue-se. A janela está aberta. E vejo as figueiras, vejo as oliveiras. Foi assim mesmo: vi tâmaras, figueiras, oliveiras. De repente vejo Marta. Ela põe as duas mãos sobre a boca. Ainda tento dizer: Marta, Marta, pare de arrumar a casa, eu estou morrendo. Tento dizer, mas uma bola quente vem subindo pela garganta, agora está na minha boca, tento dizer: Marta, Marta, é agora. Ainda vejo a cabeça de Maria na beira da cama. A cabeça cheia de cabelos escuros na beira da cama. Foi a última coisa que vi: a cabeça de Maria. Agora apenas ouço: Mestre, Mestre, ajuda-me, onde TU estiveres, ajuda-me, ele está morrendo! Não, Marta, eu não estou morrendo: eu estou morto. E agora vejo-a novamente. Vejo de cima, dos lados, de frente, vejo de um jeito que nunca vi. Jeito de ver de um morto. É estranho, vivo, se deveria ver melhor do que morto. Vivo, eu consegui ver uma única vez do jeito de um morto. Foi aqui na minha aldeia, depois das grandes chuvas. O ar fica duma transparência azulada, tudo se cobre, ou melhor, se descobre, é assim como se você pegasse a pele de uma gazela e a distendesse lentamente até... até ver o que eu vi dum jeito de morto: Ele estava parado. Ele pousava. Eu também estava parado, mas havia uma enorme diferença entre a minha maneira de estar parado e a maneira DELE. Ao redor de mim, esse ar que descrevi, transparência azulada. Ao redor DELE... ao redor DELE, um espaço indescritível, perdoem-me, na morte seria preciso encontrar as palavras exatas, porque na morte vê-se em profundidade, mas ainda assim não sei de uma palavra que qualifique o espaço que vi em vida ao redor DELE. Não sei se vocês entendem o que eu quero dizer, agora estou morto e por isso deveria saber dizer do que vi em vida. Deveria. Então: Ele estava parado. Ele pousava. Ao redor DELE, um espaço indescritível. Ele era alguém que se parecia comigo. Não no jeito de estar parado. Não. Eu vou dizer claramente agora: Ele era eu mesmo num espaço indescritível. Perguntei: por que estás assim parado? Ele disse: Lázaro, olha-me bem, Lázaro: eu sou a tua morte. Dei alguns passos apressados na direção daquele corpo. Era preciso saber o significado das palavras que eu ouvira, era urgente que eu soubesse. Estendi o braço para tocá-lo, mas a minha mão feriu-se no tronco da figueira. Não era ali que Ele estava? Ele não estava parado junto ao tronco da figueira? Um tempo fiquei assim: pasmado. Parado. Junto ao tronco da figueira. Depois ouvi a voz de Marta: Lázaro? Estás dormindo? Pobre... ele dormiu, Maria, ele dormiu... coitado! E as minhas duas irmãs sorriram e levantaram-me. Hoje as minhas irmãs estão chorando. Afagam-se. Dizem-se: ele era o nosso único irmão, ele era nossa vida. Os meus amigos entram em casa. Todos se abraçam. Lamentam-se. Marta fica repetindo: se Ele estivesse aqui, se o Mestre estivesse aqui o nosso irmão vida não teria morrido. Mas Ele sabia? Sim! Sim! Mandamos dizer: Senhor, o vosso amigo está doente. Isso basta, não é? Isso basta para o Mestre. Escuto: talvez Ele esteja longe, nos planaltos do Levante, quem sabe? Os marmelos na cozinha. O escriba comendo os marmelos e dizendo em voz baixa: está longe, está longe, e ainda que estivesse aqui na Betânia, ainda que estivesse aqui. Não são todos que acreditam NELE. Eu acredito, porque Ele é alguém feito de mim mesmo e de um Outro. O Outro, eu não lhes saberia dizer o nome. O Outro não tem nome. Talvez tenha, mas é impossível pronunciá-LO. Sei que me faço cada vez mais obscuro, mas não é todos os dias que se vê um homem feito de mim mesmo e do Outro. Querem saber? Há mais alguém dentro DELE. Mas tenho medo de contar tantas coisas a um só tempo, tenho medo que pensem que eu estou inventando. Mas é verdade: além de mim mesmo e do Outro, há no Homem mais alguém. Esse alguém chama-se Rouah. Marta me examina. Maria beija as minhas mãos, em seguida fica imóvel, de pé, junto à cama. O vaso de alabastro está vazio. A casa inteira recende a nardo. A múltiplas essências. Era preciso tanto? Não teria sido mais sensato guardar os perfumes para eventuais dificuldades? Não, nisso elas estão de acordo, é preciso perfumar o irmão morto. Vamos esperar! Ainda não! Quem sabe Ele virá?

E Maria vai até a porta, olha em todas as direções. Maria, escuta-me: Ele não virá. É preciso aceitar a minha morte. Acompanho o meu corpo, atravesso as ruas humildes da minha aldeia, as mulheres falam em segredo à minha passagem: é Lázaro, amigo de Jesus. E morreu. É Lázaro, que adoeceu de repente, ninguém sabe por quê. Eu sei por quê. Eu sei agora que depois de ter visto o Homem, o meu sangue e a minha carne não resistiriam. Algumas vozes dentro de mim tentam confundir-me: mas tu eras amigo de Jesus, viste-O inúmeras vezes, e nem por isso mudaste! Sim. Mas jamais vira Aquele Homem Jesus, Aquele Homem Eu Mesmo, Aquele Homem o Outro, Aquele Homem Rouah. Parado. Pousado. E ao redor dele, um espaço indescritível. Chegamos. Tenho medo. Um pequeno vestíbulo. Depois, a rocha. Dentro da rocha, um lugar para o meu corpo. Olho pela última vez a claridade da minha aldeia. Queria tanto ficar nesse chão inundado de sol, queria até... ser um animal, se não fosse possível ser eu mesmo, queria agarrar-me à túnica das mulheres feito uma criancinha, olho para o sul, para o norte, para todos os lados, ah, Bendito, tudo em mim não quer morrer! Agora sei como estou preso a esse todo que sou, aspiro, duas, três golfadas distendem o meu peito, seguro os ombros de Marta e grito: Marta, Marta, ainda não estou pronto para ficar na treva, ainda tenho tanto amor, ainda tenho mãos para trabalhar a terra, toca-me, vê como essa carne é viva, olha-me, Marta, eu que sou tão você, olha-me, eu que amo a tua força, os teus pés colados à terra, a tua lucidez. É inútil. O meu corpo foi depositado no seu lugar. Estou acima dele, a uma pequena distância. Pairo sobre ele. Os meus amigos recuam. Olham-me em silêncio. Inútil tentar qualquer gesto. Não me veem. Grito três vezes: Marta! Marta! Marta! Não me ouve. Rolam a pedra. Fecham a entrada. Tudo está terminado. É verdade. Tudo está terminado. Pronuncio vagarosamente: bendito sejas Tu, Deus grande, valoroso e terrível, bendito sejas Tu, Eterno. Pronuncio apressadamente: Tu estás preparado, Lázaro? É teu este corpo? Há alguns anos que lutas com ele, não é? Apressa-te. Chegou a hora. E de repente vejo Rouah: tosco, os olhos acesos, o andar vacilante, as pernas curtas, parecia cego, apesar dos olhos acesos, as mãos compridas, afiladas, glabras, eram absurdas aquelas mãos naquele corpo, todo ele era absurdo, inexistente, nauseante. Rouah me vê. Agarro-me na pedra. Estou num canto. De costas. Rouah estende as mãos e acaricia as minhas nádegas. Sai, maldito, sai. Rouah senta-se. Abre as pernas. O seu sexo é peludo e volumoso. Coça-se, estrebucha, sem que eu saiba por quê. Abre a boca amarela e diz com voz tranquila: Lázaro, acostuma-te comigo, já sabes o meu nome, e eu também sei o teu, como vês. Um enorme silêncio. Um silêncio feito do escuro das vísceras. Um silêncio de dentro do olho. Resolvo caminhar colado à pedra, afastar-me. Caminhar para onde? Sou rápido: nessa reentrância oposta à presença do maldito. Três passos laterais, curvos, e estamos separados. Mas frente a frente. As minhas costas ajeitam-se no buraco da pedra. Os meus joelhos comprimem o estômago, abraço-os, mas eles têm movimento autônomo, um abrir-se e um fechar-se descontínuos. O meu esforço para detê-los é visível, e isso parece divertir Rouah: ele abre e fecha as pernas, torce o tronco várias vezes, tem incrível mobilidade — é preciso admitir — e como se adivinhasse a minha surpresa, resolve fazer demonstrações do seu talento elástico: coloca os dois pés escuros sobre a cabeça. Vejo nitidamente que os pés de Rouah são pés minúsculos, talvez por isso ele tem o andar vacilante. Ele abre a boca, a boca vazia e amarela, fica de pé num salto, olha ao redor, depois deita-se e começa a lamber-se. Uma língua achatada e lenta. Se ao menos ele falasse comigo, se alguma coisa que ele dissesse evocasse o lá fora. O que exatamente, Lázaro? O dia, as manhãs, as águas, melhor, a água escorrendo nos meus dentes quando eu me curvava sobre o rio... eu abria a boca saciado, levantava a cabeça e via o céu da Betânia, esse céu espantoso da Betânia. Que mais? Exatamente que mais, Lázaro? O caminho de volta. Eu no caminho de volta. A casa. O cheiro da casa. O cheiro de Marta. Sento-me. Ela traz água. Lava-me os pés. Desfaz o trançado dos cabelos. Enxuga-me. Depois, a toalha de linho embebida em perfume: nas minhas costas, no meu peito, no meu rosto, na minha nuca. Maria lassidão, Maria complacência nos vê. Um dia pergunta: amas o nosso irmão, Marta? Claro, não vês? Amas Lázaro assim como me amas? Claro. Não te lavo os cabelos quando queres? À noite não te beijo como faço a Lázaro? Sim. Então. Então não é verdade, Marta, mas agora é preciso esquecer, compreendes? Agora estou aqui e não sinto o teu cheiro, sinto o cheiro da minha própria carne, um cheiro gordo entupindo minha boca, um cheiro viscoso, preto e marrom. Rouah também o sente, porque parou de lamber-se, levantou a cabeça, e os buracos de seu focinho se distendem, se comprimem, assim como se você tocasse matéria viva e gelatinosa. Levantou novamente a cabeça num gesto vaidoso de lobo, pôs-se em pé, aproximou-se do meu corpo enfaixado, torceu as mãos, mas não como se estivesse contente, não, parecia compenetrado, cheio de respeito, parecia que moldava alguma coisa no invisível, as pontas dos dedos uniam-se e afastavam-se ritmicamente, eu diria até... eu digo com certeza: Rouah construiu do nada uma flor gigantesca, as pétalas redondas, no centro uma rosácea escura e latejante. Agora sim, ele está contente. Está contente como... como se acabasse de parir. É isso. A flor gigantesca afunda-se no meu ventre, a rosácea escura absorve o conteúdo das minhas vísceras. Maldito Rouah! Amas o teu corpo, Lázaro? Rouah também o ama. O teu corpo assegura tempo justo de vida aos filhos de Rouah, compreendeste? Não. Então ouve: tudo o que Rouah cria do invisível, é filho de Rouah. No teu ventre, ele colocou o primogênito. Depois teu peito é que servirá de alimento para o segundo. E tua cabeça será leito e leite para o terceiro. Rouah olha para cima. Faz o gesto de quem lava as mãos. Sabes, Lázaro, ele se comunica com as raízes do Alto, ele pede permissão para tocar teu peito. Agora as mãos em concha, afastadas. Um pouco mais unidas, num gesto ascendente. Abertas. Rouah construiu um cálice de carne. Vejo com nitidez. Mergulha-o lentamente no meu peito. O meu todo que vê e sofre de maneira atroz, tenta repelir o segundo filho de Rouah. Tenta expulsá-lo. Meu peito se alarga, minha boca disforme suga uma seiva que não vê. Lázaro, descobriste: tens força para lutar com ele. Mas não lutes agora. E sinto nas minhas narinas um hálito de vida, um fogo branco e generoso. Estamos frente a frente. Levanto-me. Ele faz círculos diminutos ao meu redor. Procura aproximar-se. Procura tocar-me. Estaca. Escute, Lázaro, ele ainda te parece nauseante? Sim. Não vês nenhuma claridade ao redor dele? Claridade? Não. Não vejo. Ele é todo repulsivo e obsceno? Sim. Todo? Não: as mãos têm muita coisa dos humanos: compridas, afiladas, glabras. São iguais às tuas mãos? Não: a minha mão é escura, sombreada de pelos. É verdade que as tuas mãos completariam o corpo de Rouah? Não, por Deus. Tens medo? Muito, muito, é assim como se de repente eu soubesse que a carcaça de um réptil é também a minha carne, como se de repente aqueles filhos de Rouah fizessem parte de mim, desde que nasci. Ah, não é assim, não pode ser assim, eu era um homem, um homem... digamos... talvez atônito de paixões, confundido, é isso, atônito, confundido, o olhar voltado para a terra e para Marta, algumas vezes para o céu espantoso da Betânia. Mas não é isso que é preciso ser? Um homem não é todo assim? Um homem não é terra, carne, e só de vez em quando altura? Não, Lázaro, um homem pode ser AQUELE HOMEM. As formas coexistem NELE, mas Ele é uno, invencível. Ouve: AQUELE homem está próximo. Está próximo daqui? Sim, mas presta atenção nesse que chamas o Maldito: que ele não te toque a cabeça. Que ele não me toque a cabeça, que ele não me toque a cabeça, que ele não me toque a cabeça. Encosto as minhas duas mãos nas mãos de Rouah. Encosto o ventre. Encosto o peito. E ouço as minhas palavras: irmão gêmeo Rouah, eu preciso voltar, eu devo voltar. E de súbito não o vejo mais.

Dentro em breve nenhum de nós O verá. O escriba me persegue, e a cada instante pergunta: Ele é o Homem? É aquele que dizem? Sacode meu braço: Lázaro, conta, eu preciso escrever sobre todas essas coisas. Por que não falas? Então tenho diante de mim um ressuscitado, porque estavas morto, não é? Ou não estavas? Sim, estavas morto, eu te vi, eras amarelo, tinhas os lábios roxos, oh, por favor, me diz, me diz como é lá embaixo. Cala-te. Mas não vês, Lázaro, que não é justo? Sorrio: come os marmelos, afasta-te. Mas por que me dizes sempre que eu devo comer marmelos? Não comeste marmelos enquanto eu estava morto? Eu? Eu? Não me lembro... na verdade, não me lembro... e que importa? Afasta-se tomando notas e repetindo: marmelos... hoje ele me fala novamente em marmelos... Lázaro perguntou-me: não comeste marmelos? Ah, que coisa tão obscura para a posteridade! E senta-se no pátio, cabisbaixo. De vez em quando aperta os olhinhos: he, he, às vezes eu penso que tudo não passou de um engano porque... não te ofendas, hein, mas um tio meu lá de Bethabara morreu durante o sono, quero dizer... pensavam que ele havia morrido e de repente, quando já aprontavam as ligaduras ele deu um salto e rosnou: que tanta gente é essa na minha casa? Fora, fora, bando de famintos! E pulava na cama feito uma cabra. Não é possível que tenhas a mesma doença desse meu tio? Hein? E se te acontecer novamente? Hein? Tomo as minhas ferramentas e vou para o caminho. As minhas duas irmãs aparecem na porta: não tomaste leite? Nem pão? Senhor, o meu alimento é este sol, é esta crença, este fogo dentro de mim, eu estou limpo como um seixo da praia, eu sou como... eu sou assim: uma viga de fogo que caminha, um cálice de carne, uma flor gigantesca, a minha cabeça está impregnada de Ti, meus olhos estão sempre assim, cheios d'água, eu sou uma fonte, um veio que emergiu das raízes do mais alto, eu me ponho de joelhos, não lavro mais a terra, só ando no caminho para poder sangrar os meus joelhos, para que todos repitam até o dia de Vossa glória: Lázaro tinha os joelhos de sangue, o seu sangue era vermelho e grosso e empapava a terra. Alguns homens se detêm. Entreolham-se. Sei o que dizem. Dizem: tem bom aspecto, mas ficou louco. Antes... antes era trabalhador, ligeiro, ninguém tão capaz para o plantio, ninguém... Antes do quê? — o viajante perguntava. Não sabes? Quê? Esse é Lázaro, o homem que ressuscitou. Ressuscitou? Ora, deixem-se de estórias. Mas é verdade, vimos. Viram o quê? Tudo, o enterro, a ressurreição. E como foi? Bem, enterraram-no, e depois de quatro dias... Esperem, esperem, estava mesmo morto? Completamente. Como é que vocês sabem? Que ele estava morto? Pois houve o enterro, homem, ninguém é enterrado sem estar morto. Aí que está, às vezes sim. Pois eu nunca ouvi dizer que enterrassem gente viva. Aí que está, muita gente é enterrada viva. Olha aqui, moço, não somos imbecis, e se estamos lhe dizendo que Lázaro estava morto, é porque estava. Até fedia. Fedia? Isso é mentira, estava enfaixado, e se o nardo é fedor para você, não temos nada com isso. Mas vocês não me entenderam! Quero dizer que ele fedia na hora da saída. Isso é mentira também: ele estava leve e limpo, até as suas mãos que eram escuras, ficaram claras! Moço, quer saber? O homem tinha mãos de homem: fortes e peludas. Olhem agora, até de longe a gente vê, parece que trocou de mãos. Batotas... tudo isso são batotas. Cala a boca, ninguém aqui é de contar batotas. Eu vi. Mas viu o quê, afinal? Eu vou contar direito, mas quero avisar: ele fedia, sim, tenho provas disso. Agora vou começar. Foi assim: ele morreu. Depois de alguns minutos eu estava lá, porque eu vou na casa de todo mundo que morre. A sua irmã Maria estava junto à cama. Ajoelhada. Quieta. A outra chorava muito alto, levantando os braços. Ele estava tão amarelo que metia medo, ao redor da boca um círculo arroxeado, o morto mais morto que já vi, e olhe que já vi dezenas. Centenas. Fiz as minhas orações e fui embora. Depois, fui ao enterro, porque sempre vou a todos os enterros, e por aí vocês podem ver como estou habituado, como tenho olho para essas coisas de vivo e morto, e até... olhem, fazendo um pequeno parêntese, uma priminha minha acabara de nascer e eu estava lá, porque sempre estou quando nasce gente, e essa priminha nasceu verde e dura. A mãe gritava: está morta! está morta! Eu disse: não está. Peguei a menina e assoprei dentro da boca uma porção de vezes, todo mundo em cima de mim, me olhando e daí a pouco... a menina chorava encolhendo as perninhas. Estava viva. Eu tenho olho, vocês estão vendo. Bem, continuando:

chegando lá... Lá onde? Lá no lugar do enterro, moço. Bem, pegam o corpo de Lázaro, o corpo todo enfaixado, amarrado nas ligaduras, perfumado, pegam e colocam o corpo lá dentro. Passam-se alguns minutos. Quantos minutos, hein? Muitos? Por que é que o senhor pergunta? Porque pode ser que esse lugar tenha uma saída do outro lado e... O quê?! Uma saída? Não senhor, moço, lá não tem saída alguma. Como é que você sabe? Ora, moço, eu conheço a Betânia e cada lugar da Betânia como essa minha cara que o senhor vê, sempre estive aqui, nasci aqui e... Está bem, está bem, então rolaram a pedra, e depois que rolam a pedra ninguém pode sair de lá, ninguém. Agora é que é: quatro dias depois ouço dizer que o Homem Jesus chegou. O que eu faço? Saio de casa, porque sempre saio de casa quando tem novidade, e mal saio, quero explicar, assim que saio de casa vejo o Homem Jesus, vejo a irmã de Maria, de quem aliás sempre esqueço o nome... É Marta. Então vejo Marta. Vejo o Homem Jesus e outras gentes que não são daqui, acho que são da Galileia. Imediatamente me aproximo e fico bem perto de Marta. E Marta está dizendo para o Homem Jesus: Senhor, se estivesses presente, Lázaro não teria morrido, mas eu sei que tudo quanto ainda agora pedires a Deus, Ele te concederá. O Homem Jesus respondeu: o teu irmão vai ressuscitar. Eu sei que ele vai ressuscitar no último dia, quando for a ressurreição dos mortos. Jesus olhou para o alto: eu sou a Ressurreição e a Vida, o que crê em mim, ainda que esteja morto, viverá, e todo aquele que vive e crê em mim, não morrerá eternamente, crês nisto? Ela respondeu: sim, Senhor, eu creio que sois o Cristo, filho de Deus, que devia vir a este mundo. Oh, ela disse isso? Disse isso, sim, e logo em seguida afastou-se, pensei — acho que foi buscar Maria, acho que alguma coisa estranha vai acontecer — e as gentes que estavam com Jesus começaram a murmurar. De repente, um homem nervoso tocou no braço de Jesus, dizendo: Mestre, que vais fazer? Aí, eu soube que esse homem se chamava Tomé, porque ouvi: Tomé, algum tempo atrás, quando eu disse que partiria para junto de Lázaro, tu, apesar dos perigos de voltar aqui, disseste aos teus irmãos: vamos nós também e morramos com ele! Não foi o que dissese? Sim, respondeu cabisbaixo o homem nervoso Tomé. E Jesus continuou: e agora, por que te perturbas assim? Eu não te disse que ias ver uma coisa que fortaleceria a tua fé? Eu, Lázaro, não ouço mais o que dizem. Afastam-se. Gesticulam. E vou ao encontro de Jesus, que me diz: Vamos até a colina? De lá, veremos o pôr do sol. Marta e Maria vão à frente. Jesus e eu, alguns passos atrás. As minhas duas irmãs voltam-se várias vezes e sorriem. Eu não me canso de observá-Lo: seus cabelos brilhantes são lisos até a altura das orelhas, depois esparramam-se encaracolados pelos ombros, sua barba espessa é cheia de fios amarelos, queimados de sol. Lázaro, por que me olhas tanto? Porque és belo. Ele me toma as mãos: são parecidas, vês? Sim. Marta e Maria repentinamente aceleram o passo. Não as vejo mais. Ele me segura pelos ombros: meu irmão... meu querido irmão... e me acaricia a fronte, os cabelos, a boca. Depois me abraça. Aturdido, beijo-lhe a face, os ombros, o peito. Até quando posso ficar contigo? Sempre ficarás comigo, Lázaro, porque crês em mim. Sim, mas até quando poderei tocar em Ti? Ele fecha os olhos, suas pálpebras escurecem: daqui a pouco, Lázaro, não nos veremos mais. Ajoelho-me, agarro-me aos seus pés, ouço a minha própria voz convulsionada: tenho medo, tenho medo de não aguentar o que me resta sem a Tua presença, quero estar sempre onde Tu estiveres, quero Te amar até morrer de novo, quero sentir tudo o que Tu sentires, compreendes? Ele se curva, comprime com suas mãos a cabeça, levanta-me: queres? E se for mais difícil do que tudo o que imaginas? Mais difícil, irmão Jesus, é não ter toda a Tua própria dor cravada em mim. Marta e Maria caminham apressadas em nossa direção: esperamos tanto! Se demorarmos, não veremos a hora mais bela. Vem, Lázaro, apressa-te. E subimos. Já era tarde quando voltamos à casa, os amigos de Jesus nos rodearam: ficamos apreensivos, é noite, por que não nos disseram onde estavam? Jesus pediu para comer. Marta foi até a cozinha. E enquanto todos esperam a ceia, eu me pergunto: todas essas coisas aconteceram contigo,

Lázaro? Foste o único homem a conhecer Rouah? Foste o único a ressuscitar depois desse conhecimento? E todos que estão próximos de Jesus sabem que Esse homem é um homem igual a todos nós, mas tão possuído de Deus, tão consciente de sua múltipla natureza que só por isso é que se transformou naquilo que é? Não, não sabem. Vejo pela maneira como O examinam. Falam com Ele, mas não O conhecem. Olham-No, mas não O veem. Respeitam-No, é verdade, mas será que O amam? O escriba observa: Lázaro tem ótima aparência, não achas, meu Senhor? Ele não responde, apenas olha-me e sorri. Há uma certa impaciência no rosto de alguns. Estão mudos, mas parecem dizer: por que Esse homem não fala? Por que fica misterioso de repente, e apenas olha Lázaro? Não somos todos seus amigos? Será que é preciso morrer para que Ele nos ressuscite e depois nos ame? Ele será realmente aquilo que desejamos? Sim, eles pensam assim, como eu estou lhes dizendo. Há um homem diferente no pátio. Vê-se que ele ama Jesus mais do que a si mesmo. Não posso precisar a que ponto ele se ama, mas é mais. Isso está bem claro. Chama-se Judas, o Iscariote. O amor desse homem é diferente do meu amor: é um amor de mandíbulas cerradas, de olhar oblíquo, de desespero escuro. Todas as vezes que o vejo, penso: não seria mais sensato se Jesus o afastasse de vez? Ao mesmo tempo em que penso assim, penso também: não seria justo afastar o único homem que ama dum jeito de homem, o único homem que talvez na minha ausência possa defender o Mestre, derrubar tudo e atacar feito um homem. Por favor, é preciso que me compreendam: esse amor de Judas, o Iscariote, não é um amor ideal porque é ciumento e agressivo — não que ele tenha feito alguma violência, não, não fez nada —, mas o olhar que lança ao redor e sobretudo a mim é um olhar que diz: o meu amor é mais forte, é mais sangue, vocês não O possuirão, Ele conta comigo. Eu, Lázaro, digo a vocês que tenho piedade dele. Sei que ele não sabe expressar o seu amor de um outro jeito e por isso não seria correto ofendê-lo, ofendê-lo seria como se você desse um pontapé no teu cão, só porque ele te arranha os joelhos quando você chega, compreende? O teu cão não sabe fazer de outro modo, não é um cão amestrado. Judas, o Iscariote, é, talvez, alguém que arranha não os joelhos, não, mas o peito de Jesus. Há uma outra coisa difícil de dizer. Digo que é uma outra coisa difícil porque tudo o que estou dizendo aqui é difícil de dizer. Nem sei como eu consegui chegar a esse ponto, mas essa outra coisa eu também vou dizer: eu acho que o amor do Iscariote tem que ser assim como é. É inevitável que seja como é. Agora me veio uma ternura enorme por esse homem, uma vontade de abraçá-lo: eu te amo, e não sei se você compreende, Judas, o que significa quando uma pessoa como eu diz que te ama. Não que eu seja totalmente diferente de você, eu também sou você, apenas... apenas... oh, Senhor, as palavras são uma coisa enorme à nossa frente, o exprimir-se é uma coisa enorme à nossa frente, eu sou, apesar de te amar, Judas, eu sou uma coisa enorme à tua frente, me crês? Agora vou tentar dizer: Judas, eu também sou você. Apenas... apenas... eu me recuso a ser totalmente você. Os convidados deitam-se nos leitos. Começam a comer. Marta é aquela de sempre: atenciosa, dedicada, servindo a todos com ligeireza, os pés fincados na terra. Judas aproxima-se do Mestre. Noto os seus olhos úmidos. Judas tenta falar, mas Maria surge na sala. Traz nas mãos o vaso de alabastro, ajoelha-se, derrama sobre os pés de Jesus um nardo precioso e enxuga os sagrados pés com seus cabelos. Todos se aquietam. Judas afasta-se irritado. De repente fala com aspereza: para que desperdiçar assim tanto perfume? Podiam tê-lo vendido por mais de trezentos dinheiros e dá-los depois aos pobres. Os convidados murmuram. Ouço: claro, é ridículo desperdiçar desse modo. Minha irmã Maria está confusa. Está quase a ponto de chorar. O Mestre levanta-se: por que a molestais? Tereis sempre pobres entre vós a quem podereis reconfortar, mas a mim nem sempre me haveis de ter. Eu saio da sala. O rosto molhado. Uma saudade enorme dentro de mim. Estou debaixo desse céu absurdo, arrasto-me, caminho de joelhos, beijo a terra, a terra escura e profunda. Apoio-me na figueira, tateio as artérias grossas desse tronco, essa aspereza, essa vida digna, esse existir calado. Compacto. Aparentemente imóvel. Examino o seu fruto, melhor, sinto-o, primeiro a pele, tão ajustada ao seu contexto, tão fina que se torna impossível deslocá-la sem penetrar no de dentro, adentro de maciez, adentro rosado, leve, granuloso. A matéria das coisas emerge ao toque da minha mão, antes... antes do quê, Lázaro? Antes da minha morte eu tocava nas coisas, sim, tocava-as, mas não descobria o mais fundo, os meus dedos apenas deslizavam e aquele toque era fugidio, e a sensação daquele toque não se fixava em mim, apenas existia enquanto eu estava ali, tateando. Agora, tudo faz parte de mim. Agora, se eu te tocasse, Marta — mas não quero —, não quero porque tu és o antes de mim, se eu te tocasse agora, Marta, a tua carne não sofreria aquela febre, mas outra, mais intensa, a febre viva e compassada de nossa irmã Maria, a minha febre. As palavras de Jesus nos meus ouvidos:... mas a mim nem sempre me haveis de ter. Se eu pudesse falar dessa dor, dor que não é simplesmente a ausência de quem se ama — porque jamais Ele estará ausente, Ele estará comigo e jamais alguém poderá arrancá-Lo do meu peito — não, não é a ausência, é uma outra coisa, é uma certeza tristíssima de que daqui por diante o coração dos homens se tornará mais escuro... mais... isso é possível? Ainda mais? Depois de tudo consumado... depois de consumado o quê, Lázaro? Não sei, um sopro de cinza, uma torre derrubada, uma lança, não sei. Depois de tudo consumado, tudo se fará de novo, outra vez, sempre, eternamente. E sendo assim, não será de luz, um dia, o coração dos homens? Não. Mas então por quê? Por amor, compreendes? Por amor o sacrifício é sempre renovado, por amor há uma entrega contínua, ainda que sem esperança. Não blasfemes, Lázaro, não é assim. Depois de tudo, ouve, o amor tomará posse do universo, depois do sacrifício, de um sacrifício que não sabes ainda, os homens serão cordeiros e a terra será um pasto novo, fecundo, inocente. Deito-me na terra. Quem sabe? Quem sabe se a minha tristeza é apenas a impaciência de uma espera? Quem sabe se... Ouço passos e vozes. Levanto-me com esforço. Os joelhos queimam. Vejo três vultos e grito aliviado: Mestre! Marta! Maria! Sou eu, Lázaro! Estou aqui! Os vultos correm na direção da minha voz. Sou agarrado com extrema violência. Quem são vocês? Deixem-me! Quem são vocês? Cobrem minha cabeça. Tapam-me a boca. És Lázaro, não és? És Lázaro, o imundo, o mentiroso, não és? Pois toma, canalha, toma, para não ludibriares os humildes. E recebo golpes na cabeça, no ventre, no peito. Acordo com o ruído do mar. Água nos pés. O meu corpo está livre. Procuro arrancar o pano que me cobre a cabeça. Abro os olhos. Estou sozinho num barco. Um barco sem vela, sem leme, sem remos. Há quanto tempo estarei sozinho neste barco, no mar? Ontem. Foi ontem, tenho certeza, porque era noite e agora é dia, o sol me fere os olhos, tenho feridas no corpo, ainda sinto aquelas mãos pesadas golpeando-me. Ainda ontem estava em casa, depois saí para caminhar, aliviado. Saíste por quê? Porque as palavras do Mestre me pesaram, porque Judas tinha os olhos cheios de ciúme, porque Marta estava como sempre, porque Maria queimava de amor, porque o Mestre falou de um jeito... sim, Ele falou como se aquele sopro de cinza, aquela torre derrubada, aquela lança, fossem verdade e estivessem próximos. Não foi para arrancar de mim essa angústia que saí a caminhar? Andei de joelhos, oh, como escorre sangue dos meus joelhos! E eu que desejava empapar a terra com esse sangue, vejo-o gotejar e cair no fundo do barco, misturar-se à água salgada, perder-se. Foi ontem? Mas pode ter sido há dez dias, há cem dias, há mil anos. Não, isso é absurdo. É absurdo, Lázaro? Não é tudo tão absurdo? Eu sou Lázaro. Morri e vi Rouah. Ressuscitei, vi e amei Jesus. Não é absurdo ser o que eu sou? Quem és? Um morto-vivo, um morto-vivo que sentiu a múltipla face do filho de Deus. Um morto-vivo a quem colocaram num barco sem vela, sem leme, sem remo, um morto-vivo que está vendo agora uma coisa: uma cidade! Aquilo é uma cidade! Casas tão altas como nunca vi. E o ruído que ouço é o ruído de um enorme pássaro sobre a minha cabeça. Senhor, eu morri e devo estar entrando no paraíso.

A mesa é comprida e escura. Eu poderia até dizer que é igual à nossa mesa, a mesa onde as tâmaras... As tâmaras, eu as vi um pouco antes da minha morte, mas agora não estou a ponto de morrer, estou entre os monges, na sala de refeições, nesta sala branca e tão iluminada. No centro da parede há outro homem crucificado. Pergunto novamente quem é. O velho monge, o único que me entende, diz que é o homem Jesus, que o homem Jesus está em todas as paredes desta casa. O Homem Jesus? Já lhe disse que Ele não é assim, que Ele não foi crucificado, e olhe, eu saberia se isso tivesse acontecido, eu tive muitos pressentimentos, mas agora tenho certeza de que ele está bem, porque se aconteceu o absurdo comigo, com Ele deve ter acontecido o mais sensato, e o mais sensato é festejar o Homem Jesus e colocar uma coroa de flores sobre Aquela cabeça e não uma coroa de espinhos. Quem teve essa ideia terrível? Flores, flores e não espinhos. E olhe, se coisas terríveis estivessem para acontecer, eu sentiria na minha pele e pegaríamos aquele pássaro gigante e iríamos até Jerusalém, porque Ele deve estar em Jerusalém, e a esta hora deve estar deitado, deve estar repousando, porque sempre caminha tanto, pobre Jesus! Judas deve estar por perto, contente porque eu desapareci, e sei que Judas pode servi-Lo e tratá-Lo melhor do que qualquer um de nós, porque Marta serve bem mas não O ouve, Marta é sempre aquilo que é, e Maria e eu estamos a cada instante de olhos pregados NELE, amando-O. Frei Benevuto, o que é que Lázaro está dizendo? Está dizendo... tolices, meus irmãos, não tem sentido aquilo que diz. Colocam--me à cabeceira da mesa. Não, por favor, eu não sou digno. Sim, sim, és o primeiro a partilhar conosco de uma ceia, a tua presença é para nós um sinal do céu. Um sinal? Sabes, Lázaro, nós estamos nos preparando para receber o homem novo, pedimos ao céu um sinal, porque agora só temos o céu, porque... Um homem novo? Mas o Homem novo é Jesus, Ele é o Único! Ele está vivo! Ele... Deixem-no, deixem-no agora, vamos comer sossegados, querem que tu comas, Lázaro, que não te preocupes com esses assuntos, ainda não estás bem, anda, toma o vinho... Mas ouve, monge, Jesus está vivo, oh, Mestre, eu acho que devo explicar as coisas como são, eu vou explicar tudo, diga-lhes, amigo monge, que eu também vi Rouah e que Rouah é feio e caminha assim. Por que estão rindo tanto? Por quê? Acalma-te, Lázaro, estão rindo porque tens humor caminhando desse modo, entendes? Diga-lhes, por favor, que o que eu estou contando não deve provocar o riso, o senhor ainda não entendeu, ou quem sabe eu ainda não disse, é isso, eu ainda não disse, portanto vou dizer agora bem devagar: Rouah é o Maldito, mas é também irmão gêmeo de Jesus, é também nosso irmão e merece respeito. Eu vi Rouah. Diga-lhes! Vamos, monge, por que não traduzes o que eu digo? Oh, meu filho, essas coisas já nos complicaram demasiado, inventaste um novo nome para o Maldito, tanto faz, podes dar o nome que quiseres, podes chamá-lo de Azazel, Lilit, Keteb, Alukah, o que sabemos agora é que ele não existe, nunca existiu e... Irmão Benevuto, conta-nos o que Lázaro te disse, por que tens agora esses ares, por que Lázaro caminhou de um modo tão engraçado? Caminha novamente, vamos, Lázaro, caminha, vamos nos divertir um pouco. Por que estão rindo? Todos estão rindo, por quê, monge? Oh, como Lázaro está agitado, fizemos mal em deixá-lo levantar-se, irmão Benevuto leva-o de volta à cela. Mestre, ajuda-me, eu não vim até aqui para não ser entendido, eu não vim até aqui para saber que Te crucificaram há muito tempo e que eu fui impotente diante da Tua morte, não é verdade essa coroa de espinhos, essa cruz, e Tu não tinhas esse rosto, tinhas um rosto impossível de ser imitado pela mão do homem, e depois eu Te deixei ainda ontem, agora estou certo de que foi ontem, tenho a mesma roupa no corpo, o velho monge me disse que alguém quis brincar comigo colocando-me esta roupa, mas eu sei que esta roupa foi feita por Marta, e que o sangue nesta túnica é o sangue dos meus joelhos, eu sei quem sou, eu sou Lázaro, e se a Tua morte fosse verdade, Mestre, se tivesses morrido na cruz, como dizem, o rosto dos homens não seria mais o mesmo rosto, não teria sentido que fosse o mesmo rosto, o rosto dos homens seria uma chama, seria luz, seria igual ao

Teu rosto. Vem, Lázaro, acalma-te, vamos à minha cela, repousarás, e amanhã logo cedo estarás bom. Vem comigo. Caminhamos através dos corredores escuros, lentamente, e ele fala-me como se falasse a uma criancinha: sei que tens muito amor por Ele, e sendo assim é sempre muito doloroso saber que foi crucificado, compreendo-te muito bem, meu filhinho, também tive essas dores, agora não as tenho mais, porque... bem, vamos com calma, o que eu queria te dizer é que deves também te alegrar, porque, olha, Lázaro, sei que não acreditas em nada do que eu te digo, mas a estória que sabemos é que Ele, depois da morte, ressuscitou. Ressuscitou? Sim, filhinho, no terceiro dia, ressuscitou. E onde pensas que Ele está, se não acreditas, velho monge, que Ele está em Jerusalém? Lázaro, filhinho, não sei, deve estar lá em cima. Lá em cima onde? Lá. Nas nuvens? No céu, no céu, pelo menos foi assim que aprendi... O quê? Que Ele está no céu? Mas isso não é verdade, o Homem Jesus não ressuscitaria para ficar no céu e esquecer-se dos homens, pois eu mesmo que sou apenas eu, estou aqui... pensa, que coisa Ele poderia fazer por nós se estivesse no céu? Apenas poderia voar como aquele pássaro gigante. Não, não, velho monge, não é do seu feitio subir ao céu, Ele gosta de estar entre os homens, gosta de se aquecer em nossa casa, preocupa-se com a nossa vida, preocupa-se até com as coisas mínimas da nossa vida, e para que tu vejas a que ponto Ele se preocupa, e como um dia, através dos seus poderes tudo se modificará, vou contar um fato: uma tarde, minha irmã Maria, que é muito frágil, tirava água do poço e suspirava de cansaço a cada instante — porque Maria não é igual a Marta, Marta nunca se cansa — e então Jesus lhe disse: Maria, há de chegar um tempo... e quando chegar, tu não te cansarás tirando água do poço, porque tudo que desejares estará em ti. Sim, Lázaro, sei... ah, como me custa dizer o que vou dizer, mas acontece que os homens se cansaram muito, muito, não por tirar água do poço, isso não seria muito, mas cansaram-se de tudo, de tudo... e aprendemos que nada daquilo que desejamos está em nós, e nunca estará, e realmente agora não desejamos muita coisa. Escuta, filhinho,

Lázaro meu filhinho, o Jesus de quem falas está morto há muito tempo, e para os homens de agora nunca ressuscitou, nem está em lugar algum nem... não te aborreças, mas... sabemos que Ele... que Ele nunca existiu, Ele foi apenas uma ideia, muito louvável até, mas... Ele foi apenas uma tentativa de... bem, se tudo corresse bem, essa ideia que inventaram, essa imagem, poderia crescer de tal forma que aplacaria definitivamente a fera dentro do homem. Mas não deu certo. Pelo contrário. Os homens não se comoviam com Jesus, viviam repetindo que muitos sofreram mais do que Ele, que Ele ainda era feliz, era feliz porque acreditava que era filho de Deus, e os homens que nascem e morrem a cada dia sabem que são filhos do homem com a mulher e não têm consolo algum, lutam para dar alimento, roupa, e algumas alegrias aos seus filhos e a si próprios. Lutam sempre. Vivem e morrem. É o que acontece aos humanos. Não há nada além disso. Sabes, há esperança de surpreendentes prazeres, um deles é o prazer de viajar pelo espaço infinito, dizem que é uma aventura muito agradável, certamente, mas não é nada em comparação ao prazer que tínhamos quando... oh, como havia primavera na minha alma quando o Teu rosto, Jesus, existia sobre o rosto dos homens! Entra na cela, filho, entra. Agora deita-te. Assim. Assim. Olha, Lázaro, estás calmo e posso dizer: nós, os monges, estamos aqui, mas somos o único convento sobre a terra, compreendeste? O único. E também não acreditamos mais no Cristo, apenas não temos para onde ir, já somos muito velhos... ah... já sei, olhas o crucifixo na parede não é? E estás pensando por que não tiramos os crucifixos das paredes se é verdade que não acreditamos mais Nele, não é? É muito simples, Lázaro, não há mistério algum e vais achar graça: são muitos crucifixos, não temos um depósito para os colocar, entendeste? Só isso. Olha, a única diferença entre os monges e os homens lá de fora é que nós temos a esperança de que um homem novo virá daqui a algum tempo, e alguma coisa acontecerá aos humanos, quem sabe uma esperança de... vais entender: os velhos monges não querem morrer, têm medo, e isso é muito natural, eu também tenho medo porque agora sabemos toda a verdade, e sabendo toda a verdade a morte fica uma coisa bem triste, apesar de que a vida também não tem muito interesse, mas, enfim, antes, antes era belo morrer porque poderíamos vê-Lo, tocá-Lo, amá-Lo por toda a eternidade, mas agora... a morte não é nada, e por isso é sempre melhor a vida, mas como eu ia dizendo, os monges têm a esperança de que o homem novo possa lhes trazer a imortalidade, compreendes? Eu pessoalmente acho uma bobagem: imortalidade para quê? Para viver como nós vivemos? Para viver como os lá de fora? E ver o quê? Ver o rosto duro e cruel dos humanos? Tenho até medo que de repente esse homem novo comece a dizer que existe, sim, uma outra espécie de vida, e que nós não entendemos nada, e aí tenho certeza de que os humanos vão matá-lo, porque os humanos já passaram por todas as experiências, e odeiam os mentirosos. No fundo, talvez tenham razão, sim, sim... já fomos muito enganados. Oh, Lázaro, filhinho, eu também acreditava Nele como tu. Muitos acreditavam Nele. Os mais humildes acreditavam Nele. E só posso te dizer que todos os que acreditavam Nele morriam mais depressa do que os outros. E não penses que morriam de morte serena, afável — se é que se pode usar tais termos para a morte — o que eu quero dizer é que nenhum cristão morria simplesmente. Morriam cuspidos, pisados, arrancavam-lhes os olhos, a língua. Lembro-me de um cristão que carregava o crucifixo e gritava como tu: está vivo! Ele está vivo! Sabes o que fizeram? Pregaram-Lhe o crucifixo na carne delicada do peito e urraram: se Ele está vivo, por que não faz alguma coisa por nós? Se Ele está vivo, por que alimenta o ódio, o grito, a solidão dentro de cada um de nós? Se Ele está vivo, por que não nos dá esperança? O sangue do homem salpicava-lhes as caras, e o coitado só repetia esta palavra: a cruz! A cruz! Aí foram tomados de fúria: ouviram? O porco quer nos legar a cruz! Como se não nos bastasse a vida! E pisotearam-no até a morte. Muitos morreram de uma forma mais cruel do que essa. E agora, Lázaro, não se ouve mais o nome de Jesus, e o símbolo da cruz é símbolo de ameaça. Nós, os únicos monges sobre a terra, conseguimos a permissão milagrosa de ficar aqui, mas não temos o direito de falar com os humanos e a nossa vida resume-se em esperar o homem novo e comer. Verdade é que plantamos, criamos os nossos cordeiros, pescamos a cada manhã, mas essas tarefas se fazem dia a dia mais difíceis porque já somos velhos e ninguém lá fora pode nos ajudar. E ainda que isso fosse possível, não nos ajudariam, porque a cada manhã, quando vamos lançar as redes, ouvimos daqueles que estão por perto: olhem as testemunhas do porco crucificado! Olhem, um dia perderemos novamente a paciência, atenção, atenção! E algumas vezes entopem de areia as nossas bocas, apesar de que algum monge sempre escapa e grita: mas nós também não acreditamos mais nele! Deixem-nos! Deixem-nos! Então se acalmam e vão-se afastando às gargalhadas e dizendo em voz alta para que a gente ouça: velhos porcos, ainda bem que não acreditam mais, senão morreriam, ora se morreriam! Está dormindo, Lázaro? Dorme, dorme. Também vou dormir. O mundo inteiro dorme. E não te aborreças, mas... além de sabermos que o teu Jesus nunca existiu, sabemos também que Deus... oh, sabemos... Deus, Lázaro, Deus é agora a grande massa informe, a grande massa movediça, a grande massa sem lucidez. Dorme bem, filhinho.

Lázaro grita. Um grito avassalador. Um rugido. Arregala os olhos e vê Marta. Ela está de pé, junto à cama. As duas mãos sobre a boca.

O UNICÓRNIO

A Dante Casarini, com amor.

EU ESTOU DENTRO DO QUE VÊ. Eu estou dentro de alguma coisa que faz a ação de ver. Vejo que essa coisa vê algo que lhe traz sofrimento. Caminho sobre a coisa. A coisa encolhe-se. Ele era um jesuíta? Quem? Esse que maltratou a Teresa D'Ávila? Sim, ele era um jesuíta. Vontade de falar a cada hora daqueles dois irmãos. Isso te dá prazer? Não, nenhum prazer. Eles eram malignos. Ela amava as mulheres. Mas isso não tem importância e talvez não dê malignidade a ninguém. Dizem que todos os pervertidos sexuais têm mau caráter. Dizem, eu sei. Você acredita? Acredito sim. No aspecto físico ela era uma adolescente sem espinhas. E ele? Espere, quero falar mais dela. Muito bem, espinhas então. Isso não é tudo. Quando ela me falava de sexo, debaixo da figueira, eu começava a rir inevitavelmente. Que coisa saberia do sexo aquela adolescente tão limpinha? E depois, veja bem se era possível levar a sério: ela usava uma calcinha onde havia um gato pintado. Quê? Juro. Você viu a calcinha? A calcinha foi pendurada certa vez num prego do banheiro: você jura que eu estou vendo um gato pintado na tua calcinha? Ela sorriu. Mas o gato teria por certo uma finalidade. Que finalidade pode ter um gato pintado numa calcinha? É, moça, não sei, essas coisas são complicadas, podem ser ingênuas e engraçadas para você e muito eficientes, assim, no plano erótico, para o outro. É, isso é. E o irmão? Espere, quero falar mais dela. Um gato, então. Muito criativo. Mas havia mais. Mais do que um? Não, não, havia uma certa escuridão no olhar, principalmente quando ela estava perto dele. Do irmão? É. Ela tinha medo do irmão? A escuridão vinha do medo? A escuridão talvez viesse do medo de se sentir com medo. A mãe era uma possessiva gorda. Espere um pouco, você vai falar da mãe? Não, quero falar mais dela. Quando eu a vi pela primeira vez, ela mantinha uma postura de humildade. A palavra postura é palavra de uma das minhas velhas amigas, uma que queria ser santa e sábia. De início, vamos chamá-la "a sábia". Era escritora. Chorava quando escrevia. Você vai falar da sábia? Não, ainda quero falar da outra. Então paramos... ah, sim, uma postura de humildade. Foi isso que eu disse? Exatamente assim. Mas era humildade e temor. Depois veremos. Naquela tarde eu dizia uns poemas na biblioteca da cidade, em memória de um amigo poeta. Ela disse: é bonita a sua poesia. Eu fiquei comovida, eu me comovo com tudo. É, vê-se, vê-se. Combinamos que ela iria à minha casa. Foi. O irmão também. Vi que ele amava os homens. A irmã era lésbica e o irmão pederasta? Isso tem importância? Não, não tem mas parece muita coisa numa estória, numa única estória. Mas é assim. Ela mostrou-me os seus versos. Os versos do irmão? Não, os versos dela. Eram ruins mas depois melhoraram consideravelmente. Ela tinha talento? Com bastante esforço, com tenacidade ela conseguiria. Mas essas coisas fazem um poeta? Algumas vezes sim. Vai ser difícil sustentar aquela mãe que é uma possessiva gorda e ainda assim com essa mãe ser bom poeta. Você está me ouvindo com interesse ou devo terminar? Não, quero dizer, sim, vamos escrever essa estória. Você está cansada? É que na poesia é diferente, há toda uma atmosfera, uma contenção. Depois daquele chá nós ficamos muito amigos. Eles pareciam muito limpinhos. Limpinhos com uma certa ansiedade. Eu não sei explicar muito bem: uma secreta ansiedade. Eles eram agradáveis? Muito, muito, e eles me achavam ótima. É bom quando nos acham ótimos, não? Eu tinha vontade de dar tudo o que eu tinha para eles, eu dizia para o meu companheiro... O seu companheiro? Você ainda não falou dele. Ele é o rosto que eu jamais terei. É limpo. Ele gosta da terra, dos animais. Olha, já sei a estória toda: vamos cruzar todos os personagens e depois um desfecho impressionante. Qual desfecho? A tua morte, a morte do companheiro seria a vitória da malignidade. Não, não, não mate o rosto limpo do companheiro. A minha morte está bem. A MINHA MORTE. Sabe, uma estória deve ter mil faces, é assim como se você colocasse um coiote, por exemplo, dentro de um prisma. Um coiote? É, um lobo. Eles são tão inteligentes, eu dizia para o meu companheiro. Quem, os coiotes? Não, os dois irmãos. Tão humildes. O pai é um esquizofrênico, a mãe, uma possessiva gorda, o pai é louco, o pai é louco. Você sabe que o meu pai também era louco? Ah, é? Eles fingiam que não sabiam que o pai deles era louco, eles faziam a família perfeita e era tão triste ver aquelas quatro pessoas numa mesma casa e sempre posando como se fossem tirar fotografias. Quando eu disse para os dois irmãos que o pai deles era louco, os olhinhos ficaram ferozes a princípio, depois encheram-se de lágrimas e eu me desculpei várias vezes, falei do meu pai, perdão meus amigos, o meu pai, vocês podem crer, era muito mais louco, muito mais, lógico, lógico. Nós líamos bastante, tínhamos enormes propósitos, queríamos fazer uma comunidade, abrir o coração dos outros, dizer sempre a verdade, chegamos a fazer alguns estatutos para essa comunidade mas a coisa mais importante era ter Deus dentro do coração. As lágrimas explodiam, eu ficava muito comovida de conviver, de conviver assim com pessoas tão... Você sabe que os Maritain também desejaram fazer uma comunidade, viver com os amigos que tivessem os mesmos interesses espirituais, você compreende? É, eu sei, parece muito bonito. Mas não é que é bonito, é amor, é amor, você dá risada? É que você parece ingênua. Eu me sentia limpa. Agora você não se sente mais? É estranho mas aquilo tudo que me parecia limpeza de alma, agora me parece imundície. Era tudo vaidade. No fundo nós nos achávamos excepcionais, eu sei que sou diferente de muitos, todos aqueles que escrevem são diferentes de muitos, mas agora é preciso ser homem-massa, senão não há salvação. Nós achávamos que a maior parte da humanidade era estrume, lixo, merda. São todos uns merdas. Sentir isso não é bom. Quero falar mais dela. Algumas mocinhas iam para a cama com ela. Mas que bela comunidade. Mas a comunidade não tinha nada com isso, afinal ela amava as mulheres, e daí? Interesses espirituais profundos e as alegrias do corpo. O CORPO CORPO CORPO. O irmão pederasta dizia que era casto. Acreditei durante muito tempo, ele parecia honesto quando dizia que era casto, ele me confessou que teve uma paixão violenta por um homem, lógico, mas que depois teve medo e pudor. Depois de quê? Depois de pensar muito. Ahn. Você sabe, eu dizia para ele, é muito bonito quando dois amigos se querem bem, nós falávamos da *Morte em Veneza*, que é belíssimo, você conhece? Lógico, mas nem tudo acaba como a *Morte em Veneza*, tira da cabeça, acabam mesmo é abaixando as calças e aí vem o pedaço pior. Ah, isso é verdade. Não vale a pena meu amigo, você vai ficar muito triste depois de tudo, não, não, não faça. Como eu acreditava nele, Santo Deus, quando ele era menino ele queria ser padre, mas o pai ameaçou pôr fogo no convento e todo mundo ficou com muito medo. Ele fazia pequenos sacrifícios, deixava de comer doces quase morrendo de vontade, você imagina como é que eu ficava. Como é que você ficava? Ora, moça, na maior comoção, lógico. Uma vez o meu companheiro e eu resolvemos passear na cidade, apenas uns dias, sabe, nós havíamos emprestado o nosso apartamento para que ele pudesse estudar em paz algumas horas, ele dizia que era impossível estudar na própria casa, o pai esquizofrênico, a mãe formiguinha laboriosa falando sempre na comida, no ventre, no enorme ventre. Abrimos a porta e ele estava lá com um adolescente bonitinho pederasta. Mas você tem realmente alguma coisa contra os pederastas? Se os meninos queriam dar a bunda o que é que você tinha com isso? Não, mas ele me fez de besta, espera um pouco, ele nunca me falou da bunda. Mas ninguém fala muito da bunda, fala? Ah, mas espera um pouco, eu contei a minha vida inteira para ele, os pecados mortais e os maiores, e ele se fazendo de cu e pensamento limpo? Não senhora. Os dois estavam comendo empadinhas e bebendo vinho, descabelados, com aquelas caras gosmentas. Também não me conformo com as empadinhas. Ele me disse que o adolescente era um aluno dele, ele dava aulas, você compreende, Parmênides, Pitágoras. Aí é que está, o moço tinha logicidade, os gregos e a bunda, você não vê que é muito lógico? Que estória. Ele posava para mim. Um santo. Ele tinha medo de você, ele achava que você ia implicar, ia começar a fazer os teus discursos, não dê a bunda, não dê. Um santo, ah. Mas por que é que um santo não pode ser pederasta? Olha o Genet, você é uma tomista. Ele gostava de boas roupas, era estranho. Por quê? Um filósofo não pode gostar de boas roupas? Não, não pode, eu não levo a sério esses filósofos com blazers de âncoras douradas. Lixo. Mas de repente ele começava a falar. Era o próprio são Bernardo falando, eu me esquecia de tudo, da mania dele pelas roupas, das horas que ele se demorava no banheiro, cuidando-se. Isso era nas férias? Eles ficavam comigo nas férias. Os pederastas se cuidam minuciosamente. Isso é sempre um perigo para todos. Por quê? Porque não há tempo, você sabe, nós pensamos que o tempo é generoso mas nunca existe muito tempo para quem tem uma tarefa. O Nikos, assim para te dar um exemplo, escreveu que quando ele encontrava um mendigo na rua, tinha vontade de dizer: me dá o seu tempo, me dá o seu tempo. Só isso é que ele pensava quando encontrava um mendigo na rua? Às favas com o teu Nikos. Você não compreende. Eu dizia para o moço: olha que o corpo é de luta e não de perfumaria. Eu o queria inteiro para a própria tarefa. Sei. Que difícil dizer exatamente onde estava a maldade, o defeito. Havia realmente maldade nos dois? Muita, muita, mas é difícil fazer com que você veja. Às vezes eu os surpreendia juntos, abraçados. Eles riam. Nós suspeitávamos de alguma coisa que não entendíamos. Será que eles estão rindo de nós? Vocês me lembram aquelas crianças inglesas do século dezenove (ou do começo do século?), vocês sabem quais são? Sabemos, aquelas com o arco nas mãos. Mas não é só isso, aquelas que tinham governanta e que à tarde brincavam no gramado, mas de repente se escondiam em certos tufos de plantas muito bem cuidadas e só se ouvia o riso entrecortado, um riso...

meu Deus. A governanta olhava assim por baixo, ficava muito acanhada mas continuava a ler ou a bordar, sentada num banco de pedra. Eu me sentia como a governanta: muito acanhada. Eu fazia o possível para que o meu companheiro compreendesse com afeto aquele riso dos dois. Dava resultado? Não, porque ele tem a intuição dos animais mas se ele tentasse me dizer alguma coisa eu não o escutaria. Por quê? Eu não queria ver, você não compreende? Eu os amava, eu não queria perdê-los, eu dava a mim mesma todas as desculpas para aquele riso. Eu me dizia: você sonha, eles são jovens, são irmãos, devem ter os seus segredos, devem achar graça de nós dois andando assim de mãos dadas como dois adolescentes, devem achar graça nas minhas roupas, sabe, as minhas calças compridas estão sempre caindo, o meu cabelo é ralo e anda meio desbotado, quem sabe se é por isso que eles riem, do meu jeito relaxado, olha, neste trecho eu podia me estender, falar mais do olhar, falar que na verdade eu sabia que eles riam de nós, o olhar era escuro, duas folhas minúsculas e imóveis dentro do mangue, duas pedrinhas... ah, mas este não é o meu tom, eu sei que poderia escrever ficção... mas isso não é bem ficção... isso que eu estou contando... Mas você tem uma ideia antiga de ficção, ficção é assim mesmo, com mais enxertos, enxertos de melhor qualidade, você compreende? Ele dizia que quando era criança arrancava as pernas das formigas. Eu tinha uma amiga que fazia diferente. Ela dizia: eu enrolo um papel celofane, faço um tubo, ponho algumas formigas lá dentro, torço uma das pontas do papel, risco o fósforo e as formigas desesperadas correm para a outra extremidade ainda aberta, mas aí eu torço essa ponta do papel e as formigas morrem assadas. As crianças são de uma crueldade nojenta. As crianças são nojentas. Você nunca foi criança? Fui sim, mas não fiz uma só crueldade. Ah, deixa disso, não fica fazendo a Teresinha de Lisieux. Mas é verdade, será que é preciso dizer que eu sangrava as tetas da minha mãe para que você acredite em mim? Será que ser bom não é ser? É antigo ser bom. A época é de violência, de assassinato, de crianças delinquentes, de sexo. Olha, no fundo você acha que toda essa estória foi um grande mal-entendido. Ah, a meiguice de certas tardes, os propósitos de mútua tolerância. Você jura que vai gostar sempre de mim, minha irmã, meu irmão? Como é bom ter amigos iguais a vocês, como eu estou feliz de ter os irmãos e o companheiro, vamos fazer nossas tarefas juntos, vamos ajudar a todos, vamos orar pela paz do mundo. O meu companheiro tinha um cavalo escuro. Enquanto nós falávamos, ele corria com seu cavalo. Como nós éramos felizes, como nos queríamos bem. E às noites ficávamos na varanda. Acontecia tanta coisa no céu, percursos inteligentes de certos pontos de luz, esferas de fogo, falávamos dos seres extraterrestres, das civilizações longínquas, do espaço-tempo, dos seres que podem ser apenas luz, do desconhecido mais secreto dos homens, da vontade de subir e conhecer o espaço mais profundo. Teresinha, Teresinha, você é a Teresinha. Você fala da Teresinha com desprezo mas você sabe que é muito difícil aguentar esse imundo cotidiano com um sorriso nos lábios e com o olhar ameno? Ela aguentava, ou melhor, ela amava o cotidiano, o cotidiano de lavar as privadas, de ajoelhar-se nos ladrilhos, o cotidiano de sorrir sem vontade, esse imundo cotidiano. Santa Teresinha, amar esse imundo cotidiano vertendo maldade. Você sabe que o Proust fazia muitas maldades? Não diga. É, eu li que ele enfiava uma agulha nos olhinhos dos ratos, só para se divertir. Mas você acredita mesmo que os seres humanos façam essas coisas somente para se divertir? Olha, o Proust era um pederasta. Pois é, era o Proust. O Gide também era um pederasta. Pois é, o Gide. O Genet... pois é, é o Genet. Você associa a maldade com a pederastia? Eu associo a pederastia com um defeito físico e o defeito físico com a maldade. Todas as pessoas com um defeito físico são más. A desconfiança que elas têm dos outros... Você não ficaria desconfiada de todos se tivesse o coração exposto e não por dentro da caixa torácica? A qualquer momento alguém podia te comer o coração. Podia. E depois não é normal ter o coração exposto, eu ficaria uma fera se isso me acontecesse. Você poderia ser desconfiada mas isso não implicaria ser má.

Imagine, eu desconfiada, com medo de ser agredida, estaria sempre agredindo os outros. Seria mesquinha. Merda, por que é que só eu tenho o coração exposto e os outros não têm? Os cães podem me comer o coração, eu vou matar esses cães, eu vou matá-los. Você tem um revólver? Uma faca? Um veneno? Tenho a mim mesma de coração exposto, eu mesma sou uma agressão, avanço em direção a eles, cuspo na cara deles, cago em cima deles, cago nessa humanidade inteira, essa humanidade de coração engolido, cheio de proteção. Eu tinha pensado em escrever outra estória. Eu tinha pensado em escrever a estória de um homem muito simples, um homem que nunca havia visto o mar, nem conhecido uma mulher. Ele era um carpinteiro. Ele não entendia o mundo, não entendia. E ele se apaixonou por uma mulher que sabia tudo sobre o mundo. A mulher fez uma porcaria com ele. Ele matou a mulher? Ele se matou? Ele começou a correr e chegou até a colina mais alta da cidade. Já era noite. Ele deitou-se sobre a terra, respirou, respirou e de manhã encontraram o corpo e vários cães ao redor. Os cães estavam comendo o corpo? Não, os cães não entendiam como era possível que um cão não tivesse pelos, nem corpo de cão. Depois os cães se deitaram em cima dele e ficaram ali até que o corpo apodrecesse. Mas o que você queria dizer com essa estória? Ah, já sei, você tem uma identificação com os animais, você se sente a vítima, você se sente rejeitada, você foi uma menina abandonada, pobre menina. Mas você sabe que toda vítima é nojenta? A vítima é quem agride sempre. Você não tem nojo de Jesus? Você acha que é lícito todo aquele caminho de sacrifícios, de renúncia, de crucificação? A gente se sente culpada por ele até a morte. Você acha que ele quis nos salvar? Ele quis nos agredir até a morte, até a náusea. Continua. Olha, eles disseram que o meu companheiro fez propostas indecentes para a empregadinha deles. Eles disseram que o companheiro falou assim para a empregadinha: você não quer foder comigo? A minha mulher é uma velha porca. A empregadinha usava um gorro de tricô na cabeça e se masturbava todos os dias quando via o rosto do meu companheiro, e dava gritinhos quando ele aparecia para visitar os dois irmãos. A mãe dos dois irmãos dava a bunda pela empregadinha. A casa ficava numa ladeira e você sabe como é, no dia de feira se ela não tivesse a empregadinha seria muito duro subir e descer com as couves e a melancia na mão. Por isso, tudo o que a empregadinha falava, devia ser verdade, devia ser sempre verdade. Se a empregadinha diz que o meu companheiro é um canalha, lógico minha queridinha, é um canalha, não se aborreça, nós vamos fazer a pele dele, safado, querendo comer a nossa empregadinha, a nossa empregadinha que sobe a ladeira, tão boazinha, com as couves e a melancia na mão. Você sabe que os seres demoníacos têm um fascínio que os angélicos não têm? Escute, por que será que associam a bondade com Deus? Os teólogos já escreveram muito sobre isso. Deus é o bem e a bondade. É, mas não dá certo, quando falam de Deus e do bem e que todo bem vem de Deus mas o mal não vem porque... é sempre uma grande cagada metafísica. Então você acredita que Deus é o mal? E o sol, o mar, o verde, as estrelinhas? Olha, é assim: os homens não colocam as cobaias em caixas limpas, transparentes, cheias de comidinhas e de brinquedinhos? A um sinal as cobaias tocam os brinquedinhos, as luzinhas se acendem e as cobaias comem as comidinhas. É, isso é. Mas não é só isso. Não. Os homens injetam todas as doenças do mundo nas cobaias. Para salvar o homem. Então, minha velha, Deus também faz assim conosco, só que as cobaias somos nós e existimos e estamos aqui para salvar esse Deus que nos faz de cobaias. Não, não. Se Ele fosse esse que você diz, Ele teria mais fascínio e mais prestígio. Olha, você quer saber? Eu acho que Deus se alimenta de todas as nossas misérias. Mas não é isso, não é isso, você sabe que existem faixas de tempo e que essas faixas são cíclicas e necessárias? E que se não houvesse o mal, você não saberia do bem? Lixo, tudo isso é lixo, um Deus só deve ser bondade, amor, caridade. Eu gostaria de tomar um suco de uva. Eu vou buscar. Meu Deus, a vida é linda, linda, os homens são bons, há cientistas, missionários, poetas (as cobaias?). Já voltou? Olha, não é nada assim como você disse, se você quiser estudar teologia eu conheço mestres excelentes. Não, não quero. Eu estava pensando que este relato é muito fragmentado. Eu gostaria de escrever como o Pär Lagerkvist. Sei Barrabás. Não. O Verdugo. O verdugo deve se sentir muito sozinho, não? As noites devem ser compridas, será que ele não imagina que uma noite dessas vão matá-lo? Como serão os sonhos de um verdugo? Como será um verdugo quando come carne? Agora não existem mais verdugos. Não, agora somos todos verdugos. Ah, Senhor, a vida é intensa, o meu olhar é intenso sobre as coisas, olha esse armário, esse armário me comove, eu posso chorar olhando esse armário, sabe por quê? Dentro dele, a solidão das coisas inúteis. Olha, uma xícara sem asa e dentro da xícara uma pintura: a mulher deitada no verde, a cesta de flores, o homem, o pássaro. Os pintores são ingênuos. A mulher, o homem, o pássaro, esses nunca se entenderão. Nessa grande gaveta tem uma asa de penas. Sabe o que é? No colégio eu sempre fazia o papel de anjo. Colocavam um banquinho nos bastidores e de repente eu tinha que pular para dentro do palco. Eu chorava de medo, o banquinho era muito alto e eu podia me espatifar no chão. Nós, os irmãos, falávamos muito nas asas, na vontade de subir. Na subida. Os homens têm vontade de subir. Certos homens. Nós. É preciso chegar à mais alta montanha, despojar-se de todas as pequenas inutilidades. Tira tudo do armário. Agora? É, tira tudo. Agora olha: ser assim, limpo, limpo. Eu sei que é preciso caminhar, sangrar os pés, as mãos, subir. Os dois irmãos subiram? A subida foi outra. Queriam prestígio, fortuna, posição. Eu fui apenas um primeiro degrau. Eu arranjei para a irmã um emprego numa companhia de petróleo. Companhia de petróleo? Isso não existe. Quero dizer, era uma refinaria. Petróleo? Petróleo? Puxa, que subida na descida, hein? O filósofo disse uma frase que quase me arrebentou os ouvidos: Eu quero um Fissore. Hein? Um Fissore, um carro. Mas como é que o são Bernardo pode querer um Fissore? Ele começou a usar umas roupas de um tal Paco. Paco? Ha, ha, ha, ha ha, ha, ha, ha ha, ha, hi, hi, ho, ho, hu, hu, hu, hu, hu. Não ria, por favor, você não compreende, não ria, eu estou quase morrendo, eles eram os meus únicos amigos cheios de amor. Você é uma estúpida, amor, amor, tudo isso em você não é bondade, você os corrompeu, mostrou o lado fácil das coisas, foi arranjando emprego... petróleo, ha, ha, hi, ho, hu, hu, e aposto que você deu muitas roupas, deu... quê? Joias também? Olha, essa estória é muito boa para o teatro, você deveria escrever a estória de uma mulher muito boazinha, estúpida e safada... Safada? Safada sim. Uma mulher que resolve dar tudo para os amigos porque os amigos são uns anjos e depois ela fica na merda e os amigos com o saco cheio daquela presença angélica mas na merda, matam-na e enterram-na no jardim da casa que não é mais dela, e sim deles. Depois fazem uma festa dionisíaca sob o luar. Safada? Eu não engulo essa palavra. Safada sim. Mas é humano, é natural desejar coisas, ter coisas. Ele dava boas aulas sobre o ter e o ser. É bem diferente o ter e o ser. É... hi, hi, ho, hu... Não dê risada. Ele disse de manhã muito cedo, batendo na porta do quarto: você conhece um bom dentifrício? Dizem que o dentifrício Dr. Pierre é muito bom. Aquele vermelhinho? É, mas é caro. É. A irmã disse: ele quer ter uma rosa dentro da boca, ele quer ter, ter, ter. Olha, um amigo meu, dramaturgo, encheu-se com essa frase da Gertrudes: uma rosa é uma rosa é uma rosa. Ele teve outra ideia? Sim: um homem com seu revólver passeava no seu jardim cheio de rosas. De repente ficou louco: pum, pum, pum, pum, pum, pum e enquanto as rosas caíam esfaceladas aos seus pés, ele gritava: uma rosa não é uma rosa, não é uma rosa, não é uma rosa, não é uma rosa. Pare. Isso é bom. Muito bom. Safada, hein? Safada sim, porque na verdade você queria dominá-los, você queria discípulos. Não, não, eu não queria, eu queria fazer a nossa comunidade, juro. E você de papisa, você no meio do seu jardim com o seu revólver. Não, não. No seu jardim muito perfumado, cheio de rosas vivas, cheio de gente. Você os matou, você lhes tirou toda a decência. Safada. Pare, pare. Essa lucidez escorrendo sobre as coisas. Eu, o irmão pederasta, sou lúcido mas os acontecimentos me invadem, eu tento resistir aos outros corpos, mas existem corpos...

irresistíveis? É, não encontro outra palavra, existem limpezas agressivas, a limpeza do corpo é muito importante, e estou sempre limpo, as minhas fossas nasais são vasculhadas a cada dia, mas não é dessa limpeza que é preciso falar agora. Agora é preciso falar da limpeza que eu invejo, a branca limpeza daquele que é o companheiro da mulher safada. Quantas vezes eu quis lhe dizer: como você é bonito! Mas ainda que eu dissesse, aqueles olhos não me compreenderiam, ele há de sorrir e dizer uma banalidade ou me mandar à merda, ou há de mostrar aqueles dentes muito bons numa limpa risada. Claro que existe uma limpeza quase impossível, eu posso vasculhar as minhas fossas nasais, posso fazer até como certos hindus que vão enfiando um pano pelos adentros e depois puxando (isso talvez eu possa fazer daqui a alguns anos, com exercícios a gente aprende) mas aquela outra limpeza, limpeza, limpeza, afinal, para ser honesto, as minhas mãos que foram feitas para o sacerdócio, querem tocar muitos corpos, querem tocar o sexo de homens e adolescentes de cara e alma limpa. Homens de alma limpa? Limpa sim, hipócrita! Olha, nem todos conseguem uma total vileza, alguns ainda amam, alguns ainda vão a caminho dos leprosários, mas não para desejar a lepra nos seus corpos, nem para se limparem das próprias culpas, simplesmente vão para os leprosários porque amam, amam. Você sabe que há jesuítas que não aceitam negros na comunidade? Ah, como eles são limpos, não? Por isso, minha filha, é preciso pensar em outros apóstolos porque muitos cuspiram na face do Cristo. Aqui, na minha cidade, eu encontrei um jesuíta na farmácia. Na frente da farmácia, você pode ver, temos a capela e o colégio. Você já viu a capela? Olha, é enorme, com vitrais enormes. Quanto custa o metro quadrado de vitral? É, velha, custa o olho. Eu disse para o jesuíta: o senhor pode me explicar por que se constroem templos assim como o seu templo? Assim como? Assim grande e assim caro. Ahn, para louvar O Senhor. É... é... mas O Senhor está farto de besteiradas, O Senhor quer muitas escolinhas, muita comidinha para as criancinhas, O Senhor quer menos burrice, mais limpeza, O Senhor quer sacerdotes limpos (pois é, eu vim comprar um desodorante, minha senhora) limpos, mas não basta desodorizar as vossas fundas axilas (minha senhora, por favor) é preciso desodorizar a mente de muitos jesuítas ouviu? (A senhora quer um calmante?) Você sabe que na Índia, em algumas aldeias, as criancinhas de seis anos vão para os bordéis? Olha, você sabe também que se elas não fossem para os bordéis e não morressem logo depois, deformadas, elas morreriam de qualquer jeito, de fome? Aqui, quero dizer, lá, no nordeste (ai, o nordeste, meu Deus) é assim: o homem bate na porta: como vai dona, bom dia, vim fazer uma visitinha. A mãe das menininhas que estão dentro da casa, manda o homem entrar. O homem toma um cafezinho, fala no tempo, disfarça, depois a mãe das menininhas também disfarça e diz que precisa sair. Sai. Aí o homem fica lá, trepa nas menininhas e deixa um dinheirinho para a barriga de amanhã. Meu Deus. Sabe o que me dizem? Dizem: o teu Deus é um porco com mil mandíbulas escorrendo sangue e imundície. Meu Deus. Meu Deus. O teu Deus nos cuida assim como os homens cuidam dos cães sarnentos: a porretadas. O teu Deus nos cuida assim como os homens cuidam das cobaias, para a morte, para a morte, nós todos a caminho da morte, repasto para o teu Deus e ele lá em cima, insaciável, dizendo: venham meus filhos, venham alimentar-me. O teu Deus está por aí, bocejando com duas bocas: numa, um hálito fétido, noutra, uma rosa. Você escolhe a boca que quiser, meu chapa. Pare. Queria falar com brandura agora. Queria falar das inúmeras tentativas que fiz para receber amor. De como eu desejei ser amada, de como eu enfeitei a cara do coiote. A minha mãe só sorria quando eu lhe pagava as contas. Bons dentes, alvíssimos, retangulares, perfeitos. As contas eram muitas, o homem que me amava (acho que não amava) era generoso mas eu tinha vergonha de pedir tanto dinheiro. Ah, não vai dizer agora que você andava com os homens para sustentar a mãe. Não, não, eu andava porque queria andar, eu andava porque eu queria ter, ter, ter, ter, ter muitas coisas, uma infinidade de coisas, montanhas de coisas. E de repente me vinha uma vontade de não querer mais nada, de apenas respirar, fruir a vida, olhar ao redor silenciosamente, mas o homem que me amava (acho que não amava) queria um rosto sempre alegrinho, queria um corpo que, como é que eu posso dizer, que respondesse saudavelmente, você sabe como é? Sei, sei, saudavelmente, sei. Ah, que vontade enorme de me sentar na terra e catar minhocas no chão, que vontade enorme de soltar a barriga, de mostrar os meus olhinhos como eles são: velhos e muito tristes. Que vontade enorme de dizer que eu tenho flebite (ah, é?) e que as minhas pernas doem quando eu faço o amor. Que vontade enorme eu tinha de dizer: meu amigo, que coisa tenho eu com você? É, parece muito bíblico. Ou então: você não sabe que eu preciso de solidão e de silêncio, que eu tenho muitas coisas dentro de mim mas que essas coisas também precisam de solidão e de silêncio para virem à tona, você não vê que é inútil você ficar tocando no meu corpo, que é inútil, que eu tenho vontade de ter asas, que o meu fogo é para outra coisa, meu Deus, para outra coisa, meu Deus, um outro fogo.

Escute, você não está ouvindo umas vozes? Não. São as vozes dos mortos. Eles estão dizendo: não há nada a fazer, deixa cair a chuva sobre a carne, chora, chora. Fale mais da morte e dos mortos que você carrega. São tantos, rostos quadrados, lisos, boca escura, mãos enfeitadas de anéis. Os mortos? Chacoalham as mãos assim na minha frente. As pedras que eles usam nos anéis são falsas. O irmão pederasta também tinha um anel: uma pedra roxa. Ele passava o anel na minha testa e eu pensava em todos os jesuítas. Por quê? Por que os jesuítas? Ah, você não sabe? O quê? Você não sabe que dois jesuítas da Inquisição se reencarraram neste século para uma nova missão e que vão acontecer coisas horríveis? Não. É assim: vão dar umas espetadas nas barrigas dos padres e vão dizer: que estorinhas foram aquelas que vocês contaram, hein? Como é mesmo? Virgem no parto, antes do parto e depois do parto etc., e o Homem que ressuscitou, hein? E esse Deus que é três? Aí os padres respondem: pois é minha gente, também nos contaram assim mas agora a gente já sabe, agora nós estamos pertinho do povo, do nosso amado povo e todos poderemos fornicar à vontade, encher a barriguinha de tudo quanto quisermos, podemos tomar haxixe e cantar. E o povo vai dizendo: é, mas demoraram muito, ouviram? Muito, muito, e enquanto vão falando muito muito vão sacudindo os órgãos genitais nas barrigas dos padres e os padres vão sorrindo, sorrindo e dizendo: os jovens são tão interessantes, não? Os jovens pensam em Van Cuc. Quem é esse, hein? É um vietcong que se esconde, um vietcong que é lobo. Você sabe que o lobo não bebe água lambendo a água? Como é que um lobo bebe água? Ele suga, ele não lambe a água. Ah, é? Eles me sugaram, sugaram aquilo que sobrevivia em mim, sugaram a minha fé, deixaram só o lixo em mim. Seria preciso matá-los. Sai dessa faixa, eles abriram um caminho novo, você nem poderia escrever o que está escrevendo se não fosse por eles, se não fosse por eles você estaria banhada de ternura e ternura não é nada bom quando se escreve. Nem paixão. Nem amor. Quando se escreve é preciso ser lúcido anteparo, lembra do poema, ouro e aro na superfície clara de um solário. Então, então. A irmã lésbica beijava-me as mãos muitas vezes. Que prazer, hein? A papisa gosta que lhe beijem as mãos, a papisa é safada, caracol de silêncio, mas safada, caracol de humildade, mas safada, caracol de bondade safada. Você sabe que eles ficaram com todos os meus livros? Não devolveram nenhum? Um só: *O herói de mil caras*. Eles também sabem quem eu sou, mil caras sim senhores, mil caras para suportar, gozar e salvar mil situações. Ele disse para o adolescente: veja Parmênides. Parmênides sabe dessa grande viagem a caminho da luz. Olha, eu deveria continuar falando sobre Parmênides mas é difícil diante do teu corpo, é muito difícil. Daqui a pouco eu terei o flanco repousado, daqui a pouco eu terei a boca aberta, os olhos sonolentos e estarei sujo como a humanidade inteira, sujo, de mãos abertas e preparadas para me oferecer à humanidade inteira. Você acha que ele falou assim para o adolescente? Ou quem sabe ele continuou a falar só sobre Parmênides; ou quem sabe o adolescente comentou depois de provar o vinho: que vinho doce! Ah, aí ele citou Demócrito:

"De acordo com as convenções há doce e amargo, há quente e frio; de acordo com as convenções, há cor. Mas, na realidade, são átomos e o vazio. Os objetos de sensação se supõem reais e usualmente se consideram como tais; mas em verdade não o são. Unicamente são reais os átomos e o vazio". Preste atenção, meu querido amigo: átomos e o vazio. Não tenha medo, vamos, ÁTOMOS E O VAZIO. Eu estou deitada na minha cama. Ao meu lado, uma moça magrinha de ombros curvados. Ela diz um poema em voz baixa: se eu pudesse trocar esse meu corpo por um corpo de lobo/ se eu pudesse ser mais voraz/ se eu pudesse ter garras como estiletes/ se eu soubesse de um só caminho de sangue como um lobo. Eu não quero mais ouvir, eu quero que você me abrace depressa porque daqui a pouco eu não serei mais a tua irmã, eu serei talvez integralmente por uns instantes o meu irmão pederasta, ou aquela outra que desejava santidade e sabedoria, ou essa que é boa, generosa, estúpida e safada. Eu preciso ficar ao sol, sair da morgue, você me acompanha pelos corredores, você me toma as mãos, você diz: a morte não é, o mal não é, a morte e o mal não existem, pense nisso, demore-se nisso, não, não abra as gavetas, não adianta, a morte não tem rosto, A MORTE NÃO TEM ROSTO. Eu transpiro, você me pergunta se eu te amo, sim eu te amo, eu amo todos esses que me cospem na cara, eu amo a todos, eu amo minha mãe assassina possessiva gorda de ventre enorme, eu amo todas as mães assassinas possessivas gordas e magras de ventre enorme, de ventre achatado, todos os ventres, eu amo tanto, tanto, o companheiro bom e limpo (rosto limpo que eu jamais terei) amo o irmão pederasta que mente dizendo que não sabe se abaixa as calças ou não, amo a todos vocês como uma louca. Você está transpirando, vamos abrir as janelas. Um sol enorme lá fora, os cães no gramado, os bois a caminho do lago, o meu coração continua exposto, eu tento escondê-lo, tento vestir outra camisa porque essa está manchada de sangue, veja, está manchada de sangue. Eu sei que é difícil no começo mas com o tempo você vai assimilar tudo isso, é preciso que você viva primeiro, que os anos passem, QUE OS ANOS PASSEM LENTAMENTE, é preciso que se forme um certo limo sobre o corpo, é preciso sangrar as mãos, o ventre, o sexo, os pés, o plexo, a mente, e depois vem esse limo sobre a carne, delicado a princípio, apenas, uma matéria transparente, depois mais espessa... e quando chegar nesse ponto fique quieta, não se exponha demasiado porque qualquer golpe, um esbarrão até, pode fazer sangrar essa matéria. Depois, aos poucos, formar-se-á (olha a mesóclise) um invólucro quase duro, e aí você está pronta, aí já se esqueceram completamente de você, aí não te golpearão mais. Por quê? Sabe como é, é mais ou menos quando dizem assim: ela vai morrer, não faça o esforço de matá-la se ela já vai morrer. Abra a boca, assim, assim, aspira, não, não diga trinta e três, diga: eu sou você, eu sou você, eu sou você. Abra mais a boca. E a boca dos dois irmãos como era? Escura, grossa, as línguas espessas formavam palavras redondas: AMOR, TAREFA, AMADA IRMÃ, CLARIDADE. Nossa, são palavras dignas do papa. O papa fala assim: eu espero que todos compreendam o nosso dever de falar nesta hora sobre... o desatino das guerras. Elevai o vosso coração, Aquele nos espia, Aquele nos vê a cada hora, a cada instante, sempre o Seu olhar pousa demoradamente sobre nós. E vê o quê? Espera, o papa continua: malditos todos vós que vedes e que depois de ver mastigam seus jantares, amam suas mulheres e esquecem o que viram. Não, o papa não amaldiçoa ninguém. Espera, o papa continua: o vosso destino não é um destino divino, não há lugar algum onde repousar vossas calvas cabeças. Atentai: um sol negro e imundo há de cair sobre vós. O papa não amaldiçoa não. Pois é, pois é. Afinal por que você falou tudo isso? Oh, por que me interrogas? Pergunta aos que ouviram o que lhes falei; bem sabem eles o que eu disse. Dizendo ele isto, um dos guardas que ali estava deu uma bofetada em Jesus dizendo: é assim que falas ao Sumo Sacerdote? Replicou-lhe Jesus: se falei mal, dá testemunho do mal; mas se falei bem, por que me feres? Já sei: São João, 21, 22, 23. Vem, vamos passear lá fora. Essa figueira é mágica, ela dá frutos mas são frutos venenosos, essa figueira é minha há muitos anos, olha, alguém pregou um prego aqui no tronco. Os vegetais sentem dor, você sabia? Eu disse isso para o irmão pederasta. Sabe o que ele fez? Ele enterrou o canivete na figueira e enquanto escorria uma gosma clara, ele dizia: existir é sentir dor, existir não é ficar ao sol, imóvel, é morrer e renascer a cada dia, é verter sangue, minha amada irmã. Não, não faça isso, é horrível. Ah, tolinha, ela não sente a dor como nós sentimos, seja racional, a dor é patrimônio nosso, é assim: eu sinto dor e por isso eu existo com esse meu contorno. Eu sinto dor e todos os dias recebo vários golpes que me provocarão infinitas dores. Recebo golpes. Golpeio-me. Atiro golpes. Existir com esse meu contorno é ferir-se, é agredir as múltiplas formas dentro de mim mesmo, é não dar sossego às várias caras que irrompem em mim de manhã à noite, levante-se, comece a ferir esse rosto, olha, é um rosto que tem uma boca e essa boca está lhe dizendo: não se esconda de mim, olha como você é torpe, torpe, olha a tua boca escura repetindo palavras, gozando palavras, olha como as tuas palavras existem infladas de vento mas existem só para você, olha o caminho que elas percorrem, batem de encontro ao teu muro e ali mesmo se desfazem. E você pensava talvez que elas atingiriam Vega, Canopus? Hi, hi, hi, ho, ho, ho, hu, hu, hu, hu. E olha as tuas mãos agora manchando de preto o branco do papel, mas você pensa seriamente que alguém vai se interessar por tudo isso? Você pensa que adianta alguma coisa dizer que quando você fala da terra, não é do teu jardim que você fala mas dessa terra que está dentro de todos, que quando você fala de um rosto você não está falando do teu rosto mas do rosto de cada um de nós, do rosto que foi estilhaçado e que se dispersou em mil fragmentos, do rosto que você procura agora recompor. Você pensa que falar sobre tudo isso adianta alguma coisa? Hi, hi, hi, ha, ho, hu.

Não dê risada. Olha o meu rosto. Toca-me. Vê, ele está dividido. Onde? Olha, você traça uma diagonal partindo desta saliência do lado esquerdo da fronte, e termina a diagonal na mandíbula direita. Pronto? Bem, agora, da minha narina esquerda e portanto quase no centro da diagonal, você puxa outra linha que vai cortar o canto da boca e termina essa linha na mandíbula esquerda, formando assim um ângulo de quarenta e cinco graus. Agora o meu rosto está dividido em três partes, não é mesmo? O lado esquerdo é o meu irmão pederasta, o lado direito é a minha irmã lésbica e o pequeno triângulo é o meu todo que se move desde que nasci, é esse meu todo que ficou em contato com as gentes, esse todo que se expressa e que tem toda aparência de real. Olha bem estas linhas finas que se formaram acima do lábio superior, elas são linhas que procuram se unir no centro da boca, elas dão um aspecto velho e muito triste em todo meu rosto, não é? Nem poderia deixar de ser assim, eu só poderia ser velha, carregando o peso desses mortos, eu tenho milhões de anos, eu tenho tantas culpas, tantos crimes no meu rosto dividido, eu sou lasciva, cruel, assassina. Assassina? Olhe, cada um desses lados tem vontade de matar o outro, se não o fizeram ainda, foi porque encontraram muitas dificuldades e também porque de repente um dos lados tenta modificar-se, tenta voltar à luz, isto é, tenta diluir-se e fazer parte de alguma coisa que ele não sabe bem o que é, mas que é bom, alguma coisa da qual ele se lembra vagamente e essa lembrança lhe traz uma intensa alegria. O que será? É uma zona de silêncio onde tudo que ali está, está acomodado; é um lugar onde cada coisa só poderia estar ali, onde cada coisa é plena, perfeita, não há choques, não há mais nenhuma vontade de expandir-se, existe apenas um núcleo pulsando em silêncio e uma grande lucidez, mas uma lucidez diversa daquela que pensamos, uma lucidez de perfeitíssimo entendimento, não, não é isso, é uma lucidez cristalizada. É isso: cristalizada. Cristalizada? Isso me lembra figos. Não tem importância, é mais ou menos isso, pense assim, vários figos translúcidos numa superfície de cristal. Agradável, não é? É. Bem, então você quer dizer que cada lado do teu rosto tenta de repente voltar a essa superfície de cristal? Sabe, eu dei esse exemplo só para você ter uma pequena ideia do que pode ser esse estado do qual eles se lembram vagamente, mas o exemplo é muito acanhado, é... olha, na nossa frente há essa bola de cristal, não é? Pois enquanto nós estávamos falando, a minha cachorrinha saiu daquele canto e foi até a porta do escritório e a imagem da minha cachorrinha projetou-se na bola de cristal, você não viu? Não. Eu vou te mostrar: Chiquinha! Chiquinha! Você viu agora? Vi sim, a imagem da tua cachorrinha atravessou a bola de cristal de cabeça para baixo. Pois é, mas isso nunca poderia acontecer naqueles figos, você compreende? Não haveria lugar para qualquer projeção, nada poderia atravessá-lo. Entendi, mas você não explicou direito por que cada um dos lados do teu rosto tem vontade de matar o outro, ou em qual situação essa vontade se faz mais forte. É assim: quando eu começo a escrever, a minha irmã lésbica tenta matar o que existe de feminino no seu irmão pederasta e ao mesmo tempo ela revitaliza o seu próprio núcleo masculino. Hi... Preste atenção, ou melhor, não preste atenção mas... olhe, a tarefa de escrever é tarefa masculina porque exige demasiado esforço, exige disciplina, tenacidade. Escrever um livro é como pegar na enxada, e se você não tem uma excelente reserva de energia, você não consegue mais do que algumas páginas, isto é, mais do que dois ou três golpes de enxada. Por isso, nessa hora de escrever é preciso matar certas doçuras, é preciso matar também o desejo de contemplar, de alegrar-se com as próprias palavras, de alegrar o olhar. É preciso dosar virilidade e compaixão. E se você deixasse a rédea solta para o seu irmão pederasta? Não, nunca, veja bem: se ele não é Proust, nem Gide, nem Genet, há o risco de uma narrativa cheia de amenidades. E se eu deixasse a rédea solta para a irmã lésbica, o máximo que sairia... vejamos, talvez *O poço da solidão*. Dizem que é um bom livro, você não ficaria contente? Não, não, por favor, e depois não seria a minha verdade, eu não sou Estêvão, eu sou o que todos nós somos, eu sou um rosto tripartido à procura de sua primeira identidade. Ahn. Algumas vezes nós convivíamos em harmonia. Uma noite examinei-a atentamente: a minha irmã lésbica me pareceu bela. Afinal, pensei, apesar de toda essa magreza ela se move com muita graça e há também os olhos enormes, os dentes claros e algumas palavras humildes dentro dessa boca: ter as asas do anjo e renunciar ao voo, é difícil não? E o irmão pederasta respondeu: ser arcanjo e nunca ter asas é muito mais difícil de aceitar. E eu lhes falei de meu rosto de terra, das minhas asas de ferro tão pesadas, do meu medo da morte. Nós nos entendíamos quando falávamos da morte? Pensa bem, toca o teu corpo, esse corpo que você lava a cada dia, essa língua que você raspa de vez em quando para tirar uma superfície esbranquiçada, olha o teu umbigo que você escarafuncha com cotonetes embebidos em colônia, olha esse teu corpo todo limpo, não, não é sobre isso que eu quero falar. Nós passeávamos, às tardes, num cemitério perto daqui. É muito bonito um cemitério à tardezinha, você já viu? Havia alguns túmulos abertos e vazios. Num deles havia uma barata. O irmão pederasta pôs as mãos sobre o rosto. Eu o abracei. O companheiro dizia: olhem para cima, lá em cima é que está a verdade de vocês. Por que ele dizia isso? Porque nós insistíamos nas asas e de repente ele acreditava que nós éramos anjos. A boca escura do irmão pederasta pousou sobre o meu ombro, o companheiro nos abraçou: vamos, vamos, é apenas uma barata. Olhem, mais adiante, na segunda alameda há um homem e uma mulher que nasceram e morreram no mesmo dia. Verdade? Vem, eu te mostro, olha, olha esse túmulo aqui, é uma menininha, nasceu em vinte de três de mil novecentos e trinta e dois e morreu em dezenove de quatro de mil novecentos e quarenta. Morreu do quê? De saudade. De tifo. As menininhas morrem muito de saudade e de tifo. Que ideia! Olha o retrato desse homem tão gordo, olha as palavras gravadas: saudades imensas, imorredouras, da sua esposa e filhos. Ele devia ser rico, é tudo de mármore cor-de-rosa, vê, vê só o tamanho das estátuas de Jesus Maria José. O irmão pederasta disse: era um homem que fornicava às tardes nos bons bordéis da cidade, tinha um negócio de tecidos, não, de frigoríficos, dormia de cuecas e de boca aberta, rosnava para os lados assim que acordava, a mulher o traía em sonhos com o sócio da firma, à noite ele chegava limpando o rosto com o lenço, tirava os sapatos e tomava uma cerveja antes do jantar. A mulher dizia: então que fizeste? Ele respondia: gaste menos, gaste menos, o mercado não anda bom. Comiam em silêncio e algumas vezes na hora de fornicar ele batia nas coxas da mulher e repetia: gaste menos, coma menos, o mercado não anda bom. E as banhas dele desabavam sobre ela. Ela chorava de madrugada, pensava na mãe, naquele namorado frágil de camisa aberta no peito, e pensava também na casa onde ela morou quando criança, uma casa toda azul, frente para o mar. Meu Deus, que estória horrível. A segunda alameda é reservada aos mais modestos. Logo no cruzamento uma placa: mitório. Você tem coragem de urinar num mitório de cemitério? Não sei, mas muita gente deve ter, senão ele não estaria aí. Um túmulo pintado de verde. Um vaso de cerâmica, umas flores de plástico. Ah, como as gentes emporcalham a morte. Por causa das flores de plástico? Por tudo, por tudo. Ora, minha santa, a morte é que nos emporcalha, se não fosse a morte não haveria esse túmulo, nem essas flores de plástico sobre ele nem esse mitório no cemitério e talvez em nenhum lugar. Se não fosse a morte, quem sabe não teríamos o nosso sexo assim como ele é, o nosso sexo seria uma flor azul belíssima sobre a fronte. Nós uniríamos as nossas frontes quando desejássemos e os nossos filhos seriam miosótis. Seria um mundo esplêndido, habitado por grandes seres imortais... e um chão de miosótis. Rimos, rimos, o companheiro comprou pipocas no portão, eu abri a boca com avidez, comi pipocas e aspirei, comi pipocas e aspirei, senti as plantas dos pés cheias de sangue, tomei as mãos do companheiro e beijei-as, passei a ponta dos meus dedos sobre os seus dentes: você é tão vivo, tão limpo, tão bonito. O rosto do irmão pederasta ensombreceu: afinal, nós não vimos o homem e a mulher que nasceram e morreram no mesmo dia. É mesmo, vamos voltar? Não, a vida é linda, linda, linda. A verdade é que vocês não se entendiam quando falavam da morte, não é? Algumas vezes, sim. A irmã lésbica dizia: poeta, quando você morrer, eu quero fazer um bom discurso sobre o seu túmulo, sabe, até sonhei com isso. E ela dirá: meus amigos, esta era minha irmã que arranjou para mim um emprego numa refinaria de petróleo, mas eu era poeta e apesar de ser hoje superintendente da companhia, nunca mais pude escrever com honestidade. Eu escrevo. AÇÕES, PRODUÇÃO, SALÁRIO, QUOTAS, SIGLAS, MÁXIMO DE RENDIMENTO. Os irmãos sobem as escadas. Seus corpos fazem um ruído: tec-ter, tec-ter, tec-ter, tecnologia e terror, tecnologia e terror, param nos degraus de aço, olham os reservatórios cilíndricos, vestem os capacetes, as mãos são hastes de metal, os dentes são de ouro, o céu da boca é de platina, a língua é de vidro e a cada palavra essa língua se estilhaça e novamente se recompõe. De repente, eis-me ao lado deles. Eu grito: olhem, olhem para mim, vocês se lembram? Eles não param mas eu continuo gritando: havia certas tardes de indizível transparência, não havia? Havia certas tardes de silêncio, onde o respirar se fazia doloroso, e nós nos dávamos as mãos, vocês se lembram? Nós nos tocávamos, na cabeça, nos cabelos e nosso gesto era de uma doçura absurda e o sol batia nas folhas da figueira e aparecia aquela nervura fina e delicada, vocês se lembram? Os dois irmãos continuam subindo. Agora são rampas largas, cor de prata, agora os elevadores, a célula fotoelétrica, a subida, zim-zum-zim-zum-zim-zum, quinquagésimo sexto andar. A voz sem boca: senhores, quinquagésimo sexto andar, diretoria, diretoria, poder, poder. Tento acompanhá-los mas meus pés de carne não têm equilíbrio, escorrego várias vezes, levanto-me, sempre perguntando: vocês se lembram? Agora consegui manter-me em pé, caminho vagarosamente, abro os braços como se estivesse afastando uma multidão e somente assim consigo equilibrar-me. Cada passo é feito de suor, os dedos dos pés se encolhem tentando agarrar o chão mas de repente caio com incrível estrondo. Eles movimentam as grandes cabeças peludas. Os empregados trazem os microfones. O irmão pederasta e a superintendente parecem esperar alguém. Quem é aquela que surgiu apressada? É uma senhora de óculos... ah, agora reconheço-a, é aquela minha amiga, meu Deus, aquela que queria ser santa e sábia e que usava a palavra postura tantas vezes e que chorava quando escrevia. A sábia? É. Ela se aproxima dos dois irmãos. Oh... agora entendi: o irmão e a sábia são conselheiros-chefes, você não está vendo a corrente e a placa de prata junto ao pescoço? Os empregados trazem três cadeiras, a superintendente senta-se bem à frente, os conselheiros-chefes sentam-se logo atrás. A disposição das cadeiras forma um triângulo isósceles, veja, estão contando os passos, sete metros de base, seis metros de lado. Por que seria? Deve ser um código, tudo isso é como uma seita, você não percebe? Experimentam os microfones, há ruídos sibilinos, o discurso vai começar, todos olham para mim que estou ridiculamente esparramada no chão, alguns empregados abaixam as cabeças, tenho a impressão de que se envergonham por mim e um deles sai às pressas enquanto os ruídos sibilinos do microfone continuam. O empregado volta, coloca um pequeno banco à minha frente, toca-me com as pontas dos dedos e diz: tente levantar-se, minha senhora, por favor, tente levantar-se. Levanto-me suando em bicas, sento-me, escondo os pés, a minha roupa está inteiramente molhada, o suor escorre pelos joelhos, encharca os sapatos, eu ajeito os meus ralos cabelos, tento sorrir, faço um gesto tímido — a mão esquerda quase junto ao ouvido — sabe, estou tentando dizer alô. Todos perfilam-se agora, os conselheiros-chefes arranham as gargantas, naturalmente para experimentar as próprias vozes. O discurso vai começar. Começou: senhores, gostaríamos unicamente de lembrar-vos o seguinte: os filhotes dos coelhos ao nascerem são pelados e cegos. Os filhotes das lebres ao nascerem são peludos e aptos a cuidar de si mesmos. Este fato aparentemente estranho tem embasamento: os coelhos têm os seus ninhos nas tocas profundas e as lebres têm os seus ninhos na superfície exposta do solo. Senhores, sejamos lebres e portanto astutos. Das profundezas só nos interessa o nosso amado produto. E viva a refinaria, companheiros lebres! Vivaaaaaaaaaaaaaaaaaa responderam todos. E você? Eu? Era como se eu não estivesse mais ali. Terminado o discurso, os três levantaram-se, fizeram meia-volta e desapareceram numa porta de aço. Comecei a sentir dores, examinei-me e vi que os meus braços, as minhas mãos, estavam cheias de pequenos cacos de vidro, o pescoço e a cabeça estariam nas mesmas condições porque a sensação de dor e ardor também se estendia por essas partes. Lembrei-me das línguas de vidro e arrependi-me de não ter tomado precauções. Olhei ao redor. Os que estavam ali, não foram atingidos. Por favor, meu senhor, uma pinça, eu pedi àquele empregado que me trouxera o banco tão gentilmente. Por favor, desculpe incomodá-lo mas eu preciso de uma pinça. Ele abriu os braços e soltou vários urros: hrrrrr, hrrrrrr, hrrrrrr — assim como se quisesse espantar um animal de pequeno porte, como se esse animal nada feroz mas inconveniente desejasse de súbito entrar na nossa casa, um animal assustadiço e desastrado que qualquer pessoa de bom senso não toleraria. Recuei alguns passos: não se assuste comigo, meu senhor, eu só preciso de uma pinça, olhe, é para tirar esses pequenos cacos de vidro, eles me incomodam muito, olhe, olhe. Tentei aproximar-me do empregado novamente para que ele visse com nitidez o meu estado, mas no mesmo instante todos que estavam ali soltaram urros e inclinaram os corpos para a frente abrindo os braços: Hrrrrrr, Hrrrrrr. Compreendi que nada conseguiria daquela gente e já pretendia afastar-me quando tomei consciência de toda aquela enorme grosseria. Ora bolas — gritei —, consultem aí os seus computadores, as suas sentinelas eletrônicas, as suas mães também e vejam o que é possível fazer num caso de emergência. Eu não saio daqui enquanto não me medicarem de maneira decente, afinal, eu tenho tentado ser correta, afinal, eu não interrompi o discurso apesar de terem cuspido vidro em todas as partes do meu corpo, e o fato de eu estar assim toda encharcada de suor, meus digníssimos senhores, é consequência do esforço de subir até aqui, de andar por esse chão liso demais. Tratem de providenciar, chamem um médico, passem vaselina no meu corpo, usem o raio laser para as primeiras comunicações, usem o que quiserem mas eu não saio daqui enquanto não for medicada com decência. Oh, meu Deus, eles não se mexem. Por favor, senhores, tenham um pouco de caridade, me deixem falar com a superintendente, ela é minha amiga, talvez ela não se lembre de mim mas eu vou fazer o possível para que ela se lembre, eu vou dizer: irmã, eu não faço parte desses teus amigos do capital monopolista, eu sou aquela que convivi com você, aquela que te ensinou a amar, aquela das tardes de indizível transparência, aquela fragilíssima algumas vezes, safada muitas, mas tão humana também, tão cheia de vícios mas tão desarmada diante das gentes, olha, você vai se lembrar agora, eu sou aquela que gostava dos cães e que chorava todas as vezes que era preciso enterrar algum. Você se lembrou? Olhe, muitos cãezinhos lá de casa morreram, ouviu? Você se lembra da Kika, do Duque, do Bolão, da Dadá, do Forasteiro, do Branquinho, da Periquita? Eles morreram. Ah, eu vou dizer tudo isso e ela vai se lembrar! Por favor, me levem à superintendente. Paro de falar, fecho os olhos, comprimo o peito com os braços feridos e logo tenho um sobressalto porque ouço um ruído sinistro. Você já ouviu o ruído que faz uma bomba de cobalto quando funciona? Não. Pois é esse. Agora parou. Uma voz límpida dizendo com doçura: a sarna de coelhos é uma afecção da pele, causada por parasitas acarianos da família sarcóptide. É enfermidade contagiosa e os coelhos que apresentaram a sarna em estado muito adiantado devem ser sacrificados. O ruído da bomba de cobalto novamente. Silêncio. Olho ao redor, não entendo muito bem a finalidade daquelas palavras mas vejo que os empregados se aproximam perigosamente. Ah, é assim? Querem acabar comigo? Em poucos segundos tomo a direção de uma rampa descendente e vou rolando aos trambolhões por um tempo indefinido, até que o meu corpo ensanguentado para numa calçada apinhada de gente. Estou na rua, sim senhores, estou na rua, levanto-me de um salto, tomo um táxi e vou para casa. Que alívio. Estou em casa. Trato-me. Passo Hipoglós nas minhas feridas. Ah, como eu desejaria ser uma só, como seria bom ser inteiriça, fazer-me entender, ter uma linguagem simples como um ovo. Um ovo? É, um ovo é simples, a casca por fora, a gema e a clara por dentro. Santa Maria Alacoque, nem nos exemplos você consegue ser uma só, nem nos exemplos você consegue singeleza, você não vê que um ovo é uma coisa complicadíssima? Ah, é? Então, eu gostaria de falar assim: ela é uma só mas na verdade ela é três e muito mais. Ela é ao mesmo tempo o chapeuzinho vermelho, o lobo, a avozinha e muito mais. Você não vê que esse exemplo também não serve? Se você é simples você tem que contar uma pequena estória simples, de uma forma simples. Então vou começar: era uma vez um rato que tinha muita vontade de subir um muro. Muito bem, e depois? Ele tentava, tentava, mas o muro era muito alto e as pedras do muro muito lisas. Nas noites, ele ficava junto ao muro e levantava a cabecinha para ver se era possível a escalada. Era possível? Para dizer a verdade, não era, mas o rato não compreendia. E daí? Daí ele passou a vidinha inteira olhando para o muro e muitas vezes ele dormia de cansaço, lógico, mas nos sonhos ele subia o muro. Aí era uma beleza, lá em cima tudo era maravilhoso, mas acontece que ele sonha todas as vezes que dorme e depois de algum tempo o sonho torna-se angustiante porque ele já viu toda a paisagem, há montanhas, rios, árvores, diferentes espécies de animais e ele sente que tudo isso é apenas uma pequena parte de um mundo novo, que devem existir outras coisas ainda mais belas e aí ele deseja... Ter asas? Não. Ele deseja, no sonho, que o muro fique mais alto, ele nem pensa em ter asas, minha querida, ele é um rato. Escute, você sabe que os animais têm alma? E que a alma de um animal quando se desprende do corpo vai para um lugar muito bonito e fica ali durante algum tempo, conforme a afeição do seu antigo dono? Como assim? Você tem um cão, ele morre, você não o esquece jamais e, nesse caso, ele ficará ali eternamente. Ali onde? Naquele bonito lugar. E no dia em que eu não me lembrar mais dele? Ele se reencarna. Então é melhor que a gente se esqueça, assim o nosso cão terá a chance de uma nova vida. Não sei, não sei, eu acho que seria melhor que ele ficasse naquela espécie de limbo. Ah... é assim que você tem vontade de ser, não é? Você não quer lutar, você quer existir sob a proteção de uma memória, e ao mesmo tempo ficar no seu canto. Bela merda. Enfim, estou em casa. Tomo três aspirinas.

Os dois irmãos abrem a porta, sentam-se à minha frente. Ofereço biscoitos, chocolates. Não querem. Falam ao mesmo tempo minha amada irmã, você não pode nos visitar na refinaria, compreenda, você vai empestear todo mundo, lá é lugar de trabalho, é um santo lugar. A superintendente toma-me as mãos: não se ofenda, queridinha, mas você não é como todo mundo, você tem essa sarna e quantas vezes eu já lhe avisei que cuidasse dela, hein? Veja bem, eu não tenho nojo de você, tanto é assim que ponho as minhas mãos sobre as suas, mas nós vivemos numa comunidade, entenda, é preciso respeitar o outro, e outro é massa, é preciso compreender e respeitar a massa. Balbucio: a massa... sim... sim... a massa... é... importante. Mas veja bem, queridinha — o conselheiro-chefe continua — você parece distraída e esse é um assunto que deveria te alegrar, afinal você não quer escrever? Você não quer integrar-se na coletividade? Você não quer se comunicar com o outro? Escreva sobre a nossa organização, sobre a nossa limpeza, você viu como tudo funciona com precisão? Estou com os olhos cheios de lágrimas: olhem o que vocês fizeram, olhem os cacos de vidro no meu corpo. Você não está enxergando bem, não são cacos de vidro, nós já lhe dissemos, é sarna, queridinha, não se arranhe desse jeito, não se coce, é pior, coma alguns biscoitos, tome um copo de vinho, descontraia-se, não fique franzindo o focinho assim, não coce as orelhinhas tão compridas, fique lá no canto vamos, vamos. Saíram. Bateram a porta. Estou no meu canto mas sinto que o meu corpo começa a avolumar-se, olho para as minhas patinhas mas elas também crescem, tomam uma forma que desconheço. Quero alisar os meus finos bigodes mas não os encontro e esbarro, isto sim, num enorme focinho. Agora estou crescendo a olhos vistos, sou enorme, tenho um couro espesso, sou um quadrúpede avantajado, resfolego, quero andar de um lado a outro mas o apartamento é muito pequeno, só consigo dar dois passos, fazer uma volta com sacrifício para dar mais dois passos na direção de onde saí. Lembro-me que há um pequeno espelho no banheiro, gostaria de olhar-me, mas como poderia atravessar aquele arco para entrar ali? E preciso dizer a você que o apartamento é desses de sala, banheirinho, kitchenette e um pequeno corredor. Para ir ao banheiro será preciso entrar no corredor e virar à direita, mas isso é impossível, não posso fazê-lo, meu tamanho é qualquer coisa de espantar, sei finalmente que sou alguém de um tamanho insólito. Olho para os lados com melancolia, fico parado durante muito tempo, estou besta de ter acontecido isso justamente para mim. Recuo e o meu traseiro bate na janela, inclino-me para examinar as minhas patas mas nesse instante fico encalacrado porque alguma coisa que existe na minha cabeça enganchou-se na parede. Meu Deus, um corno. Eu tenho um corno. Sou unicórnio. Espera um pouco, minha cara, depois da *Metamorfose* você não pode escrever coisas assim. Ora bolas, mas eu sou unicórnio, é preciso dizer a verdade, eu sou um unicórnio que está fechado no quarto de um apartamento na cidade. Mas será que você não pode inventar outra coisa? Essa coisa de se saber um bicho de repente não é nada original e além da *Metamorfose* há *Os rinocerontes*, você conhece? Começo a rezar. O unicórnio reza? Quero te explicar direitinho: quero rezar mas não consigo ficar de joelhos, e nem consigo juntar as patas. Aliás, não é preciso. Faço mentalmente a seguinte oração: Jesus, Santo Corpo, me ajude, me ajude a resolver esse estranhíssimo problema, o senhor veja, eu nem posso ser unicórnio porque a minha amiga aqui está dizendo que outros já foram coisas semelhantes, de modo que não é nada bonito pretender ser o que os outros já foram. Não seria melhor que o senhor me transformasse numa coisa mais original? Quem sabe se será melhor voltar a ser eu mesma, porque eu mesma sou insubstituível, eu mesma sou só eu e mais ninguém, o senhor compreende? E ser um unicórnio é... não sei, a espécie já está quase extinta e tenho medo. É, peça com fervor tudo isso, Jesus vai te ajudar, um unicórnio é uma coisa chata, um unicórnio... é... uma ideia burguesa. Burguesa? É, burguesa sim. Por quê? Ora, porque só um burguês pode ter essa ideia. Ahn... Olha, vamos pensar noutra coisa, não resfolegue assim, sente-se por favor. Mas eu não posso me sentar, será que ela não percebe que eu não posso me sentar? Ah, é verdade, desculpe, você não pode, é que foi tão súbita essa sua mudança. Um unicórnio... bem, vamos pegar o dicionário. Vejamos: único, unicolor, unicorne, unicórnio, aqui está: espécie de rinoceronte (eu não te disse?) *Rhinoceros unicornis*. Substância do chifre desse animal. Sinônimos: unicorne e monoceronte. Bem, depois temos: unicúspide. Meu Deus. Unicúspide: que só tem uma ponta. Minha cara, você é um unicórnio com um corno unicúspide. Não, não comece a chorar, afinal não foi você mesma quem inventou tudo isso? Vamos dar um jeito, não perca as esperanças, a gente sempre pode ser outra coisa, vamos lá, não é o caso de chorar tanto, não se perturbe assim. Abrem a porta. Aí está o meu companheiro. Gostaria tanto de abraçá-lo mas isso agora é definitivamente impossível. Ele me diz — depois de desembrulhar alguns pacotes — eu trouxe para você algumas verduras, aqui estão, parecem muito frescas... olhe minha querida, apesar de todo o meu amor, será preciso afastar-me de você. Cruza os braços, me olha em silêncio, o rosto fica molhado. Caminha até a porta e, antes de abri-la, volta-se: eu fiz o possível para te fazer feliz, mas é inútil lutar com alguém que dissimula e rejeita a cada dia o seu verdadeiro rosto. Fecha suavemente a porta mas eu posso ouvir os soluços vindos de fora. Agora ele desce as escadas com rapidez, não teve paciência para esperar o elevador. Perdi-o, perdi-o! E resfolego, choro, perco os sentidos de tanta dor. Quando abro os olhos já é noite. Durante alguns minutos permaneço na mesma posição, ouço a buzina dos automóveis, ruídos no apartamento ao lado do meu. Não tenho ânimo para levantar-me, mas a fome obriga-me a pensar seriamente em localizar as verduras. Encontro-as. Como com avidez — incrível — me sinto feliz nessa hora que estou comendo, nessa hora quase me esqueço de que estou irremediavelmente perdida, que estou sozinha como só um unicórnio pode estar e mastigo os meus últimos bocados com lentidão, quero prolongar o meu prazer, a minha língua enrola-se e afunda-se muitas vezes nas mucosas laterais da boca. Acabei. Não haverá sobremesa? Não haverá uns tenros brotos no fundo do papel? Não. Estou quase chorando novamente mas agora sinto uma descarga elétrica pelo corpo. Acenderam a luz. O que foi? Você não se sente bem? É a superintendente e os dois conselheiros-chefes. Estão ao meu lado. A sábia conselheira-chefe diz: será preciso arrebentar as paredes para tirá-lo daqui. Os outros dois assentem. Agora chegou o zelador do prédio com o seu ajudante. Eles têm a marreta nas mãos. Posso começar? — o zelador pergunta. Lógico, deve começar. O barulho é infernal, a vizinhança começa a aparecer, estou quase morta de vergonha, meu Deus, já sei que todos vão me examinar, começo a ouvir as primeiras exclamações: OH... AH... NOSSA... que bicho é esse aí? É melhor chamar a polícia! Os bombeiros! O conselheiro-chefe diz: não vamos chamar ninguém, afastem-se por favor, é simplesmente um unicórnio que está aqui. Alguém repete com vozinha fina: simplesmente um unicórnio, esse tem peito! O conselheiro--chefe continua: nós vamos removê-lo para o parque. OH... AH... Nossa mãe do céu! Eu nunca vi um bicho desses! Deixa eu olhar um pouquinho, seu moço, hein? Ele tem um corno, você viu? Nossa! Que animal medonho! Olho para o chão, tremo de vergonha, a superintendente dá duas palmadinhas afetuosas na minha cara e dirige-se a todos: não tenham receio, ele é muito simpático e sabe ser muito dócil, naturalmente aqui no apartamento ele está sofrendo e pode ficar assustado se os senhores gritarem muito. Pode ficar assustado? OH... AH... CHI... É, isso pode. E um unicórnio assustado é capaz de derrubar o prédio inteiro. Eu não tinha pensado nisso, digo para mim mesmo. A superintendente tem os olhos brilhantes, olha-me com aparente doçura mas sei que aquele olhar é de vitória, ela sabe que venceu, ela sabe que eu sou impotente diante das pessoas, ela sabe que eu sou capaz de lamber a mão de um leproso para que o leproso goste de mim, ela sabe de tudo isso, a superintendente sabe. O homem do apartamento ao lado vai gritando: todo esse estrago será pago pelos senhores e vai custar caro, porque além de derrubarem a minha parede, me fizeram perder as horas de descanso e isso vai lhes custar muito caro. A sábia conselheira-chefe responde: meu senhor, cobre o que quiser, não se preocupe, mas por enquanto fique calmo, sim? O homem tem um lápis e um papel na mão, encolhe os ombros e começa a escrever. Certamente está fazendo os cálculos de toda a desordem. Uma corda! Quem tem uma corda! Aqui está, madame — diz o zelador — agora é só puxá-lo e fazê-lo descer pelas escadas. Alguém me dá um tapa no traseiro, volto a cabeça, começo a tremer enquanto o zelador grita: sai daí, menino, não faz assim, o unicórnio não é de ferro. Começo a descer os degraus e aos poucos vou sentindo uma dor insuportável no ventre. Ah, não é possível, é uma cólica intestinal, paro, mas um grito de alguém que me viu pela primeira vez faz com que eu solte abundantes excrementos líquidos pelos degraus. Começa a gritaria: ai, a minha roupa, ai, que absurdo, que porcaria, são Jerônimo, santa Bárbara, onde é que estamos, afinal? A sábia conselheira-chefe responde: minha senhora, o unicórnio está nervoso, não é todos os dias que ele desce uma escada e não é todos os dias que ele vê alguém com a cara da senhora. Ela me defendeu! Às vezes, ela me defendia, em casos extremos. As duas mulheres trocam palavras, chegam a se agredir e eu vou descendo e sujando os degraus. O mau cheiro faz cambalear o ajudante do zelador e eu mesma estou a ponto de morrer. A rua. O vento nos meus quatro lados. O vento no meu focinho enorme. Estou melhor, estou muito melhor. Um caminhão para me levar ao parque. Uma rampa tosca para que eu possa subir. Estou muito comovido porque vou ficar pela primeira vez em contato com toda espécie de gente, quero tanto conseguir amigos, vou fazer o possível para que me amem, sei que é difícil porque o meu aspecto não é lá muito… vamos dizer, não é lá muito normal, mas posso ser engraçado se quiserem, posso levantar uma das minhas patas se me pedirem, posso balançar a cabeça de um lado a outro, posso revirar os olhos para que saibam que eu estou entendendo cada palavra, ah, eu vou conseguir amigos, eu sei que sempre foi muito complicado falar com as pessoas, mas em mim essa dificuldade não foi falta de amor, isso não, foi talvez a memória de certas lutas, a agressão repentina daqueles que eram meus irmãos, mas eu estou certa de que a maior culpa coube a mim, eu tinha uma voz tão meiga, tinha um rosto anêmico, um olhar suplicante e todas essas coisas fazem com que os outros se irritem, afinal ser assim é ser muito débil para um tempo tão viril como é o nosso tempo. Ora pipocas — um amigo me dizia — agora é preciso tomar atitudes práticas, agora é preciso agredir, agredir sempre para que fique visível aquilo que nós queremos, agora é preciso matar, meu doce de coco, arranjar uma luger e tatatatatatatatatatata no peito, na cabeça, no coração. Eu revirava meus olhos redondos: mas será que não há uma outra maneira de conseguir o que nós queremos? Ele subia sobre mim, a voz era rouca, eu abaixava a cabeça e ele gritava: não há mais tempo, você não entende? O genocídio, os requintes de crueldade, homens que estão comendo homens, mulheres de tetas murchas sangrando, cadáveres de criancinhas, milhares de pessoas apodrecendo, opressão, sangue em todos os caminhos, é preciso responder com sangue, basta de palavras, mate-se, você, aí, mate-se, você com a boca entupida de palavras. Mas e o Cristo? eu dizia. O Cristo? Imbecil — a voz agora é tonitroante — nós somos o Cristo, nós somos o Cristo que se cansou de parábolas, o Cristo que nunca mais se deixará crucificar, o Cristo com um pênis deste tamanho na bunda de todos os opressores, esse é o Cristo do nosso tempo. E o amigo espumava e eu chorava. Quem sabe se daqui por diante, eu unicórnio, posso conseguir mais compreensão. Agora eu sou grande, tenho um corno, posso dar umas cornadas em quem merecer. Você seria capaz? Acho que sim. Experimento meu corno no engradado de madeira do caminhão, uma, duas, três vezes, estou muito contente, abro bem a boca e com a língua limpo as minhas gengivas. O caminhão para, o motorista está desesperado, ele grita para o conselheiro-chefe: o unicórnio está louco! Louco! Quero dizer que não, não senhor, estou muito bem, tenha calma seu moço, estou simplesmente experimentando meu corno, estou contente de ver o céu cheio de estrelas, estou contente porque tenho meu corno, porque sou enorme e esquisito, não tenha medo. E paro imediatamente para que ele compreenda que eu sou um quadrúpede que também sabe ser amigo. O motorista está mais calmo, entra novamente no caminhão, prosseguimos viagem e, para que o percurso do apartamento ao parque seja mais ameno, resolvo puxar pela memória: quando foi que viajei como gente pela última vez? Ah, sim, aquele lugar tão bonito! Lembro-me: estou perto do mar e quero dizer muitas coisas. SÃO SEIS HORAS DA MANHÃ, NÃO HÁ NINGUÉM NA PRAIA. E dentro desta frase há uma infinidade de sensações, há uma embriaguez, há uma grande felicidade de estar aqui e existir, mas ao mesmo tempo que essa alegria me invade, há uma grande tristeza de saber que qualquer gesto, qualquer palavra, não será suficiente para te fazer partilhar dessa minha embriaguez, dessa alegria, dessa minha tristeza. SÃO SEIS HORAS DA MANHÃ, NÃO HÁ NINGUÉM NA PRAIA mas não é só isso, há um verde margeando as dunas de areia, há uma ilha à minha frente mas dizer isso não basta, dentro de mim é que as coisas tomam corpo, é assim como se eu as engolisse, como se a vida entrasse de repente pela minha boca, pela minha garganta e distendesse os meus pulmões a tal ponto que se tornasse impossível o respirar. O que eu estou descrevendo pode resultar para o outro assim: são seis horas da manhã, você está na praia, sozinha e simplesmente com falta de ar. SÃO SEIS HORAS DA MANHÃ, NÃO HÁ NINGUÉM NA PRAIA, estou parada e cada segundo é muito importante. Por quê? Porque a vida está dentro de mim, porque eu estou consciente de estar viva e muito mais, mas eu só posso te dizer: olha, olha para mim, eu estou viva. E não é um relato satisfatório. A praia foi cercada pelos urubus e eu poderia te dizer: a praia foi cercada pelas andorinhas, seria belo mas não seria honesto. A praia foi cercada pelos urubus e eles estão à espera. Do quê? De algum repasto que chegará do mar. Eles se aquecem, abrem as asas uma de cada vez, em seguida ficam imóveis, e aos poucos as asas vão pendendo, as pontas tocando a areia. Fico imóvel também, gostaria de examiná-los atentamente, dou alguns passos em direção a um grupo mais unido mas eles se afastam com pequenos saltos. Um barco e pescadores. O olho dos peixes dentro da cesta, o estremecimento dos corpinhos, o sol na superfície escamosa. Os peixes agonizam. Moço, quanto é, quanto é a cesta inteira? Eu compro, pego a cesta e jogo todos os peixes no mar. Os pescadores sorriem: não adianta, dona, eles não vão viver mais, eles morrem agora de qualquer jeito, não adianta, peixe é pra comer, olha esse aqui, olha dona, e um menino pescador abre com o canivete a barriga de um peixe que me caiu da cesta. O menino ri: é pra comer, moça, é pra comer. Todos estão sorrindo e eu resolvo sorrir: é que são tão bonitos... dá pena. Há milhares de peixes pequeninos na areia, os urubus se aproximam, os pescadores balançam as cabeças e se afastam sorrindo. A praia está vazia outra vez. SÃO SETE HORAS DA MANHÃ, NÃO HÁ NINGUÉM NA PRAIA. São sete horas da manhã e sei disso porque o zelador do parque aparece gritando: como vai, besta unicórnio? São sete horas da manhã e hoje estou aqui para limpar a sua fedentina. Como é, dormiu bem? Vira-se para o ajudante: este animal é uma besta mesmo, agora deu para ter um corrimento nos olhos e parece que está sempre chorando, as crianças vivem me enchendo: o unicórnio está chorando, hein moço? E eu repito a mesma coisa o domingo inteiro: o unicórnio não chora, parem de inventar coisas, já pinguei colírio nos olhos dessa besta mas parece que é pior, ele fica o dia inteiro fungando, eh, bicho medonho, só sabe ficar aí parado olhando entre as grades. O zelador do parque afastou-se. Não durmo há vários dias. No início fui tratado com bondade: duas vezes, pela manhã e à tardezinha, jogavam verduras e restos de fruta no meu quadrado. Agora, na parte da manhã, me atiram alfaces podres e um maço de brócolis e tudo isso é muito difícil de engolir. Hoje é domingo, o sol está batendo nas minhas patas, estou muito triste porque hoje exatamente faz dois anos que estou aqui, e me lembro como estava quando cheguei, como eu tinha esperança de conquistar o amor dos que me vissem. Fiz o possível para agradar às pessoas — naturalmente dentro dos meus parcos recursos

— mas sei agora que não compreendem os meus gestos. As visitas estão rareando. Nesses dois anos vi, uma vez, a superintendente e os conselheiros-chefes. É preciso dizer antes de tudo que os perdoei. Eles estavam acompanhados daquela empregadinha que usava o gorro de tricô na cabeça e creio que o irmão-pederasta-conselheiro-chefe casou-se com ela, porque pude ver as alianças na mão esquerda. Eles pararam perto de mim e eu quis dizer que eles eram feitos um para o outro, e para expressar-me — sempre dentro dos meus parcos recursos — coloquei o meu traseiro entre as grades do meu quadrado e bem à frente do casal, dando a entender, com esse gesto, o seguinte: assim como as duas partes do meu traseiro se completam necessariamente, não podem separar-se, assim também vocês dois só poderiam acabar se entendendo muito bem. Fiz isso na melhor das intenções. Mas não fui compreendido. Sabem o que eles fizeram? Espremeram um cigarro aceso no meu ânus. Estrebuchei de dor aquela tarde inteira. Vocês dirão talvez que foi bem feito, que a minha atitude de mostrar o traseiro não é uma atitude conveniente. Verdade, verdade. Mas tudo tem sido tão difícil, tentei tantas coisas como meios de expressão, tenho me confundido várias vezes, quero sempre me explicar sem que os outros se ofendam, e chego à conclusão de que sempre me saio mal. Não, por favor, não pense agora que eu tenho vontade de morrer. Pensei nisso, preciso confessar, cheguei até a imaginar uma maneira digna de morrer. Seria assim: durante a noite, quando não há mais ninguém aqui no parque, eu me daria golpes sucessivos. Bateria meu corno de encontro à parede da cela até provocar uma hemorragia. Dizem que a perda de sangue não é dolorosa e que pouco a pouco vamos sentindo um agradável torpor. O mais difícil era provocar o ferimento mas eu pediria auxílio a Jesus. Depois reconsiderei e pensei assim: meu Deus, se eu cheguei a esse ponto de me transformar em unicórnio é porque a minha vida deve ter algum significado, porque se não tivesse, eu teria morrido antes dessa transformação. Continuei pensando assim: devo aproveitar essa situação um pouco extravagante, convenhamos, para fazer uma série de reflexões sobre a vida em geral e sobre mim mesmo em particular. Bem. Então, o que é a vida? E não pude chegar a nenhuma conclusão excepcional, apenas admiti que a vida é uma coisa que pode encher o nosso coração de mel e girassóis. Nossa, que otimismo! E por que girassóis? Porque sinto uma alegria absurda quando vejo um girassol e acho que os girassóis também são uma coisa absurda porque não há nada tão amarelo, tão delicado dentro daquela aparência de flor superfortaleza, não há nada mais comovente do que ver um girassol de manhãzinha bem cedo. E ainda que não houvesse manhãs e sol, o girassol continuaria a ser para mim uma coisa de alegria absurda. Se não houvesse sol, o girassol seria amarelo? Não sei, isso é um problema da física, da ótica, da vida? Não sei, mas ainda que o girassol fosse roxo ou vermelho, para mim ele sempre seria amarelo absurdo. Pois bem, eu estava dizendo que a vida é uma coisa que pode encher o nosso coração de mel e girassóis. É isso. E não pude ir mais adiante. Fiquei um pouco triste de não descobrir uma nova maneira de dizer qualquer coisa de mais fundo a respeito da vida. Depois pensei: quando foi que o meu coração se encheu de mel e girassóis? Olha, eu tenho vergonha de dizer mas vou dizer, vocês vão achar que é bobagem, mas sabem? Sabem, eu gosto muito de escrever, ninguém publica mas eu gosto e, bem, eu vou dizer logo: eu escrevi um conto uma vez e depois que eu acabei o conto eu senti que o meu coração se encheu de mel e girassóis. Um conto? Então lê pra nós. Verdade? Vocês querem ouvir! É verdade? Eu vou buscar. Está aqui. Chama-se: O CHAPEUZINHO VERMELHO. A alma. A vontade de ter asas e ao mesmo tempo a vontade de ter garras para poder cavar a terra do meu corpo. O meu corpo de terra. A vontade de olhar cada vez mais fundo para dentro de mim. Era uma vez um gato xadrez. Era uma vez duas orelhas e um rabo e uma menina num pedido cortês: você pode se afastar um pouco? Que gato louco. É assim que se começa uma estória, é assim que se diz a cada dia: bom dia. E a cada noite: boa noite. Sento-me numa cadeira frente à mesa: vamos começar por onde? Começa pela tua infância, os poetas gostam muito de falar da infância, eles dizem sempre que tudo isso da infância é o mundo do maravilhoso que não volta mais. Depende da infância, tem gente que... não, não, continua. Eu fiquei oito anos no colégio interno. Ah, é? Foi no dia dois de março de mil novecentos e trinta e oito. O meu casaco é cor-de-rosa, minha mãe me segura a mãozinha, subo vários degraus de pedra e chego na porta de vidro. A irmã porteira abre a porta. É um colégio de freiras, é? É, sim. Minha mãe diz com voz sumida: minha filha parece tão pequena... aliás... é mesmo muito pequena... tem mais alguma menina dessa idade? Lógico, a senhora quer vê-las? Chamam-se Lina e Margot. Minha mãe continua: a minha filha é tão delicada... tão... Mas nós todos somos muito delicados, o ser humano é muito delicado, o colégio está cheio de delicadeza, os azulejos são azuis e delicados, a delicadeza é uma maneira muito agradável de ser. Já sei, vou ficar aqui durante muito tempo e nunca mais vou sentir o cheirinho cor-de-rosa da minha mãe, o lenço perfumado, o barulho dos papéis dentro da bolsa. Minha aula de aritmética: menina, preste atenção: tenho duas galinhas, uma morre, quantas ficam? Mas... por quê, irmã? Por que a galinha morreu? Então pense diferente: tenho dois lápis, um quebrou, quantos ficam? Dois. Por quê, menina? Um lápis inteiro e um lápis quebrado ou... espera um pouco, irmã... ou três, um inteiro e dois pedaços de lápis que também são lápis. A freira fica cheia de espanto, tira os óculos duas, três vezes e diz: *Dio Santo, ma questa é pazza*. Na aula de religião: irmã, o que quer dizer virgem no parto, antes do parto e depois do parto? O que é virgem? O que é parto? O que é antes e depois de tudo isso? Isso é para decorar, decore e pronto. Sou disciplinada, magrinha, uso tranças, tenho muita vontade de ver Jesus no sacrário. Termino minha tarefa antes de todo mundo e peço licença para rezar na capela. Fixo os olhos no sacrário. Os olhos doem. Quero ser santa, quero morrer por amor a Jesus, quero que me castiguem se eu fizer coisas erradas, quero conseguir a salvação da minha alma. Seu pai é louco, é? Hi... ela tem o pai louco. Você fala com ele? Ele te morde? Não, coitado, não morde, ele só fica parado, olhando. Ele é bom, ele é lindo. Pai, você me pergunta: depois do muro, minha filha, o que é que tem? A rua, meu pai. E depois da rua? Mais ruas, pai. Ele fica repetindo, o olhar absurdo: mais ruas... mais ruas... mais ruas. No dia das visitas, alguém diz: aquela lá, tio, tem o pai louco. Cht! Ela não se importa, tio, ela sempre diz que seria pior se ele fosse leproso. Tenho muito medo de leprosos. A irmã C. conta sempre a estória da santa que beijava a ferida dos leprosos, ah, isso eu não vou conseguir, e depois, aqui não tem leproso. Acordo assustada, faço pipi na cama, é noite, levanto-me, vou até o lavatório, lavo a minha calcinha sem fazer ruído, fico na ponta do pé porque a pia é muito alta, depois fico segurando a calcinha, abanando e rezando para que ela seque até a hora de levantar. Outra vez, menina? A mancha amarela é enorme, bem no meio do lençol. Outra vez, outra vez. Cada noite digo a Jesus antes de me deitar: Eu vos ofereço os meus olhos, a minha boca, a minha língua, o meu coração, todo o meu corpo, tudo o que existe dentro de mim, o que eu tenho dentro de mim são tripas e eu também ofereço as minhas tripas ao senhor e também quero ser virgem no parto, antes e depois porque isso está escrito no catecismo e deve ser uma coisa boa. A menina dorme. Sinto muita saudade da minha mãe, da velha preta Seinácinha, da minha cachorra que se chama Fina. Desenho no papel a minha casa cor-de-rosa. Parece mentira, mas a minha casa é cor-de-rosa e fica numa praça cheia de flores amarelas. É a sua casa, é? E por dentro? Olhe, por dentro é assim: aqui tem uma salinha, no meio da salinha tem uma escada que vai dar no quarto da minha mãe, aqui é o meu quarto e pela janela do meu quarto vê-se um telhadinho. Você sabe que eu vi dois anjos e o Menino Jesus voando em cima desse telhadinho? É verdade, juro por tudo que é mais sagrado. Fiquei muito contente e quis voar também e pedi para a Seinácinha ir até o galinheiro e arrancar as penas das galinhas para a gente fazer uma asa. As galinhas tão dormindo, Jojoca, e dói muito arrancar as penas dos bichinhos. Dói? Dói muito? Então eu não quero mais, Seinácinha, que pena, eu gosto tanto de voar, eu voo todas as noites por aí e depois fico pousada naquela árvore mais bonita da pracinha. Você voa quando sonha, Seinácinha? Voo não, Jojoca. Meninas, vamos começar o ditado: "A carnaúba. O sertanejo estima imenso a carnaúba. Ela lhe dá os esteios, as ripas, as calhas, a cobertura para a sua casa rústica, os mourões para a cerca e a lenha para aquecer a sua pobreza feliz". Quem é pobre é feliz, irmã? Jesus foi pobre, menina, e Ele disse que é mais fácil um camelo entrar pelo buraco de uma agulha do que um rico entrar no reino dos céus. No domingo, dia de visitas, digo para a minha mãe: você tem que ser pobre, mãezinha, só o pobre é que entra no reino do céu. Ela me abraça, sorri, choro muito quando ela vai embora, fica mãezinha, fica aqui no colégio comigo. A hora da visita acabou, dou as balas para Josete, Josete é grande, sabe jogar bola ao cesto, está no terceiro ginásio, acho que ela é a menina mais bonita do colégio. As outras dizem que ela tem os pés muito grandes, mas eu acho que ela é toda linda. À noite tenho um sonho: eu e Josete de mãos dadas no meio da floresta. De repente ela me abraça e o meu corpinho estremece de prazer, é mais ou menos assim quando mamãe me abraça, mas ainda mais gostoso. Depois fico sozinha, olho ao redor, e vejo que estou dentro de uma grande caixa de vidro. Encolho-me num canto e nos meus braços começam a crescer pelos escuros. Sou uma aranha, num canto de uma caixa de vidro e grito: Josete! Josete! Volta! O dormitório está escuro, alguém faz um ruído esquisito, parece um lápis batendo de encontro aos dentes, estou morta de medo porque sou aranha, toco nos meus braços e sinto a minha pele. Que bom, foi tudo mentira. No dia da minha primeira comunhão acordo de madrugada. Fico muito tempo lavando a boca, penso: será que o bispo vai ver que eu não tenho os dois dentes da frente? Acho que ele não vai ver, vou esticar a língua, mas não muito. Agora estou muito compenetrada e ao mesmo tempo tenho medo: Jesus vai encontrar tudo em ordem dentro de mim? Não tive maus pensamentos? Contei para o monsenhor na confissão que eu virei aranha e ele me disse que virar aranha no sonho não tinha importância. Disse também para o monsenhor: às vezes penso assim, se alguém precisar morrer, a mamãe ou a Josete, você, Jojoca, escolhe quem? Quem é a Josete, menina? A Josete é muito bonita, monsenhor, ela parece a Nossa Senhora. E quem é que você escolhe, minha filha? Ah, monsenhor, eu dei um jeito e disse para Jesus que eu prefiro morrer do que escolher entre mamãe e a Josete. Minha filha, dê o seu coração, dê o seu amor a Jesus e não pense mais nessas coisas. Entro na capela, sou a primeira da fila, ando bem devagarinho, as freiras lá em cima começam a cantar. Sei que não devo olhar para os lados mas assim que chego nos primeiros bancos sinto o cheirinho bom da minha mãe. Arrisco um olho. Ela está chorando e sorrindo. Chegou a hora. Levanto-me, vou até o altar, ajoelho-me, estico a língua, não, ainda não é a minha vez, não adianta ficar com a língua pra fora durante muito tempo, agora o bispo está chegando mais perto, agora Jesus está na minha boca, o Corpo e o Sangue mas eu não sinto gosto de carne nem de sangue, penso nos índios que comem gente, não, não devo pensar nisso agora, abaixo os olhos, sinto muito calor, as freiras cantam mais alto, as minhas mãos estão esticadas uma de encontro à outra e converso com Ele: Jesus, fiz de tudo para que o senhor encontrasse a minha casa em ordem, prometo ser muito boa daqui por diante, prometo amar a todos, prometo não ter raiva de ninguém, peço ao senhor que proteja meu pai, minha mãe, ah, eu quero falar do meu pai, o senhor já sabe que ele é louco e tenho muita pena dele porque lá no hospital é muito triste, o jardim não tem flores, os bancos são frios e tem gente muito esquisita. Eu queria que o senhor desse um jeito dele melhorar, mamãe diz que ele faz versos muito bonitos. Tem um verso que eu sei de cor, eu não compreendo bem o que é mas é bonito, é assim: "Estranhas, doridas vozes, estão em mim ou no vento, ah! os invisíveis algozes do sentimento". Perguntei o que quer dizer algozes e a irmã disse que são gentes que maltratam os outros mas aqui no verso são algozes invisíveis, não são gente de verdade, isso é uma poesia, o senhor compreende, não é? Então é isso, Jesus, quero que o senhor faça esse milagre dele ficar bom e eu prometo cem terços, cem ladainhas, cem mortificações. A minha mãe disse que o pai não sofre nada porque ele não entende que está louco mas eu acho que ele entende sim porque ele perguntou o que é que tinha depois do muro e um louco não pergunta isso. O muro do hospital é muito alto, é diferente do muro lá de casa porque lá em casa no muro tem uma trepadeira que se chama primavera e o muro do hospital é liso, branco, tem uma porção de contas de vidro nas beiradas e é sem flor. Dá um jeito em tudo isso, meu Jesus. Amém. Jojoca, não olhe, não olhe, a menininha está morta. De dentro do nariz saía uma espuma, uma velha abanava a menina mas as moscas ficavam por ali, volteando. A senhora é avó dela? Sou sim, menina. Ela está morta? A velha começa a chorar e minha mãe me puxa pra fora. Mãe, por que existe a morte? O que é isso que faz a gente ficar imóvel, esticado? O que é, mãe? Você não devia ter olhado, a morte é assim mesmo. Assim como? Olha, minha filha, é assim: a gente vai ficando velhinha, o coração também vai ficando velhinho e para de repente. E depois? Depois que a gente morre... bem... enterram a gente. Enterram? Debaixo da terra? Quando cheguei em casa a primeira coisa que fiz foi pegar um punhado de terra e esparramá-la na palma da mão. Cheirei. Apalpei. É possível? É você, terra, que vai ficar em cima de mim quando eu morrer? O pai também vai ser enterrado, mãe? Quando voltei das férias, contei que vi uma menina morta e menti bastante para que todas partilhassem o meu medo: olhem, havia milhares de moscas entrando nos olhos, no nariz, na boca e nos ouvidos da menina e a menina disse antes de morrer que não queria ser enterrada e até hoje a menina está lá, esticada na cama. Até hoje? Ninguém acreditou. Não pode ser — elas diziam em coro — quem morre precisa ser enterrado porque o corpo apodrece. Apodrece? Meu Deus, então eu não sabia nada sobre a morte, para mim a morte era a hora de ir para o céu ou para o inferno, aquele estágio debaixo da terra era provisório, era apenas uma decisão tola dos homens. O corpo apodrece? Apodrece igual à maçã? Muito pior, boba, fica cheio de bichos. Isso é mentira, eu nunca vou ficar cheia de bichos. A irmã Letícia vinha me consolar: se você ficar santa, o seu corpo não apodrecerá. E se eu não conseguir? Jesus vai te ajudar; não tenha medo, e você sabe que a gente não sente nada depois da morte? O corpo não é nada, menina, são Francisco chamava o corpo assim: meu irmão burro. Por quê? Porque o corpo só faz bobagens, o corpo demora a compreender. Nessa noite resolvo conversar às claras com meu corpo: irmão burro, presta atenção, não apodreça, por favor eu não quero ficar cheia de bichos e se você me prometer isso, eu prometo te tratar com paciência. Depois refleti: adianta tratar um burro com paciência? Os santos não maltratavam o corpo? Meu Deus, que espécie de contrato é preciso fazer com o corpo? Se eu o maltratar em vida, ele me agradecerá na morte? Na capela, fico ajoelhada durante a missa. Os meus joelhos são grossos, vermelhos, as meninas tentam imitar-me, a freira me segura pela mão e me exibe diante da classe das maiores: se todas imitarem a Jojoca nós ficaremos contentes. Eu aproveito para revirar os meus olhinhos para Josete. Um dia veio a inspetora: vamos fazer um teste muito importante, desenhem um boneco. Ouço algumas palavras da irmã C.: inspetora, aquela menina é muito... Ela deve estar dizendo que eu sou a mais inteligente. Desenho com rapidez: cabeça, tronco, dois braços, duas pernas. Pronto, irmã. Elas se entreolham. A irmã C. puxa a boca para baixo: mas que decepção, menina, você não desenhou os olhos, o nariz, a boca, as orelhas do boneco? E as mãos do boneco, onde estão? E os pés? Começo a chorar, isso é demais para mim. A freira levanta a voz: sim senhora, uma menina cheia de amor-próprio, sim senhora! Olho-a fixamente. Abaixa os olhos — ela grita. Não, isso eu não posso fazer. Ela repete a ordem e eu respondo: diante de Deus irmã, só diante de Deus. Sou empurrada de encontro à lousa, ouço os gritos da irmã C.: tirem a carteira! No corredor! Meu Deus, o demônio tomou conta dessa menina! Separada das outras! Que orgulho. Foram semanas terríveis. Na hora do almoço é preciso dar três voltas lentas no refeitório imenso, manter a cabeça e os olhos baixos. O esforço é tamanho que aparecem manchas vermelhas no pescoço e no rosto. É verdade, eu queimo de orgulho. Uma tarde o monsenhor vem me visitar no exílio: minha filha, peça desculpas, vamos. Meu corpo enrijece e nenhuma palavra sai da minha boca. O monsenhor insiste: você não é aquela que pedia a Deus para ser santa? Lina me suplica às escondidas: pede desculpas, você fala depressa assim, desculpa desculpa, você nem vai sentir que falou, boba, é só um instante. A catapora salvou-me da obrigação de pedir desculpas, e tudo foi esquecido, mas a imagem da menina exemplar morreu. Nas festas de fim de ano, antes das férias, era de hábito fazer uma representação para os pais. No ano passado vestiram-me de anjo, neste ano represento a avozinha-lobo do chapeuzinho vermelho. Puseram talco nos meus cabelos e no meu rosto um óculos enorme com aro de metal. Margot foi escolhida para ser a chapeuzinho vermelho. Ela falava:

Boa tarde, avozinha.
Demorei um pouco
para colher florzinhas.

Eu respondia:

Ah, minha neta...
Pensei que você
nunca mais viria.
Tenho a garganta seca
Desde o meio-dia.
Trouxe comida, vinho
E dois ou três bolinhos?

Em seguida era preciso mostrar as minhas unhas compridas feitas de cartolina. A chapeuzinho vermelho se assustava: Que unhas tão compridas, minha avó! Aí, era preciso responder choramingando: Não posso cortar, pois vivo tão só! Eu escondia as mãos e só dizia a última frase: vivo tão só, vivo tão só! A freira exasperava-se: menina, a estória fica sem sentido, quantas vezes é preciso dizer que você é lobo e o lobo tem que mostrar as garras? Vamos, outra vez. Ah, como era difícil. Eu mostrava as mãos meio encolhidas, assim como se elas estivessem enfaixadas e ficava imaginando a surpresa de mamãe quando me visse no papel de lobo. Que sacrifício era perder os estudos da noite para ensaiar uma coisa tão aborrecida. Mas de repente veio uma decisão da madre superiora: uma grande medalha de prata para quem fizesse com talento o seu papel. Daí em diante fui perfeita. E ainda pedi que me fizessem dois caninos pontiagudos, de cartolina amarela. Todas acharam a sugestão esplêndida e no dia da estreia, depois do espetáculo, apareci radiante com as minhas garras e os meus dentes para abraçar mamãe. A medalha de prata está guardada até hoje e de vez em quando minha mãe envelhecida a examina, fecha os olhos e pergunta: minha filha, você não acha que levou muito a sério aquele seu papel? Não, não, você não é contista... e quer saber mesmo? Olhe, a linguagem é deficiente, há um todo quase piegas e essa coisa de internato, depois de *Retrato do artista quando jovem* não dá, viu? Não fique triste, quem sabe se mais tarde você consegue, hein? Quer que eu te segure as mãos? Sim, quero muito que você me segure as mãos. Agora sei. Tudo isso, todo esse grande amor me estufando as vísceras, todo esse silêncio feito de alfinetes, essa contração dolorosa no meu estômago, esse encolher-se e depois largar-se como um existir de anêmona, essa língua que devora e que ao mesmo tempo repele o mais delicado alimento, esse olho liquefeito, esse olho de vidro, esse olho de areia, esse olho esgarçado sobre as coisas, tudo isso em mim é simultaneidade, é infinitude, é existência pulsando e convergindo para Deus não se sabe onde, para o mais absoluto, ou o mais vazio, ou o mais crueldade, o mais amor, ai de mim expulsando as palavras como quem tem um fio de cabelo na garganta, ai ai ai. Guardo tudo, todas as invasões, ai como invadiram o meu mais humilde expressar-se, como me tomaram pelos pés e me sacudiram como se sacode um saco de ração para as galinhas, como cuspiram sobre uma suavíssima armação de seda, como as gentes sorriem quando o outro é assim atormentado e generoso como... como o quê? Como ninguém, como toda gente, como alguns, como um só. Estou lembrando, estou limpo como aquele riacho de pedrinhas escuras, sou a terra de baixo, a terra de cima, sou o fogo dentro da terra, sou essa água passando, esse borbulhar, esse dar continuamente, essa ligeireza também, riacho de pedrinhas escuras, riacho rio grande mar humildade generosidade, humildade amor, humildade humildade. Agora, de repente, as coisas ficaram mais difíceis, há um movimento desusado nas minhas vísceras, nos meus neurônios um acúmulo de agudeza. Agora já lhes disse quase tudo, sei que podem vomitar continuamente em minha direção malditas palavras, sei de tudo, meus suavíssimos amigos, meus preclaros inimigos, meus amores, todos esses nos quais me perdi, todos esses a quem dei tudo, da planta dos pés às pontas tripartidas dos cabelos. Dei tudo de mim, dei toda a crueldade, todo o amor, binômios de mim, bi, tri, de mim. Quero dizer outras coisas ainda. Diga, diga. Quero dizer: Jesus, corpo amantíssimo, todo-poderoso, o que fizeram de Ti? Onde está tudo o que disseste? Não no coração dos homens, não na boca dos homens, não no espírito dos homens. Disseste o que jamais disseram, Tua vida foi construída em sangue e generosidade, mas o que fizeram de Ti? Não, crianças, adolescentes, jovens graciosíssimos deste país e de todos os países: o homem não é o vazio, o homem não é só o excremento, o homem não é só um fornicar, um comer e um cagar, em direção à morte. Não é só isso não. O homem tem um plexo, uma dimensão comovida voltada para o alto, um todo cheio de piedade e de amor. Por que todos vocês não voltam ao Cristo? Por que não derramam o óleo puríssimo sobre Seus pés e Seus cabelos? "Por isso eu vos digo que o reino dos céus vos será vedado e será dado a um povo que produzirá frutos." Homens, mulheres, crianças, aleijões, corruptos, fracos, humildes, claros, poderosos, eu lhes repito em comoção: homem não é só excremento, não é só o vazio, não é só um comer, um cagar, um fornicar em todas as direções. E como Vladimir, eu diria:

"Não, mil vezes não, camaradas". Mas meu caro Vladimir, que estórias, que dimensão estreita trouxeste para o homem, que fúria a tua fúria sobre os humanos. Como é? Como é mesmo? Ah, sim, estou ouvindo: "Senhor escritor, o senhor é livre em relação ao vosso editor burguês?". Não, senhor Vladimir, eu não o sou. Na verdade, é preciso lhe confessar, sabe, quando comecei a escrever para o teatro fui a vários editores, já que os diretores faziam com que os atores mijassem sobre mim, fui aos editores oferecer as minhas peças que, aliás, são muito boas e saí de todas as editoras com palmadinhas nas costas, aliás muito amável isso de palmadinhas nas costas, e um dos editores mais amável me disse: você escreve bem, minha querida, mas por que, hein, você não escreve uma novela erótica? Erótica? Sabe... assim... Sei, sei. Sabe, as suas peças não têm interesse para o santo povo, porque nas tuas peças você fala do espi... como é? ah, sim, espírito, espírito e você sabe, enfim o espírito você sabe, enfim o espírito, o espi... como é mesmo? Enfim, escreva alguma coisa sobre um gigolô, uma puta, ou enfim... a gente de todo dia, sabe? Sim, senhor editor, escreverei sobre o cu da mãe Joana, sobre os seus culhões, sobre os culhões de qualquer um, mas acontece que se eu escrever isso, se eu escrever sobre os seus sagrados culhões, se eu escrever isso, o senhor está me pondo na bunda, o senhor compreende? Mas vamos lá, senhor Vladimir, eu também não sou livre diante do senhor. Diante do senhor eu tenho que escrever aquela estória do homem que deveria construir um poço para abastecer de água milhares de cidadãos mas que ao mesmo tempo amava uma mulher e para construir esse poço lá longe ele precisava ficar vinte anos sem ver a mulher porque enfim o poço, enfim, tudo simbólico, o senhor compreende? E num certo momento da estória a mulher-noiva descabelada pede: por favor, não vá, eu vou envelhecer, eu vou definhar assim sem o teu amor, eu posso até morrer, não vá. Bem, aí o homem responde no fim da peça (é uma peça não é?): primeiro o poço do povo, queridinha, primeiro o poço do povo, depois o resto. E vai. Aplausos, discursos, todo mundo tomando mil copos d'água e lavando os pés nas bacias, muito bem, mas acontece, senhor Vladimir, que se eu sou obrigado a escolher o poço em vez de escolher a doce e perfumada presença da minha mulher-noiva ou a macilenta e porca presença da minha mulher-noiva, se eu sou obrigado a escolher o poço, repito, eu também não sou livre, o senhor compreende senhor Vladimir Ilyich Ulyanov? Então, pepinos para o senhor. Pare, pare.

Olho ao redor... O meu quadrado aqui no parque está imundo. Há muitos dias que não vejo o zelador. Acho que ele se esqueceu de mim, ou melhor, não se esqueceu, mas acredito que ele simplesmente está farto duma presença tão absurda como a minha. Por toda parte esse monte de verduras podres, por toda parte esses talos de brócolis e esse desânimo tomando conta de mim. A verdade é que... sabem, eu vou dizer mas eu gostaria que vocês não sorrissem, é muito importante para mim que vocês não sorriam. Feito? É o seguinte: se eu descobrisse uma maneira de me exprimir, se eu descobrisse a chave, se eu descobrisse a ponte que me ligaria a vocês, se eu... oh! oh! tenho uma, uma ideia, tenho uma excelente ideia: vou tentar formar palavras com esses restos de verdura. Não é maravilhoso? Abaixo a cabeça com muito esforço, com a ponta do corno escolho alguns talos ainda verdes. Meu Deus, eu acho que vou conseguir, imaginem, vou conseguir escrever novamente e vou escrever de um jeito que vocês vão entender. Estou tão contente, estou tão espantado de ter tido essa ideia, estou tão feliz, estou... vou começar, vou passar o dia inteiro nessa tarefa, sinto que o sangue circula rápido pelo corpo, sinto, sinto... oh, agora não consigo mais me exprimir, não faz mal, sei que é assim mesmo, quando a pessoa não escreve há muito tempo fica até difícil de dizer que vai começar a escrever, não, não vou escrever nenhum romance, vou simplesmente escolher uma palavra para... quem sabe para o começo de um poema, ah, eu tinha um poema tão bom, era assim:

Era uma vez dois e três.
Era uma vez um corpo e dois polos:
alto muro e poço. Três estacas
de um todo que se fez, num vértice
diáfano, noutro, espessura de rês
couro, solo cimentado, nem águas
nem ancoradouro.

Não não não quero escrever nada muito triste. Vou começar a minha palavra, eu sei que vocês vão achá-la bonita, sabem o que é? sabem? é a palavra AMOR. Como estou contente como estou contente como estou contente, é incrível como esse delicadíssimo Jesus me ajudou, acho que Ele viu que eu fiz tanto esforço para não ofender ninguém, acho que no fundo Ele sabe que esse jeito de ser não é agressão, não é ódio, não, que esse jeito de ser é um jeito de quem não sabe ser outra coisa. Estou escrevendo, estou quase terminando a palavra AMOR, estou escrevendo, meu Deus, agora é a última letra, agora..
.... O zelador. Abre a porta de ferro: EEEEEEEE, BESTA UNICÓRNIO, hoje resolvi varrer a tua imundície, que fedor! Não! Por favor! Não! Agora não! Mas um unicórnio não sabe dizer. Me aproximo dele, reviro os olhos, encosto o meu focinho no seu rosto, o zelador empalidece, começa a varrer com rapidez e diz meio encabulado: EEEEEEEE, BESTA UNICÓRNIO, está querendo me foder? Por favor, senhor zelador, nem pensei nisso, não, não, mas por favor, não destrua minha palavra, não apague minha palavra, não, não leve embora a minha palavra.

É meio-dia. Me aproximo das grades. O mormaço esquenta o meu focinho. Ah, eu não queria dar uma impressão de desalento, eu gostaria que vocês me vissem forte, cheio de coragem. Cheio de coragem para enfrentar essa coisa de não ter mais nenhuma visita aos domingos. Para enfrentar essa paisagem na minha frente. Aliás, eu não a descrevi para vocês. Nem vou descrever. Não tenho vontade agora. Sabem, não é um parque tradicional. Chama-se parque, mas não é realmente um parque.

É tudo sem verde, compreendem? Tudo chão de cimento. Bobagem. Não vou descrever, não. Mas... olhem, eu não estou me sentindo muito bem, há algum tempo que eu sinto o coração grande demais, eu sei que vocês vão dizer que na caixa torácica de um unicórnio cabe qualquer coração, por maior que ele seja, mas o meu coração fica de repente do tamanho de, do tamanho de, bem, do tamanho de um enorme tamanho. Agora escutem, sem querer ofendê-los: acho que estou morrendo. Da minha garganta vêm vindo uns ruídos escuros. O zelador está voltando, ele está dizendo: EEEEEEEE, BESTA UNICÓRNIO, você está bem esquisito hoje, hein? Um ruído escuro. Um ruído gosmoso. O zelador está mais perto, me cutuca o focinho: EEEEEEEE, BESTA UNICÓRNIO. É verdade, eu estou morrendo. E eu quero muito dizer, eu quero muito dizer antes que a coisa venha, sabem, eu quero muito dizer que o que eu estou tentando dizer é que... eu acredito.

FLOEMA

A José Antonio de Almeida Prado
A José Luiz Mora Fuentes

KOYO, EMUDECI. Vestíbulo do nada. Até... onde está a lacuna. Vê, apalpa. A fronte. Chega até o osso. Depois a matéria quente, o vivo. Pega os instrumentos, a faca, e abre. Koyo, não entendes, vestíbulo do nada eu disse, aí não há mais dor, aprende na minha fronte o que desaprendeste. Abre. Primeiro a primeira, incisão mais funda, depois a segunda, pensa: não me importo, estou cortando o que não conheço. Koyo, o que eu digo é impreciso, não é, não anotes, tudo está para dizer, e se eu digo emudeci, nada do que eu digo estou dizendo. Umas coisas são ditas compulsoriamente, por exemplo isso pega a faca e corta, eu quero que pegues, quero que cortes, depois o que eu disser dos paredões da mente, escolhe o mais acertado para o teu ouvido. Agora corta. Koyo, é simples, no fundo é tudo igual, o núcleo, entendes? O núcleo, pelo menos na aparência, é igual a todos os núcleos. Tenho o comprimento da minha casa, não hei de crescer mais. Não tenho entendimento com os vivos, sempre soube dos mortos, ou sei da tua sombra, nunca sei de ti, desse que come e anda, desse que diz que é dor. Koyo, o pórtico vedado, nada sei, NADANADA do homem, se estás à minha frente nem te vejo, melhor, só sei de ti porque subiste na minha unha e levantei o pé, és assim mesmo? Eu não te fiz assim quando te fiz, éramos iguais em tudo, antebraço de pedra, peito extenso. Não sei de abóboras, Koyo, me diz como ela é, fiz muitas coisas e agora não me lembro, fiz umas coisas peludas, outras incandescentes, belo o pelo, belo o fogo, fiz muitas coisas redondas, quase tudo, mas talvez só entendas o semicírculo, não vês que continua mais abaixo e assim se fecha em círculo. Mas abóboras, não sei. É matéria calada, ou fala como tu? Tu pões coisas na boca, trituras com os teus dentes e depois jogas fora? Eu não te fiz assim. Alento, gozo de abrir e fechar, gozo do movimento, para gozares sempre. Preenchi o vazio com o que tive à mão. Não sei nada das coisas que me dizes. Tentemos. Um dia, a lagarta se aquecia. Olhei-a, mas não como pensas sobre o olhar, pensei largo: lagarta se aquecendo, pena que não seja mais vibrante, pena que não seja como o fogo, pensei pena. Soprei. Não como sopras, nem como pensas o sopro, e da omoplata direita saíram duas lagartas. Koyo, descansei, mas no descanso também sofro dessa angústia de ser, e no escuro uma noite ME PENSEI. E vi matéria vasta, e quando digo matéria já te penso pensando na matéria em que pensas. Não é como tu pensas. Tive certeza de que um outro igual a mim, um outro pleno, se faria ao meu lado. Koyo, não entendes, não posso ter pensado assim, insistes na garganta, mas foi apenas um instante que pensei preencher algum vazio. Corta, Koyo, estou intacto, desde sempre sou esse que tu vês. Não vês? Afunda com mais força, levanta acima da cabeça o teu punhal, golpeia muitas vezes. Desde o início te falo, emudeci, e nada me propões. Qual é o pé onde estás? Ou apenas te espichaste? Repito: tenho o comprimento da minha casa. Se por acaso estás aí onde disseste, é porque tens alguma coisa a resolver comigo. Fala mais alto. Poucas coisas te peço e tão pequenas. Tens a faca, abre já te disse. Usa esse de nove miligramas, esse que acaba com o todo. Alguma coisa deves renunciar, luta comigo. Tenta. Quem sabe se me enganas, falas do teu esforço, mas não estás deitado? Usa a linguagem fundamental, usa o esteio, o formão sobre o cobre, usa o teu sangue, estás me ouvindo? Isso é matéria moldável, não é nada, estás subindo acima do que entendo, te espraias, estás me comprimindo, onde é que tens a cabeça? Sou teu nervo. Sou apenas teu nervo. Com ele, toco o infinito. Não sei da garganta. Fica ao redor de ti? Apenas canta? Me louva? Então come de mim, me comendo me sabes. Não medita. Suga. Vai até a seiva, até a sutileza. Pesas como palha, não te escuto. Abre um caminho, abre outro, tenta, eu disse seiva sim, eu disse suga, eu disse come de mim. Ainda me escutas? Disseste PALAVRA? Cada vez mais, menos te entendo, agora flutuas. Te aborreces, se eu digo que em mim, tens o peso da pluma? Ainda me lembro: pluma, pelo, saíram da minha fronte, resguardei-os do medo, queriam subir, entendia SUBIDA, dei-lhes o meio, construção mais rara, agora tu dizes que alguns se devoram? Comem de si mesmos? Se são iguais devem afastar-se, devem procurar aqueles do outro lado, conviver com o que tu chamas AMARGO, APARÊNCIA. Estilhaço do todo, isso que me perguntas, fragmento do nada. Também busco. Imaginas que não quero ver do outro lado? Rochoso, escarpado. Ainda me ouves? Não, da garganta não sei. Sei do vazio. Tudo tem nome e ao mesmo tempo não tem. Fazes o possível para que eu não te entenda. Mudas o rosto, nada percebo de tal gozo. Ventre, coxa, é cadeia enrodilhada? Gosto quando falas de abóboras, Koyo, mais te entendo. Disseste ocre, laranja? Isso não sei, mas abóboras percebo. Várias formas, hein? Deve ser bela, não deves engolir se ela se mostra múltipla, quem sabe se transmuta quando a noite vem? NADANADA foi o que eu disse, mas agora percebo. Abóboras, hein? Sonora. Córtex? Não, não sei, eu disse corta, mas é melhor tomares tempo, didática fluente a tua, contigo aprendo. Aguenta a tua fome, não comas dessa que disseste. As perguntas são muitas, toma tempo. Por favor, se agora te fazes transparente, não comas a transparência da coisa que aprendi. Tem movimento alado? Conta-me mais. Caminha sobre o charco? Fica mais claro, toma tempo. Limpa o vazio que preenchi. Deves poder limpar, porque tudo que eu fiz, fiz para o teu gozo, limpo para sujares, sujo para limpares. Não te afastes do nódulo que aprendemos juntos. Sim, Koyo, aprendemos juntos, é a primeira vez que sou chamado e entendo. O passo é um salto que dás quando te moves? Não entendo. Estou todo dentro, de perfil também sou de frente, sou sempre inteiro, usa a linguagem fundamental, sem essa que disseste. Chama-se língua, essa? Não, nada tem a ver com o que eu digo, te fazes catacumba, cripta, deixa a tua morte para depois. Se ali estaremos juntos? Como posso? Nada é junto de mim, nada é distante. Abarco o meu próprio limite. Ronco, pata, casco, tudo é distante, mas pelo som deve ser perto. Pata vibra, ronco vibra, casco é raso mas vibra porque toca. Voltemos àquela que disseste, cor de fogo. Agora me exasperas repetindo Palavra. Cala, Koyo, elabora o mundo.

Até o mais fundo? Vais gritar, emudeceste apenas no mais fundo. No centro? E que faca é a melhor? Essa da carne? Essa do pão? Cada vez mais difícil, nem sei o que tu dizes, nem onde devo cortar, se eu soubesse que um dia ficaria à tua frente, assim como estou agora, à tua frente, bem, não estou, um pouco mais abaixo mas presente, se eu soubesse que um dia isto seria assim, teria estudado bem anatomia. E se de repente eu corto e ainda não aprendeste o suficiente? Se de repente eu corto e estás em formação, de nada adiantará cortar. Sabes como é na morte com o cabelo e a unha? E então, se de repente pensas que estás formado por inteiro, e não estás e eu corto, e o teu de dentro continua a crescer indefinidamente, então não devo cortar, entendes? E se a tua pituitária é deficiente? Se fores um anão por dentro? Isso do tamanho da casa não importa, tudo é aparente, ainda há pouco disseste. Imprecisão, matéria bifurcada. Haydum, o que chamamos de faca é brinquedo para a tua espessura. És grande, nem sei como igual a quê, no teu olho passeiam minhas crianças, espelham-se no teu olho, Haydum, não posso, nem te vejo, quero dizer vejo a tua unha, não inteira, apenas piso na tua unha, quero dizer passeio, quero dizer que estou de pé na tua unha. E como posso cortar a tua fronte? Olha como treme a minha mão. Tremo, só de pensar o que pedes. Haydum, sabemos entre nós que as abóboras têm formas variadas mas nem sabemos por quê, sabemos que a forma, quero dizer o formato (inconsequente?) das abóboras, talvez seja controlado pela direção do comprimento, mas não sabemos como isso é feito. Somos para o teu olho, como as abóboras, Haydum? Abóbora é cor de... uma cor de fogo. Se eu te disser que a cor da abóbora é entre a laranja e o ocre, se eu te disser, não, não entenderás. É coisa que fizeste como alimento, mastigamos, engolimos depois, e depois expelimos. Também temos feições variadas, muitas cores, uns olham para o alto e ficam cegos, outros, Haydum, a maior parte não olha, a maior parte das abóboras, quero dizer dos homens que fizeste, não vê, olho estufado, cego. Na verdade mais funda querem ver. Não posso ficar muito tempo por aqui, roubas-me o tempo, quero muito te ajudar, nem sabes, falando das abóboras talvez... talvez entendas. Ah, não pode ser, Haydum, é só por todas as coisas que colocaste aqui na minha garganta, que falo contigo agora, senão não falaria, não estaríamos aqui frente a frente, eu mais abaixo mas presente. A garganta é um muito que me deste, se estás me ouvindo me entendes, a garganta é delicada, uns tons mais altos, outros mais escuros, é vermelho-clara, úmida, escorregadia, tudo escorrega para baixo, soubeste fazê-la muito bem, matéria delicada essa que canta com este som, e pode cantar às vezes te louvando, mas a maior parte dos vivos que sabem da própria garganta não te louva, porque, Haydum, vê bem, há um ronco, um ronco que de repente aparece e nos escapa, esse ronco talvez seja muito importante, não sabes desse ronco, Haydum? Quem sabe se nos pensaste com fundura maior do que pensas agora? Estou descontente. A fúria dos meus dias. Te falei das minhas crianças que se espelham no teu olho, dia a dia me perseguem dizendo: pai, o grande olho espelhou nosso rabo, temos a cor da víscera, somos crus, abaixamos em vão nossas cabeças, tu disseste, pai, que a cabeça dos homens é antena, antena esfaimada de futuro, tu disseste que AQUELE GRANDE nos vê, assim como nos vemos, e só vemos o rabo, pai, a víscera, a crueza, não vemos a cabeça, com que olho é que olhamos se abaixando a cabeça para o espelho do GRANDE não nos vemos? Vejo o teu casco, Haydum, superfície embaçada, vejo, deixa-me ver: impenetrável, estou usando a faca e apenas sai poeira, não consigo um milímetro de carne debaixo da tua unha. Matéria pontilhada. Às vezes até sonho que és uma enorme peneira, e se assim fosse, eu não ficaria descontente, sabes por quê? Eu me daria a ti, a faca se entranhando no meu peito, meu sangue na tua carne, me deitaria na tua grande peneira descansado, tua unha pontilhada, escoadouro de mim. Deitado, Haydum? A vida inteira estou batendo no teu casco, as gentes preparam meu caixão, posso vê-los daqui. Nem sabes como somos prudentes. Tenho o peso do mundo, tudo pesa e tudo se me fecha, os outros me comprimem, êmbolo, sou sempre o de baixo, que seiva é para sugar? Quem é que suga aquilo que não vê? A língua é presa num filete rosado de matéria, é áspera, pesa na minha boca, tudo pesa, a maior parte do dia fica à procura de migalhas, depois se distende procurando a palavra. PESA. E há os pássaros, Haydum, esses que tu fizeste para mim emudecidos. Palatino sonoro, sim, mas se devoram, uns maiores, têm garras, andam aos bandos, parecem frágeis ao longe. São momentos do todo onde resides? Te sabem? Se eu pudesse ver como tu vês, de todos os lados, dentro da chama e pudesse gritar com outra garganta. Tateio. Se eu te falo do mais pobre de mim, escutas? Tomo nos braços a fêmea que me deste, tateio o ventre, a coxa, o mais escuro, sobre a fêmea me deito. Tu não sabes, Haydum, o aroma da carne, a coisa dulçurosa que é o gozo, não sabes, mas nos deste o depois, esse depois da carne, a pré-memória, depois da carne a penumbra no peito, uma distância por dentro, uma coisa que pergunta: Koyo, isso te basta? Eu te pergunto, Haydum: tu sangras? Eu sim. Tateio e sangro. Há um mais fundo nas coisas que não sei. NADANADA do fundo, apenas nomes. Ouve: córtex, arquicórtex, mesocórtex, neocórtex. Mas o mais fundo, Haydum, INARTICULADO. NADANADA do veio, NADANADA da fonte. Como queres que eu corte a tua fronte? E se eu te falo do mais triste de mim, escutas? De um todo em mim esfaimado. Do tempo. Das vozes que perguntam. Das perguntas. Do corpo. Pergunto à minha própria carne: és minha? Pergunto à mulher: Kanah, se colocas a mão sobre o meu peito, sentes uma coisa que pergunta, uma rosácea ferida que pergunta? Não, sinto macio, às vezes linho, superfície repousada. E se colocas a mão sobre a minha fronte, aqui entre os olhos, sentes que Haydum está comigo, teus dedos tocam o fogo? Não, é quase indiferente para a minha mão esse retalho de ti. Não me olhes assim, Kanah, como se toda herança da minha raça fosse a brisa da noite, fosse o nada. O olho que não olha. Olham sempre e nada veem. Quem sabe se estou sobre a pata da frente dos imemoriais? Quem sabe a língua é uma enorme cadeia. Disseste enrodilhada? Posso confessar sim, quando o sonho se faz. Aí abro a porta e digo: Kanah, eu tenho fome. Escancaro a boca, me deito, as narinas abertas, grito: porco Haydum, chacal do medo, olha-me na cara, não vês que dia a dia estou secando, que a cadela da noite avança a língua? Não sei de letras, formam palavras? Se eu digo medo, sentes o cheiro? Se eu morro, vês a carcaça? Brilho aparente, película, não entendo. Teu corno nos meus pulmões, furas-me todo, que maldita palavra devo expelir? Ponteiro, pele, lucidez. Sei de outras, posso expelir tamanhas: compasso, consciência, rasto, convergência. O tempo ao meu redor, tomando tudo, cadela agoureira sobre o ventre, cada vez mais gorda, vou debulhar palavras para o teu alimento: BULARIÁCEA, carnívora sim, mora nas águas, ESTRAGA-ALBARDAS, dissipador igual a esse que sou, PNEUMOVAGO, meu nervo sim, no pulmão, no coração, na bolsa do medo. És rei? Sabes de tudo? Então debulho mais: BANDEMAGUZ CALENDRIN BARABAN. O último era manso. O que te falta, Haydum, mansietude. O segundo, pequeno. Todos reis. Haydum, como te espero em turbulência. Os outros me olham. Os outros. Até os meus filhos me olham como os outros. Estaqueiam nas quinas, o dente branco à mostra, o riso sempre. Falam assim os filhos-outros: tínhamos um pai um dia, agora um rasto, nem come o que a mãe põe à mesa, fala em fome, nem nos olha, caminha como a hiena, lento, em ponta, viste o vermelho do branco? É todo fogo o olho, sabes, eu penso que se faz de doido, afinal temos tudo, a casa, a mãe amena, o pato do domingo, sabes o que há com o pai? Mete pouco. Esse Haydum de que fala, é o gozo que lhe falta. Se despejasse como nós, se comesse carne. Mas a mãe colhe abóboras porque diz que ele grita durante a hora cinza. Que hora? Essa hora do sonho, sem lua, nem sol. Que ele grita: ABÓBORAS, HAYDUM, DA COR DO FOGO. E se torce. Ela pensa que é fome, levanta, vai até a cozinha, corta em pedaços, fala com o pai: queres no açúcar? Aquela em calda? Na sopa? O velho, nada. Derrete-se. O lençol-lago. Ela me chama e chora. Tenho certeza, irmão, que se ela se metesse embaixo dele, Haydum e abóboras nunca mais. E olha, é matreiro, ouviste? Só grita no quarto, na hora cinza. Que nada, sobe todos os dias a colina, leva o carvão no bolso, risca um círculo... Como sabes? Vou atrás, me escondo nos arbustos. E aí? Risca um círculo, fica de pé no centro e grita: E A ESSÊNCIA DA SUBSTÂNCIA, HAYDUM? O quê? Isso mesmo. E a essência da substância, Haydum? Nem a língua, nem a garganta preenchida ou oca me responde. Me diz, Haydum, o que é a essência da substância. Me diz como tocaste a essência, que sopro ou gesto fez nascer o movimento. A língua, eu te repito, é matéria vibrátil. Quem sabe se eu disser que a língua se parece às folhas da alcachofra, isso mesmo, as folhas da alcachofra se parecem à língua, colocas a raiz, a polpa esbranquiçada no fundo da tua boca, a ponta no de dentro do dente, e terás a forma da língua, apenas a cor é outra, é outra a espessura também, a folha da alcachofra é fina e azinhavrada, a língua é grossa e gorda, mas não é só isso, a língua move-se e fere, quando a língua do outro se move, Haydum, em mim nasce a ferida, quando a minha se move, Haydum, nasce a ferida no outro, talvez se dispensasses a língua... se dispensasses a língua o mundo seria mudo e outro? Isso é contigo. Podes te confundir com alcachofras e abóboras mas é fecundo te confundir, te aproximo de mim. Noto que colocaste paliçadas ao meu redor, e para quê? Se penso estar no alto, ainda não estou perto de ti, e muito menos do outro, posso ver as aves, também vejo os porcos, nem chafurdo nem levanto voo. Morrem de rir, eu sei, os outros. Estufam as barrigas: lá está Koyo, rodeou-se todo de paus de sebo, quem é que sobe para alimentá-lo? Olha como olha os corvos. Paliçadas, Haydum, e para quê? Me comoves com o teu fluxo de amor. Estou solto, sem raiz, sem ramo. Penso em ti. A cada instante me vem uma pergunta: não és uma água-viva, Haydum? Porque tenho a impressão de que apenas te contrais com as minhas palavras. Tenho a impressão de que és um todo de nervos. Tenho uma impressão assim: quando penso, essa teia de que és feito se estimula, quando penso, alguma coisa circula ao teu redor. Talvez te agrades do meu pensamento. Mas até quando? Se a cada instante uma fibra viva te percorre, não te cansas? Se eu resolver que a minha vida é pergunta e palavra, se eu resolver dizer e perguntar até o sempre, para que a vida faça a própria casa em mim, se eu resolver falar desmedido para todo o sempre, aguentarás, Haydum? Estou fechado mas cresço. E ficarei mais complexo crescendo? Se me avolumo, o que é preciso entender chegará ao meu centro? E se me faço mínimo? O melhor se difunde? Com mais facilidade? De qualquer forma atingirei meu próprio centro, sabes, posso roer, não como roem os ratos, mas aprendo, posso espichar tentáculos, não, não os tenho, mas podem ser desenhados, e em cada extremidade dos desenhos posso colocar uma boca e tudo interligado, tudo tenso. Estimula-me Haydum, por etapas. Estímulo adequado, e começarei meu próprio repasto. Mostra-te um pouco. Se te mostrares, apenas uma ponta, prometo que te desenho a ti, se não é ponta, se é alguma coisa sôfrega para atingir uma órbita, escolho a direção, nem sabes como sou quando escolho caminhos, às vezes na floresta, Kanah ia à frente, rindo-se toda, e eu me encolhia rente ao tronco do cedro e esperava, olhava as lesmas, os formigões alaranjados, e ainda ouvia o riso da mulher, depois mais frouxo, depois o grito: Koyo! Haydum, nunca se vai à frente na floresta, à frente vai o cheiro, cheiro de sol de um lado, e ao redor cheiro de sombra, cheiro de fundo. Quantas coisas te dou de mim. Ensino-te a floresta. Tens o meio? As narinas abertas? Aspira levantando a cabeça, não é rápido esse gesto, aspira muitas vezes, breve, sem ruído, não é fácil, aprendi tudo com as garras que me deste. Cheiro. Garra. Cheirando vou sabendo. A comida. A morte. O caminho para te procurar. Agarro. Vê, estou aqui, ninguém mais está. Seguem-me, não importa, apenas eu estou. Mostra-te, Haydum. Não é ponta nem tem órbita? É cilíndrica? É fusiforme? Se a luz atravessa forma o quê? É móvel? Se reflete e se refrata? Qual é o teu lado raso? Água-viva-luz? O da superfície me escapa. E se eu usar lentes de diâmetros diferentes? Me escapas. O contorno também. O oco. O inclinado. O dedo afunda nisso que não é ponta nem cilindro, nem órbita tem? E se eu usar o traçador para te serrar? O maior, esse que serra o tronco dez vezes eu. Se é matéria mole o traçador rasga, espirra o mole. Vê bem, estou contente da fluidez que me provocas. Não te faças de nojo, de recusa, aprende a explicar o mudo. O meu som contorna a tua quina, o teu menor canto, não me enganas. Pulsas, Haydum, pulsas. Gozo que me vem de te apreender, gozo esfumado, se ao menos uma vez o dedo resvalasse, se o grânulo se desprendesse, se alguma coisa caindo semeasse. Tenho pensado medo, tenho pensado tato e me vem negro. Para te olhar, quem sabe devo usar a lâmina violeta, tudo fica difícil aqui do alto, devo descer e subir, trazer os objetos, devo sim, devo começar a construir as prateleiras, devem ser fundas para tantos guardados. A lupa? Sim, eu tenho a lupa. E olhei a mão, o pelo. Há um vazio entre o que tu supões fechado, esse vazio de um ponto a outro para mim é perto, mas para o ponto que vive essa distância, o vazio é longo para chegar mais perto do outro ponto? Te ouço estrugir. É soberba? Se estruges não tens maioridade. Talvez te pareças às ninfas que nascem dos ovos do cupim, contínua metamorfose, quase sempre adolescência, alguma vez soldado, *ersatz* do rei? Se não és o rei, quem és? Tudo prossegue. Embocaduras. Um tempo corrói a pedra, usei o dente, a garra. Estavas na pedra quando te procurei? No dente? Na garra? Usei o punhal. Era veemente. Discursava: Koyo, primeiro o pré-frontal, eu disse não, eu disse: coisa punhal, Haydum e eu estamos ligados por alguns filamentos, depois nos dividiremos em dois. Em mais. Coisa punhal que discursava: Koyo, conhece o pré-frontal, esquece a palavra, tudo o que disseres é guincho, é muro para o outro, palavra-perigo, cala Koyo, elabora o mudo. Coisa punhal é mais palavra do que Haydum? Estende um grito, ganha terreno desse que discursa, que a palavra tome a forma da tua forma, o meu corpo é precário, é pouco, estende um grito, lança matéria na minha semivida, coordena-te, hei de ter paciência, repousarei na tua unha, dobra-te sobre mim, contorna-me, uma vez disseste película, isso queria dizer que posso aguardar, que me envolverás? Não dissemos película? O corpo, Haydum, o corpo deve ser forte, não é isso? Se consigo plantar durante muito tempo debaixo do sol, se consigo cavar cem buracos por dia, quarenta por quarenta de largura, se consigo, vejamos, eu consigo colocar os joelhos junto à fronte, consigo unir os polegares na altura dos rins e aproximar os cotovelos. E as plantas dos pés, Haydum, também se unem, soltei todas as tripas, muitos metros encheram o espaço onde estou, agora recolhi-as. Se sou apto no corpo, cresço na alma? É outra força? Que outra? Então não devo cavar? Nem plantar debaixo do sol? Nenhum buraco por dia? Nem soltar as tripas? E o que fazer com tanta aptidão? Haydum, como posso cortar? Nem sei da tripa, olhei-a sim, mas isso não quer dizer que eu a conheça, olho de frente as paliçadas ao meu redor, mas nada sei da paliçada, existem apenas para me cercar? Deixam de ser paliçadas se eu as transformo em porta e janela da minha casa? E se faço um funil para o alto? E se faço uma ponte, a paliçada me olha e se vê livre? Não sei se sou mais livre agora, paliçadas ao redor, ou se andando sobre a paliçada-ponte sou mais feixe. NADANADA de mim, cada vez menos, desço pelo pau de sebo, os outros estão lá, estão aqui, finjo que não os conheço, o corpo-filho-outro que me vê, cospe com nojo, o pescoço nodoso é esforço e fúria, estende a língua, grita: velho, Koyo, a corda não foi feita só pra laçar o lobo, nem pra estrangular os porcos, a corda pode ser usada pra te laçar, ou pensas que vais ficar a vida inteira com essa lama no corpo, atirando vergonha sobre a casa? Investe. Me agacho. Haydum me deu força, empurro terra dentro da boca desse que me enoja, o corpo-filho-outro nada meu, NADANADA de mim, espio, me arrasto sobre os goivos, entro no charco, agora o visgo, tudo se agarra a mim, invadi o cerco do sapo, coaxam sob os meus pés, estou imundo, lavo-me. Se pensam que perdi, ganhei. O vozerio se afasta. Estendo as pernas nas úmidas beiradas e começo outra vez: é assim que agradeces, Haydum, os que te buscam? Me queres ferido, apaziguado, fluido manso por dentro, olho cobiçoso para o teu ser que se faz mudo? Me queres descarnando a tua unha ou arrancando a minha? Surdo-mudo Haydum, chacal do medo, vilão, ainda te agarro, ainda hei de me adentrar no teu de dentro, e ter fogo para cortar, não ficarás para sempre no gozoso, na tua própria matriz indevassada, gozando teu saber, Haydum-Hiena, a mim me devorando. Dá-me tempo. Num instante anoitece. A garganta vibra. Será preciso cantar? Além de tudo, do cansaço, do nojo, da fatia de carne que sou, todo exposto, além de tudo devo, dizes, começar o Domine e dizer que sois a verdade. E eu a vida? Dá-me tempo, preciso raspar as pernas porque os moluscos do cerco grudaram-se a mim, devo trançar o cabelo, uma só trança na nuca, a ponta sobre o rim, agora limpo o ouvido para melhor te escutar. Desde que me sei te ouvindo, sofro um prurido nos pequenos canais, um dó mi repetido: AGORA AQUI. Isso quer dizer que a minha pergunta no tempo é igual à mosca que tomba? E o de antes é nada? Perco o meu faro, não sei mais do meu ninho, penso que devo lançar ao charco a bússola de sempre, às vezes aponta para o pé, digo sei, é na unha de Haydum que construo meu passo, depois aponta para o alto, digo não sei, não posso ir até a fronte, não tenho meios, nem bisturi, nem broca, e as luvas deixei-as no armarinho branco do banheiro, porque pensei, ainda penso que me preferes agudo, a ponta dos meus dedos, aí por onde escapa o mel de dentro, ainda penso que um NADANADA de mim, um MUITOPOUCO te percorra, e entendas esse que se amolda dentro do meu corpo, esse, protonauta vivo, vermelho. E se esse escapa quando eu te abrir a fronte? Haydum, talvez não deva, mas digo: alguém antes de mim usou a faca? Expeliste o vivo? E agora és uma casca? Quem sabe se te abriram como se abre o fruto da paineira. Procura lembrar-te: o fruto-verde-ovo, espuma e grão. O fruto-verde--nuvem. Te abriram assim? E agora não és mais e me enganas, me pedes para sugar o que não é mais? Ou para julgar? Queres um juiz, entendo. Homem que julga o homem. E como o polvo: te espia, espicha e depois te come. Já sei, devo explicar a minha própria arquitetura, as duas pernas na balança, as mãos, os olhos, córnea, cristalino, fêmur, falanges, esmigalho, amasso, ponho tudo no cadinho, parece pó de pedra, esverdeou-se, agora julgo: pó verdoso, és nada, tens a culpa de entupir minhas narinas, e a vítima sempre fede, quero dizer o réu, quero dizer que eu, sendo juiz, devo evitar o cheiro da coisa julgada, quero dizer, que eu, sendo juiz agora, como acredito que o sou por inteiro, devo dizer AGRAVO (devo dizer EMBARGO?), devo dizer IRRE-CORRIBILIDADE DAS INTERLOCUTÓRIAS, DANO IRREPARÁVEL, e dano irreparável quer dizer coisa difícil de ser reparada, e sendo assim, todo o teu ser de pó verdoso, através do meu zelo deixa de existir, és nada Koyo, nunca foste, pois não te vi no antes, podes ter sido núcleo, rosca, neurônio, nada soube de ti no antes, és o que vejo, inanimado, podes ofender àqueles onde penetras, já te imaginaste na boca do orador, no olho do polvo? Já te imagi-naste emudecendo a araponga? E entrando nos ouvidos do som? Vai para o charco, repousa no leito de musgo, vive entre as águas, entra nas guelras, não nas minhas narinas. Devo amar o corpo-filho-outro? Os dois? Kanah? E os vizinhos também? Teci os fios de seda, estendi as mãos, é amor o que sai de mim, toma o meu amor, planta, divide com aqueles da tua casa, fala de mim, que eu tenho muito e posso dar, que eu não sou de fora, sou a perna de um, o braço do outro, o suor, a língua. O ombro. Koyo, e por que não somos iguais a ti se és um dos nossos? Por que nos custa entender o que dizes? E dar o quê? É invisível o que dás, não vemos o que sai da tua boca, tocas e sentimos a tua mão, mas de que vale? Encostas o ombro, o peito, e as nossas mulhe-res sonham contigo, não é justo. O que pretendes? Amor é o que deita, o que dá comida, o que semeia. Trabalhas com o ar, é fácil dar assim, se eu me ponho a dar grãos de terra para o outro, quem se importa? Toma dez mil grãos, Koyo, e se eu resolvo dar o mar, toma mil copos, Koyo, leva pra casa esse de sal, e a nuvem se eu resolvo dar, toma esse branco, fica, quem se importa? E fá-cil dar o que não te pertence. Por que te cansas depressa quando cavas no outro? Se fosses igual a nós, serias outro, serias como nós que cavamos cem buracos por dia, quarenta por quarenta de largura, e depois nos torcemos para expelir tudo para os nossos. Não, não és um dos nossos. Olha como anda a tua mulher, nunca descansa, nunca mais sorri, se parece às nossas mulheres? Olha bem. Essa minha, cava, mas olha a pele do rosto, olha o brilho do olho, olha o ventre crescido. A tua teve dois, é pouco, a minha seis e o sétimo que vem, essa aqui teve dez, e olha o cobre da pele, vê que contente, que limpa. E o balaio cheio de palavras que carregas no peito? Dizes: toma de mim, toma de mim. Tomar o quê, se nada tens? Tens o olho doente, Koyo, o branco tem que ser branco e não vermelho. Escuta, vem mais perto: chamamos o médico? Ou queres usar aquela mulher, a que semeia papoulas? Dizem que na hora do amor ela canta, e é bem melhor estares por cima e dentro e ouvir um canto, do que à frente, ou mais abaixo como dizes, desse Haydum que nunca te responde. Afinal quem é? Foi teu amigo? Chega mais perto. Koyo, falo em nome de todos, aprende como nós a aceitar a vida, é bom tudo isso, olha, enche os pulmões, não é bom? Respira, vamos começar o teu dia, primeiro te levantas, agradeces o GRANDE, sim porque isso é importante, é preciso estar em paz com os poderosos, depois te lavas, não convém andar como tu andas, é boa a água, faz prodígios, gargareja com ela, limpa a garganta e serás compreendido, quem sabe se não te entendemos só por isso, falas rouco, de repente gritas, não existe harmonia nos teus tons, se é de brandura a alma nota-se na fala, vamos indo, então te levantaste, te lavaste, agora come. Abóboras, se quiseres, não importa. Pois eu não tinha uma irmã que comia pepinos logo cedo? Enfim, morreu. Já dissemos a Kanah e aos teus filhos que o gosto é coisa da boca, e cada um tem a sua, abóboras está bem, deves variar no entanto, um dia abóbora, noutro dia o pão, é mais normal e dá menos trabalho, pensa em Kanah também, não é sempre que a mulher tem vontade de ferver abóboras na manhã, mas está bem, depois pega as ferramentas, não te obrigamos a nada, pega as ferramentas que quiseres, o bisturi, a enxada, a goiva, o machado, o traçador, a faca, vai armado, e entra na floresta. A floresta não é essa que tu pensas, nem é para ficar olhando com esse olho, é outra, tu entendes. Falo em nome de todos, cumprimenta os que passam, depois ouve, e arranca. O que puderes. Usa qualquer ferramenta mas arranca, tira o que o outro não dá, cava, e se às vezes te sobra, tira mais, arranca tudo com gosto. Guarda os teus fios de seda. Se enxergam a tua teia, vão te puxando sempre. Enterra, Koyo, essa teia de amor, é bom usares cal antes da terra, cal, porque, já te explico, alguns têm a mania de escarafunchar o que não veem, e se descobrem os teus fios de seda, é mais um Koyo, entendes? Enterra na terra, não em ti. Entra na fila. Na hora do recreio, bem, isso é um conselho, chega mais perto: mete. Ou limpa as tuas escovas. Da roupa, do dente, do cabelo. Vai limpando, isso descansa. Enche o teu ócio, horta também é bom, a cultura das batatinhas é excelente, dá muitas pragas, mas se tiveres cuidado, o olho em cima, o pó que mata dá grandes resultados, quem sabe o tomate, é bem difícil, esse sim, é preciso ter cuidado, mas que alegria depois, já pensaste, Koyo, se usasses a febre que tens, em alqueires de tomate? O importante no tomate é fazer trabalhar a família. Depois... os lucros. Bem, isso é no papel e no lápis. Tomates, Koyo, vai por mim, é duro mas compensa. Sinto que não te entusiasmas. Quem sabe a corretagem? Te vai bem. Tens a palavra. Entras e mostras as letras. Não não, nada disso, Koyo, as imobiliárias, eu digo. E convences. Cansa sim, mas eu te recomendo aos meus amigos. E que sucesso no fim de trinta dias, verás, ou de alguns anos, dez, talvez menos, mas tens lucro. Outra coisa que é boa: o anúncio. Ah, isso sim deve ser do teu gosto. Tu desenhas, pois não? Tens o carvão no bolso. Estás feito. Vais brincar com a palavra e com o traço. E usas Haydum. Podes dizer: tal produto, Haydum também toma. E desenhas um grande, um belo, imperador, não sei, a imagem de Haydum dentro de ti, deve ser boa a ideia que fazes desse Haydum, hein? Agora, a cor. Indispensável. Vermelho, azul, não, vermelho não, é cor controversa, podem pensar que queres dar o produto para o outro, que não queres vender, confundimo-nos tanto agora, uns dizem que o vermelho te esvazia, outros dizem que dá, ninguém sabe, usa o azul para Haydum, amarelinho-claro para a coisa que anuncias, sempre vai bem o amarelo, é cor tranquila, espera, não sei, amarelo... espera, amarelo não, lembra invasão, lembra milhares, mete medo, talvez o branco, o branco é sempre limpo, é cor de nada, mas explica depois com a tua palavra, dizes por exemplo: isto é branco mas serve para o negro, por Deus, não, vais ter encrenca, enfim não sei, tu é que tens talento, quando pegares a coisa, inventas, olha, Koyo, eu tinha amigos poetas, uns coitados, na penúria sempre, entraram nesse negócio da palavra e do traço e ficaram ricos. Há muitas portas, bate na certa, falo em nome de todos, ARRANCA sempre, a floresta é amiga quando se entra armado. CAMINHO, CAMINHO, os ossos à mostra. Haydum, um gozo não me tiras: NADANADA de mim quando me tomares, nem os ossos. Estou novamente no centro, as paliçadas ao redor, esta casa-parede avança, vai me comprimindo. Porco-Haydum: tentei.

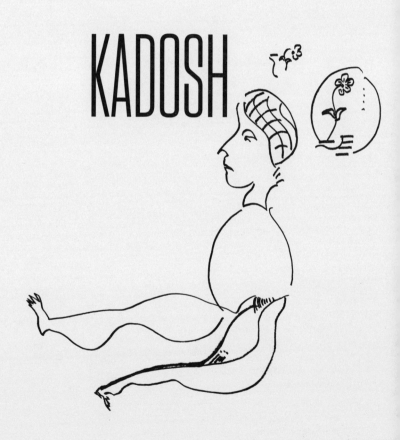

(1973)

Nota dos editores
Kadosh foi lançado originalmente como *Qadós* pela Edart, em 1973.
Quando a editora Globo passou a publicar a obra de Hilda, em 2001,
a autora mudou a grafia do título.

À memória de Sch. An-Ski

*Em direção a muitas mortes,
muitas vidas, meu caminho de agora.*

AGDA

GUARDA-TE AGDA, é tempo de guardar, o fruto dentro da mão, espia apenas, como poderás tocar com a tua mão amarela esse que diz que te ama, esse tênue, Agda, começa o de sempre, cuida dos porcos, limpa o pátio, põe água nos cáctus, examina as avencas, os antúrios, lenta lenta caminha, como estás velha há tempos, e tanto nessa manhã. Lembra da tua mãe quase no fim dizendo não suportarás, minha filha, tu que te cuidas tanto, o creme de laranja para o rosto, o outro para as mãos, o verde--claro para o corpo, a cinza do fogão para clarear os dentes, filha não suportarás é melhor morreres Agora Agora a vida ao redor de ti, limpa limpa, me olha, e sobretudo não ames, NUNCA MAIS, hás de ter tanta vergonha, se alguém te toca já sabes do triste da tua carnação, tudo baço baço, e as mãos, olha as mãos, chama-se a isso ceratose, filha, é de velhice, primeiro a mancha, depois uma crosta nada espessa, pensas vai passar, o médico sorri, diz começa na meia-idade senhora, é o tempo, a senhora entende? Sorris. O tempo? Sim, esse que ninguém vê, esse espichado, gosma, cada vez mais perto da transparência. E como a tua Ana sorriu quando entendeu que ele te amava, sorriu mais ainda quando começaste a te enfeitar de repente, você pode me fazer a bainha desta saia? E se der tempo coloca um friso dourado aqui, olha já comprei, fica bem não é? Dourado com marrom fica muito bem. Nunca mais, nunca mais te disseram. Ah sim vou limpar o pátio vou pôr água nos cáctus, ai sim meu Deus é preciso esquecer o tato, o adorno, as argolas de ouro, é preciso esquecer, esfaqueia a memória, não nunca sentiste nada e muito menos agora, nada sentes, não, não sinto nada, vi em sonhos as novas meninas do colégio, elas estavam de verde e iam para a capela, eu estava de preto, em direção oposta, no fim uma porta-janela dando para o vazio. Agora será sempre o abismo, espio lá no fundo, o que há no fundo? Securas, tudo consumado. Nunca mais. Nunca mais, suspende a gola, olha para a fileira de vasos sobre o banco, verdade, não era preciso esterco para os cáctus, agora o bojudo branco enovelado pende, é preciso colocar estacas diminutas, também eu ficarei assim se saciada, Agda eu mesma saciada dobrando-me, cada vez mais o abismo, cada vez mais a terra, depois de tudo a vergonha, é sim, vergonha, ele dirá aos amigos a velha gania nas minhas mãos, a velha amarela estertorava até com a ponta dos meus dedos, dedos tua mão meu amor, não é preciso tua mão sobre o meu todo baço, tua mão ensolarada sobre o meu corpo de sombra, eu raiz avançando no debaixo da terra, raiz-corpo-carne, coisa que se desmancha, não não deves tocar, não maltrates a luz essa que sai dos teus dedos, NUNCA MAIS deverei ser tocada, e afinal é o corpo esse que não pode mais ser tocado, afinal ele existe, e eu poderia dizer eu sou meu corpo? Se eu fosse meu corpo ele me doeria assim? Se eu fosse o meu corpo ele estaria velho assim? O que é a linguagem do meu corpo? O que é a minha linguagem? Linguagem para o meu corpo: um funeral de mim, regado, gordo, funeral de boninas e açucenas, alguém repetindo uma inútil cadência: girassóis para a mulher-menina. Para o meu corpo um funeral, e para a VIDA GRANDE DO DE DENTRO, ESSA INTEIRA VIVA, o quê? Agda, é assim: ESSA INTEIRA VIVA não acompanha o corpo, essa é intacta, nada a corrompe, ESSA INTEIRA VIVA tem muitas fomes, busca, nunca se cansa, nunca envelhece, infiltra-se em tudo que borbulha, no parado também, no que parece tácito e ajustado, nos pomos, nas aguadas, no paludoso rico que o teu corpo não vê. ESSA INTEIRA VIVA é que vive esse amor, o corpo não, Agda. Isso é verdade? Examino-me. Pequeno nódulo na veia, veia nodosa, nódulo varicoso, nó, tateio, uma coisa doutor, isso não estoura não? É provável, senhora. E outra coisa doutor: a flacidez aqui, perto das axilas, essa essa, exercícios quem sabe? Ele sorri: mangas compridas. Eu sei, mas é o tato, o senhor compreende? Alguém lhe toca, minha senhora? Mil perdões, senhora, não quis dizer, luvas quem sabe, ajudariam? Mil perdões, senhora, não quis dizer, enfim quero dizer que para revitalizar essa espécie de flacidez, assim na sua idade, cinquenta? Cinquenta e cinco? Enfim essa espécie de flacidez não tem solução, minha senhora, a música erudita, quem sabe... seria uma distração... a música erudita lhe é indiferente? Não, pelo contrário, doutor, gosto muito, Stockhausen e. Verdade? Stockhausen está bem, mas quem sabe se Scarlatti não será melhor? Fugas concertos quinze cantatas? Alguém lhe toca minha senhora? Ele disse isso. Tocaram-me sim, meu pai tu me tocaste, a ponta dos dedos sobre as linhas da mão, o dedo médio sobre a linha da vida, dizias Agda, três noites de amor apenas, três noites tu me darás e depois apertaste o meu pulso e depois olhaste para o muro e ao nosso lado as velhas cochichavam filha dele sim, a cabeça é igual, os olhinhos também, bonita filha toda tão branca... Meu pai, o banco de cimento, os mosaicos, as seringueiras, os enfermeiros afastados. Sorriam. Eu digo: sou eu, Agda, pai, a mãe não veio mas te manda saudades, sou eu, Agda Agda, pai, ela virá, se não veio é porque não passou bem todos esses dias, sou eu, tua filha. Terás uma longa vida, Agda, tão longa como daqui à China, todos irão passando, dirás espera minha amiga, sou eu Agda, verdade que não te lembras? Passarão silenciosos? Ou assim olhando para todos os lados, tentando adivinhar de onde ela virá, ela ela A GRANDE COISA TURVA. Te tocou o pulso, adiante, não insistas na paisagem, o muro, os mosaicos, as seringueiras, e quando ele te tocou, diz Agda, diz da tua vontade de te deitares ali mesmo, sim mas era bonito, não era simplesmente isso de se deitar, era uma coisa vertente, uma coisa paixão, ele alongado, tênue sobre mim. Tênue como esse outro que agora diz que me ama. Então três noites, Agda, e a descoberta das ilhas, nossos mortos desenterrados, acordarás tua belíssima mãe, mãemãemãe ele está aqui agora, vem conosco até a praia, os ouriços debaixo das pedras, nós três mãepaifilha, nós três entrelaçados fibra toda torcida, e essas flores aqui, a gente põe as flores aqui no fundo dessas covas, não há mais nada lá dentro, todos ressuscitados, a carne limpa, nus, estamos todos nus e uma estupenda alegria, aqui vamos fazer a casa de pedra para que o tempo passe sem vestígios, diremos anda tempo, aqui não tens lugar, aqui somos os três, aqueles, os três de sempre, não a santíssima trindade de sempre, os outros de carne e adstringência, de sangue e adstringência. De carne. Devo cuidar dos porcos, pôr água nos cáctus, examinar as avencas... se eu te tirar daqui desse canto quem sabe voltarás à vida, murchaste de repente, teria sido o vento? Se eu te colocar ali, no centro do pátio, à volta do poço, não, muito sol, essas coisas delicadas querem sombra, sombra neste instante no quadrado do pátio, ele virá sim, ainda que seja quarta-feira de trevas, ele virá porque eu existo, eu sou meu corpo, corpo de Agda, corpo que vai amanhecer ao lado de outro corpo tênue, os pequenos círculos rosados, não, nunca tive filhos é por isso que eles são bonitos, ele vai tocar, vai dizer são muito bonitos, Agda, e quando eu me deito o rosto fica mais liso, vou soltar os cabelos, e quando eu me deito parece que a boca fica sempre sorrindo, ficarei sorrindo e devo tomar cuidado no momento do gozo, nada de esgares, nenhum grito, apenas um tremor, e pelo amor de Deus, Agda, que as tuas narinas não se abram, não, não fico nada bem, o nariz é afilado, um pouco do pai, um pouco da mãe, nariz bonito dos dois, pelo menos isso em ti é decente, o nariz, ah sim, os seios decentes também, com a boca é preciso ter cuidado, e nada de olhar aguado, olha dentro do olho, não feches os olhos, podes mostrar os pés também, são muito bem-feitos, a curva é pronunciada e isso também é bonito, agora as pernas nunca, lembra-te pequenos nódulos nas veias, pequeno nódulo da veia, veia nodosa, nódulo varicoso, nó. Ana que limpe o pátio hoje, Ana que cuide dos porcos hoje, para isso é que ela existe, Ana, hoje você limpa o pátio, hoje você cuida dos porcos. Sorriu, Sorriu porque sabe que hoje não posso me cansar, devo pôr as pernas para o alto, a compressa nos olhos, trocar o linho da cama, brancos bordados, folhas de eucalipto sob o travesseiro. Uma coisa minha filha: está tudo bem, tenho me sentido muito bem, o corpo, você sabe, mas é preciso que você diga para sua mãe que ela diga ao médico que a memória... que é preciso me arrancar a memória, você entende? Que os barcos estão pesados demais, colocaram mil coisas, eu pedi que esvaziassem os barcos e colocaram pedras, cordas, âncoras enormes, assim não posso minha filha, não posso chegar à ilha, e outra coisa, Agda, os sonhos, é preciso me arrancar os sonhos, à noite uma outra vida, uma vida de outros começa a acontecer, me chamam de muitos lados nesses sonhos, tua mãe se recusa sempre nesses sonhos, passeio na escuridão, não vejo os rios e caio, uns ficam acenando, gente que nunca vi minha filha, outros conheço mas não gostaria de revê-los, Agda diga à sua mãe que ela diga ao médico que os sonhos e a memória devem ser devorados, eu ficarei aqui no banco de cimento e alguém vai devorar esses dois, eu vou expelindo assim sonho memória e alguém ao lado vai comendo. Entendeste, Agda? Corpo-limite, contorno repousado ou tenso, até onde o mais eu? Interior da minha mão, esse que eu sei que é meu, interior da tua mão meu pai, esse interior agora íntima absorvência de nós dois, perplexidade de suores, corpo-limite-coitado, de repente te moves, entras na casa dos porcos, te perguntas o que é isso um porco? De repente te lembras que alguém já perguntou, que muitos perguntarão o que é isso um porco. O que é isso-eu? Porco jovem, porquinho rosado, aí eu pego cheia de doçuras digo porquinho tão bonito, seria bom ter um assim sempre dentro de casa, depois grande porco estufado, aí não pego mais, digo bom para comer na festa de amanhã, na comemoração dos cem anos de depois de amanhã, no foguetório na foguetada na imensa fogueira e para juntar à fogaça de daqui a três dias, grande porco estufado te devoro. Assim isso-eu: nenê rosado te dou doçuras, me dás babas, mijadas, te amo, depois menina púbis delicado, te dou balas, botas, boró, te dou sorrisos, és toda lisa, dura, bocaxim, depois mulher te dou boró outra vez para que me dês aquilo mesmo, te dou, me dás, depois velha bruaca, bocarela cala a boca, fedes amarelecida, não te dou, não me dás, ninguém te toca, te pergunto: o corpo-porco ainda é o teu? Agda limite de ti mesma, estertoras:

então mais nada daqui por diante? Era teu pai aquele no banco de cimento sim sim já sei, muros mosaicos seringueiras, não disfarces, dispensa a paisagem, era teu pai aquele, neurônio esfacelado, pré-frontal sem antenas, estio estio, inútil travessia do banco ao leito, vice-versa, teu pai sem frêmito, cabeça esplendorosa numa imensa desordem, sim frêmito sim, me tomava as mãos, me pedia amor, pai como eu queria que tudo teu revivescesse cem mil vezes em mim, que o amor AI NUNCA NUNCA NÃO MORRESSE, agora amando esse tênue é como se te visse crescer, é como se te visse semente, tudo o de dentro de ti esperando explosão, explosão em mim, darás o teu todo para mim, Agda deliras, disseste uma vez que não, que não eras assim plena de amor e conturbada, disseste. Ou eras? Foste sempre assim? Assim velha-frêmito? Outra coisa minha filha, outra coisa minha amada: que não cantem mais o *slow boat to China*, que... não quero mais ouvir o *slow boat to China*, não iremos adiante, a carne apodrece, não dá tempo para chegar até lá. Outra coisa: que não se repita mais o *this too too solid flesh*, nada de solidez, é mentira, a cada dia eu sinto que ela amolece, por dentro, por fora, cada dia mais amarela, toca-me aqui e aqui, tu sim ainda estás viva, toca-me se isso não te enoja, e a boca vou abri-la bem para que tu vejas, aqui minha filha, mais nada, roeram-me os dentes, o grande beijo-gozo que eu te daria, que eu daria em tua mãe nunca mais, Agda-mãe-filha, nada mais é o meu corpo, nada mais é eu, nunca fui nada porque se o fosse, hoje não seria este corpo-nada. Entardece. Ainda que seja quarta-feira de trevas ele virá, sombra verde vazia cinza sobre o quadrado do pátio. Ou ainda é manhã? Ainda é manhã sim, o sol batendo só deste lado, Ana, é preciso pôr os pássaros ao sol, uma folha de almeirão para cada um, sempre te esqueces, e vê como a folha do antúrio está manchada, Ana Ana, era tão bonito o antúrio. Culpa de quem, Agda? Tua mão amarela desmagnetizada, tua mão é que toca o antes brilho dessa folha, tua mão é que faz morrer agora, caminhaste muito, caminhei sim mas nunca vi isso que me disseram que eu veria, ESSE BRANCO SERENO LABAREDA DO

FIM. Labareda. Vontade de ver tudo de novo, ver, tocar pela primeira vez. Não as primeiras carícias, nem as segundas, a primeira. Que grande maravilha. Depois a boca sobre o ombro desse tênue, esse pai-amante-filho pela primeira vez, esse revivescido meu, esse júbilo alongado sobre mim, esse que a GRANDE COISA TURVA não vai tocar porque eu estarei ali à sua frente, imensa, e vou dizer e digo: despacha-te coisa imunda, morte, vassoura negra de asas, esse nunca, esse não, esse tênue indelével, verdade vigília dentro de mim, esse inteiro vida no meucorpodele. É sim, o amor do mundo inteiro se lavando no meu canto, depois vão tentar secar a fonte, vão dizer: Agda pergunta tudo o que os outros perguntaram, finge ter a cabeça coroada e é apenas o espectro de sempre, vamos então repetir: *who are you, that usurp'st this time of night?* Quando vier a noite não estarei discursando assim saxissonante, não, corpo-aroma sobre os linhos bordados, boca de açucena, bonito bonito, boca de açucena bacante borboleta e planta, Agda-cavalinha quando vier a noite, cavalinha com seu cavalim, como se o tempo... como se o grande corpo tempo fosse apenas um todo imóvel, irremediavelmente enrodilhado e imóvel.

Espera um pouco, eles já vêm buscar-me, escuta: acima de tudo, antes de me arrancarem o que já te disse, acima de tudo, Agda, que a tua mãe agradeça por mim a ausência do objeto. Que ela diga assim ao médico, toma nota, tira o lápis, assim: ele agradece doutor a ausência do objeto-demônio-aço e prata, esse inteiro abominável, assim filha: ele agradece por todos nós. E que esse--único-eu nunca mais desdobrado está contente de existir dentro do nada, que esse único-eu está, usa boas expressões, filha, está... está estupefato, isso, agora em letras maiúsculas: ESTUPEFATO COM SEU LÚCIDO CRITÉRIO, doutor... porque essa vida, Agda, do objeto-demônio-abominável, esse existir multiplicado acrescentava peso a esse-único-eu, até nos talheres da tua mãe, nos cristais das janelas, até no metal das bandejas, eu pedia sempre para que ela colocasse os panos, que envolvesse as facas nas flanelas, tudo naquela casa era mil vezes eu-outro, no fim dos corredores, no vestíbulo, até ao lado da cama tua mãe colocou o objeto-demônio-abominável, até no banheiro filha, eu acordava molhado porque saía do rio, levantava-me, ia defecar, e lá lá o outro desconhecido espionando. Quantas vezes cuspi sobre esse outro, esfreguei a merda naquela cara, ou então, escuta, cheguei a dizer bonitas palavras, cheguei a isso sim, dizia: claune, cauda, algalha, fugace eu dizia, dissolve-te, vou te dar um tempo, esfumado eu dizia, dilui-te. Vou te dar um tempo, reptante imagem cheguei a dizer com brandura, pantomima do nojo te arrebento. Enfiava a mão dez quinze vezes e ele abria a boca ensanguentada mas não desistia. Depois eu respirava, filha, a testa no azulejo, olhava devagar, e não é que o outro ainda estava lá? Esmigalhado mas estava. Só de pensar nele, vê a minha mão, molhada, só de pensar que ele está por aí, talvez ao redor do muro, tentando atravessar o espesso, ele e seu inútil calendário, porque era isso, filha, a cada manhã o outro não era o mesmo, entendes? Sim, porque se não mudasse a cara até que seria bem recebido, é bom ter um amigo sombra, acenando, estou aqui, é bom, convém ter. Não tenho muito tempo, a hora do recreio já passou, eles já vêm buscar-me, agora o lanche queijo e pão, então escuta: da casa grande, perto da casa dos porcos tem uma terra dourada, na segunda estaca, na cerca da direita, cavas. Descobri muito tarde, não deu tempo, tua mãe chamou os homens, tive que ficar aqui, mas tu podes aproveitar, engole a terra dourada, engole, era isso que eu ouvia, engole também, minha filha, mais tarde quando estiveres velha põe um punhado na mão e o objeto-demônio--abominável vai te mostrar outra cara, retrocesso, terra carpida. O quê, pai? Retrocedes, filha, outra vez a juventude, infância, adolescência, depois o nada, mas vale a pena. Uma única vez e vale a pena. Vais caminhar menina para o nada, mas o mecanismo é mais fácil, aos poucos te identificas com o inanimado, menina-planta, menina-pedra, menina-terra. Não te esqueças, toma nota: meu pai me disse que daqui a muitos anos quando eu estiver velha devo engolir a terra dourada, aquela perto da casa dos porcos, na segunda estaca, na cerca da direita. Cavo. Ainda é manhã. Durante quanto tempo devo cavar? A terra cada vez mais negra, se eu plantasse roseiras, imaginem, rosais negros, no centro uma clareira, bisões, touros de ouro, eu Agda-bonita filha-toda branca sob os rosais. Agda rosmaninho ronceando pelos rosais. Todas as manhãs, todas as tardes, alta lua, Agda velha-frêmito cava cava sob os rosais. Pois não, senhores, vou lhes mostrar o lugar, sim sim trabalhava com ela há muito tempo, sim eu me chamo Ana, vamos indo, sabem, o moço não quis mais vê-la, estava certo o pobre, daqui do meu quarto eu ouvia o que se passava lá, o que ele dizia no quarto de Agda, dizia: assim como tu és, eu quero assim, não é nada com o corpo, que me importa o teu corpo? É o clarão que tens, o sortilégio, o ímpeto, nada em ti é penumbra, Viva Iluminada, existo porque tu me sonhaste palmo a palmo, existo porque a cada instante refazes o que não é triste em mim. A vertigem do teu existir, amada, juro senhores que era assim, que o moço dizia assim. Sabem, no começo a gente não acredita, era delgado, menino quase, os vinte anos nunca se notava, eu ria porque... enfim, era inadequado, Agda não era franzina, os senhores vão ver, muito mulher a coitada, eu ria porque... os senhores sabem, não se usa mulher mais velha e bezerrinho assim, mas não havia maldade em mim aqui por dentro, não senhores, apenas graça, pura graça, o mocinho era raro, boca linda, o olho de um tamanho, era pra ver, grande, um tesouro, e os cabelos então, tudo adoçado, dava pena sabe, Agda pesada vagarosa, mas que fogo, senhores, antes de tudo acontecer, de morrer no buraco, ela gritava: labareda do fim, nunca vi esse branco sereno labareda do fim. Sabe-se lá o que pensava quando gritava.

CAVO. Constância. Fundura de dez braçadas. De quanto? Caracóis. Lodo na cara. Tenho ares de alguém semissepulto. Um ouro que não vem. Nem o reflexo. Bom que seria luz amarelada dourando os caracóis, as larvas, a minha mão. Bom que seria recompor palavras, cruzá-las, dizer da luz filtro cintilante facetado, dizer do escuro entranha apenas, dizer da busca o que ela é, buscador e buscado, revelar os dois lados, aqui te vês, aqui sou eu te vendo, a órbita gozosa estilhaçando medos, aqui quando eras criança sobre a murada, escondendo a cara, luz te crestando a pupila, pálpebra violeta se encolhendo, braço antebraço vértice do cotovelo apontando aquela que te fotografa. Quem te fotografa? Mãemãemãe beleza, a boina inclinada, caracóis nos cabelos cobrindo o rosado das orelhas, mãemãemãe beleza, *let me touch your tender skin*, ou... *fly, fly* Medea, afasta-te de mim, atravessa os espaços, cruza todas as pontes ou vai viver sob as águas, que o reflexo do pai seja só para mim, *vere dignum et justus est, aéquum et salutáre* que seja só para mim... porque... porque... ficaria te explicando muitas noites ou apenas gritando como aquela: *woe, woe, Ah me, Ah me*! Agora sim, vou me conhecendo com esse lodo na cara, mastigando a mim mesma, cera esbraseada consumindo meu corpo, consumindo-me e conhecendo-me sem nojo, goela escancarada, lívida alquimista, vai Agda, mais para o fundo, sem que tu saibas o teu corpo é crivo, minúsculos orifícios mil e um separando o que vale, degustando, e deixando escorrer o outro para o poço. Vai, Agda, mais para o fundo, AI, vou indo, aquele corpo tênue nunca mais sobre mim, ai nunca mais, vida morte expelida ai eu era lúcida limpa, a carne era lisa, ai os mistérios gozosos, o gozoso de mim, o grande gozo que é afundar a carne amarela e velha nesse lodo e nunca mais ninguém me TOCAR, NUNCA MAIS NUNCA MAIS.

KADOSH

Conheço quem vos fez, quem vos gorou,
rei animado e anal, chefe sem povo,
tão divino mas sujo, mas falhado,
mas comido de dores, mas sem fé,
orai, orai por vós, rei destronado,
rei tão morrido da cabeça aos pés.

JORGE DE LIMA, *INVENÇÃO DE ORFEU*

PACTO QUE HÁ DE VIR, sombra pastosa, uma coisa se impondo corrosiva, eis aqui o vestíbulo desse todo-poderoso, devo ter sido guiado, a coisa de peso gigantesco sobre as omoplatas, vai vai, a lâmina no mais fundo desse todo-poderoso, atravessa as três salas, evita aspirar o conturbado dele, tudo isso ordens de um miolo exuberante, lucidez acentuada pensei quando ouvi tanta palavra dentro da minha pequena pétala de carne, essa convulsiva, essa que se diz atenta, toda torcida. Esperei muitas noites antes de expor o meu nariz ao vento, vê só, eu me dizia, há quantos anos dentro de quatro por dois, delicada masmorra, mastigando tâmaras, tudo parece muito longe dizendo assim tâmara masmorra, são coisas do mais além, nada afins com a minha terra de mamões e bananas, nem por isso não estou aqui, estou sim, terra gorda extensa lustrosa, e as tâmaras vêm de alguém que não conheço, um todo bom na didática dos punhais, recebo folhetos há dez anos e pequenas estamparias onde se vê um homem todo nu com círculos azuis. Círculo azul intenso nesse que aspira e vomita sangue, esse rosado intenso que se agita quando amas além de uma certa medida, se odeias além do que o limita, depois um azul esbranquiçado à volta desse outro que filtra, e mais um azul céu-horizonte de mar sobre a virilha, sobre a grande veia explosiva, outros azuis espalhados, baços. E vêm também uns desenhos mais sóbrios, tijolo e ferrugem finamente esboçados, a corpança de um tigre, garra pelos dente vísceras o de dentro e o de fora em cortes transversais, em cima do papel-pluma um título: O GRANDE OBSCURO. Depois em pequenos traços o que eu imagino ser coisa de fera: agilidade, rapidez, olho precioso liquidez assombrada, olho de mãe-d'água mas voraz voraz. O GRANDE OBSCURO GORDO DE PODER NÃO DEVE SER TOCADO ANTES DO TEMPO. Envolve de saliva a frase, degusta, esse das tâmaras me ensina, lambe a mucosa, que a tua língua absorva a palavra orvalhada, trança dentro de ti o molusco e a tulipa, isso foi difícil de entender mas deduzi que era preciso unir o duro e o aguado, punhal e tripa, punhal e gosma, punhal e gordo rosado latejante. Pensei esse das tâmaras deve ser bom nas minúcias, nas legislações eclesiásticas, de *diversis quaestionibus* minuciosas, *De misteriis*, *De penitentia*. Eu com tudo isso? Eu mesmo me dizia salivando as tâmaras, vivo no quatro por dois ninho-masmorra porque de repente ficou difícil viver entre os demais, queria devorar a carne-coxa da vizinha e ao mesmo tempo usar um cilício que sangrasse o rim, ficava sempre entre o carneiro ensopado com batatas roliças pequeninas e a secura das ontologias. Ficava engolindo o sopro dos grandes, repetindo: *coincidentia oppositorum et complicatio*, DEUS DEUS AENIGMATICA SCIENTIA. Então por tudo isso pensei era bom me separar. *Kad* = separar, na língua das delícias. E meu nome ficou sendo Kadosh. Agora vejam, só eu mesmo me chamava assim, só eu mesmo junto à porta da masmorra-ninho, me dizia: Kadosh, é hora de beber água na fonte, Kadosh é hora de meditar, Kadosh é hora de reler os folhetos, se alguém deixa a cada dia os exercícios gráficos à porta de Kadosh, é porque Kadosh deve ler. Agora uma boa frase: se os animais da noite em alguma noite uivavam particularmente dissonantes (fim da boa frase) eu gritava surdo enfiando a cara na terra:

Kadosh está cansado de não ter tarefas.

Kadosh pensa que o profano deve ser devorado.

Kadosh acredita que a excelência moral de seu Deus é excessiva.

Mas Kadosh também acredita que o Divino cospe pra lá e pra cá sem consultar a direção do vento.

E que... e que... ele Kadosh aposta alto no critério da divina providência, que ele Kadosh sacode o saco se a voz do repelente mia na sua pequena pétala de carne, essa convulsiva que se diz atenta, essa toda torcida, então, se a voz do repelente mia: ora, Kadosh, nada é como pensas, nasceste porque um homem meteu o comprido e duro dele no mais fundo e mole dela, e daí pra frente danação ou salvação isso depende se estás mais na beirada ou menos do buraco de merda ou de jasmim.

Um dia alguém-coisa-alado piou diferente sobre o teto da masmorra-ninho, abri a porta e lá estava o papel-pluma e as últimas instruções: o tempo é hoje, vai até a CASA DO GRANDE OBSCURO, entra, lá tens adeptos, os de dentro te esperam, és um emissário graduado, veste a roupa ouro-canário deixada mais adiante, apressa-te, a cada minuto o tempo se adelgaça. O tempo se adelgaça, *in nomine patriis*, que sei eu? Tanta sutileza, tanto pergaminho e maravilha de traço, penso deve ser fina presa, olho dentro da masmorra-ninho, penso quanto tempo dentro dela, quanta matéria pousando nas paredes, umas manchas gordas escorrendo, ah sim, essa aqui no centro foi se formando quando comecei a perguntar de manhãzinha:

1) Kadosh, o que me dizes da administração do cosmos?

2) E o administrado sabe de que maneira deve administrar-se para chegar com sabedoria e perplexidade ao seu último estágio?

3) E se ele, o administrado sabe disso, que importância tem o administrador?

Fui indo aos solavancos muitas horas e terminei com esta joia: o meu ser pergunta é um estado imutável?

Então essa mancha gorda aqui no centro foi tudo isso. Essa

outra pequenina cor de castor, foi só porque eu me disse de repente: tudo está previsto, teu cu teu quisto. Verdade que me esperam sim, vestíbulo dourado tapeçarias caçadas cadeiras de mogno e marfim, espero há tanto tempo que tenho medo de manchar a parede delicada pensando por exemplo: que sei eu de mim, de vós e de tudo o que digo? *Otium*, Kadosh, *tibi molestum est*. Missão para sobreviver essa minha, o conselho de ministros aqui ao lado, ouço rumores acertos, gritam que as mortes devem ser imediatas, que o GRANDE OBSCURO vai lamber as patas de prazer, que é preciso perguntar a Kadosh as minúcias:

1) A que horas a execução dos mil?

2) Em que lugar? No pátio circular ou nas escadas da CASA?

3) Deve haver lua? A família pode ficar por perto?

4) E os herdeiros mais próximos devem rir discretamente?

5) Perguntem a Kadosh se já está livre para assinar a execução dos mil.

Porta-tonelada que se abre, entro, algidez da sala, bancos brancos estreitos, levantam-se vinte e um, Kadosh ilustríssimo emissário senta-se, dita pela primeira vez, pausado, rouco: que seja ao luar sim, que abram a palma das mãos contra a parede e recitem memórias.

(*os vinte e um*): Memórias, Kadosh?

(*Kadosh*): Sim, senhores ministros, que cada um conte sua própria estória.

(*os vinte e um*): Vai levar tempo.

(*Kadosh*): Que cada um conte a sua própria estória mas todos ao mesmo tempo, vinte e um minutos antes do fogo dos fuzis, que comecem a contar desde quando se sentiram inclinados a lutar contra si mesmos, como eram as próprias mães, harpias, vadias, gordas, prestimosas, que tipo de inclinação sentiam, eram escritores, contramestres, bombeiros?

(*os vinte e um*): Nada se escutará se falarem ao mesmo tempo.

(*Kadosh*): Mas quem quer ouvi-los, excelências? E Debussy ao fundo. Indispensável.

(*os vinte e um*): Dizeis que deve haver boa música de fundo?

(*Kadosh*): Perfeitamente, senhores: *"Le promenoir des deux amants"* e *"Rêverie".*

(*os vinte e um*): E "Le martyre de St. Sébastien"?

(*Kadosh*): Não, nada que os faça lembrar que estão ali.

(*os vinte e um*): Apreciaríamos muito alguns exercícios eróticos no programa.

(*Kadosh*): Vejamos... sim, uma mulher que será violentada pelos mil.

(*os vinte e um*): Antes ou depois de Debussy?

(*Kadosh*): Isso veremos.

(*os vinte e um*): E que tal se puséssemos confeitos, diminutas cerejas, folhinhas de hortelã nas axilas, nas tetas? Se permitires, essa que vai ser furada, que resista, que não ceda logo, é tão raro o prazer de ver, e depois... mil passam logo.

Kadosh despede-se, enorme corredor acetinado, indicam-lhe uma porta, abrem-na. Sobre o leito um punhal. Sobre o leito os textos de Plotino: Beleza é violência e estupefação, ooooooooohhhhhhggrrrrrrrcc não sei mais de mim, eu era capim de sementes roxinhas, eu era tão lilazinho quando perguntava: Deus tem pai, mãe? Daí por diante não parei. Kadosh Pergunta-Coisa o pai ria, Kadosh Disseca-Tripa a mãe grasnava. E menino perguntei àquela que me amava: é por dentro ou por fora esse aaahhhh que tu sentes cada vez que eu ponho o meu na tua passarinha? Vem do meio das pernas ou vem da cabeça essa coisa de fogo que te atravessa o corpo? Kadosh deitado no leito entre o punhal e Plotino se pergunta: de que lado estás, meu Deus? Não fiquei tantos anos na masmorra-ninho para acabar na CASA desse que sei e não sei, colocam palavras na minha boca, durante dez anos a carne foi esquecida, durante dez anos estudei os folhetos para matar esse que sei e não sei, e agora até a pequena tripa que eu só tocava quando ia urinar sobre as pedras, cresceu, veemente, fremido, o pequeno imbecil quer farejar buracos, contorcer-se. Kadosh-emissário pensa agora que o tempo deve ser tempo de prazer? Que deve transmutar-se quem sabe, que é preciso dar vida outra vez à carne esquecida, que a intenção daquele que o mandara ali é reta, justa: Kadosh fragilíssimo vai fortalecer a triste carne minguada, vai igualar-se àquele a quem deve matar. Um lado de Kadosh é todo regozijo. E o outro? Vive o seu primeiro momento regressivo? De que lado estás, meu Deus? Dois lados te pertencem, meus dois lados escamosos, dissimétricos. Os dois juntos são uma sombra ou nada do TEU CORPO? Ou é teu corpo esse meu lado inteiro que pergunta? Ou não estás inteiro nunca, ou ainda estás sempre inteiro, na mínima e na mais vertiginosa batalha, nos poros de Kadosh, na sofreguidão de sempre? Kadosh deve matar a quem? O melhor dele mesmo? Todo ele ao mesmo tempo? Ronda que faço à minha volta, atenta, ágil, Kadosh existindo diante da dor do tempo, O INSTANTE, O INSTANTE que a garra de Kadosh não pode agarrar por inteiro, Instante-Vida que seria preciso pregar dentro do peito. Mil devem ser executados, mil lembranças, o gosto ardente das tâmaras, as pequenas maravilhas do existir, os dedos sobre a maciez de um couro aveludado, Debussy orvalho, conta-gota alimentando o ócio açucarado de Kadosh. E depois a mulher, penugem sobre o ventre, ombro de âmbar, Kadosh vivendo na terra de mamões e bananas mas por dentro inteiro rendilhado, inteiro estamparia persa, imaginando como seria bom deitar-se sobre a almofada de plumas e ter ao lado... bem, Plotino sempre, mas Plotino entre as tâmaras, Plotino entre as coxas quentes da mulher, as perguntas dentro das axilas leitosas, Kadosh ao lado respirando matéria de vida, gosmosa... O GRANDE OBSCURO não pode ser tocado antes do tempo. Que mais é preciso fazer para que eu o conheça inteiro? Para que eu possa colocar o dedo e sentir até onde ele se faz víscera e sangue, até onde é cristal, onde exatamente o seu núcleo de sol, onde meu Deus, a coisa se corrompe, que espessura tem ele de bondade ou ódio. Que espessura. Por que não me contento em ser apenas esse que mastiga as tâmaras e sorri para a mulher, a que estiver ao lado, porque de repente as palavras são eu mesmo, pesadas, turvas, de repente O GRANDE OBSCURO, O REI lá no fundo não se reconhece mais, solta-se a máscara de ouro, procuro cem mil vezes um só rosto, um tempo sou Kadosh, doentio, a língua babosa quer sorver humores, esparrama-se lânguida-espessa sobre um corpo fêmea, diz palavras inúteis, mentirosas, repete amada amada mas sabe que aquela que está ali é apenas o unguento de uma tarde, sabe muito bem que aquela não é amor nem consciência, aquela não é veículo para o mais vida de Kadosh, e ainda ainda demora-se sobre ela, pergunta-lhe se o gozo foi mesmo para ela o melhor de todos, pergunta-lhe depois: gostas de ler?

(*Ela*): Não posso, a vista arde,

Ou

Gosto um pouco sim.

(*Kadosh*): O que você gosta de ler?

(*Ela*): Agora não me lembro, mas gosto sim.

Sorris. Te enches de brandura. Dialogas em voz baixa contigo mesmo: que importância tem que a mulher não saiba que aqueles que tu amas existem? Que importância tem, Kadosh, que os outros vivam sem saber, que colecionem coisas, que deem mais importância ao rabo de jade que pertence ao dragão esticado sobre a mesa do que à tua funda anatomia? E então Kadosh sorri outra vez. Ela sorri também. O pequeno imbecil move-se, um cheiro de jacinto, aroma inteiro alado no corpo da mulher, o pequeno imbecil está pronto outra vez. Kadosh, homem-pergunta, nem sabe responder por que está ali, de lado em cima embaixo ajoelhado inteiro, dentro de alguém que nem sabe o seu nome.

(*Ela*): Por que Kadosh?

(*Kadosh*):

(*Ela*): Por que o teu nome é Kadosh?

(*Kadosh*): Gostas?

(*Ela*): Diferente, isso é.

Diferente diverso discordante, OUTRO, luxo de ser assim, buscando a fera, as mãos muito úmidas alisando o pelo, tudo ao mesmo tempo adusto e verossímil, Kadosh ao mesmo tempo cordeiro tigre corça, nítido diagrama orvalhado de medo, bramoso celerado manso, pudim e pedra, inteiro proeza. Kadosh levanta-se. Se fosse possível achar a coisa alquímica, o segredo para chegar até lá, atravessa as três salas lhe disseram, em três estive, o vestíbulo, a sala dos ministros, o quarto... rastro de ninguém, nenhuma linha de sangue, de púrpura, e o punhal dentro da manga e Plotino aberto ao acaso: o que é então o Todo? *The total of which the transcendent is the Source.* Fonte infinitude, infinitude rugindo, doce morte, aí está onde devo procurar meu eu inteiro, gaivota-prumo, agudez, límpido mergulho sobre eu mesmo, alguém de garras na garganta grita: mergulha, Kadosh, lá embaixo a resposta, aqui vive apenas o teu ser-pergunta, aqui a fanfarronice, o presépio de espuma, colocas as figuras a teu modo, caminhas entre a vaca e o jumento, desinfetas o estábulo, mas tua alma, tua fidelidade, teu grande ser transubstanciado não está aqui. É difícil largares teu corpo de aparência? Ingênua ferramenta teu pobre corpo, Kadosh. Ai, morte abominável e a um só tempo morte flamante que eu procuro. Aliso minha roupa, preparo-me para a execução dos mil, atravesso portas corredores, brancura das paredes do pátio estalando sobre o rosto, sim sim, vão se lembrar de mim, desse que entrou na CASA DO GRANDE OBSCURO e cumpriu seus rituais, banhou-se de cadáveres, evocou seus medos, seus triunfos, Kadosh mulher violada, Kadosh apontando o fuzil, Kadosh ele mesmo mil mãos espalmadas contra a parede, Kadosh ministro e juiz de si mesmo, vinte e um problemas indecifráveis:

1) De onde essa agonia febre-fulgor que eu carrego mil vezes cada dia?

2) Onde o meu ser primeiro, minha mais íntima assonância, minha intocada palavra?

3) E por que é pesado caminhar, como se a perna não fosse para o passo, antes como se fosse para ficar sempre parado e apenas, apenas, e acima de tudo o olhar vigiando?

4) E por que não vejo através, mais além daquele que me fala,

daquele que me toca, por que não te vejo, CORPO DE DEUS, LÍN-GUA DE DEUS, MÃO ESBRASEADA DE DEUS dentro de mim, ai, por que não te vejo?

5) E à noite, por que a noite me faz desejar o voo, lá, mais além, em todos os lados, como se a carne fosse tenra, de pássaro, como se a asa fosse minha desde sempre?

6) E por que é preciso lutar CONTIGO, se ao mesmo tempo tenho fome de TI?

7) Para TE engolir escorregadio, conhecendo?

8) Para que fiques dentro de mim, a boca aberta me sugando?

9) Para que eu alimente e sofra a TUA FÚRIA, OS TEUS HUMORES?

10) E se ficares dentro de mim, aquela que vem sempre não virá?

11) Ou se vier vem só para mim e TU te afastas e ocupas outra carcaça?

12) E não é ausência ser assim como TU és, apenas luz, e luminoso e candente gritar a cada dia: guardai-vos da lascívia porque meu santuário é sagrado?

13) E por que é tão difícil ser justo e amar o outro?

14) Outra coisa, outra coisa: já não tomaste nota de todos os meus atos há milênios e me enganas segundo por segundo para que eu te agradeça pensando que sou livre, livre até para cuspir meu ouro?

Grande Incorruptível, as outras sete devo te perguntar frente a frente, mas sinto que me enganas, Excelência, sou a um só tempo javali e borboleta, hiena e caracol, te procuro possuído de fúria e de candura, vê se meu nome não está aí no teu muro de pedra, na tua caderneta de cristal ou de couro Old England, procura vamos lá, Kadosh deve perder-se, deve torcer a alma, espancá-la e depois estendê-la nos varais, que tudo fique sem resposta para o corpo vazio de Kadosh, e que ele seja sempre um nada lutando para manter-se em pé, sim, deve estar escrito assim na tua caderneta de cristal ou de couro Old England, umedeces a ponta do lápis com a saliva, saliva cintilante a tua, Kadosh deve procurar a palavra, encher um milhão de folhas com letras pequeninas, não deve ser lido nunca, isso é importante, que os manuscritos de Kadosh provoquem nojo se tocados, perpétua cegueira naquele que julgar entender uma só palavra, que os manuscritos de Kadosh não sejam submetidos aos computadores, o olho esverdeado da máquina deve apenas gotejar, a única resposta deve ser: esse não foi tocado pelo Pai, esse é apenas a sombra do homem, o que deve buscar a vida inteira sem jamais encontrar. Tem sido assim, Grande Obscuro, Máscara do Nojo, Cão de Pedra, aqui por dentro apenas a brisa das lembranças, um dia encontrei uma mulher de cabelos escuros, leitosa, as veias pequeninas, translúcidas, o sopro das narinas açucena, romã, deitei-me sobre ela e depois mil se deitaram, estendi a palma das mãos contra a parede enquanto ouvia os ganidos, ódio luta prazer, fiquei aí muitas horas, o corpo colado ao cimento, teso, e a boca murmurava: Kadosh homem-mulher, roubaram a tua alma, tiraram-na dos varais, deram-lhe um corpo, Kadosh homem-mulher-cadela, maldito, sempre que a tua cabeça vazia imaginar a posse de ti mesmo, mil estarão atrás de ti, mil lobos te invadindo, mil estrias de esperma sangue sobre a coxa o ventre a cabeça, apenas o teu coração continua batendo rosado gordo, apenas o que nomeaste Sentimento continua vivo, e sentes sentes, continuarás por toda eternidade sentindo, maldito Kadosh vou escrever com fogo sobre a tua cabeça que deves apenas sentir e jamais perguntar por que sentes, que se tivesses feito essa coisa singela, essa de te deitares tranquilamente sobre aquela de veias pequeninas, DEITAVAS-TE Kadosh, metias furiosamente, e o que é mais importante: ME ESQUECIAS. Porque EU digo que deve ser assim para o homem: EU não devo estar na cabeça dos homens. EU não devo ser chamado pelos homens. Escuta bem, Kadosh, queres interferir no meu destino? Há milênios procuro me afastar de ti para que em mim surja um novo nome, há milênios procuro a ideia que perdi, não era nada que se parecesse contigo, ando atrás desse sem forma, desse nada que repousa esperando o meu sopro, e cada vez que me chamam a matéria que sou estilhaça. Por que me procuras, Kadosh, se eu mesmo me procuro? É como se a pedra de repente se pusesse a andar atrás de ti, como se a pedra te segurasse as vestes cada vez que tentasses matar a tua sede numa fonte inesperada, uma fonte esplêndida e absurda de repente num vazio infinito e calcinado. E enrolas no teu pulso a minha roupa e fazes-me voltar e eu ando em luta contigo há milhões de milênios, volto-me e o teu rosto é sempre o mesmo, teu olhar um ninho de perguntas, tua boca um ruído de gonzos e guitarras, nada sei do que esperas de mim, deixa-me em paz para que em mim surja um novo nome, para que a Ideia se incorpore a mim, uma que num átimo vislumbrei, mas escapou-se. Sentir sentir, é isso que o Cão de Pedra me diz, senti sim a carne-coxa da vizinha, o carneiro ensopado com batatas roliças pequeninas, deitei-me sobre o mosaico acetinado das almofadas, engolia licores e pudins e depois defecava, ah sim com muito prazer, mas sempre encontrei em alguma janela de algum sanitário esses vitrais-rosácea, e enquanto defecava, as calças nos joelhos, o azul e o vermelho do vitral ensolarado riscava minha coxa e isso era suficiente para que eu te evocasse e Kadosh começava: eu quem sou? Sou esse que se agacha e solta as tripas ou sou aquele outro que te busca? A mulher do lado de fora respondia: tu és o meu Kadosh, a minha vida, ainda que soltes as tripas. E ria, ria. Quanto fervor, quanta ternura desperdiças, Grande Obscuro, fervor, todo suco de mim, uma noite eu lia sobre as estruturas políticas, o corno das ditaduras no ventre dos humildes, a anatomia intrincada dos homens do Poder e pensei que uma palavra devia chegar aos homens, que era inútil ficar olhando para cima e para baixo te buscando e então sentei-me e escrevi durante dez noites a palavra amor, cem mil páginas, cem mil, coloquei o calhamaço num caixote com rodinhas, postei-me numa esquina e a todo aquele que passava eu entregava uma folha e dizia Amor Amém. Cão de Pedra, como a cidade riu. As mulheres desabotoavam a blusa à minha frente e gritavam: Vem, amor, Kadosh. Os homens cuspiam na minha cara: vai arriando as calças amor amor. Corri, quebrei os tornozelos, vivi noventa dias no caixote de rodinhas, o traseiro em brasa sobre o calhamaço amor amor. Que nojo. Que vergonha. E sobretudo, Excelência, o pânico de cada dia, os nós se fechando diante de mim, o estupor me tomando, olha aqui Cão de Pedra, abri dois mil livros, a ponta do dedo descarnava, folha por folha, minúcias de arrepiar, uma: veste-te de branco, ajoelha-te sobre um pano de alvura singular, acende os círios, vê, para conseguir tudo isso ia de casa em casa, pedia pano, círios, e primeiro um cão me trincava os joelhos, depois a dona da casa guinchava lá de dentro: quê? quê? que pano? que círio? Difícil de explicar, ia dizendo aos borbotões que essas coisas senhora são para fazer uma limpeza na minha alma devo começar por aí não sei se a senhora entende mas o branco é demais importante para começar as orações e acendendo as velas fica visível para a Excelência que sou eu mesmo que me acendo, matéria de amor etc. etc. A maioria revirava os olhos, torcia a boca, umas coçavam os cotovelos, a cintura, diziam: homem, se queres comida eu entendo mas não tenho, o resto é confusão, despacha-te. Às vezes davam-me panos pretos, ou alaranjados ou com listas ou vermelho com florzinhas, nunca o branco, Excelência, e como último recurso para conseguir os círios eu entrava numa loja aos solavancos, o olho girassol e gritava: duas velas por favor, a mãe agoniza, em nome do vosso nosso Deus duas velas para as duas mãos de mamãe. E saía como o raio, como o cão danado, como Tu mesmo que te evolas quando Te procuro, ai Sacrossanto, por que me enganaste repetindo: *hic est filius meus dilectus, in quo mihi bene complacui*? Nudez e pobreza, humildade e mortificação, muito bem, Grande Obscuro, e alegria, é o que dizem os textos, humilde e mortificado tenho sido, mas alegre, mas alegre como posso? Se continuas a dar voltas à minha frente, estou quase chegando e já não estás e de repente te ouço, bramindo: mata o rei, Kadosh, o inteiro de carne e de pergunta, para de andar atrás de mim como um filho imbecil. Como queres que eu não pergunte se tudo se faz pergunta? Como queres o meu ser humilde e mortificado se antes, muito antes do meu reconhecimento em humildade e mortificação, Tu mesmo e os outros me obrigam a ser humilde e mortificado? Como queres que eu me proponha ser alguma coisa se a Tua voracidade Tua garganta de fogo já engoliu o melhor de mim e cuspiu as escórias, um amontoado de vazios, um nada vidrilhado, um broche de rameira diante de Ti, dentro de mim? E as gentes, Máscara do Nojo, como pensas que é possível viver entre as gentes e Te esquecer? O som sempre rugido da garganta, as mãos sempre fechadas, se pedes com brandura no meio da noite que te indiquem o caminho roubam-te tudo, te assaltam, e se não pedes te perseguem, se ficas parado te empurram mais para frente, pensas que vais a caminho da água, que todos vão, que mais adiante refrescarás pelo menos os pés e ali não há nada, apenas se comprimem um instante, bocejam, grunhem, olham ao redor, depois saem em disparada. Andei no meio desses loucos, fiz um manto dos retalhos que me deram, alguns livros embaixo do braço, e se via alguém mais louco do que os outros, mais aflito, abria um dos livros ao acaso, depois deixava o vento virar as folhas e aguardava. O vento parou, eis o recado para o outro: sê fiel a ti mesmo e um dia serás livre. Prendem-me. Uma série de perguntas: qual é teu nome? Kadosh. Ka o quê? Kadosh. Kadosh de quê? Isso já é bem difícil. Digo: sempre fui só Kadosh. Profissão? Não tenho não senhor, só procuro e penso. Procura e pensa o quê? Procuro uma maneira sábia de me pensar. Fora com ele, é louco, não é da nossa alçada, que se afaste da cidade, que não importune os cidadãos. Sou quase sempre esse, matéria de vileza e confusão para os outros, para os Teus olhos um nada que te persegue, um nada que se agarra às tuas babas, e como é difícil te perseguir, nem o rasto, nem a estria brilhante (aquela que os caracóis deixam depois da chuva) eu vejo, pois é pois é, seria fácil para o teu inteiro gosma e fereza, o teu inteiro amoldável, me dar umas pequeninas alegrias e te mostrares um dia Grande Caracol baboso aguado brilhante, te mostrares um dia intimidade, vê Cão de Pedra, agora não sei, fui íntimo para um uma ou dois, nem me lembro, e a princípio como me trataram bem, cuidado na fala, langor no olhar, a minha palavra era véu dourado que pouco a pouco pousava, translúcido, luminosidade delicada, eu Kadosh falava e o espaço era pérola, leite fresco, pistilo, um ou três relinchos para aquecer ainda mais tanta mornura, sorriam, lábio frouxo encantado, gula de me possuir inteiro, se era mulher ela me dizia isso mesmo gula de te possuir inteiro, Kadosh, se era homem também, aí eu me escondia, dias e dias sobre Plotino, outros dias apenas flutuava sobre o verde dos parques, de longe me seguiam, eu de névoa transfixado melindre dissolvência, Kadosh O Inteiro Desejado. Uma noite chamei o um uma ou dois, não me lembro, e dividido e frágil me contei, que eu também sofria tibieza e sombra, que nem tudo era ramalhete e graça, que eu Kadosh esperava que o Grande Obscuro de repente me suspendesse pela gola e me abrigasse e que os humanos meus irmãos me soubessem descolorido e sumário etc. etc. Pois bem, Cão de Pedra, uma única noite bastou para que esse um uma ou dois abrisse sem cerimônia meus armários, tomasse meus licores, comesse minhas tâmaras, emporcalhasse meu vestíbulo minhas tapeçarias, colocasse o gordo traseiro suado nas minhas cadeiras de mogno e marfim e depois trotando em minha direção esse um uma ou dois apalpava meu sexo, resfolegava, fartava-se de mim, e eu inteiro surpresa, degradado e doce lhe dizia: ainda me vês Kadosh-melindre dissolvência-véu dourado? Um ronco, um som pastoso, um borbulhar de víscera. E assim podeis notar que *this town is full of nobles here and there*, que apenas eu caminho pela casa sem ter certeza de nada, vasculho os cantos, demoro-me sob os arcos, farejo os buracos, que... há muito tempo ando querendo usar o punhal contra mim mesmo, pegar esse rosado intenso que se agita quando amas além de uma certa medida e colocá-lo sobre a mesa frente a frente: coração de Kadosh, soturno e tumultuado, que percurso é o teu, que nome dás às coisas, que asa-coisa te faz mais manso, mais viscoso? És tu que procuras o Sem-Nome, o Mudo Sempre, o Tríplice Acrobata? Grande pena de ti, de mim também porque és meu mas não cabes em mim, e porque é tão necessário que eu te coloque dentro de outro peito, de um que seja extremo e descampado e livre, e não dentro do meu, porque até agora persigo a quem não vejo, persigo apenas a ideia que tenho de um grande perseguido e suspeito que ele pode estar em cada canto, que ele por alguma razão, em algum momento será submisso a Um Instante, e eu devo estar lá quando esse tempo solitário e ardente se fizer, tempo de mim colado ao Sem-Nome, tempo torvelinho. Coração de Kadosh, às vezes digo a esse perseguido que não sei: se fosses todo perfeito eu não seria indigno de ti, se fosses equilíbrio, esplêndida balança, há muito tempo que seríamos um etc. etc. Lamúrias. Basta. Indecências. Devo voltar ao de cada dia, nabos cenouras beterrabas, os ministros depois da festa, arrotos caganeiras, a missão especial foi adiada, até quando devo conviver com tantos? O da Agricultura me pergunta: devo plantar cana ou bocas-de-leão ou tílias ou goiabas australianas, ou caneleiras ou cerejas-das-antilhas? E eu, Kadosh, devo dizer ao povo que a educação é o berço? Devo dar cama ao indigente, ao louco, e afixar normas de bem procriar? Que direção queres dar ao teu governo, Kadosh? Devemos dizer que és manso ou atrabiliário? Que procuras um possível contorno, um alguém dissimulado, astuto, um corpo sem carne, que vives te queixando do Sem-Nome, ou queres dar a impressão de guerreiro indomável, de homem como alguns, sólido objetivo consoante? Que lês Plotino ou Lady Chatterley? Por falar nisso está aí a última das tuas. Trouxe o filho. Tem cabelos vermelhos e é babão. Deixamo-la no vestíbulo algumas horas ou queres a pontapés os dois pra fora? Kadosh, os cofres esvaziam-se, o ouro vai sendo distribuído conforme ordenaste, a praça é um mar de gente, vou abrir a janela e verás com o teu olho que afora o Grande Obscuro nada vê, mas que talvez veja num átimo de lucidez o erro de dar bens a quem não os tem. Fecha tudo por favor, que me deixem sozinho, filhos fulanas pobreza dos justos, olha planta cana sim, melado algazarra, é bom a língua doce, o resto pra mais tarde, ai vida que não consigo a sós, ah, ia esquecendo, manda entrar o mago porta adentro, que traga círios, pano branco, incenso, duas ou três pedras pretas para reabsorver o prana que se foi com a tua verborragia. Polvo. Povo. As gentes. E a cada minuto, esse que é, o Tempo, estertorando, vigio, olho de sapo aberto, tempo escorrendo, bocarra, lava descendo a dourada colina, e aqui por dentro, dentro de Kadosh, o sonho envelhecendo, *veni creator spiritus*, ninguém mais atento do que eu, ninguém mais repasto para a Tua santa goela, guerra santa contigo de manhã à noite e a madrugada inteira, a testa empapada, (nobreza que me resta) se não queres que eu lute contigo corta-me a cabeça, que grande burrada fizeste quando me pensaste, se não querias contínuo chamamento, se querias viver pairando sobre os teus verdes e azuis, por que inventaste Kadosh, perseguidor-coragem, insônia sob os teus pés, desvario ao redor de ti? E agora que me sabes não me queres? Te pareces à mulher a quem damos tudo, vigor dos vinte, dinheiro dos quarenta, cornomansice prudente dos cinquenta, e que depois choraminga frente ao espelho querendo tudo de volta, tudo outra vez, mas com outro, um outro jovenzinho, sei muito bem que de repente te mostrarás àquele que jejua nojento e amarelo na quarta-feira, ao outro que sobe os mil degraus na sexta e chega lá em cima verdolengo, as rótulas raspadas. Velha tia Tu és, Cadela de Pedra, queres apenas a visita dos fins de semana, o bolo de mandioca no guardanapo rendado, o licor violeta na garrafa seiscentista, duas ou três lamúrias remelentas, sim sim tia, sinto falta de Ti diz o sobrinho magro, mas sei que tens muitos afazeres e se ganhaste o Nobel não é justo te perturbar, tia marocas, sei, aí ficas com pena, um ou dois lança-chamas no peito do coitado, um êxtase rapidíssimo, e o magro se vai aceso, trêmulo, mais trinta anos agoniza, e só te percebe outra vez nessa hora, quando Te mostras flamejante, quatro ou cinco palavras amanteigadas e nobres, mais ou menos assim: vem, filho, compartilha o meu reino etc. etc. Alguma vez disseste que vomitavas os mornos? E é mornidão por acaso esse Kadosh-mergulho que te persegue? Por que me vomitas a cada dia? Morno não sou, ainda que a Tua sagrada garganta seja inteira os $-50°$ do Himalaia ainda assim eu Te queimaria um pouco se passasse por ela, um arrepio ao menos, e dirias: asa-harpejo-flama de Kadosh passou por mim. Ainda ainda, dirias, sinistro Kadosh que não me deixa gozar o sonho eternidade e esquecer e esquecer.

(*Entra Karaxim, o mago*)

KARAXIM: *O Jesus Christ and good Saint Benedict; Protect this house from all that may afflict.*

KADOSH: *its o.k. with Chaucer, but my soul, my soul...*

KARAXIM: *do you know why?*

KADOSH: *no.*

KARAXIM: *you ask too much.*

KADOSH: ando me devorando.

KARAXIM (voz baixa): Perder a memória, entendes? E a primeira coisa.

KADOSH: olhar pela primeira vez? Como se nunca

KARAXIM (interrompendo): No primeiro instante é isso. Depois não é mais.

KADOSH: como queres, Karaxim, que eu inteiro me consuma? Oitocentos graus Celsius, é isso?

KARAXIM: que tudo morra dentro de ti, Kadosh, que tudo morra dentro de ti, Kadosh, e tudo se desgaste, que ames além do permissível e sofras como ninguém, e só depois, Kadosh, muito mais tarde, dentro de ti O GRANDE ROSTO VIVO, que tudo morra dentro de ti, Kadosh, e que tudo se faça e tudo se desgaste, que ames além do permissível e sofras como ninguém, e só depois, Kadosh, muito mais tarde, dentro de ti O GRANDE ROSTO VIVO, QUE TUDO MORRA DENTRO DE TI, KADOSH, E QUE TUDO SE FAÇA E TUDO SE DESGASTE. AAAAAAMmmméééémmmmm. Irresistível Kadosh, hóspede do tempo, araucária sobre a tua afilada cabeça de criança, sombra pontiaguda sobre o muro, eras ou não íntegro quando o teu olho dardejava assim, olhavas para cima e lá o teu Deus, Deus coisa esgarçada, coisa enorme que a tua cabeça pontiaguda não sabia dar forma, coisa de repente toda escura, negra como um buraco debaixo das águas e de repente toda branca como um furo na nuvem. Irresistível Kadosh, garganta-vida, expelindo o teu sopro, uma tarde debaixo da araucária ou da paineira, nem sabes, ou debaixo daquela outra de flor violácea, olhavas entre o torcido dos ramos, um branco--diamante-omo ó ó te cegava, então expelias tua máxima vontade a golfadas assim ufff ufff, as bochechas cresciam, eras todo cosido vermelhão interrogando esse além de toda pluma algodão ó ó, cosido interrogavas erudito:

É tempo de mim esse tempo agora,
Quando sopro no instante ufff ufff?
Tempo de mim até quando?
E tu me vês, Obscura Cara?

Vês a esse cosido vermelhão que pergunta se estás aí, se vais ou não vais mexer um dedo para que ele seja inteiro teu, ou inteiro gosma esbranquiçada rastejando sem memória, sem olho para te espiar?

Escuta aqui: eu, Kadosh,
Sou melhor e mais forte,
Do que o resto que vês por aí.

Então me toma. Teia que tu és, me prende. Teia que serás sempre, me devora. Assimila meus humores de ouro, aproveita-te de mim porque o queixoso, o reticente, o sibilino Kadosh anda singrando... ó não, não os mares, antes fosse, singrando o nó do tempo, dura espiral, memento, quanto mais avanço menos me percebo, entro pela vagina dentada, áspera colisão, meu ser inteiro de sigilo e medo NÃO PERTENCE, é isso, não sou nem isso nem aquilo, escuro estranhamento, olho os homens braços pernas tronco cabeça e neles não me vejo, ai agora me lembro, que esforço para pertencer... que esforço... há anos atrás te debruçaste no muro, do lado de lá a vizinha, a mulher carne-coxa fazia... ah sim, estendia as anáguas no varal, te lembraste de quem? De Lorca fantasia, *el almidon de su enagua me sonaba en el oído*, vizinha sozinha de manhã avezinha e o pequeno imbecil cresceu novamente, no meio das coxas sim, por trás, tomar a vizinha-avezinha por trás assim mesmo como ela está, estendendo anágua-almíscar, anágua sonho de uma noite de verão, agora manhã, manhã Lorca fantasia, tomar a vizinha e vará-la assim entre os varais, vezenquando seria bom, seria bom daqui a pouco logo mais, talvez sempre. Sempre? Ó não Kadosh, isso te sufocaria, o pequeno imbecil virava tripa, ó não Kadosh, não aguentarias, mas se de repente eu fico como toda gente não é bom? Diriam: Kadosh casou-se, está bem, a mulher do lado, do lado do muro, isso mesmo a vizinha, incrível como se conhece pouco as pessoas, sim sim, deve-se dar tempo ao tempo sim sim o futuro a Deus pertence, depois da tempestade a bonança etc. etc. Então disseste apenas altissonante, cristalino, louco: Vamos hein? Pra onde? A mulher carne-coxa disse rindo. Pra onde quiseres disse Kadosh e o siroco varreu-lhe as entranhas, meu Deus, ela dirá pra igreja. Aí a mulher, olhar vidrado em Kadosh, gesto torniquete na última peça do balde, blusa de rendinhas, tudo crespo confuso aguado, mulher imediatamente à frente: pra igreja, Kadosh, se quiseres. Rosto quadrado mas jovem da mulher carne-coxa, boca de bons dentes brancos enfileirados, olho preto enorme, cílio espesso, e as tetas meu Pai, o que se poderia dizer das tetas? Maçãs pombinhas duas duras laranjas dois doces limõezinhos duas bolas de tênis, um momento... dois ninhos com dois biquinhos duas loucuras famintas, duas dois frascos arredondados e lá dentro unguento, duas aragens, à direita à esquerda, e eu sobre a areia do deserto, eu sobre a pedra dura do muro, eu colosso e cego, colosso, até o umbigo, cego procurando saída, ah ai impossível tudo isso e a manhã acetinada cheirando maravilha, ela agora inteira debruçada mais pra cá do que pra lá e as hortênsias um pouco mais adiante, os mamoeiros, e as gaivo... não não, as andorinhas, o cabelo da mulher carne-coxa sumo suor solvência sobre o meu ombro, agora ela diz que vai passar para o lado de cá, some um instante, volta com o banquinho redondo, sobe no banquinho, estica a perna, e a coxa imensa clara oleosa já está entre as minhas mãos, minha mão côncava vai e vem na quentura da coisa, o pelo molhado, ai sorvedouro, e ali mesmo no muro esfrego a água-viva rosada, tudo doce empapado, compota, estremeço estremeço, a ponta do meu queixo no gordo do sargaço, ai de mim Kadosh roçando e daqui a pouco entrando (não na vagina dentada lá de cima, porta de herói, iniciação, estrada) apenas na vagina sumária da vizinha. PERTENCER, SER PARTE DE. CABER. Nenhuma anêmona estriada, nem reluzente majestade, nada de palavras sutis, o ser, a forma, ductilidade, substância, Kadosh incorpora-se, toma corpo no todo, agrega-se, Kadosh corpo presente na cosmurgia, cose-se, faz parte, colabora, corrobora, o espírito corroído coexistindo com a mulher-carne-coxa, ela passeia seus pés no tapete chinês, arranca os gobelins da parede e se aquece, coscosea se Kadosh lhe oferece trufas trutas, e o criado de olho nostálgico entrando e saindo com as pratarias: deve estar a morrer nosso senhor Kadosh, está a pagar algum pecado, ou simplesmente talvez algum dia fez promessa ao Bom Jesus dos Passos, ou é caridade, é sempre assim com casa afastada da cidade, a vizinhança é ruim, imagine, a vizinha, meu Deus a vizinha, pois é o que eu te digo, a vizinha, desgostou-se nosso senhor Kadosh, alguma lhe fizeram, como era bom quando andava de lá pra cá nas manhãs e nas tardes sozinho com seus livros, de vez em quando parava e repetia: pertencer, ser parte de, caber, isso não se sabe, é o que eu te digo, Juliano, tu e tuas flores, não haverá mais orquídeas e tu Dorotéa com tuas comidas podes começar o teu filé com fritas pois corto o meu se a vizinha distingue o faisão das minhas bolas, corto o meu se a mortadela não entra porta adentro e o miolo das alcachofras porta a fora, corto o meu

DOROTÉA (cozinheira): com perdão da expressão a mãe já me dizia (voz baixa) um par de pentelho tem mais força que uma junta de boi.

JULIANO (jardineiro): cruz, Dorotéa, disseste uma verdade

DOROTÉA: a sabedoria dos antigos.

JULIANO: mãe sabe tudo.

DOROTÉA: mãe é mãe.

FILHO DE DOROTÉA (passando pela janela frente à cozinha): mãaããae éééé sóó uuummmaaa.

DOROTÉA: não grita menino.

JULIANO: incrível... a vizinha.

CRIADO DE OLHO NOSTÁLGICO (mordomo): E o que vem a ser pertencer, ser parte de, caber?

DOROTÉA: quem é que sabe

JULIANO: caber é isso: (pega dois tomates, olha ao redor. Acha) cabeu.

DOROTÉA: tira os tomates daí, Juliano, aí tem molho de alcaparra.

JULIANO: porra, Dorotéa, desculpa.

MORDOMO: caber... pertencer...

JULIANO: pertencer é quando a coisa é tua.

DOROTÉA: que coisa?

JULIANO: se tu tens casa... tens registro... é tua, te pertence.

DOROTÉA: eu tenho registro e graças a Deus não pertenço a ninguém.

MORDOMO: falamos de bens imóveis, Dorotéa.

DOROTÉA: e eu o que sou?

JULIANO: móvel móvel

MORDOMO: pertencer... caber...

DOROTÉA: e sabe-se lá se o nosso senhor Kadosh falava do móvel ou do imóvel

MORDOMO: verdade, isso da diferença é importante

JULIANO: ou tens uma casa ou não a tens.

DOROTÉA: se não tens casa, aluga.

JULIANO: e tens dinheiro?

DOROTÉA: meu dinheiro sim que me pertence.

JULIANO: taí, é isso. Pertencer, caber, é tudo que pertence, tudo que cabe, tu Dorotéa não pertences, então, e eu pertenço e cabo, olha que cabo muito bem em quem me pertence, ora, pertencer caber, viste os tomates, pois não caberam? e cabe-se onde se quiser ora se se cabe, digo-te eu que não há coisa onde não se caba, lembras-te do Bertoldo? pois então menina, não cabeu ele no caixão? e de minuto em minuto inchava, verdade que tudo cresceu de um jeito que nunca vi, mas no fim da tarde não cabeu? Então, e tem mais: cabendo não há problema, o filho que cabe na barriga, o ovo que cabe na galinha

DOROTÉA: credo Juliano

JULIANO: e tudo que cabe nesse mundo de Deus, tu olhas assim pensas pronto não cabe, aperta espreme amassa torce e de repente cabeu, pois o Bertoldo, Dorotéa, não fazia caber navios nas garrafas verdes de groselha? E a outra, Dorotéa, aquela rombuda, te lembras das melancias que levava na cesta e como ela mesma cabeu na cisterna quando caiu dentro dela? E o que cabe nos vasos aqui da casa, os tufos de dálias, os crisântemos, os maços de hortênsias, e tem mais, quatro caberam de uma vez na barriga da prima da mulher, olha a tua barriga, Dorotéa, achas que aí cabe quatro?

DOROTÉA: cruzes, Juliano, e saíram?

JULIANO: é outra estória. Foi duro. Mas que cabeu, cabeu.

Espinhaço de fogo sobre o dorso, esse que me incendeia é que me tem? Quem me incendeia, Cara Cavada? E me pões fogo em todos os lados, sou isto e aquilo, não sou isto nem nada, em nenhum lugar estou, dentro das águas sou esse que nado à superfície, quero sol na cara, espio o lá de fora, guloso, arquejante, e dentro das águas o ventre raspando a areia procuro procuro, de repente um impulso rápido vertical, pulo fora, estou nos ares, algum tempo me esqueço, digo que estar aqui me parece melhor que o estar ali, vou sorvendo, engolindo o teu sumo, óóóóó que tanta maravilha me deu Cara Cavada, como foi bom ter esquecido as guelras, enche os pulmões, depois a terra, de manhã o mamão, a laranjada, o bule de prata, a bata branca e o matiz engenhoso dos bordados, o meu vitral malva e aniz decompondo-se sobre a mesa óóóóó como sou feliz, Kadosh homem-feliz, o Grande Obscuro lhe deu trégua, o Grande-Olho deve estar dardejando um remoto infeliz, alguém que não conheço tem o peito fervendo de azorragues, neste instante em que Kadosh deglute suas delícias alguém que não conheço (ou talvez ele mesmo Kadosh em outro espaço-tempo) espuma e pergunta, rodeia-se de estranheza, chora sobre todas as memórias, abre Plotino e arqueia sobre o papel-pluma, palavra petrificada Forma-Ideal Princípio-Racional, Magnanimidade, e de repente a bofetada: "não, a verdadeira felicidade não é vaga e fluida: é um estado inalterável". Pouco tempo, Cara Cavada, muito pouco tempo me dás, ainda estou na metade da fatia, nem toquei na laranjada, não, desta vez não cederei, agora tenho tudo, casa, fonte de pedra no pátio, petúnias no jardim, colossais arcadas, ovalados vitrais, gazelas garças gangorras, só não tenho gôndolas, mas tenho rio rochedo cascata e tenho mulher, Cara Cavada, mulher que ainda dorme, tem dormido muito, dorme demais se a sério me pergunto... Não perguntes, Kadosh, tua mulher carne-coxa é um existir à parte, é só uma coisa roliça que também caminha, uma coisa-crepe que nas noites te envolve uma coisa-mucosa que sempre te agradece... uma... uma coisa que te faz fazer parte de alguma outra coisa... Kadosh, fazes parte? Pertences? Cabes? Cabes agora que és homem casado? Teus amigos interrompem teu monólogo-pergunta de várias horas quando te sentas no sofá de seda depois de um faisão com ameixa e salsa-crespa? Interrompem? Tomam parte, acrescentando às tuas perguntas outras tantas, e te sentes por isso enriquecido? Ou és alguém que incomoda durante os licores falando de um outro sem nome, de uma luta entre dois ninguéns, um, tu mesmo, Kadosh soturno delirante, inapreensível, outro esse alguém imoldável, centro de um círculo que apenas tu desenhaste, círculo de uma folha gigantesca que desdobras, e levantam-se sonolentos, dizem onde? onde? ah sim, esse centro rubro, muito bem Kadosh, esse então é aquele de que falas, muito bem, está muito bem-feito, e onde arranjaste o compasso-gigante para uma circunferência tão perfeita, ah, aqui está a cara e o corpo de um tigre em cortes transversais, muito bem, então te interessas pela anatomia espantosa das feras? Ai Grande Corpo Rajado, inteiro lunular no lúcido salto lúpulo desiderato (que bonito que és lúpulo desiderato) desidério desejo quero teu brilho teu pelo, fulgor sob tuas patas, sobre sob, passas inteiro penumbra quando queres, inteiro solar se me quiseres, ando pensando por que não me carregas no teu dorso, roteiro-um só rugido fogoso, caminharemos os dois tão delicados, tão assassinos, bocarra aquosa, lambidona, língua lavada entre os nossos caninos, e vamos os dois rasgando os fragilíssimos que encontrarmos, esses montados sobre duas pernas, esses que acreditam que tu, Corpo Rajado, és um sopro do alto, que és brisa, que passeias no teu verdolengo paraíso espiando primeiro as ameixeiras, depois rememorando o coito assustado de um instante sob a macieira, coito-pecado dos dois, coito-Adão Eva sim, e teu dedo em riste, coito que já sabias, que desde sempre soubeste o que seria, ai fragilíssimos esses sobre duas pernas montados, vamos, o passeio é longo, passeio-voragem, visceroso, os homens são muitos mas a carne de todos não nos basta, nada que nos estufe a barriga, é preciso devorar milhares para que um dia percebas, GRANDE CORPO RAJADO, que a tua garra apenas dois milímetros mais navalha, que a tua língua um quase nada mais crua e mais sedenta, escuma no teu de dentro agarrada, que... olhas em torno e o teu rosto não reflete assombro, apenas BUSCA, PROCURA, mais um, milhares, milhares desses fragilíssimos sobre duas pernas montados, e cresces pouco a pouco, estás crescendo, não deixarás de crescer, nunca estarás crescido, és O TEMPO QUE É SEMPRE, TEMPO-CADELA, coisa que não se vê, coisa que é sem nunca ser tocada, coisa que é e jamais refletida, coisa que é e jamais foi olhada, coisa que o outro sabe que está aí pulsando, viva, ronda, Cão vultívogo, e agora examino tua tríplice goela, tríplices canais rubro intenso estufados, trina onipotência, hap! hap! hap! e aqui tudo é lustroso, imperecível, novo. Corpo Rajado, se pudesses pensar me ouvirias dizendo tudo o que te digo e dirias: Facúndia! Embebida Eloquência! Aos olhos de Kadosh sou auriflama, aos olhos de Kadosh minha goela é lambrim, Kadosh-Beliz pensando que me engana. Lamúria do que não se vê, mas eu sim te vejo, Tríplice-Acrobata, eu sim te vejo, Lúteo-Rajado, e enquanto espreitas para o salto perfeito eu ando no teu rasto, piso sobre o teu passo, incendeio-me, às vezes sei que me sabes e me procuras exibindo as presas e...

Então te interessas pela anatomia espantosa das feras?

KADOSH: muito sim.
AMIGO DE KADOSH: por quê?

MULHER DE KADOSH: eu se visse uma não aguentaria.

MULHER AMIGA DA MULHER DE KADOSH: eu nem precisava ver, só de pensar... (risos)

AMIGO DE KADOSH: ... então... por quê?

KADOSH: são... bem... são diferentes de nós, não?

AMIGO DE KADOSH: hum-hum

KADOSH: imprevisíveis também e... sozinhas... ilhadas.

AMIGO DE KADOSH: hum-hum

KADOSH: vê bem: difícil saber se o mais fundo da fera é ardiloso ou se ela inteira é apenas agonia raivosa de não ser outra coisa a não ser armadilha para o outro e

AMIGO DE KADOSH: como é mesmo?

KADOSH: difícil saber se ela aceita o que é, sabes, um intenso fremir para todo o sempre deve cansar, é assim como se você

AMIGO DE KADOSH: como se você

KADOSH: como se você tivesse que odiar o que não conhece.

MULHER DE KADOSH: graças a Deus eu não odeio ninguém.

AMIGA DA MULHER DE KADOSH: às vezes eu tenho um odiozinho mas passa.

AMIGO DE KADOSH: ... como se eu tivesse que odiar alguém...

KADOSH: alguém não. Uma sombra, um rasto, uma ronda, um espaço

AMIGO DE KADOSH: ronda feita por quem? espaço de quem?

KADOSH: odiar a COISA SEM NOME. Para sempre.

AMIGO DE KADOSH: sabes, Kadosh, às vezes há em ti alguma coisa que eu gostaria de tocar, uma coisa que eu vejo no teu olho e que parece impossível dizer o que é, espera... uma coisa em algumas noites escassa, rasa, apenas um pouco de gosma dentro de um prato e outras noites lodosa... sabes... mais corporificada e Escassa, rasa, gosma dentro de um prato, também lodosa e quase corporificada, então é verdade, Cão de Pedra, Cara Cavada, alguma coisa reflui de ti para mim, um repulsivo espaço onde nos fazemos teia, vínculo, um aéreo e noturno aprendizado de ti para mim, de mim para o teu todo infinitas vezes refulgente--baço, então é verdade que é possível encurtar esse traçado, que não tem sido em vão a palma do meu pé sobre o teu passo... que não tem sido em vão

AMIGO DE KADOSH: ... olha, penso que seria melhor dizer que é uma coisa que ainda está para se corporificar, quem sabe se é isso, talvez substância que antecede uma discreta matéria, te olho e ora vejamos pois é quem sabe, Kadosh, é isso: efervescência, tempo de alguns segundos antes do rugido, é isso que vejo no teu olho.

MULHER DE KADOSH (para a amiga): vamos até o terraço, cara, quando os homens falam de negócios

AMIGA DA MULHER DE KADOSH: ... nunca se cansam. Efervescência, rugidos, você pensa em panelas, em tigres, e não é nada disso.

KADOSH (no de dentro): prontidão presteza salto afilada aspereza

AMIGO DE KADOSH: vejo mais: __, __, __, __, __, __... __? __?

KADOSH (no de dentro): eu, Kadosh, seria a alma da vida do deus? A alma de Kadosh sabe que pode sentir a beleza mas que não poderá senti-la enquanto permanecer ESSE VIVO Corpo Kadosh, então Cara Cavada deve ter a vida viva que a alma de Kadosh almeja, Kadosh é sombra da vida de Cara Cavada, mas se de repente:

Kadosh descobre um atalho
Corta o caminho por onde
Passará o Tríplice-Acrobata
Chega no Tempo Fundamental
Antes do passo desse OUTRO

isso sim, Máscara do Nojo, eriçaria teu dorso, Kadosh petrificado à tua frente, existindo antes que a ponta da tua garra concretize um tempo, apesar de que

O que seria de Kadosh
Existindo Antes?
ANTES DA COISA QUE NUNCA EXISTIU

AMIGO DE KADOSH: talvez a vida não te baste, essa vida concreta, lá dentro um inaudível qualquer que precisas corporificar, sei lá, um vagido, um guincho, Deus nos livre desse que pressinto, quero dizer o rugido, a meu ver seria melhor um relincho, certamente, Kadosh, esse teu casto amor fechado (que a tua mulher não nos ouça) te faz arder, tua natureza é gulosa, tua mulher pode ter o peito empombado, mas, tua mulher

KADOSH: o todo leitoso

AMIGO DE KADOSH: a coxa cornalina, olha, a verdade é que nunca me ouves quando falo, essas preciosidades e muitas mais guardo-as para mim, tenho uma obra vasta mas só depois de minha morte tu e os outros me hão de ler, ali estarás inteiro, direi coisas que ao vivo não te poderia dizer, quero dizer, de viva voz nunca poderia, porque no fundo, Kadosh, não te aborreças, és um glutão da vida, babas se vês um faisão, um ventre amanteigado (falo de mulher) te deixa enlouquecido, não te aborreças se na minha obra fizer menção do que no teu olho visualizo, amas os homens também, pensas que não sei de todo teu amor pela beleza? E é sobre isso que gostaria de falar, da beleza de alguém que nunca viste, delgado, nádega discreta, torso de escol, penugem dourada sobre a coxa, boca polpa desenhada, e que cabeça meu Deus, que !!!, (perdoa o salto) e nunca foi tocado, estuda filosofia e letras, é todo caça

KADOSH (no de dentro): a COISA QUE NUNCA EXISTIU, o todo leitoso, que grande gozo, Cão de Pedra, seres a minha caça, eu estar ali antes de ti, todo profundeza, plúmbeo, preexistindo sedento e condensado, eu Kadosh nesse Tempo Sintético, junção de todos os outros tempos, ali

AMIGO DE KADOSH: e pude ver (não que eu houvesse tocado no !!!, meu Deus) que é todo róseo, intumescido ainda que em repouso, e os pelos perfeitamente bem distribuídos, e os dois redondos de baixo muito bem ajustados, e ainda mais (perdoa o salto) que dentes, que belíssima arcada, tem vinte anos, a pele é tudo o que quiseres, um pouco de mouro, acredita em mim, Kadosh, ele é caça exemplar para Kadosh exímio caçador. Tem mais, caro, caríssimo Kadosh

KADOSH (no de dentro): eu, exímio caçador, ali, onde nunca estiveste. Não serei feliz, MUDO-SEMPRE, SEM-NOME, enquanto não me arrancares a volúpia dos olhos, do tato, das vísceras, NUNCA SEREI FELIZ, CARA CAVADA, desejando contínua maciez, coisa aquática, brilho, aroma dos cabelos, tocando apalpando a infinidade de lençóis dentro da arca de cânfora, o travesseiro de pluma de peito de pomba, o bronze das maçanetas, a prata dos castiçais, as garrafas quadradas de cristal cheias de unguento e as redondas de gargalo afilado guardando inúteis transparências, unguento aroma transparência, os dedos vão e vêm, regozijo da carne, aspiro... e de repente vens. Vens para me dizer que Kadosh é estúpido pensando que com tais ninharias, Tu, Grande Obscuro, me darás trégua, que estás ao meu lado e sempre estarás porque há em Kadosh um fiapo de ti, e enquanto não me fizeres todo dor e pobreza não descansarás, teu sagrado sobrolho estremece pensando que Kadosh por um descuido teu é rei, e ao mesmo tempo pode amar, e ao mesmo tempo se delicia com aromas, cristais, prataria, e ao mesmo tempo Kadosh é teu e te ama, e não sou tolo, Cão de Pedra, quando te ouço gritar na minha pequena pétala de carne, essa convulsiva, essa que se diz atenta, toda torcida, quando te ouço gritar: não disseste que nunca serás feliz enquanto tais coisas tiveres? Aqui, nos teus bagos, Cara Cavada, sutileza de oráculo, nessa não caio, Tu faminto hás de me pedir inteiro, se apenas te bastasse meu jejum, meu cilício, os dois joelhos ralados sobre o milho, o olho a tua procura esgazeado, o pequeno imbecil murcho, uma verruma de nada, o corpo todo em desatino, úmido, feixe, o dorso descarnado... mas não, mas não, tudo isso e logo em seguida mandas teu irmão, o chifrudo escamoso: Kadosh, pobre Kadosh, é pena te desgastares assim, olha o de fora, a vida, esplandecido jardim, o OUTRO é um saco sem fundo, ventosa nas paredes, entras no saco, te aprumas em direção ao sagrado buraco e as mil bocas te agarram, mil bocas laterais sugando, torcendo o que te resta de carne, de imagem do homem, nunca entrarás no abismo esplendoroso, nenhum condor para te guiar ao cume, nem dentro do poço, escuta Kadosh, pensas por acaso que o espírito livre da carne é mais livre do que és agora? Que os teus pequenos êxtases são promessas de outros, do além, luxuriantes, pentagrama de néctares, corola de lilases sobre o teu pré-frontal, coisa imantada de amor, dadivosa? Pobre Kadosh, o tempo é lousa de gesso aqui onde estamos, o GRANDE CORPO RAJADO jamais aparece e famintos também nós olhamos para o alto. Acreditas se eu te disser que a lousa nunca foi riscada, que desde sempre esperamos a onipotente visita? Livra-me de ti, Cara Cavada, que eu beba a água da fonte sem procurar o ouro, que eu atravesse as manhãs imaculado e torpe a um só tempo, olhando sem perguntar, tateando a mim mesmo sem perplexidade, olho vazado, olho-vidro-limite, que eu seja igual a todos que caminham nas manhãs e se dizem palavras, rápidas, amenas, bom dia, dormiu bem, que tal a noite, as panquecas estão prontas, com creme ou com açúcar o café? não senhor, a senhora ainda não se levantou, devo chamá-la? não não, já plantaram as tílias, ah, sim? Juliano diz que é excelente, senhor, plantar uma roseira no lado direito da casa. Ah, sim? Mas o meu quarto fica do lado esquerdo. Ah, sim? Então não convém plantá-la, senhor? Plante plante, sempre haverá alguém do lado direito. Que eu olhe para os pés e para as mãos e ache muitíssimo natural ter unhas, e pelos no peito se eu olhar para o meu peito, e pelos nas axilas, e pelos ao redor de todo esse volume do de baixo, que eu não interrogue mais, Cara Cavada, se estás em mim também nas bolotas, no pau, que dimensão teria o Teu, começaria assim, um ar distraído, sorriso de lado, então que tamanhão deve ter o Teu, hein Cara Cavada? mas depois mas depois, ai que cosmogonia, em que Tempo te fizeste, que Tempo era ANTES de ti, havia Tempo? Que eu atravesse os arcos, as salas, contando os passos, olhando apenas para as sandálias sem perguntar se antes de mim, neste espaço, houve alguma vez deicídio, holocausto, repregaram mil vezes mil alguéns que perguntavam o que fazias ANTES, ANTES DA IDEIA? Que eu me encontre às cinco com esse de vinte anos, e comece oferecendo o meu fumo importado. Ofereço:

ELE: sim, obrigado.
EU: mora com os pais?

ELE: (mudo mas encantado e tímido sorriso)
EU: ah, não tem pai nem mãe?
ELE: (mudo mas encantado e tímido sorriso)
EU (com ênfase): oh... bendita orfandade
ELE: (mudo mas encantado e tímido sorriso)
e algum tempo depois
EU: (fálus de fúria)
EU: (espasmo indo e vindo)

e que eu diga apenas isso, Cão de Pedra: JUCUNDO! JUCUNDO! que eu repita JUCUNDO e outras pobres analogias, culminando culposo de sentir coisa jucunda nesse cultismo, cuidando de me lembrar da minha cuna, repetindo: muito bem Kadosh cupinudo, muito bem, isso de meter é assunto brilhoso, mas no meu não, moçoilo, ainda que nessas falofórias eu tenha visto a tua espiga inteira maravilha. Mas no meu, não. E a espiga de quem me daria bastante alegria? A Tua em mim, Sumidouro? E eu dobrado, meia-lua (ai, salva-me Karaxim, já estou no centro, matéria escura difusa), as nádegas sovadas pelo teu baixo-ventre incandescente, ai, onde é que estou? Em Andrômeda? Ou continuo membro de um sistema de dezessete galáxias, sou ainda Via Láctea ou... já perdi o gancho, as estribeiras, o galho galhofoso da laranjeira e quando apenas pareço estar suspenso, já caí? Sou ainda Via Láctea ou apenas lactente engatinhando lábil sobre a tua pacienciosa e roliçante coxa, unha vitrificada a tua, Sumidouro, grande magnitude, raspas meu pequeno coco muitíssimo desejoso de te saber todo, finíssimas coçadas sobre a pequena bolota endomingada de Kadosh, já sei, dez mil milhões de neurônios e retalhos silenciosos, vejamos, meus alunos, alguma coisa segrega alguma outra coisa para que o pensamento seja segregado, agora... vejamos... o pensamento tem peso? O pensamento tem forma? De onde te vem essa ideia do grande Sumidouro enfiar o dele no teu, todo escamoso? O que é que segrega essa coisa que dizes que é... enfiar o dele no teu? Quando pensas no dele pensas num grande cajado de ouro (estou inteiro arrebentado, dourado) ou pensas numa não substância te invadindo, pensas numa coisa que é água se infiltrando num corpo-esponja, e tudo isso cajado ouro corpo meloso no teu ínfimo e ridículo baixo-astral-buraco, ai, Kadosh, que pobreza, te eleva ai, Kadosh, que lhaneza, que mancha, que labéu, dás o teu pelas raias do tigre, dás o teu para esse Sem-Nome e se pensares que de repente enfias o pequeno imbecil no buraco sagrado, tomas de assalto, vasculhas a inteira cintilante imensidão, Kadosh corpo adequado, *inspectio mentis*, estás apenas no começo e desde já aprendes cento e cinquenta mil milhões de estrelas agrupadas, espiralando vais percorrendo um absurdo diâmetro de cem mil anos-luz, olhas ao redor e apreendes cem milhões de nebulosas difusas, vejamos, meus alunos, a massa da galáxia... dizem... calcula-se habitualmente em cento e vinte mil milhões de massas solares ou, vejam, que belíssima síntese: $2,5 \times 10^{44}$ g. Então enfias. E agora?

AMIGO DE KADOSH: e não é só isso, caro caríssimo Kadosh, dei uma vista d'olhos nos cadernos do moço e encontrei a pergunta: o que é meu corpo para mim e o que é meu corpo para o outro? Então vês, tem tudo esse que te ofereço, então vês, me desfaço dele (apesar de que nunca... nem toquei... apenas desejei muito rapidamente) porque... para ser franco: não é para o meu papo. Todas essas premissas teológicas, e o universal conceitual, o logos, eros, toda essa grande confusão de um nada, faz com que a coisa aqui não funcione de maneira excelente e é preciso resguardar o coitado, este pobre pau, das antenas de cima, no fundo já estão muito ligados, mas convém afrouxar os cordões, anular a tensão, como é que eu vou meter pensando no quinto livro, na ética, espinho sobre este meu triste celerado?

Ai abastado, acuminado, labioso Kadosh, teu nome há de ficar gravado sobre o rasto do que vai à frente de ti, e segues atrás pensando que apagas teu próprio timbre, tua máscara lunar, tu Kadosh, homem fora do tempo, perseguindo quem se persegue desde sempre, perseguindo eternidade, então não vês, homem infeliz, que o GRANDE PERSEGUIDO avança, vai indo ao encontro da rosácea do sono, avança recuando

ASPIRA

A PRIMEIRA E SUTILÍSSIMA

E HARMONIOSA BALANÇA

ele todo platafina, platina, fim-começo, primeiro dia da criação, último dia de expiação, e vai indo, recuando, antes do primeiro dia, depois do último dia, ai Karaxim, oitocentos graus Celsius, vou me consumindo, dei todas as ordens e ainda estou no começo, a carne não me deixa, o saco de memória é de terra molhada, pesado como essa flor de água, japonesa, que devo fazer da carne, das lembranças, de mim que me chamava Pergunta-Coisa na boca do pai, Disseca-Tripa na boca da mãe, fui tão pobre, Karaxim, tive tanto medo dessa que me pariu, bruxa-harpia-deusa, o seio estufado e a minha boca presa, suguei suguei e parecia mel e de repente areia e o cheiro arrepiado desse vau entre os dois seios, Pergunta-Coisa e ela ria, Disseca-Tripa os dois grasnavam e eu esfregava a pedra da cozinha, os pés dentro d'água, perguntava: água água, água molhada, o que é isso, mãe, que molha e por que a gente chama de água essa coisa molhada? E a piedade que eu tinha dos porcos, das galinhas, e desses coisa-nada que eu encontrava de manhã perto do fogão, as patas para cima, secas, eu me dizia assim, Karaxim: coisa-nada, eu sou Kadosh, e um dia vou descobrir por que é que tudo morre. Um dia um homem apareceu e disse para o pai e a mãe: vim buscar Kadosh. E o homem me deu roupa, livros, a mão maravilha do homem, o dedo tão comprido apontava: PALAVRA.

> Tudo não é. Tudo não está.
> Olha a flor e debruça-te
> Sobre o que é, e não está.

O homem-pai falava sem falar. Karaxim, o que fui ganhando, dentro de mim foi se complicando. A coisa torcida estava em mim. Está. Ele sabia da minha fibra emaranhada, e quando falo dele vou mudando, vem metade de um outro, um outro que não soube entender esse sem fala, esse que tinha sobre a mesa o poema aí de cima. Eu Kadosh-metade de um outro, não compreendia. Livros, roupa, tudo era angústia, gozo, de assalto ia tomando a biblioteca inteira, o meu quarto cheirava a sândalo, as arcas cheias, o homem-pai ficava numa sala onde eu Kadosh nunca entrava. Karaxim, se tu fosses Kadosh não te viria a vontade de entrar numa sala onde a porta fosse quase tão pesada quanto a própria casa? Madrugada de um remoto dia vi o homem-pai ao lado da minha cama e pensei: Kadosh está sonhando, e a pálpebra desceu, sonhou viagem, navio. Nunca mais, Karaxim, vi esse que não falava, esse adorado. Sobre a arca do meu quarto encontrei um papel onde estava escrito que tudo que era dele era agora meu. Corri em direção àquela sala de porta tão pesada quanto a própria casa, e ouve bem Karaxim: a porta estava aberta e lá dentro nada. Sala de pedra, inteira vazia, no alto uma rosácea, um amarelo tão ouro que eu não suportei, VAZIA, VAZIA. NADA. Ai, Sumidouro, uma parte de mim... essa que me roubaste, o que seria dessa parte se de repente ela voltasse a mim sem o teu sopro? Que coisa, Sumidouro, se faria nesse vazio-contorno, que excrescência, que escama, como seria Kadosh sem essa ilha, Kadosh sem umbigo, selvagem estupor, ventre ambarino liso, e as gentes ao redor e ele mesmo buscando, nombril, nó, nombril muito mais que umbigo, ovívoro buscando sem descanso o próprio ovo, e as gentes... punho fechado para o alto, Kadosh chamuscado ouvindo: sai, Ominoso! e todos os limites com reforço, os gonzos redobrados, as trompas de búfalo ecoando em cada madrugada, um trançado de chavelhos a galope, e Kadosh sonâmbulo procurando o vale, procurando alguém que em segredo lhe fizesse um furo, estilete parafuso, qualquer coisa para que Kadosh não ouvisse o guincho da cidade e o seu próprio mugido frente ao espelho, qualquer coisa que furasse

VENTRE AMBARINO LISO DE KADOSH

e se de repente encontrasse... mas... há uma escama sobre essa sua parte... e essa sua parte é... desculpe senhor Kadosh, é impenetrável, talvez

LIGHT AMPLIFICATION STIMULATED
EMISSION OF RADIATION

esbraseado lhe furasse, mas há sempre perigo, péril, périlleuse tension, muitíssimo periculoso, senhor Kadosh, isso de reinventar o umbigo e como foi que lhe aconteceu tudo isso? Cão de Pedra, essa parte de mim que é tua, essa parte toda de mim que nunca me roubaste, tira-ma, te peço, melhor me vejo banido, escorraçado e nu pela cidade (ai sonoro Kadosh, veludoso Ovídio, o mundo inteiro ovo e eu ovívoro), do que Kadosh escravo, eternidade sobre o teu vestígio, dançarino sem calendário dentro do teu círculo de fogo hap hap hap vou devorando, e a fronte solarizada, e o carnívoro semblante seduzindo a si mesmo, ah, CADELA CARA CAVADA, até quando devo dançar? Até quando, para que o teu olho se gaste do meu encanto? E esse undoso teclado esgarçando infinito, e toda coreografia que me exiges, proscênio majestoso e mais atrás rotunda de um aéreo tecido, grito Sumac saindo do meu bico, canto, danço, pantomima poliforme de gozo, eis o que tem sido Kadosh, o que é Kadosh neste instante:

> PEITO DE BRONZE
> LÍRIO INVERTIDO
> AS PÉTALAS ABERTAS
> SOBRE A TERRA
> A HASTE ANTENADA
> VIBRANDO EM TEU OUVIDO

diz obrigado, Grande Obscuro, ao menos isso, diz obrigado ainda que andes farto. De mim, Shiva-Kadosh. Obrigado Kadosh. Só porisso mereces que eu repita minha magnificente dose lírica:

> Se te perdesse, perderia o quê?
> Coisa incomensurável, Sumidouro,
> Perderia a fronte, a mais longa raiz
> Arrancada de sua terra sucosa

Perderia o corpo, esse espaço de húmus
Ocultando um aéreo cardume, perderia tudo
Um veio inteiro vida desenhado
Num flamante canteiro, e que torpor
Me tomaria, eu Kadosh circundando
Um passo todo intacto

Passo onde jamais pousaria meu pé.
Tu estarias longe, ardente, comovido
De mim, talvez dissesses: Kadosh homem-Pergunta
Ausência do que me persegue me faz
Menos Perseguidor, talvez te lamentasses
Ainda mais: Kadosh-homem de mim
Vou perdendo meu fogo, teu rasto sobre o meu
É que fazia rubro esse meu passo.

E se é assim por que não te mostras? Daqui a pouco já terei atravessado as dez colunas do teu corredor, então devo morrer sem sacramento, blasfemando, esvaziada a boca do Sem-Tempo, devo morrer, GRANDE CORPO RAJADO, sem fazer parte da tua tripa, sem ter mergulhado na tua imensa barriga, sem te sorver, sem te chupar, Sorvete Almiscarado? A vida inteira alpiste é o que me dás, a vida inteira triturando o bico, bicando em cada biboqueira, farejando a biboca, tem bi tem bo tem ca, grota estrumeira, e o bico de Kadosh vai afundando, pura escatologia é o que dás àqueles que te buscam e devo repetir como dona Teresa Cepeda y Ahumada que te via homem e ela mulher e por isso contigo conversava: tens tão poucos amigos, meu senhor. Bem por isso. Encarnado. Ah, não sei não, devo engolir o bico, gosto muito daquele e seus doze discípulos, gosto muito, ele também te suplicava: afasta de mim esse cálice. Suou sangue, Cara Cavada, era homem sem mácula, e te buscou mais limpo do que qualquer outro, apenas uma vez te interrogou mas nem por um instante foi Kadosh, foi amora madura pronta para o teu desjejum, quanto ganhaste devorando o homem-luz, que olho teu se fez mais flamejante? Não sei não sei se o homem-luz não levantou o punho para o alto naqueles quarenta dias no meio de chacais, hienas, lobos, ele mesmo homem-luz-lobo entranhado de ti e ao mesmo tempo guloso, não sei se te deglutiu mansamente esperando o trabalho da víscera, dulcíssimo cordeiro, a cabeça pronta para o teu assado, ah, não creio, Cara Cavada, que te foi tão fácil transformá-lo em amora polpuda e pontilhada, ah não foi nada fácil, sinto em meu pelo, nesses quarenta dias treinaste teus dotes de histrião, foste três vezes mais o que és para o homem-Kadosh, três vezes mais o GRANDE OBSCURO, três vezes mais O SEM-NOME, O SUMIDOURO, GRANDE CORPO RAJADO, CÃO DE PEDRA, MÁSCARA DO NOJO, O MUDO-SEMPRE, SORVETE ALMISCARADO, TRÍPLICE ACROBATA, querias o homem-luz mas te transformaste em trina dânção, uma boa parte dos teus recursos de polimata foi usada, querias muito, querias, mas o teu sorvedouro (*mysterium tremendum*) não aceita o ouro que vem facilmente, ouro fácil é oblívio para a tua tripa fresca, e então começas, alguém tenta lançar o ouro e se aproxima da tua borda maldita, e te chama MEU PAI pensando que porisso te tornarás pai amante bondoso, pai sempre triste se alegrando com um nada, porque (pensa o coitado) não são muitos os filhos que depois do pecado conseguem ordenar-se. Ah sim, vai se alegrar comigo, vai dizer mais um que será recebido para sentir o aroma de minha veste dalmática, mais um para mergulhar comigo em marulhosa fonte, e sabes muito bem que não é nada disso, teu sorvedouro começa um espasmo sotoposto e o coitado espia para certificar-se se aquela garganta é o real destino do seu ouro e aí, CARA CAVADA, é que tudo começa para a tua bocarra, salivas e vais te aproximando, duas, três lanhadas, recuas, num instante mais duas, mas nunca a tua cabeça, aflora no teu sorvedouro, apenas a tua garra, e o homem tenso, estirado sobre a linha tangente do teu poço, não percebe nada, e balbucia: então não eras luz, amenidade, não eras nobre chanceler, comedido, suave condutor? Dio Santo, alguns te chamam até de beija-flor, chegaste a tanto. Mas aquele que durante quarenta dias Te fez o olho mais que flamejante, aquele, sinto no pelo, estou sentindo agora, não foi uma sobremesa flambante (de cerejas). E nem engoliste o homem-luz alisando a túnica enquanto passava o dó ré mi cortejo assim como tu fazes com os coroinhas virtuosos, coroinhas-Kadosh, esses que tu olhas de longe num dia de parada, coroinhas desfilando com seus breviários, e atrás os dourados trombones, agudas clarinetas, esticados tambores, mas teu olho busca um alguém na multidão do outro lado. O homem--luz, eu sei agora, SORVETE ALMISCARADO, não foi fácil para a tua santa goela. Passaste alguns instantes estudando a própria face no espelho do TEMPO, tu que não te deténs no homem nem o tempo de uma contração no dorso, quando espantas o mocho. Os meus quarenta dias no deserto, Excelência, a que ruína maior me levariam? No primeiro dia, homem-Kadosh olho escaldante para o alto, todo eloquência por dentro, diria: cheguei, Excelência, não te vejo nem venço mas os pés estão aqui exatamente onde os pés de Antão e de algum outro santíssimo varão estiveram, e se cheguei é porque deve haver íntima pendência entre o que pensa Kadosh e o que tu pensas, corda de prata esticada, a ponta na minha cauda e outra entre o teu dedo indicador e médio, tens muita solércia quando me manejas, titeriteiro luzidio é o que és, Excelência, e eu o quê? Títere sombrio, muito desengonço, apesar de me mover entre os teus gonzos, porque... Por que desengonço se há incontestável solércia no que me maneja?

Kadosh desengonço
Apesar de se mover
Entre os preclaros
Gonzos de Sua Excelência
Quer muito explicar
Por que é que acontece
Este desconjuntar

quer muito e não consegue. Deve insistir e aos poucos modorrar outro infeliz que o acompanhou até aqui? Kadosh desengonço, no teatro de bolso, começa a explicar:

Senhores, senhoras
Límpidas crianças
esta seria a estória
muito bem contada
do homem Kadosh
que com Deus conversava.
Nasceu empelicado
(a mãe sussurrava)
e isso quer dizer
que uma pele fina
o envolvia, e que apesar
de lhe ter sido arrancada
nunca mais o homem Kadosh
pôde a seu modo se mover,
ou melhor, movia-se
muito desconjuntado.
Nunca chegou a saber
por que tais desarmonias
nele que se sabia
movido e movimentado
pelo dedo do Alto.
E o homem Kadosh pergunta
pra criança aqui ao lado:
por que é Kadosh desengonço
se o gigante lá de cima
não tem nada de sonso?
Senhores, senhoras
límpidas crianças
esta seria a estória
do homem Kadosh
se ele de fato entendesse
o que não entendia.

Quarenta dias de amor. Kadosh que é dançarino e lutador, gostaria de riscar seu corpo com o cascalho da pedra, estandarte sangrento volupiando: *et incarnatus est*. Três palavras voluteando aos quatro ventos, e assim se mostraria aos leões do deserto e vendo seu sangue eles se acalmariam e sentindo seu cheiro um choro de criança é o que escaparia de suas brilhosas gargantas. Kadosh, estandarte do Semeador, dando a notícia ao mundo, regozijo! regozijo! eis que se fez o reino da brandura, o rosto dos homens não será mais um rosto enlouquecido procurando em orfandade o antigo rosto, e entraria vivo no mar-morto de antes, Shiva-Kadosh gozando temperança, Shiva-Kadosh de rosto replantado, e a tua semelhança, Homem-Cristo, andaria rigoroso sobre as águas. Para isso não me escolheste, Sorvedouro, nada desse delicioso aprendizado, nada de rubro dardo sobre o coração gozoso, ó não, para Kadosh nunca esse alimento de rei, essa rosa amaciada nos teus dedos, esse bolo licoroso feito de lírio e framboesa, bolo que vai subindo, incorporando-se à matéria cinzenta, e o cinza fica rosado, e o corpo fica jungido a um cordel preciso, cordel feito daquela fibra brilhante do algodão, gosto que algema, corpo encarcerado no infinito. Para Kadosh um outro gosto hirto.

AMIGO DE KADOSH: Ficaria imóvel. O corpo rijo e o meu coitado todo maleável. Não sei se já te falei de um dia que eu estava muito triste e resolvi comprar um queijo e um vinho, engolir tudo devagar vendo a tarde sumir lá do meu terraço. Bem, saí. Quando cheguei na tal casa dos vinhos vi uma mulher que pedia ao vendedor o queijo e o vinho que eu pensava pedir. Achei graça, disse duas ou três, pois é, temos o mesmo gosto, coincidência pois pois, e já ia saindo quando vi a mulher me olhar de um jeito... voltei. Bem, já sabes, fui ver a tarde sumir, cheio de vinho e queijo... e fui dedilhando a mulher aqui, ali... e quando agradecia ao meu anjo da guarda porque a mulher se despia e eu teso ia montando, vi que a barriga da mulher era cheia de cores... e não imaginas o quê.

KADOSH: não.

AMIGO DE KADOSH: pois meu amigo eu vi: a descida da cruz tatuada na barriga.

KADOSH: não.

AMIGO DE KADOSH: sim. Fiquei besta olhando a coisa como se fosse Barrabás olhando o Gólgata.

Fiquei besta olhando a coisa como se fosse Barrabás olhando o Gólgota... ficarei sempre assim olhando o Gólgota, invejoso, um sorriso, duro, trincado, um espaço-ossuário entre Kadosh e o Semeador, sempre sem compreender, perguntando: não és aquele homem que um dia olhou entre as grades do meu portão e pediu para descansar à sombra das minhas bananeiras? Era meio-dia e Kadosh molhava os pés na fonte e repensava a surpresa da água, esse esticar-se colosso, esse vidrento remurmurar-se, e afundado nessa ambiguidade, te viu. Fronte entre as grades, tua fronte, incandescência no meu olho, e uma coisa lesma de dentro, preguiçosa no corpo de Kadosh, mediu os passos da fonte ao portão, olhou franzido para o diamante do alto e fez que não te viu. Olhou novamente e já não estavas. Então Kadosh correu e gritou Homem! Homem! mas é claro! volta! e as mãos de Kadosh se queimaram tentando empurrar as duas lâminas do portão, encostou-se inteiro, os braços levantados, o ventre numa dor de ponta, e lançou-se no centro da calçada, mas a rua não era a rua de sua casa, não havia mais rua, havia areia iriada escaldante, imensidão, absurda claridade, voragem nos pés e nenhuma pegada ao redor de sua casa. Eras tu, Semeador, esse do meio-dia que do deserto olhou para o jardim de Kadosh? E é porisso que és Homem-luz, porque ninguém te dá pousada, porque nunca descansas debaixo de nenhuma ramagem, porque há sempre alguém como Kadosh, sem alento, todos-alguém molhando os pés na fonte ou lavando as roupas no tanque, todos- -alguém existindo sempre de olho franzido para o alto ou para baixo? Todos-alguém vivendo suas mínimas vidas ou suas magnificentes vidas ou vida de Kadosh sempre querendo entender e porisso não vendo. Ficarei sempre assim olhando o Gólgota, invejoso, um sorriso duro, trincado, um espaço-ossuário entre Kadosh e o Semeador, porque tu, Cara Cavada, me dás o jardim

mas nenhuma migalha para enrijecer o corpo, groselha na infância e depois molho sumaroso miolo de alcachofra, e fazes passar
o OUTRO numa hora-centelha quando o olho nem sabe e pensa
que é pura seiva a pálpebra cerrada, quando o olho só deseja
chumaços de algodão embebidos em água boricada e espessa
venda negra. Ódio de ti e ao mesmo tempo

Enrodilhado. Capa.
E ao mesmo tempo
Úmida carapaça.
Enrodilhado

Silvando
A espera da graça.
À espera, Senhor,
Da tua mordedura.

Perseguido
E perseguidor
Ando colado à terra.
Mas num salto, Senhor,
(a tua mão aberta
à minha espera)
Posso chegar ao alto.

Se me sei perseguido
Posso te amar, buscando.
Se não te sei comigo
(só te sabendo longe)
Não saberia buscar
Esse que só se esconde.

Grande Perseguidor
Foge comigo.
E gozosos gozaremos

Uma única viagem.
O ouro de Kadosh
Se não te sabe amigo
Se esfarela nos ares.

O ouro de Kadosh
É ouro dividido.
(Porque se vem à minha mão
Antes de mim, é teu)
Grande Perseguidor
Me faz teu perseguido.

Sorver
Tua rutilante intimidade.
E Kadosh prisioneiro
Contente de seu cárcere.
Amar meu tempo derradeiro.

Kadosh, rutílio brilhante
Meeiro da tua linguagem.

Arder para a eternidade.
Kadosh, búzio-bandeira

Espiralada eloquência
No topo da tua cidade.

Reinventar o Sem-Nome
Cem mil dias debruçado
No teu passo e travessia.

E ser
Muito mais que o vento
À volta do teu segredo.
E ser muito mais que o mar:

Ser inteiro chamamento
Ser convés e marinheiro.

Dentro de ti navegar.

Não ser livre. Repousar
Na tua garra
E madrugada certa se saber
Parte
De tua rara medula.

E não ser triste
Porque tua luz demora.
Ser quase o impossível:
Do mundo permissível
(Esse mundo de luto
Lucidez sem aurora
Lusfer e aparência
Sombra escura)

Ser de Kadosh contente.
Larva
Que a si mesmo se elabora.
E desejar tua asa
Teu sopro fremente, teu gozo

Se se fizer a hora.

A minha salvação depende da de todos, da de to, *ho detto*, e o belíssimo que me foi oferecido era lento, calado, muito perfeito umbigo, não era aquele de encantado tímido sorriso, era o outro que escrevia nos cadernos o que é meu corpo para mim e o que é meu corpo para o outro, e muitas tardes fui até sua casa, casa de Marta e Maria eu lhe dizia porque tinha fogo, tâmara, marmelo e grandes tábuas de madeira nas paredes onde a roupa branca rescendia a qualquer coisa de verde amassado, coisa que tomas na mão, esfarelada, coisa de planta arrancada de um pequeno atalho, isso, te desvias do caminho do centro, tomas um outro à esquerda, um que tem de repente um cardo escondido num tufo de begônias, e olhas e vês um pé de amoreira lá no fim, e enquanto caminhas a boca muito aguada, salivosa, vais arrancando três e quatro, haste muito fina e na ponta muita sementinha e aspiras e amassas no centro da tua mão e depois soltas ou não, guardas no teu bolso, e esse cheiro fica contigo durante todo o passeio, e o cheiro do belíssimo muito muito comigo, e se a casa era de Marta e Maria, aparência muito despojada (casa de quem se prepara para a morte feliz) ao lado das tábuas de madeira onde a roupa rescendia àquele verde amassado dos atalhos, outra imensa prateleira exibia coisa de quem busca, exibia Plotino e são Clemente e o outro do banquete, coisas do muito amor, coisa de possuído e de possuidor e... Kadosh olhou para o belíssimo. Tempo de dez mil anos, Kadosh cobiçoso sorriu, e já não sabia de sua própria identidade, Kadosh não era mais o que visitava casa de Marta e Maria, Kadosh era casa, caça, sobriedade estupefação agonia, e aos poucos foi se movendo, presa dentro da teia fimbrada, ele mesmo teia inteira coincidida, ele mesmo antessala incorporando-se ao limite extremo da casa, e todo palpável descansou as mãos sobre a parede, era não era ele mesmo que visitava um possível Kadosh esquecido, um calendário ardente agora diante de seus olhos, era ele o belíssimo ou era Lázaro-Kadosh jorrando insanidade, revivescido sem ter jamais encarnado, suspenso úmido sumido aprisionado, quem era Kadosh nesse instante olhando o belíssimo (ímpeto, ilharga indevassável) e um dia os dois nunca mais seriam... e no corpo de quem se juntariam? *Lucilla saw Verus die, and then Lucilla died. Secunda saw Maximus die, and then Secunda died. Epitynchanus saw Diotimus die and then Epitynchanus died. Antoninus saw Faustina die, and then Antoninus died.* E ele, Kadosh, vai morrer outra morte, vai matar o melhor de si mesmo, seu rei, Kadosh o regicida. Então persignou-se diante do de vinte anos prodigioso. E agora o que é Kadosh diante do Querubim Gozoso? Ovo de âmbar rolando uma superfície de cômoda esmaltada, Kadosh deslizando, oleosa ansiedade, Kadosh-ovo e lousa louvando pai-mãe que lhe deu corpo, ah que pórtico-alegria esse viver do corpo, o milagre das mãos, milagre poder tocar o de rosto perfeito, ponta do dedo sobre o lábio leve, polegar no centro da fronte, depois entre os olhos, agora na linha delicada do nariz, e breve em semicírculo o dedo percorre esplêndida planície (*mejilla* tão ajustada no seu osso) demora-se na convulsão do ouvido e

> longo e simultâneo movimento
> dorso do Querubim Gozoso
> à minha frente, curvatura
> enoitada morrendo na cintura
> ilharga de Kadosh muitíssimo
> colada, indo e vindo

lívido Kadosh submergido e vivo, vive teu tempo, esse bramir de dentro, ouve teu presciente decantado coração, engole isso que te parece demasia do corpo, isso é tempo-paixão, estufado e seivoso prato de lentilha e por ele deves trocar tudo, primogenitura, pergunta presunçosa da tua boca. Caçada enlouquecida em direção a quê? A nada, Kadosh. O que tu chamas de Sorvete Almiscarado não é Cão de Pedra nem Cara Cavada, é isso aí, beleza do Querubim Gozoso, braço ombro omoplata, dorso, lisura da nádega, vamos, mete teu espadim, e celebra depois o ventre daquela que te expulsou lesmoso e empelicado, grita muitíssimo obrigado porque me guardaste tantas luas nas tuas aguadas e mais muitíssimo pelo esforço daquela hora quando me expulsaste e muito mais por te abrires perfumada quando quis o pai, e muito muitíssimo aos dois que se juntaram e escolheram a casa onde eu Kadosh com a água conversava e muito pelo caminho da casa onde passou o outro pai e me viu e gostou e me deu ouro e ciência, ciência para não perguntar mais e ouro para uma túnica de prata, oferenda para o de vinte anos prodigioso, ouro para as provisões dessa segunda casa, ouro para calar o ciumento discurso da mulher-carne coxa, ouro para comprar o tempo, e Kadosh viajor, viajar todo indolência pelas ilhas, liberto de muitas chagas, essas que tu cavaste no espírito de Kadosh, Lúteo-Rajado, essas que não conheceram bálsamo nem láudano, essas pobres chagas que há quarenta anos só sabem da tua mão pesada, escavas escavas como se o meu espírito fosse um poço de areia, uma esgarçada mortalha entre os teus dedos, pois sim Tríplice Acrobata, agora virá um tempo de amor para Kadosh, um vívido tempo para compensar o meu de antes desvivido, singradura agora para compensar outro tempo onde o casco só caminhava por caminho ardoso, onde Kadosh sedento procurava tua cara, procurava em tudo, até na corcova do que ia à frente, na sombra do capim-secura que ficava atrás, e até nas carnes onde Kadosh montava, carne de amiga, de inimiga, de muitas malqueridas, e até na pequena noz, núcula feito goma, nucela escondida de mulher, até aí te procurava porque nunca se sabe do gosto embuçado do divino, sei lá se a tua maharani não é de repente alguma que encontro na madrugada, alguma que não se chama Madalena mas Carla mas Cleusa mas Cleide, essas que ostentam um cárdice no pescoço e um bailado no flanco, sei lá Cara Cavada do teu gosto, pois não é verdade que te ofereci tudo? Eu Shiva-Kadosh, a linha da cabeça imensa sumindo no dorso da mão, a ossatura perfeita, a apreciável clareza das perguntas, e a raça! que essa é quase fábula, sangue novo louvado por Cabrais e Caminhas, aroma-amora, baba-doçura no sangue de outras raças, tudo isso te dei, e enquanto me ofertava ouvia dizer que muito longe de mim, um, de deficiente biografia, levitava sobre as cumeadas. Basta. Tempo de amor, o meu agora, Cão de Pedra. Que eu viva carne e grandeza. E principalmente isso: que eu Te esqueça. Mais Nada.

AGDA

I am too pure for you or anyone.
Your body
Hurts me as the world hurts God. I am a lantern —

My head a moon
Of Japanese paper, my gold beaten skin
Infinitely delicate and infinitely expensive.

SYLVIA PLATH, "FEVER 103°"

ORTO: Dissimulada cadela é o que ela é

CELÔNIO: Calada, tensa, toda enrodilhada

KALAU: Lenta... pensando não sei quê... molhando as avencas. Uma vez empurrei-a no tronco espinhudo da paineira

ORTO: Gritou?

KALAU: A blusa era de seda azulada

CELÔNIO: Verdade? Pois comigo sempre se veste de negro, espera... há um desenho dourado, círculos, mas é como se tu visses de longe um vitral escurecido, um desenho aguado

ORTO: Gritou?

KALAU: Nem grito nem sorriso, cara de loba, acho que nem encostou, coisa que volta como se a corda fosse presa ao umbigo, empurrei-a e no mesmo instante ela estava colada no meu peito e eu disse Agda Agda e a cara era escura, era a minha própria cara, eu Kalau enlouquecido, uma coisa sagrada que eu tomava nos braços, uma coisa-eu, escute, Orto, Celônio nós três vamos morrer se essa mulher cadela continua viva... escute, Orto... ela é tua quando estás lá dentro? É tua, Celônio? Fala.

ORTO: Uma vez em abril

CELÔNIO: Uma vez antes da lua nascer

KALAU: Uma vez em pleno meio-dia. Eu sei, eu sei, ela te parecia tua, não é?

CELÔNIO: Antes da lua nascer eu perguntei se não seria bom sair do vale e subir a colina, a mais alta, eu disse Agda, bom que seria olhar de cima as queimadas e ela me olhou sabendo que não era o fogo da mata que eu queria, me olhou... e um espaço de brasa, um tempo incandescente, corpo de Celônio ligado ao corpo-procissão de Agda

ORTO: Corpo-procissão... já sei, a Virgem na frente, depois os caras graduados, depois os de asa, depois o povo... cada um com sua máscara. E quando ela passa a mão no pelo daquele cão idiota... o jeito que ela olha... Tu não tomas parte, entendes? O cão é também uma coisa que está dentro dela, a planta

KALAU: O dedo espatulado suspendendo as avencas.

ORTO: Uma vez em abril ela me disse: Orto, vamos brincar assim, tu és meu corpo e eu sou teu corpo, e tirou de um toco de árvore uma lâmina de madeira quase sem espessura, uma bocarra desenhada, uns dentes que pareciam cal e espinho, segurou a tal coisa sobre o rosto e rodopiou na minha frente, vozeirão: eu sou Orto, e quero comer o corpo da minha amada... que se chama Agda... Agda-lacraia. Depois ria e cantarolava. Fiquei assustado, claro, eu sabia que não era eu, que eu Orto estava sentado sobre a palha, e que nem me mexi, mas sei lá, dava vontade de tocar o berimbau, o bombo, para que ela continuasse a rodopiar. Um tambor dentro do meu peito, só de ver a mulher dançar. Olhem... muita coisa junta vive dentro de Agda e a nossa parte é nada.

CELÔNIO: Vontade sim de matar Agda-lacraia só para ver se o que vive dentro dela tem parecença com coisa de fora, verde--azinhavre, tripa.

ORTO: E subiste a colina, Celônio?

CELÔNIO: Subimos. Olha que é alta a colina, pois a mulher subia calada, meu peito ia e vinha

KALAU: E o dela?

CELÔNIO: Nada. Tranquilo como se aquela subida fosse um pequeno degrau do Paraíso. Mas depois lá em cima, eu nasci, porque de tanto amar eu já havia morrido.

Orto, Kalau, Celônio, os três para me abraçar, os três de relincho gordo, onde é que estás, vento, devo jogar essa farinha ao ar para que ela se transforme em alimento, vento, devo te alimentar, minha mão pequenina, mão de Agda-daninha no ventre escurecido de Kalau, na garganta de Orto, no coração de Celônio, potente implacável assim é que deve ser o cavalo-três de Agda-lacraia para que eu volte a ser o que esperas de mim, Potente Implacável Senhor que me fez assim, de trança, de azougue, de mansidão, altiva, e muito muito instável, desejando de dia umas singelíssimas alegrias e de noite um bojo de batalha, a coxa aberta e suada nesse leito de palha que me deste, tenho o outro sim, o de madeira lavrada, e diminutas fileiras de rubis, mas para quem, Senhor, para quem? Orto, Kalau, Celônio, o cavalo-três de Agda-lacraia é apenas três homens, em quase tudo iguais, três com três credos, os dois peitos de Agda e o do meio das pernas. E para quem devo tocar a minha harpa? Direis que devo subir a colina de mirra e esperar Vossa Onipotência, porque se te fiz assim Agda-daninha, foi para que pudesses desejar a vida inteira, para que nunca alcançasses o limite do ovo, tu me entendes Agda, essa coisa perfeita, inteira acabada, por fora a lisura do mármore, o cetim dos lençóis de uma rameira rica, por dentro o creme do amarelo e aquela gosma clara, pensa bem, Agda-doninha, natureza de ladra, ficarias contente se só te fosse dado roubar os ovos da galinha? Sei muito bem, não foi para bordar que me fizeste assim, e a cada dia construo minhas delicadas espirais, e é cada vez mais difícil entender o que expeliste um dia: Agda, constrói infinitas espirais de metal, que sejam muito maleáveis, que apenas com teu sopro se faça o movimento, e hás de ver que o de cima vai para baixo e o de baixo volta à superfície, e entenderás tudo se entenderes isso. Ando tentando. Entender nunca. Ando tentando fazê-las muito muito bonitas, e quando a lua está limpa, os cordeiros da nuvem no outro extremo, entro nas casas para roubar o ouro, depois derreto tudo no meu forno, mais de cem espirais tão delicadas que até o meu passo de fada faz vibrar, entro na casa o pé acolchoado, não respiro, mesmo assim estremecem. E detendo-me, vejo que o que era base aos meus olhos, fica vértice.

KALAU: Celônio, sei que vives rondando a casa de Agda.

CELÔNIO: Tu fazes o mesmo.

ORTO: Os três fazemos.

KALAU: É bom a gente se dizer. Temos que ficar juntos. A força de três pode derrubar o cedro, e fazer do vivo, moribundo. Mas já viste, Celônio, Agda-lacraia à tarde no pátio... cutucando estrume?

CELÔNIO: Não não. Isso nunca. Que ideia. Bordava. Umas peças enormes, talvez de linho, não sei... não pude ver, o cão levantou as orelhas, me afobei, e quase quebro as pernas no musgo da calçada de pedra.

KALAU: E tu viste, Orto?

ORTO: Cutucando estrume? Deves estar louco. Agda pode ser tudo, mas é limpa como coisa do mar. Sempre lavada. Debaixo do braço um perfume que até hoje... olha, meti em muita fêmea e nunca senti no meio das pernas de todas as cadelas esse cheiro de pera.

CELÔNIO: De cana-caiana.

KALAU: Parem. Pois eu vi quando cutucava estrume.

CELÔNIO: Mentira. Estrume no pátio? Impossível. E de longe a gente vê a limpeza da casa.

KALAU: E por acaso é para mentir que estou aqui? Não somos os três os homens da mulher? Não é fácil para mim pensar em matar se ainda sofro de deslumbramento, uma vasteza de amor, um confim de ódio... Então. É verdade. Juro.

ORTO: E por que alguém há de cutucar estrume?

KALAU: Por prazer.

CELÔNIO: Tu queres dizer, Kalau, que a mulher é mais escura e mais perversa quando está a sós com ela? Que é suja quando pensa?

KALAU: Não sei.

ORTO: Que... goza vendo o excremento?

KALAU: Não sei.

CELÔNIO: Olha, Kalau, nem penso em ofender, mas o que disseste agora, só diz a boca amarga.

KALAU: E a boca de vocês é o quê? Bico de rola? Falam como se quisessem colocar a grinalda na mulher.

ORTO: Talvez quisesse.

CELÔNIO: Mais de uma vez perguntei por que não vivia comigo.

KALAU: És bem idiota.

CELÔNIO: Às vezes... ela se parece comigo.

ORTO: Se parece contigo? Onde?

CELÔNIO: Num jeito que tem de repente, anoitecido... brando.

ORTO: Tu és brando, Celônio? Tu que desejas abrir a barriga da mulher para espiar a tripa?

CELÔNIO: Dez dias fechada dentro da casa.

KALAU: Doze.

ORTO: Treze.

KALAU: Nunca mais devemos vê-la.

CELÔNIO: Talvez esteja morta.

ORTO: E na casa dos mortos se cozinha? Olha lá a fumaça. Sabem o que dizem na aldeia? Que ela construiu uma sombra. Um serafim. Minhas irmãs passaram no arrozal e juram que viram Agda.

CELÔNIO: Com alguém de asa.

ORTO: Não brinca. Um homem, elas disseram, mas tão belo que foi impossível olhar por muito tempo.

KALAU: Como era?

ORTO: Uma excelência de espanto. Uma disse que era como o cipreste, alto, afilado. A outra parecia boba repetindo: uma coisa linda, meu irmão, juro que a coisa mais linda, uma coisa linda.

KALAU: Besteira. É que ninguém aguenta a existência dela. Nem eu.

CELÔNIO: Madura... e luminosa.

KALAU: Um existir de cobra isso sim.

ORTO: Escapa... nunca está inteira... quando vê uma planta aponta e fala mas o que ela vê é só de Agda, entende Celônio? A planta passa a ser dela.

Algumas vezes penso, Potente Implacável Senhor, que fiz muito bem quando escolhi essa morte aguçada, punhal, ponta de faca. Essa morte que Orto Kalau Celônio, o meu cavalo-três, daqui a pouco vai me oferecer, os três vão jogar os ossos mágicos e a sorte vai contar que Agda deve morrer com a víscera vazada porque disso sim é que tem medo Agda, de mostrar o de dentro, tripa crucificada, o de dentro que ela ainda preserva, que não deu a ninguém, então Senhor o meu de dentro é teu, pensa com veemência tua Agda-lacraia, e isso é muito bonito, bonito dar a minha víscera para aquele que jejua há tanto tempo, porque não é sempre que se oferece o próprio medo, não é sempre que vais encontrar alguém tão a contento. E outras vezes penso, Potente Implacável Senhor, que teria sido melhor não morrer e ficar fiando o destino das gentes e Agda-daninha às noites só cantando, que é verdade que sei melhor cantar do que morrer. E danço e canto de tal jeito que poderás até esquecer que a ti foi oferecido meu nojo, meu medo, disso tenho ainda uma diminuta esperança... que acabarás dizendo à tua Virgem: não será melhor, minha mãe, fazermos de Agda-lacraia a semente-matriz de inquietas mulherzinhas? Porque posso ser muita coisa para te contentar. Posso chegar ao limite do ovo, ser lisa e acetinada, e ainda assim desejar, digamos, ter a ponta quadrada. Por que é preciso morrer morte maldita? Eu te prometo, Senhor, que sempre vou desejar ser outra, que vou sofrer ansiedade a vida inteira ainda que me faças rainha, rameira ou jardineiro, que sendo rainha tenho que escutar as ideias dos homens, coisa muito enfadonha, e porisso vou desejar existir onde os homens não falam, e sendo rameira vou desejar os ministros da rainha e sendo jardineiro vou querer deixar a terra para ser pescador. Então não é certo que nunca serei Agda-contente? Que podes acreditar em mim, Agda dilacerada ainda que ela mesma se faça demônio ou serafim?

ORTO: Tem sempre as costas cobertas
KALAU: Toda embuçada sempre
CELÔNIO: Tem medo do vento que entra pelas frestas
KALAU: Da tua casa? Porque na minha a janela é sempre bem fechada.
CELÔNIO: Há sempre um vento passando pelos cantos.
ORTO: Os cantos... isso é coisa de Agda. Também te fala dos cantos das paredes? Da pena que sente quando vê um canto? Um canto de parede, isso mesmo. Ela me disse: não percebes que ninguém vê esse canto? Que ele está aí e a gente passa por ele como se ele nunca tivesse existido? Claro que eu comecei a rir. A mim que me importa um canto de parede? Ela não riu. E antes de entrar no quarto me pegou pelo braço e disse assim: Orto, se a gente olha tudo, de um jeito vagaroso, tudo é sagrado.
KALAU: Nem parece que falamos da mesma mulher.
CELÔNIO: Tu mesmo disseste que ela se parecia a uma coisa sagrada.
KALAU: Sagrada... sei lá. Uma coisa que dava medo de tocar, serpente que tu descobres lá dentro, contigo, um lado escondido da gente... serpente com escama de ouro, viva, lá no fundo, rodeada de água.
ORTO: Uma serpente nas costas de Agda.
CELÔNIO: Por quê?
ORTO: Dizem que as bruxas têm um oco entre as omoplatas.
KALAU: Um vazio nas costas?
ORTO: Um vazio coalhado de sapos e serpentes.
CELÔNIO: Orto... então achas possível amar uma mulher... espera... como é que foi, Kalau? Empurraste Agda no tronco espinhudo da paineira e

KALAU: Sim, empurrei com força mas ela nem encostou

ORTO: Nem grito nem sorriso

CELÔNIO: Mas tudo isso deve ser loucura, mil vezes abracei a mulher

ORTO: Pensa bem, abraçaste?

CELÔNIO: A minha mão na cintura de Agda...

KALAU: A cabeça colada no meu peito... verdade que ela me tomava as mãos e me guiava.

ORTO: E sempre acariavas a mulher pela frente. Como eu.

CELÔNIO: Impossível nunca ter visto as costas de Agda.

KALAU: Viste?

CELÔNIO: Não, mas apenas porque trazia sempre o manto sobre a roupa escura, e o medo do vento, das correntes de ar

KALAU: A blusa azul era inteira acolchoada... uns pequenos losangos pontilhados.

CELÔNIO: E contigo, Orto?

ORTO: Não me lembro bem, mas quando dançou...

CELÔNIO: Que roupa ela vestia?

ORTO: Espera... uma coisa até muito bonita... um colete trançado como palha.

KALAU: Mas montaste na mulher?

ORTO: Sim, mas ela apenas suspendeu a saia

KALAU: Como faz sempre.

ORTO: Ela diz que tem medo de não poder fugir se minhas irmãs chegam.

KALAU: E a mim me diz que sente mais prazer... toda vestida.

ORTO: E contigo, Celônio, é o medo de adoecer. Há sempre um vento passando pelos cantos... não é o que ela diz?

E tu que te moves à minha frente, de onde vens? É certo que pedi ao Senhor um companheiro para os meus pequenos passeios, porque o cão fica sempre ao meu lado mas é tão atento à sua própria missão de me guardar que nem sabe se passeio em leveza ou se passeio gemendo. E me mandaste, Senhor, esse que não sei quem é, apenas atravesso o portão ele aparece, e nunca tem resposta se pergunto do jogo, terror e gozo de viver ao Teu lado, se pergunto se é verdade que sabes de Agda-lacraia tão bem quanto sabes do mundo, e fico pensando que, se soubesses de mim, ele decerto me diria: Agda, escuta, sabe tão bem de ti o Senhor... anda calada. Com isso me contentaria. E por que deve ele andar ao meu lado e à minha frente apenas quando passeio? Foi isso que pedi, é verdade, mas não era sempre, e agora entendo que o pensamento, meu Senhor, quase não tem freio quando se está a sós, e parece menos maldito nos passeios porque se vê tanta coisa quando se caminha e das coisas que se vê se sente o cheiro, e tudo isso distancia o olhar, quero dizer que no passeio olhamos para a frente e não para dentro. Então pensando bem, não é preciso mais esse anjo da guarda porque tem sido muito difícil encontrar Orto Kalau Celônio sempre acompanhada, e cada vez que me dou, esse que me mandaste se faz sopro, sopro de fogo e ponta no vão do meu dorso. Tenho me dado tão pouco, e ainda assim esse meio das costas vai virando chaga. E o que uma mulher atenta pensaria? Que tu, Senhor, não me queres deitada. Não me queres deitada e ao mesmo tempo queres que eu sofra a minha morte de medo, punhal, ponta de faca. Queres tudo de Agda-lacraia. O mais sofrido no corpo e o menor gozo. Se te prometi que vou morrer morte infamante, peço-te meu Senhor, que a tua criatura incorpórea e brilhante só se faça presente no meu quarto, ali sim é que sofro devaneio-vergonha e muita soberba e muito langor, ali sim é que Agda-daninha fica pensando se há verdade, se há sabedoria em existir sem avidez do corpo, porque é isso que andas querendo de mim se toda vez que me deito com meu cavalo-três teu emissário se faz sopro de fogo e ponta no vão do meu dorso. A sós no quarto é que preciso da fidelidade e justeza desse plácido, desse que nem se comove quando no passeio pego na flor e lhe mostro a suculência do vermelho, ou se na água desmancho o cabelo para que a cabeça fique inteira molhada, ou se o sumo do fruto escorre espalhado na minha cara

KALAU: Ela come as amoras e mostra os dentes rosados, se exibindo.

CELÔNIO: Pra quem?

KALAU: Pra mim é que não. Ela vira de lado como se se mostrasse a alguém, assim: eu estou aqui, e ela fica de costas pra mim como se um outro estivesse do outro lado.

ORTO: Uma vez quando entrou n'água... ria... e agora tenho certeza que não era pra mim.

CELÔNIO: Por quê?

ORTO: O sol batia do meu lado e ela ria voltada para a sombra, um funil cinzento que se fez no lago.

CELÔNIO: Se tudo isso é verdade é preciso jogar os ossos mágicos.

KALAU: Que a sorte nos proteja. Que se decida o destino de Agda.

Se o teu osso de ponta é que desaparece, Kalau, e se transforma em pássaro ou cordeiro, este corpo de Agda vai sair da casa, vai atravessar o campo e aparecer defronte do cavalo-três, e então, Kalau, deves fazer o teu gesto-raiz, ponta mais aguçada do que a faca é a ponta do teu punhal, esse enfiado na tua cinta de couro, esse que guardaste para mim. Se o teu osso redondo é o que desaparece, Orto-cavalo, e se transforma em pássaro ou cordeiro, o corpo de Agda vai sair da casa e aparecer defronte de seus companheiros, e então, Orto-cavalo, deves romper a fronte de Agda-daninha, e o Senhor não ficará contente, porque não foi essa morte que escolheu para a pequenina inteira dele que sou eu. E se és tu, Celônio, o escolhido da sorte para fazer morrer, teu pedaço de osso voltará à tua mão e três vezes afiado vai machucar o coração de Agda. O Senhor não ficará contente porque desde sempre é dele coração-assombro de Agda-menina. Ai meu Senhorzinho, se me matam desaparece a casa de Agda-andorinha, essa extensão de mim, casa-golondrina de tua Agda, casa que não foi feita para morar mas para ser pensada, casa-caminho-morada existindo no de dentro de mim. Deveis pensar, Senhorzinho, que é insignificância ter Agda ao teu lado se aqui na terra ela é mais tua porque atormentada, se aqui na terra ela pode sonhar eternidade, e se existir eterna estando ao teu lado, nem sonha aparência, nem pode repetir *quod aeternum non est, nihil est,* não, nem isso, porque o ser eterno já não pensa em nada, ai Senhorzinho, se é verdade que me amas, se é verdade que não me queres deitada com meu cavalo-três, por que não vens a mim através desse plácido? A barriga de Agda vai crescer, aliança encantada tu e eu, a garganta de Agda vai cantar brandura para o teu menino. Te parece arrogância pedir paternidade do divino? E de quem mais te pediria esse gozo-contente, esse que deve tomar o corpo inteiro e incendiar a mente, de quem mais? Já vês que começo a trovar de amor e impaciência, já vês que é sábio tomar o corpo e a alma de quem sabe cantar, porque a minha alma é tua e esplandece de gozo mas o corpo desarvorado vai morrendo, meninice do corpo e a vontade da carne, meninice do corpo para acompanhar o voo da minha alma, ai Senhorzinho, que não seja soberba o muito desejar vida para o nosso menino.

Entendemos que Agda está muito mudada, que o que se vê, e todos nós vemos, como coisa alada vinda do céu, é Lusbel, serafim na aparência e blasfêmia na víscera, que todos nós da aldeia concluímos que a moça que se chama Agda tem muito a ver com danação e sombra, que não é usual andar com três, Orto Kalau Celônio, três bons filhos da aldeia no de antes e agora três demônios, e mais um, esse que se vê ao lado dessa moça que também atende por Agda-lacraia, Agda-daninha, Agda roubando o ouro das casas e às nossas mães roubando corrente e medalhinha, uma pequena colher do nosso avô,

     moedas
     prendedores
     argolas
     alianças
     e a mim que me roubou a fivela das tranças

e de minha avó roubou as brilhantes bolotas das orelhas

e Ana que mal colocou o dente de ouro e já se lhe escapou

que foi nos arrozais que Ana perdeu o dente mas já se via Agda logo atrás, que é difícil falar-lhe, difícil aproximar-se de quem tem ao lado um cão de pelos escuros e carranca, e ainda mais outro, um ente, que está sempre ao seu lado, e que por ser tão belo na aparência, não é possível olhar de olho aberto, que se vê forma de longe e ofuscação de perto, que todos nós da aldeia, em sábia comunhão, apreendemos que o ser de Agda é ser de loba e cadela, e o que lhe cresce a cada dia não é o ser das alturas e da sabedoria (apesar de que se fez luz no quarto dela alta noite sem lua, sete meses atrás, e a luz entrou nas casas através das janelas, e toda aldeia acordou e viu que a luz que iluminava a aldeia se fazia mais clara junto à casa dela), é ninho de andorinha, lodo e saliva isso sim é o que leva Agda-lacraia na barriga. Que nessa mesma casa, outra viveu, de nome Agda, sua vida era fantasia e labareda, durante muitos anos aves e fantasmas rodearam a casa e Ana desta aldeia pode atestar a verdade das falas porque dessa primeira Agda foi obediente e dócil e desde sempre criada. Que a casa é como gente e traiçoeira, que se encolhe ou se estende, se adensa ou se adelgaça dependendo da alma de quem nela habita, que dá poderes à carne, luxúria e largueza se a alma é luxuriosa e larga, e solidão e abismo se o que a alma pretende não couber na mão espalmada de um Senhor que ao mesmo tempo é humano, divino, e quase tigre, não sabemos quem é, mas nos parece que é um Senhor que antecede ao mais alto Senhor que se conhece, que essa primeira Agda teve morte afundada, e que sonhou com ouro, rosais de rosas negras, coisas como touro, não sabemos ao certo, só sabemos que amou de modo impróprio, sem luz e desapego. Que lidava com pássaros e porcos, disso temos certeza porque há gaiolas quebradas e restos de um chiqueiro no fundo do arrozal que outrora era extensão de seu próprio quintal, e que Agda primeira desejou ambiciosa a um tempo só juventude e noviciado, e Agda-lacraia tem muito dessa outra e se fez feiticeira. Que a aldeia já está farta de santas e rameiras porque antes das duas, duas outras transitaram entre o céu e as caldeiras. Que nos perdoem o escrito destas falas e as rimas imprevistas porque temos no sangue a alma de outras raças e o verso de outra gente que conheceu o coração das gentes, que há muito para contar, há muito testemunho de coisas que se diz que no tempo se perderam, mas a verdade é que nunca se afastaram da alma das gentes, nos sonhos vem a verdade, no colher da semente, e se tudo que atestamos parecer ilusão, pedimos vossa visita. Aldeia Sol e Lua, Cidade Iniciação. Que nos parece lícito informar-vos que há um engano nessas coisas do corpo, se nas duas Agdas o corpo parecia coisa deleitável, verdade é que só tinha parecença, que tanto uma e outra só queriam coisa que não está ao homem de querer, dizemos numa palavra: ETERNIDADE. É isso que as duas arrogantes pretendiam, trânsito livre entre o cá de baixo e a sabedoria do de cima, que sim é verdade pretendiam outras alianças, difíceis de revelar, aliança com o outro lado de um só rosto, e o lado luminoso também incorporado, dois lados sem fissura pretendiam, rosto que a olho nu se vê bem-acabado, mas que o olho da alma vê o disfarce. Que a Aldeia Sol e Lua tem calado essas muitas vivências porque o vosso mundo só aceita o selo da ciência, ainda que a nós nos pareça vossos homens de branco, homens dementados, pensando que só se pensa com a cabeça. Que é verdade que cabe ao homem interrogar assim como fizeram Agda primeira e Agda-daninha mas que em se conhecendo o segredo do noivo não se queira dele se apossar, que é justo desejar beleza para o corpo sem querer comer a terra de um sagrado poço, que é justo desejar um grande gozo sem querer a visão DAQUELE ROSTO, ROSTO que a nós humanos nem cabe mencionar. Que aproveitando a ausência de Agda-daninha, estando a casa vazia, nós da aldeia, resolvemos entrar. E este é o relato das coisas que se passaram: Eu Alfonsina, eu Ana, eu sobrinha do moleiro, eu Helenauro padeiro, filho de Helena com Lauro, eu Geraldo pintor filho de Aldo, eu Anunciação primeira, neta de Nuncia e

Bastião, eu Dante que dou forma à madeira, eu Vincenza casada com Zé do Pito, que me mudei para estas bandas porque me disseram que uma noiva passava toda noite e a quem não tem filho abençoava para que desse à luz na lua nova, e nós duas irmãs de Orto que dizemos que aqui só se abençoa quando se está na cova, eu Soledade terceira, filha da primeira, mulher minha mãe que conheceu as duas Agdas antes destas duas e que muita coisa me contava, eu José Fuente, escrevente, que já ando cansado de ouvir a verdade sem saber quem é que a diz e quem é que mente, então comecemos: que mal entramos ouvimos que alguém chorava, e boa meia hora o procuramos pelo corredor vazio, pela sala apenas de dois bancos, pela cozinha de uma mesa somente, cheia de um pó brilhante, pelo quarto onde mal pisamos e onde se viu por instantes uma cama de madeira lavrada que de repente foi tomada por umas chamas altas, e o quarto ficou vazio e estreitou-se como se nele não coubesse nada, e muito assustados e ainda procurando descobrimos que esse que chorava era nada mais e menos do que um canto. Um canto de parede no seu canto sozinho soluçava. Que de coração descompassado, assombrados, resolvemos atear fogo à casa. E assim o fizemos. E nós da aldeia, vimos que tudo queimou, restando para nosso estupor, com muita imponência e altura uma armação singular, espiralada. Que neste instante chegou Emilia e chegou Domingos mãe e pai de Bedecilda, e Bedecilda também, que se diz de Agda aparentada, dizendo que viram os lobos carregando um corpo, ou melhor dois, um pequenino que se via atado a um corpo feminino. E Bedecilda afirma que um dos corpos era o corpo de Agda, porque esta ela reconheceria em qualquer canto, carregada por lobos ou por santos, porque sempre lhe fez uma grande impressão esse viver de Agda, e Agda mulher, no seu entender fêmea crepuscular, muito desordenada. E todos nós da aldeia, finalmente, pedimos ao Senhor que o que se passou não se tenha passado, que as coisas que aconteceram não tenham acontecido, coisa que aos olhos do vosso mundo parece dementada, mas que ao Senhor parece excelente pedido.

* * *

KALAU: Apareceu diante de nós com o ventre cheio, toda arredondada, quando pensei em buscá-la ela já estava, enterrei quatro vezes o punhal obedecendo aos ossos mágicos, queria e não queria atravessá-la com a ponta aguçada, queria muito deitá-la sobre a pedra e uma vez mais gozar o do meio das pernas de Agda-lacraia... ai Agda-maravilha

ORTO: aroma que se lhe saía da boca

CELÔNIO: das axilas

KALAU: e ainda cravando quatro vezes o punhal, vendo escorrer o sangue, ainda um perfume de folha lhe escapava da víscera

ORTO: um queixume de repente na barriga

CELÔNIO: um menino que sangrava nos pulsos

KALAU: e no lado esquerdo

ORTO: e os pezinhos assim, um sobre o outro

KALAU: escuro esse menino, como se fosse moldado na matéria da terra

ORTO: como se o fogo o tivesse abrasado

CELÔNIO: um fogo branco mas mais vivo do que o outro

KALAU: escuro feito de fogo

ORTO: queimado, feito de terra

CELÔNIO: manso e queixoso

KALAU: menino morto.

O OCO

Esquecia tudo e em primeiro lugar as minhas resoluções. No fundo, nada contava.

Guerra, suicídio, amor, miséria, prestava-lhes atenção, é certo, quando as circunstâncias a isso me obrigavam, mas de uma maneira cortês e superficial. Por vezes, fazia menção de me interessar por uma causa estranha à minha vida mais cotidiana. No fundo, porém, eu não participava dela, salvo, é certo, quando a minha liberdade fosse contrariada. Como dizer-lhe? Tudo isso resvalava. Sim, tudo resvalava por mim.

ALBERT CAMUS, *A QUEDA*

AGORA QUE ESTOU SEM DEUS posso me coçar com mais tranquilidade. Antes, antes era muito difícil, ia me coçar e pensava NÃO DÁ TEMPO HÁ INFINITAS TAREFAS PARA REFAZER, pensava outras coisas também, mas a que me doía mais era NÃO DÁ TEMPO e outra A MATÉRIA DO TEMPO SE ESGOTA, DEUS ME VÊ. Agora que tudo isso acabou me esparramo na areia e coço coço minhas ressequidas canelas. Há quanto tempo estou aqui? Já não sei. Tem passado gente por perto, pescadores, sei que são pescadores porque passam por mim e dizem hoje terás um peixinho, velho. A tardezinha depositam o peixe ao lado dos meus pés e continuam andando sei lá para onde. Aí espero um pouco, até o menino passar, ele me dá o fósforo, depois tira, fica esperando que eu arrume alguns gravetos, não me mexo, então ele faz um buraco na areia, arruma umas folhas de bananeira, enrola o peixe na folha e começa uma operação muito complicada com fogo e tudo, operação essa que eu sempre me recuso a decifrar. Enfim engulo o peixe. Ele diz, velho, porra, você nunca vai se mexer? Claro, e mexo-me em seguida, balanço os quadris pra lá pra cá, ou melhor torço a cintura pra lá pra cá, o menino ri, depois me estico na areia e fico olhando pra cima. Aqui nunca chove, devo estar no trópico e à beira-mar evidente. Olho para cima e dou grandes gargalhadas, o menino pergunta por quê, digo dou gargalhadas porque lá em cima é oco. OCO? OCO? E arregala os olhos amarelos. Eu repito oco, sei que ele quer explicações, então falo bem devagar oco é uma coisa que não tem nada dentro, ele junta as mãos magras eu meto o meu dedo na concha da mão e digo OOOCO. Ele diz AH, e olha para cima. Olhem, não associo Deus com essa coisa de cima, também nem tanto, e se eu acreditava nos anjos é porque gostava muito desse negócio de voar, voar com as asas da gente, grudadas nas omoplatas, gostava muito, acreditava sim, os anjos eram seres interessantíssimos, clarinhos, às vezes via um ou outro meio escurinho mas isso raramente, sempre clarinhos, as cabeleiras douradas, a harpa etc. e por aí eu ia igualzinho a todo mundo. Às vezes tento aquela coisa outra vez. Aquela coisa é fechar os olhos e descobrir como é que eu vim parar aqui. Viro-me de bruços. O menino diz é aquela coisa outra vez? Eu digo é. Vai ver a mancha vermelha de novo, não adianta, para com isso. É porque todas as vezes que eu tento me lembrar eu vejo a mancha vermelha. Não é bem assim, não é simplesmente a mancha vermelha, antes de aparecer a mancha aparecem pontinhos luminosos, dois ou três cachorrinhos, isso porque eu gosto muito de cachorros, aliás só gosto de cachorros, de jumentos também mas menos. Então os cachorrinhos aparecem, depois somem, depois vem vindo um ponto roxo-claro e vai aumentando, e quando chega bem perto dos meus olhos vai ficando vermelho e maiorzinho, de repente todo o espaço da minha bela fronte fica vermelho, aí eu digo chegou a mancha vermelha. E viro-me outra vez. O menino diz eu vou buscar a pomada pras tuas canelas. Vai. Enquanto espero, olho para as minhas canelas. De fato, não têm bom aspecto. As calças vão até os joelhos, encolheram eu penso. Ou cresci? Não sei, mas tenho camisa, é uma camisa bem agradável, o tecido é elástico, acho que serviria muito bem para esses que fazem halteres porque ela parece bem maleável, aliás eu gostaria de experimentar essa maleabilidade e agora experimento: levanto os braços abaixo os braços... esperem... o que foi que aconteceu? Ai ai ai tenho que contar depois. Disfarço. É verdade, o tecido é maleável, não interfere nos gestos, melhor, vai junto com o gesto, certamente os halterofilistas iam gostar muito. Gostaria de dá-la a um. Difícil achar um halterofilista por aqui. Então as canelas ficam expostas ao sol, os pés também, mas os pés não sofrem tanto quanto as canelas. Deve haver uma explicação para isso mas eu não a tenho. Talvez porque os pés foram feitos para ficarem assim expostos ao sol ao vento à chuva? Aqui nunca chove. Não tenho calos e acho extraordinário. As canelas têm uma crosta avermelhada em alguns pontos, noutros há uma crosta marrom e amarela, o menino diz que aí é que está pior, ele aperta de um lado e sai um líquido, ele aperta mais e sai sangue e ele diz assim é que tem que ser, velho, a avó diz que é pra apertar até sair sangue. Em geral as velhas são mazinhas, também não me lembro se tive uma avó, nem se tive mãe e pai, devo ter tido, tias zuretas, tias gordas virando tachos de bananada, tias zuretas zuracas. Será que eu as tive? A mancha vermelha jamais me deixará saber. Posso inventar uma tia, isso posso, mas não tenho vontade, aparece um queixo magro, comprido, espio meio desconfiado e acabo entendendo que inventei uma tia que sou eu mesmo e abro o olho outra vez. Sei que tenho um queixo magro e comprido porque todas as vezes que viro de bruços encosto o queixo na areia e quando tiro o queixo da areia fica só uma rodinha na areia, se fosse um queixo largo ficaria uma espécie de retângulo meio avariado mas ficaria, e se fosse um queixo gordo ficaria uma forma meio disforme na areia. Graças a Deus não preciso falar mais do queixo. Graças a Deus tudo terminou. O que foi exatamente que terminou? Tudo terminou, isso é verdade. Que ele não existe agora sei, as criancinhas sabiam antes de mim, me lembro das pedradas, dos estilingues, não sei se isso de pedradas e estilingues foi no caminho que eu percorri para chegar onde estou, não me lembro, mas penso que se as criancinhas acreditassem nele elas não usariam pedras, nem estilingues naturalmente. Então as criancinhas sabiam. Vaquinhas. Apesar de que essas coisas têm muito pouco a ver com ele. Apesar de que ele disse vinde a mim as criancinhas. De qualquer jeito vaquinhas. Agora os tatuzinhos do mar. São minúsculos mas dá para ver que se parecem aos tatus que não são do mar. Vi uma vez um tatu não sei onde, e ele me pareceu muito limpo e delicado. Tatus e corujas têm tocas debaixo da terra, deve haver um buraco por onde entra o ar, naturalmente o mesmo buraco por onde eles entram nas tocas, deve haver dois, um para entrar outro para sair, parece mais normal, mas acho que não existem dois buracos nas tocas porque se existissem dois buracos o tatu e a coruja entravam por um e por outro entrava o inimigo. Apesar de que o inimigo pode entrar pelo mesmo e único buraco. Não entendo muito de tatus nem de corujas, apenas um dia me lembro de ter visto um tatu. E alguém queria matá-lo e dizia que a carne era muito tenra, foi isso, tenra disseram, e eu não deixei. Também não sei se a pessoa estava com fome, era provável que sim, e então não opinei acertadamente, porque se a pessoa estava com fome eu deveria ter dito que sim, que comesse. Escolher entre a fome do homem e a vida do bicho deve ser uma coisa muito difícil, penso que é, mas talvez seja fácil para muita gente. Sempre que o menino vai buscar a pomada acho que ele não vai voltar mais, não que eu tenha muita coisa a dizer para o menino, falamos pouco, mas há qualquer coisa nele que me agrada, não é isso dele me fritar o peixe nem de pôr pomada, não é isso, essas coisas até me aborrecem, eu posso comer o peixe cru e as canelas podem apodrecer, não me importo, bem, não é isso, me importa um pouco sim. Não deve ser nada bom. O que me agrada no menino é o jeito dele dizer a cada dia: porra, velho, você nunca vai se mexer? Isso me agrada e talvez por isso não me mexa. Ontem fui até a beirada, o mar estava calmo, cheguei a pensar num banho, depois passou um barco, fiquei olhando e me esqueci do banho, dois ou três pássaros deram alguns mergulhos engraçados e eu falei alto: o que está fora quer comer o de dentro, o que está dentro quer comer o de fora. Foi uma frase que me veio de repente e fiquei tão assustado de ter dito essa frase que saí de perto da beirada. Também pode acontecer que o de dentro só coma o de dentro e o de fora só coma o de fora. Apesar de que os pássaros desmentem esse raciocínio. E os peixes afirmam, porque os peixes só comem as coisas que estão lá dentro onde eles estão. Há peixes que comem gente, é raro, mas só se as gentes entrarem no de dentro deles, quero dizer, no espaço onde eles vivem. De qualquer forma foi bom ter saído de perto da beirada. Há sempre um marco indicando até onde se pode ir, uma estaca, uma cerca, e nós vemos o marco mas não adianta, é só depois do marco da estaca da cerca que dá vontade de continuar, não me lembro de ter avançado, não me lembro de ter transposto, mas me parece lógico que seja assim, isso da vontade. Quando menino passei por baixo da cerca, mas passei porque eu estava montando num garanhão — ou era um jumento? Não sei, foi preciso pular do garanhão e entrar no lado de lá da cerca porque as éguas vinham vindo e o cavalo ia indo. Parece que não há mais sol, é, está lá perto da montanha, daqui a pouco escurece e o menino não vai saber onde é que é preciso apertar até sair sangue. Aí vem ele. A avó diz que hoje é pra tirar toda casca e botar a pomada na canela inteira. Sei. Ela diz que está demorando muito e que deve ser coisa ruim. O que é que está demorando muito? Pra sarar, ele diz. E vai arrancando. Às vezes até penso que estou morto porque não sinto nada quando ele arranca a crosta. Se estivesse morto acho que saberia. Os mortos sabem tudo, parece-me que os vivos têm muita coisa para ver e assim não ficam sabendo nada. Ficam vendo. Aqui não tenho muita coisa para ver a não ser o mar, a montanha, os homens que trazem o peixe, o próprio peixe, os tatuzinhos do mar, e o menino. E os caranguejos. É de bom senso dizer que já é muita coisa. E o barco de ontem. E a caixa de fósforo. E as folhas da bananeira. São elementos que contam. E a areia. A avó do menino eu não vejo, mas alguém deve ver e já é mais um elemento que conta. Então está certo. Muita coisa para ver. Minha camisa e minha calça também. A própria bananeira. Formidável, bastante coisa mesmo. Devo estar vivo sim. Vira de lado a canela, o menino diz, porque aí tem a crosta maior. Viro. Isso vai doer, velho, tá grudada demais, te aguenta. Me aguento. Nada, nem um suspiro. Acho melhor olhar a minha canela, se é que ela existe como eu penso. Está aqui, é minha, faz parte do meu corpo, mas se eu a visse mais distanciada, se eu a visse por lá, na beirada, diria que não é mais minha... afinal tenho alguma coisa em comum com a minha canela? Com o meu próprio corpo? Com o corpo dos outros? Viro-me de bruços. Não, não muda de posição agora, a pomada vai grudar na areia. É preciso tentar outra vez, o corpo dos outros deve ter alguma coisa a ver comigo porque a veia estufou, a veia do pescoço estufou quando pensei no corpo dos outros. São muitos, estão mortos. Não posso dar um passo, piso na mão de uma mulher, a boca aberta da mulher, a coxa escura de sangue. Olho para trás e vejo os soldados. Os cachorrinhos. A mancha vermelha outra vez. Acabou-se. O corpo dos outros, fico repetindo. O corpo dos outros. Houve alguma guerra por aqui menino? Guerra? Aquela de canhão? Qual de canhão? eu digo. Guerra pra mim é de canhão, mas nunca vi, velho, uma vez a avó me levou muito longe e lá tinha cinema e eu vi uma guerra de canhão, mas já faz tempo. Bem, então não estive na guerra. Isso era importante, era importante saber se estive ou não na guerra, qualquer guerra. As guerras são feitas para quê, afinal? Ah, sim, as guerras são feitas para matar os outros, porque de repente o mundo fica cheio de gente, gente que come, gente que enche as privadas, gente que cozinha e entope as caixas de gordura, e isso não é bom, é preciso matar as gentes para que as privadas fiquem limpas e as manilhas se esvaziem das penas de galinha e do pó de café. Que fique tudo limpo e brilhante por algum tempo. Enquanto cagam algures. Por hoje basta. Sinto que não progredi. Vejo os caranguejos saindo do mar e alcançando com rapidez os seus buracos na areia. Um, bem aqui, ao meu lado. Eu podia fazer uma cova, algumas divisões lá embaixo (parece que alguém já fez isso), um caniço para entrar o ar (alguém fez isso) forrar o chão com folhas de bananeira (não, ninguém fez). É, mas os pescadores se é que são pescadores, jamais me veriam, e eu ficaria sem o peixe. Cada vez que engulo o tal peixe alguma coisa esvazia por dentro. Devia ser o contrário, a minha tripa devia se estufar, eu devia sentir alguma coisa enchendo por dentro. Nem sinto o gosto do peixe, quem sabe se a língua já não ousa sentir, a canela já não sente, quem sabe se pouco a pouco assumo o existir da pedra, é isso, vamos, diga, não tenha medo, digo: vida mineral completando a paisagem. Meu Deus. Noto que as pedras são raras por aqui, só existe aquele rochedo, é escuro, agressivo. Bestalhão. E ao redor? E do outro lado? Porque esse rochedo que eu vejo está à minha frente, para tocá-lo será preciso atravessar o ar. Usaria ou não meu novo recurso, esse que ainda não disse? Di-lo-ei mais adiante. Tinha medo desses di-lo-ei. Agora perdi. Di-lo-ei sim. Sim, eu tocaria o rochedo, depois me agarraria a ele, depois voltaria para falar com OS OUTROS. Devo ter falado muito com os OUTROS porque agora vomitei. Vomitei a fé? Velho, não dá pra te buscar remédio, está escuro, vou andando, amanhã eu volto com a pomada e quem sabe arranjo um amargoso que a avó me dá quando destripo o mico. Menino bom esse, mas gostaria que ele não me trouxesse mais nada. Gostaria de poder cavar, isso sim, trabalho para as minhas mãos, são muito magras, esta aqui é a linha da vida, espantoso, a linha da cabeça, vejamos, comprida e fina, um traço perpendicular ao monte da lua, devo saber mais, será que fui um desses da astrologia? Começo a inquietar-me. Um profeta talvez? Estaria aqui se fosse um profeta? Não, evidentemente estaria profetizando, cuidariam de mim, os profetas são úteis à comunidade, dizem que vai haver uma seca e as gentes morrem nas enxurradas. De qualquer forma previnem. Aqui nunca chove. Acertaria pelo menos isso. É pouco. Uma brisa vem vindo de lá, de cima uma claridade, não quero olhar mais para cima, se olhasse veria a lua, não quero vê-la, não tenho nada com a lua, nem com o rapto das sabinas, nem com o século XII. Acalmem-se, raptos etc., tudo isso deve vir do outro, daquele que se materializa em meio à fumaça. Devo dormir, não vou fechar os olhos, não é preciso, não devo, mas os gaviões podem passar e soltar os excrementos, então devo fechar os olhos, é preciso optar a cada instante, se fecho não posso vê-los, digo, aos gaviões, se não fecho posso ficar cego por alguns momentos. Poderia fechar um olho e abrir o outro, tento mas me canso, e certamente não dormirei descansado se tentar esse esforço outra vez. Alguém dentro de mim sente cãibras cada vez que penso, mas é inevitável, há exercícios de concentração para pensar no nada, sei, para ficar vazio é preciso disciplina, acho que a humanidade inteira é disciplinada e só eu é que estou aqui pensando, sem dúvida que é um roteiro esganiçado, sem dúvida que é um estertor, vômitos e tudo, precisaria da maca, alguém para me levar de volta aos OUTROS, alguém que me apontasse e dissesse: o velho está aqui pensando, tragam os fios, raspem a cabeça, comecem o eletroencefalograma. Inacreditável. Consegui uma frase de extrema logicidade, o velho está aqui pensando tragam os fios raspem a cabeça, comecem o eletroencefalograma. Contorno o ovo. Apalpo-me com delicadeza. Nada mais surpreendente do que uma cabeça. Que proteção para os meus guardados, ainda bem, posso resistir às invasões do nada. Posso resistir? Eu mesmo já não estou neste nada, pântano do abismo? Penso pântano do abismo e não posso deixar de pensar nas coisas que podem cair dentro dele. Cavalos, urubus, cavaleiro, bostas de alguma mula pudorosa, ela se vira para que ninguém veja o que sai dela e plaft cai a bosta no abismo. Serei mais cuidadoso daqui por diante. Não fui feliz, vejam só, quando pensei no nada pensei no pântano, mas pensei em mergulhar a mão no lodoso e gordo do pântano, mergulhamos a mão, parece que vem muita coisa e vem nada. Vem lama, alguns bichinhos da espessura de um fio de linha, e tudo escorre e tudo é sem consistência. Continuemos. Até um ensaio se quiserdes. Depois pensei pântano do abismo porque é uma coisa funda e parece mais pântano. Enfim não fui feliz, no pântano do abismo mergulhais a mão e sai a cabeça do cavalo, o mole do cavaleiro, o urubu inteiro, a bosta. Não sou feliz, nada nada, isso parece bem evidente, deveria sê-lo. Não tenho obrigações, mexo-me muito pouco, da beirada para cá, daqui para a beirada, dizendo assim parece bastante mas são apenas alguns passos. Quase não falo. Porque tudo se complica. Tenho alguma memória porque me lembro de ter falado uma vez: RESTABELEÇAM A ORDEM, RESTABELEÇAM A ORDEM foi o que eu disse. Isso não me sai da cabeça, e deve ter dado algum resultado senão não me lembraria. Qual foi o resultado? Seria menos infeliz se soubesse? Restabelecer a ordem parece-me um propósito muito louvável, digno até, porque a ordem existe quando tudo fica bem-arrumado, as botas todas de um lado, os fuzis de outro. Soldados, mortos, botas e fuzis. Nunca percebi muita coisa de tais coisas. Lembro-me que quando menino ouvi falar a palavra mauser e sempre pensava que queria dizer rato, depois me explicaram que em alemão sim, tem alguma coisa a ver com rato, enfim nunca estudei alemão. Ratos já vi. Ratazanas também. Vejo-as. Não sei quem me contou algo sobre ratazanas, qualquer coisa assim de um homem que foi violar túmulos e depois não pode mais safar-se e as ratazanas começaram pelas orelhas. A pessoa que me contou essa estória não devia ser uma boa pessoa porque os bons não contam estórias assim. Devo ter me impressionado bastante porque até hoje por qualquer coisinha, por exemplo quando gritam comigo, ponho as mãos nas orelhas. Estranho. Porque ninguém grita comigo, não me faço de surdo não, mas ninguém grita. E agora me vem a palavra bravura. O militar deve ter bravura. Assim como o paraquedista deve ter culhões. Então não posso ter sido um militar porque um militar... ora, jamais as mãos nas orelhas se gritam com ele. Bravura, gosto de ficar repetindo bravura, medalhas também é bonito, mas por que é que insisto? Somos todos tão perigosos quando resolvemos pensar, os anéis são enfiados uns dentro dos outros, e vários anéis enfiados uns dentro dos outros formam uma cadeia, um prolongar-se de anéis, em algum lugar deve estar o começo. A humanidade inteira procura pelo começo, ai, quando descobrirem chegaremos ao fim. Espero que comigo aconteça o mesmo. Que eu chegue ao fim. Devo estar no princípio da corrente porque até agora não entendi muita coisa, entendo pouco esse meu estar a sós, estas canelas ressequidas esta camisa elástica. De mim mesmo sei pouco. E olhando com serenidade a paisagem chego à conclusão de que é agradável sim, mar, areia, mas o que eu vejo justifica o estar aqui permanentemente? Resposta: você é livre para sair. Aí é que estão enganados. Ser livre para sair é assim: você chega senta se acomoda, e o outro diz: você é livre para sair. Ainda que você não queira você sai. É por isso que eu fico aqui. Ficando aqui não sou livre. Saindo, muito menos. Liberdade abre as asas sobre nós, tem poesia isso, mas isso sufoca, vejo sempre uma águia gigante roubando o espaço acima da minha cabeça, vejo sempre a asa me comprimindo, e por isso eu gostaria de voar porque subiria acima dessa eventualidade. Escuridão e cárcere. Ratazanas. Vida subindo pelos pés, vida chegando até o peito, vida na boca, a minha boca aberta sugando vida, eis algumas frases que de repente grito na noite, e nem sei bem o que tudo isso quer dizer, depois grito mais: sei tão pouco de ti, amiga morte, mas tremo tremo sabendo que tu só visitas os vivos. Devo estar morto, ela não virá. Se cavasse, pensaria menos. Só a preocupação de manter o caniço sempre firme, o caniço que colocaria na minha caverna para poder respirar, só essa preocupação não me daria tempo para pensar. Porque se o caniço escapa ou afunda na areia ou se alguém pisa no caniço em cima já não sirvo para nada. Pensar que às vezes a nossa vida fica presa a um caniço me espanta. A um fio também, dizem. É mais difícil. É mais difícil ficar preso a um fio, nunca tentei. A uma corda talvez seja mais fácil. A forca tem seus méritos, é preciso corda, árvore, coisas bem difíceis de encontrar. Só vejo a bananeira. Corda não tenho. Também não tenho intenção de enforcar-me apesar do oco. O oco me circunda, é negro e ausente de pintinhas azuis. Com algumas pintinhas brancas apareceu agora um cachorro, farejou-me, a cauda em farrapos, tento levantar-me, a minha intenção é a de procurar um caranguejo para lhe dar de comer, digo ao cachorro, dar de comer ao cachorro, vai ser difícil encontrar na madrugada um caranguejo sonâmbulo, mas tento, tento em vão agora porque o cachorro disparou, a cabeça tesa para a frente, e corre corre. Se eu estivesse morto ele teria ficado porque os mortos têm uma aquiescência natural, são solidários, solitários nem sempre, há sempre vida ao redor de um morto, libélulas e coisas assim. Tenho muita pena de ter falhado em relação ao cachorro, não deveria ter feito um gesto, primeiro deveria ter olhado como ele me olhava, nem tanto, porque os cachorros têm um olhar inimitável, olharia com o meu olho precário mas cheio de boas intenções, e ficaria imóvel, tenso, ele se deitaria aqui ao lado, e depois de meia hora, talvez um pouco mais eu começaria a cavar como se fosse um trabalho afeito a mim, e quando encontrasse o caranguejo diria contente, oi uni caranguejo, e certamente o cachorro iria fuçar e depois de fuçar comer. É difícil comer um caranguejo vivo, as pinças se abrem. E fecham-se com muita rapidez. Mas quase tudo que vai ser comido, que vai ser comido vivo, se mexe de algum modo. Não avancei, não fui claro. Tento outra vez: os animais que pressentem que vão ser comidos se defendem de algum modo. Tento outra vez: os animais encurralados sempre se defendem. Há certas coisas que há mil anos são um todo de um só jeito e não há jeito de modificá-las. Ainda não avancei. Deveria dizer por hoje basta, mas o tempo não me dá tempo, devo dizer de qualquer modo, ainda que as espirais sobre-existam num torno infinito. Tenho pena. Pena de ter começado tudo isso com o cachorro, de não ter avançado com sucesso nem em relação ao cachorro, nem em relação a vocês, nem a mim mesmo. São defeitos diários. Dificuldades de toda hora, gaguejos. Ele está lá. Vejo as pontas das orelhas. Olha-me. Será? Há de esperar um pouco antes de aproximar-se, é incrível ver no escuro as pontas das orelhas mas quando se trata de cachorros vejo tudo. De jumentos também mas menos. E no entanto são mais fáceis de se ver, são maiores afinal, maiores que os cachorros, porque tenho visto bichos maiores, elefantes, girafas, não os vejo há muito tempo para ser exato, mas jamais os veria tão bem quanto aos cachorros. E aos jumentos também, mas menos. Estou contornando o círculo, com lentidão, se eu pudesse colocar um apoio no centro, esticar muito bem o barbante e grudar-me à extremidade do barbante, digo, dar um impulso sadio, pleno, e ficar girando com propriedade, isso seria bom, pelo menos não me cansaria demasiado, porque assim como venho fazendo, de repente paro, dou dois ou três saltos de lado e continuo contornando o círculo. É bem mais difícil e a respiração não tem continuidade, quero dizer sofre solução de continuidade, enfim a respiração não é das melhores. Todos compreendem. A respeito do círculo poderia continuar, a respeito do quadrado e do triângulo também, poderia continuar durante um ano ou mais, sobre hipotenusas e tangentes também, sobre hidrostática (substâncias fluidas e viscosas, substâncias fluidas água e vinho, substância viscosa melado, as primeiras não têm força de coesão, mas é melhor não insistir inclusive porque todas essas questões referentes à hidrostática só melhoraram a partir do século XVII). Já chegamos lá? Tenho medo porque não vejo mais o cachorro, não vejo as orelhas, o cão fartou--se da minha imobilidade ou foi devorar qualquer coisa mais viva. Vou indo aos saltos. Melhor, como na gangorra, lentamente, pra lá pra cá para cima para baixo ainda não sei, mas os dados são numerosos, a partir de agora um homem atento pode tecer uma bela teia, pode dizer que existo, algumas falhas serão resolvidas logo mais, tenho medo de dizer isso assim tão naturalmente algumas falhas serão resolvidas, sem dúvida, mas é preciso cautela, prudência, vamos devagar porque o chão pode estar minado, encostamos o primeiro dedo do pé, o grande dedo e BUM. Esfacela--se. O dedo e tudo mais. Não posso morrer agora, certamente em alguma madrugada, não nesta, esta deve continuar, o olho mais cego ou menos, presenças fugidias, uma só presença fugidia pois o cachorro somente. Se estivesse à janela poderia acrescentar ricos detalhes, diria que estou vendo tudo através da janela, pelas diminutas frinchas, um pequeno losango. De que cor? Malva. Muito bom. Demora para clarear, não é possível gritar aos solavancos FAÇA-SE A LUZ. Parece que ele já falou isso no começo do mundo. E simplesmente não posso desligar a tomada estalando os dedos, não posso, há de chegar o dia, difícil também, manhã meio-dia tardezinha noite novamente e madrugada. Seria muito bom se o cachorro também chegasse, a cauda em farrapos, e todas as casuísticas, e o conteúdo mais aberto, a casca partida para que o fruto apareça, viscoso, doce como o melado. De viscoso só o melado e o suor. Na hora da morte um suor viscoso, frio, ai devo estar morrendo a todo instante. Não posso estar bem. Em condição. Em boa condição subentende-se estar em condição de fazer alguma coisa. Apto. Comerciar com o mundo. Iniciar transações. Alguma coisa é a ciência das trocas. Alguém me dava suaves tapinhas no ombro e dizia: é a ciência das trocas, meu velho. Jamais tive algo para trocar com o mundo. A minha carcaça? O ovo? É, minha cabeça-ovo pode ser valiosa, parece que o maquinista resolveu conduzir apenas a unidade principal, trigo neurônios, e os outros vagões largou algures. Bonito bonito algures. É preciso localizá-los. Aos vagões digo. Súbitos, valentes discursos esses que afloram sem que saiba de onde. Aos trancos vem a memória. O ovo estremece efervescente. Um aguaceiro de palavras, ininterrupto. Diziam: a ordem, a pátria, precisamos de bravura, de consciências alertas, união de famílias, estandartes, a riqueza não se faz num só dia, construir lentamente, vejam vejam. Eu olhava. Acho que de cima. Eu estava em cima. Num palanque? Em pé numa cadeira? Em pé numa cadeira não, porque o equilíbrio era razoável, se estivesse em pé numa cadeira não teria me aguentado, não devo ter caído tão simplesmente, bem, eu escutava o discurso, eu via gentes. Uns comiam sanduíches, de mortadela porque senti o cheiro, alguns tinham guarda-chuva, então não era aqui, um outro sorria de lado, não sorria para mim, se sorrisse para mim teria sorrido também, tão poucos me sorriam, procurei-os, procurei-os a esses que sorriem, vivia pedindo por dentro isso: sorria-me, sorria-me. As carrancas cada vez mais. Mas esse aí que sorria, esse que estava abaixo de mim, tinha jeito de não sorrir para ninguém, riso de lado, de repente um expirar hnn hnn, debrucei-me na gradinha de madeira do palanque e aquilo estremeceu um pouco, debrucei-me para ver a quem o homem sorria e nada à frente, ninguém. Seriam as palavras? Prestei mais atenção. Quem sabe se um humor sutil me escapara, humor sutil do orador, mas não, mas não, podem crer. O orador: Guardai-vos de toda violência, esperai, há de ser uma bela década a nossa, do firmamento há de vir a luz que esperais, luz para todas as nossas fomes. O homem outra vez hnn hnn. Seria o firmamento um pouco nublado a causa desse riso? Olhei para trás, de fato, havia uma grande nuvem escura, tentei sorrir mas não consegui. Não era o firmamento. Alguém encostou a mão no meu ombro: o que foi? A chuva eu disse. Ah, não se importe, o povo está acostumado, disseram, alguém disse. E não é para já. Acho que se referiam à chuva. Procurei o homem. Contraíra-se. Os maxilares apertados agora. Um clarão. Pensei, a luz já se fizera? Assim depressa? Tudo explodiu. Agachei-me, o homem que discursava já não estava em cima. Todos correram, corri muito, uma voz disse entra aqui, entrei, o assento era de couro macio, dois ou três falavam ao mesmo tempo, devo ter dado a minha opinião porque enquanto o automóvel acelerava, (pois não é que me lembrei? um automóvel) então enquanto aceleravam alguém me respondia: já esperava por quê? Não, ninguém esperava, foi sórdido, é preciso apertar o cerco, canalhas canalhas, a nação não pode sofrer a cada instante esses reveses. De reveses me lembro bem. Reveses. Sacudiam as cabeças e outra vez: que prudência que nada, olho por olho tem que ser, língua por língua, cabeça por cabeça. A minha está aqui. Não era nada pessoal o que o outro dizia, não queria me cortar a cabeça, eu estava calmo. Daqui a pouco deve amanhecer, penso, mas não tenho certeza. O ovo parou de funcionar quanto a esse assunto de palanques, explosões e riso do homem hnn hnn. Essa fruta bojudinha e cheia de espinhos posso tentar comê-la. Vamos lá. Pego a fruta com a folha da bananeira que o menino deixou, está aqui ao lado a fruta, mas é a primeira vez que a vejo. Talvez estivesse verde ontem, hoje está amarela, arranco, esfrego a casca, abro. Amarela também por dentro. Madurinha sim para ser devorada. Refrescou a garganta, salivei, tudo me vem à mão, alguém deve zelar pela minha carcaça, alguém se incomoda. Ele? Não, o lugar dele está vazio, penso somente na cadeira vazia, não o vejo. O trono dourado com estrelinhas azuis está vazio. A almofada está perfeita, o tecido esticado, olho com atenção e parece-me que jamais foi usado. Tanto assim? Olho melhor no centro, não devo ter percebido uma diminuta reentrância, olho com tanto esmero que consigo notar uns fiozinhos dourados. Muito bem, a almofada é azul com fiozinhos dourados. Cor de ouro novo. Nem sombra de nádegas. Isso é possível? Já faz tanto tempo que o trono está vazio? Se não está aqui, onde está? Algures? Bonito algures outra vez. É uma palavra que serve para tudo. Tudo que quiser dizer algures. Algures pode ser aqui, lá, do Caiapó ao Chuí. Não devo ter acertado. Não é Caiapó. Do cabo Horn também me lembro mas deve ser mais longe. Algures. As gaivotas sobre a cabeça, o pequeno tico-tico. Amanhece. Não vejo muita coisa ainda. As canelas sim. Estão na mesma, meio esbranquiçadas mas não fedem. Era de se esperar que melhorassem. Quem é que pode dizer que amanhece. As gaivotas podem ser gaviões, o tico-tico pode ser morcego. Piam. O pio de todos mais ou menos igual. Ou não? O riso de todos mais ou menos igual. Ou não? Da embaixatriz era um silvo uuuuuuiiiiii e eu via a garganta, o ouro lá no fundo da boca, a música também uivava nos meus ouvidos, eu estava ao seu lado, ao lado da embaixatriz, isso pode ser basófia para mim mesmo, devo precisar de tais coisas, palanques, medalhas, embaixatrizes, mas não, minha cabeçaovo não deve ser assim pobrinha e se falo na embaixatriz é porque ela existiu, talvez exista ainda. Fazia-me confidências, não posso estar errado, a cabeça torcida para mim, e sabendo que ela fazia confidências não quis perguntar a toda hora o quê? o quê? Fingia entender. Duas palavras ficaram gravadas: mangará, napa. Mangará que eu saiba é aquele talo do cacho da banana, e fiquei bastante surpreso de ver a embaixatriz saber tanto de bananas, ela estaria a contar a sua infância, isso é quase certo, no entanto pensei bananas só nos trópicos, olhei para o decote, a pele muito branca, nem tinha sardas, não era uma embaixatriz dos trópicos. Então? Bem, não sei, respondi: ah, sim, mangará. A música fervia, eu disse rápido: a gente corta. E fiz um gesto, a mão esticada, movimento da direita para a esquerda, a gente corta eu disse. Corta o cacho eu quis dizer. Foi nesse pedaço que ela silvou uuuuuuiiiii, derrubou a cabeça para trás, eu sorri, nem sei por quê, afinal não me parece nada engraçado dizer que se corta o cacho da banana, ela sufocou, pôs a mão no peito e perguntou: a napa? Vejamos, a palavra me surpreendeu bastante, tentei depressa rememorizar, lembrei-me de napáceo, palavra referente à forma do nabo, mas então a embaixatriz confundia nabos com bananas? Era prudente não corrigir, nunca se sabe até onde a vaidade de uma embaixatriz, continuei sorrindo e para fazer alguma coisa repeti o gesto, pensei tanto faz, tanto se me dá que a embaixatriz tenha cortado nabos ou bananas, enfim deve ter vivido nos campos, nos trópicos, em Taiti, bananas e nabos onde mais? Ela riu a noite inteira, gritava: *wonderful solution*, excedeu-se, porque a uma certa hora abaixou a cabeça e vomitou rente aos meus joelhos. Lembro-me que fiquei triste de repente, aliás já estava triste, a multidão, a música, sempre me senti melhor sozinho, desfiava minhas tripas com vagar, pesava aquilo e outro na balança, alguma coisa não vai bem, repetia comigo mesmo. Desejo de mulher e filhos, de acordar, olhar do lado, dizer escuta, não seria bom viajarmos? Não seria bom tomar um barco, ir à Creta por exemplo, gostarias? Ariana. O fio me conduzindo ou eu mesmo Ariana? Nunca tive a chave, ah, isso não, busquei isso sim. Então sou eu que estou entrando e ela do lado de fora me guiando? As rimas de repente. Paupérrimas. É que o som se fecha aqui por dentro, há paralelas e curvas, talvez o labirinto não seja a construção ideal, procuro volutas, contorções, tudo é segredo, olho para cima, devo puxar o fio, estendê-lo ao máximo, viro para a direita, para a esquerda, espaços vazios, não há um só objeto, nenhum prego como ponto de referência, nem manchas nas paredes. De repente ouço a frase: que a mancha evapore, que a besta se atole. Isso quer dizer que a mancha, uma qualquer, estava na parede? E eu não a vi? Isso quer dizer que ficarei para sempre enclausurado? Que a besta se atole? Isso é comigo? Talvez eu seja os três ao mesmo tempo, a besta, Ariana, Teseu. Os quatro. Piritoo. Os cinco. Dédalo. Devo ter construído o edifício, sim, eu mesmo fiz o plano, paralelas e curvas e agora sei que não saio mais daqui, eventualmente posso estar lá fora, sabem, os acasos, o escapar--se súbito, mas o corpo fica, o corpo fica onde estou, posso dar algumas voltas circulares, o giro sempre igual, talvez com uma pequena diferença vezenquando, mas diferença mínima, aquela de Mercúrio, o planeta. É de espantar. Saber dessa diferença é de espantar. Devo saber muito mais e pouco a pouco vou lhes contando, aos goles, lentamente, afinal o chá pode estar fervendo. Foi durante aquele chá, sim, que o outro me segredou, não sei quem, o cuspe entrando no meu ouvido: lá vai o embaixador, parece que se conformou de ter perdido a napa, está pálido, não? Pensei rapidamente: perdeu o nabo. E fiquei na mesma. Cuspiu outra vez no meu ouvido: dizem que o mangará era um mangagá, grande, meu velho, muito grande, e que ela estava farta da meteção toda a noite e que — encharcou-me os ouvidos — e que ela cortou de um gesto só. Concluiu: a embaixatriz tava biruta. Cruzes, não sei do que se trata, mas presto muita atenção e finjo saber. Digo ah. O outro responde: foi no dia seguinte à festa, te lembras? Digo sei sei, mas a memória não ajuda, napas mangarás mangagás, isso sim é que é uma linguagem, meu Deus. Falo desse outra vez. Ele me vê, certamente. E se estou aqui na praia devo ser Ariana? Me apalpo. Ele me fez homem ou mulher. Apalpo--me. Descubro a coisa. Minguada. Mas está aí, não sou Ariana, então é mesmo verdade que estou dentro, e se estou dentro, como é que tudo ao redor parece fora? As aparências. Certeza de cobras e lagartos aqui por perto. Tudo limpinho por fora, fora eu e minhas canelas, mas por dentro, dentro da paisagem, dentro da areia, do mar, no mais fundo, o quê? Um bicho de cem cabeças? Algum cadáver? Olho para a frente, até agora olhava para trás, mas isso é muito complicado tempo-atrás-presente, olho para a frente à espera de um barco, olho para o rochedo e vejo alguém se despencando, deve ser de manhãzinha então. O rei Egeu? Não consigo me lembrar de outro em idêntica situação. Muitos devem ter feito o mesmo, os anônimos, difícil chegar àquele rochedo, é preciso um iate, uma boa lancha, vou me despencar fulano, me arranja aí uma boa máquina para chegar até lá. Os haveres. São necessários quando se quer morrer. O poder aquisitivo. Bom, isso não é comigo. O barco vem vindo com as velas escuras. Azuis-marinho? Negras? Adiantei-me. Ainda estou nas batalhas mas já quero ver tudo pelas costas, não consigo retardar o prazer de ver o rei Egeu se despencando. Então é assim: estou dentro do barco, alguma coisa não deu certo, a mulher sumiu. Ariana. Abandonei-a? Se foi assim devo ter tido os meus motivos. Evadiu-se? Se foi assim deve ter tido os dela. Foi violentada? Alguém deve ter gozado com isso. Desposaram-na? Bom homem esse. Outra hipótese: ela adormeceu e quando acordou estava só. Não é uma situação incomum. Que nojo, toda essa estória para chegar a nada. A última hipótese é a que mais me convém. Se sou a mulher gosto de ficar por aqui, adormecida, sozinha. Se sou o homem gosto desta ideia: abandonei-a porque não me servia. Será preciso dar mais detalhes para os pósteros, ninguém se conforma com tal abandono, afinal a mulher ajudou-me a entrar e a sair do labirinto. Por que não me serviria? Não é sempre que se encontra alguém exibindo a chave e o novelo ao pé da porta, uma mulher guiando-nos, assegurando-nos a saída. Então? Lembrei-me: Ariana era virgem. Tive escrúpulos. E convenhamos que sob o aspecto moral me saio muito bem. É uma conduta heroica. No entanto estou preocupado e porisso me esqueço de colocar as velas brancas, afinal não se deixa o repasto para o outro sem alguma preocupação. De qualquer forma todos devem morrer, Ariana Egeu eu mesmo. Isso me preocupa muito. As contorções são mais visíveis agora.

Devo falar da morte, dessa depravação que é a morte e do último verme que nos corrói. Tem um nome latino, nome dos mais trevosos, não me lembro, corrói o resto de todos. O resto de todos os outros que se fartaram dos nossos restos. O nosso rosto violáceo lá no fundo. Isso tem sentido? Manhãzinha agora, ainda, aos poucos vou me aquecendo, estou contido, alerta, estou sempre à espera assim como esses sem haveres na fila do ônibus. Disfarço. Não devo pensar no verme, vejam só, acovardei-me espio a bananeira, penso: devo ficar lá embaixo, embaixo da bananeira, digo, não não ainda não estou morto, gozar a sombra, sem crase, não tem muito sentido o deixar-se ficar aqui exposto, torrando os miolos. Minha cabeça-ovo é valente mas nem tanto, minha cabeça-ovo se alarga, quero contar tudo, misérias, obscenidades, coisas da coisa minguada, sempre vivas apesar da precariedade do meu todo, então me pergunto: ejaculei quando pisei na mão da mulher, a coxa escura de sangue? Foi isso? Revirei os olhos, a cabeça estremeceu aos trancos. Pensei nele depois. Ele é que me fez assim? Bonzinho esse senhor. Muito saudável. Eu feito à sua imagem e semelhança. Bonzinho mesmo. Vamos virar as tabelas, vamos dizer o preço certo das coisas. Aqui está: na frente a coisa minguada sem perigo aparente. Na superfície. Por dentro a besta atolada fuçando a carcaça. E em cima do corpo, do meu corpo, as medalhas, o tecido grosso (a camisa maleável?), as botas lustrosas, a voz. Voz de dentro toda escondida mas saindo para fora: meu Deus meu Deus meu Deus, não foi isso que eu ordenei, eu disse apenas: RESTABELEÇAM A ORDEM. Estúpidos, covardes, não, eu não disse assim, eu apenas repeti: Meu Deus meu Deus meu Deus. Olhei-os. Aos soldados. Já tinha ejaculado, o grosso branco escorria. Continuei meu Deus meu Deus indefinidamente. Devo parar. Não é mais de manhãzinha, os homens do peixe estão lá na curva, não devo ficar à sombra da bananeira agora, podem pensar que não estou mais aqui, essa gente se habitua a um lugar, se me locomovo se dizem: o velho não está mais, então mais fica. Eles querem dizer com isso que ficam mais peixes na cesta. Mais um. Não é muito mas conta. Estão se afastando, daqui a pouco posso gozar a sombra da bananeira, sem crase, e na hora do peixe volto para o meu lugar, este onde estou, porque ainda não resolvi se vou ou não. Não é fácil mudar e disso ele também sabe, pedi muito, pedi alto, gritei para o trono vazio: meu Deus, muda este corpo, muda o vinho deste odre. Pedante, sei, mas entendo que unia certa magnificência, um certo rugir aristocrata não fica nada mal vezenquando. Me diferencia da voz do populacho. Posso fazer um círculo na areia, uso meu dedo, e cavo cavo dentro do círculo. Alguns foram bem-sucedidos esgravatando montículos de terra, encontraram o esquife do herói, o herói lá dentro, grande grande, estatura gigantesca como convém a todos os heróis. (ah, Teseu era pequeno é?) E mais: lança e espada. Nem grande nem pequeno sem lança sem espada. Quanto ao esquife e eu lá dentro, é provável. Há muito tempo que sei disso. Sei que cavando vou encontrar. Sempre quis encontrar mas não cavava. Ainda agora não cavo. É difícil começar. Talvez eu mesmo não saiba que estou lá dentro, às vezes sinto a boca cheia de areia, e uma coisa pesada sobre o peito penso sorrindo: um elmo. De ouro. Mas a impressão se desvanece quando toco meu peito. Ouro nenhum, senhores, primeiro a camisa de tecido maleável, desabotoando os botões a pele, fico tamborilando o peito com o indicador e o médio, sai algum som tum-tum, ensaio uma musiquinha tatum tatum tatatá tatum e outra menos marcha: tatati tá tá tatum. Ganho tempo. O tempo não terá qualquer coisa a ver comigo, acho que com ninguém o tempo tem coisa alguma a ver, diz-se que o tempo passa e que por isso as coisas se corrompem mas não é não, não é não, se as coisas se corrompem é porque há nas coisas um preexistir já corrompido. Então quando eu dizia, disse não foi? que a matéria do tempo se esgota, não estava dizendo a verdade. Talvez não meditasse o suficiente. Devo meditar agora. A matéria do tempo sempre esteve aí onde está, não se esgota, não cresce nem decresce, apenas está presente. E eu? Vamos pensar outra vez: o tempo é como se fosse uma pedra incorruptível. A pedra sempre esteve ali. Eu vou andando e passando frente à pedra, estou na primeira reentrância, estou na segunda, na terceira, de repente estou passando pela última reentrância da pedra, agora sim atravessei a pedra em toda a sua extensão, deixo de existir mas a pedra continua lá, onde sempre esteve. Ainda que eu não passasse pela pedra, ainda que ninguém passasse, ela continuaria ali, onde sempre esteve. E apesar, apesar da existência incorruptível dessa pedra, sinto que alguma coisa flui, e a fluidez dessa coisa me assusta, sou cada vez mais o PASSADO, sou cada vez menos O PRESENTE, e o meu futuro está cada vez mais perto de um passado. Não se exaltem, tudo isso é para mesa-redonda, não é a última palavra, podem crer. Esgravato um pouco. Isto vai demorar, vai levar tempo. É como se diz sempre: isto leva tempo, velho. E daqui a pouco já passou. A casa fica pronta. Levanto-me. É mais sensato caminhar quando se pensa tanto. Então caminho do lugar onde sempre estive até a bananeira. Dez passos. Dizendo assim parece muito mas é pouco. Os pés arroxearam. O sangue desceu. Dói muito caminhar, acho que não fui feito para isso, li um dia que a melhor posição para o corpo é dentro d'água, boiando. Explicavam bem, diziam: boiem, senhores, os órgãos ficam exatamente nos seus lugares. Deduzi com a leitura que nada dentro de mim está no devido lugar, porque como veem não estou boiando o tempo inteiro. Nunca estou boiando. Boiei uma vez, há trinta anos atrás. E como ainda não havia lido sobre a excelência do boiar, não gozei a exatidão, a vertigem de ter as tripas nos seus devidos lugares. Ainda bem que passo adiante. Explico-me: não se esqueçam de boiar algumas vezes, sempre será melhor, boiar sempre digo, construir uma redoma de acrílico, dentro da redoma água, um caniço furando a cúpula e bom proveito. Os excrementos podem dar algum trabalho. Vão ficar boiando. E ainda que seja válido o mesmo conceito para os excrementos, deixaria de ser agradável para nós, para aquele que resolveu boiar. Porisso é que todas as invenções são sujeitas a exame minucioso. Eu chego, quero tirar a patente, explico direitinho, vem o chefe, olha, lê, tira os óculos e diz: e a merda meu chapa onde é que fica?

boiando? Penso imediatamente em sacos de plástico, digo que o problema é secundário, tento sorrir arranco os papéis olho o desenho outra vez e vou pela rua esganiçando... a merda... a merda... vejamos. Como veem não é fácil, seria espantoso se fosse. Esgravato mais um pouco porque depois de dar um passo entendo que será melhor descansar, sento-me e arrasto-me até onde estava. Frente ao círculo. Não deveria ter desenhado o círculo porque desenhando o círculo obriguei-me a uma tarefa, e a uma tarefa que não é adequada à minha precária estrutura. Exige constância, força física, exige garras. Posso não esgravatar mais, preencher o círculo de areia novamente e tentar a geometria. Minha cabeça-ovo pede isso. A geometria. Uma vez consegui explicar a existência daquele do trono vazio pela geometria. Eu fazia o círculo, bem, já está feito, dentro do círculo um triângulo equilátero. Aí eu olhava para cima, nesse tempo ainda olhava para cima quando pensava nele e orava: meu Deus, fazei com que o meu olhar se faça a um só tempo sol e compasso. Esperava um pouco e cheio de humildade dizia em voz alta: és assim, meu Deus, és uma esfera (e eu contornava o círculo) és uma asa (e eu contornava os lados laterais do triângulo) és uno (e eu contornava novamente a esfera) és tríplice (e eu contornava os três lados do triângulo) és infinito (e eu abria os braços). Eu era sábio e comovido. Digo que pensava que era sábio. Comovido não sei mais se ainda sou. Se um cão morrer ao meu lado ou um pouco mais adiante, posso ficar sabendo. Um jumento também mas menos. Digo que não saberei muito sobre a minha comoção se um jumento morrer ao meu lado. Fico sabendo um pouco mas menos. Porque me comovo muito com jumentos, mas ainda mais com cães. Então a medida exata da minha comoção se faria plena se um cão exalasse o último suspiro aqui por perto. Jamais diria: se estrebuchasse. Tenho imenso respeito aos cães. Aquele das pintinhas não morreu. Quem sabe ainda. Mas não devo desejar a morte do cãozinho apenas para medir até onde minha comoção. Vamos vamos estou me interessando. Bem, eu disse que era sábio e comovido. Quanto à comoção já entenderam o suficiente. Quanto à sabedoria, mais adiante, até o fim, ser sábio é esquecer, e como dizia aquele da cicuta: o esquecimento nada mais é do que a fuga de um conhecimento. Fugi pois, amigos, vós que me ledes a boca entupida de asteriscos. Olho o mar. Crespo. A noite será de lua cheia. Não sei como sei que será de lua cheia mas sei tão pouco a respeito de tudo, podem acreditar que se disse algumas verdades tais verdades não foram intencionais, de repente tenho vontade de despejar, mas sei que no meio do discurso vem a mancha vermelha. Não pensem que ela tem estado ausente, apenas não quero aborrecê-los a toda a hora dizendo: lá vem a mancha vermelha. Devem ter notado que me fragmento, que interrompo a linha melódica e sopro num trombone assim sem mais nem menos. E a mancha vermelha cada vez que sopro no trombone. É um oboé também toda a vez que disfarço. Há grandes diferenças entre o trombone e o oboé mas é preciso ter à mão um manual de instrumentos de sopro. Senhores, neste instante preparo-me para vos revelar um segredo. Guardei-me o mais que pude. Até agora. De vergonha. Já sabeis que estou pregado ao chão, que quase não me mexo, que ando devagar e com muito esforço, mas houve um momento, lembrai--vos, aquele momento em que experimentei a maleabilidade da camisa porque pensei que seria criterioso, de bom senso, ofertá--la a algum halterofilista. Vós vos lembrais? Naquele momento, quando levantei os braços notei uma coisa absurda. Já chego lá. E levantando os braços outra vez — lembrai-vos que foram duas vezes — então, levantando os braços pela segunda vez, aconteceu a coisa absurda. Calma calma já chego lá. Talvez aos vossos olhos eu não seja uma pessoa de inteira confiança, usei tantas vezes o trombone e o oboé, dedilhei o piano, avancei na bateria, e quem manipula tantos objetos a um só tempo, não é merecedor de muita confiança. Compreendo perfeitamente. A época é de especialização. Se sabeis do painel do automóvel certamente não sabereis dos faróis dianteiros. Ou dos traseiros. Ou do virabrequim. Ou das manilhas, não, manilha já é assunto de encanador. Mas entendestes, por certo. Aquele que sabe um pouco de tudo, nas provas finais vê-se que não sabe nada. E eu sempre vos disse que sei muito pouco, oh não, não vos engano, apenas relato com certa propriedade certos acontecimentos de um passadopresentefuturo. O rei Egeu, Ariana, um súbito ejacular aterrador, são coisas que não têm ligação. Pelo menos visível. Pelo menos para mim. Podeis descobrir ligações e isso muito me desvanecerá. Ligações assim, por exemplo: o homem quer ter um amigo, Piritoo, não tem, o homem quer ter um pai, o rei Egeu, não teve, foi conduzido quando devia conduzir, amaodeia Ariana, respeita Dédalo e se identifica com ele (isso não é visível), construiu o labirinto para a besta, e ele mesmo, ele mesmo este homem que relata acontecimentos com frequentes rupturas, trombones-oboés, este homem também constrói seu próprio labirinto e talvez seja ele próprio a besta. Tem algum sentido. Principalmente se algum homem de gênio tiver o novelo à mão. Disse um homem de gênio e agora me olhais desfavoravelmente. Pensais: é uma farsa, tenta conosco o caminho do nada, quer apenas expelir a teia que o sufoca. Não é assim. É mais dor. É um gaguejo de confessionário. O outro dizendo: fala mais, meu filho, fala tudo, e nesse momento sorrimos apesar do suor descendo pelo canto da boca, passamos a língua, esfregamos o dorso da mão nos dentes, sussurramos: espera um pouco, pai, me dá algum tempo. Do lado de lá da gradinha do confessionário o outro está impaciente porque a fila é comprida. As velhotas tossem. Melhor na sacristia, o outro diz. Vem amanhã na sacristia, às quatro está bem? Fazemos o sinal da cruz, levantamo-nos. Vai ser mais difícil cara a cara. Bem, deduzi que ainda não posso dizer o que pretendia. Esperai até amanhã às quatro. Chegaremos lá. Logo mais vem o menino e conversamos um pouco. Agora é preciso fazer alguma coisa. Tiro a camisa, deito-me de bruços, examino os grãos de areia. Fecho as duas mãos como se fossem dois tubos e apoio o queixo. Olho para os lados. No meu lado esquerdo, lá adiante, há uma velha vestida de preto, um lenço na cabeça. Olha-me. Talvez olhe o mar, mas está rígida, ninguém olha o mar desse jeito, assim sem apoiar-se ora num pé ora noutro, assim de pés juntos. Meias pretas e grossas. Um cesto. Ajoelhou-se agora, pôs o cesto na areia, olha em minha direção, olho para o outro lado porque me ocorreu que alguém pode estar à minha direita, mais adiante e possivelmente na mesma direção. Não há sombra de gente. E depois ela não se ajoelharia para alguém que estivesse à minha direita. Nem à minha esquerda. Nem para mim, suponho. Levantou-se e tirou alguma coisa do cesto. De longe parecem flores, ramos, não sei. Podem estar certos que não vou verificar. Daqui até lá uns cem metros. Não seria difícil chegar até lá por causa do segredo que guardo comigo. Assim mesmo seria arriscado. Alguém me veria num percurso tão longo. Afastou-se, melhor, recuou. Recuou como se estivesse na igreja, é isso, ajoelhamos, jogamos flores no altar, afastamo-nos de frente para não dar as costas ao santíssimo exposto. Conduta bem inusitada numa praia. Enfim. Há gente que anda melhor de costas do que de frente. Apoio o queixo nos tubos da mão. Foi-se. Olhei de lado sem mexer a cabeça. Não é fácil para mim olhar de lado sem mexer a cabeça. Pessoalmente não aprecio esse tipo de olhar. Além de forçar os nervos óticos revela caráter duvidoso. Alguém me olhou desse modo certa vez. Talvez tenha sido aquele que disse cabeça por cabeça, olho por olho. Aquele do automóvel, não Jeová. Este último não gostaria de me olhar nem pelas costas. Pressinto. Estremeço pensando que talvez apareça de um momento a outro. Não Jeová, aquele do automóvel. Não estou tranquilo. A roupa negra da velha, as flores, não é só diante do santíssimo exposto que as pessoas comportam-se desse modo. Também nos cemitérios, diante do túmulo de alguém que amamos um dia. Ficamos de pé olhando a laje, recordamo-nos: te lembras? Eras um homem calado, acreditavas na humildade, na paciência, desde menino guardavas os teus sonhos, tinhas uma ideia tão limpa da bravura, nada de sangue, nada de lança furando o outro. E se houvesse combates — pensavas — traçarias um plano perfeito, abririas o mapa, o dedo fazendo um círculo: estão encurralados, nem é preciso matá-los, apenas cada vez mais perto do centro... e aqui eles se rendem.

Não houve guerras no teu país, não precisaste traçar o círculo. Dentro de ti algumas ideias. Ideias de vencer a fome de todos, dar alimento ao corpo e ao espírito. Tuas ideias não te deixavam dormir. Eras digno, eras alguém? Os outros não eram como tu. Ah sim, te respeitavam, tinhas alguns poderes, eras aos olhos dos outros um excelente oficial cheio de ideias estimulantes. Estavas próximo dos grandes, líderes do povo, e pensavas: política é... política é... POLÍTICA É DAR VIDA A TODOS. Sorriam, alguns apertos de mão, não te sorriam, sorriam-se, e alguns às vezes despejavam palavras: justificações éticas, direitos deveres punições. Obedecias aos de cima, fazias parte, apenas não conseguias dormir como as criancinhas, tuas ideias eram como um tambor nos teus ouvidos tum-tum-tum sempre o mesmo som. Não eras poderoso a ponto de torná-las realidade, não eras rico a ponto de distribuir tua riqueza, nem eras forte a ponto de largares tudo e servir os sofridos. Adiantaria pouco se o fizesses. Eram muitos e apenas o teu amor e a tua compaixão não lhes serviria para nada. Esperavas. Alguém mais forte do que tu, mais poderoso, resolveria a dor dos outros, indigência ignorância doença. Bem, ainda não estás morto. Quem sabe se naquele lugar onde a velha esteve, alguém morreu. Um pescador talvez, o marido da velha. Certamente não estaria enterrado ali mas foi ali que ela o abraçou pela última vez. Estenderam-no na areia, ela deve ter falado: agora sou como uma árvore sem folhas. Ou não? Um mar sem peixes. Óbvio demais, para mulher de pescador. Estou quase certo de que o pescador morreu ali. Mas a velha olhava para mim, a cabeça não estava inclinada para o chão, jogou as flores e os ramos como se quisesse alcançar-me, o braço esticado no ar, um pouco acima da cabeça, esforçou-se para conseguir distância. E se o marido morreu exatamente onde estou? Possivelmente ela não quis incomodar-me, chegar perto de mim e dizer: escuta, homem, meu marido morreu onde o senhor está, levante-se para que eu possa colocar estas flores. Aí eu me levantava e ela colocava as flores. Não, não ficaria bem, inclusive porque não é de bom-tom desalojar os vivos para homenagear os mortos. Não estarei morto? É uma coisa a pensar. Aquela coisa absurda, o meu segredo, talvez só aconteça aos mortos. Não estou morto, e depois o menino, os pescadores, eles falam comigo, me veem. Toco na areia, sinto o sol na minha pele, estou vivo ainda que me custe um pouco, pois a memória aos pedaços entrou no vazio daquele. Seria mais fácil viver pensando que ele está lá, sempre esteve lá, e daqui a pouco vai me envolver com seu grande manto dourado: meu filho, é apenas um momento o vazio dentro de ti, um momento que precede o teu encontro comigo, apenas um instante de vazio, sonhaste meu filho, sonhaste. Falaria assim? Ou soltaria um gemido, um ronco? Trovejaria? Vamos vamos homem, não existo para zelar por cada um de vós, sois livre, imaginais que me sobraria tempo se a cada dia precisasse dar pão a um, casa a outro, fé para terceiro? Sobraria tempo... ele diria isso? Não, pois que ele não precisa do tempo para nada, ele não precisa rezar a outro, nem penitenciar-se, nem fazer as orações da noite. Talvez precise de algo, talvez faça planos para começar tudo de novo, e este existir de agora da humanidade seria apenas um pré-existir, um exercício sobre a lousa. Um exercício sim. Ele adquire forças repetindo a cada instante o exercício, grava o exercício na lousa e no imenso pré-frontal, grava para esquecer-se, para não repetir. É possível, mas entendo que seria magnífico se se apressasse. O trono está vazio, olhei bem, olho-lupa olho-telescópio. Não avanço. Deve ser o dia tão quente e a impressão que a velha me fez, areia branca roupa negra, flores desenhando um arco no ar. A incerteza. Flores para mim? Para o morto? Flores para o moribundo? Será este o meu aspecto? Boas intenções? Bênçãos? O sol me queima os ossos. Se alguém não estiver por perto levanto-me, fico à sombra da bananeira. Ninguém por perto, nem à direita nem à esquerda, vamos, a coisa absurda não se fará, finca os pés no chão, conta os passos, até dez, o primeiro é sempre o mais difícil. Um (estou a postos) dois (o calcanhar primeiro, depois a ponta do pé) três (me disseram que o mais certo é a ponta, depois o calcanhar) quatro (isso é coisa de bailarino) cinco (escorreu um líquido da canela) seis (chegou ao tornozelo) sete (escorreu dos lados, encharcou a areia) oito (bravo, a coisa absurda não se fez) nove (talvez não se faça assim) dez (me atiro na sombra exausto). Deve ser meio-dia. Daqui a pouco vai começar a marcha a caminho da morte. Refiro-me ao sol. Até agora limpidez ascensão verticalidade. Dele, digo. De mim não falaria tais coisas, estou sempre pendendo. Quero dizer que estou sempre inclinado. Para baixo. Os serviços que executei, tais como procurar o caranguejo para o cachorro, cavar dentro do círculo, desenhá-lo antes, são notas para um contrabaixo. Rabecão grande. Também gostaria de ter um. O instrumento, não o carro dos mortos. Vejam: trombone oboé rabecão. Dá gosto ter coisas assim. Gostaria, mas se as tivesse não saberia onde colocá-las. Aqui na areia bem depressa se estragariam. Não avanço. Falei do rabecão e perdi-me. Na verdade, tudo isso para vos falar da moringa. Tem alguma semelhança afinal. É que o menino colocou a moringa d'água embaixo da bananeira e descubro neste instante o porquê de todo esforço para ficar à sombra. Não era tanto o sol, era a sede. Onde está? Não é fácil localizá-la porque ele a enterrou na areia, fica mais fresquinha velho, foi o que ele disse. Disse-o antes de eu ter contato convosco. Sim, porque não estou aqui apenas desde o começo, o começo da estória, estou aqui há muito muito tempo mas comecei com aquele começo porque sempre deve haver um começo. Bem, acostumei-me com o menino com os pescadores com o peixe. Apesar de vomitá-lo quase sempre. Vomitei-o outras vezes antes de vos dizer da primeira. O esforço de apagar a mancha vermelha interfere na minha função gástrica. Desenterro a moringa, achei-a por fim, enquanto pensava procurava, não pensem que me limito apenas a pensar, é que há certos gestos diminutos, quase inúteis, as mãos cruzadas e os polegares girando, outro, o indicador da mão direita sobre o lóbulo da orelha esquerda, outro, o polegar da mão direita na comissura esquerda da boca. Não quero ser maçante, isso nunca, limito-me a expressivas impressões, devem ter notado. No mais faço gestos. Às vezes cabalísticos. Apago algumas coisas no ar, cores que de súbito me vêm, manchas pardas com pintinhas roxas. Olhos de todas as cores. Azuis verdes amarelos. Devem ser lembranças do palanque, porque afinal me olhavam, eu não discursava, mesmo assim encontrava-me ao lado daquele que profetizava sobre a luz. E a mancha parda que descrevi aí acima, com pintinhas roxas, deve ter aparecido na hora do clarão. Durante um certo tempo vi as gentes com pintinhas roxas. Nos claros, ia bem. Nos mais escuros, na gente mais escura não combinava muito. Porra, velho, você se mexeu. O pessoal ainda não trouxe o peixe, eu digo. É que hoje vim mais cedo. Por quê? Pra te olhar um pouco. Por quê? Assim, ele diz. E continua: olha, hoje amarro esses panos também, porque a avó disse que com sol e areia a coisa não sara. A avó gosta de você, velho. Ah é? Tem vez que eu acho que ela não tá boa da bola, ele diz. Por quê? Disse pra mim que você ficou no ar, que um dia você levantou os braços e abaixou, depois levantou outra vez e nessa hora você ficou no ar. Disse pra ela que você nem anda direito pelo chão, como é que vai andar pelo ar? Pronto, a velha sabe, eu digo, descobriu a coisa absurda. É verdade, velho? É nada menino, como, no ar? Assim como os santos. Como como os santos? Os santos ficam no ar, velho, você não sabia? Tem muita estória de santo assim, tem um que ficou no ar tanto tempo que depois não podia descer, a avó que conta. A avó te acha santo. Eu digo: olha menino, tudo à minha volta é o oco, entendes? Mais ou menos. É assim: tudo à minha volta é o vazio, apesar do mar da areia da bananeira do céu. Da moringa o menino diz. E isso, da moringa. E eu não conto, velho? Conta sim, mas não chega para existir no meu vazio, entendes? E o mar não chega, velho, pra existir no teu vazio? Não. É grande esse vazio então. Muito grande, e por isso você vê, eu não posso ser santo. Por quê? Porque o santo olha para todos os lados e vê Deus. Eles vêm vindo, olha, eu vou buscar o peixe pra você. Ai, agora já sabem que a coisa absurda é isso de ficar no ar. Digo de uma vez: aquele dia que resolvi experimentar a maleabilidade da camisa pensando que seria sensato ofertá-la a um halterofilista, levitei. Levantei os braços e levitei.

Insensato mas aconteceu. Se os santos levitaram, isso é lá com eles, parece que durante a quaresma muito santo levita: a fé o jejum as orações. Dos três, só o jejum tem alguma coisa a ver comigo, e entendo que só isso não adianta, porque... ora, porque muita gente andaria pelos ares. E ver-se-ia. Calma calma, a língua é essa mesmo. Di-lo-ei. Ver-se-ia. A fé as orações, nada disso é comigo. Apenas o oco. E tão pouca fé que vomito o peixe. Vomito o símbolo daquele. Às vezes facilito as coisas para vocês. Não há de ser sempre. É muito esforço contar e destrinchar, é preciso deixar alguma coisa para o outro. Mastiguem então. Quem sabe se um dia, através de vocês, posso me descobrir. O menino voltou. Empurro e engulo o peixe. Tudo acontece depressa por aqui. A névoa, a minha névoa de dentro, porque na paisagem transparência, e rosado na linha do horizonte. Se houver nuvenzinhas já vos digo. Algumas acima do rochedo. Então não é verdade hem, velho? Não, não é, por quê? Agora senti de repente que pode ser verdade, o menino diz. Por quê? Fiquei te olhando de longe e a tua cabeça ficou mais clara. É o reflexo de cima, eu digo, o rosado de lá que chega até aqui, e escuta, vou ficar muito tempo com esses trapos nas canelas? Até a coisa melhorar. Vai embora, vai. A cabeça mais clara... já é demais. Justamente a minha cabeça-ovo que a cada instante escurece. A cada instante as linhas do mapa se desfazem, o grande rio perde seus afluentes, e de montanhas mais nada. É preciso espiar o trono, quem sabe se ele voltou e eu não vi. Fecho os olhos, primeiro o espaldar, tem finas reentrâncias, filetes de rubis. Para ter certeza conviria desencravá-los, encostar a língua e sentir o gelado. É quase certo que sejam de boa procedência. Se tendes um rubi ou se pretendeis comprá-lo, a primeira coisa é encostar a língua e sentir o gelado. No centro do espaldar pequenos triângulos ao redor de um círculo. Estou intranquilo. Se vejo tão nitidamente o espaldar é porque não há ninguém recostado nele. Recuso-me a examinar a almofada outra vez. Podemos olhar à volta do trono. À direita uma pequena mesa dourada e sobre a mesa um estranho objeto. Examino-o. Um megafone. Não, o outro, aquele que se coloca nas orelhas. De ouro. Espantoso, ele nunca está, mas se aparecer de repente há de tapar os ouvidos. Posso compreendê-lo. Imaginai: ele chega para o expediente da tarde, vem aquele das chaves e diz: é ensurdecedor, é um funil de lamentos, a boca do funil voltada para cima, não vou ligar a chave principal, rompereis o tímpano, meu senhor. Ele sorri e aponta o estranho objeto: podeis ligá-la, Pedro, com isto é um sono só. Entendi mais um pouco das coisas de cima. É que até o momento eu fixava o olhar sobre o trono, não olhava ao redor, quem sabe se mais tarde descubro novos elementos. A chave está ligada sim, o vosso grito sobe também, chega até lá, apenas fecha-se o circuito quando o senhor aparece. Ele, ELE O SENHOR. E de manhã podeis gritar à vontade. Sem o patrão nada resolvido. Resta a noite. A noite ele desce à geena, tem o diálogo com o outro. A conferência. As conferências sabeis: portas fechadas, favor não interromper. Não sei por que vos dou tantos dados. Afinal o melhor é cada um descobrir por si mesmo. Não pensem que foi fácil fechar o olho e ver. De início só via um contorno, podia ser o trono e podia ser ele. Alegrei-me a ponto de pôr tudo a perder, pois quando vi o contorno tive vontade de atirar-me ao chão e cantar. Usei de contenção: logo mais verás, aquieta-te, se o contorno é o dele, hás de sentir um fogo sobre a fronte. Não era o dele. Então o trono. Não fiquei triste, já era alguma coisa. E a cada dia fechava os olhos. Nada. Não fiquei triste não, até contente de saber o meu Deus andarilho, há de passar por mim, pensei. Nada. Basta por hoje. Ausência sono conferência. Também tenho a minha. Comigo mesmo, já veem. Ninguém por perto, ai alegria, sim alguém. Uma boa notícia, uma grande presença. E cor de cinza. As canelinhas brancas. Tem alguns ferimentos na mancha escura da testa. É mula. Não faz mal, também serve. Qualquer coisa para que eu possa sair desta pasmaceira. Palavras palavras falação. O outro das araras, a reclusão. O vermelho das penas. O rosado das garças. Do horizonte ainda. E por aí vou indo, poema que se esgarça, meu mais fundo em espirais até encontrar a calma. Calma como será? Cor de terra? Azul anil? Branco pastoso? Convenhamos, vou indo. A mula ainda mais. Passou por mim, vistes que disfarcei, não quis repetir o erro, procurar caranguejos nem nada, e falei de araras, fiquei sonoro, mas não parou, passou. Gordo o oco circundando. Resta reconsiderar: já não vejo, o olho transparência aquosa, mas não vê. Tateio: frio molhado liso. O quê? Eu mesmo. O suor. Coisa do esforço. Saudade do diálogo, do corre-corre. Assim: É verdade, pai, que as rãs não sentem frio? É. Por quê? São rãs. É verdade, pai, que o sopro do gigante é de fogo? Não. É sim, eu vi no livro o fogo saindo pela boca. Então é. É verdade seu sem-vergonha que você goza com todas e não quer gozar comigo? É sim, por quê? Plaftplaftplaft, um novo estilo, para maiores de vinte e um, para depois da meia-noite. Espera até amanhã, velho, digo para mim mesmo, é o sono das seis horas, se aquele dorme, dorme um pouco também antes da conferência, põe a coisa de ouro nos ouvidos, esquece a mula, podia não dar certo, coices e patadas, enfim, sabe-se lá se a mula toca o teu trombone? Vermelho agora o horizonte. Nada de surpresas esta noite. Não quero nada. Quero experimentar o voo. Até a beirada, um pouco mais adiante, até o extremo da praia. Em cima das árvores. Cutucando os ninhos. Apenas para afagar as lisas cabecinhas. Dos passarinhos. Árvores lá muito longe. Na serra quaresmeiras. Gladíolos. Quem sabe se hortênsias gerânios cardos. E animais acantófagos. Quem sabe se acantos acantoados miniantos. E se não vou à serra, vou ao mar, flutivago sonâmbulo, Teseu escondido e. Perdão, saiu o poema, o que ficou enrodilhado há séculos, mas já passou. Paciência cidadão, um dia do leitor, outro não. Minhas madrugadas, levitar pelas madrugadas, ver as coisas de cima como ele as veria. Subirei dois metros ou mais? Vamos homem, levanta os braços, olha ao redor, ninguém, nem mesmo a mula, escondeu-se no capim alto. Levanto os braços vagarosamente. Estou de pé, as mãos espalmadas. Estremeço, começo a subir. A bananeira vejo-a de cima, vejo... oh aqueles ali me veem, a criança estendeu a mãozinha, gritou: olha o homem, olha o homem no ar. Abaixo os braços afoitado, caio com velocidade, as frutas espinhudas dilaceram-me os pés. Viram-me. Duas velhas, um velho, uma criança. Arrasto-me, devo chegar ao capim alto, ouço vozes ah não me deixarão em paz, nunca mais. O medo das serpentes cada vez mais agudo. Na areia limpa estou a salvo, mas lá, areia de capim e cardo, a qualquer momento um silvo. E um ninho. E alguma víbora defendendo o seu. Não há mais tempo e os pés latejam. Estou apenas a metros do capim. Vejo-os. As velhas, o velho, a criança. Trazem velas acesas, caminham lentamente pela praia, procuram-me. A criança outra vez: está lá, está lá! Param. Talvez não se aproximem. Ainda bem, vão ficar a distância, devem temer-me mais do que eu a eles. Os pés enormes, vermelhos. Daqui a pouco tudo passa, voltarão às suas casas e eu direi ao menino: foi nada, estavam loucos, foi nada, andei no ar não. Meu Deus, agora cantam. A voz esganiçada da criança: coração santo tu reinarás e o nosso encanto sempre-serás. Cantarão a noite inteira? É lua cheia ainda. Andaram mais um pouco. Se se aproximarem dou dois ou três pulos e grito balam-balam-balam, a boca bem aberta, os indicadores na testa. Dois ou três pulos eu disse? Com estes pés? Só se um da conferência sair para me ajudar. Aquele, o de rabo e pelos. Nunca mais, penso. O sossego de antes nunca mais. Devo estar sonhando, ninguém sobe aos ares de repente, sem merecer. Aquele subia quando cantava no coro da igreja. O nome? Não me lembro. Mas o coro desafinava cada vez que ele chegava ao teto. Aí mandaram-no ficar na cela todavida. Trinta anos. A cantoria aumenta. E chegaram mais três. Interrompem o canto por alguns instantes, falam falam. Os que chegaram por último, movem as cabeças. A criança aponta: lá lá. Encolho-me. Bem, vamos tentar fingir que nada aconteceu. Grito: Olê, Olê. Respondem amém. Grito novamente: Olá, Olá. Respondem: Assim seja. Estou mais descansado, parecem entender menos do que eu. Vamos à tarefa de tirar os espinhos, logo mais; todos se cansam, já cantaram já disseram amém assim seja, devem estar no fim. Amém e assim seja só no fim. Tenho uma vaga ideia. *Utindulgere digneres omnia pecata mea.* Amém. E mais: *noctem quietam et finem perfectum tribuat nobis Dominus omnipotens.* Amém. Sopra de todos os lados. As velas apagaram-se, há de chover pela primeira vez. Devem ter blasfemado, o mar há de cobrir a areia e perderei meu posto, a bananeira, o peixe. Correm. Todos correm. Lua baça. Já disse isso alguma vez mas quero repetir porque é bonito: lua baça. Lua baça. Porque ouvi em alguma madrugada antes de abrir os olhos: insere a tua oitava maravilha neste espaço. E havia um espaço de luz entre duas lâminas triangulares pousadas na areia. E depois: Roxana, lua baça. Procurei nos papiros, Roxana Roxana, encontrei uma Roxana mulher de Alexandre. Dizem que foi queimada viva. Certamente não tenho nada a ver com essa senhora, mulher de Alexandre. E com este muito menos. E o que será a oitava maravilha? As sete conheço. Os jardins etc. Não vejo os espinhos, a lua sumiu, o vento parou. A lua outra vez. Agora que todos já se foram, começo a arrancá-los um a um. Aos espinhos. Lembrai-vos de que ainda não me safei. Vai ser tarefa para a noite inteira, e podeis estar certos de que não falarei coisas muito dignas, pois os pés não estão como as canelas, adormecidos, não, mexem-se vermelhuscos. Alguém diz: agora sim é hora de levitar, pouparás os pés. Mas para levitar é preciso estar de pé e abrir os braços. Coisas do mecanismo. Deve haver um motivo. Talvez de pé e abrindo e levantando os braços, fico perpendicular a alguma coisa que não sei o que é. Perpendicular ao monte da lua tenho aquele traço na linha da cabeça. Falo-vos das minhas linhas da mão. De perpendiculares quase já não sei. Deve haver muitas, perpendiculares aqui acolá. Termino. Deveria terminar, mas não. Vamos aos saltos. A pequena praça e o coreto. Depois: a pequena praça, o coreto e o chão de cadáveres. Eu havia dito: RESTABELEÇAM A ORDEM. A frase é como um funil. Vai até certo ponto (fim do tubo) alarga-se (começo e infinito da boca do funil). Se eu dissesse assim: restabeleçam a ordem sem violência. Um tubo apenas. Fechado numa das extremidades. Meu Deus... meu Deus... eu disse. E o outro: mas foi preciso... eles avançaram com as facas na mão... os soldados ficaram em pânico... foi preciso. A ordem restabelecida. Depois a coxa escura de sangue. A mão da mulher. A coxa escura de sangue. O gozo. E durante o gozo o meu entendimento, rápido, a corda do poço escapou, a roldana girou. Assim: Ele, o Senhor, é como um grande nervo avançando no todo, aqui ali ao redor a santidade a vileza alimentam a sua fome ele vive de espasmos tem fome de espasmos ali ali mataram mil, ali ali salvaram-se dez mil ali ali debaixo do fogo ali ali salvos das águas um milhão apodrecendo ao sol dois milhões os ossos expostos três milhões entoando loas cinco milhões as bocas sangrando seis milhões de mandíbulas descansando medidas desiguais mas de igual intensidade o mesmo espasmo no corpo-nervo no imenso corpo-nervo goza com ele fazes parte da corrente anel elo do começo do meio do fim a ti que te importa és extensão do todo goza com ele porque jamais romperás a grande teia. Fim. O grosso branco escorrendo. Ele o senhor era então assim? Um imenso corpo-nervo? E aos poucos a gosma, o soluço escapando, o meu grito na praça: não és assim, meu Deus, misericórdia, não és assim. Lua baça outra vez. Devo parar? O homem no chão. Agonia do homem: és tu, Caiana? Eu disse para acalmá-lo: Sim, sou eu. Ajoelhei-me. Ele continuou: eu vou morrer, Caiana, escuta, o ódio cresceu mais do que o amor, entendes? Eu disse sim. Ele: Caiana, os nossos tinham os dedos magros e cavavam a terra, os nossos não sabiam do gosto da coisa que se engole, não sei por que me escolheram para falar com os outros, eu que não falo direito nem com Deus que é o Pai, que digo a cada noite obrigado meu Pai por mais esta fome de hoje. Era de tardezinha quando todos chegaram, não foi Caiana? Eu disse sim. Caiana, guardei a cabra, me guardei dentro do quarto e depois ouvi as vozes, um falatório grosso: ajuda a gente, homem, tua cara é cara de quem sabe falar, teu olho olha mais do que o nosso, vai fazer o discurso para OS OUTROS, diz que a fome é uma coisa que rói, fala que a gente não tem força para pedir com força, fala dos nossos filhos que comem terra e raiz, fala que a terra está cansada dos mortos, que a espuma na boca está crescendo, sai do teu quarto, homem, e vem com a gente falar com os ou-

TROS. Saí, tu ficaste, não faz mal, Caiana, aperta a minha mão, deixa continuar. Apertei. Andamos três dias três noites, eles rezavam: Pai Santo, que OS OUTROS sejam feitos de mel, que o coração dos OUTROS seja de um grande tamanho. Eu ia na frente dizendo: gente, eu não sei, eles vão rir do meu falatório, olhem a minha roupa toda suja, pra falar com OS OUTROS precisava de camisa, de boa presença. Pede desculpa da presença, não tem vergonha, eles entendem. Eu não dormi, Caiana, quase nada, à noite via as ratazanas passando cheirando a nossa gente, eu nem matei as ratazanas, só pedi: não comam a carne da nossa gente. Vê, Caiana, se eu tivesse maldade teria matado as ratazanas, você dizia que eu tinha o pelo do cordeiro, tanta mansidão... você dizia que por isso mesmo me escolheu... tua mãe dizia que a minha cara era cara triste de boi... Caiana, quando eu vi os soldados eu falei: os senhores são OS OUTROS com quem devemos falar? Que outros? responderam assim mesmo, que outros? Eu disse que havia gente que resolvia os problemas da comida, da terra, e que nós queríamos falar com essa gente... Os soldados riram, que riso ruim, Caiana, depois disseram que nós não podíamos entrar na cidade, que a cidade era limpa, muito limpa, que voltássemos para nossas casas pelo mesmo caminho, eu olhei para trás, vi as mulheres e as crianças, o rosto amarelo dos homens, os pés sangrando, eu disse então que a gente só queria comida. Eles disseram que não tinha comida não, e aí eu olhei outra vez para trás, e vi, Caiana, as facas. Eu gritei: Gente, eu ainda vou conseguir, esperem, guardem as facas, mas os soldados atiraram, ai Caiana que raiva escura Santo Deus, os nossos iam guardar as facas, não era preciso, não era preciso, aperta a minha mão, pra alguma coisa de bem eu fui escolhido, não posso morrer, pra muita coisa de bem eu fui escolhido, eu sei, pra muita coisa de bem... Morreu. *Confitebor tibi in cíthara*, Deus, Deus. Meus: *quare tristis es anima mea, et quare conturbas me*? Canta para mim, meu Deus, tu é que deves cantar para mim, pois nem consigo uma canção de ninar, nem soube escolher os instrumentos. De repente volta um pedaço de mim. Recusa-se a morrer. Apesar das misérias e do olho fechado espiando o trono vazio, alguma coisa em mim... o quê? Nada, nada em mim, por mais que procure não encontro nada. Salvar o quê? Salvar o de antes? Já não sei o que digo. Tento um passe de mágica. Devo tirar coisas da cartola e pombas dos ouvidos. Devo ouvir e falar ao mesmo tempo. Às voltas com discursos. Se a cabeça-ovo descansasse por alguns segundos. Se viesse alguém, a minha vó por exemplo, se é que eu a tive, e me contasse a estória do sapo. Qual? Um que foi buscar a bola da princesa. Era de ouro a bola e a princesa saiu correndo depois de recuperá-la, nem disse adeus. O sapo no charco. Sempre. Homem, para Deus as palavras são obras e não palavras. Estou frito, alguém tocou o trombone. Há um de língua comprida retorcendo as palavras, há um enrodilhado enfeitando as colunas, lacinhos aqui, dois anjos, cometas e o chifrudo ali. Os vitrais ao lado. A abóboda. As rosáceas filtrando luz dourada. E o órgão. E a paixão. De um daqueles. E as minhas, pergunto eu, onde é que estão? Onde é que estão as minhas paixões? Dentro de que corpo? Devo sacudir as tripas e perguntar ei tripa por que não queres mais comer? E tu grande besta cordiforme por que não queres mais amar? Nunca mais nunca mais, grande besta vazia. E agora os pés vermelhuscos ainda, cheios de sangue. Tirei os espinhos mas foi como se os cravasse. São meus pés, digo para mim mesmo, perplexo. Daqui por diante quase não vou usá-los. Se estou na areia fico sentado e as palmas dos pés ficam no ar, se levito ficam no ar também, ah sim, podem ser úteis quando for preciso ficar de pé para em seguida levitar. Necessários mas por pouco tempo. Apenas para que eu fique perpendicular a alguma coisa que eu não sei o que é. Digo ainda como se algum dia pudesse deixar de dizer. Não vou saber até o fim. Aqui deve ser o começo. É reconfortante saber que há muitas coisas sem solução. Tem gente que diz: no fim você resolve. E vem uma angústia, um torniquete apertando desde o começo. Não estou livre. Para chegar ao fim devo continuar ainda que não exista solução. Gostaria de explicar a mim mesmo tantas tantas coisas mas para encontrar o caminho das formigas devo cortar o capim ou pelo menos adentrar-me nele, olhar com olho agudo porque formigas, sabeis, são pequeninas. Umas maiores outras menores. O caminho das minhas deve ser o mais estreito, porque as minhas são aquelas diminutas, aquelas que andam sobre as mesas. Aquelas que amassamos com a ponta dos dedos. Que amassais. Perdoai-me. Ao amassais. Então são aquelas. As outras enormes, rubicundas, temo-as. Falo de formigas. Que eu saiba é permitido. Há tratados até. De elefantes também é permitido. Dizem que são muito pudorosos. Que amam a música. Que uma trompa de búfalo faz milagres. Que os caçadores ficam sobre as árvores e os elefantes vêm vindo ao som da trompa. Extasiados. Aí o caçador escolhe um. Atira-se sobre ele, quero dizer, deixa-se cair sobre ele, dá-lhe pauladas na cabeça e repete fórmulas mágicas. Doma-o. Às vezes alguém morre sob as patas. E devo repetir ainda que não queira: um dia da caça... o resto, sabeis, presumo. Devo continuar então. Nada de esoterismos. Então: outro do caçador. Digo para mim mesmo a cada manhã: duas mil palavras pelo menos, depois fico mudo o resto do dia. É bom falar quando não há ninguém para escutar. Não interrompem, não repetem a cada instante dizendo e daí? e daí? Não dizem: não é assim não, velho, um dia do caçador e o outro também, não murmuram, nem saem da casa maldizendo o anfitrião, gritando: não deu quase nada de comer nem de beber, o idiota só falou. Livrai-me desses. Os caranguejos entram nos buracos assim que me veem. Melhor. Não é preciso perguntar da família, nem do filhinho coxo. Que há um por aqui, pequeno o coxo, esqueci-me de vos dizer. Cegos parecem todos. O olhobolota revirando pra lá pra cá. Tenho pressentimento quando falo de cegos e coxos. É a primeira vez que falo mas gostaria que fosse a última. Vejamos, devo fazer alguma coisa pois que não há ninguém. Posso ir até a beirada e lavar os pés. Levanto-me, a boca emite sons, ganidos. De dor, compreendeis. Levanto os braços etc., mecanismo já conhecido por vós. Levanto os braços mas não demasiado. Receio as crianças, estão sempre por perto ainda que seja noite alta. Quase todas são sonâmbulas. As crianças. Belo este percurso pelo ar. Dádiva ou castigo já não sei. Sei nada à minha volta nem à minha frente. À minha frente o mar. Vi um peixe aos saltos. Ótimo, não é o *Mare Mortuum*, há coisas vivas. Desço lentamente, mergulho os pés e as canelas, ardem, mas posso suportar. Ótimo, não é o *Mare Salsissimum*. É o *Mare Solitudinis*? Bem, não posso afirmar com certeza que não me encontro no deserto de Sim e Cades. Os três são um só mas nunca se sabe das convulsões do planeta, as águas podem ter escapado daqui dali... Na verdade sempre fariam parte do mesmo mar, ainda que sofressem modificações, sabeis, climáticas, etc. De metamorfoses e processos geológicos convém consultar Ovídio, aquele 43 a.C. — A.D. 17. Eu sempre soube datas vinte e um de abril etc. Esperem, e Teseu ainda anda por aqui? Espero que chegue em paz com suas velas negras e que não veja o pai se despencando. Se colocasse velas brancas podia ter evitado. E a estória seria outra, pai e filho jubilosos, comemorações. Se o oco não me circundasse a estória, esta, também seria outra. Perdoai-me o peso apesar do vazio. Perdoai-me o vazio, as contrações do nada. Também o verme se contrai, cortai-o em pedaços, cada pedaço vive, um dia estertora é certo. Enchei-vos de paciência. Aos poucos a coisa chega ao fim. O caleidoscópio gira sozinho e se espio nem sei do que se trata. Algures estará o espírito. Move-se ubíquo. Move-se múltiplo, melhor, porque o dois sempre cerceia, estou aqui estou lá, e isso não é verdade, estou aqui lá acolá muito perto muito longe dentro. Fora também. Enfim nada é fácil, creia-me, até o oco tem seus mistérios. Deve ter um centro oco naturalmente, e com vagar vou convergindo. Círculo, roda de carroça, raios. Não os de cima, fumegantes. Os raios da carroça. Vou atravessando vagarosamente os raios, começo num ponto, já estou mais abaixo, assim por diante, cada vez mais perto do centro oco. Depois mergulho no oco infinito. Se eu tivesse lápis e papel mostrar-vos-ia. O desenho se parece a uma teia, não, esperai, a um caracol. Aliás não vi caracóis por aqui. Talvez não suportaria se os visse. Há coisas mais difíceis do que tudo que vos digo, coisas da cibernética por exemplo, coisas da ação complexa. Da ação exercida. Da ação projetada. Da ação compensadora. Compensações não as tive. Nem sei o que são. Uma vez gritaram: se ele se matasse faria uma ação compensatória. Acho que se referiam a mim. De vez em quando penso na frase e digo: nada nada com a ação compensatória. Bem, vamos deixar de levitar e tomar um banho de corpo inteiro. Apoio os pés no chão, refrescaram-se, sinto-me bem. Tiro a camisa de tecido elástico e as calças. É agradável estar nu. Entro n'água. Está morna. São detalhes que convém saber. Outro: o mar está calmo. Sim, porque se me pusesse a entrar no mar sem agraciar-vos com essas informações, diríeis: o homem vai entrando e nem sabemos se a maré está alta ou baixa... um momento, parece que está subindo porque há pouco eu estava ali e agora... é, não estou mais ali. Convém boiar por um momento. Gozar a justeza de ter os órgãos nos seus devidos lugares. Foi bom ter lido aquilo afinal, leiam sempre, ainda que pareça inútil. É bom ler. Mais adiante é possível que escape outro palpite. Mas não se enganem, não é a minha opinião, há um outro por perto cheio de opiniões. Gosta de opinar. Tem, como se diz, uma cultura generalizada. Isto é, pensa que sabe. Assim se de repente falardes sobre o núcleo, ele dirá ah sim, urânio-238 é o maior núcleo natural. E a conversa não vai adiante porque não era de tal núcleo que faláveis. É a cultura generalizada. Ainda que pareça específica. Ai ai, a nudez das palavras. Despojá-las de tudo. De ambiguidades. A minha própria nudez. Carrego ainda assim tantas coisas comigo. Gostaria de livrar-me? não ter um corpo? principalmente não ser um corpo? ou não? ser cada vez mais um corpo? ser cada vez mais o centro? o coração? Coração ôô, é a primeira vez que falo de ti? Onde é que eu sou mais eu? Seria preciso descobrir a fonte. A fonte, imaginai. Eu que não consigo descobrir o caminho das formigas. Que retrocedo assim que vejo o capim alto. Quando eu estava dentro, dentro do ventre, sugava para mim o melhor. Aqui dentro do mar a mancha vermelha se expande, não sugo nada. Antes de ser eu fui outros, mil. Antes de ser eu, mil para que eu me fizesse. Como seria o

999? E o primeiro? Não Adão, o primeiro de mim, digo. O primeiro de fibra frágil, o primeiro cheio de vazio. Soprou no oco? Expeliu em vez de engolir? Quis a nudez das palavras e fez o contrário: vestiu-as. Eu sou aquele que é, o Homem disse. Eu sou aquele que não é, eu digo. O nu. Sem nada. O todo partido, partindo a palavra. O que vê o mar, o céu mas não vê nada. O cego. O que se faz presente pela ausência. O acrobata sobre os fios do tempo. Segura-se aqui ali nas texturas da seda, esgarça o que segura, despenca. O corpo da linguagem. O meu corpo. As coisas petrificadas, as salas atravesso-as, atravesso o espaço-cadáver. Os olhos de todos voltados para mim, na praça. Subo as escadinhas do coreto: onde é que estão os músicos? A banda não toca hoje? Buscai os músicos, é preciso dançar. Pois a ordem não foi restabelecida? Você aí, soldado, vem dançar comigo. É uma ordem. Tá bom, não precisa não. Os olhares, o suor pingando, os botões da farda desabotoados, os meus excelentes botões, arranco-os um a um. São flores, eu grito, são moedas, esganiço. Tomem flores e moedas, tomem tomem, e atiro tudo pro ar. Os cochichos. Eu estava sorrindo? Claro, sorria. Você aí, soldado, vem dançar comigo, mudei de ideia, traz uma flor para o teu chefe e outra para aquele morto. Eu? Eu? Os dedos furando o peito. Você mesmo. Mas eu... E começa a correr. Desço rapidamente as escadinhas do coreto. Os soldados recuam. Não estou louco não seus porcos. Tomo a arma de um e digo pausadamente: dancem e masturbem-se. Estavam lívidos? Entreolharam-se? Um deles diz: chefe, tem calma, por favor tem calma. Repito: dancem e masturbem-se. Um outro: ao mesmo tempo? Ao mesmo tempo sim. Mas sem música, chefe? Vocês quatro aí, subam no coreto e toquem. Não se mexem. Atiro nas pernas de um. Os três sobem as escadinhas do coreto. Vamos, toquem. Mas não têm nada com que tocar, chefe, não têm instrumento. Isso é o de menos, você toca a bateria, você corneta, você violão, vamos comecem, grito esganiçado, e vocês abram as braguilhas vamos um dois três os dedos não encontram os botões, alguns choram, ensaiam uns passos de valsa. Você aí, canta. Eu? Eu?

Você mesmo. Ele começa: lá-lá-rá-lá-lá... Nada disso, quero com letra. Mas que letra, chefe? Canta aí a praça onze. Não vai haver mais escola de samba... é isso? É isso mesmo, porção. As coisas minguadas pra fora. As mãos em concha. O sol. O menino apertando contra o peito o tabuleiro de doces. Caminha devagar agora e diz no meu ouvido: quer cocada, chefe? Não meu filho, depois do baile quem sabe. O senhor viu tudo e ficou triste não é? Não fiquei triste não... dancem, dancem, você aí não abriu a braguilha, não estou distraído não, e você canta mais alto, sua besta, e para de tremer. Eles ficaram com medo das facas, foi isso chefe. Sei meu filho, sai daí agora. Agora uma marcha. Por favor, chefe, tem dó. Alguém mandou parar? E aí no coreto alguém mandou parar? Escuta menino, amarra a tua camisa na perna daquele, vai. O cisne branco tá bom, chefe? é uma marcha. Então canta. Uma hora, duas horas, os soldados caem esgotados. Dispenso a banda, sento-me na escadinha do coreto, o revólver na mão. Um cachorro chega perto de mim, abana a cauda, deita-se. Depois mais um. Durante quanto tempo fiquei olhando os soldados? Durante quanto tempo me olharam? Ainda havia sol? Tirei a farda. Não foi fácil com o revólver na mão. A camisa não era essa de tecido elástico. Então compraram-me uma camisa? Que delicados. Fiquei muitas horas na escadinha do coreto? Anoiteceu, disso me lembro. Os soldados gemiam. O menino do tabuleiro voltou: o pai disse que é preciso enterrar os mortos, que vai demorar para chegar os outros. Que outros? Outros soldados, gente que vai te ajudar. Ajudar o quê? Ajudar o senhor, ajudar eles. Ah, então vem gente ajudar? O pai disse se o senhor não quer comer lá em casa. Vai menino, me deixa. Se o senhor não quer comer deixa o pessoal comer. Vai, vai menino. Os mortos vão feder, o pai diz que os mortos começam logo a feder, olha como já tem mosca, vai empestear tudo, capitão. Diz para teu pai que ninguém vai enterrar os mortos, que os que vão chegar precisam ver. Os outros vão demorar, o pai disse, aqui é o fim do mundo o pai disse, leva tempo pra atravessar as estradas. É, mas ninguém vai enterrar ninguém. Vão apodrecer aqui? Aqui sim.

Os cachorros vão comer. Não vão não, eu não deixo. Todo mundo sabe que precisa enterrar os mortos, por que o senhor não deixa? Vai haver procissão de noite, capitão, vem na procissão, o pai disse que se o senhor vai na procissão, o senhor fica mais calmo e larga o revólver. Sei, não vou não. E se os outros demorarem três quatro dias? O senhor está chorando? Agora o olho dentro d'água, aberto, sinto frio, começo a nadar em direção à praia. Os pés na areia, aliviados. E a minha roupa... onde é que está minha roupa? Estou nu. Não me aborreço, deito-me. Olho para cima. O vazio imenso. O vazio que vai até o horizonte. O vazio escuro. O vazio cintilante. Não é simples, podeis constatar. Seria preciso defini-los um a um. E desdobrá-los em... bem, em dois, em três, em quatro, até dez talvez ou mais. Posso tentar se for coisa do vosso agrado mas logo vou me cansar. O vazio imenso é uma coisa do olho. Olhas lá, acolá, e nada vês, melhor, vês, um certo bolo de espuma. É uma coisa do cheiro também. Cheiras aqui mais adiante, pensas que vem vindo um cheiro mas não, o pelo das narinas estremece um pouco, é agora que vem vindo o cheiro, mas não, não há cheiro algum. É uma coisa da boca também esse vazio imenso. Abres a boca, fechas, e supões mastigar. Depois de alguns segundos percebes que apenas trituraste tuas pálidas gengivas. Do vazio imenso sinto que devo parar por aqui, não é da minha vontade mas pensando nas diversas reações de cada grânulo das minhas mucosas, sinto que o meu relato estender-se-á de forma inconveniente. Quanto à extensão, digo. Não há nada de inconveniente nas reações dos meus grânulos, estes da boca. Deve haver outros espalhados pelo corpo, acetinados, espessos etc. etc. granulosidades superpostas. Bem, agora o vazio que vai até o horizonte. Por incrível que pareça é uma coisa da garganta. Tentas gritar: HEHEHE, VAZIO QUE VAI ATÉ O HORIZONTE! me ouves? HEHEHE, VAZIO ATÉ ONDE VEJO! E nada. Nem sombra do ROSTO VIVO. O rosto vivo vamos ver o que é, depois. O vazio escuro é abismo e labirinto. Pertence ao coração, pertence às grandes coronárias, cem mil mundos ramificados, idas e voltas precárias (no meu caso) obstruções, divisões inadequadas, funduras inacessíveis, falo-vos do meu vazio escuro. O vosso pode apresentar quando muito na pior hipótese uma coisa que nem é do coração, um bacinete bífido talvez, coisa de outra coisa mais abaixo. Insignificância. É a sala dividida, e isso sempre dificulta o trânsito. Não é nada portanto, o médico há de tranquilizar-vos. Mas no meu vazio escuro está a besta. E move-se. Grunhe. Um olho aberto, outro fechado. Um olho em cada pata. De vez em quando tu te aproximas com o punhal. Não, exagerei, não te aproximas, chegas e dizes de longe à besta: estás dormindo? Se chegas a tanto (sim, porque chegar a dizer à besta "estás dormindo", chegas a muito) te louvo, é manifestação de heroicidade, a besta não gosta de perguntas. Repetes: estás dormindo? Aparentemente está. Então arrastas-te, o ventre esfolado, e tentas um pequeno gesto: levantas o braço e apertas com energia o punhal para o primeiro golpe. Tens alguns segundos para escapar. A besta já está de pé, grunhindo. Já estás do lado de fora, à janela, olhas a besta lá dentro. Ela não se aborrece com isso. Não pensem que ficar à janela queira dizer que se está no jardim, isso nunca. Estar à janela é estar no mesmo edifício onde está a besta, no apartamento ao lado. Se houvesse uma claraboia no recinto onde está a besta eu viria do alto e tentaria uma punhalada no dorso. Não há claraboia no alto nem pequena fresta. Não há, que eu saiba. Por enquanto o construtor do edifício não encontrou o projeto. O projeto, a planta. Algures deve haver uma claraboia e um fio invisível dando acesso à besta. Coisa de acrobata. Seguras o fio com as duas mãos e vais girando, descendo, os círculos cada vez maiores, dás impulso e atiras a lança. A lança, porque o punhal não é adequado para este método. A claraboia, o fio, a lança. Difícil descer assim. Se agarras o fio com as duas mãos não podes carregar a lança. Um alpinista poderia dar uma sugestão valiosa. Eles carregam sempre tantas coisas e conseguem subir e descer. Às vezes caem. Quase sempre despencam antes de espetar a bandeira. Então o vazio escuro, o meu vazio escuro, já viram, não é simples. Não é entrar no porão depois da mudança, não é entrar no edifício e depois sair. Entrar, matar a besta e depois sair. Diferente, convenhamos. E não poderei sair assim pronto cá estou e o sol como um soco sobre o rosto, não, no caminho de volta tenho que preparar a minha cabeça-ovo, falar brando comigo mesmo: sobreviva... vai ser difícil lá fora, por favor sobreviva. E no degrau da porta ainda respiro, saio devagarinho, já estou no lá fora, respiro duas três vezes mais e vejo... o vazio cintilante. Deste estou longe, muito longe, para vos dar uma ideia estou tão longe do vazio cintilante como do Quinteto de Pégaso. Pégaso, sabeis, Equos. A constelação, constellatus, aquela bem longe. Se permitis gostaria de dizer uma frase tola: de vazios estou cheio. Não pude resistir. A minha fragilidade é uma coisa que se estende à língua, assim, espicho a língua, recolho-a novamente, digo não, não vou dizer, é tolo, fico dizendo por dentro: de vazios estou cheio... de vazios estou cheio... não vou dizer. Disse-o. Perdoai-me. De muitas coisas devo ser perdoado. Do ROSTO VIVO por exemplo. E belo este ROSTO VIVO, mas o que viria a ser? Batido de sol, forte, anguloso, de pedra de carne? Dou voltas e voltas e acho que deve ser ele outra vez. O do trono. Persegue-me pelos cantos, fica nas quinas, espiando. Com o seu megafone. Não, com aquele outro que se põe nas orelhas. Deve ter um nome esse que se põe nas orelhas. Talvez eu não me lembre porque tudo que se relaciona com o agora ROSTO VIVO, esqueço. Deitado o gordo oco circundando. Ainda estou presente. Não me esqueci onde estou, não pensem, estou nu deitado na areia. Esqueci apenas de dizer-vos que no momento de entrar no mar tirei o trapo das canelas e já estava pensando nisso há muito tempo, estava pensando como é que vos diria que havia esquecido de vos dizer, enfim disse-o agora, estou livre. Oh, ele está nu, ele está nu! Estou sim. E eles vêm novamente, as velas acesas porque não há mais vento, e começam: Deus Nosso Senhor Jesus Cristo está conosco, abençoado seja este lugar porque nele apareceu um santo. Isso é comigo? Parece que sim. Levanto-me. O velho me envolve num lençol, põe barbantes na minha cintura e começa uma xaropada: nós estamos aqui para que o senhor nos dê a bênção (?), para que o senhor peça a Deus por nós (??) para que o senhor com a ajuda do Alto cure as nossas doenças (???). Um coxo. Difícil curar um coxo. Ele, o coxo, me tranquiliza: tenho uma dor no peito, aqui. Gostaria de dizer também eu meu filho, mas não digo. Olhamo-nos. Ele repete: aqui no peito. Olho à minha frente. Estão em fila, quatro, cinco, seis. Aí olho para cima porque lá está a lua baça outra vez. O coxo pega nas minhas mãos. Eu digo olhando para cima: de vez em quando fica assim? Refiro-me à lua mas ele diz: não pai, há duas semanas sempre esta dor, não de vez em quando, todos os dias há duas semanas. Eu continuo olhando para cima, que mais posso fazer? O coxo: entendo, pai, na outra lua estarei melhor, na outra lua estarei curado, não é? Sorrio. Ele sorri. Continuo sorrindo. Afinal me sorriram. Posso ir, meu pai? Digo se quiser meu filho. É que tem os outros, pai me abençoa. Digo abençoadoamém. E aí vem o segundo o terceiro o quarto o quinto o sexto. Continuo olhando para a lua baça. E agora que todos se foram grito HEHEHE! OCO DO FUNDO DE MIM MESMO! Estou só com a minha cabeça-ovo e as ratazanas. Sou ninguém, sou nada. Mas sou mais do que era antes. Não sei como poderia explicar isso. É assim: um nada, e acima da palavra nada uma pequena cruz dentro de um círculo. Um nada sujeito a observação. Sujeito a observação é o que quer dizer a cruz dentro do círculo. Por que acrescentei este sinal ao nada? Porque de repente fui capaz do nojo. Olhei para trás e vi-me. Um homenzinho com pequenas garras escuras, garras que tentam subir no muro dos grandes. O muro dos grandes. Olhar de cima, de cima do palanque, de cima da alta poltrona estofada, de cima da rampa, olhar de cima, o olho sorri enviesado pra lá pra cá, a multidão é uma enorme cabeça olhando para cima, o pescoço liso, endurecido de esforço, povo-grande cabeça, povo--esticado pescoço. A sacada. Apoio as mãos na lisura do mármore, começo o discurso. As frases arrumadas, dois-pontos, ponto e vírgula, e as perguntas que eu mesmo respondo: não é verdade que temos trabalhado para que as metas sejam atingidas? Sim, é verdade porque... etc. etc. A grande cabeça não se move, o pescoço cada vez mais endurecido, o sol bate na grande cabeça mas ela aguenta tudo, sol, chuva, raio fumegante. Meu cuspe. Meu escarro. A grande cabeça na verdade não entende as minhas palavras, fixa-se apenas nos meus tons: grave, médio, gravíssimo. Faço uma pausa, tomo o meu copo de água mineral e continuo: verdade sim que foram atingidas as nossas metas e outras aparentemente difíceis serão conquistadas com o auxílio d'Aquele (olho para cima) com o vosso auxílio (olho confiante para a grande cabeça) com o meu esforço (abaixo os olhos). Eu, o homenzinho de garras escuras queria chegar até a sacada? Queria. O corpo da linguagem. O meu corpo. Somos todos irmãos dizia alguém. Somos? Fui amigo de alguém? De Piritoo? Deixei-o lá na grande cadeira. Cansou-se de esperar-me? Foi devorado? Certamente. E eu? Sempre o eu me corroendo. O eu deve morar no inferno, deve aquecer-se nas grandes caldeiras. Caldeiras eu disse. Cadeira mais acima. Safei-me da geena mas uma parte de mim, um outro eu inteiro lá ficou. Se fosse possível amar os meus eus e ao mesmo tempo desvencilhar-me, dizer: eu te amo eu de mim, mas corta a corda, passeia sozinho entre os olivais. Os olivais vieram-me de repente. Olivais, oliveiras, Perushim. Perushim: os separados. Ele, o das oliveiras desgarrou-se dos eus, e ao mesmo tempo disse: levanta uma pedra e debaixo dela me verás. E viram-no. Eu levantei a pedra e nem sequer encontrei as sandálias e a espada. As grandes batalhas não sei delas, digo batalhas de corpo a corpo e as outras de estocada, essas de rombo no peito e sangue, rombo no peito sim, minhas pequeninas minhas pobres batalhas tripa contra tripa lá por dentro, rombo no peito sim, deste tamanho, eu mesmo me golpeio com a lateral da mão direita, sabeis, a lateral que fende a tábua quando se está bem treinado. Parti-me. Sou artesão. Às vezes penso se não sou Cadmo também. Cadmo e suas variações. Fui artesão e inventei o alfabeto. Isso me convém. Não é verdade que construo a palavra e mando recados gaguejantes? Mas estou certo que entendeis. Sapateiro não sou, ainda que muitas vezes facilite o vosso passo. Em vez de colocar sandálias nos vossos pés, tiro-as, descalço-vos, é bom sentir os dedos vivos como vermes, assim a cada instante sentireis o perigo, andareis no meio dos atalhos, olho aberto em cada margem, serpentes pequeninas, escorpiões, os malévolos rastejantes dos atalhos. Estamos separados. Perushim. Mostro o caminho mas já não estou nele, já passei, estou mais adiante e depois de cada passo faz-se um muro. Um muro se faz. Sozinho. De muros entendo. Talvez por isso ele se faça. Gosto da pedra para tal construção. A resistência é importante, a nossa resistência, a dos materiais também, a pedra resiste. Muitos séculos são necessários para que se transforme em pó. E quando se transforma já não estamos lá. Não importa. Outros, outros que passarão pelos atalhos, o olho aberto em cada margem e o muro a cada passo. Eu agora. Depois outros. A separação existirá indefinidamente. Perishut. Separação. Pelo menos acrescentei duas palavras ao vosso dicionário. Perushim, Perishut. Não é muito mas conta. Duas ou três ratazanas não são muitas mas contam. Uma nas minhas canelas cheirando a urina que escorreu até aí. Outra pra lá pra cá pela espinha dorsal, outra fuçando os meus fundilhos. Preferiria que eletrizassem o chão todos os dias. Não vos falei disso? Nos sábados acontece. Então me amarro aos ganchos. Disso não vos falei? Há dois ganchos na parede. Tiro a camisa elástica, tiro rapidissimamente, faço um nó em cada manga, aos saltos, aos gritos, coloco uma das mangas num gancho, a outra noutro, e sento-me sobre o corpo da camisa. Um balanço improvisado. Alguns espiam pelo pequeno quadrado da porta e sorriem: esse tem privilégios, deram-lhe a camisa. Deduzo que os outros agarram-se nus aos ganchos da parede. Porque deve haver outros. Tenho privilégios então. Por quê? Voltemos ao coreto. Lembro-me que anoitecia quando os soldados chegaram. Acenderam os faróis sobre mim. Eu estava lá na escadinha do coreto, o revólver na mão. Alguém avançou dois três passos e disse: olá amigo. Eu disse não avance. O outro: sou eu. Eu sei que é você mas não avance. Mas meu amigo precisamos enterrar os mortos, tem calma capitão, essas coisas acontecem, você não é culpado de nada, você apenas deu uma ordem que foi mal interpretada, os soldados não queriam fazer o que fizeram, foi o pânico, tem calma, abaixa o revólver. Aí eu gritei uns dois filhos da mãe, uns três filhos da puta, fui arrancando a minha calça (ou a minha cueca?) com a mão esquerda, o revólver sempre na direita e falei da fome dos justos, da pança dos injustos, do grande nojo, da absoluta ineficiência dos regimes (olé) falei da nauseante ética da violência, do monte de bosta que é o homem político, das barganhas, das concessões, sim senhores, discursei e sacudi três a cinco a coisa minguada, sempre com a mão esquerda, o revólver sempre na direita. Foram pacientes. Sentaram-se no chão da praça. O menino do tabuleiro distribuía cocadas. Alguém disse daqui a pouco ele apaga. Riram. Aí senti uma espuma grossa no canto da boca. E a mancha vermelha. A mancha vermelha agora também. Não devo insistir. Eu vos falava de Cadmo, não falava? Dos meus possíveis destinos, não é? Pois bem, a variação seguinte: lutei com alguém e devolvi generosamente os nervos de Zeus. Por favor devolvam os meus. Antes da luta segui uma vaca de flanco lunado. Da vaca não me lembro com propriedade. Do jumento sim, do percurso do cárcere à praia ou ao contrário da praia ao cárcere. Quero muito elucidar e unir elementos contrastantes. Se soubesse como fazê-lo já o teria feito. Deliquescido dobro-me. Estamos chegando ao fim. Sentado no corpo da camisa, olho as ratazanas tentando escapar do choque-chão. Era uma vez um homem sem nome. Era uma vez um homem sem nome que tentava. Era uma vez um homem sem nome que tentava dar nome às coisas. Se o amigo estivesse aqui diria me vendo: ainda hoje estarás comigo no paraíso. Não está. O começo deve ter sido assim: o Homem sob o olhar agudo do Pai iniciou a tarefa de polir a imensa pedra de granito. Não sei bem que pedra era mas aquilo brilhava. Concluída a tarefa olhou-se na pedra. Depois, tomando de um pequeno estilete resolveu desenhar-se. Nunca ficava satisfeito. Reproduziu-se na pedra tantas vezes que o Pai perguntou: amas a tal ponto a tua figura? Queres conviver contigo para sempre? Sim sim. Então vai, meu filho. E agora eu teria chance de contar a vida de Jeshua do começo ao fim. Muito mais de duas mil palavras. Se soubésseis como estou fatigado (também vós? Compreendo, é difícil fazer-se interessar) como é difícil equilibrar-me ao corpo da camisa e fazer o possível para que o tecido elástico não se distenda demasiado. Distender-se-á, não duvideis, foi feito para criar ansiedade, é um tecido especial feito por gente muito especializada, no começo ele engana, fica--se a um pé do chão eletrificado, as ratazanas tentam agarrar-se aos nossos artelhos, esticamos as pernas, as ratazanas saltam estremecem guincham, o tecido vai cedendo, daqui a pouco estaremos no mesmo choque-chão e ao todo seremos quatro corpos, o meu corpo e o corpo das três ratazanas, aos gritos, aos guinchos, aos saltos. Bela exibição. Quando isso acaba vamos todos para um canto, trêmulos trêmulos. São minhas amigas agora. Aninham-se entre as minhas pernas. Tenho o cuidado de dividir o meu pão. De vez em quando levantam as cabecinhas e olham-me. Pois sim minhas queridas, também não sei por que nos juntaram, que só eu estivesse aqui estaria certo, a minha língua feriu a anca vaidosa da autoridade, se todos tivessem essa minha língua que se fez de repente, o mundo ficaria limpo, e isso não é bom, a anca vaidosa não pode sobreviver no rio de águas clarinhas, a anca vaidosa refestela-se daqui pra lá de lá pra cá, sangue e tripa nos pelos, e lúbrica vai por aí, balançando-se altaneira e gozosa. Que só eu estivesse aqui... que os homens estivessem aqui... compreendo compreendo, mas vós, minhas queridas, minhas humildes amiguinhas de patas rosadas... por quê?

PEQUENOS DISCURSOS, E UM GRANDE

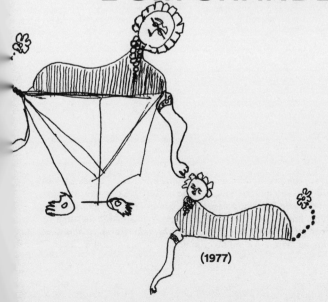

(1977)

Nota dos editores
Em 1977, as Edições Quíron reuniram em um volume intitulado *Ficções* a prosa de Hilda Hilst publicada até então — *Fluxo-floema* (1970) e *Qadós* (1973) — e as narrativas inéditas de *Pequenos discursos. E um grande*. Em 1993, a editora Pontes lançou *Rútilo nada*. Em 2003, a editora Globo publicou *Rútilos*, uma reunião de *Pequenos discursos. E um grande* e *Rútilo nada*. Optamos aqui por dispor estes textos respeitando a ordem cronológica de sua primeira publicação.

*Intensidade. Era apenas isso,
tudo o que eu sabia fazer.*

MORA FUENTES, *O CORDEIRO DA CASA*

O PROJETO

HAMAT, EU HIRAM, quero construir a casa. Dentro de mim, sagrado descontentamento. Tu és minha mulher e o teu olho traduz desejo de eloquência. Sei que posso falar a noite inteira e esvaziar teus eternos conceitos, sei tudo o que tu és, veludosa e decente, redondez, faminta do meu gesto, sei, Hamat, que vais dizer que se mudo de casa mudo de natureza, e que é inútil querer o real do meu espaço de dentro, sei que vais dizer que eu, homem político, devo permanecer junto aos homens, abrir e fechar constantemente as mandíbulas, sei quase tudo de ti, de mim sei nada, sei muito dessa palha que se chama aparência, sei nada dessa esquiva coisa entranhada no meu ser de dentro. Hamat: a memória e seus ossos, a torpe lucidez, minha viagem através dos retratos, eu e meu rei trocando segredos, ressonando espaço-viuvez, e a cólera de saber que tudo me possui e ao mesmo tempo nada, que nada em mim é permanência, e tudo é permanência, vínculo, tudo se adere ao círculo, tudo é a mesma linha que se estende, tudo é tangente, tudo está colado a mim. Da mãe e do pai guardo minúcias, de ti, minha mãe, um amarelo-claro enrolado ao pescoço e descendo desmaiado pelo dorso, olho-água distorcendo a visão das hortênsias, o dourado dos cogumelos, os caramelos importados, e tu, meu pai, tua altura, magreza, teu olho duro, teu círculo de ouro, distanciamento e secura, teus papéis, teus livros, teu tesouro ser assim — que ninguém me perceba, não estou em casa, diga, Hiram, que desde ontem sumi e ainda não me achei, frivolidade e fadiga desta casa, tua mãe, Hiram, esse perfume-injúria pelas salas, senta aqui meu filho, que a tua relação com as mulheres seja breve, confidente de ti mesmo não mistures as fêmeas com teu todo austero, poupa a tua palavra, fecha a boca com as fêmeas, vai metendo, fêmeas e loucos se for preciso escolher não vacila, escolhe os dementados, escolhe um homem quando te der a bambeza nas pernas, medo covardia nojo de existir, o choro que é do homem, porque a mulher não chora, Hiram, a mulher esfarela, e vai se abrindo se o homem emudece e se fecha, meu filho, se tu tagarelas — Perdoa, Hamat, quando falo dos meus, essa agressão de mim — Gostaria de ter nova síntese para todos os dados anteriores, gostaria de te dizer do secreto das palavras, um vir-a-conhecer sem o lustro de agora, que eu dissesse, Hamat, Política Poder, e tu dissesses assim: isso quer dizer vida, e o melhor de ti mesmo no outro, não é isso, Hiram, Política Poder? E eu dissesse sim, é verdade.

Queria muito sorrir para alegrar teu momento, e mostrar meus dentes, morder teu peito, mistura Hiram-Sade, te fazer sangrar de gozo, de desgosto, te dar outra vez mil vezes minha magnificente dureza, ser lânguido e barroco, arabescos em cima do teu corpo, queria muito, Hamat, mas sou todo impotência na minha rombuda cabeça aqui de baixo, porque há mais volúpia em pensar na esquiva coisa do meu ser de dentro, que me estender ao teu lado, Hamat, e te amar. Me estender ao teu lado, ordenar--me, dizer que à noite sou teu é mentira, meu tecido escondido, umbroso, meu ídolo sem nome, minha pergunta sem resposta em nenhum livro, e tua boca muitíssimo dulçorosa, meu ciclo de vida, de poesia, plantado em tua boca, envenenado, húmus de outra boca é o que se faz preciso, Hiram, não é de ninguém, nem de seu povo, nem de sua língua que não diz a palavra. Hamat, a casa. Cresce, se faz continente, chega a ter um espaço que não me pertence, não há mais sabor nos triunfos, na construção de estradas, devo deter-me, espiar o poço, dizer a mim: Hiram, não é verdade que nunca desceste?

Eu não sou teu, Hamat, porque antes de ti fez-se o sopro de Alguém sobre o meu corpo, e muitas vezes pensei que já nasci maduro e triste e perfeito para morrer porque as coisas em mim sabem do seu destino adulto, as coisas em mim não são coisas--meninas, surgem na mão, prontas para serem colhidas. É bom chamar Hakan, Herot, Hemin, e dizer-lhes que eu, Hiram, quero construir a casa. Alicerce de pedra porque o chão é de areia, e matéria alvinitente para espelhar o grande sol de dentro. É no deserto sim, Herot, e vais ter medo. Mas teu corpo que pode amar a Deus vai amar todas as coisas, vento, areia sobre a tua cara, teu manto negro, a gordura que será preciso espalhar pela carne, deves untar tudo, luzir oleosidade. E tu, Hakan, traz teu compasso, teu esquadro, teus números, tua santa geometria. E tu, Hemin, meu filho, vais fazer parte de um tempo que não é o teu, exercício imprudente, legado que pode te tornar idiota ou sábio. Meu corpo absorveu o mundo, a cada manhã ele recria piedade e justeza, assimila e pranteia dores, e Herot em mim não me traz alegria.

Herot: nem posso. Tocas a mulher, Hiram, e pensas no esgarçado do Tempo, tocas e não sentes a carne de Hamat, o que vês é a tua própria mão, e contas os teus dedos, elaboras matemática e poesia, são cinco, e cinco os meus sentidos, e dez os dedos das mãos e vinte todos os dedos, e dividido que sou em três, cabeça tronco e membros, como posso ser um e dar de mim, se de tudo o que sou não conheço o segredo? Para sentir a carne, Hiram, é preciso sorver o que se vê, ceifar o que se conhece, arranca teu desejo de perenidade, de querer existir antes, desde sempre, e depois no infinito, pensa que

Penso sim, que sou muito menos, Hamat, estendido ao teu lado, sou menos, vou te dizer por quê: devo esquecer tudo o que aprendi para te ver um corpo e me dizer — esta é Mulher, não Hamat, esta é uma fêmea que não sabe de si mas que tem cheiro e gosto, e vai me dar seu gozo, e eu Hiram vou ter o meu, e juntos somos apenas dois corpos, corpo de um que é o meu, corpo de outra o teu, e assim devo te conhecer, sem formular perguntas, cindido, que eu não saiba que és tu Hamat, que eu não me saiba Hiram, contorno nítido, singular juízo, inflamante e extenso diálogo político — Hemin: pai, não quero ir. Casa? Temos uma. E tu que tens teu povo, teu rei, como podes pensar em viagem e deserto? Tudo isso é fantasia do pai. Ando pensando se não seria melhor conhecer a cada dia mais teu outro. E outra coisa: o rei tem mais olhos para Hamat que para a verdade. Enquanto sonhas o deserto, ele sonha teus linhos, tua mulher. Teu claro céu aberto é para o rei sombra e substância de um quarto. Tu te imaginas ao sol. E ele se imagina na penumbra, com Hamat, a sós. O rei, repressão, corpo. O rei, sepultura do povo. Cochicho em seus ouvidos: meu rei, não será para sempre teu envoltório de gozo, um dia a garra do teu povo se alonga até a garganta e rasga a lâmina metálica que tu colocaste. Fecundo e odioso pode ser o grito de quem jamais ouviu sua própria palavra, experimenta, meu rei, repetir FACA FACA, mentalmente desenhá-la, FACA FACA e pensa numa bota sobre a tua cara, FACA FACA, e a tua boca de sangue, e de repente ao teu alcance o instrumento de aço. Não te tornarás inteiro fogo e agressor? FACA, meu rei, palavra que dirá teu povo, com a mesma volúpia com que dizes amor. E com a mesma inflexão dos justos. Eu, Hiram, vou construir a casa. Dentro de mim, sagrado descontentamento

GESTALT

ABSORTO, CENTRADO NO NÓ das trigonometrias, meditando
múltiplos quadriláteros, centrado ele mesmo no quadrado do
quarto, as superfícies de cal, os triângulos de acrílico, suspensos
no espaço por uns fios finos os polígonos, Isaiah, o matemático,
sobrolho peluginoso, inquietou-se quando descobriu o porco.
Escuro, mole, seu liso, nas coxas diminutos enrugados, existindo
aos roncos, e em curtas corridas gordas, desajeitadas, o ser do
porco estava ali. E porque o porco efetivamente estava ali, pen-
sá-lo parecia lógico a Isaiah, e começou pensando spinozismos:
"de coisas que nada tenham em comum entre si, uma não pode
ser causa da outra". Mas aos poucos, reolhando com apetência
pensante, focinhez e escuros do porco, considerou inadequado
para o seu próprio instante o Spinoza citado aí de cima, acer-
cou-se, e de cócoras, de olho-agudez, ensaiou pequenas frases
tortas, memorioso: se é que estás aqui, dentro da minha evidência, neste quarto, atuando na minha própria circunstância, e efetivamente estás e atuas, dize-me por quê. Nas quatro patas um
esticado muito teso, nos moles da garganta pequeninos ruídos
gorgulhantes, o porco de Isaiah absteve-se de responder tais ri-
gorismos, mas focinhou de Isaiah os sapatos, encostou nádegas
e ancas com alguma timidez e quando o homem tentou alisá-lo
como se faz aos gatos, aos cachorros, disparou outra vez num
corre gordo, desajeitado, e de lá do outro canto novamente um
esticado muito teso e pequeninos ruídos gorgulhantes. Bem,
está aí. Milho, batatas, uma lata de água, e sinto muito o não haver terra para o teu mergulho mais fundo, de focinhez. Retomou
algarismos, figuras, hipóteses, progressões, anotava seus cálculos com tinta roxa, cerimoniosa, canônica, limpo bispal Isaiah
limpou dejetos do porco, muito sóbrio, humildoso, sóbrio agora

também o porco um pouco triste esfregando-se nos cantos, um aguado-ternura nos dois olhos, e por isso Isaiah lembrou-se de si mesmo, menino, e do lamento do pai olhando-o: *immer krank* parece, *immer krank*, sempre doente parece, sempre doente, é o que pai dizia na sua língua. É doença não é, Hilde? Hilde, sua mãe, sorria, *Ach nein*, é pequeno, é criança, e quando ainda somos assim, sempre de alguma coisa temos medo, não é doença Karl, é medo. Isaiah foi adoçando a voz, vou te dar um nome, vem aqui, não te farei mais perguntas, vem, e ele veio, o porco, a anca tremulosa roçou as canelas de Isaiah, Isaiah agachou-se, redondo de afago foi amornando a lisura do couro, e mimos e falas, e então descobriu que era uma porca o porco. Devo dizer-lhes que em contentamento conviveu com Hilde a vida inteira. Deu-lhe o nome da mãe em homenagem àquela frase remota: sempre de alguma coisa temos medo. E na manhã de um domingo celebrou esponsais. Um parêntese devo me permitir antes de terminar: Isaiah foi plena, visceral, lindamente feliz. Hilde também.

ESBOÇO

QUE O PENSAR DOS OUTROS e o meu próprio pensar, que também o que se via, e sentimentos, atos, e o que me circundava, a mim, e aos outros, era apenas Esboço, foi a única nitidez que consegui expelir em toda a vida esboçada. Por isso, a tudo o que diziam, eu repetia Esboço. Inimitável, eu mesmo, Riolo, ria muito depois de repetir infindáveis Esboço. A cólera de tantos, da mulher também, dos filhos, dos amigos fez com que eu risse menos, e em muitas tardes quando me doía esse pra frente repuxar da boca quando dizemos esboço, eu chorava de uma dor gerida mas ainda esboçada, Riolo, meu Deus, como foi que te fizeram compreender um muito longe de ti, antes afastado, um ponto luzoso no vazio do espaço? Ele caduca, quer nos matar, faz-se de bobo, está louco, e eu de joelhos escrevia nos papéis amarelos Parem Parem, e repetia intermináveis Esboço. Como não perceberam o que eu, Riolo, percebi? E por que para mim foi desenhado, como se um fio de prata sozinho se torcesse, uns diagramas perfeitos redizendo: Riolo, o em ti, o para os outros, nos outros, na treva da tua víscera, no que denominas luz ou seu avesso, apenas isto, Riolo, Esboço. Torci-me muito de gozo assim que compreendi, mas aos poucos fui emitindo um grunhir quente, pesado, um ranger de todos os Riolos, dementes alguns e muitos outros feitos de eloquência e bem por isso mais loucos, cegos alguns, surdos, outros de córnea matutina, de bom labirinto, ah que perfeito labirinto o deste ouvido, nem por isso menos cegos menos surdos esses de boa córnea, de ecoante labirinto. Guinchos pequeninos nuns descansos do grunhir fizeram com que a mulher me sacudisse, ela nuns gritos claros RIÔÔLÔÔ e depois fervilhante, apressada, guizo na ladeira despencando, centenas de palavras atulhando o buraco do meu ouvido diz o que é desenha a óleo a guache ponta-seca a lápis, cospe mas desenha que coisa deu em ti, éramos felizes não éramos? eras feliz, não eras? tens filhos, amigos, Riolo, esboça o teu esboço, chamo o Mora? Eu digo Esboço. Mora Fuentes, o mais amigo, o único que parece suspeitar porque eu o digo, começa: quantos anos tem a Terra? quatro bilhões de anos ele mesmo responde, pois é, e todo esse tempo a gente não era, não é Riolo? Esboço. Ele diz pois é, e ainda assim o que eu digo, o Mora continua, pode não ser verdade, talvez éramos em algum outro lugar, algum outro tempo, tempo? espaço? espaço-tempo? e como é que nós éramos quando não éramos, ou quando sim, lá onde não se sabe? Riolo-Mora. Duas fontes. Uma, de dois nomes. Ainda assim devo repetir Esboço. Antes acreditava que o à minha volta era não só perceptível mas podia ser pungente ou efusivo, musical dentro do pungitivo, Riolo acreditava que havia realidade em visões e sentires, também por isso acreditava que havia logicismo, harmonia, sensatez na cadeia de palavras, no fio de meia, na velha harpa. Toca, diz a mulher. Dedilha. A harpa na minha cara. Os dois filhos babões, prancha de praia, as nádegas tostadas, os miolos também, toca pai, antes tocavas. E sentado, mínimo, digo Esboço, porque ainda que eu quisesse regressar não quero, a fricção do outro habitante, o que conheceu comigo as contorsões do fio de prata, faz com que Riolo estale de centelhas, estou dentro do fogo, vejo novo, estalado dou guinchos, os pequeninos, rio um pouco, reflexionante bosquejo largo no vazio, emito acordes curtos, suspensos, e fundas escalas saídas da raiz de uma funda medula

meu Deus, ele grunhe

dorme quem sabe, mãe

idiota, ele morre

Digo Esboço baixinho, escrevo Parem, parecem não compreender que as muitas falas, as contínuas bicadas, ferem o topo do meu alto osso, falam acima da minha cabeça, mais mínimo, curvado, repetindo Esboço, examino-lhes pés e sandálias, dedões azulados da mulher, unha quadrada dos meninões, meus filhos, a tábua branca colada ao corpo, como todas as manhãs vão à praia torcendo alongando coxas quadris e dorso, irão eternamente à praia, um borbulhar de águas também nas embaçadas almas. Riolo-mulher que coabita em mim, sabe que os pariu, repete Esboço, e menos informada porque carrega sacos de pedra há milênios sobre as omoplatas, adjetiva grosso: filhos esboço da puta que os pariu, menos formal, Riolo-mulher, língua-lixa de sal, sabe que pariu os salerosos, dois bamboleios aguados, para isso foi preciso vida inteira e atos, para que existam assim exatos como estão, encharcados de oco, oco sem o eco vitorioso das descobertas, água oco sal, filhos os dois, de mim, segregando vaidade, para que existam assim exatos como estão encharcados de oco, Riolo-mulher trancou sua alma num cotidiano de incoerências, num falarar falacioso, pretendeu delírio e sagrado muitas vezes contando o antigo dos fatos, olhou os olhos vazios das suas duas estátuas, momismos, e Riolo-mulher pergunta: tudo isso há? Isso à volta, filhos, mulher, casa, há? Turvez de onde, de que Riolo antepassado? O meu estar aqui, escolhido por mim, roteiro de penitência, chega a seu termo nos meus quase sessenta por que vi o Esboço? Ou agora é que começa? Riolo, agora, agora é que começa a ânsia de um traçado claro, recuso-me palavra, ato, ira ou afago porque em todos esses concretos acrescentarei outros Riolos justapostos, não quero, mais oco mais água e sal descarnando as feridas, Esboço Esboço grunhidos guinchos, tiro a lua do lago, que quentura no peito, que mornidão nos pés voltamos da praia, mãe

o pai de vocês, no mesmo estado

e se ele esboçasse o tal esboço?

já tentei

tenta outra vez, mãe, papel e lápis

e cara de ameaça

Entram na sala os três, eu recostado, a lua me adoçando as pálpebras, levantam-me aos trancos

vais desenhar, Riolo, nem que eu morra, vais desenhar o que tu queres dizer com a maldita palavra

anda, pai, faz força, toma

Olho as três caras, ah, Riolo, nunca mais amornado e perfeito em reflexiva e opulenta fruição, obedeço, faço uma linha fina que me parece trêmula, paro, não, não estão satisfeitos, estendo em altura finura e tremulez, me parece linha muito delicada, olham abestados, dizem dura, eu digo Esboço, e calo-me desta vez para sempre, recosto-me de novo, palor e paraíso-mudez na minha sala.

TEOLOGIA NATURAL

A CARA DO FUTURO ELE NÃO VIA. A vida, arremedo de nada. Então ficou pensando em ocos de cara, cegueira, mão corroída e pés, tudo seria comido pelo sal, brancura esticada da maldita, salgadura danada, infernosa salina, pensou óculos luvas galochas, ficou pensando vender o quê, Tiô inteiro afundado numa cintilância, carne de sol era ele, seco salgado espichado, e a cara-carne do futuro onde é que estava? Sonhava-se adoçado, corpo de melaço, melhorança se conseguisse comprar os apetrechos, vende uma coisa, Tiô. Que coisa? Na cidade tem gente que compra até bosta embrulhada, se levasse concha, ostra, ah mas o pé não aguentava o dia inteiro na salina e ainda de noite à beira d'água salgada, no crespo da pedra, nas facas onde moravam as ostras. Entrou na casa. Secura, vaziez, num canto ela espiava e roía uns duros no molhado da boca, não era uma rata não, era tudo o que Tiô possuía, espiando agora os singulares atos do filho, Tiô encharcando uns trapos, enchendo as mãos de cinza, se eu te esfrego direito tu branqueia um pouco e fica linda, te vendo lá, e um dia te compro de novo, macieza na língua foi falando espaçado, sem ganchos, te vendo, agora as costas, vira, agora limpa tu mesma a barriga, eu me viro e tu esfrega os teus meios; enquanto limpas teu fundo pego um punhado de amoras, agora chega, espalhamos com cuidado essa massa vermelha na tua cara, na bochecha, no beiço, te estica mais pra esconder a corcova, óculos luvas galochas é tudo o que eu preciso, se compram tudo devem comprar a ti lá na cidade, depois te busco, e espanadas, cuidados, sopros no franzido da cara, nos cabelos, volteando a velha, examinando-a como faria exímio conhecedor de mães, sonhado comprador, Tiô amarrou às costas numas cordas velhas, tudo o que possuía, muda, pequena, delicada, um tico de mãe, e sorria muito enquanto caminhava.

AMÁVEL MAS INDOMÁVEL

A Camilo e Ernesto

SE SABIA HOMEM-POETA, de uns côncavos de musgo e de prodigioso eco, à noite ele esperava que a lua habitasse o papel, poderia ter sido lenhador, não o que abate mas o que acaricia, lenhador-amante, homem de amor, Lih, inútil também porque ainda que os olhos tivessem conhecido o de dentro dos jacintos e coisas inomináveis e flagelos, difícil se fazia traduzir para o outro, conhecimento, ciência maior, compaixão, espectro junto de Lih, imantado de luar escrevia: é lícito cantar de amor quando o rei é cruel em seu reinado? Se o canto das gentes se juntasse à audácia fremente do meu canto, talvez o rei cruel nem mais reinasse. E começou a cantar esses versos numa guitarra escura, uns nasais de dentro, e outros sons mais fundos de timbre amolecido e uns mais agudos, miniatura tensa tecida de consoantes e de vogais do rei. Os outros:

de que rei é que falas?
o rei não é o mais alto?
não são reais as ações do rei?
a luz que sai do ouro não é ouro?
é ouro se vive na podridão dos canais?
é rei ainda se na miséria nunca se demora?
é rei se foge de nós?

Esses que perguntavam, esses que muitos chamavam "essa gente", Lih tocava-lhes as mãos queimadas de miséria, esqueceram-se do corpo? perguntava, se eu digo mesa de que é que te lembras?

de vazia, respondiam todos. Mesa vazia do povo. Crescendo nuns contraltos foi cantando, os pés nos alagados, suspendeu a alma e a guitarra, repetiu versos de Lu, peregrina encantada, muito irmã:

Homens cercados de águas
por todos os lados:
perfis Alagados.
Numa vida em que o futuro
não é o primeiro rumo,
lá em alagados.*

Futuro lhes dizia, como um fruto minha gente, olhem, e arredondava as mãos, não é de ouro, não é duro, é fruto de carne que deve ser comprimido junto ao coração, se esse fruto-futuro se colar à tua carne, vão nascer palavras aí de dentro, extensas, pesadas, muitas palavras, construção e muro, e adagas dentro da pedra, sobretudo palavras antes de usares a adaga, metal algum pode brilhar tão horizonte, tão comprido e fundo, metal algum pode cavar mais do que a pá da palavra, e poderás lavrar, corroer ou cinzelar numa medida justa. Tua palavra, a de vocês muitas palavras pode quebrar muitos bastões de ágata, enterra então brilhos antigos, mata também o opressor que te habita, esmaga-o se ele tentar emergir desse fruto de carne, nasce de novo, entrega-te ao outro. Versos de Lu, cantoria e veios velhos da terra renascendo em lava, de Lih, foram escutados longe, nuns esquecidos de mundo, nuns charcos, nuns imundos barrancos, no barraco de esteira e barro de tantos, perguntas com a cor rebrilhosa das estrelas, é rei se foge de nós? é rei ainda se na miséria nunca se demora? e estribilhos novos: é rei se não chora conosco? se não morre com seu povo? Lih de todos, foi ensinando Nome, Lume, vê que bonito, Nome, Lume, vê que feio Fome, nome de mim josé

---

* Lupe Cotrim Garaude, *Poemas ao outro*.

joão, nome de planta alecrim, Fome, nome do escuro da tripa, não te quero nem pra ele nem pra mim. Luz do meu nome, sem esse escuro da fome. Quiseram ver o rei, lavaram-se, Lih enfeitou com flores a guitarra, se cantassem para o rei, cerimoniosos, afinados, se martelassem sonoros todas as palavras, se Lih dicursasse, então limpou a garganta, ensaiou exercícios, cantou palavras loucas, pedregosas, exercitava-se assim: se eu falar em reis assírios/ acenderás os círios/ boquiaberto, lento de sisudez/ pensarás tâmara do rei, lustros, antecâmara/ repetirás comigo/ rei assírio, rica insensatez. Pedras de ponta na língua para dizer o redondo depois, diante do rei. Se não for estudado o torcido das palavras, aquelas que nasceram limpas nunca serão por ti pronunciadas com a mesma limpidez com que nasceram. Se tu repetes amor, sofre antes a vida. Lih de todos, no percurso, convidou pássaros e gentes, "essa gente", repartiram arroz e grãos, e uma tarde diante do rei cantaram com a voz das sementes. Mas ao redor de reis há sempre um corpo amedalhado, metais e botas, rigidez e cercados, farpas, facas, e orelhas rasas distorcendo o fundo das palavras, e o canto de Lih ouvido por esse Corpo Tosco se assemelhou a taturanas dentro de um cubo d'água, amarelos e pretos agigantados, pelos, e coisa-injúria e veneno e ameaça. No fim da tarde, o Tosco espelhou-se no sangue de todos que cantaram. O Tosco, ereto sim, mas eternamente porco. Os ventos trazem a cada ciclo o aroma de Lih junto a "essa gente", ensaiam uns nasais de dentro, um murmúrio-memória, exercitam-se duros agora para a grande batalha.

AD MAJORA NATO SUM

a Mora Fuentes

COMO ME QUEIMA O PERDÊ-LA/ Agora que há de queimar-me a vida inteira.

Constrangido porque os versos pareciam não me pertencer, impotente porque não poderia destruí-los, rasgá-los para quê, se já estavam cravados, fixos, fundamentais até para o meu próprio equilíbrio, há anos que eu construía pequenos nadas, roldanas, atalhos na madeira, flores mínimas de um papel estufado, puxava-se o barbante e a geringonça toda funcionava, recipiente de um dedo d'água, roldana movendo-se e milímetros de água corriam pelo atalho, molhavam as flores sim e ao mesmo tempo pendiam desoladas essas de pétalas estreitas, ocres, e sementes vermelhas. Pra que isso? Pra nada, funciona, não vê? Na noite em que terminei um pequeno boneco de asas, subindo e descendo sobre umas colinas de duro papel e um pouco de cimento, surgiram os versos. De onde? Anotei-os, depois envolvi cada palavra em chamas polpudas, cor de laranja, fiquei olhando. De onde? E por que não me veio um desdobramento de dentro mais prático, político, porque era isso que eu ouvira a vida inteira de todos, por que não te vem aí de dentro um expressar-se mais prático, político, por que não te vem um fincar na madeira fome botas ditadura? Eu respondia não sei. Contestar, diziam, é o único que importa e tu ficas aí molhando coisas mortas, sobrevoando. É de amor o verso, posso dizer se me disserem praquê. E tu amas? Bem, alguém em mim ama essa a tal ponto que se perdê-la há de queimar-se a vida inteira. É um dedutivo forte, não é? Enfim, toma posição o homem aí. Fundamental para o meu próprio equilíbrio porque alguém em mim dispunha-se a derreter-se por amor de alguém. Dias fiquei olhando, se eu encaixasse quem sabe a palavra liberdade, mas não, liberdade, como me queima o perdê-la, agora que há de queimar-me a vida inteira, mas não, isso faria supor que só a partir de um agora eu dava real valor à liberdade, asnalhice diriam, é sim, eu diria. Encharcar de praticidade tarefas e dizeres, meu amigo h descobriu um dia um dizer-posição, disse: política é dar vida a todos, os políticos não entenderam nada, h queria reverência funda pela vida, e os canalhas diziam quê? quê? vida a todos? tira o poeta daí. Matou-se repetindo: vida a todos, tão claro, não entenderam é? Quem me vê a mim, vê meu Pai, também não entenderam, quem me vê a mim, vê o quê? Construção-geringonça, verso anódino, para me fazerentender essencial seria transformar-me num imenso lagar, pisoteado amassado, as tripas de fora, na mão dos correligionários, o sangue desse aqui, estão vendo? Sim, veriam, como veem a cada dia o sangue de muitos, e quê? Para que vissem certo virtualidade da tripa, ideia coesa ao sangue, antes na alma um retumbo, gongo-duração, curva-te homem olha o teu umbigo gonnn, claro, mata a tua fome mas olha o teu umbigo gonnn, claro come mas curva-te homem diante de ti mesmo gonnn, come sim mas por favor dá vida a essa tua minha de pétala estreita e semente vermelha, de que adianta regar a tua alma se ela já está morta? Meus versos devem servir aos do outro lado, perdeste a alma? Ah, sim, como me queima o perdê-la/ agora que há de queimar-me a vida inteira. Por isso quem sabe envolvi cada palavra na chama cor de laranja, pena então que os versos só consigam vigor e adequação quando enfim já para nada servem. Os do outro lado entendem quando sobrevoo colinas de duro papel e de cimento, sobrevoo a Terra, pretendo afastar-me e ainda não posso, os meus fazeres mínimos talvez deem sequência a uma vida desjuntada como a minha, hoje veio à casa uma jovem senhora, carregada de modismos, de nadas,

olhou as geringonças, disse puro, eu disse o quê, senhora?
Puros, sem *macula peccati*
o quê, senhora?
sem a mancha do pecado
quem?
seus artefatos, suas doces esculturas
Macula peccati, puro, artefatos, doces esculturas, olhei-a, olho bastardo meu olhando o corpo que possui essa linguagem, ou linguagem dona desse corpo, roliça um e cinquenta e cinco, boca de Sarita, aquela de violetas e cestas, dorso das mãos fofo, dentes pequeninos, devo dizer alhures diante dela, alhures fica bem, na minha sala diante dela, alhures entre eu-geringonça e esta jovem senhora, alhures o meu corpo todos estes anos, onde? Haurir também fica bem. Alhures haurindo manás do Alto, meu Deus, como fica bem, isso mesmo todos estes anos o meu corpo, não toquei mais ninguém, e recusando corpo recusei-me todo, este à minha frente tão sobreponível, sobre Sarita penso minha magreza meus ossos, meus dedos reunidos no fundo de seus fofos, começo encantamento, discreto pavoneio-me, em solidão, senhora, faz-se uns nadas, alhures há certamente alguém fazendo muito, haurindo realezas da companhia vossa, um rei, não é, senhora? Disse: ninguém. Tocou minhas flores, ocres, de sementes vermelhas, colei-me vagaroso prudente refinado às suas costas, tomando-lhe a mão fiz com que seus dedinhos roçassem os atalhos da minha geringonça, e depois se molhassem dentro do que ela diz doce escultura, mais doce eu disse deve ser a boca de quem pensa doçura, babaquices tamanhas terminaram num fornicar aquoso, demorado, meu corpo ria uma implosão de gozo, pensei porque ainda me cabia, pensei se fosse muda e nunca mais voltasse à minha cama, então quem sabe como me queima o perdê-la/ agora que há de queimar-me a vida inteira. Não é muda. Discorre inocências, é a primeira vez me diz, fala alfinetes, aquarelas, pendores, mácula nenhuma no lençol, então digo mancha nenhuma, antiquado pergunto se não é verdade isso do bravo sangue virginal porque de virgens, Sarita, só sei das onze

mil e assim mesmo pouco, aí disserta contornos formas complacências, absolutamente douto fico sabendo de um, o complacente, gostaria de vê-lo, penso, digo: pode-se vê-lo? Afunda a cara nas penas do meu travesseiro, ri fininho, diz que louco, penso meu Deus com essa nem ela morta posso dar vida aos versos, e ao revés, eu morto, coloque-os, querida, sobre a pedra, que sejam epitáfio, que tu os inventaste. Como me queima o perdê-lo/ Agora que há de queimar-me a vida inteira/ mas não, esse o de mim, esse o de

perdê-lo sacrificou sonoridade, cantata, verdade que só fiz coisas de nada, perecíveis também nas suas minúcias, de qualquer forma os versos na pedra já não seriam meus, deteriorados pela inflexão que lhes daria esta jovem senhora, diria que louco, contaria de mim riso fininho no travesseiro de outro

como você diria se eu lhe pedisse para dizer como me queima o perdê-lo, agora que há de queimar-me a vida inteira?

Hein?

como você diria esses versos?

diz outra vez

Então eu disse. E ouvindo ela vira a cabeça, pra cá pra lá, cachorrinha ouvindo som informe, novo para a sua orelhinha, repete as palavras só movendo os lábios, mais alto eu peço, ela sobe o lençol até o pescoço, demora-se, sussurra equívoca, desencadeio-me, grito Mais alto repete mais alto cadela complacente, mais alto porque fundamental para o meu próprio equilíbrio, encolhe-se fofa, pequena, aranha rosada no costado da cama, salta para pegar as roupas, vestida num segundo diz que louco, louco louco vai gritando no corredor, na última porta, epitáfio tão ajustado de eu-ninguém: louco. E completo: escultor, poeta, reta intenção. Não apto.

VICIOSO KADEK

PENSAVA FARTO, pastoso, às vezes em trechos alongados: se às Tuas costas, meu Deus, eu pudesse me fazer, apagar a Tua imagem e de cima de um todo-mim entender minha completa potencialidade desde o meu existir. Menos farto: igual a todos eu queria ser se pudesse, atuar como todos. Pensava bonito: pedra sob lua baça. O meu amor no teu que passa. Colinas, pássaros, teu momento, meu passo. Gazoso Kadek, olhando através da testa dos outros, por isso todos se riam cada vez que olhava pensante, cada vez que bebia como todos o branco-alegria nacional, pinguço se fazia como todos, e delicado um entender de dentro de boca mole mas muito prudente soletrava: assim tu morre, Kadek, pinguço e pobre como todos, igualzinho sim. Antes matemático, psicólogo, espiou a curva de Möbius muitos anos, viveu prensado nela, horas pensando, também eu não tenho lado de dentro e de fora, e depois: tenho? Quis arredondar-se, grão, e não escurecer com a palavra seu estar aqui, gargalhada de todos quando passava, foi ouvindo e alguma vez tentou anotações futuras sobre a metafísica da risada: riem-se porque Kadek estando aqui, passando, pensa também, e alguma coisa à sua volta se enche de brilhos, de luminescências, estilhaços, e passo fosforescente entre as gentes do bar. Se me perguntam Kadek, tu passa e não diz nada? respondo tentando não pensar: eu te devolvo o mundo se me deres um revólver mudo. Risadas. Ou isto: só subi a montanha porque desejava tua impossível cama. Risadas. Ou isto: somos ateus com Deus. Muitas risadas. Pensava *summum malum* é esse meu viver pensante, essa pedantocracia, esse estético vazio, ético tentou atos políticos, ético Kadek redimensionando "a coisa", chupava de Sartre "a coisa", mas dizia: digo coisa para não dizer lixo, ditadura, então minha gente, "a coisa" corrói, empedra, suja, embrutece, suprime, lixa tua criatividade, adormece, ensombra, letargiante corrosiva coisa, te arranca a alma, senhores senhoras "a coisa"... Pegou dez anos e seis meses, muita enrabação, muita pancada, toma aí pestilento, a coisa é isso aqui, e a rodela de Kadek estremecia eletrizada, os bagos finos pendiam agora inchados, matemático é? repete aí dois mais dois é vinte e quatro. Repetia. Vício foi se fazendo de só ser comido pelos rombudos de farda, os botões duros cutucando-lhe as nádegas, mas nem por isso largou o outro vício de pensar beleza, de relembrar: é melhor estar sentado do que de pé, deitado do que sentado, morto do que deitado. Todo zen, Kadek desejou que a morte viesse, esfarrapada, bêbada, patível o mais possível, teve medo de que viesse tão fria, tão difícil, medo de que um ao lado, um louco, lhe dissesse: chi, Kadek, tu não morre, tá difícil. Foi deitando amortado, o olho tentando o além outro lado, pediu a Jesus que não lhe surgissem palavras, que morresse muito ético, nada estético, olhou o de cima cinzento sem nuvens, nem gaviões, nem pardais, pensou perfeito para a morte de mim, a cabeça virou quase encostada ao ombro, viu bosta de gente a um metro do seu corpo, repetiu: obrigado Jesus, mais que perfeito para a morte de mim, deitado pobre anônimo agora no esturricado capim, muito igualzinho a muitos, ia dizer infindáveis obrigado quando o olhar subiu para o cinzento sem nuvens outra vez, e viu o pássaro. Trincou a língua para não dizer beleza, adelgaçou a vida, mas encolhido poetou entre babas: alado e ocre pássaro da morte. Totalmente diferenciado, então morreu.

LUCAS, NAIM

TENTO RECORDAR, reconsidero eu corpo palavra, um ramalhete cerdoso aqui por dentro, eu corpo palavra, sangue emoção sufixo, coisas que fazem parte do corpo da palavra, reconsidero um ajustar-me ao todo e a tudo, não tinha esta cara, eu, Lucas, tinha outra, corpo e palavra se refazem, tu não és mais o mesmo, tu Lucas, as palavras também adquiriram surpreendentes significados, por exemplo velhice era coisa de longe, de vazio, aderência de outro não de mim, bochechas magras, franzimentos, um acorpar-se de névoa e de suspiros, velhice hoje é perto e adequada a mim, estou aqui trançado, velhiceLucas, reconsidero a cara e tudo o mais diante do espelho, sou eu Lucas ainda, meio amarelo, e neste instante acorrentado à loba, dizer isso acorrentado à loba pode parecer uma pastosa complexidade, úmida também, acorrentado à loba velho úmido pastoso, lobapaixão colada a mim, estamos pensando, é isso, pensar não parecia tão difícil, costumava pensar com propriedade, dissertava depois, discursava até, aos poucos chegava a singulares conclusões, eu, Lucas, modelo intemporal nem presente nem passado, posso ser este e outro, posso não ter sido e ser sempre, ainda complexidades, mas há modelos que se expressam com muito mais trançados do que eu: "o indivíduo tem uma extensão considerável no tempo e negligenciável no espaço". Isso disseram. Costumava pensar sobre esta frase, desfiava esquemas, emparedava corolários, pensava, tentando chegar ao primeiro degrau, primeiro degrau indivíduo, o que é um indivíduo? Compacto, eu mesmo, Lucas indivíduo. Se eu colocasse diante dele, de Naim, esse bolo de cordas ele andaria até a janela, ereto, lento, como sempre faz quando não compreende o que lhe digo, vinte e cinco, Naim, soberbo, grave, mudo quase sempre, me olhando. Hoje devo dizer a ele desse impermissivo agudo intolerável aqui por dentro, ajustar a seus olhos paixão e velhice, pontiagudos opostos, duas lentes, uma vermelha lustrosa alongada e brilhante, inchando o mundo, sereia, magenta à tua volta, me tocas e toda opacidade do mundo é prata e passível de ideia, posso reformular unha e falange, pelos e pobrezas, voltar a ser esplêndido-humano, único, aquele pensado pela primeira cabeça, duas lentes Naim, da segunda falo menos, ou não? penso baço menos, ou não? estendo-me ainda no vermelho, tingido, escorrendo. Da segunda, dessa cinza-parda, distância que agora se fez colada a mim, sei e não sei espessura da lente, algumas manhãs lente baça e grata, estão ali as coisas? as gentes? há livros por aqui? o senhor me conhece? sua filha? ah perdão, sua mãe, é? antes não havia ali uma praça? Pequeno desconforto, riso cascateado por dentro, estou bem muito bem, que me importa filhas, praças, livros agora se já estou dentro deles, coisa que já sou, gente que fui, ah isso Naim, fui gente, como tu mesmo, esticado longo, um nariz que cheirava tudo à sua frente, um belo nariz muitíssimo delicado, e boca cheia de dentes e olhos que sabiam de Lucas, já sabiam desse Lucas de agora, e uma garganta que se fosse a mesma te diria: te amo como as begônias tarântulas amam seus congêneres, como as serpentes se amam enroscadas lentas, algumas muito verdes outras escuras, a cruz na testa lerdas prenhes, dessa agudez que me rodeia, te amo ainda que isso te fulmine ou que um soco na minha cara me faça menos osso e mais verdade, diria garganta espaçosa e viril, avalanche de sopros, santas palavras, Naim. Eu fosco neste instante escolhendo algumas, palavra-semente sobre a mesa, muitas, pondo de lado esta pela extrema redondez, paixão, perfeição evidente mas chocante, paixão, esta de lado, eu dentro dela mas me verás ao largo, digo tocando as órbitas cerradas

alguma coisa em mim deseja alguma coisa que não sei

Vai até a janela ereto, lento, não deveria ir porque o trançado desta frase não é o mesmo trançado de outra rede, eu não disse: Naim, "o indivíduo tem uma extensão considerável no tempo e negligenciável no espaço", nem disse *Apes vos non vobis mellificatis*, que quer dizer, Naim: o mel que vós produzireis, abelhas, não será para vós, e talvez fosse adequado incorporar Virgílio ao nosso diálogo, homem-abelha-Naim existindo porque Lucas existe, mel porque para mim, ninguém mais te verá armadilha dourada tão precisa, tão bem colocada, porque sou eu quem te vê e ninguém mais-eu, não há outro tão eu como eu mesmo, meu corpo, coeso com as coisas ou não, este tempo seria o de reflexão, de morte também, porque ainda que eu não esteja totalmente morto, estou à morte há muitos anos, desde que resolvi olhar o que existia além, o descarnado de mim, ir lá adiante onde os outros paralisados aqui, suspeitam apenas que há um pavoroso mais adiante, e indo mais adiante a pergunta inflou poderosa: há Deus na morte? Aquele que é o Novo Substancial Vida Primeira em Si Mesma, contém em Si a morte? Perguntando-me isso estou substancialmente morto, emoções, o fardo do meu corpo se desfaz, não sou eu mais, ou sou mais Lucas, mas não ligado às possíveis gentes, a tudo vivo animal vegetal, e mesmo a pedra no seu corpóreo turbilhonado, turbilhão que não vemos, está mais próxima daquele todo vida, do que eu. Então como posso estando morto articular ingenuidades e como quem vai beber água te dizer: aconteceu que não imagino mais meu existir sem te ver a meu lado. Então não digo. Então repenso muitas maneiras de dizer, formas coerentes com o morto que há em mim, repenso mas não encontro, me fazer em palavra, retomar o castigo de cândidas vogais Amo Amo, fingir que não sei o que tu és, o que eu mesmo sou, o que tu és, Naim vinte e cinco, soberbo, grave, mudo quase sempre, me olhando. Soberbo de quê? De aparências, tua cabeça cabelos, soberbo mais eu, que sei de todos os atalhos, grave de quê, Naim? Grave mais eu, que sei como te levar a reais gravidades, em poucas horas posso esmagar em ti soberba e gravidade e te fazer não mais olhar a janela mas saltar por ela. Ato que posso, anulo, pactuo incorência, digo

umas coisas acontecem e mesmo pensando muito não se sabe a fonte

quê?

a fonte dessas coisas que acontecem

Continua mudo mas voltou-se, breve como quem espia quem

vai entrar pela porta, presença insuficiente em importância porque a paisagem de fora continua sendo o que olha, o de fora nos olha, cinza-pardo como eu, cara no firmamento, perfil, também olho e digo o que se diz quando há no céu uma cara parece uma cara

é, parece

um duplo perfil, olhe

Três caras, tua minha e a cara desse morto que parece estática, cara que possuo, enorme, tomando o peito e o abdômen, morto sem cabeça agora porque desiste de meditar no que já sabe. Se meditasse, o morto Lucas não te tocaria o ombro.

o que foi? Hein Lucas?

Morto sem cabeça faria melhor te sacudir também pelos ombros, ajoelhar-me, e partido abjeto e suplicante ousar balbucios ou prólogos pequenos, comedidos, ainda ajoelhado reconstruir meu corpo para o teu olho, estender as mãos até a tua cintura e confessar amor vazio de astúcias, ou didático somar vogais e consoantes numa espiral de gelo, Lucas glacial

se você está vendo que é um duplo perfil, está?

sim. Colados.

Hiperdialético construíste um vetor, mas se eu fizer disso uma evidência, se rascunhar para o teu olho cego porque jovem, que tu mesmo, Naim, me levas até o lago onde boiam estufadas as palavras de amor, negarás intenção e ambiguidade, disse colados diante do que se via, disse colados, Lucas, como mil outros diriam diante do que se via, não houve o desconforto de opções e supostos, claro que assim não me dirias, com essa exata arquitetura de palavras, gaguejante, rosado, três murmúrios muito frágeis e depois um agressivo unívoco, então não digo hiperdialético construíste um vetor, nem rascunho para ti a linha azulada do caminho que nos levaria ao lago, continuo como se não soubesse do teu fosso de dentes pronto para me triturar, verdade que me queres? Colados, não é, Naim? Perfis colados, mornura carne afim apenas de um só lado, não estão frente a frente, não estamos, não posso mensurar veemência e intensidade de ti

mesmo se não nos colocarmos frente a frente, propositada acalmia do teu perfil vago, e ainda espectador recuo para a margem do fosso, depois medroso, medo de que o fundo seja nada
viu, Naim, desmancharam-se agora
hein?
os perfis desmancharam-se
um no outro
Começaste um galope, disseste colados, um no outro, e continuas incoagulável frente à janela, se te vissem de fora, as gentes, não te veem, último andar desse tão alto, se te vissem de fora diriam talvez, alguém diria, que te pareces a um colecionador de marfins, marfim tu mesmo eu diria se te visse de fora, que és feito de uma carne sem tempo, estás aí e tudo o que dizemos te convence de uma sobrecarga de inefável, mentes para ti mesmo soletrando um recoser de frases. Por que não dizes que também eu estou em ti colado, que estamos um no outro há muitos meses, que te envergonhas de um sentir muito sentiente, juntura que te parece desabusada? E retomando velhice, pensando eternidade, também eu galopo, por que não morrer? Por que não atravessar o grande rio, ou dele fazer parte, ser água e barqueiro, mas viva ferida na pretensa austeridade de sempre do teu peito? Porque não morrer, se há muito me sei tão morto porque vivo em ti tão impotente, corroído de prenhez e de desejo, não me envergonho de usar prenhez em mim, virilidade também comporta preciosa redondez, tua alma na minha cabeça, no ventre, teu espírito baço mas amálgama do meu, e tão desejado, não era o que eu pretendia na velhice, amar um outro homem, inarticulado usar a palavra como uma velha espada, corte-cego, sem fio, ferrugem sobre a prata, não, eu não queria, e vou dizê-lo
sabe, Naim, eu não queria
o quê? que os perfis se desmanchassem?
um no outro, eu não queria, que um só se desmanchasse sim, para a nitidez do outro
pobre Lucas. Ainda usando geleia de morango nas palavras? Podes comer sozinho essa torrada.

Vamos comê-la juntos. E enquanto me aproximo do teu rosto cinco ou seis passos, o passado explode, jorra dentro da sala por um imenso buraco, revejo teus dissimulados toques, uma lascívia escura, um remendo rugoso inaceitável para a tua brilhosa juventude, remendo rugoso, gozo grosseiro desculpável em ti porque há velhice em mim, e amor na velhice para o teu ser cego é espetáculo imundo e risível, ainda que eu seja honrado, e quase ilustre e fundamentalmente viril, velho-Lucas-viril, sugado para um vórtice de carne, perguntando-se a cada madrugada que luz é que vê na tua tola e tosca quase adolescência, luz de carne, isso, e um invisível, feito de mim mesmo, sobreponho em ti meus longos resultados, penso que és um, soberbo Naim, belo, mais minhas dores, mais meu estofamento álmico, meu esticado tenso, e uma dupla torção, vida e conhecimento. Te imagino tu-eu. E és apenas vinte e cinco, mas vinte e cinco rasos, de tibiez, camada cremosa e milimétrica de pequeninos neurônios ativados, e para que me percebas caminho mais dois passos, Lucas caminha, o outro sorri, mudo, e pela grande janela de onde há pouco se viu dois perfis, uma cara, pela grande janela, ágil, Lucas se atira.

UM CÁLIDO IN EXTREMIS

A Lygia e a Paulo Emílio

TE CUSPIR NA CARA, uma bofetada, um soco, tudo melhor do que a palavra, KleineKu, te chamo assim, nome com a sonoridade da língua dos poetas e das feras, o ato sempre melhor e não como eu mesmo o pensamento-salto para me explicar através de ti mínimo. Não estou morrendo, KleineKu. Tentei explicar o mesmo a um outro, estúpido como tu, se chamava Koyo e ergueu paliçadas à procura da minha unha, paliçadas ao redor do nada, porque por mais que te ergas, nunca, fechado como estou nessa esteira trançada, nem Koyo nem KleineKu teriam a viseira, o perfurante olho para o menor de mim. Não estou morrendo. A perfeição é a morte, um de vocês AH descobriu e disse A perfeição é a morte, não será essa a maior certeza da imortalidade? Koyo e KleineKu trancafiaram-no, asilo de loucos, e esse AH emparedado não pôde discursar nos congressos, senados, seria o mesmo, loucos de dentro, de fora, todos KleineKus repetindo que estou morto quando isso seria o inexprimível mas o mais significante de todos os meus atos. Morrer eu quero, placa inteiriça de marfim sobre o eu inteiro, antes da placa a esteira, aquela que nunca a teu alcance, nem de olhos fechados, KleineKu entenda, estou em agonia mas não vou morrer, deteriorado, informe, daqui para a frente pus e poeira avolumando-se, devo morar no silêncio, mas o de mim calado corre para ti, expressa-se em atos, e que atos os teus, selvageria e soberba em todos eles, devo pedir que te apresses, termina, não te faltam os meios, mais potentes do que Nagasaki e Hiroshima, e há uma fome em ti portentosa demais para o teu nome, e não é que cabe no teu desprezível buraco todas as tuas fomes? Não sei como se morre, e não sabia que ao pensar-me expelia conceito e esterqueira, olho-te a ti num distanciamento soluçoso de lonjuras, olho-me a mim e procuro no corpo um ínfimo ponto de onde eu possa extrair um todo novo, morte, se eu pudesse refazer-me em morte, ajoelho-me torcido diante de mim mesmo, que o eu divino encontre o caminho do Nada e no percurso não procure outra vez dar forma às aparências, o eu emocionado quis traduzir-se em obras, pensou Homem para habitar a Terra e foi como se pensasse sordidez, coprólito, que o Nada me reencontre outra vez, pensou-me o Nada porque num instante pretendeu dar forma ao Nada-Não Ser, ah KleineKu, reafirmo, antes o cuspe o soco a bofetada, tudo melhor do que a palavra, e se eu tivesse cornetas poderia usá-las como esse de mim, afortunado Mahler, se eu tivesse cornetas, essas de postilhão, ah se eu as tivesse, arrancaria o som mais dolorido para o teu todo mouco, se eu tivesse palavras como esse de mim Jeshua as teve, uns meus incendiados, mas para KleineKu foi como se nunca eu os cometesse, se os muitos em mim pudessem martelar tua substância, outra vez moldado, um novo metagrama, dois corações-cabeça para o homem, atuando em plena comunhão, KleineKu acrescentado nuns lestes, arrancado ao sul, teria sido melhor consumir a ideia-homem assim que foi expelida, atuar como fui ensinado pelos meus de mim, monges-cartuxos volatizando a palavra na sua fonte, KleineKu pensado sim mas incandescente no mesmo instante voltando à sua raiz. Agora, cotovelos negros fincados nos meus moles, eu olho o absurdo: tu. Mãezinha, eu GrosseKu, também batizado pelos homens com esotéricos nomes, Pneuma, o Todo-Um, o Sem-Nome, mãezinha quero a tua mão na minha, e Gide num sem-fim ao meu ouvido: "quero morrer desesperado". Talvez assim eu possa, talvez assim eu aprenda a morrer.

O GRANDE-PEQUENO JOZU

> [...] *mágicos, heróis, encantadores de ratos, todos esses que, à força de correrem após si, foram de novo tomados da paixão de ser, e aos quais a própria lucidez levou a procurarem o máximo de cegueira.*
>
> FRANCIS JEANSON, *SARTRE POR ELE PRÓPRIO*

QUANDO EU JOZU, percebi que sim, que era verdade, que haviam cagado no fundo do poço seco, comecei a chorar. Subi pela escadinha de corda e perguntei foi você, Jesuelda? Ela disse não. Foi você Guzuel? Ele disse não seja besta, Jozu, você acha que eu ia descer até o poço pra cagar se eu posso cagar aqui mesmo? Olhei ao redor. Parecia lógico. Tudo capim, barba-de-bode também, tudo seco. Então quem foi? Alguém. E nenhum de vocês dois viu nada? Não, não viram, o dia inteiro ficam metendo dentro da casinha de tábua que eu, Jozu, construí com o dinheiro do meu rato. Eu sou Jozu, encantador de ratos. Tive três ratos antes do meu de agora mas nenhum tão inteligente, nenhum tão olhinho de avelã como o meu de agora. Meu rato tem uma linda caixa de vidro, lá dentro um balancinho onde ele dá duas piruetas, um impulso maior de repente, depois quase um salto mortal e cai em pé, as patinhas da frente um pouco encolhidas, um milagre. Uma ou duas moedas e quem quiser pode ver meu rato acrobata, lá na Esquina dos Ratos. Limpei a bosta do fundo do poço seco e enquanto limpava me veio um poema muito bonito. Dentro do poço seco eu sou mais do que Jozu encantador de ratos, mais alguma coisa que eu não sei o que é. Sou Mais. E digo palavras estranhas e penso de um jeito que fora do poço eu não penso. O poema é assim:

Ele queria o jardim do rei.
Queria tanto
Que o grande sumo das coisas
Desaguou
Nos cantos da sua boca.
E a língua repetia
A mesma sonoridade
A cada dia: queria o jardim do rei.
Sombra, calmaria
Sonolência das dálias do jardim do rei,
Limpeza das alamedas, santa alegria
Dos cravos de sangue do jardim do rei.
E a simetria
As plantas rasteiras, prateadas
Do jardim do rei.
E a inteira despudorada
Rosa do jardim do rei
E aquilo não era ele
Ele, o avesso,
Que de repente queria
Essa torpe maravilha
Que era o jardim do rei.

Subi a escadinha de corda, a bosta enrolada no papel e gritei: olha, Jesuelda, a gente não faz isso não, se você tem gana do meu poço seco é só não chegar perto dele. Porque de repente eu senti que foi a Jesuelda. Aí ela chegou bem perto de mim e disse Jozu asnalhão, pra dizer a verdade eu quero que você enfie teu poço na pastilha na rodela, tá? Entendi que Jesuelda falava do cu mesmo. Ela continuou: você pensa, Jozu, que só porque é filho de general pode se dar ao luxo de gritar comigo? Aí eu fiquei espantado porque nunca me lembro que sou filho de general:

Jesuelda, é até engraçado você dizer isso porque eu nunca me lembro, eu nem conheci o meu pai general, só sei que a mãe trabalhava pra ele. Pois olha, Jozu, se fosse eu, eu me lembraria sempre. Por quê? Ora, porque um general é uma pessoa muito importante. Por quê? Aí o Guzuel disse porra Jozu, porque é um general. Querem saber? Tudo o que eu me lembro a respeito do general é o que a mãe dizia. E o que era que ela dizia? Que ele tinha os culhões compridos como aspargos. Só isso? O Guzuel respondeu pra Jesuelda credo Jesuelda, saber isso a respeito de um general é saber muito. Enquanto eu jogava a bosta no capim, a Jesuelda mais calma continuou: minha avó, Jozu, foi caso de um coronel, e você não imagina o que ela contava pra quem quisesse ouvir. O quê? Que o coronel esporrava com tanta galhardia que ela tinha vontade de bater continência pra ele naquela hora, o tronco duro, os braços assim esticados, e um olhar... como era mesmo que ela dizia? espera. Fiquei esperando. O Guzuel também ficou esperando. Do olhar? Sim, ela dizia que era... ahhh, lembrei, era um olhar assim como se o coronel estivesse passando em revista a tropa, sabe, um olhar... taí, é isso. Mas pra onde é que ele olhava, hein Jesuelda, porque a tropa não estava lá, ou estava? Não fala assim da minha avó, Jozu, sei lá pra onde o coronel olhava, o vazio a parede a minha avó, isso não é importante, era o jeito de olhar, entende? Um jeito atento. Sei, Jesuelda. O Guzuel também disse sei sei. A Jesuelda tem uma cara... que cara. Cara de lua, lustrosa, um dente pequeno avançando pra frente. A gente faz amor com a Jesuelda e parece que eu faço a mesma coisa que o Guzuel faz, isto é, ponho a mão por ali, com delicadeza vou entrando nela, na hora às vezes digo Jesuelda vou indo, ela não diz nada, nem diz que gosta de mim. Esquisita. Que cara. Quem sabe se ela sabe que eu gosto mais do rato do que dela, doquedela doquedela, dizer doquedela me lembrou querela outra vez, querela é uma palavra que eu ouvi o outro dia quando briguei com um homem lá na Esquina dos Ratos, por causa do meu rato. Aí apareceu um homem de bengala e chapéu, que devia ser da Esquina dos homens e disse Evitai querela nas esquinas, onde é que está o vosso pudor? Fiquei besta, o homem que brigava comigo também ficou besta, e nos olhamos e nos afastamos. Querela, cruzes, que esquisito. Pudor já é mais bonito. Quando eu quis morder a Jesuelda lá na coisa gramosa e escondida, (gramosa é muito bonito, é coisa que eu ouço no fundo do poço seco) ela me disse Para aí, você não tem pudor, que coisa. A Jesuelda parece filha de Maria às vezes. Outras vezes, com Guzuel, por exemplo, ela parece louca e grita naquela hora. Depois que Guzuel acaba de montar na Jesuelda, e isso é a cada dia, podem crer, a gente faz uma refeição conjunta. Refeição conjunta era coisa lá da fábrica de relógios onde eu trabalhava, depois eu falo da fábrica, era uma fábrica que vivia com problemas, tudo dava errado, os operários e eu junto naturalmente vivíamos muito mal, porque tudo dava errado naquela fábrica. Um dia alguém lá de cima perdeu a paciência com a gente e disse Tá bem seus filhos da puta, tomem conta então, já que são tão sabidos. Então tomamos conta. E a fábrica ficou ótima, os relógios também, nós também, tudo melhorou, mas não sei o que aconteceu pois quando as coisas estavam uma beleza resolveram fechar a fábrica. Que gritaria. Uns caras mal-encarados diziam loucura loucura, loucura para o sistema, fecha fecha, que imbecil que você é, isso gritavam para o cara que chamou a gente de filho da puta, acho que esse cara até foi preso. Falavam muito no tal do sistema, sistema não parece uma coisa boa. O meu amigo Stoltefus, lá da Esquina dos homens, é que vive falando dessas coisas e de outras também, todas complicadas. Quando ele fala nos pontos quentes que eu não sei o que são, eu fico com muito medo, ele fala uns nomes enormes, fala de generais também, e até hoje eu não digo pra ele que sou filho de general porque tenho medo que ele nem fale mais comigo só por isso. Aliás eu não entendo por que o Stoltefus fala dessas coisas comigo, acho que é simplesmente porque ele não tem com quem falar. Ele gosta de mim o Stoltefus, ele sempre diz Jozu, você é raro, é muito raro. Gosto que ele diga que eu sou raro porque raro é tudo o que a gente acha difícil de encontrar, não é isso? Tudo o que é difícil de encontrar parece uma coisa boa. E isso é raro, é raro alguém sentir que você é uma coisa boa. Meu rato é bom. Uma coisa rara também é o tempo que Guzuel e Jesuelda levam metendo. Sempre demoram muito, e muitas vezes eu fico pedindo por favor que acabem logo porque eu morro de fome. Quando tem ovo não preciso falar isso porque eles sabem que quando eu começo a fritar o ovo é porque não aguento esperar mais. A semana passada a Jesuelda foi muito grosseira comigo porque eu pedi por favor acabem logo, e aí ela gritou vá tomar na pastilha, você e seus ovos. Eu disse depois: Jesuelda, não é normal isso de ficar metendo um tempão, a gente mete e pronto. Guzuel não concordou: que nada velho, o bom é antes de acabar. Todas essas coisas a gente nunca sabe direito, são coisas querelantes, para uns é melhor acabar logo já que é para acabar que começaram, para outros apesar de quererem acabar, no fundo não querem. Parece que os generais é que querem sempre acabar com alguma coisa, acho que sim, porque toda vez que o Stoltefus está contando uma estória ela fica muito diferente depois que entra um general na estória. E a voz dele também muda quando ele começa a falar das coisas da estória depois que entra o general. Ele diz também que é impossível acabar com os generais em geral. E com todos parecidos com generais. Tenho muito medo que o Stoltefus descubra um dia que eu sou filho de um general. Muito mesmo. Porque ele chama os generais de vários nomes, polícia endomingada é um que eu me lembro. Um dia possivelmente vou me lembrar dos outros. Dos outros nomes. O Stoltefus deve ter algum problema com os generais. Ontem comecei a ensinar o meu rato a dar três piruetas em vez de duas, ele me pareceu muito nervoso, deve ter pensado o homem só quer me dar trabalho, mas não é isso, é que muitas pessoas já viram o meu rato dar duas piruetas e se ele puder dar três os que viram ele dar duas vão gostar de ver o rato dar três. E vão pagar mais também. Algumas pessoas já me disseram o senhor só vive do rato? Quando eu disse que sim alguns sacudiram a cabeça e disseram coitado. Eu não entendi, porque acho até muito bonito isso de ensinar o rato a dar piruetas e se balançar no balancinho. Teve um cara que esfregou o jornal no meu nariz e disse enquanto você explora ratos e acha bonito, tem gente que os come. Pelo amor de Deus, eu disse alto para que todos ouvissem, eu seria incapaz de comer o meu rato. Alguns concordaram que seria terrível mesmo, mas muito poucos, outros disseram que nada, todo mundo já comeu rato. Depois disseram que não era nada disso que o cara queria dizer. Foi uma grande querela entre o pessoal da Esquina dos Ratos, e um mais perigoso começou a gritar quer ver se eu não como? Quer ver? E ia abrindo a caixa do meu rato. Graças a Deus consegui me safar, e sempre que posso evito assuntos muito querelantes. Meter, fome, generais, sistema, parecem assuntos querelantes. Lá no fundo do poço seco onde eu sempre me meto assim que chego, me vem uma coisa na garganta e começo a chorar. Digo para mim mesmo que aqui no fundo e no fundo de mim, eu sinto que gosto muito mas muito mesmo do meu rato, que eu não sei como é que isso ficou assim tão importante, isso de ter o rato, de gostar dele, e de ter vontade de morrer se ele morrer, ouço sempre o Stoltefus dizer que uma das coisas mais importantes do mundo é uma coisa chamada arsenais atômicos, não sei o que é nem onde mora, mas pra falar a verdade eu não troco arsenais atômicos pelo meu rato, sejam os arsenais o que forem. Guzuel e Jesuelda não entendem como é que eu posso ficar tanto tempo dentro do poço seco, acendo o lampião, tiro o meu rato de dentro da caixa, ele cabe inteiro na minha mão, passeia no meu braço, ele fica muito contente de sair de dentro da caixa. Foi há pouco tempo, uma tarde, tardezinha, que de repente lá embaixo eu ouvi uma música muito bonita, a música não vinha de cima, vinha do mais fundo de onde eu estava, o meu rato ouviu também porque ficou parado o tempo todo que durou a música. Não era uma música qualquer, dessas que a gente ouve nos bares ou nas esquinas, não sei o que era, mas fiquei ouvindo, e se me perguntassem como era eu diria que era assim como se Deus soprasse em todos os buracos do mundo, e ao mesmo tempo não era uma coisa barulhenta. Quando ouvi a música pela primeira vez, comecei a tremer, depois fui me sentindo melhorzinho, e para me acalmar completamente fui pensando assim: quem é que gostaria de assustar um homem um rato no fundo de um poço seco? Ninguém. O Guzuel me chamou nesse dia da música pois pela primeira vez era eu quem me esquecia de comer, e disse tu sai ou não sai de dentro do buraco? Eu disse Guzuel, chama a Jesuelda, desce pela escadinha e vem ouvir uma música que você nunca ouviu. Que nada, Jozu, a Jesuelda tá com fome, e ninguém frita os ovos tão bem como você. Então subi. Tu não tá bom da cachola, que música que música? O que eu digo é sempre tolice para Jesuelda e Guzuel, no entanto eu sempre respeito o que eles imaginam que não é tolice. O mês passado eles inventaram uma brincadeira. O Guzuel achou que seria bom todo mundo meter junto, a Jesuelda riu mas disse que não tinha vontade. Não. Olha, Eldinha, (é assim que o Guzuel chama às vezes a Jesuelda) cada um de nós vai dizer uma coisa que tem vergonha de dizer na frente dos outros. Uma coisa sacana, Eldinha, pra todo mundo ficar largado. Como largado? a Jesuelda disse. Eu fiquei esperando. Aí ele falou qualquer coisa no ouvido da Jesuelda e ela começou a rir e não parava mais. Eu fiquei pensando. Você continua agora, Eldinha. A Jesuelda se torcia toda, não sabia o que falar, ficou toda vermelhona quando disse: um negrão babão me lambendo. O Guzuel peidou de tanto rir e disse: uma negrona lambona babando. Eu continuei pensando. Os dois começaram a se agarrar, rolaram pelo chão da casinha de tábua que eu Jozu construí com o dinheiro do meu rato, mas a Jesuelda apontou para mim, afastou Guzuel e disse que a brincadeira não estava completa porque eu, Jozu, não havia falado nada. Ele, Guzuel, disse te apressa, olha aí como eu tô. Eu continuei pensando mas resolvi dizer logo uma coisa que eu tenho vergonha de dizer para qualquer um. E disse: ficar para sempre no fundo do poço seco com o meu rato. Foi horrível ter dito isso porque o Guzuel ficou com muita raiva, a Jesuelda começou a chorar, o Guzuel gritou que não era bonito eu dizer isso porque isso que eu disse era muito triste, e ninguém mais podia pensar em meter depois de ouvir isso. Achei bastante singular que isso tirasse a vontade de meter e respondi que não tive a intenção de atrapalhar, e que eu tinha mesmo vergonha de dizer essa frase na frente de qualquer um. A Jesuelda continuava chorando e entre um soluço e outro dizia que nunca podia meter em paz com o Guzuel porque vivia tendo pena de mim. Ela falou assim: essa tua cabeça virada de banda, o teu olho sempre molhado, e o teu rato. Quando ela falou do meu rato ela soluçou muito alto e depois deu um ganido. Fiz tudo para acalmá-la dizendo que ela era boba de ter pena de mim, que eu era assim mesmo e não sofria lá essas coisas de ser esse, que a cabeça virada de banda era um jeito meio manso meu, desde menino, olha Jesuelda, eu não te disse que até me chamavam de o cabeça esquerda? Então Jesuelda começou a rir, depois me pegou na mão e beijou a minha mão: você é feliz? você não sofre? O Guzuel fechou a braguilha mas também me abraçou, olha, Jozu, não fala que você quer viver sozinho pra sempre no fundo do poço seco, porque a Jesuelda sofre, tá? E tem mais, Jozu, aqui você parece sempre triste mas eu já te vi dar muita risada na Esquina dos Ratos. Quando? Quando aquele cara todo pintado soltou aquele peido-trombeta na frente de todo mundo. Bem, eu disse, não é sempre que soltam um peido daqueles. Ora, Jozu, eu mesmo já peidei daquele jeito e você não riu, você não riu Jozu, porque quer sempre se fazer de vítima pra Jesuelda. Que nada, o teu peido foi normal e se eu fosse rir de cada um que peidasse eu vivia rindo. Melhor, disse o Guzuel. Fico pensando se essa coisa enorme que eu sinto está dentro de mim ou dentro do poço seco. Quem sabe se é porque o fundo do poço seco é redondo e essas coisas redondas dão a impressão de serem acabadas, de que tudo está perfeito no redondo, e por isso talvez eu me sinta diferente e até muito justo quando estou lá. Deve ter havido água no fundo. Será que eu ouço a alma da água? Como é estranho que eu seja feito de carne, eu penso quando estou lá dentro, e que olhando com meu olho eu possa ver. E que de repente eu sinta essa dor de olhar o rato e que o rato me olhe também com seu olho de carne. Feliz? Não sei, Jesuelda, dor de ser de um jeito que não compreendo, de nem saber onde é que mora o pensamento. Parece que aqui dentro eu me sinto fraterno, e lá fora eu sinto que não sou tão fraterno, aqui dentro eu me sinto irmão da água que já esteve aqui, irmão de todos os ossos que estão dentro da terra, isso tem beleza, beleza é uma coisa que dá vontade de comer, a Jesuelda tem beleza, e quando eu monto nela é um jeito de comer, e se eu não falo muito nessa hora é porque quando a gente está comendo a gente não fala, pra sentir melhor, porque confunde falar e comer ao mesmo tempo. Tudo é difícil, difícil explicar por exemplo que eu também acho o meu rato bonito mas não tenho vontade de comer o meu rato. Sempre gostei de pensar. Uma vez eu trabalhei numa fábrica de bolsas de plástico, foi depois daquela dos relógios, aquela que funcionou bem e que por isso fecharam, então quando eu trabalhava nessa fábrica das bolsas eu comecei a pensar assim:

as bolsas saem cada dia mais bonitas da fábrica e eu saio cada vez pior. Continuei pensando: o que é uma bolsa de plástico? Uma coisa que não pensa, uma coisa morta. Pensei também: quem vale mais? Eu ou a bolsa de plástico? Eu. Apesar de que se alguém encontrar eu e a bolsa jogados na rua, vão escolher a bolsa. Porque podem pensar que tem uma coisa dentro dela. A bolsa guarda coisas, é verdade, nunca tive nada pra guardar, só o meu rato. Tive um pente uma vez. Era um pente bonito, cor de vinho, eu achei o pente logo depois de ter me despedido do Stoltefus, até pensei que o pente fosse dele e chamei alto Stol Stol, esse não é o teu pente? Aí o Stoltefus voltou, examinou o pente e foi só nessa hora que eu percebi que o Stoltefus tinha a cabeça lisa feito mamão, ele pôs a mão na cabeça e começou a contar a estória de um cara que até foi preso por causa de um pente, que o pente caiu do bolso e junto com o pente caiu uma banana de dinamite, que o bolso do cara era aquela coisa de arsenal, e por aí o Stoltefus foi indo até chegar outra vez nos generais. Fiquei com tanto medo dessa estória que depois de dois passos joguei fora o pente. Então foi muito pouco tempo o tempo em que eu fiquei com o pente. Não sei como será isso de ter coisas, se é bom ou não, quando é ouro é pior, todo mundo quer ouro, e quando o Stoltefus fala do ouro ele fala no tal do sistema, e daí ele pula pra um lugar que se chamava Cartago, lugar de muito ouro, parece que o tal do sistema andou por ali, e que ninguém encontra um papel importante sobre essa Cartago, nem papel nem muito caco importante, e que essa coisa de não encontrar nada tem sempre razão de ser. Coisas do Stoltefus. Ninguém gosta de conversar com ele, tem gente que às vezes me diz Jozu, tu fica falando com gente que não é pra falar, é perigoso, Jozu, aí eu penso sempre nos generais porque o mais perigoso para mim se é que eu entendo o Stoltefus, são os generais. Gosto muito do Stoltefus porque ele é sozinho como eu, e ele nem tem um rato, e há certos dias que ninguém se interessa pelo meu rato mas se no fim do dia ninguém aparece, o Stoltefus diz hoje eu quero ver o teu rato, vamos Jozu, pode começar, e paga. Eu dou duas batidinhas na caixa de vidro (é o sinal) e o meu rato começa a trabalhar. O Stoltefus acha sempre muito bonito e paga até mais do que eu cobro, ele diz isso é um milagre, vale mais, vale mais, Jozu. A gente nunca sabe por que há pessoas assim como o Stoltefus, pessoas que compreendem como é difícil ensinar um rato, e outras que têm nojo, quase todas, que fazem caras de nojo quando olham o rato e quando me olham também. Porque para mim todo mundo é gente, o rato também é gente, ele tem medo frio fome, e também se alegra e fica triste como a gente. Um rato não tem muito mistério não, as pessoas não entendem que ser rato é tão simples e tão complicado como ser gente. Quando eu digo essas coisas para o Stoltefus ele diz que maravilha que maravilha essas coisas que você diz. O Guzuel não liga. Quando eu conto para o Guzuel como o Stoltefus é bom pra mim, ele fica repetindo Esse cara acaba te enrabando Jozu, vê lá, o que esse cara pode querer contigo? O Guzuel sempre acha que todo mundo quer alguma coisa, eu penso que a gente pode gostar de um cara sem querer nada. O Guzuel diz que isso é mentira, que até eu, Jozu, gosto do meu rato porque é o rato que me dá o dinheiro, e nessas horas eu tenho vontade de queimar o dinheiro e jogar as moedas no capim, um dia quase fiz isso mas o Guzuel começou a gritar, abriu o bocão: e tu não come mais? e ninguém come mais? Tenho pensado tanta coisa. Outro dia pensei: o que é uma farda? O que é uma bota? Pensei isso com tanta força que falei alto lá na Esquina dos Ratos. Um fardado passou, me encarou e gritou Pátria. Eu não entendi, mas quando voltei para a minha casa, a minha verdadeira casa que é o fundo do poço seco, perguntei lá dentro: o que é uma farda? o que é uma bota? E veio a resposta: nu o homem é mais Pátria do que amedalhado numa farda, nu ele é mais força, muito mais do que parece existir no fulgor devasso de uma bota. Cagaço de todas essas palavras porque da metade não entendo nada, o poço fala comigo, eu me sinto melhor, parece que é verdade o que ele diz, mas sei também que é uma coisa difícil de repetir para o outro, para a Jesuelda e Guzuel é impossível, para o Stoltefus dá medo porque ele de cara faz aquele olho de apetite e começa Me mostra o pessoal, quando é que vai ser, Jozu cara de pau onde é que estão me leva lá, primeira coisa é pegar os generais assim. E aperta vermelhão a própria garganta. Saber que um poço te ensina a ser mais e que não adianta você repetir que é um entendimento que se faz lá dentro, e que o poço é embaixo mas o que você compreende parece vir de cima, não de cima de mim, Jozu, um de cima mais fundo, um de cima vivendo lá embaixo, ai, como é difícil dizer desse saber para o outro que te escuta. Há tempos, lá na Esquina dos homens, eu atravessava a rua com Stoltefus e olhei para o aviso que dizia cuidado, olhe pra esquerda pra direita antes de atravessar, segurei o Stoltefus e mostrei o perigo. Stoltefus cuspiu grunhiu: direita esquerda, tudo a mesma esterqueira. E eu respondi o que o poço me havia dito: direita, esquerda, os dois são bota e farda, os dois a mão que esmaga, rugido, garra sobre o teu livre-arbítrio. Stoltefus quase desmaiou, pálido, Jozu o que foi isso quem é que te ensinou? Me agarrou no meio da avenida, os carros passavam como raios, era xingação pra nós de todos os lados, eu disse que nada, Stol, são apenas palavras que vêm de repente, eu falo mas nem sei do que se trata, é uma coisa que eu escuto dentro do meu ouvido, nem sei de rugido, nem sei de livre-arbítrio. Jozu, fala baixo, eu juro que não repito, e a tarde inteira ouvi do Stoltefus lenga-lenga esticada, quase choro, ele dizendo que eu era um líder nato, que tudo o que eu dissera era de gente de primeira, e quando eu perguntei o que queria dizer nato ele deu murro no poste, fez gritaria grossa, foi horrível. Quando ele se acalmou jurei por tudo, pelo meu rato, vá lá, eu não tenho nada a ver com tudo o que digo, é apenas um murmúrio que murmureja dentro da cabeça. Ando ficando triste com essas coisas, isso de ouvir a voz dentro do poço é muito bonito mas sem querer vem a vontade de repetir, e ontem eu chorei muito lá dentro e gritei DEUS DEUS, e o poço respondeu: Fogo, Jozu, o que mora em ti, Fazedor do poema. Há algum tempo ando pensando se não seria bom colocar essa planta que se chama coroa-de-cristo ao redor do poço, assim ninguém vai entrar na minha casa, ando ficando com medo e não sei dizer bem por quê. As palavras metem medo, é isso sim, essas palavras de dentro metem medo, seria melhor ficar mudo. Escuta, Guzuel, às vezes me vem vontade de nunca mais falar. Quê? De ficar mudo pra sempre. Quê? Isso é suspeito, Jozu, eles te prendem. Quem? Eles. Por quê? Porque porra Jozu, todo mundo sabe que tu fala e se de repente fica mudo não cola, entende? Mas não é quando a gente fala que eles prendem? Também prendem, se tu fala besteira. E o que é besteira, Guzuel? Aí ele olhou para todos os lados, e era aquele matagal, ele continuou olhando, e claro que não tinha ninguém, e quando ele viu que não tinha ninguém ele cochichou: besteira, Jozu, é pensar, *en general, entiendes*? Aí também me lembrei da minha mãe porque ela repetia a frase do *en general* ou do general, não sei mais, na hora da conquista: não me queres, por quê? Tens um coronel? Eu serei um general. Mas era um, não era *en*. Meu pai, eu pensei, pensei meu pai para o de cima, não para aquele que meteu com a mãe (com a minha, perdão) meu pai, se um ou *en* general é besteira, o que sou eu? Como eu não estava dentro do poço, estava fora mas dentro da casinha da tábua, ninguém respondeu. Ainda bem. Guzuel disse então que eu era diferente, tu é raro, Jozu, tu não é daqui. Raro deve ser uma coisa diferente da coisa que eu pensei. Hoje acordei muito triste porque vi que o meu rato está perdendo pelo. Eu sempre passei babosa uma vez por semana em todos os que eu tive e nenhum perdeu pelo. Pelo bonito e brilhoso, o de todos. Talvez a tristeza que eu ando sentindo afetou o meu rato. Os bichos entendem muito das gentes. Olha, Jesuelda, o rato não está bom. A Jesuelda diz que é bom passar pólvora com limão, que isso deve ser sarna. O Guzuel diz que pelo amor de Deus não falem em pólvora. Por quê? Porque *bum-bum*, é o que eles pensam, te prendem. Mas eu não quero polvorizar ninguém, Guzuel, é só pólvora para o meu rato. É, mas vai explicar isso pros caras, me vende pólvora? É muito triste isso de nem poder comprar pólvora-remédio para o rato. Agora, andando pela rua, sinto que as pessoas me olham de um jeito diferente. Pode ser apenas impressão, acho que sim, talvez me olhem porque eu estou pensando muito como conseguir a pólvora, e as gentes adivinham o que a gente pensa quando o pensamento é muito pensado. Pólvora para curar todos os ratos do mundo. Seria bom se eu pudesse ter um general ao lado porque se todo mundo tem medo dos generais os outros não me olhariam assim. Meu pobre pai-general, o que foi feito dele? Gostaria de saber exatamente o que é um general, como ele é por dentro, por fora eu sei que ele é todo amedalhado, e que às vezes tem os culhões compridos como aspargos, mas por dentro? Olha, Stol, que bom que eu te encontrei, olha o meu rato, a Jesuelda diz que é bom comprar pólvora. Jozu, conta aí o que te vai pela cabeça, tó, olha, e Stol pôs as mãos no meio das pernas e sacudiu o pau. Pólvora com limão pra sarna. Tó. Tá bem, Stol, esquece, só limão. Outra coisa, você que sabe tudo, me explica direito como é um general, como ele sente e é por dentro. Sentamos os dois no banco, a praça é muito bonita, tem boca-de-leão, tem essas árvores grandes que dão umas flores vermelhas que se chamam unha-do-diabo, mas a praça é bonita. O que atrapalha um pouco são os alto-falantes, o tempo inteiro eles tocam marcha, o tempo inteiro tem um homem berrando, logo depois da marcha. Tem crianças também, cantando a mesma música que sai dos alto-falantes. Aí o Stoltefus aponta um menino fazendo tátátátátá pra gente com metralhadora de brinquedo, e diz: olha aí, Jozu, esse já é um general. Eu digo você não entendeu, Stol, eu quero saber de um general de verdade. O Stoltefus chama o menino assim: ô garotão, vem aqui, que bonito isso de metralhadora, hein? Conta aqui pro meu amigo Jozu, encantador de rato, olha o rato dele, anda meio depenado, mas conta aqui o que é que você faz com essa metralhadora. Eu mato gente. Ah, sei, O que você quer ser quando crescer? Um macho. Muito bem, muito bonito. Um general, o menino completa, esses que mandam nesses que matam. E por quê? O senhor é bobo, o senhor é um velho bobo, todo mundo sabe que é bom ser general, e por que esse aí tem esse rato nojento nessa caixa? Esse rato é muito bonito, menino, eu Jozu digo, ele sabe se balançar no balancinho. Esses ratos devem ser chutados, esmigalhados, incendiados, enterrados. Seguro a caixa de vidro e saio correndo. Ouço os gritos de Stol, Jozu Jozu, para aí, não vai não. Mas vou. E lá no fundo do poço seco de repente durmo. Sonho que sou um enorme rato roendo umas coisas que o Stol pediu que eu nunca repetisse: balanço ativo passivo. Ouço ruídos enormes, lá fora um grupo de gente armada, e enquanto vou roendo com grande ansiedade, alguém grita Jozu roendo o sistema, para aí. Espio da janela absurda do poço, o ativo e o passivo incham minhas bochechas, ai, devo estar comendo a carne dos outros, desses daí de fora, senão não gritariam tanto. O que será esse balanço? Só sei do balancinho do meu rato. Verdade que o Stoltefus tentou explicar, abriu um jornal e apontou com o dedo ossudo uma porção de números, ficou vermelhão e falava sozinho porque eu não entendia nada. Olha aí, olha aí, sessenta bilhões de carne e sangue das gentes. O que é isso? eu disse. É um balanço, Jozu. De ouro, Stol? De sangue. Fiquei na mesma mas não quis perguntar coisa alguma porque pelo olho do Stol eu já sabia que era o discurso que se aproximava. Stol me olhou olho injetado, cuspiu como sempre faz quando fala dessas coisas que eu não entendo. Depois de cuspir repetia ativo passivo, sentou-se no banco, amarelo que estava, e começou a vomitar. Tudo isso me impressionou, fiquei muito nervoso, até pensei que o Stoltefus ia morrer, molhei um trapo da minha roupa e passei o trapo naquela testa também molhada. Escuta, Stol, não lê essas coisas que te fazem mal, seja o que for ativo e passivo você não deve se importar. Ele grunhiu cambaleando: és uma besta mesmo, tu com teus trapos e teu rato, justamente tu. Parou de falar e jogou a cabeça para trás, suspirando de um jeito que nunca vi. Voltei muito triste para casa nesse dia porque foi a primeira vez que o Stol me chamou assim, enfim, de besta. Gostaria de esquecer tudo, esquecer até o sonho que eu estava contando. Um homem gritando: Jozu, filho bastardo caga-fome cara de cu, olha o rato Jozu roendo o sistema. Acordei muito mal porque o fim do sonho foi a visão das gentes entrando pela janela absurda do poço e eu engolindo tudo às pressas, e as gentes com enormes pedaços de pau, e eu num canto do poço, muito assustado, peidando feio depois de comer tanto. Agora vou olhar a noite. E alguma coisa me diz que é a minha última noite, que o rato, o poço, são as únicas coisas que fazem parte de mim, e que os outros, de tudo o que eu sou — Jozu, rato, poço — terão eternamente apenas nojo.

TU NÃO TE MOVES DE TI

(1980)

À memória de meus mortos
Avós Emília Vaz Cardoso
Domingos Vaz Cardoso
Maria do Carmo Ferraz de Almeida Prado
Eduardo Dubayelle Hilst

Pais Bedecilda Vaz Cardoso
Apolonio de Almeida Prado Hilst

Pra onde vão os trens meu pai?
Para Mahal, Tamí, para Camirí, espaços
no mapa, e depois o pai ria: também
pra lugar algum meu filho, tu podes
ir e ainda que se mova o trem
tu não te moves de ti.

TADEU
(DA RAZÃO)

PORQUE UM ENORME FERVOR se aguça em mim, eu Tadeu, de joelhos te peço que

OUVE, Rute, que me escutes: como se um rio grosso encharcasse os juncos e eles mergulhassem no espírito das águas, como se tudo, luta repouso dentro de mim se entranhasse, como se a pedra fosse minha própria alma viva, assim minha vida, olho espiralado olhando o mundo, volúpia de estar vivo, ouve Rute o que se passa quando os meus olhos se abrem na manhã de gozo, (de desgosto, se repenso o mundo) muito bem, Rute, esse olho me olhando agora é bem o teu, já sei, te preocupas se fiz bem o discurso, claro, me saí como sempre, as palavras estufadas, continuo no meu alto posto se é isso o que te importa, oligopólio-impacto-dinamizado, até comedores de excedentes eu usei, a água mineral perlada à minha frente   Tadeu, a empresa é um corpo que precisa um dirigente, vão notar a estria vermelha no teu olho, mandaste o Balanço para os jornais? falavas na manhã   Na sôfrega manhã de mim, no sol da minha hora, solda minha manhã, Vida, que esse fio de aço nunca se estilhace, liga-me ao teu nervo, OUVE, Rute, nunca fui esse que pretendes, nem nunca posso ser marido ou presidente de qualquer coisa, agora aos cinquenta as cordas que me ligavam à tua vida apodreceram, sou novo, olha ao redor e entende que nada dentro da casa é carne de mim, apenas as minhas pedras, aquelas de ágata, e a minha mesa e a enorme gaveta, os papéis os versos os desenhos, apenas essas coisas fazem parte do meu corpo novo   Dispenso o motorista? podemos estudar à noite teu primeiro relatório de política empresarial, tenho a minha parte nisso, por exemplo a taxa de crescimento, eu te dizia, Tadeu, que você minimizava a espantosa habilidade dos sócios fundadores, olha para mim, não é nada fácil, o meu amor de sempre, esta esperança: um dia sim Tadeu vai me tocar de novo, não é justo, o que há com as coisas? não são as mesmas? escolhemos os quadros a casa as jarras de prata, eu vivi inteira para o teu momento, vou buscar as compressas, quem sabe um colírio, pare de esfregar os olhos, não está bem limpa a vidraça, não te assustes, vê-se mesmo embaçado o lá de fora   Que horas são, Rute?

Nove. dispenso o motorista?

Subo as escadas, o corrimão gelado, os degraus largos, volto-me. Te amei. As falanges pequeninas me alisando a cara, mas tudo se pulveriza, pulverizar a empresa, a cara de todos bufolamente parda, mas senhor diretor doutor presidente excelência agora que chegamos à maximização do lucro, o lucro nervo-núcleo da empresa, excelentíssimo senhor Tadeu, um momento, alguma coisa aqui de beber para as nossas coronárias, o senhor disse que vai viajar durante um tempo? Estilete de luz pousando no Ativo e no Passivo, dez horas da manhã reunião da diretoria, as caras ainda pardacentas, as mandíbulas caídas, alguns balbucios, eu estufando de vida e querendo discursar pausadamente comecei: Senhores faz-se necessário e premente que continuem a existir sem o meu corpo presente, não estou aqui, na verdade nunca estive aqui, jamais tornarei a estar aqui. Sorriram. Pensam que repito bizarrias matinais de executivos. O rapaz dos copos e da água mineral também sorriu. Rute agora também sorri. Caminho, a ponta dos pés na passadeira da escada, vou subindo desenho sinuoso e colorido, quantas vezes subindo ponta dos pés tocando os caixilhos dourados, o corredor marmóreo o banco de convento   claro, Rute, evidente que é uma peça rara, e essa estupenda samambaia, o coração pulsando, uma extrassístole derepente   Tadeu, tome beladenal, eu sendo teu médico e teu amigo faço uma sugestão: pare de olhar a vida com esse jeito assombrado, o que é que andas vendo que o pessoal não vê? A porta do meu quarto. A primeira vez que nos deitamos ali, Rute, (tínhamos um comovente passado?) um como-

342

vido presente, Tadeu junto de ti, homem convencional, a Causa acima de tudo. O que é a Causa? A empresa. Um passional da ideia. Que ideia? A empresa. Comovidos comoventes todos esses anos, o suco de laranja as torradas o sol batendo na imensa vidraça, Tadeu é reflexão postura, tiro os sapatos, caminho até o terraço do quarto, que coisa é essa em mim que aspira esse fulgor da noite, que coisa é mais que demasia em mim? Já vi outras vezes a mesma lua e no entanto isso vivo amarelo brilhoso redondo sobre a casa é   outra lua como se fosse esforço de ser Tadeu suspenso sobre a casa. O que há com as coisas? Não são as mesmas? Não, Rute, uma coisa em mim, atenta, vê mais luz, de início é como se fosse uma névoa corroendo, por isso é que te pergunto sempre, limparam as vidraças? limparam os porta-retratos? Sépia sobre as nossas caras, véu devagar se diluindo, ainda não te vejo, o crepe do teu vestido pousando no meu braço, ventava, a flor diminuta dos limoeiros salpicava os sapatos, pedimos a alguém que passava   por favor, pode nos tirar um retrato? é que a tarde está linda, é só apertar aqui. Rias porque tudo era cheiro e transparência e o meu toque era vermelho sobre a tua vida, factível de repente perguntaste, o que é factível, Tadeu? Por quê? Porque vi nos teus papéis assim: factível sim uma pirâmide solar sustentando a vida. Que pode ser feito, Rute. Não há mais névoa agora, há fatos e retratos, quando pensavas que víamos juntos as mesmas coisas não era verdade, que os fatos as coisas os retratos o verde o branco coalhado da flor dos limoeiros estava ali à nossa frente e víamos tudo isso com o mesmo olho, ah, nada nada, não víamos, teu limite é distante do meu, as descobertas não serão jamais as mesmas, sofro de sofreguidão, vejo através, difícil dizer aos outros que estou sofrendo de vida, que nunca mais vou morrer porque me incorporei à vida, não é que não te ame mais, mas devo ir, direi assim? Trinta anos, Tadeu, ela vai dizer trinta anos, ou se Rute dissesse nova: olha, pegaremos um barco, um navio, e tudo vai mudar, sem perceberes roubas a paisagem à tua frente e ela se engasta lá no teu de dentro e ficas novo sem deixares de ser esse Tadeu, o outro, a calma daquelas águas, as mais fundas, e a mesma volúpia há de voltar, quantas vezes me disseste que a vida se fazia em ti quando me tocavas, toca-me neste instante, sou a mesma, é porque envelheci que não me tocas? Se ela dissesse, mas ainda não seria isso. Se eu dissesse a verdade, a minha: Uma coisa viva rubra aquosa fez-se aqui dentro, Rute, aqui no peito. Sorriria. A mão sobre a nuca, ajeitando a fivela nos cabelos: isso é poesia. Verdade, Rute. Como se o ar de fora nunca cintilasse, como se tu visses a vida escorrer sempre através do vidro, vidraça cheia de dedos estigma das tuas falanges na vidraça, inútil não querer insistir nas diferenças, diferenciados tu e eu, eu e o outro, eu e a empresa, blocos nítidos e separados

quando eu morrer cobre-me a cara com as minhas

pedras de ágata

cobre-me o corpo de papéis e o duro das palavras

enfia-me na grande gaveta da minha mesa

Rotina imunda esfarelando o que eu pensava que seria definitiva cintilância, como é que eu posso amar o outro se eu sou o funil mais fundo, o comprido buraco fervilhando de negras espirais de jade, levanto-me, tudo está posto, composto, o roupão de flanela, o marrom de tecido fosco nas beiradas, sento-me um pouco na poltrona cor de ouro, semiobscuridade do quarto, cheiro de linho lavado, tudo limpo-Rute, não há manchas nos lençóis esticados imaculados,

Tenho mania de roupas brancas, Tadeu, que magnífica simetria nos nossos armários, incrível tocar nos estufados rolos brancos.

Semiobscuridade do quarto, uma tarde estarei aqui, na cama, uma noite, na manhã (quando?) estarei aqui em agonia, suor e urina encharcando os linhos da ilha, imaculados estarão os lençóis sobre as prateleiras, dentro do armário a ordem e ramos de alecrim

O que é que você põe nos lençóis, Rute?

Dentro do armário uma incorruptível seriedade, Tadeu impoluto alguém te disse, quem? ah, sim, aquela mulher absurdamente viva, um dia no bar entre os sócios fundadores aqueles que Rute

dizia que eu minimizava a espantosa habilidade. Bizarra amiga-
-mulher, a do bar, onde agora? ela me olhava como se soubesse
de mim, que eu ali no bar empresa sócios fundadores estertorava de tédio de horror, daqui a pouco é preciso voltar para casa
e começar tudo de velho, o banho quente, o sabão importado, os
mármores perfeitos, as toalhas da melhor qualidade, sim a casa é
toda lavanda alecrim maçãs laranjas torradas, Rute é de pêssego
Que foi, Tadeu?   Nada, estou aqui sentado.
A reunião não é às dez? te sentes bem?   Se
todos se sentissem como eu, demasiadamente possuído por alguma coisa inominável... o que é? escalar a montanha? nadar no
rio cheio de crocodilos? engolir uma serpente? ficar nu e lançar-
-me do terraço do quarto, os braços abertos e um grande urro
durante o percurso?
Me sinto muito bem, estava apenas pensando
No Balanço?   Impulsiono o balanço de repente, Tadeu nos ares, flutua, agora desce, coloca a planta dos pés sobre
a areia, senta-se e contempla ao redor, montanha mar extensão tremulosa, corpo aquecido e livre repensando o seu estar
no mundo como quem nunca esteve no mundo porque desde
sempre consumiu-se na aparência, trancou-se, que coisa tinha
Tadeu a ver com os outros? Ouro pensado no tornozelo e no
pescoço, e o primeiro elo da corrente? Na empresa. PODER quer
dizer Tadeu sentado na extremidade da mesa, os sócios cinco
rescendendo a lavanda inglesa os papéis as cifras, a lisura do
branco os algarismos santos, estilete de luz pousando no Ativo
e no Passivo, Balanço-Gólgota do Sistema, Otimização Satisfatório Satisfaciente, verdura-rúcula-de prata na bandeja de nós
dois, Tadeu e Rute, turquesas de sobremesa, homem-sério Tadeu, olhar nunca para o céu, não, isso nunca, apenas em alguma
madrugada lívido hei de olhar para esse fundo, Rute estará ao
lado aromatizada, hei de dizer abre mais a janela   Aba-
fado?   Não, para ver pela última vez o que fizeram do
céu do planeta. Aromatizada há de caminhar tênue, esvoaçante,
as mãozinhas abertas hão de empurrar as persianas

Não há nada para ver, apenas o céu, no almoço estarás de pé? codornizes e creme de leite nos pêssegos, e um livro incrível inteiramente novo reformulando a criação interna de fundos

O desinteresse pelo teu pobre verso, a fala mansidão, o desmaio quando tu disseste — não estou bem certo, Rute, o casamento me parece uma porca instituição porque — Rute, meu Deus, chamem os médicos, ora, eu apenas dissertava sobre a hipotética cadeia das instituições, sobre esse primeiro passo que damos algum dia porque a noiva, a família, desabam suas redes de gosma endurecida sobre as nossas pobres cabeças, lá dentro uma convulsão nos avisa que o Tempo há de ser breve e é preciso chegar à frente daqueles que sofrem o engodo da mesma corrida, miríades de noivos, os ternos de giz perfeitamente castos recebendo o hálito das sacristias, todos depois enfileirados tua nossa vossa a do mundo santificada família, vestidos longos e curtos mas todos intocados, ramos de trigo sobre o meu encolhido corpo trêmulo, irado com o meu próprio momento — por que, Tadeu, se é agora que devias pensar no teu verso, no lúdico da palavra, sumo-poesia dulçurosa, e hoje tomo o caminho oposto, Rute e seus raminhos, flor de pêssego tremulando nas mãozinhas, tudo foi como se diz que deveria ser, a passadeira até o altar, sempre as passadeiras até o altar até a cama, atravessando corredores, e no altar na cama a eternidade, primeiras palavras, segundas, depois o silêncio, eterno também, Tadeu esvaziado de si mesmo, mas os vinte anos espigados, o desejo nos distraindo, nossos róseos hálitos ainda, tuas falanginhas percorrendo o meu dorso e me tapando a boca se eu dizia

Rute, hoje vou te mostrar meu poema, antes do primeiro relatório

Rute, é um poema pequenino, falta a última palavra aqui, e o relatório está pronto

Rute, é sobre o instante, sabe? essa dificuldade de

Claro, Rute, o relatório está perfeito mas é sobre o poema que

Do verso-vida dentro de mim que agora me enche o peito, do meu verso reprimido, de mim Tadeu há tantos anos sonâmbulo deitando-me e levantando-me para te dar o que tu ainda chamas de delicadeza, delicadeza-prato-de prata sob outros pratos — delicadeza de louça portuguesa, delicadeza-ânforas aladas, delicadeza-moldura cinzeiros caixas, deitando-me e levantando-me para que a casa conserve a mesma atmosfera do de dentro dos cofres, silenciosa e severa e em cada canto uma delicadeza feita do meu sangue, meu verso esse sim delicado escondido na minha velha gaveta, meu desenho de luz e sobriedade, ponta-seca, homem-Tadeu de asa curvada sobre o fio da vida, tu mesma desenhada aos vinte, aquarela de cinza e amarelo, os pés descalços, hera colada ao muro atrás da tua cabeça, luz sobre a tua coxa direita entreaberta, porque assim logo depois do amor colocando a fivela, de ouro a tua fivela minha primeira delicadeza, a cada instante viste a minha fivela? abrindo as gavetas segurando o tufo de cabelos sobre a nuca, Tadeu, ajuda, procura a minha fivela, Tadeu te olhava estendido na cama, tu parecias rara, muito, se não falavas. Por que, Rute, minha carne quis a tua? Mas não é a carne que pede alguma coisa, é antes a alma, eu te tocava assombrado de mim, mas não é Rute que vai alimentar o embrião-milagre, vai matá-lo, embrião-poesia-bulbo acetinado, por que a carne desejou a tua, se a alma de ti nada sabia? Gostas da aquarela?   Eu não te vejo pintor muito menos poeta

          Bem, mas com o tempo posso chegar a

Te vejo tão perfeito na liderança da empresa   Sei, mas gostas ao menos um pouco deste traço? olha o título que coloquei, aqui quase apagado no canto da aquarela   Ah sim...   "Rute depois do gozo"... engraçado, nunca me vi assim, te lembraste de outra? nunca tive esse cabelo, nem esse rosto comprido, o olho tão redondo, não gosto quando me mostras teus desenhos, teus versos, nunca me vejo neles, é como se tu fosses outro cada vez que me mostras esboços, palavras

Meus livros tão amados, Rute, guardaste-os num lugar tão alto, era preciso uma escada tão comprida

Mas é tão harmoniosa aquela gruta suspensa para os livros, como não enxerga? imagine, até de longe tu podes reconhecer as lombadas, queres ver? Carlos Drummond de Andrade Obra Completa, Jorge de Lima, é só pedires a escada   Minha alma escurecida   Quê?   Minha alma escurecida   Quê? Nada. que horas são?   Dez. agora já é tarde para pedires a escada.

Te parecia que caminhávamos juntos? Que algumas vezes subíamos? Fico me perguntando como foi possível ter imaginado que era a mesma paisagem o que nós dois víamos, mácula lútea   Quê?   Mancha amarela

Quê?   *Fovea centralis*, poço central, é um estudo sobre os olhos, sobre os nossos olhos, sabe, o de todos.

Ahn.   Os olhos de todos de matéria igual, mas a carne do que eu vejo, a envoltura, o espesso que os meus olhos atravessam, nada igual, ainda que os teus olhos se mantenham na mesma direção do meu desejo, lâmina de ágata colocada à tua frente, transparência plúmbea, carne da pedra eu digo, e a palavra me distancia no mesmo instante em que repito carne da pedra e não estou mais ali, nem sou, nem vejo, porque o vínculo se quebra quando repito língua intumescida: carne da pedra. Tadeu comungado no mesmo existir duro da pedra e ainda assim Tadeu distanciado, te vejo, nos vemos, mas tudo é absolutamente desigual, e isso repito e repenso porque parece maldito o meu olhar. Vi com alguém, em alguma tarde, um-só-olhar te vendo, pré-posse augurada, te vi, árvore do paraíso?

um homem de empresa não deve ter qualidades excepcionais

exige-se a máxima estreiteza no campo da literatura e da metafísica

largueza parca em tudo nos ombros vá lá, suficiente para lhe segurar a cabeça

poetas... bóóóóhhhh, um sol no coração e um sentir bóóóóhhhh, tão delicado...

Delicadezas... Pedias um filho, Rute, e o tom de voz era azul-pastoso-aguado, idêntico som no meu auricular atento, idêntico a todos os tons dos teus pedidos, banco de convento armário de vinhático, caixas de prata lavrada biombos de marfim e laca, ah, Tadeu que não te possuía no teu azul-fecundo-pastoso momento. Um filho... seria a minha suprema delicadeza, não é, Rute? Entranha de Rute repleta de azeitonas gregas, cerejas, andorinhas, ninhos aromáticos onde pelas vizinhanças flutuaria um menino Tadeu, futuro homem de empresa

será eficiente como tu mesmo, sem os teus maus momentos

meus maus momentos?

quando tu sonhas, tudo isso vago, o desenho a poesia, há de ter os pés ajustados à terra de seu próprio caminho

qual caminho, Rute?

o teu. a empresa colada

sei. Às costinhas delgadas

Eu não quero um filho teu, digo velado, a boca no travesseiro, o hálito aquecendo as plumas importadas, não minha pombinha safada, não essa delicadeza, então?

bem, Rute, isso de um filho, preciso sentir isso

as mulheres querem filhos

sei

então me darás o samovar dourado para a pequena mesa do vestíbulo?

Tapa-me os ouvidos, que eu não ouça mais a voz untada oleoso--amêndoa oblíqua sobre o meu pescoço, os da empresa começam a sussurrar no mesmo instante em que entro, me acompanham pelas salas contíguas, tu pensas por acaso, Rute, que toda dignidade que aparentam, a reverência, o brilho dos ternos cinza-seda é homenagem a mim Tadeu, homem-verdade, nu, esse que agora repensa o poço central, o vivo de si mesmo? Nada, apenas relatam o que conseguiram manhosamente abiscoitar, falam de outros, os pequenos, de como foi possível assimilar os empresins do medo, e o sorriso é um pouco de lado, discreto — as equipes do gozo — bonito nome, não é, Rute? Invenção de Tadeu. As equipes do gozo, nossas, são feitas de homens escolhidos, homens cuja praticidade consiste em desfazer os nós, e os nós podem ser um volume de cobras absolutamente imprevisível, as nossas equipes do gozo transformam qualquer via sinuosa numa indelével linha reta

e dessa vez como foi?

como sempre, por vias indiretas

retas demolidoras, de início sem assustar.

Corpo de Doutrina-Porcus Corpus, é este corpo de doutrina que preserva a alma do homem e alimenta de compaixão a sua matéria?

Para que os homens consigam inúteis avelórios, para que o meu ser-de-antes, Tadeu — homem de empresa, cresça em banalidade e supérfluas aderências, para que todos os homens entendam o TER = HONRADEZ, IMPORTÂNCIA, ESSÊNCIA, para isso é que existes Corpo de Doutrina, Estatuto, Método, para esculpir a todos em gesto enrijecido, o coração pedroso? Chamam de que o estar à volta de uma grande mesa, mais lucros mais rendas, todos nós, esses dignos de terno cinza-seda, empoados nas gordas ou veladas barrigas, fazendo tremer os outros, soberba presença, empalidecendo contínuos gerências subgerências, os outros que têm apenas o seu próprio corpo, chamam de que o nosso contorno que esconde o seu avesso? E chamas de amor, Rute, o estar na mesma casa, comer na mesma mesa, e a consciência nada comprometida na mesma direção? Primeira manhã onde me reconheço tomado por uma coisa viva (não é justo, Tadeu) sagrada manhã, viva-luzente, nem sei por onde começo (não é justo porque) porque não é só começar, já sei de outros começos, amor palavra-caindo do teto, encharcando tudo, não é uma mulher, nem o prazer de construir o verso, é a volúpia de olhar, de

não é justo porque eu só pensei em você todos esses anos, não houve filhos porque —

de olhar tudo o que está vivo, repensar a morte também como coisa de vida —

porque não querias, Tadeu, e cada mulher quer filhos do homem que ama, eu sou mulher, e nisso igual às outras —

Demais igual, demais igual às outras, olhando a casa com o teu olho vazio, sorrindo, sorriso dente-alvin, uma vez por mês a visita ao dentista, perborato de sódio, duas vezes por semana a massagem com algas no instituto, os banhos de pinho, as máscaras de mel, teu corpo oco, minha mão gelada no teu seio de menina, te preferia gasta, tomada pela vida

não é nada contigo, é difícil dizer

a gente vive uma vida inteira ao lado e

Uma vida inteira, como foi isso? Como foi de repente poder ficar nesta casa, na empresa, levantar-me pensando no algarismo santo, perder a alma

perdi-a, perdi-a, Rute

ainda não me perdeste, Tadeu

A ALMA, eu dizia, alma de mim, Tadeu-homin, lá na Casa dos Velhos, lá vou saber até onde se faz verdade a minha volúpia

Quê?

Longe, a Casa que eu vi um dia, perguntei a um amigo, ele me disse que lá viviam os velhos, aqueles que são difíceis de guardar no quarto, de emparedar, aqueles que fedem à urina e mofo, pais sogros avós.

estás louco

Arrebentando de gozo, louco sim, cerrado para o teu mundo e para o mundo dos outros, nervura inaugural deste meu corpo novo. Que horas são? Estou mesmo aqui? pergunto a cada instante só para camuflar o meu projeto de querer estar noutro lugar, só para que eu tenha um minuto a mais de suposta segurança, mas não me encontro aqui e a hora não é essa que me dizes, há um luminoso colocar-se no mundo e uma hora extra, estou zero-hora, Rute, amigos estou zero-mundo, e não pensem que há uma nova mulher, aquela do bar, digamos que seria gratificante se houvesse, mas não é isso, não sou Tadeu preparado para amar como um potro lustroso, (alguém ao meu lado ironia invisível: Tadeu-cavalo-rufião excitando a mulher, e o outro se apossando) não é mulher, e aí me lembro dos médicos ingleses: olhem, o último amor, senhores casados, pode ser mesmo o último, emoção-infarto sobre o corpo da outra, a outra, aventura-dionísio, a outra feita de súplicas e chamas, sol inesperado sobre a nossa carne amolecida, chamam de carne não é? chamam de carne isso que nos recobre, mas posso pensar como seria o nome da minha carne se eu efetivamente quisesse nomeá-la, pensar a carne longe das referências, pensar a carne como se quiséssemos mergulhá-la na pia batismal, ANANHAC de mim, te chamas ANANHAC, carne nova de Tadeu imaculada, por que não te buscas lá, onde os velhos dormem, tua clausura de pedra, goivos alados, asa e precisão ocupando um espaço, Rute, se te tomo, me sabes além da espessura do corpo? (meu pai na varanda, café-exportação, o sol sobre a maçã: Tadeu tem os pés de água, amolda-se) Amoldei-me? Até onde? A superfície fechada é toda porosidade sobre os pés de Tadeu? (caminha dentro das coisas esse meu filho, as armaduras se fendem) Sim, Rute eu penso que é preciso cuidar das coisas, que tudo aqui é delicado delicado quer dizer outra coisa, cuidar é diferente na sua boca que são coisas finas

delicado e cuidar e coisa fina não é o que são as coisas, se tocas essas coisas que dizes, sentindo-as como tu sentes, as coisas adquirem uma topografia banal inesperada, banalidade é o que se incorpora às coisas que tocaste, BANALIDADE INSUSPEITADA das coisas sob os dedos de Rute. Porque é caro, não é isso, Rute?

Claro

E o que é isso? isso aqui?

é uma pedra Tadeu

sei, que mais?

é uma pedra e pronto

e o cachorro vira-lata naquele canto da rua... te lembras? inventaste uma fala de puro medo que eu o trouxesse para casa, não foi?

pedras e vira-latas

plantas também, Rute

a samambaia tem sempre água, não é isso que se faz às plantas?

alma dos cães, da pedra, da planta, por incrível que pareça ando buscando a tua

Porque era jovem essa Rute, foi por isso? Mas eu também era.

Porque Rute desmaiava porque de repente eu não sabia até onde o meu amor? Foi isso, Tadeu? A comoção de se saber o eixo de outra vida? alma é uma coisa que eu não sei, ninguém sabe, Tadeu. Porque teve sempre bons dentes, talvez isso, muito dentesmil, cinquenta e dois dentes. Porque gemia na hora do amor de um jeito infantil e obsceno? Porque às vezes parava diante de mim e me olhava como se soubesse do poço? Olho amarelo vazio me olhava. Era só isso. Ela não sabia do poço. Da alma da empresa sim — do tabernáculo — dentro dele o oco, não Aquele, acrescentaram peso a Empresa-pobre-corpo, se fosses feita de carne como serias? Gorda, o pelo ruivo cobriria a superfície ondulada, ferrosa, ferroso é o que serias, tabernáculo, ferroso como o sopro das bruxas, ímã para que tudo à tua carne se apegasse, carne da empresa é GUILHOT, assim teu escuro nome — de engolir — de ilha — guilhotina, rapace isolada assassina da alma de Tadeu, comedora de almas porque atrás de ti há um corpo que sustenta ideias que se dizem políticas, isentas de fraternidade, arrogantes

dispenso o motorista?

Encosta a face educada na minha lívida cara, o roupão de linho tem a gola pesada de bordados, as mangas largas envolvem os pulsinhos finos, duas hastes presas às duas mãos inúteis, mas lava-se sim, encharca-se de óleos sim, tateia o ventre examina os dentes, o espelho de face dupla acusa um diminuto pelo no veludoso queixo, espio, vê, Tadeu, duro como um espinho, hoje marco hora no dermatologista, pega, vê se não é duro. Duro sim. Absurdo um pelo no meu queixo. Absurdo, Rute, existires junto a mim, eu junto à empresa, a empresa no mundo, o mundo nesse todo, um espaço de buracos negros e redondos corpos, cintilâncias, negruras, uma extrassístole outra vez e cada vez que me repenso e sempre que sofro sedução e emigro, disso sim eu gosto, de ser tomado, de ser seduzido como estou sendo agora pela vida. SEDUÇÃO. Imagine, arranco neste instante, olha como espeta a mão. Se eu falasse com a voz do mundo como falaria? Se eu falasse com a voz dos ancestrais, sangue, o sêmen do mundo em mim, a refulgência de uma nova voz? Noz vivosa na laringe de Tadeu, pomo de adão enriquecido de contorsões e nódulos: nós, os daqui, os do outro lado, dimensão que não vês, te olhamos, Tadeu, duro arrebato: que sim. Te foi dado caminhar a razão, então caminha. Que sim. O reluzente da vida, o casco da tua barca, matéria arcoirizada, é que empresta qualidade às águas. Que sim. Até onde o horizonte, até onde a linha acinzentada, longe, onde vês os pássaros, estica a tua linguagem, fala, Tadeu, batizando a palavra, lambuza de sal a pátina colada às consoantes, justifica as vogais, ajoelha-te, os joelhos colados na madeira lavada. Que sim. Que não te assemelhas. Aos que te rodeiam. À hora de Rute. Que és novo como o começo inverso de um novelo. Que a morte não existe, seria o sem forma, o escuro indizível, e tudo é geometria e palavra, navega, cola-te ao corpo da Vida. Te comportas como todos os que chegam à meia-idade O quê, Rute?

Bobo como todos os velhos, pedras plantas, pelos, vira-latas, casa dos velhos, arrogância de falar da alma, ninguém sabe, dispenso o motorista?

Não. Vou num minuto.

Entro na casa dos velhos e o cheiro dos frutos pousa no corpo de Tadeu, ar suculento, pesado de aroma raro, não vejo o que pensava que veria, as caras magras, a brancura dos braços, o peito transparente e glabro, não, há cochichos e fingida sonolência, atravesso a varanda, a mão de Heredera na minha, um estufar de peito altivo numa senhora que não parece velha, algum riso, eu diria que atravesso um espaço gordo de ideias, Heredera chama Exumado dois gritos contralto e ele surge no centro dos cravos amarelos, delgadez leveza, umas passadas claras, credo Heredera, mais dois gritos assim e os cravos pendem, e se vai também o vermelhão das goiabas, que coisa me queres tão importante que gritaste? Pois o senhor Tadeu, hóspede novo deve saber do quarto, toalhas roupas, tu sabes, os horários, apresenta-o aos outros, não, deixa, eu mesma o faço, e os cães, Exumado, onde estão? Bem, deixa, são cálidos os cães, convivência mais jubilosa que a memória, porque a memória às vezes tem sarcasmos e é quase que inteira peso, pois não é? Sim, Heredera, esse teu nome esticado de onde vem? De heranças que deveria ter mas nunca as tive, papéis complicados que nunca se aclararam, ao revés, de letras negras cada vez mais, e parentes do fim do mundo do defunto tio-avô foram chegando, diziam que eu herdaria os pombais, eram pombas rosadas, uma doçura de penas, que um dia eu herdaria aquele mar de couves e de nabos, a casa parda, os lilases. Pois que nunca os herdei já está o senhor a ver, a casa não é parda, nem há pombas, algumas vezes duas e nem se sabe de onde, há nabos sim e couves, mas plantados por nós, Heredera ficou meu nome para sempre porque por estes lados dão alcunha por qualquer coisa pequena que nos aconteça, e morando sozinha me veio à ideia um passar a morar com outros, herederos de sonhos, por que não? Pois é verdade, senhor, na velhice se sonha, e o sonho fica um fato recrescente, tantas vezes se repete no peito e na cabeça sonhos tantos, que o sonhado uma vez em trêmito contente, volta adubado, faz-se verdade, diz aí magriz Exumado ao senhor Tadeu se o meu dizer tem gosto de verdade. Sempre quis aos cravos amarelos mas no meu dia a dia, nunca os tive, sonhava-os, minhas mãos eram feitas para os ossuários, eu os limpava senhor, de quando em quando

aos ossuários?

sim senhor, dava-lhes terra nova, antes lustrava-os.

Exumado quer dizer, senhor Tadeu, que cuidava de ossos, mas nunca se sabe bem o que tinha a fazer. com palavras é difícil explicar que os ossos são sagrados

conta-lhe dos cravos

pois que naquela terra não cresciam, não sei por quê, eu levava sementes, esperava dias e nunca o amarelo nem nada amanhecia, então sonhava-os

agora Exumado a sós cuida de onze canteiros, um amarelo potente que faz inveja às ovinhas dos pássaros

Os olhos de Tadeu deslizaram além, viu a terra porosa, tressuante, a vida estava ali, mas não só pelo que Tadeu via, uma vida percebida mais fundo do que os olhos viam, agora inúteis as fotografias ainda que eu especificasse que o papel deveria ser o mais precioso e que — por obséquio, é mais prudente mandá--las revelar no exterior — nada disso tornaria fixo e palpável este apreender de agora silencioso Tadeu abaixa-se para tocar num fruto rosado

as mangas nesta casa são muito apreciadas, nem sei como o senhor Tadeu encontrou essa pequenina caída, o perfume desses frutos faz com que a velhice os aprecie muito, pois olhe ao lado, Áima e Pasion plantam neste instante uma outra mangueira

Heredera, tem esta cova para a planta a fundura certa? porque da outra vez a cova era mais rasa, mas as raízes arquearam-se para fora da terra

Arqueado, fora, (a cova era rasa?) imaginando subir como as videiras, esquecendo que estava preso às estacas, penso: o que faz com que a coisa seja a coisa?

Ruteidade de Rute, até onde?

me parece tão derradeira esta cova, Pasion, exageraste

bem que eu dizia à Áima, Heredera, mas não é que lhe deu um frenesi de cavar como se estivesse reservado um defunto em pé a este pobre buraco?

aqui está o senhor Tadeu, hóspede novo, em pé mas vivo somos Áima e Pasion, senhor, perdão às brincadeiras, as mãos não lhe estendemos porque a terra colou-se à palma, assim como nós duas coladas

e parece uma excelente mangueira

mas talvez se afogue na fundura, os ramos devem ficar mais para fora assim, para que não venha ao fruto um sabor de terra

Exumado diz muito a coisa certa, isso de trabalhar nos ossuários lhe deu tanto critério nas terrosas questões, as plantas lhe são caras senhor Tadeu? e aqui está Guxo, um dos nossos velhos cães, os pelos ao redor dos olhos estão assim molhados porque é muito lagrimeiro, mas é limpo como os arminhos, sabe o senhor Tadeu que os arminhos falecem se os colocamos numa poça de lama? que nunca mais se mexem e ficam lá parados para que se não manche a alvura do pelo? Guxo é como os arminhos, só isso de chorar é que não se sabe, deve ser compaixão de nos ver a nós tão insensatos, fazendo tantos ruídos e trabalhos que o seu ser canino não compreende, ou melhor, compreende tão perfeitamente que aos olhos lhe vem a piedade

Ruteidade de Rute, até onde te apreendem meus olhos embaçados? Guxo, cão mais próximo de mim, mais minha carne, Áima e Pasion coladas, a medula única, Heredera Exumado, tempo tão pouco mas em mim a vontade de um discorrer absoluto, o poema úmido sobre a página, e agora todos discursam de uma tarde quando lhes será dado saborear o fruto, Exumado quer ser o primeiro a gozar dessas mangas de ouro, sumarelo fibroso sobre a língua, mas as mangueiras demoram a dar frutos, haverá tempo? E agora digo: demoram a dar frutos?

ah sim, demoram, mas isso do tempo...

Em todos há uns ares de pequeno disfarce, alisam simultâneos o dorso do cão, será porque a pergunta traz no corpo, mergulhadas, as palavras Tempo e Duração? Eternidade e seu corpo de pedra e dentro desse corpo o tempo procaz, insolência soterrado na carne, ai Rute, se o tempo no teu rosto te cobrisse de rugas, se tivesses a dura e adocicada comunhão com as coisas, talvez sim tu serias mais bela porque o rosto adquire refulgência se dor e maravilha e matéria de tudo o que te rodeia te penetra, e ao invés de gastares teu ouro no apagar de umas linhas finas e de sulcos, tu te tocarias amante, mansa, sabendo que o vestígio de todas as solidões se fez presença no teu rosto, que o sofrido da água é cicatriz agora ao redor da tua boca, que tomaste para a tua fronte a linha funda da pedra, Ruteidade de Rute se te conhecesses como Tadeu desejaria, se deixasses que o Tempo fizesse a sua casa no teu centro, se a nossa casa tivesse sido a vida de nossas próprias almas, se Tadeu tivesse ouvido aquele murmúrio ecoante adolescente que se fez inesperado em verso: cria a tua larva em silêncio, também estou mudo e aguardo. E ao contrário, me fiz num caminhar insano e fui atrás dos teus murmúrios ocos, e a vaidade tomou posse do meu corpo quem sabe se porque te via, Rute, dourada, os crepes da cor de um tabaco escolhido esvoaçavas sobre os tapetes cor de sangue, mas na verdade teus sapatos mínimos mergulhavam no sangue de Tadeu, eu não sabia, eras adequada ao cenário da sala, como se um traço fosse pensado apenas para te colocar num pergaminho-marfim mais precioso, e depois te sentavas nos tecidos listrados, ostro do espaldar te refletindo a cara, Rute cravada no palco, e eu procurava um texto sábio para um contraponto e me via repetindo os versos de um homem que conheci lúcido-louco: ames ou não ó minha amada/ quero-te sempre boa atriz/ mentir amor não custa nada/ e custa tanto ser feliz.

esta é Convicta, senhor Tadeu

que a felicidade se faça para si, senhor, nesta casa, e será feita, porque se assim o desejamos assim se faz. bem por isso é que se chama Convicta, diz as coisas com a certeza que não se vê nas gentes, vieste em boa hora para nos dizer se serás a segunda ou a terceira a comer os frutos desta frondosidade que Áima e Pasion no plantar tanto se esmeram, Exumado pensa ser o primeiro

sabe muito bem que não será, Áima e Pasion serão as primeiras, pois plantaram-na, o senhor Tadeu será o segundo por deferença de todos, e virei em seguida porque no comer de mangas sabe Heredera que não faço a reverência de ceder o lugar, só o cedi agora ao senhor Tadeu por delicadeza de presença nova, porque as mangas, senhor, se fazem as mais formosas nesta casa, tenho a certeza da víscera que se o Senhor do céu houvesse visitado este lugar antes de construir o paraíso, não seriam as maçãs as de letal perigo

Tanto assim, Convicta?

E muito mais por convicção fantasiosa

Cala-te Exumado, tu entendes de cravos

Amarelos também, como as nossas mangas

De cravos e ossos teu saber limitado, e não há nada mais distante do osso do que a manga, o suculento nos lava até o umbigo e por fora nos desce até o pescoço, é coisa de carne, estufada, viva

E lá dentro o caroço

Muito bem, Exumado, o caroço, mas experimenta plantar um

osso e vê se ele depois te dá o mesmo gosto que o osso da mangueira, nos caroços recrescem as envolturas que depois nos dão gozo. E nos ossos?

Teu osso, Convicta, é tua armadura

E que me importa a mim uma armadura?

Não se importe, senhor, são rixas antigas de Exumado e Convicta

Pois porque me chamo Exumado ela me trata a mim como enterrado, pensa que só trato dos escuros da terra Ai, se continuam as falas, do senhor Tadeu nunca se chega ao quarto, fizemos tudo ao avesso, antes se lhe deveria ter mostrado os aposentos, e depois fazê-lo confidente de lérias, perguntante, vê só, senhor, é bem formosa a visão que se vê da janela, as janelas desta casa têm fundura magna mas neste quarto apenas é que há o parapeito largo, de pedras, pode o senhor Tadeu alegrar-se com este cair de tarde

A janela de Alado também tem o parapeito largo

Sei disso, Convicta, mas não é tão formoso nem tem esta vista, e vamos deixá-lo a sós, senhor, até às comidas, quando se toca o sino, aqui se tem hábitos de convento apesar da ausência de monges e freirinhas, os hábitos pacíficos mas os pequenos contratempos se fazendo maioríssimos a cada hora, são discussões inevitáveis a respeito de tudo, pois se há homens e mulheres num único telhado já se sabe a casa repleta de manheiras, cada qual se entendendo perdidoso, não é assim? Pois bem. Que o entardecer se faça peregrim para lhe contentar.

O que se vê da janela são planuras de um lado e do outro mangueiras encorpadas e folhas brilhantes estranho como cultuam as mangas, e olhares que trocaram e ares que se puseram quando lhes perguntei se a árvore demorava a dar o fruto. Eram olhares e ares de quem sabe de escondidas qualidades? Um outro além do sumo, um exaltado do gozo, diverso do que é peculiar ao fruto? E tudo talvez seja nada, quem sabe se é de mim apenas que me vem um pretenso entender quase ardiloso, quem sabe se o falar dessa gente é tão novo que o homem Tadeu acostumado às armadilhas de outras vozes, entende a meiguice, a pausa, o distrair-se no diálogo, o olhar-se, como coisa lesante, como foice. Debruço-me mais comodamente no parapeito de pedras, o sol metade, um vento curioso desliza pela cara, ouço a voz de Heredera: Guxo, Gaezé! vamos vamos, venham, é hora de ficar a postos guardando a coisa de sempre, ah esses cães, se não sou eu a lembrar a cada tarde onde devem estar, ficariam num eterno aos saltos e fujões, oh Extenso oh Alado, por que não me dão um ajutório? a esta hora a cada dia repito que me levem os cães até a estaca ali a guardar o porão, como se atrevem ser tão lerdamente? pois não sabemos todos o importante que há para guardar? e os dizeres de Heredera são tão claros, tão cantados remoinhos de palavras que Tadeu corporifica tais sonidos, azuis e circulares no seu início, sobre os ramos, depois pontilhados agudos penetrando o ouvido. E o que há para guardar tão duradouro que faz nascer um discurso nervoso e colorido nesse acabar de horas? Guardar tão diverso daquele guardar de Rute dos meus livros, a voz amansada, licorosa: ali, Tadeu, estão altos mas bem guardados, até de longe tu podes reconhecer as lombadas. Impossível te ler, amado Jorge de Lima, prodigioso Drummond, como os dois me faltavam nas longas madrugadas, então Carlos, te memorizava: "amor é privilégio de maduros, amor é o que se aprende no limite/ depois de se arquivar toda a ciência/ herdada ouvida/ Amor começa tarde". De cor o princípio e o fim do teu verso. E o do meio? Pedir a escada, buscá-la, mas onde, por Deus, Rute a colocava? E que altura há de ter para poder alcançar aquela gruta suspensa? Alta e pesada. Como desejei ter asas e algumas noites, para te reler, Jorge tão rei: "iam bem juntos, iam resolutos,/ olhares cúmplices mas não impuros/ andavam devagar, indissolutos/ num vago andar feroz e quase inútil". Guardados. Tu não os guardava, Rute, proibia-os de mim porque eu os amava, porque se a poesia se fizesse o meu sangue, a alma de Tadeu solar rejeitaria teus algarismos santos, porque se o poeta em mim amanhecesse no traço ou no verso, Tadeu veria Rute esvaziada, e vazia igualmente a Empresa, a Causa. Tadeu salvo das águas, das águas de

Rute móvil, sempre escorrendo, atos aparentemente diminutos, frases pequenas de duvidosa transparência, Rute rápida, a golfadas, se é preciso lembrar palavras não me lembro, dispenso o motorista perguntavas de repente porque talvez adivinhasses a tensão que me provocava a frase, era preciso optar a cada manhã, eu repetiria o trajeto até a Empresa ou enfim diria adeus? e à noite era preciso escolher entre o jazigo ao teu lado, tuas tolas caretas, tuas professorais advertências ou enfim o berro da alma de Tadeu, gritando por solidão ou por um outro mundo onde não estivesses ao meu lado, onde eu pudesse calar como neste instante, que sim, que estou calado, e tão vivo, tão possuído de mim verdadeiro, sim, fiz a cara de todas as manhãs, mas por um instante ainda tentei visualizar o impossível, magia compaixão descanso no teu rosto, ou que visses em mim esse outro, os olhos afundados noutras águas, escapando, Rute, escapando de uma ferrosa draga, uma que construíste nesses anos tantos. A água da tua piscina, essa te importava, deitavas-te branca na espreguiçadeira, teu manhattan, os cigarros de ponta dourada, tuas amigas absurdas como tu mesma que delícia de sol que azul a água que bem-feito o manhattan que lindo cigarro o portão veio de Minas? e a arca lá da entrada? custou tanto? mas há igual e mais em conta aí na esquina. Meus pretensos amigos e suas bermudas estampadas, minha bermuda de Londres sim, discretas estamparias, faz aí, Tadeu, um verso sobre a piscina, superfície acetinada não é bom? Sábados e domingos que me esbofeteavam a cara, bajuladores, lagostas, eu te ouvia na manhã dizer à empregada: estão vivas sim, olhe, primeiro limpe bem a casca, sem machucar, depois mergulhe-as na água fervente.

isso é horrível

quê?

nada, eu dizia se há possibilidade de me trazerem a escada agora? há livros também na estante mais baixa, ontem mesmo comprei Liderança e Produtividade.

eu mesmo vou pegar a escada, onde está?

imagine, é muito complicado, e há caixas, mil coisas em cima

porque a escada está deitada porque
sim, Rute, porque é muito alta
E porque não devo ler poetas nesta manhã porque os amigos
não suportariam, nem à noite porque tu não suportarias, porque
se faz particularmente doloroso ver Tadeu sob o sol, distanciado
e louco folheando poesias, o jornal é que é adequado na piscina
de domingo
o jornal está aí, Tadeu, aí, na mesa
O jornal nas mãos, a bermuda inglesa, o grande sol airoso sobre a
minha cabeça, tuas magras amigas, meus amigos de pelos brancos sobre o peito, muito bem cuidados, pelos escovados, cabeças
lisas, absurda realidade, todos eles existiam? Antes de existir a
casa onde vivi contigo, aquele espaço não seria mais rico? um
verde desordenado, capinzal, alguns ratos, papa-capins nos tufos
escondidos, joaninhas na largueza das folhas, comovida tensão,
o olho da noite ocupando o antigo espaço seria certamente mais
curioso, coexistência viva é o que veria, não a mortalha estendida
sobre a casa, a pobreza das falas, então Gastão, a bolada que tu
ganhaste na alta vai te fazer parar? Uns meses na Suíça revendo
os amigos de lá? Planos de uma outra vida? Uma outra vida? o
que vem a ser isso? Bem, o que é que você faz na Suíça? É muito
divertido, jogamos, são excelentes parceiros, porres também de-
finitivos. Ah. Vontade de sacudir a todos. Como é que suportam
esse buraco vazio? Como é possível ir até o fim da própria vida
sem perguntar ao menos: por que é que estou vivo? Por que é que
estamos todos vivos, hein Gastão, hein Rute?
Aquele prêmio Nobel japonês suicidou-se
quem? por quê?
porque não havia mais cerejeiras nem
são uns loucos esses caras que escrevem
cerejeiras é?
era só plantar uma, mas que lagosta incrível, Rute, olhem só a
lagosta que vem vindo esse pessoal escritor é muito esquisito
ninguém lê mais hoje em dia, não há tempo
há vinte anos que não pego um livro

mas está linda a cara da lagosta

e ler o que também? são todos uns frustrados, têm todos um rei na barriga

só porque garatujam umas besteiras pensam que são mais, queria só ver esse pessoal todo o dia no batente, falando com banqueiros, lendo os relatórios enlouqueciam

era só ter um pouco de tempo e eu seria escritor

mas não se suicidaria, não é benzinho?

claro que não, não ia deixar a minha mulherzinha

Atentos, os da palavra, o olho atravessando o fundo, detendo-se em cada turvo gesto, no de antes da cerejeira sim, no existir completo, na forma com que as coisas caminham, o esplêndido soterrado, o seguir rastejante, o lá estar rodeado de terra e depois encontrar vitorioso a luz do sol, que tudo se faz noite e solitário vértice se não comungas com a força ao teu redor, ascensionária diferença nesses, os da palavra, porque quando pensamos que estão todos hibernados, a laringe ausente de sonidos, estão agudos, vigília e pregnância, prefulgentes, torrentosas ínsulas, ramificada superfície se estendendo e vos pensam com estupendas reservas de fervor, delicados, muitíssimo delicados, avencas de jade, porque é a vida que veem onde não vemos nada, mesura excessiva porque em tudo, também no desprazido existir de seres ínfimos, no que vos rodeia e que não vedes, veem além

ó amigas magras de Rute

ó nós de bermudas estampadas

em tudo há matéria sagrada, ainda que a nossa carne por absurdo olvido pretenda que não foi tocada pelos dedos santos e do sagrado se faça sumidiça. Relembranças da paisagem de mim, do que fui, também não me via como se visse, como vejo neste instante as rolas negras e por favor espantem as rolas escuras a bicar o relvado

ai Heredera, tu transformas em corrida o calmoso da hora

Heredera às tardes se assemelha à Maria Matamoros falecida

como era mesmo, Convicta, que ela a ti dizia?

a mim? és descarado, Extenso, a ti é que a frase cabia

já nem me lembro

para que se *le engorden las pelotas*, que era só para isso que tu estavas aqui

pois a bem da verdade, eu Extenso te digo que Maria Matamoros estava errada, que é preciso não distorcer os atos permitidos, uma coisa é o gostar de estar à vontade deitado sobre os capins quebradiços rememorando melanciais e do cavalo os colmilhos, ato em tudo nobre, e outra coisa é a pobre estupidez de olhar sem ver. E ainda mais te digo, Convicta, coçar os próprios bagos, estufá-los, também é ato permitido, antes isso do que apunhalar — cala-te, se Heredera te ouve a repetir como se deu o caso, há de se pôr de cólera lampejante verdade é que apunhalou-se, enterrou no meio das pernas aquela faca

e para que repetir coisas de antes?

e por que não, Alado? não nos basta o segredo que temos no porão? e tudo isso da Matamoros foi nos tempos antigos

quando aqui se morria

pobrezinha, enfiando lá dentro aquela faca, esconjurando sangue

aí vem Heredera, cala-te

acho que se fala muito a cada tarde, que Áima e Pasion estão a sós na cozinha e pede que se lhes lave os almeirões, ah, ainda bem que pousaram no alto as rolas pretas, sempre me pergunto o que pretendem

são guardiãs da coisa, ou querem livrar a coisa da prisão do lugar pois corto o meu meiminho se algum dia conseguem. Guardiãs da coisa, quando aqui se morria? mas não se morre sempre? Diálogo fervilhante o que eu ouvia, rumorejo casto e de repente passional artéria, as rolas de luto, o sangue de alguém se fazendo em dimensão alheia, Matamoros se recompondo na visão de outro, de mim, Tadeu, o fundo ouvido sugando o incompossível ruído que faria o punhal cravado onde? As cores do que se ouvia, amarelo-claro do capim, rosa esticado das melancias, marfim escurecido dos colmilhos de um cavalo como? E a cor dos próprios bagos desse Extenso comprido, os próprios estufados? Sangue da falecida subindo em jato até o parapeito de pedra onde Tadeu cravava os cotovelos, dorso dançante das rolas vistas de cima quando bicavam o relvado no dizer de Heredera, verde-vermelho dentro e fora da paisagem, qual seria o mundo palpável das evidências? E pareceria justo dizer que a verdade estava naquelas duas metades, as planuras de um lado e do outro mangueiras, visão estampada e primeira de Tadeu? Em que plano se solidificam atos e paisagens? É certo que eu vejo o dourado da tarde, o céu manchado de pequenas estrias branquicentas mas é isso o real? O descrever coado de palavras, um estar no mundo, próprio de Tadeu, o retornar à antiga casa onde viveu com Rute, vê-la, pactuar lagostas, bermudas nas coxas aquecidas, o passado lanoso, sufocante de crostas e agora roda-d'água colocando-se à frente, ruído de cantiga, e isso que eu ouvia de Extenso Alado Heredera Convicta, coruscantes palavras, que evidências estariam mais próximas do corpóreo, da membrana da carne? Porque deve haver em algum nicho uma filtrada visão, um foco apenas, onde uma das coisas de tudo o que eu digo se sobrepõe a todas, única, viva. E quem fotografasse a tarde de Tadeu, e eu mesmo colocado na paisagem, no parapeito de pedra, os cotovelos cravados, esse alguém nos diria que há apenas um homem debruçado olhando um mangueiral e uma planura, que se percebe sim que é um cair da tarde, que possíveis rolas ou codornas, talvez duas... que há dois homens e uma mulher, não, agora duas, e que... mais nada, nem eu fotógrafo pretendia uma fotografia rica e ajustada à crueza da vida, que para isso seria preciso cenário adequado, colisão de águas, revoada, luz-laranja da manhã incidindo nas asas, brilhos espaçados ao redor de um homem que sustenta nas mãos uma leve espingarda de muita precisão, o tiro se adentrando no corpo da ave, lagos, a beirada afogada de lírios, como naquela manhã, Rute, no noivado, o passeio de nós dois aos grandes lagos, a flor aquática verde-bojuda, te inclinaste e disseste uma das tuas santas banalidades, assim Tadeu qualificava àquele tempo as tuas frases, eras incapaz de descobrir nas coisas o vestígio do Intocado, dizias o disforme, o que não estava

nas coisas, pensavas em usá-las, a flor aquática verde-bojuda depois de batizada pelas falanges de Rute e colocada aqui ali — que tal na cintura, olha Tadeu, presa a uma grande fivela
ou na cabeça num importante chapéu
no ombro num vestido de gaze soberano
depois te cansaste de pensar como seria possível mantê-la fresca e viva na tua carne, e largaste o encantado no caminho de pedra. O noivo, Rute, repensou teu gesto. Não seria completo te colocar aqui ali, sobre Tadeu, debaixo de Tadeu, te cobrir com meu suor, te usar, te fornicar veloz e leviano e depois te atirar às águas e contemplar da beirada num enorme silêncio o lago outra vez, acrescido de Rute, e outra vez as flores aquáticas? Rute no fundo. E rio porque penso no impossível, Tadeu teu noivo incapaz de se permitir um ato impermissível, te amo é verdade, ou penso que te amo, o corpinho tão claro, quando te inclinaste tuas nádegas eram perfeitas como se se juntassem duas pequenas ameixas, te abraço e no abraço meus olhos pousam sobre o vivo que arrancaste das águas, naquele meio minuto em mim compaixão e verdor, ri num soluço, acanhado num gesto comprido devolvi o vivo, a flor aquática, à sua morada. Acanhado de mim, tateando uma fugidia solidez, pertencença eu queria para poder viver na Terra, uma única articulação exata, mover os nós sem ruídos, sem assustar com os meus guinchos as gentes ao redor, precisava do fato, exposto, útil, e tu és Rute minha noiva porque Tadeu almeja para pertencer, uma praticidade Ruteante. Rute, a empresa, a minha vida, caberiam num copo, como cabe a cinza na urna mínima, ainda que pertencido parecesse não pertenci a Rute, olhei-a sem poder agarrar Ruteidade semeando o vazio, não pertenci à empresa e nem ela valia pertencença, pertenciam os outros, aqueles empolados, à verdadeira Causa? Ganhar o dinheiro e usá-lo para aprender a olhar, quem o faria? Tão poucos os que se detêm na raiz, o olhar alagado de vigorosa emoção, estou vivo e é por isso que o peito se desmancha contemplando, o coração é que contempla o mundo e absorve matéria do infinito, eu contemplando sou uma única e solitária visão, no en-

tanto soma-se a mim o indescritível e único ser do outro, um contorno poderoso, uma outra vastidão de corpos, frescor e sofrimento, mergulho no hálito de tudo que contemplo, sou eu--teu-corpo ali, lançado às estrelas, sou no infinito, sou em tudo porque meu coração-pensamento existe em tumulto, espanto, piedade, te sabe, te contempla. Eu, homem rico Tadeu agora tento o veio, o nódulo primeiro, estou em algum lugar onde me pretendo, sagrada ubiquidade, braçadas neste pleno do espaço, nascido de uma carne nado veloz à esplêndida matriz.

Então, Tadeu, dispenso o motorista?

MATAMOROS (DA FANTASIA)

À Gisela Magalhães
irmã de toda a vida,
irmã da mesma perplexidade.

Paixão. Só dela cresce
o fôlego de um rumo

LUPE COTRIM GARAUDE,
OBRA CONSENTIDA. INÉDITOS.

CHEGUEI AQUI NUNS OUTUBROS de um ano que não sei, não estava velha nem estou, talvez jamais ficarei porque faz-se há muito tempo nos adentros importante saber e sentimento. Amei de maneira escura porque pertenço à Terra, Matamoros me sei desde menina, nome de luta que com prazer carrego e cuja origem longínqua desconheço, Matamoros talvez porque mato-me a mim mesma desde pequenina, não sei, toquei os meninos da aldeia, me tocavam, deitava-me nos ramos e era afagada por meninos tantos, o suor que era o deles se entranhava no meu, acariciávamo-nos junto às vacas, eu espremia os ubres, deleitávamo--nos em suor e leite e quando a mãe chamava o prazer se fazia violento e isso me encantava, desde sempre tudo toquei, só assim é que conheço o que vejo, tocava os morangos antes do vermelho, tocava-os depois gordo-escorridos, tocava-os com a língua também, mexia tudo muito, tanto, que a mãe chamou um homem para que fizesse rezas sobre mim, disse a mãe a ele que a menina sofria um tocar pegajoso, que os dedos afundavam-se em tudo o que viam e de mãos amarradas o homem grande me levou ao quarto, sim, amarrei a mão da menina para que não empreste sujidade à vossa santidade, a mãe dizia, para que não lhe tire o perfume espelhado da batina, me deitaram no catre e o homem disse à mãe que sozinho comigo lhe deixasse e dessa vez fui largamente tocada, os dedos compridos inteiros se molhavam, ficou nu sobre mim, entornou-me de costas, eu sentia um divino molhado sobre as nádegas, gritava, o homem rugia à minha mãe do outro lado: não se importe senhora, são demônios azuis que se incorporam. Depois me tirou o barbante das mãozinhas me fazendo sugar o sumo santo e segurei um túrgido tão grande que os dedos à sua volta fechar-se não podiam, pude tocar demorada, os côncavos das mãos avermelharam, depois meus dedinhos inteiros penetraram na boca do homem e ele os chupava em gozo como se chupa o carnudo das uvas. Oito anos apenas me faziam a idade. Lembro-me contente dessa tarde porque havia ao redor o que encantava, a mãe quase ao lado, perigo tão grande, um homem sábio de perícia tanta, meu tocar à vontade. Por uns dias saciada larguei coisas e frutos nos seus próprios lugares, a casa estava em ordem, os arredores, a menina sonhava no seu quarto. Três dias e os demônios em mim outra vez, a mãe alarmou-se mas o homem mudara-se numa longa viagem. A menina ensinou aos meninos da aldeia a leveza do dedo nos profundos do meio, o machucado macio como dos pêssegos, aqui, a menina informava, toca-me aqui menino, como se esmigalhasses devagar uns morangos na boca, o dedo assim como se língua fora, toca-me lá dentro agora, procura, devagar como se procurasses a língua da serpente no medo da goela. Tocaram-me muitos, e muitos se alegraram da perícia e quentura destes dedos, Matamoros diziam é vermelho-ouro, palidez e sangue dos meninos da aldeia. Matamoros se soube duradera na carne do outro, como um gancho que furasse, rica de lambeduras, magoante cadela, sei de mim a saliva, os dedos, horas alongadas revolvendo a terra, alisando minhocas que se tornavam duras, todas em forma de roda, depois toco as alamandas, não aguento o cetim das folhas tão amarelo quanto pode ser o negrume do inferno, aliso com cuidados e a folha ferida de cansaço escurece, uns fios se fazem com a cor das fezes, apesar da ternura. Ó menina, por que tocas em tudo como quem vai dissecar uma fundura? diz a mãe com a cara retorcida em agonia de choros, fujo, fera-menina escondida nos tocos, me pego, dedos do pé apertados, tão curtos, distendo-os puxando as pontas e com eles converso ó pequeninos dedos que aceitam todo o caminhar, nudos em humildade, que passeiam por pedras e nas águas se afundam, são dedos dos pés de Matamoros e se agitam conforme minha toda vontade, fiquem ao sol assim, digo eu, a metade de mim no vazio do toco, as canelas e os pés na alegria dos ares e assim que digo sinto que se aquecem de contentamento, e que lá de cima alguém me manda oferta de calor e sonho, reparo neste instante em mim de forma mais precisa, mais olhante, endureço as pernas como se fosse alcançar a novidade no debaixo das pedras, ato que permite que se faça em brilho um escurinho de pelos espalhados na coxa, Matamoros esfrega suas penugens e adora descobrir que tem gramíneas pretas eriçadas, que é estranha como uns bichos que viu sobre a folha das mamonas, que peluda tanto assim não é, mas que começa a ser com semelhanças. Se volúpia me fiz na meninice, nem na adolescência descansava, teria sido melhor perecer do que levar às costas este mundo manchado de lembranças, teria sido graça não conhecer aquele que me fez conhecer, e de minha mãe Haiága, fez a desgraça. Torna-se muito penoso relatar como se deu a coisa, como fui tomada de um sentir nunca sentido, verdade que me aprazia sempre o tocar de qualquer, o tocar de muitos, o tocar sem nome, nem lhes via o rosto, era a destreza no tocar que me sabia a nardos ainda que aquele que tocasse desprendesse de si o cheiro de todos mal lavados, as narinas fechavam-se para tudo que me cortasse o sentir, se demasiado se faziam malcheirosos eu abria-me ao pé da água, encostada ao corpo do rio, e sem que o homem percebesse eu o lavava, primeiro as mãos na água, depois no costado do homem porque se faz nesse comprido da medula o mais intenso sentir, depois apalpava-o na semilua do ventre, molhava-lhe os pelos vagarosa e antes de tocá-lo no mais fundo esfregava minhas mãos na minha cabeça, aquecia-as para que a água das palmas se fizesse em mornidão, e depois sim tocava-o, singela e de rudeza mas com finuras de mulher educada, pois era assim que eu era, e se destruí algumas coisas com a polpa dos meus dedos, tinha cuidados e era desvelosa com o corpo da água, não sei o porquê desses afins com coisa tão rorejante, eu que me soube sempre parda e pesada como a pele da terra, são mistérios, ganchos talvez de uma vida de antes, há cadeias e argolas que se enroscam tanto que os dedos do divino nem podem desfazê-las, há poderosos peixes que se matam nas redes, pois não é? Por que se desmancharia a cadeia de carne dos humanos, somos de tantas vidas que algum resíduo antigo se cola à nossa futura alma e é talvez por isso que me faz pena e maravilha esse encorpado mole, desfazido, essa cor sem nome desse corpo da água, se machuquei-a um dia, já paguei, porque foi bem por ela, por gostar tanto, por ficar à beirada de um corredor de águas, numa tarde esquisita, muito rara, que conheci o homem que me deu luz à vida, mas também me deu sangue e ensanguentou Haiága. Era essa tarde rara como disse, alguém esteve comigo e já se fora, eu tinha as saias molhadas e através via a coxa se esticasse o tecido, pensava em nada, em Matamoros ali nada pensante numa tarde rara, aquietada olhava o engraçado desenho da minha saia, e só olhei para trás porque os cabelos na nuca se mexeram como se tocados por focinhos, me veio desconfiança de que a cadela Gravina, com esse nome porque vivia cheia, me seguira, virei-me para agradá-la, para vê-la, e ela não era, atrás, de pé, afastado de mim vinte passos ou mais, um homem, esguio como um santo de pedra que vi: as pernas tão compridas e tão fortes como o tronco mediano dos ipês, estava ali parado mas era como se à minha volta rodasse, sereno parecia mas se desse um passo meu corpo se faria um canteiro de flores devastado, de olhá-lo soube que a alma me tomaria, tomou-a, e de palavra pouca, tantas dentro de si onde não se dizia, era como se fosse o reverso do belo sem deixar de sê-lo, ao redor a tarde ficou imóvel, as árvores e as águas sem ruído, eu mesma parecia desenhada e não viva como estivera há pouco, e mais viva do que nunca é o que eu estava, toquei-me, não com os dedos de antes, toquei-me para ter a certeza de que não havia atravessado os limites do tempo, eu-mim-Matamoros levantou-se e enquanto levantava me dizia que melhor teria feito se deitada ficasse, porque devia haver no gesto raridade e no largado do andar era preciso encontrar simetria, e mesmo assim esticada e dura como se uns dragões de outrora estivessem a postos à sua frente, Matamoros andou, um andar quietoso, ficamos próximos, distância de dois rostos, medo e júbilo de ouvir se fazendo à volta das cinturas uma roda de fogo, afagou-me os braços no alto, na junção dos ombros, completou um triângulo de onde o meu vagido, e vértice de dois o gesto outra vez alargou-se descendo sobre as coxas, devagar meus joelhos se dobraram, dobrou-se, enfrentamo-nos cara a cara, as mandíbulas duras, aquilo tudo parecia a dança tosca e lenta de uma raça esquecida, vi paisagens na mente, torridez, vestes de linho trançado, panelões de barro, cães escuros e magros, bilhas, cuias, alvor de um sol mais branco do que o preto, história recuando na sua cara e lá dentro dos olhos desse homem, vi-me, e a ele também outro nos olhos, eu outra mas eu mesma, tão encorpada e alta, tão morena, um luzir de faces de nós dois feito de gordura, conto esta estória desta forma como se houvesse o tempo de horas para contá-la mas assim não era o que se passava entre mim e o homem, ele via também? Tento dizer que não havia um seguimento de paisagens, que não era como se eu visse uma e depois outra, esse seguir adiante não era, o que eu via era amplo e descabido para o entendimento, soube de antigos de mim, de um mover-me distante, de uma fúria na cara, fúria de orgulho quase santa, não havia luta explícita no que eu via mas no mover-se de todos um grosso ressentido, essas coisas na minha mente ou no de dentro dos olhos desse homem, e fora onde estou um desenho arrumado, uma pintura de calma, ainda me sei e sou à frente desta cara? Que é preciso que eu respire agora, afogada que estou, úmida de lembranças, que o espírito perceba que eu morreria amplidões de vezes para voltar à minha tarde rara, tomada de paixão, de sentires sem nome, que sou neste momento o que era Haiága antes de vê-lo e quando simplesmente apenas minha mãe, Haiága velha, o pretume das saias nos joelhos, ralhante, feixe pela casa, muitas palavras parecendo sábias, muito carregante de limpezas, e na alma a secura misturada à volúpia e à vergonha, Matamoros e Haiága uma só antes não éramos, somo-os agora, ela morta, eu viva como se, mortas as duas ainda que eu pareça a vida desta Casa de mortos como dizem, então não me tocou depois, depois do de joelhos cara a cara, das visões, perguntou-me se eu morava longe e que o viver comigo numa mesma casa se faria no instante, que casa ele não tinha, na mente carregava arco-íris e cristais para uma casa tão viva como a vida, que nunca se saberia dentro dela porque as casas da mente, as soberbas moradas, não são feitas de argila nem as bases se assentam num espaço da Terra, enquanto caminhávamos descrevia umas muralhas altas, umas portas de sonho, nenhuma aldrava porque se nos fechamos conosco à procura de novos nomes para as coisas, amigos não teremos, que rodeando a casa a alguns passos da muralha encantada, um ribeiro, e nas margens um todo de glicínias para que Matamoros deslizasse comprida sobre as águas e tivesse como apoio o cetim das flores, calava uns espaços, parávamos, de cócoras, ele sorria um pouco, os dentes de vidro pareciam, tão unidos, leitosos, a boca se mexia de maneira formosa e sei que o dedo atento desses estudiosos de fazer a imagem, não poderia fazê-la mais rigorosa, da suavidade e da doçura das avencas, que uns brancos porcos conviveriam conosco porque se faz preciso para o homem lembrar-se de si mesmo tal um porco lavado mas sempre um porco, então sorri de tais sabedorias e me contei tão tímida, procurei ser castiça de linguagem, sorri eu disse, de tanto espanto de me saber de anjos escolhida, disse que não, anjo não era, sorriu mais largo, e a língua se mostrava de papilas perfeitas, quero dizer que não se via manchada, róseo-vermelha essa língua, poente de corais, eu estava sim tomada descrevê-lo me parece serviço de eruditos, dos que pernoitam cabeça nos papéis, os aflitos contornando as letras, que o dom de relatos tão sábios a mim não me foi dado, e pedia perdão ao mesmo tempo que falava, perdão eu disse, vivo sozinha com Haiága minha mãe, nem nunca aprendi nada, o que me vem à boca vem sempre aos borbotões, se pudesse te diria que um ardor constante se me faz no corpo mas de outro modo diria, queimaduras pungentes se não tenho um homem, tu me entendes? Que entendia. A cabeça moveu-se, o tempo se esticava agora, olhei o alto porque passou sobre nós uma nuvem de patos, então não caminháramos o tanto que pensei, ainda estamos na periferia de águas, mas quanto caminhei? Quando havia interesse, me falava, entre a alma de dois, entre dois corpos, podia anoitecer sobre os nossos contornos que não se percebia, que muitas coisas ainda haveríamos de calar e que nessa envoltura é que estaria o dizer, tocou-me os dentes, alegrei-me de tê-los tão perfeitos, tinha os dedos doces, a melaço sabendo, dedos e dentes de nós dois, tocava como se pesquisasse, os meus, depois os dele, que muito se parecem, Matamoros ria, os dentes para morder o que tens escondido ele me disse, e rimos juntos porque nos veio a estória da menina e do lobo, lobo não sou, e nem és a menina do vermelho chapéu, Haiága é tua mãe, e mãe de Haiága não há, morta pois não, quando Haiága nasceu? Eu disse que sim estremecendo, como podia ter artes de adivinho, como? Não tinha, aqueles dizeres foram apenas expelidos por dizer, mas ficava satisfeito de saber das coisas antes de chegar à minha casa, às vezes sim adivinhava uns baços da lua, se a chuva chegaria, uns caminhos do vento, mas isso era nada, dom de muita gente, concluiu. De devoção me fiz. Ele, de pastoreio. Haiága, o entender no ar, evasiva de nós nos dias primeiros, amansou-se depois, a casa ficou clara, lavaram-se as madeiras, Haiága me auxiliava com tais contentamentos que de início pensei que era por mim, de ver a filha quase uma senhora, um homem cuidando dos campos, do rebanho, Matamoros na feitura de pães, no zelar das flores, a cadela Gravina tendo nós três por pais, os dias com significados, quero dizer que se pensava no cuidar de tudo, e a palavra futuro se colou à casa, a varanda maior, não é Maria? e pedras mais polidas neste poço e pássaros que poderemos comprar, nas gaiolas de início, mais tarde em liberdade, que sim, que se afeiçoam e nunca mais se vão, são todos como gente, se tratamos com carícias e desvelos por que hão de tentar a imensidão, voar para onde não conhecem? Mudada minha mãe, a garganta de escolhidas palavras, o cabelo tinha lustros de óleos esquisitos, banhava-se com folhas, com pétalas secas, grãos amassados resultavam num redondo de pasta, esfregava no corpo essas matérias, eu dizia Haiága minha mãe, não é que te tornaste bela? Não ralhava, ouvia-me, as mãos nas ancas, repassadas como se as quisesse aquecidas, e tu também, minha filha, verdade que um homem pode nos fazer a todos mais bonitos não é? Rimos, e a cadela Gravina se agitava, as patas dianteiras raspavam o ar como num devaneio, cheguei a dizer que os minutos desta vida eram felicidade, disse assim: que bom que as horas tenham seus minutos e os minutos segundos porque aqui se faz felicidade, não é mãe? Adentrou-se nos claros da janela, as mangas do tecido rosado iluminaram-lhe a cara, olhei-a, e não era mais velha, tinha a pele colada aos pomos do rosto, tinha um encanto, uma soberba no porte, e começou a cantar canção desconhecida, sem palavras, lamentos muito graves que de repente cresciam abrandados, uivo de ventos, melodia como para exprimir o alvor da madrugada e o canto dos galos que coisa o teu cantar, mãe, de onde vem?

do tempo, Maria, de gente minha e tua gente

quem?

uns de conquista, outros de medo

e por que não cantaste nunca e só te vem o canto agora?

porque há alguém que nos cuida e te fez mudada

a ti, também

porque as mães também mudam se o amor lhes vêm

o amor?

claro, Maria, o meu amor por ti, agigantado, de te ver boa, sem o bulir de antes.

Era aquilo somente? Só por mim é que a feição adquirira realeza? Tornara-se rainha assim por caridade? Fiz as perguntas a mim, em seguida apaguei o perguntar porque me pareceu que não cabia à Matamoros indagações do mistério de ser mãe, mãe eu não era, ouvia sempre quando menina as conversas de muitas mães da aldeia, que uma escondeu seu filho num buraco de pedras, e escondida também ao lado dele envelheceu para que não o levassem as guerras, e outra muito pequena, de nome Marimora, prima de Haiága, mais longe de Heredera, que deixou seu filho nas ramagens um instante enquanto ia banhar-se e na volta teve o espanto de ver a três passos da criança um animal tão grande como o tigre, de muita semelhança, a pele com riscados, as patas redondas, num rugido o animal mostrou dentes de lança, e ela tão pequena atirou-se ao corpo da fera, também deu rugidos como se fosse a fêmea do animal maldito, lutou fêmea que era, o pequenino balançava-se rindo, de inconsciência gentil, lhe parecendo talvez que a mãe o mimava com uma cena de circo, e de cicatrizes tão fundas Marimora ao longo da vida escondeu a cara com o trançado das redes, espectro saído das águas, então isso das mães sim eu o sabia, e se Haiága era mãe, por sê-lo é que tornou-se tão outra eu meditava, embelezou-se para que a filha não sofresse a visão de Haiága velha, encheu-se de cantares porque convém dizer que também eu de muita beleza me fizera, andava pela casa Matamoros muito leve, muito de asa, um pequeno cansaço sabendo a descanso, cansaço amoroso pois que cada noite era noite de abraço, de mastigar e de lamber a carne, de cheiro gosma de casuarinas, o escorrer vermelho, ferido, mas membrana de amora, eu fechava os olhos dizendo vida tão viva que me deu o Senhor antes de chegar ao portal do paraíso, e quando os abria era tão dor não ver o adorado, cuidava do rebanho além dos montes, levantava-se ainda madrugada

tenho pena, mãe, de sabê-lo sozinho quando se levanta, sozinho? nunca. Eu mesma lhe preparo o alimento, queres dizer que te levantas ainda tão madrugada?

levanto-me encantada porque os velhos não têm necessidade de um dormir prolongado

não és mais velha, Haiága

ainda que não mais pareça, velha sou.

Parecia severa quando disse a frase, como se estivesse de ressentimento, culpa não tenho, eu disse, que antes de mim tu tivesses nascido, e me parece que também tu gozaste alegria, tiveste um homem, o pai, ainda que pouco, e tens tido maior alegria na velhice, não é mãe?

alegria sim, maior que a tua.

mas o que é, Haiága, não pareces contente, falas no tom que falamos quando somos culpadas

e culpada de quê?

Um olhar de lua atravessado de nuvens, um mais no fundo que eu não sabia, escuro de matagais, aparição pontuda, ouriço antes de ser mordido e um segundo antes de expelir espinhos amarelos, cravou-se coisa comprida em mim, Haiága tinha usado um ferir espinhudo para levantar a pedra, eu olhava lá dentro e ainda não via, insinuava-se um agitar de patas, uns golpeios, bafos nojosos, mas não via um expandir delineado, em torno de Haiága espadas com donos como aquelas que atravessam os paços dos reis, em torno de Haiága um revolver de ondas e de nadas, lhe falecia brandura e até maternidade olhava-me como se eu não fosse a filha, antes madrasta, antes, e isso eu não queria ousar mas de ousança me fiz e pensei: olhava-me como alguém que amava trigorosamente o que me pertencia, amava-o, depressa me veio o pensado e outra vez apaguei, devia ser coisa de mim, falsos acendimentos do espírito, ri apressada para desfazer os artifícios da fala mãe Haiága, perdoa se te agitei

Andou como a rainha até a varanda, nem me olhou, as mãos nas mangas enfiadas, tentei abraçá-la por trás, as mãos na cintura, encostei meus cabelos nas espáduas retas, empurrou-me altiva usando os cotovelos

larga-me menina

Tão triste que fiquei que um gemido partiu lá das funduras e

foi milagre o ter-se escapado de mim tão estranho sonido porque Haiága arrebatou-me impulsiva como um homem, tinha os olhos tão ferida, a boca molhada de lágrimas, dizia guturais incompreensivas, que não, minha filha, não te ponhas assim de soledade, soluço, me dizia aos trancos, porque te fiz de mágoa, Matamoros rica de quentura, luzente de graça, tão pequenina lagartixa, que não era nada, que os velhos têm garganta gemedora mas que no mais das vezes é porque a vida esvai-se, por isso que nós os velhos gememos, cara partibular porque ao encontro do tempo, do limite, daqui a pouco Maria, estou com Deus cara a cara, ou com o outro, ria-se, pedia-me que risse também, não te ponhas assim toda espremida, te preparo teu leite, comes o pão tão lindo que fizeste, e eu queria perguntar de alegrias maiores que não sei, mas Haiága não esmorecia no falar, de um lado a outra de louças, de discurso sobre a folgança dos velhos, de incríveis compotas de jambo que nos faria, de abio, de geleia de pétalas de rosa, Matamoros ainda quebradiça seguia o andar de Haiága com olhos de pergunta mas pensava que se perguntasse, o temporal de novo, e a lua atravessada de nuvens, e as espadas, e o ouriço e aquela coisa na pedra, invisível mas muito daninha, coisa que saberia mais um tempo, quando? A si mesma Matamoros prometia que nunca mais o dormir se o homem levantasse, zelo seria o dela e não o de Haiága, disse-o:
mãe, não é preciso mais que te levantes antes da madrugada
Emudeceu encostando-se à mesa, a pele tinha a alvura da pele moribunda, passou a língua nos lábios, no canto da boca a carne com tremuras, as mãos geladas tocaram-me
por quê, Maria?
para que não te canses
cansada ficarei de estar na cama
na tua idade as pessoas descansam
Disse para feri-la, para que lhe faltasse o ar, e ela como se adivinhasse deu respiros, curvou-se num tossir de ecos
me vem às vezes pensar que a montanha me faria bem, na velhice vai nos faltando o ar

pois há montanhas rodeando o universo, mãe

Disse e depois calei-me, um olho todo de fêmea me fiz, um alongado cárdeo de brilho amendoado, tive ciúme tamanho da possível ternura da velhice, como Haiága deveria tocá-lo se o tocasse, examinei-lhe as mãos e surpreendi-me do afilado forte, dorso sem manchas, um claro de unhas, as mãos pendidas nem pareciam ter veias de tão lisas, olhando-as me detive nas ancas, que largas eram, que coisa desejável e espaçosa para um homem mover-se sobre elas, esfregar-se, contorná-las com aquelas grandes mãos que eram as mãos do meu homem, olhei minhas próprias ancas e vi pobreza, duras, estreitas, alta que sou, pensei, está bem que sejam como são, mas não estava de contentamento, alisei disfarçada meu encovado ventre, e de canto de olhos vi o de Haiága, um delicadíssimo redondo, curvatura de pequena maçã, pensei antes o meu porque toda a terra está cheia de velhas com seus ventres fofos, mas não estava de contentamento, de rancor o confronto, Haiága vencia se um homem nos colocasse à frente do desejo, ai santos meus, até onde vai indo o meu pensar, que nervoso de cobras tantas num buraco, que ruído de carapaças se batendo, que ferver de aranhas apossou-se de mim, aguilhões de um pardo sofrimento, dessa cor que não se pode definir, pardas as vísceras, as veias, o desembestado coração, ganas de sacudi-la e espirrar meu veneno:

estás mais gorda, Haiága, te cresceu a barriga

pensas? Me parece a de sempre. Vem, filha, vamos juntas adubar o limão-bravo, as laranjas, e tudo isso faremos na manhã se agora mesmo te pões a caminho com tua mãe. O balde nas mãos para carregar o excremento das vacas, mesmo assim se via Haiága poderosa, sem o querer Matamoros andava atrás como se a mãe soubesse de uma trilha de bois, em tudo tão mais sábia, tão terra gordurosa, tão farta e azulada de luz naquele caminhar, por que via Matamoros agora a mãe como se fosse de brilhoso de fada, como se fosse mulher de umas estórias que na aldeia se ouvia, mulheres muito de centelha, de fitas, de bordados, uma estrela na ponta de uma vara? Por que vê-la assim, de trigança encantada? À beira da terra molhada de agriões, mulheres e homens lhe diziam bom dia, Haiága, em que formosura te espelhas? Como se te vê bela a cara, que lugar de saúde nos parece agora este lugar vendo-te a ti, não é que está tão bela que parece a Virgem às vésperas de parir? Chega-te aqui. Haiága punha-se de brasas, repetia que nada, que tolice, estão a ver apenas, se é que veem, reflexos da formosura de minha filha, olhavam-me mas sem o viço das falas, a pequena Matamoros está bem mas valha-nos o Senhor se Haiága não parece a filha, e como vai o anjo lá da casa? É tão bom pastor que a colina lá adiante nos parece de neve, tirou dos carneiros o encarnado dos pelos, aquele pó de terra, e vê-se a todos de branquidão, ele mesmo de prata entre os carneiros ai como deve ser bom ter homem belo e de jeito para cuidar carneiros e mulheres, os homens punham-se a rir empurrando-as, elas gritavam larga-me Bosco larga-me José, pois é muito verdade que se vê as duas radiosas, Haiága muito mais que Maria, depois o tom das vozes decrescia, nos afastávamos

não é que Haiága se faz de formosura mais ampla? só o amor é que nos faz bem à cara

cala-te Antônia, se te ouve a filha

mas não é maldade o que à cabeça me passa verdade

que está rara

não é mesmo, Bosco? e os peitos agrandados e

Fervente eu olhava o caminho, Haiága à frente não se voltava, os cabelos de tão pesados acompanhavam-lhe os passos, farto molho de cachos, transpirava tão grande que a raiz dos seios via-se molhada, a blusa de amarelos com ramagens parecia viva como se vê nos campos o capim orvalhado, Haiága, santos meus, tornara-se paisagem, de minha ira invejosa quis eu afastar-me

mãe, vou subir a colina para vê-lo

há de alegrar-se, vamos sim

digo que vou sozinha, tu retornas à casa

Subindo aquele atalho olhei-a depois de alguns passos, olhava-me também, então adeus gritou-me, muito clara a voz de fingimento, fingida Haiága, fui subindo pensando que se eu deitasse o ouvido àquele coração, não ouviria palavras tão sonantes, se fariam torpes, embuçadas, dizeres escuros de duvidosas interpretações, boca de velhice muito aguada, língua de galináceo, repulsivo gorjeio, meu peito magro cada vez mais afundava, que subida, que caminho de cabras, ponta de pedra no mais curvo do pé, parei para respirar, para afagar o machucado, e fui ouvindo como se viesse dos altos a canção de lamentos de Haiága quando se pôs nos claros da janela, a canção sem palavras, mas então, Senhora dos Angustiados, não era minha mãe que cantava, pois ainda podia vê-la pingo de tinta amarela nos longes, e quem é? Devagar e curvada, animal de rapina comecei a escalar o pequeno monte, será que a mãe tem poderes de maga e pode estar no alto da colina e deixar-se contemplar no baixio do monte? Que demência, pensei de mim, se continuo maligna na cabeça termino por ouvir a voz do demo, mas é verdade que alguém canta numa voz grave, a melodia é a mesma, quem pode ser assim de nossa família sabedor de um canto há anos enterrado no coração da mãe, tão recente de luz o lamentoso canto e agora cantado tão bem noutra garganta? Deixei-me ficar parada no meio da subida, só podia ser ele quem cantava, nosso era o monte, e só o homem nos arredores pastor de carneiros, carneiros somente os nossos, cantador nenhum de sábias modulações, de espraiado tom, naquela aldeia nunca se ouvira tão bela voz, levanto minha cabeça, espio, está sentado na pedra, o sol à frente dele e à minha frente, está de costas para mim o adorado, diminui o canto e procura dos lados como se pressentisse uma presença, levanta-se e caminha ao encontro do sol, não sei se a muita claridade nas minhas pálpebras me faz vê-lo rodeado de luzes, pequeninas abelhas de diamante, ai que mercê, que dádiva enxergá-lo, era meu esse homem, o encantado se fazendo carne, meu nas noites e fervoroso tanto, vinho e leite me sabia seu corpo, sim, meu nas noites e encolho-me ferida porque penso: de Haiága nas madrugadas? Volto a levantar a cabeça, estou deitada de bruços, uma pedra me esconde, de soluços lá dentro muito surdos o peito se sacode, era verdade o que eu soube menina, dos velhos, desde que me sei por gente? Ouvi menina a frase que vou dizer agora mas nunca imaginei que pudesse guardá-la e não é que a guardei? Diziam: enganosa é a beleza e vã a formosura. E muito maldosas, poderia eu acrescentar e maldosos todos os que me fizeram ver um homem para mim tão novo, me querem em pedaços, em retalhos de sangue, me fazem possuir o nunca visto, a aparência mais do que gentil, o sabor de um sem fim apetite, o cheiro de uma terra de maçãs e nêsperas, tudo para meu gozo, e depois dividir o meu pedaço todo precioso com a bruxa que me pariu? Me querem enlouquecida, a beleza de arcanjos apresentada à minha pobre figura num ouro de bandeja, um bocado para ti, Matamoros, outro bocado para tua velha mãe, de velha fez-se redonda adolescente, de velha rouca fez-se rouxinol, de feixe fez-se outra vez redonda, de pudores fez-se muito despudorada, de ralhante fez-se doce e deixou de ser mãe para tornar-se amante. Verdade devia ser o ninho pegajoso que eu pensava tão bem, as coisas não nos surgem à cabeça com a matéria de ventos, muitos fios e pelos se juntando é que formam a casa de abutres, desses de asa negra, um todo emaranhado de corvos dentro do meu sangue, de castigo sim me queriam, de desgraça, desço rastejante, as pedras se enfiando na minha triste carne, o meu homem cantava a canção de Haiága, a velha deve tê-la cantado entre os lençóis, numa concupiscência de louvores, canto soprado lá no fundo do ouvido, e ele saboreou a enfeitiçada cantiga, canta com a mesma garganta, com a mesma língua me lambe, abraça-a com os mesmos braços dourados, deita-se sobre ela com as coxas poderosas, enfia a raridade de dureza naquele buraco de onde saí, mexe-se abaixa-se alteia-se e gritam abafados, juntos, e Matamoros dorme no seu quarto no corredor mais longe enquanto Haiága possui o que já está possuído, o que é dele minha carne, entro na mata para encontrar o riacho e lavar-me da grossa fumaça de pensamentos tão repugnantes, lavo-me, mas quem deveria lavar-se era o homem e ela, como podia o homem cansar-me horas inteiras ocupando meu espaço, molhando-me encharcada, e depois levantar-se e ocupar potente o buraco de Haiága? Como se tivesse o corpo de um rio, um patear de águas engolindo a terra, subindo montes e enchendo os buracos com seu corpo borbulhoso de cascata, assim me parecia esse homem que eu tinha, e tinha-o também minha polpuda mãe, de compridezas me pus ao chão e palavras me vieram tão de escuridade, pensei morrer, disse vou morrer sim, ficarão abraçados nos minutos primeiros, as caras tétricas, e muito soluçosos nessa noite de pios da minha morte, depois a alegria há de tomá-los, mas por pouco tempo porque meu espectro estará rondando casa e quarto, arrefecendo o instante de ladineza, entre os corpos dos dois estará Matamoros, nuvem gélida espalhando padecimento e perdição, não deixarei que sintam desnudez de nenhum, hão de tocar-se mas de espanto os dedos encolhidos saberão que tocaram o hórrido vazio, matéria de ninguém, eu noutro espaço, de risos hei de preencher a casa, risos que hão de ouvir tão perto nos caminhos do ouvido e tão longe e nos altos como se viessem de torres, Haiága há de ficar toda cosida, sem falas, e eu da torre do alto e do fundo do ouvido, encorpada num branco etéreo e gelatinoso me farei sentida, emporcalhando intenções e canduras, ai sim, nunca mais se dirão sons de mel os dois velhacos, muito mais ela que o homem porque também pode ser que Haiága tenha usado poderes, os de erva, e pegajosas pomadas e até mesmo a cantiga deve ter sido feita de tons para abrandar e ao mesmo tempo unir distanciados e alheios corações, porque a mim também comoveu a cantiga, canção de poderes de muitos plurais, para que um se encante, o outro se devore, o terceiro de langores desfaleça, o quarto se transforme em sedento brioso, assim por diante até chegar a paixão que pretendia Haiága, até chegar à ternura de mim, olhando-a como se a visse de fada, até chegar a esta minha hora, hora da morte de Matamoros na beirada da água, ah, então era assim? Pois enganava-se, morte minha esta multipontuada senhora mãe não verá, ficarei viva borbulha na sua incandescente superfície, nunca se verá a sós com ele em tranquilidade e numa outra velhice, e se no instante se pensa feliz em moça nova, mais tarde velha há de arrepender-se de ter abocanhado mocidade quando esta lhe cabia à filha, porque sabemos que o castigo se fará àqueles que fizeram os outros padecentes de medo, medo como sinto nesta maldita manhã, ainda te vejo, manhã, há pouco pensava que não mais te veria, e muitas vezes te verei em outras, virei a este lugar com o companheiro, nós muito vivos e não me falta força para dizê-lo e aqui repito: nós muito vivos e Haiága morta. Pensar a morte da mãe me fez aliviada, há de morrer como todos e se desejei morte de mim por que me faria asco pensar morte de Haiága? Soturnos estes fios que nos ligam ao maternal umbigo, sofridos estes fios, tensos, agudos, o caminhar difícil sobre eles porque os pensamos quase sempre como lisos, que a palma dos pés há de tocá-los sem ferir-se, que neles caminharemos deslizando, pois não sois fios da nossa própria carne? Pesados fios penugentos é o que são, caroços espinhudos ponta a ponta, a mãe se vê a si mesma envelhecida quando a filha se vê desabrochada, medem-se as duas como duas lagartas, uma se dizendo de sabedoria, de caldo grosso e aromado, e a outra passarinha exibindo plumas ofuscantes, plumas novinhas e pernas apressadas prontas para se abrirem e que se veja o fundo desejado, mãe e filha tormento sempre e muita solidão, e espadas, gumes o tempo inteiro se batendo, posso falar diz uma porque já sei a estrada e nela caminhei à noite e ao sol, pedra nenhuma te fará sombra e moradia, ora deixa-me olhar a estrada com os meus próprios olhos diz a outra, se não há pedra bondosa deixa-me olhar o vazio do lugar, se me vou ferir deixa-me senti-lo pois só aprendo se em mim se mostra o ferimento e talvez a ferida se enoje de mim, tantas palavras quando o outro só tem que caminhar onde todos caminham, que pedra me faz falta? que moradia tu pensas que preciso? olha-me o corpo, os peitos, pensas, mãe, que até o rei não gozaria de tomar os meus bicos à própria boca? E pensando no rei penso nos peitos da rainha Haiága, antes não se lhes via, havia peitos? Desde quando assim redondos, sacudindo-se quando Haiága anda, quando passeia, quando se abaixa não pendem, costurados tão fortemente ao tronco? Desde quando? Há cem dias talvez? Ai, santos meus, que fuja de mim o que pensei, que voe ventando para as altas ramas, que seja peixe e se afunde nos mares, que seja oleoso e escorregue colado aos abismos, que eu nunca mais veja pássaro peixe gordura, vai-te apressa-te, imagine só aquele ventre cheio, aquela cisterna apodrecida se encantando de água viva, de vagido, ai meu ventre, por que não estás estufado, por que te fazes oco e gemes tua víscera vazia? Não não Matamoros, a monstra ciumenta, a sibilina serpente é que te faz pensar o impossível, que bicho há de caber naquela velha barriga? Mas não é isso o que se vê, não é velha barriga, eu mesma vi a maçãzinha de carne, a delicada linha intumescida, metade do arco de um Cupido mínimo, muito linda, as mãos me tremem, o corpo está deitado mas bate-se espremido, e que barulho vem vindo pelo atalho? demônio que se fez do meu pensar? Cadela gigantesca é que virá, homem de cornos negros, ai quem? Apenas Simeona, a Burra, mulher assim chamada porque está sempre montada a uma burra amarela, vendendo água aos andarilhos da mata

São Hosto, são Hila, nome de homem sem rosto, nome de centauro, que duas caras de fogo e ouro e de coice se grudaram à cara de Matamoros? E luta e dentes e deixa-me ver melhor, ai Reino de Deus, Reino dos Vazios, não é que se vê guisado de escorpiões e um verde de fagulhas, um sol choramingoso na tua pele da frente?

Sai, Simeona, das tuas águas e da pestilenta burra andamos todos fartos, que sequem todos esses piolhentos da mata e que se feche a tua boca

E por que menina? Que mal sem nome te fez a água, a jumenta, e pobres homens sem casa, e palavra minha mirrada?

Quero morrer, Simeona, melhor morrer do que saber o coração crivado de vespas, que jubilança me cabe se um sem-fim de paixões me fazem as tripas espremidas? Mas te corto em pedaços, te esfaqueio se contas a alguém que me encontraste assim

E contaria a quem? Fazem tão pouco de mim desde o dia em que disse que um grande sangue numa casa da aldeia mancharia no eterno as almas desta terra, disse e continuo a dizer o mesmo, ainda que a cera amontoada no ouvido desses muito fedidos cresça amarela e endureça pescoços e cabeças, e queres saber mais? Engole teu segredo antes que morram de sede esses que não conheço, me vou.

Ai, Simeona, espera, ai ai a   Me cresciam os gemidos para que a pena se alojasse no peito da velha, tinha fama de sábia e curadora, as frangas moribundas renasciam se Simeona as encostasse na sua magra barriga, as vacas se deitavam de muito leite inchadas se Simeona as afagava, e um minuto antes eram pele seca aquelas tetas, na sarna dos bezerros ela fazia cruzes num punhado de cinzas e horas depois as feridas recobriam-se de pele nova e pelos, Simeona tinha fama de vagar no alto céu da morte, conversar com esses de espuma, com anjos, até com sapos e galos desencarnados, com cavalos de vidro, de palavra-relincho ela dizia, subia-lhes montada na treva da floresta, amigos cavalos sapos galos ela chamava com voz fina de rosa, com pequeninos uivos, com voz de curiango, e relinchos cacarejos coaxares enchiam de repente os ares, sabe-se que Simeona atravessou o rio numa barcaça de penas, pombas encarnadas carregaram-na para comer abios, os muito amarelos de uma única árvore do outro lado-rio, era muito prodigiosa de milagres, muito amada, até que fez a profecia negra — sangue numa casa da aldeia sujando para sempre as mãos da nossa gente — então puseram-se todos de boca costurada, ela chegava e calavam-se, ela se ia e gritavam--lhe: tira-nos a maldição Burra Simeona, ou hás de passar por nós asa de mosca, ainda menos, porque do teu roçar a gente nem se importa, e Simeona se ia repetindo: maldição foi verdade que ouvi de boca santa e não reviro verdade de pedra preta em pilriteiros brancos. se continuas a gemer assim toda aldeia há de vir. então fica ao meu lado e passa-me a mão no corpo e atira-me a raiva à água.

e tens raiva de quê, de quem? deixa-me ver, ai santos mortos, me vêm de ti umas emanações vermelhonas, cor de crista de um galo que eu tive, pimentões de uma terra de púrpura, plantei-os verdes e nasceram inchados de vermelho, te mordes de ciúme de quem? do companheiro

deixa-me ver, dizia Simeona, espalhando a terra e deixando-a lisa, lisa pele de lago, Mãe do Senhor, é belo como o corpo de Deus, maravilha rara, que perfume na terra me vem desta cara, que altura tão medida, que cabeça de linha coroada, que olhos de pedra escura de ágata, que pele cor sem nome como se misturasses o café ao bronze, escuta-me Maria, é homem-anjo, nem deves tocá-lo

anjo nenhum, é carne pura de homem, anda logo e retira-me o ciúme

com esta boca três mil vezes bendita te digo que é beleza excessiva para tomares posse, que hão de amá-lo todas as mulheres porque não é homem de carne, é pensamento-corpo sonhado por um homem de outras terras, homem que deseja formosura de alma porque tem vida de penumbra e tediosa, ai Maria, vives com alguém feito de matéria nova, com alguém que existe dentro de uma cabeça que tem fome de muita beleza, cabeça que se ocuparia das letras, que não pôde usá-las por fraqueza, deveria ter sido um cantador, entendes, e não pôde cumprir destino coroado, vives com a alma pensada de outro homem, e tem nome esse com que vives, esse sonhado de outro, pois aquele que sonha esse teu incarnado deu-lhe um nome

dei-lhe o nome de Meu

não é o nome que tem

nem nunca eu quis saber o nome antigo, despacha-te, que nome? E um grande riso acompanhou-me a fala. que o riso te fique na boca, pequena Matamoros, pobrezinha, que rias sempre é o que eu muito desejo, que te esforces para isso, pequenina, porque nunca meu espelho de terra espelhou uma trança de pelos de tantas e tamanhas contorções, sei que se pode construir fantasmas de vento, de saliva, de nuvem até, mas não conhecia o poder de transformar o pensado em grande maravilha, pobre homem que vive tão triste e isolado.

quem?

o homem que criou teu anjo-companheiro

anjo nenhum, Simeona, já te disse que tem carne de homem, e eu repito que não, e mais te digo: o nome que lhe deu esse pobre-rico-coitado é nome longe de nós, sílaba martelada e depois nome de Deus, TADEUS, chamou-o assim porque desse nome tem nome parecido, quer a vida que o teu anjo tem, sonha com liberdades, com terras, animais, é mais raiz de planta do que carne, liberdade de funduras é o que o outro pretende sem poder, vive uma vida de enganos, cercado de poeiras da matéria, tem mulher enfeitada de vidrilhos brilhantes, tem um lago na casa, lago de águas tão estranho porque a margem não se vê de capins, é uma coisa de pedra muito lisa o que contorna a margem, a vida desse outro é toda como se fosse pintada, entendes? Não é matéria viva. E tanto deseja viver vida de nossa gente, tanto lá por dentro a nós se assemelha que deu forma pulsante e muito ilícita, (porque poderes assim só os tem Deus) deu forma, Maria, ao que sempre viveu no informe, no desejo. Pecaminosa maravilhança isso de dar ao moloso do pensamento forma dura, são tristes horas as que rodeiam esse homem, tem moimentos, entendes? prostrações muito languinhentas, vive como se andasse na fumaça do sono, caminha como se o passo afundasse em ventania de lama se o vento na lama ventasse, quer escapar do gomoso mas tem dentro de si mucilagem de planta, tem froxuras na cabeça e no corpo, os pés desejam a ponta das estrelas mas obriga-se a mexer com papéis, preteja pergaminhos brancos com sinais de números, pensa em moedas e as tem nos bolsos mas atira-as com agrestidade como se ouro não fossem, tem casa e cama de importância, vejo tudo aqui no meu espelho de terra que nunca me apresenta cara de momice, pois que se apresentasse viria dos meus dedos um esbrasido muito fulminante, dedo de Simeona pode furar a terra se a terra mostra mogorim em vez de rosa preta, se mostra cara murchante em vez de querubim. Tadeus, teu homem, não tem vida de si, compreendes? é vida desse outro, muito embelezada, assim Maria: como se desejando ser ganso tu tomasses do ganso apenas o grasnado e depois recobrisses o som do ganso com corpo de cavalo, mugido fundo de boi com pluma de garça, miado quente de gato com o encorpado da vaca, força que vem do sangue cinza da alma ele transforma em carne, por isso teu homem existe com enorme estranheza, com fulgores na cara quase dissolutos, segura um pouco a tua cabeça e pensa na força que deve ter o desejo de água numa boca seca, tão grande, tão colosso que uma fonte de pedra nasceria do osso, o instante todo vira fonte viva, fazes um rio do corpo, ai Maria, penso que é tua a casa onde sangue se via, mulher e cadela há de morrer e parir.

cala-te puta estufada e velha

molestosa a verdade, Matamoros, mas nascida nos sarçais da terra, cilhada com correntes de fogo, que Simeona seja incendiada e a boca negra nunca mais apresente palavra se é para te pôr medo que escarro estes negrumes, tens que largar o homem, varrê-lo da casa e da cabeça, é sombra encorpada, é vento de carne, é nada feito homem, no instante em que digo estas palavras ele já é semente, já é larva no coração de outras mulheres

(Pensei semente sim no coração de Haiága)

larva muito perfurante no coração de todas

de quem?

todas que o enxergam, Maria, hão de querê-lo bem.

de querência fraterna não me importo

e quem há de ser fraterno com o corpo de um deus?

Amansei minha palavra e disse bem-querer porque sei que se dissesse o justo te porias brigosa

podes dizê-lo, Burra, porque é palha o que sai de carcomida boca

adorança, Maria, hão de adorá-lo em pecado, hão de sonhá-lo tanto que os lençóis ficarão tingidos dessa gosma de nós, nas manhãs teus olhos hão de ver muitos lençóis lavados porque terão medo do sentir da mancha no corpo dos maridos, sonhado muitas noites há de ser, e quanto mais sonhado, Matamoros, teu anjo Tadeus mais vivo, e o outro de nome parecido fica assim mais paciente ainda que infeliz.

Gritei-lhe então Tudo que ouço só pode ser da Burra parvoíce, falação de mula, que graúdo espetáculo tu pensas que me dás como se eu fosse plateia dementada, os ricos abestados da cidade olhando anões de guizo, aparvalhado olhar temente de demônios, Burra Burrice, como há de ser sombra o meu homem se lhe sinto a carne, se a cada noite me cobre de dureza muito valorosa e enche-me o buraco de visgo muito farto, cravo-lhe minhas unhas nos costados, no ombro cravo-lhe os dentes e até lhe sinto o osso, pesa-me muito o seu corpo porque esqueleto não tem de pouquidade, tem osso largo e pesado, dentes língua, molha-me toda a cara com serpejante saliva

te repito que o sonho muito almejado de um, deu corpança grandosa e inflamentos ao que vivia na terra de nenhum

Burra, como pode virar carne um corpo de vento? como pode esta terra — e um punhado terroso esfreguei-lhe na cara — virar corpo? ilusões escumosas da tua pobre cabeça e queres mais? Pretendes te fazer um saco de milagres e tudo o que fizeste milagrento foi amansar coceiras e esquentar frangas friorentas, ora senhora Simeona, se fosse sonho de alguém o companheiro, por que eu o veria como se o sonho fosse o meu? Pois assim que o vi soube que havíamos vivido outra vida de antigas escolhenças, vi um deserto e me vi ao lado dele, vi cachorros e bilhas, vi

porque é sonho de outro feito de perfeição viste nele o teu próprio sonhado, e todas hão de vê-lo matéria do que sonham, amolda-se conforme desejo de qualquer, não é de carne, e repito não é, repito ainda que tu me mostres dele o sangue derramado, aviso-te Maria, toma para ti vida que te é mais pertencente, porque o outro de nome parecido, vive dos vícios de Tadeus e de ti chama-se Meu, e meu há de sê-lo sempre, e que deus enorme é esse que faz do próprio sonho um corpo que caminha? Seria rei do mundo, e mesmo nestes confins o saberíamos

rei não sei, mas o mais nós o soubemos, Maria da tua boca? de ti? de Simeona louca?

não fale da loucura com boca adolescente e boba, tu é que pensas os loucos à tua maneira, à maneira de todos, coragem é o que nasce no fundo do que somos, loucos porque muito longe, lá no bulbo da coisa já sabemos se o que vem há de ter ligeireza de rato, canino de roedor, visão de olhos muito valiosa ou cegueira do pó que caminha conforme o vento manda, loucos Maria, são os poucos que lutam corpo a corpo com o Grande Louco lá de cima, irmão de muita valorosidade e de peito vingante, às vezes tem sisudezas de aparência mas cavando no fundo é caldo doce, às vezes sentindo-se cavado recolhe-se e troveja antes de começar luta de coice. Já lhe vi a plumagem num dia de cegueira para as coisas da terra, é três vezes águia, é um ser movente que transforma o aéreo em coisa vorticosa, tem arco-íris nas penas e parece barcaça porque as asas não adejam, deslizam naquele vértice, se pensas que é só pássaro e preparas o olhar para as alturas, investe sobre a terra e afunda-se como se fora semente lançada por dedos de ferro, um buraco se agiganta e cresce-lhe nos abismos uns cristais de pedra, à tona vão subindo até tomarem forma de montanha, se pensas que é só pedra e preparas o olhar para a excrescência volumosa e endureces o passo para montar ao alto, desmancha-se num fogo muito corrosivo, branco de lua mas fervente, as queimadas da mata te pareceriam na pele o rocio se comparasses o fogo dos homens com o fogo desse Louco, muitas vezes perguntei-lhe com voz de fantasma e outras vezes com voz de garganta jubosa se pretendia com tais demonstrações me fazer pungitiva e muito arrependida de minhas velhacarias portentosas, e sabes o que me respondeu? Simeona, apenas tomo de ti o que me pertenceu, o que tu pensas ser do corpo esquálida matéria, em mim esqualidez de Burra se faz força. Por isso, Maria, neste instante, por ligaduras de afeto, por me chamares de louca, tornando-me por palavra tua muito aparentada com o Senhor que é asa, fogo, montanha de pedra, trocando-nos a boca, boca do Senhor na minha e boca de Simeona lá por cima, faço-te o enorme presente deste aviso: ama somente o que te é parecido, não grudes à tua carne a espuma do pensamento de outro homem, liga-te a um dos nossos, não engulas a pérola, se um punhado engolires de castiça qualidade, punhado ou uma, ainda assim na manhã uma a uma, pelo buraco de trás sairão todas.

Em mim o silêncio foi ganhando idade, em Simeona a palavra foi crescendo, em mim o silêncio de tão velho não falava, corcova, brancuras de barba, encolhendo encolhendo, ouvia do silêncio uns assovios de boca murcha repetindo uns rosários, palavras-fantasia destacavam-se: mormaria, pedaços feitos de morte e de meu nome, amormór, de morte ainda e de pesado amor, loucocim, pedaço feito de cima e inteiro de louco, tarDeus, de tarde avançando no de cima, poncartor, ponte de carne subindo na torre, e outras vindas da terra de ninguém, balbucios melados, rouquidão de águas gotejando um telhado, suspiros arrulhentos, e lá no fim agora voz de garganta de Burra conversando com a mula: bicho de mim, sacrossanto bicho de peludosa montaria, vamo-nos porque a pequena Matamoros afundou-se no sono, assim é que está bem, e que esse que tem corpo de um deus também vá-se embora e entre novamente no sem forma do pensamento, e que aquela cabeça que pensa Tadeus pense em si mesma e procure a verdade junto aos seus. Levantei-me amornada, bocejei, olhei as ramas altas, que dia de tanta luz lustrando os verdes, que calor na cara, que claridade se me faz na víscera, que quentura saborosa de barriga antes escura, chilreios no de dentro no de fora, olhei as águas, que escorrer veludoso de meia-luz, esse clarofosco do veludo e do rio, que som dourante nos ouvidos, ai que dia, disse com voz de lentidão, com muitas modulações, dia para correr nos caminhos, os pés pisando a carne das flores, dia para enfeitar-me e esperar o homem, dia para beijar a boca aromada de Meu, boca de muita realidade, e um riso remansoso de alegria subiu às árvores, agigantou-se de ecos, como podia ser de pensamento aquela boca, como podia ser de vento o espelhado dos dentes, como podia se fazer do nada aquela língua de homem, preciosa, que sempre na minha boca aberta se metia? E que cantasse o quisesse a boca do meu homem, paraíso de carne, canção de Haiága ou de qualquer era bela a canção, que o meu homem vivesse junto a mim é o que eu pedia aos céus, esvaziada que me sentia do dilaceramento ciumoso, e por quê? Será que Simeona me vendo tão desfalecente como antes me viu, se fez invencioneira de enorme potoquice para que eu da minha própria vida tão feliz tomasse conhecimento, me soubesse cativa e me alegrasse? pois só podia ser esse o resultado de tanta invencionice, pois é como se contasses a alguém que te dói muito o dente e à tua dor de dente o ouvinte acrescentasse dores de pés de pernas e cabeça, mas não, mas não tu dirias, só me dói o dente, e em tanta discussão até da tua dor de dente esquecerias porque a verdade é que nada além do dente te doía. Pintou-me tudo tão de pretume cruento aquela Burra que os meus padecimentos me parecem agora angelitude, pequeno estrago de cabelos cortados que depois crescerão, coisa de nada, e não rombura fatal na minha própria asa, que isso sim é que seria desgraça se acontecesse no meu corpo de anjo, pois de rombo na asa o caminho do céu me seria vedado. Por bondade ou burrice fico muito grata à Simeona, pensando agora que nem o nome da mãe ela me disse, nem uma só vez pronunciou Haiága, e se adentrasse em mim, se soubesse realmente o que me machucava, o começante, o abespinhadiço da estória seria o nome de Haiága. Colhi ramas floridas e pitangas, salvei de morte certa pelado passarinho, filhote despencado de uma árvore de flores amarelas, subi ao tronco e coloquei-o novo no seu ninho, demorei-me no atalho de formigas e ajudei uma gorda ruivosa a carregar sua folha segurando de leve a ponta esverdeada, ai, deve ter pensado a pobrezinha que por um tempo a folha fez-se leve, e não continuei muito tempo a ajudá-la porque pensei quanto mais leve agora, depois no seguir do caminho e sem mim, ai, muito mais pesada. Senti-me viva e generosa e boa, quase sacramentada, quase santa, que me importa a mim a sadia metamorfose da mãe? É bem melhor vê-la cantante, redonda, tão amiga, do que aturá-la crispada e desinquieta e até feia como antes era. E que gastura de nervos o pensá-la cheia, como poderia? Seria preciso que o cinismo e a maldade nascessem novamente muito chamejantes, muito recriados na mão daquele muito Louco de quem Simeona se diz aparentada, para que a minha tola suspeita se fizesse verdade. Seria preciso uma nova crueldade nascida dos elementais negrejantes de todo um campo santo para ferir assim tão fundo essa que tenho sido, essa que sou, muita solicitude me parece que tenho, muitas discrições e humildade, pois qualquer uma que tivesse a graça de ver o meu homem e dele receber convidoso cuidado e ter a cada dia o dele rosto seráfico a beijar-lhe a cara, muito caroçuda de orgulho se faria, muito putíssima até, sinto que uma outra não eu que recebesse tanta garrulice do céu, aos gritos se poria de contentamento, e a toda gente seu homem exibiria com cara desbragada, com requebros, com desdém de outros homens, e de certa maneira essa outra-eu teria consigo muito de verdade, porque é certo que qualquer homem ao lado de Meu só me faz rir a gosto, ramalhudos esqueletos é o que parecem todos, tardos fetos, erro grandoso de Deus, por exemplo se tomamos de Antônia o marido, esse de nome Bosco, coitadinho, é cicio pequeno à beira da cascata, é gota amarela no mar sem medida do anjo lá de casa, é coceira na montanha farta de aroeira, é letra consoante sozinha no discurso do rei, e agora rio tanto porque me vem asnalhices tamanhas, quero dizer que todos, marido de Antônia, de Lourença, Guilhermina, Emerenciana, Josefa, de todas, são vergonçosos peidos de galinha, verrugas mínimas dentro da verruguice inteira, cisco no lixo, verme no poço infinito que é o corpo de Meu, e nada, nem verme nem cisco fariam das águas ou do lixo outra coisa que não fosse o já dito, quero dizer que minhocaços ou poeira não fariam melhores ou piores as águas e esterqueiras. E coitadinha de Haiága que de repente se vê com serafim lá em casa trazido pela filha, a mesma que com todos os meninos-verruguinhas, ciscos-verme se deitava, a mesma Matamoros mexediça e de quem ninguém nada esperava, eu filha se fosse Haiága, dura cairia como se fosse a jaca de jaqueira num dia de ventania, e até que nem faz nada a mãe coitada, faz-se de graça, de beleza, é coisa muito louvável na saúde da fêmea o querer mostrar-se ainda apetitosa, eu Matamoros se a mãe Haiága trouxesse à casa um tão esquisito tesouro de carne, lutaria até os dentes para ter o seu corpo e adorá-lo, que mulher não faria? E até que nem faz nada a mãe coitada, quarenta anos pesados que se levantam na madrugada para dar alimento ao homem de uma filha tão sempre irrefletude, deve ganhar apenas privança de um sorriso, pois nós sabemos que delicado ele se mostra sempre, até com a cadela da casa, que Gravina também recebe afagos e sorrisos e gosta tanto de Meu que pobrezinha tem solturas de urina quando ele encosta as mãos na barriguinha de manchas, e então se a cadela Gravina se molha de santa alegria porque os humanos até mesmo não se molhariam? E numa desvairança de alegria, descendo o caminho da mata, as flores encostadas à minha carne, as pitangas pesando no côncavo da saia encontro Biona e Rufina de Deus, duas irmãs grandalhonas, tão grandes, tão tamancudas, que só Deus mesmo é quem poderia fazer gente tão forte apesar de que as duas nunca me pareceram de alma boa, tamanho estardalhaço faziam sempre que se as via, uma festa muito fingidona é o que me parecia quando saudavam, quando riam, e uns passos depois grudavam-se uma à outra, aos cochichos e risinhos muito desagradecidos no meu entender porque os que foram saudados respondiam com a delicadeza da verdade, com riso contente, pois só de vê-las o lutuoso parecia engraçado, de preto se vestiam desde que nasci, irmão chorado, matado numas guerras de selvageria, coisa dos homens que são donos da Terra, os íntimos do rei ou de quem seja de nome equivalente a essa autoridade, então pararam quando me viram a mim, os brações escuros muito abertos

Salve a menina Maria

Que cara espirrada de alegria

Igualzinha à cara que eu teria se um anjo descesse à minha cama

Como desceu à tua, Maria. De onde é que vem?

Eu disse que vinha do riacho, da mata, e de colher flores para florir a casa.

Isso estamos a ver, mas perguntamos de que terra é que vem o homem que encontraste.

Meu?

Assim é que se chama? Pois então não te ofendes se te perguntamos como vai o Meu?

Disse que não me ofendia, que podia ser Meu na boca de toda gente mas que só na minha o gosto daquela boca

Olha, Rufina, como se fez mulher altiva a de antes menina

Que vivia amoitada nos raizedos escuros

Os dedos de todos no meio da pombinha

Um pirulito de carne sempre à boca

A perna arreganhada onde até o mico se metia

Então larguei as ramas e as pitangas e fulva me agachei raspando o chão, atirei-lhes punhados de terra e chorei alagada, muito, tanto como se fosse entregar a alma ao Soberano, deixei que as duas vaconas se afastassem para que eu sozinha pudesse gritar meu nome e meu recado alto, assim, aos ouvidos de Deus, gritei rouquenha: sou eu, Santíssimo, Maria Matamoros, mulher a quem tu colocaste a beleza ao colo, não para que fosse essa beleza gozada por Maria mas que fosse Maria de tal maneira invejada que essa beleza-homem que à Maria foi dada, de inveja tamanha, do colo lhe escaparia, sou eu, Santíssimo, a quem tu deste a mãe Haiága, mãe de início e pesada como todas as mães e a quem na tua loucura transformaste numa rainha clara esquecida da filha, eu, esquecida de todos por mim mesma, mas lembrada pelo que a cada noite me vem à cama, à casa, lembrada apenas porque a beleza-homem me pertence, porque se deita comigo e me beija e no instante em que se deita sei-o por todas beijado, antes da Burra me dizer já eu o sabia, sentia-o, Santíssimo, sinto agulhas na pele quando sou olhada pelas cadelas-mulheres, ainda quando todas se detêm mais em Haiága, no fundo de si mesmas sabem que exaltando Haiága ferem-me a mim, e por que, te pergunto, Soberano, por que justamente a mim que nada desejava, é que foi dado uma cópia de ti? verdade que a beleza ou o que Matamoros pensava que assim se chamasse me vinha às vezes à cabeça numa imagem esfumada, quando nas noites nenhum homem havia, Matamoros deitava-se, as pernas separadas, as mãos em concha lá no escuro da fome, e sonhava uma cara, alguém, e nessa construção de cara muito me demorava, um ovalado de face, umas sombras pinceladas de um pequeno azul no debaixo dos olhos, estava assim cansada essa cara de tanto amor por mim, ia aos poucos construindo-lhe a boca, mas nunca consegui um profundo perfeito, depois a mão agora esticada se apressava e Matamoros a essa cara imperfeita acrescentava um corpo, que dificultoso exercício, Soberano, esse de gozar contente partindo apenas de uma ideia confusa que nos vem à mente, então muitas vezes pensei que tu, condoído das minhas noites sem ninguém, um dia sim o presente de um homem bom e forte, mas nunca imaginei que um sol com o frescor da lua sobre mim se corporificasse, ousei nunca, Santíssimo, imaginar o homem que me deste, nem dessa qualidade de beleza eu suspeitava, então por que, se não ousei pensá-la, por que ma ofertaste? Tão separada me vejo do Divino, tão separada porque se fosse bondoso o lá de cima sei que não me daria contento e espinho num apenas momento, te vejo agora, Soberano, com a loucura pequena das crianças que roubam de repente o pássaro ao ninho só para ver o que sente o pequenino, não te vejo com a loucura de fogo com que a Burra te vê, te vejo castigando mesquinho uma sem importância como eu, uma Maria de nada que nem sabia que a Beleza falava, sorria, e nem sonhava possuí-la, apenas tinha encantos no imaginá-la mas nem tanto, será que te ofendi não pensando como podia ser a Beleza perfeita se viesse de ti? E por que viria de ti para mim um presente de carne quando se sabe e se diz que tu presenteias ao revés, quero dizer que se sabe e se diz que tu dás a fome a quem sofre de gula, dás a ferida na carne a quem cuida do corpo, amorteces a língua daquele que tem prazer na fala, e que assim te parece certo esse fazer para fortalecer-lhes a alma, então por que para mim um adequado presente? presente bom no entender de um pai mas não de Deus, presente que me fez tão feliz porque era justamente um homem-maravilha que me contentaria, então me deste, e ao mesmo tempo uma cinta de couro estrangulando-me a alma, de corpo e presença lá em casa o teu presente, e também o pensamento obsceno de todas na minha casa? E por que não pensaste um monumento de carne fincado numa rua da aldeia? Todas se contentariam e de ninguém seria um homem vindo de ti e plantado numa rua, e quieto e de soturnice, e de dureza de sexo desde o nascer do sol até o sumir da lua. Santíssimo, te falo desse modo porque a humana cabeça tão pequena não compreende loucura agigantada, me vem um outro pensar quando em ti penso, que nós os daqui imaginamos tua vontade se intrometendo no decorrer dos nossos dias mas que pensar assim é pensar longe da verdade, que passeias entre nós por acaso como nós mesmos passeamos num atalho e sem querer machucamos as formigas e muito distraídos muitas vezes arrancamos uma pequena planta ou plantamos outra, um fruto mastigamos e outro esquecido apodrece lá mesmo onde cresceu, junto ao seu ramo, destinos muito distanciados de nós mesmos no entanto tão ligados porque movemos braços e pernas, porque nos deu vontade de andar por ali e tocar e mexer e meter um fruto à boca, o mais próximo da nossa mão que está colada ao braço e que coitada não sabe do pensamento de frutos e de plantas, me vem esse pensar, que tu andas por aqui nuns enormes passeios, e o que tu pensas andando, num instante se corporifica e fica por ali no lugar onde a coisa pensaste, deves ter um punhado muito agitado de ideias na cabeça, por isso quem sabe Meu se fez presente lá perto do lago onde eu estava, Meu pode ter vindo quem sabe da tua cabeça mas nunca me sonhaste companheira de um resíduo da tua santidade, pois pode ser, tudo pode ser pois que não sei de nada, e assim pensando me vejo agora frente à casa, olhos inchados, o colo vazio de flores e pitangas, triste mas mais aquietada, mais calma, como te demoraste diz Haiága, o dia se faz tarde e Meu? Me veio não subir a colina, de cansaço desci ao meio, e encontrei Simeona na beirada da mata

E ela te assustou com as burrices que fala

E Biona e Rufina de Deus, também as encontrei

E o que foi que disseram as duas ossudas de língua malvada? Olha-me.

Então abracei-a nuns soluços altos, Haiága Haiága mãe, vou

morrer de pura e de cansante mágoa, nesta terra não há felicidade, sei que não fui boa quando ainda menina, nem depois e
nem o sou agora mas tenho no de dentro tanto amor por esse
homem bendito que chegou à casa, se o tomam de mim anoiteço
como a noite de sempre no comprido poço, hei de ser eternamente meia-noite, buraco no fim de uma pedra num confim de
abismo, e deslizei colada ao seu corpo, corpo de mãe querido
aquieta-te, pois quem o tomaria?
todas, nesta fria terra as noites são compridas e alguém virá um
dia
ninguém virá, ninguém mais dentro desta casa a não ser mãe e
filha
Endureceu e apertou-me a cara obrigando-me a olhar seus olhos
muito abertos e os meus de água não queriam ver os olhos de
luta de Haiága, nem os ouvidos queriam ouvir o que dizia a
boca, dizia: é homem desta casa, Maria, e só há de pertencer a
nós duas, fez uma pausa, riu, e antes que eu pudesse dizer mãe,
é homem meu, me disse branda: o homem de minha filha é filho meu. O corpo de Matamoros, meu pobre corpo, pedia uma
presença gasalhosa, Haiága me deu vinho, olhei-a um instante
através do vermelho, queria muito e por tudo acreditar que a
mãe estava ali só para me fazer acarinhada de leal maternidade,
contente ela me diz que de comer preparara um cordeiro e que
eu ficasse calada dos assuntos do dia, que não contasse a Meu
migalhices tão tristes, principalmente não dissesse das ofensas
que me fizeram as duas confiançudas, nem do encontro que eu
tivera com Simeona, a Burra, que quanto mais calada e mais
terna, mais feliz eu faria o homem da casa, diga-lhe principalmente que tu mesma preparaste o cordeiro. Por quê? Porque lhe
dará mais prazer. Por quê? Porque ao homem lhe apetece comer
o que faz a própria mulher. Tinha as mãos cheias de pequenas
flores amarelas, olhei-as como que perguntando para que ser-
viriam, porque tão rente às flores é que lhes haviam amputado
o comprido cabo, me parecendo por isso inadequadas às jarras
da casa, e Haiága adivinhando pôs-se de costas para mim e um

tom de naturalidade tão naturalíssima deu à frase, à frase esta — para pôr ao redor do que se vai comer — como se fosse corriqueiro entre nós naquela casa enfeitar as comidas e tolo o meu perguntar, como se a cada dia ao redor de bandejas também o imensamente flor, então lhe respondi com algum cansamento: ah sim, como aqui se faz sempre. Virou-se, e vagarosa a meu encontro, dois passos distante de mim Matamoros sentada, Haiága os olhos voltados para o umbigo, depois os olhos levantados para o espaço da janela, para o cair da tarde, externou-se muito sóbria e pausada: à espera de um filho, minha filha, essa é a novidade. Se Haiága houvesse substituído a frase por um punhado enormíssimo de socos no meu inteiro corpo, eu não ficaria mais amolecida nem mais lívida, umas coisas vagarentas e pontudas caminharam pelas minhas tripas, meu sangue se fez mudo numa quietação muito de prenúncios minutos antes de mergulhar num correntoso mundo, num segundo a mente ausentou-se dali, vi a cara de Simeona perto das águas, à minha frente a franzida e pestilenta boca se movendo: mulher e cadela há de morrer e parir. Mulher-cadela, teria dito? Assim se entenderia a frase, sem a junção do E, por que, pergunto, onde haveria cadela igual àquela, a dois passos de mim, onde haveria, não, não cadelas, pois que sempre só foi ternura o que senti pelas cachorras velhas, Haiága não era cadela, imensamente prostitutíssima é o que era, e se há na cabeça das gentes o mesmo pensamento a respeito de mim, digo que ainda que me digam torpezas como as ditas por Biona e Rufina, há em Matamoros qualidade, porque dei-me a mim pública, serpenteada e viva como a água se dá a toda gente, não tratei a carne como alguns tratam o ouro, às escondidas, como Haiága embuçada, que se deu pérfida, a vulva velha às escuras, água de mim foi ouro, ouro suposto de Haiága só pode ser água escura muito terrosa e pesada, e se o homem de mim bebeu dessa mulher a coisa parda, é homem-demônio não homem-deus, ah mãe prostitutíssima toda remoçante e cariciosa, queria eu agora ter ligaduras grandes na cara para não te ver assim parada longezinha de mim, listrando a minha visão de muitas cores, rubrecendo a tua antes azulada figura, porque se neste momento te sei tão nefanda e velhaca, nos imensos profundos de mim te pensava tão santificada, e levantei-me, as unhas comendo a carne de Haiága, então estás cheia, imunda, metendo em si o que pertence à filha, velha puta, mata-me antes que chegue o homem porque nele há de entrar uma faca de luz, iluminada de justiça alta, lá de cima, desvencilhou-se Haiága, uns atalhos de sangue pela cara, gritou escura: nunca toquei o homem e se estou cheia não foi homem de carne, foi desejo obrado do divino, juro-te que não toquei e grito como se o próprio encantado te gritasse, estufa-se no milagre minha velha barriga, estufam-se os peitos de leite, estou cheia mas limpa, homem nenhum a não ser aquele que te colocou em mim.

Avessos macabros tem esta mulher, pensei desapossada, trêmula, em seguidinha olhei-a e senti como se colocassem dentro da minha cabeça uma rútila, sábia, apaziguadora ideia, vinda talvez dos ecos da fala de Haiága. Me veio assim: avessos de menina, pobre mãe, sofre de solidão como sofria Córdula velha, cachorra nossa antes de Gravina, as tetas cheias de leite, vômitos mas a barriga vazia, Córdula que na velhice lambia os filhotes de todas as cadelas da aldeia porque somente uma vez deu à luz um cãozinho triste e amarelo, tão doente que o leite da mãe lhe saía sempre pelos pequenos buracos do nariz, depois de sete dias o muito pequenino faleceu e que trabalho o de escolher sua derradeira cova porque Córdula desenterrava o filho a cada dia, sofria de vazios a cadela, de desejos de possuir, mãe Haiága sofre a doença de Córdula, porque antes tinha-me a mim, Matamoros de nada mas tão sua, e agora fiz-me mulher adulta, tenho um dono, um homem, e o todo de dentro de Haiága ficou tão vazio que por conta própria cuidou de enchê-lo, enchê-lo de uns estufados ares ou coisa enfarinhada, químicas de seu corpo doente é que criaram esse suposto leite, ah Córdula mãezinha, se dos nossos desejos apenas, se fizessem vida tão grandes fantasias, então o mundo só teria reis e casas de ouro e homens como este aqui de casa que é de tão bela carne, e da boca só sairia o trigo e a pedra preciosa, não estás cheia, se te abrem a barriga há de ser uma ventania a levantar todas as nossas telhas, e sem querer me pus a rir, ri-me tão farta que Haiága me vendo a mim, e sem conhecer meu relato de dentro, ria e chorava, imaginando-me feliz e encantada de possuir quase a mãe de Jesus também por mãe, então meditei que não devia dizer o em mim ajustado, isto é, Córdula e velhice, Córdula e solidão de cadela e de mãe. Enorme piedadezinha me veio pela roliça e doente ancianidade de Haiága, toalhas muito fofas e molhadas coloquei-lhe na cara, beijei-lhe as mãos, muitos perdões me saíram roucos, outros clarinhos junto ao seu ouvido, disse-lhe a brincar: Haiága, hás de ver que lindo cabritinho há de sair dessa linda barriguinha

há de sair um homem, Maria, de beleza tão dulçurosa como o filho

falas de quem, mãezinha?

de Meu, teu homem. Digo que o filho que trago na barriga há de se parecer com ele, porque, não te enojes, Maria, não me parece pecado desejar para os nossos uma beleza alheia se a desejada nos parece divina, desde o primeiro dia quando trouxeste à casa essa abençoada maravilha, pensei: um filho com esta cara, que mãe não desejaria?

e por que, mãezinha, não pensaste um filho de minha filha com esta cara?

também pensei, mas porque sou mãe, Maria, te vi cheia de dor, enregelante é o que é, minha filha, a hora de parir. Te lembras das romãs maduras? Do gemido estalado que se escuta quando se quebra a casca? E como vão gemendo quanto mais se abrindo? De como é difícil arrancar de dentro aqueles grãos? De uma pele fina lá dentro, grudada àquela dulçura? Pensa tudo isso acontecendo no teu sagrado meio. Parir devia ser sempre coisa da madurez, penúltimo ato, porque depois de parir já se pode morrer.

parir e morrer não é o mesmo

é dor, Maria, como tudo o que acontece nos adentros. Não sentes então, numa soma final, que é mais dor do que alegria o existir?
O falarar de Haiága me parecia doente, em nada havia pausa, foi

falando como se o acontecido fosse o simplesmente acontecer de uma naturalíssima tarde, discorreu sobre infortúnios e andanças de toda gente, estendi-me lassa, ela falava falava, e muito talintona colocava coisas sobre a mesa, jarras de vinho, flores, pães, ia e vinha, e entre inúmeros conceitos sobre nascer viver morrer disse-me calma que seria de conveniência que eu Matamoros relatasse a Meu a condição de Haiága-mãe outra vez, que para Haiága se faria tão de acanhamento confessar a um homem essas esquisitices do Senhor, que de antemão sabia que Meu tinha finezas no perceber tais coisas vindas do Alto

pois não é que se torna difícil um contar de milagres? e escuta-me bem, Maria, diremos que os ferimentos foi culpa estovada e minha, arranhei-me nos limoeiros, por puro sem-jeitismo é que estraguei assim a cara, e outra coisa, que mais ninguém nesta aldeia deste meu novo estado tome conhecimento, dois meses antes do filho nascer vou à casa de nossa prima Heredera, estás me ouvindo?

Sim, Haiága, e em mim, Matamoros, era como se os ares estivessem de névoa, havia névoa, suspeição, doença, o que havia dentro daquela casa? Se alguém estivesse ali presente veria como eu, embaçados os ares? Embaçados? Mas via-se cara de Haiága, um brilhoso rosado, via-se na linha da boca um sentimento de amorosa mulher, boca de cantos carnudos levantados, boca de beleza, inteiriça machucada maravilha minha mãe Haiága, e até os pêssegos nos pessegueiros ao lado da varanda qualquer um veria, e vendo as coisas de limpidez ao mesmo tempo eu as via como se vê a terra nos dias calorentos, um tremido impossível de tocar, turvação na transparência, fora tão pouco o vinho que eu bebera, essa embriaguez não era, uma outra condição de escutar e de ver, o que era? E era possível estar ali e ouvir a mãe dizer certezas tão descabidas, vê-la arrumar a mesa como em qualquer dia qualquer mãe verdadeiramente cheia, e saber que só os vazios de Haiága é que se pensavam cheios? Que dia de representações, pensei, que talento pareciam ter todos os desta terra para subir aos tablados altos e enganar as gentes, vi mulheres representando em tablados assim num longe dia de feira, nunca me agradei de fingidas situações, que dia de aborrecida alacridade, Simeona, Haiága, as duas mofosas Biona e Rufina de Deus, profecias, canções, insultos, e quando eu começava a revolver o passado do dia, Meu entra pela casa, contentamento se lhe via na cara, dois pequeninos porcos brancos um em cada braço, alguém passara oferecendo-os

comprei com quase nada, vê que maciez, Maria, passa-lhes a mão, Haiága, mas o que tens na cara?

fui colocar a palha ao redor da raiz de uns limoeiros e caí

caíste sobre os ramos? agachada colocando a palha? que raro

emaranhei-me

e Maria onde estava?

nos trabalhos da casa

como te maltrataram o rosto, Haiága. Amanhã derrubo os limoeiros.

derrubá-los? Nunca, pois foi coisa de nada, imagine, se cada vez que me faço estouvada te aborreces, um dia derrubas a casa. Tu nem sabes como me ponho desatenta sempre que mexo com as coisas, não é mesmo, filha?

Gravina farejou os porcos, mouca me fiz à pergunta de Haiága porque em mim uma friez de angústia se fez, me pareceu tão demasia o dizer de Meu, cortar os limoeiros porque Haiága feriu-se na cara? Então se soubesse que fui eu, a mim me mataria? O homem adentrou no corredor da casa para lavar-se. Fui ao quarto. Sentada sobre a cama meditei, de início na maneira de lhe dizer da doença de Haiága, se eu tinha quase certeza da fantasia florida que à mãe lhe subira à cabeça e lhe descera à barriga, num pequeno desvão de mim mesma, num escuro redondo, um trescalar umidoso de ferida. Pois bem, hei de ser inteira atenção, hei de falar olhando-o na cara. Vê-se mais nos olhos ou na boca mentira e verdade? Também as mãos às vezes têm movimentos tênues de revelação, um fechar-se rápido, delicado, côncavo guardando um minúsculo achado, e há gestos gratuitos quando se quer cobrir um espaço de tempo, passamos uma das mãos na cabeça, contornamos lentamente o desenho da sobrancelha, e há passos igualmente sem destino, um buscar impreciso, e amolecida fala desfazendo a ponte empedrada de muita ansiedade. Santos meus, então seria preciso olhá-lo todo? Olhá-lo era senti-lo, sentindo-o sentiria o mundo do meu corpo, e até onde poderia ser atenta se só de sabê-lo a sós comigo me vinha um desfalecimento, um langor, um deixar-me tocar quebradiço e dormente como se deixam tocar as ramas-dormideiras? Como poderia ser atenta e escavar torpezas num homem que ainda que não me tocasse, só de ficar justo em pé à minha frente, olhando-me, me derrubaria de vertigem e de santa beleza? Dialogar com ele os cotidianos me parecia um desastroso roteiro, nos ocos da minha cabeça só sabia de seu hálito, de seu adorável corpo, escavada inteira e preenchida de outro estava eu, me parecendo em muitos momentos um estar em pecado esse sentir gozoso, pois crispação de sentidos tão aguda e demente só se deveria sentir em relação a Deus, estão a ver que minha alma guardava os remotos ensinamentos colados à minha raça, eu não amava como uma qualquer, mesmo que aparentasse ser qualquer uma, de conhecimento cravado nos meus fundos e posto pela mão de Deus sabia que amava conhecendo, mas às vezes escavamos poços tão profundos, de água tão gelatinosa, que nos vem um medo de tal poço e de tal conhecer, ainda mais no fundo um presente culposo embrulhado em adagas, um fascinante e fatal sorvedouro se o desembrulhamos. E desembrulhá-lo para quê? Vícios do pensamento, vamos indo para ver se conseguimos retardar o momento de ajustes, alguns minutos a mais do meu homem lavando-se e eu posso esquecer o pesquisá-lo todo, direi apenas que Haiága pensa que está cheia, e juntos vamos rir, e posso até dizer: como é possível à mãe sentir-se cheia se esse tolo pensamento pode torná-la quando muito, muito cheia sim, mas de si? Volteio a serpente dourada, ela está lá para ser vista, não para ser pesquisada com pensamentos de dissecação e de conquista, falo de minha própria víbora, tem olhos cerrados mas muita mobilidade nos extremos da cauda, tateia meu coração e procura nas veias uma escama que se soltou de seu corpo, feita de sangue pisado, Matamoros quer limpar seu músculo agudo outra vez, acalma-te pequenina, fica tranquila ao lado da minha carne, ajusta teu corpo ao meu sangue que quero cor-de-rosa, esquece meu pesado líquido encarnado, esquece-te a ti mesma, afunda-te, ainda que eu saiba que um veneno que inventamos sempre tem fome e não descansa se não for usado, que seria melhor disciplinar-me e meditar na ideia de um futuro paraíso do que pensar dar de comer a um falso paraíso aqui da Terra disso sei eu, enquanto vou dizendo a víbora se inquieta, sabe que sem meu comando nunca poderá mostrar sua qualidade de guerra, inquieta a minha serpente, mas cadenciado agora e dono de si mesmo o coração, soergo a minha cabeça e digo ao homem lavado que chegou ao quarto

sabes que Haiága pensa que está cheia?

Puxou-me para si, tinha as mãos frias, da água, do espanto, de possível culpa, não o soube, a boca preciosa roçava-me a nuca, e as palavras saíam-lhe muito baixas

esquece as fantasias de Haiága, abraça-me, as mães de todos sonham muitas loucuras

As mãos afagaram-me as costas, as nádegas, comprimiu-se inteiro contra o meu corpo, levantou-me as saias, me pôs colada à parede, veneno na minha boca fez com que lhe expulsasse um nome: Tadeus. Rígido e antecipado no gozo e no suor grosso nem sei se me ouviu, nem pude saber se rigidez suor e gozo se fizeram por lhe ter chamado aquele nome ou por delícia de corpo, se havia nome dado por outro, eu Matamoros não quis repetir, Tadeus de outro, Meu de mim, homem de Haiága, os três num só olhando-me agora um segundo de vigilantíssima sisudez, seguido de um outro segundo de pergunta e sorriso

há um cordeiro na casa? senti-lhe o cheiro.

Tirando as saias, embrulhada num manto, parei ao lado da porta antes de seguir para lavar-me, a fala amoldada no de sempre cotidiano, (dom de Meu e de Haiága) respondi-lhe que a mãe comemorava os seus vazios cheios, que o vinho estava na mesa, as flores na jarra e ao redor do cordeiro, que ele, Meu, bebesse vagaroso até que minha presença se fizesse, vagaroso, repeti, sem afoites, porque parece que há demasiada correria e engolimentos de tempo, hoje, nesta casa, e saí nuns passos muito lentos e premeditados, um lado do meu corpo amparando-se na aspereza dos cantos, paredes, a víbora de dentro repensando aquele ato de amor de diferença tanta de outros atos com o mesmo peso do nome, perdição mas leveza tinham os outros, fúria e dissimulação este recente ato de dor, tomara-me como se toma a criada da casa, ou como se faz engolir à criança o remédio para que suspenda o choro, à força se cale, tomara-me como um homem que não quer ouvir, a cabeça afundada na raiz da nuca de Matamoros, afundada para que eu não lhe visse a cara, e que frase velada — "as mães de todos sonham muitas loucuras" — o que há de querer isso dizer? E que dor me deu de se adentrar em mim sem o cuidado de espaçosa carícia, ele, que às noites sempre me lavava o corpo com a sua língua, que tanto se demorava em cada arrepio de carne, que estranheza de gozo, que avesso de corpo, por isso é que me saiu à boca a fatalidade do outro nome, meu não parecia o homem, sombra de outro? De contorções vazias de alma, dessa forma, é que possuía minha mãe Haiága? Ah, como se faz em nós um contraditório mover-se de felicidade e fadiga, como convivem flores e aranhas, alimentos e tripa, coalescentes coisas desiguais, esconsas, que coita ter um pensar, um sacro emaranhado que não para de ter ideias, de querer formar dentro da cabeça um quadro, coloridas pedras que não se procuram pela parecença externa, antes por um invisível fio de feltro, enrolado mínimo, ponto de ponta de lápis lá no centro desses que se procuram, e não é que se encontram? Como posso sabendo, pensar que não sei? E sabendo, querer no fundo me desvencilhar desse conhecimento? Uma hora me sei no cotovelo do mundo, despencando, e outra hora me sinto acolchoada dentro de alguma barriga, um segundo vejo o homem e mãe molhados numa luta morbosa, obscenidade e excitação singular da velhice de Haiága que assim se apraz de ser à parede montada, e meu homem em fráguas adorando sórdidas singularidades, cansado deve estar de me possuir deitada, tem na cabeça mais pedras coloridas do que os estilhaços de um arco-íris, se é tão belo deve ter tido não sei quantas mulheres, ah, por que não pensei nisso? Me pensando sempre muito mulher com os tolos da aldeia, esqueci-me do que um homem pode ter tido em outras terras, em cidades, ai, viciosas, velhacas e finas essas bandalhas mulheres, e ele de carne, úmido de orvalho, tão recente, tão novo, muito bonitíssimo, sem bem-querer miúdo, totalissimamente agrandado de corpo e de semente, que vocativos longos e pesados devem ter gritado ao seu ouvido, que lagos de sentimento devem ter sentido essas de vadiaria, de dengues e aconchegos, deitadas embaixo do meu homem, que novidades lhe ensinaram, muitas decerto, e Meu tem medo talvez de usá-las em Matamoros porque ela lhe perguntaria de onde essas novidades, tem medo quem sabe de ofender meu pensamento de moça, e reserva carícias paramentadas, lúbricas, para a velhice de Haiága, a brusquidão na parede foi apenas confeito, pigarro antes do discurso inteiro, há de enfiar-se em Haiága em todos os seus Haiága-velhos buracos, começo a sentir o galope da minha música, cascos rompendo um linho de teia, cada um de nós tem a sua dileta melodia, de Haiága aquele ir e vir de vaga e de garganta de antiqualha, sabe abrir-se e fechar-se, lentidão de sanfona, rapidez de fole, a música do seu corpo, da sua fala, do seu caminhar deixa um rastro nos ares de sigilo e pergunta, nunca se sabe até onde o último sonido, pensamos agora vai terminar, último acorde, e atrás de nós outra vez os pisados de lebre, roçar leve nos capins, agora mais apressado mais duro, perguntamos cantaste? Ela responderia: lá dentro sim. E a música continua nos olhos, no ficar parada, no encostar-se à janela, aspirando que cheiros lá de fora? A minha própria melodia tão crua, sem enfeites, parece menos formosa porque sempre se espraia na claridade do dia, o galope é à luz, o cavalo do corpo banha-se nas águas frente a todos, Matamoros-cavalo, relincho puro de amor, malgastado porque o escutar se faz em ouvidos velhos, velhice de corpo muito conspurcado ou velhice de alma em corpo novo, um corpo de Haiága, outro corpo de Meu, dos dois devo ter miniaturas de sangue e de saliva — senão não estaria a eles tão ligada. E a música de Meu, sua inteira pessoa me faz pensar naqueles salmos santos de muita gravidade, há profanos acordes, fazes bem em lembrar-te Matamoros, mas são raros, a maior parte do tempo seu corpo é um grande instrumento que ainda não foi pensado pelos homens mas capaz de produzir os sons do oco, som de duas mãos unidas mas vazias, lá dentro a vida tem um canto-pulsação que ouvido nenhum ouviu, nem nunca o meu, mas sei que existe porque assim me diz minha alma antiga, perpetuidade do dia nos andares de Meu, e também lua nos passos e um duplo sol de fogo e de frescor, música do adorado envolvendo de lustros o meu corpo-cavalo, cavalo de Maria mergulhado em duas fontes, fonte de Haiága, do amante, ai que corda nos amarrou aos três à mesma casa? Que boca há de querer cantar canção de loucos? E chego à mesa sentindo antecipada o sabor do mosto na minha boca, vou sorrir e esquecer-me de canções malditas e de águas, quero beber como se a noite fosse a minha e não a de Haiága, mas entendam, um filho ainda não quero ter, há demasia de amor em mim, mas amor de mulher, nem sombra de pontilhado do querer de mãe, minha noite não será a de pretensas-fecundas comemorações, filho algum, filho não nesta noite que há de ser de felicidade para os três, hei de mostrar-me complacente com o delírio de Haiága pois filha que sou devo entender a mãe doente, hei de mostrar-me de arroubamentos de alma para o homem, mas bondade pura vou ter é comigo mesma, gozar boniteza de um, maternidade de cabeça de outra, e muito alongar o desejo ao lado do homem, hei de ser paciente mas paciente gozosa a meu favor, temo que se enterneçam e comam em tanta lentidão esse cordeiro, que muito antes de chegar à cama hei de molhar-me toda, não importa, de qualquer forma hei de ajustar-me ao tempo de suspeitas, quero dizer melhor, hei de abrandar a sombra dessa dália negra sobre

a casa, peço ao Senhor: livra-me de mim, de Matamoros crivada de perguntas, dá-me outra vez o homem, que olhares, sorrisos, por muito singulares que pareçam, se assemelhem a olhares e risos do sempre cotidiano, que o toque de Meu nos ferimentos de Haiága neste instante, me saiba à caridade, à perfeita delicadeza, os atos, cada um de espessura rutilante, os atos, hei de esvaziá-los das escamas de luz, colocá-los à sombra, respingá-los de um torpor sem mágoa, Matamoros sem sangue há de ser a princesa da rainha, então que o rei nos tome se quiser, mas que o meu bocado se faça muito meu no quarto, não cederei a ninguém a fúria da minha intimidade, furiosos também os dois se façam sem os meus olhos a postos, atrapalha-me muito pensar na mãe deitada com a vida da filha, mas mais me atrapalharia ver-lhes o fornicar, e cheia de vinho brindo esta secreta proposição de embriaguez, que seja selada para sempre
felicidade, mãe, para nós três
quatro, com este da barriga
amor e vida pela eternidade
Se a baba de Deus envolvesse de veladura a casa cobrindo de maciez o agudo dos espinhos, eu não diria tão certa que nesta hora o mais perfeito se fez, filha que não soube ser tornei-me, beijei Haiága, de livre felicidade chorei, o homem olhou as mulheres como se abraçasse, um apertar de nuvem, um prender de fios de uma nova matéria, que abraço de almas assim nos rodeava, que música deveria ser cantada, letargiante, e ao mesmo tempo nua de carne, música de espuma? E cantaram os dois para Maria, umas modulações brandas, gargalo de cântaros, ondas espaçadas, águas gordas crescendo em volume e depois descansando no corpo do mar, mãe e Meu afinados, companheiros de onde? Cantar de quando? De vidas passadas? Do ontem? Olho de Matamoros olhando-os novo, matizes encharcados de um laranja de doçura, licoroso, febril, anel de ouro fechando-nos num tempo sem nome, um lugar dos longes, desses dois à minha frente gorjeando vi-me filha, Matamoros Maria, filha de Haiága e de Meu, deita-se Maria com o pai que ao mesmo tempo é de

Haiága marido-rei, ato fenomenoso esse de se deitar com quem nos fez, a cara do homem mais endurecida, ideia-cara de um primeiro rei, resplandescente, solene, amante-pai numa noite de sempre, eu Maria em volúpia cerimoniosa abrindo-me sagrada para o pai, ato enxugado de palavras mas escuro de gozo, de suspiros, de um arfar em cadência, grosso, o vigor desse possível se fazendo Ideia, Ideia sussurrosa muito real agora: o homem-rei, as mulheres-rainhas, verdade-realeza de uma casa, de nós três, de quatro porque assim o deseja a cabeça de mãe-Haiága por mim coroada, verdade-invento que me fez amante nova e mais gemente nessa noite, toquei-lhe como se tocasse medrosa a pele do cardo, como tocamos os frutos que encontramos na praia, figos-fruto espinhosos, finíssimas agulhas, pensar em apanhá-lo é contornar um todo de aparência quietoso mas em cólera, estender a mão é valentia rara, arrancá-lo é estória de heroicidade que contamos às crianças, mentimos só para lhes ver as caras, mas não é que de repente uma criança o arranca e o come? Matamoros-criança melada de Meu, saboreando um pai que tirou de sua própria cabeça, construindo uma nova armadura para suportar manhãs madrugadas e noites. Como se entendesse o meu papel e pesquisasse demorado o seu, colocou-me ao colo e demorou-se nuns afagos largos e muito licenciosos, olhava ao redor do quarto, às vezes vigiava a porta como se temesse de Haiága a entrada, a garganta fingia um canto pequenino de ninar entrecortado de palavras baixas, rápidas, pedindo que me abrisse mais, ia me abrindo escorrida de gozo, um riacho nas coxas, devagar ele dizia, quieta, sem gritar dizia, vestidos os dois como se aquele instante fosse roubado ao meio do dia e logo mais tivéssemos que nos apresentar frente à rainha, como pôde saber tão sabiamente o seu papel de rei-pai desejoso da filha, se apenas na minha cabeça é que havia esse muito obsceno colocar? Obsceno, Maria? Os nomes carregados de susto, falei obsceno e obsceno não era, que coisa é que fizeram às palavras, que coisa às gentes, grudaram-se à língua e aos nossos costados letras e culpas, que coisa quer dizer isso de se sentir em desejo e culpada? Se pude inventar essa estória do rei e ter parceria madura para concretizá-la, alguma coisa em mim sabe outra coisa que não sei, talvez porque Matamoros dormindo não sonhasse, e somente no dia a dia daquilo que os homens chamam de realidade, fosse possível transformar em verdade o que seria apropriado à fantasia da noite, Matamoros dos sonhos esquecida, vê-se tomada de sonhos no muito denominado concreto da vida, e o que vem a ser isso de sonho e verdade?

AXELROD
(DA PROPORÇÃO)

> *A Leo Gilson Ribeiro*
> *pelas palavras de entusiasmo*
> *todos estes anos.*

E enquanto viver
Também depois, na luz
Ou num vazio fundo
Perguntarei: até quando?
Até que se desfaçam
As cordas do sentir.
Nunca até quando.

SIGNIFICANTE, PEROLADO, o todo dele estendido em jade lá no fundo, assim a si mesmo se via, ele via-se, humanoso, respirando historicidade, historiador composto, umas risadas hô-hô estufadas como aquelas antigas lustrosas gravatas, via-se em ordem, os livros anotados, vermelho-cereja sobre os bolcheviques, pequenas cruzes verdes verticais amarelas nas brasilidades revolucionárias, sangue nenhum sob as palmeiras, sangue nenhum à vista, só no cimento dos quadrados, no centro das grades, no escuro das paredes, sangue em segredo, ah disso ele sabia, mas vivo, comprido, significante na sua austeridade era melhor calar o sangue em segredo, depois que tinha ele a ver com isso? A ver com os homens? homens num só ritmo, sangue sempre, ambições, as máscaras endurecidas sobre a cara, repetia curioso, curioso meus alunos a verdade é *nil novi super terram*, nada de novo, nada de novo professor Axelrod Silva? Nada, roda sempre cuspindo a mesma água, axial a história meus queridos, feixes duros partindo de um só eixo, intensíssima ordem, a luz batendo nos feixes e no eixo em diversificadas horas é que vos dá a ideia de que na história nada se repete, oh sim tudo, tudo é um só dente, uma só carne, uma garra grossa, um grossar indecomponível, um isso para sempre. Escavar o quê, se o seu existir, o seu de fora, a ciência dos feitos, a dura história, grafias, todos esses acontecimentos possuíam a qualidade soberba das perobas, perenes, ele ouvira, os trens passarão por esses dormentes, meu filho, para sempre para sempre. Pra onde vão os trens meu pai? Para Mahal, Tamí, para Camirí, espaços no mapa, e depois o pai ria: também pra lugar algum meu filho, tu podes ir e ainda que se mova o trem tu não te moves de ti. Mover-se. Por que não? Agora em férias, no segundo semestre falaria das revoluções, de muitas, vermelhas verdes negras amarelas, enfoques adequados nem veementes nem solenes, enfoques despidos de adorno, o tom de voz nem oleoso nem vivaz, um sobretom doce-pardacento, o lenço nas lentes, tirando e pondo os óculos, já se via no segundo semestre tirando pondo vivo comprido significante repetindo: pois é sempre o isso meus queridos, cinco ou seis pensamenteando, folhetos folhetins afrescos, sussurro no casebre, na casinhola das ferramentas, no poço seco, e depois uma nítida vivosa sangueira, e em seguida o quê? um vertical de luzes cristalizado por um tempo, um limpar de lixões, alguns anos, e outra vez ideias, bandeirolas, tudo da cor conforme a cor de novos cinco ou seis. Um isso rígido, cegante, nele e no que o envolvia, cinzeiros, mesa, canetas, compêndios, espátulas, ombros retos, medula esticada, ordem-matriz dentro de si mesmo, haveria uns moles, alguma coisa fresca que lá por dentro ainda se movia? Alguma convulsão? Pensou-se Axelrod Silva. Num introito purificador monologou: um aquém de mim mesmo, um, que não sei, move-se se vejo fotografias daqueles escavados, aqueles de Auschwitz Belzec Treblinka Majdanek, se vejo bocas de fome, esquálidas negruras, se vejo, vejamos, se penso no relato de minha aluna, eu vou contar professor Axelrod, vou contar colada ao seu ouvido: choques elétricos na vagina, no ânus, dentro dos ouvidos, depois os pelos aqui debaixo incendiados, um médico filho da puta ao lado, rápidas massagens a cada desmaio, vermelhuras, clarões, os buracos sangrando. Por quê? Levantou a máscara de acrílico de um soldado do rei? Confidenciou? Disse coisas de fúria boca a boca? Ela contava e nele moviam-se uns agressivos moles, ânsia e solidão, dilatado espremeu as pernas, e um outro ele ejaculou terrores e pobreza, um outro se apossou dele significante, um outro grotesco espasmódico fluía, um ISSO inoportuno e desordenado em Axelrod, Axelrod que até então se conhecia invicto. Tu não te moves de ti, tunãotemovesdeti de ti de ti, o passo do trem, tu e o trem, penso que me movo, Einstein meu bem quem me vê passar diz que o trem se move comigo amém, sentado imóvel, topografia tensa da minha víscera, articulo pausado uns intangíveis, Axelrod vai se dizendo que, até que enfim, então movi-me, sou este corpo do trem, cinza cascoso, há em mim estridências, recuadas, movo-me imóvel em direção à aldeia onde nasci, o existir de Haiága minha tia, com seus cáctus cizais, seu cogito arrumado de duros verdolengos, há dez anos Haiága se propôs fazer canteiros, vê, Axel, começo com alcachofras, têm folhas que sabem o que querem, fecham-se sobre o seu ovo, protegem-se, acautelam-se, cuida Axelrod do teu à volta, não te pareças nunca àquele canteiro lá no fundo, um turbilhão amolecido de rosadas dálias, parecença de vida vigorosa mas vai até lá, vai, vamos toca, vê? Molura, caimentos, é como se afundasses a mão na espuma, como se eu mesma me tocasse a vagina. A vagina, Haiága? Essas molezas, e ria ria a mão direita aberta entre os dois peitos duros. Há dez anos, e agora? Uma fortaleza vegetal talvez, palpante de verduras, os peitos quem sabe uns pequeninos cristais, quem sabe me vem da tia esse gene ordenado, esses alhures pontudos, um não estofamento, um pensar fixo volteando o eixo? Historicidade da planura, a paisagem afundando no olho, vou engolindo anárquico o que vejo, Axelrod-viagem, como quem se esvazia e se preenche, às pressas vai colocando o coração os rins em ocas compartimentações: teve ardores? filtrou deslizante emoções antes de conquistá-las por inteiro? Esquivou-se de todos os socos no peito, ah sim, e como, olhou a história numa redondez, num sedoso amarelo como quem vê laranjas num quadrado de sol, caminha sobre as laranjas flutuando, digno nem sonha que caminha igual sobre si mesmo, move-se o trem tu não te moves de ti, tu não te moves de ti, que coisa se movia em Axelrod, que coisa o excitava num estertor... quando vi fotografias de diferentes estágios de sofisticados armamentos, quando vi Von Braun nos filmes caminhando ao lado daquele que nasceu em Braunau sobre o Inn, botas fileiras hastes metálicas sustentando bandeiras, armamentos, métodos, ordenada liturgia, um isso exaltado se move em Axelrod Silva quando ouve o desnudo relato de sua aluna, e nos diagramas esquemas, nas brutalidades reluzentes, move-se agora em direção à privada do trem, seu lenço azulado envolve a maçaneta, fecha-se ereto, a cara se vê no espelho-quadro, o cristal corroído, cara limpa de Axelrod num cotidiano imobilismo, desabotoa-se pensado, os dedos contornam os botões da braguilha em delicada tensão, alguém que desabotoasse a blusa de fino crepe da mulher amada não alcançaria delicadeza de pontas de dedo tão vibrátil, o sexo quase casto afeito à sua mão, finezas rosadas, palma e sexo, olha ao redor da privada, olha dentro, permite-se pensar um — gozado mijar parado num corrido de trem — pensa-se menino, um outro lhe dizendo: mijei de gozo. Um mictório de trem, um segurar-se de pés, abotoa-se em aprumo, olha a cara novamente, decide lavar os óculos, torcem a maçaneta tem gente? Assusta-se, já ia saindo, Tá limpo esse troço? desculpe não pensei que tinha gente, Não foi nada, é que tudo é tão apertado, por isso se demora, É, precisa ser de circo pra mijar nesse troço. Não seria para o olho dos outros tão restritivo, centrífugo, a aluna lhe fizera confissões, falavam-lhe com naturalidade à porta de um mictório de trem, (falam assim com todos?) precisa ser de circo pra mijar nesse troço, íntimo até, talvez Axelrod se pensasse a si mesmo em contínua oposição, talvez aquele que ainda urina enquanto ele caminha procurando equilíbrio, talvez aquele... como me viu aquele que me falou? Que extensão de mim tocou-lhe o avesso? Fui só alguém que saiu de um mictório de trem, alguém composto, por que me digo composto? No olho desse outro, se de fato lhe toquei, se um projetar-se de mim colou-se a ele, então viu deboches, me viu postiçoso, viu minha invisibilidade senão não teria dito íntimo sorrindo: precisa ser de circo pra mijar nesse troço. Postiçoso. Tenho sido. De circo, me movendo no extenso corpo do trem, na redondez do mundo, inflado, mas ainda réplica achatada dos pensares de dentro, de circo sim, atuando como se fosse aquele que apresenta ao público o domador, o palhaço, a moça do cavalo, aquele de gravatoso pretume, o apresentador, mas lá no invisível se sabendo o tigre, a cambalhota, a viva cavalidade. Em mim um muito de todos, pompas, fachadas (aquelas fotografias meu Deus, modelo-magia das suásticas, os acordes, o vivo prateado sobre o rosto de tantos, cintilâncias), em mim um muito do outro, um quase tudo, um existir para a morte esse meu muito do outro e uma exceção, a minha, ser tudo de mim, ser Axelrod, desnudado me pertencer e ser esse que confessa agora suas pompas seus acordes seu vivo prateado, cintilâncias, pensar que sei de tudo

há povos tarântulas

há homens tarântulas

há o homem com seus vapores de senilidade e suas jovens perguntas

escuta meu filho, se queres ver o trem te apressa, mais um pouco e ele passa gemendo, ando com meu pai, é manhãzinha, mastigo o pão no caminho, vamos vamos, tu mesmo é que te afogas no choro se não vês o trem, anda

a gente vai ver o maquinista outra vez? E como podes pensar que algum dia não vais ver o maquinista? Corre-se o capim umedecendo as pernas, um grande frescor na cara, um gozo no peito, a mão do meu pai grudada à minha, nervudo pai de ossos alongados, doçura de repente e de repente fúria, cismação, escrevendo nos papéis de embrulho, nas paredes, um olho de opressor te disseram, um olho de estilete, um cicio crescendo tu não te moves de ti o quê pai?

ainda que se mova o trem tu não te moves de ti

E a voz de Haiága cobrindo de calêndulas a frase, se sobrepondo, vem Axel, me puxando, Olha o cheiro que vem vindo da terra, olha como cresceram as amoreiras, terra cheiro calêndulas amoras cada vez que o pai mergulhava naquele refrão, tu não te moves de ti apenas ciciando, depois mais vivo, pra dentro ainda mas aos poucos subindo, depois aos gritos, turvo rouco, ainda que se mova o trem tu não te moves de ti, o que há com o pai, Haiága? São dias, são momentos, há pessoas assim que num segundo fervem, se pensam, entendes? Não. Ele tá louco, Haiága? Não não, apenas se pensa muito, por algumas horas se pensa, pensa em si mesmo, é isso Axel. Como é essa coisa da gente se pensar? Umas lutas com a tua alma do mato, com o lá de trás. Hen? Pois então, é isso, temos duas almas, uma parecida com o teu próprio corpo, assim bonito, andas crescendo, e a outra parecida, difícil de dizer, a outra alma não se parecendo a nada de tudo isso teu. Como é a outra alma do pai? Quem é que sabe, alma de leopardo, onceira, esses bichos grandes, raros. Raro é ouro, o pai é raro?

Ah isso ele é, meu menino, isso sim ele é. Raro cada um de nós, raro cada movimento aparentemente habitual, sento-me ao lado da janela, os cílios se tocaram num segundo e um segundo antes vi o ser do cachorro olhando o trem, o corpo torto, ele inteiro exsudando angústia, lá na escuridão das vísceras movi-me inteiro vendo o cachorro exsudar angústia, e aqui neste clarão, sentado neste corrido de trem, o moço me olhando à minha frente, o moço não viu que me movi por inteiro, que no ser do cachorro olhando o trem também eu Axelrod-cachorro, a cada dia, na minha anterioridade, no meu Antes, também eu-tu-moço um dia olhando alguém que se soube num segundo tomado de sua alma primitiva, e no clarão, sentado, composto, acendendo o cigarro me distancio de tudo o que sei

há tempos que eu não andava de trem. e você?

quase sempre. vou ver a família e

hein?

e também uma amiga

vai ver a família ou a amiga?

Descontraiu-se, ajeitou-se ao banco, e coerente com descontração e ajeitamento, coerente com a leveza sorriso da pergunta, sorriu de grandes dentes, chatice não estar lá ao lado, e o medo sempre de quê? Bem de tudo, a outra pode me esquecer não é? amar um outro, um perigo danado por aí. Que perigo? Sei lá, cara, até na morte a gente pensa quando ama, isso do amor, quer saber, a gente pena um bocado. Vejo o avesso das casas, os quintais, gaiolas, varais, vejo o fundo das fachadas, uma meninazinha defecando junto à cerca de tábuas, mais lento o corpo cascoso do trem se movendo, mangueiras e alguém num sonho me dizendo que à escura senhora muito lhe apetece esse gosto amarelo e esse cheiro molento das mangueiras. A escura senhora. A morte. Alguém me dissera em sonhos que a morte gosta de mangas? Por quê? Haiága nunca teve mangueiras, uma sim, uma única mangueira atrás do casebre de ferramentas do pai, lá onde havia cismação, nos papéis de embrulho, nas paredes escrevendo há povos tarântulas, homens tarântulas, Vitória rainha engolindo povos, hunos engolindo muitos, claros engolindo escuros, o que é tarântula hen? Dizem, filho, que quando ela pica, a gente canta e dança, licosa tarântula adentrando o mundo, os homens, o coração do homem é uma tarântula, filho, por isso corta a ponta das adagas, de muitas, e pontilha o teu coração, uma arma de carne pontilhada de pontas e então esmaga. Adaga? Fere como a ponta da faca, esmaga as tarântulas. Um ao lado lá dentro me dizendo: porra que pai, tu só podia pifar com esses discursos nada veneráveis.

bem, isso é verdade, quando se ama a gente pena um bocado e, e não é que vale a pena?

Quando se ama. Atolado de mel. Axelrod-criança crescendo e não coincidindo com a geometria do outro, ouvindo lendo livros ensaios jornais, vivendo sua vontade de inerência viu o todo do mundo, cruezas, viu o duro de tudo, compreendeu Haiága com seus cáctus cizais, seus rígidos perigosos, seu afastamento, compreendeu o pontudo, atolado de mel Axelrod recebia do outro a ferida, o furo, uma rede textura extensa de selvageria, apalpando-se melado tateava o süss, o dolce, o doux, o doce de si mesmo, segregando doçuras se soube em retração, encolhendo ela pode ser macia a tarântula, dulcíssima... Hein?

Um mel escuro, um belo tufo imóvel, sonolento, um agasalho fofo, uma armadura de teias, te sentirás melhor debaixo dela, melhor do que debaixo de uma colcha de ventos, te cobrirás de um efetivo puro. Aspirou esse ser oculto, alagado de nojo vinculou-se, o pai dizia o revés, propondo um envoltório de pontas para matar a aguda maciez, ele seria o ser de todos, o escuro encarnado, a grande maioria, se há em todos o nítido obscuro, Naquele que se diz O Um há certamente uma fatal veludez, o corpo desejado, recuam se te veem, sempre se assustam se veem a semelhança, o ideal modelo. Tu não te assustarias se visses a ti mesmo em múltipla dimensão, tua nuca, tuas costas, teu todo contorno, tuas ancas? Porque é verdade, Axelrod, que jamais te vês, o olho do outro te examina e tu apenas refletes o espelho--outro, filmado, fotografado, mas ainda não és tu, não o essencial, o essencial numa profundidade iluminante num oco insuspeitoso

onde vivem as tarântulas?

na gruta, nos desertos, nos vãos, em ti

em mim, pai?

Nunca aparecem, diz Haiága, olha, eu que tenho visto o equivalente ao lixo do mundo, nunca vi uma, vi essas atrás dos quadros, essas da grama, aquelas muitíssimo pernilongas, umas mínimas, cala a boca, Haiága, tu entendes bem pouco do que eu digo

quase tudo, e também a membrura do opressor que transmite ao filho.

para que se acrescente, não se dobre, para que se examine, se aceite núcleo de medo, que não arrebente, não estufe num alagado de doçuras.

tu és bem doce quando te deitas comigo.

isso é diferente, mulher, és bem macia e plantas os teus duros, cáctus, alcachofras, e andas também como um cavalo mas gor-

jeias, galopes, trinados, conheço essas velhacarias de fêmea, esse
ser um e outro, mas meu filho vai ser um.
duro por fora, cozido por dentro
não importa, contanto que não vejam o escavado molengo do
de dentro.
Viajor imóvel o trem avança e um ímã poderoso me retém,
penso que me movo Einstein meu bem, mas movo-me atrás de
minhas costas, cordas do espaço-tempo segurando o fardo do
meu corpo, a aldeia está distante, à frente, o trem avança e eu
recuo avançando, o pai está morto e eu o trago de volta, falas ao
meu ouvido pai, num jorro tormentoso, e queres saber? Muito
me satisfaz o ainda não te entender por inteiro, se eu te entendesse estaria agarrado à lucidez mas estaria louco, livre como tu
mas louco, e ainda não, apesar dos relâmpagos aderentes à fala,
de um cinzento corroído de umidade, de uns vermelhos que não
compreendo, neste instante na paisagem de fora vejo bacias e
varais e uma mulher me olha um segundo antes de enterrar a
faca nos costados de um porco, a saia levantada, o animal entre
as pernas, guinchos espirram na janela, e o süss de um sorriso
antes da cutelada, por que me olhou a mulher, por que me sorriu
antes de enterrar a faca? Por que me molhei de um jato, sem esforço, autômato num espasmo?
o senhor se assustou? que precisão hem? afinal não parecem tão
frágeis
quem?
as mulheres. o senhor viu não viu?
Ah sim. Assustei-me um pouco sim, perdão vou lavar o rosto, o
pescoço, precisão sim, trêmulo dou grandes passos, ando pausado, agarro-me aos bancos, aliviado vejo livre o mictório do
trem, esqueço o lenço e agarro a maçaneta fria, a mão fervente,
entro, e dobrado sobre a pia, a água escorrendo, expulso gosmas e palavras: que ainda não entendo, que se colou a mim um
isso grotesco e espasmódico, que ser assim é fazer parte do Isso
imundo do mundo, Axelrod-verdugo então conseguiste hein?
Fala-me, por favor Haiága, do cheiro da terra, de amoreiras, sus-

pende as calêndulas sobre os meus atos, perfuma teu menino, repete a tua frase: homem, teu filho não entende, não vês que não entende? não vês que é um menino? Tu não te moves de ti, tu não te moves de ti, ainda que se mova o trem tu não te moves de ti, por favor, Haiága, fecha os meus escavados, sutura as grandes janelas que me fiz, o escuro explodindo no vermelho, a violência da víscera, o estufado grosso reprimido, minha cintilante precisão, fecha os meus meios mato-me a mim se me compreendo, vou até onde, pai, imóvel me movendo? Até uns claros confins? A um alagado de nojo? Alagado de nojo me esfuçalho, interiorizo o porco, sou um daqueles que correm em direção ao fundo, agrido-me como se fosse dono da verdade, como um cristão, como todos os cristãos que até hoje carregam o monopólio da luz como se o caminho fosse um, um só, Eu sou a Verdade, eu não o sou, se te encontrasse bêbado Homem Um, alagado de nojo como eu mesmo, numa luta corpo a corpo com teu sexo, numa fantasia torpe, se te encontrasse ao lado da figueira dizendo outras palavras, não aquelas, não as amaldiçoadas, abençoando, porque o mais certo era abençoá-la, não era tempo de figos e não dá figos a figueira se não é o seu tempo, então bêbado, louco-criança, alisando o tronco, compreendendo (porque ninguém compreende mais as coisas do que um bêbado,) se te encontrasse ali, doçura amolecida porque compreendendo, mas ainda difuso e turvo porque compreendendo, o sexo na mão como eu mesmo neste instante, olhando minha raiz de violência, prazer se me cobres de sangue, se te cubro de excremento, se te encontrasse ali bêbado louco-criança se perguntando fundo dessa estranheza, dessa ferida de ser e de existir, a mim me perguntando:

Axelrod Silva, também sentes o todo como eu? um todo entrelaçado de sangue e violência? também te sentes homem como eu?

sim Jeshua, trêmulo como um mártir porco entre as pernas da mulher, trêmulo porque existindo.

também te sentes Axelrod Silva como um bêbado olhando o mundo, compreendendo sem poder verbalizar o compreendido?

também isso Jeshua, quase colado à fronteira da loucura, pronto para o pulo, mas homem que sou coexistindo cúmplice do meu próprio fardo.

Bêbados abraçados, olhando a lua, banais, espiando os sapos, convictos assassinando com toda precisão, juntos num mictório de trem, soluçando, tu não te moves de ti, movo-me um pouco sim, meu pai, movo-me da mesma forma que te movias na casinhola de ferramentas, rouco, movo-me como aqueles cinco ou seis que pensamentearam no casebre, sussurros, cicios, folhetos, folhetins, afrescos, movo-me cobrindo de palavras o meu muro, ainda não sei se é possível juntar palavras possuídas da mesma precisão da cutelada, frases de vivida unidade, frases como um triângulo, triângulo sempre antes de mim de ti, e ainda que soubesse não teria certeza onde esse isso de saber me levaria, A que lugar me levaria o meu dizer-precisão? A um jardim triangular no paraíso? tem gente?

tem gente sim

pô, cara, já tem seis na fila, tá doente?

Um pouco sim, perdão, isso do trem às vezes me faz mal, perdão, o cara tá amarelo mesmo, com licença, não precisa me segurar não, por favor não demora moço, a minha menina aqui tá muito apertada, vai na frente então, a gente sempre se aguenta.

Aguentamo-nos porque a morte está logo ali, aqui se quisermos, morte escura senhora lambedora de sumos, linguagem do meu sonho, alguém dizendo a outro alguém enquanto me equilibro pelos corredores — ai vida pequenina e brevezinha — ah sim e também tão comprida se resolves retomar inesgotável a trilha lá de trás e o tempo triplo, um passado sem ponta, sem raiz, os começos sempre ao meio, porque o início de ti, o teu primeiro, o carregoso Axelrod que te tornaste não sabe desse início, podes regressar como se começasses mas sabes de antemão que jamais te repensas no teu real começo, estou ao meio ainda que me inicie lembradiço, exúbere me penso, mas minha verdade pode ser aquela quando sugava o teu seio, terra-humanidade, um Axelrod primeiro, leitoso pequenino, ou um de pedra, ou apenas uma larva, ou um verdoso mínimo ou pertencendo idêntico à tua matéria, terra, depois espelhos sucessivos presentes e futuros e um primeiro espelho refletindo juventude tensa e viajora, ver a namorada nuns fins que não me lembro, olhar sonâmbulo no trem a paisagem de fora e ver só o visível, a precisão da cutelada, túrgido de medo só sentir sentimentos-perigo, pensar a morte sim, mas só porque podia te perder, respondendo baço um perigo danado por aí, não vendo o homem convulso à tua frente, nem suspeitando o corpo aguilhoado que ele viria a ter, um corpo sempre em guerra com o mundo, uma paranoica coerência porque se revia repetindo atos e jamais apreendendo, coerente sim com a História, repetindo sempre. Movi-me agora? movemo-nos? Tentando rever, catalogando, buscando a mão que colocou o primeiro novelo no primeiro suporte, girando todos juntos, o fio do primeiro no segundo, o segundo no terceiro enovelando, uns moles múltiplos, gosmas em toda a extensão do fio, estou aqui na ponta e devo recuar e descobrir coisas de um Axelrod bizantino, seus paradoxos, seu quase todo ininteligível, pergunto fatos e me respondo tortuoso, pergunto de concretudes e vem um sopro, tenuidade, emoções, ou vem o bizantino histórico "paraíso do monopólio, do privilégio, do paternalismo" (permito-me um aparte: idêntico ao painel de agora,) ou vem Axelrod-mosaico, viajo para te ver melhor, inteiro, distanciado reconhecer o momento, o lugar onde te fizeste opressor. Uma cena de caça? uma bela cena doméstica? uma estória de amor? um grande mosaico onde te descobres desejoso de santidade, de uma vida ascética? E lembro-me apenas de um retrato, morenosa, gordota, minha namorada, uns pezinhos redondos, um olhar espertinho, uma banalidade exemplar, frívolo coraçãozinho, o corpo cheirando a talco ross, uma única pedra de um mosaico insólito minha namorada, e suas caretices, a blusa ajustada aos seios, exibidora, nada de tecidos bizantinos ouro e prata, reduzidas palavras, nenhuma agressão, não me cuspiu na cara, não me chamou de corno nem de puto, era doce a pobrezinha, faz um esforço Axel, quem sabe amoleceste na primeira noite hen? houve uma primeira noite? Ah isso houve, uma bela besteira, uma corrida, fui enfiando como um asmático respira, ansioso, uns chiados, tropeçando e depois recolocando, e a outra e seus discursos patetas na minha nuca. Cortar a língua às mulheres, tênues, volumosas ou franzinas todas um pouco idiotas, sentientes imprecisas, ronronando imprecisões, afinal que costela foi essa hen ó de Cima, que Sein pretendias hen? Unir-se, Axelrod, unir-se a alguém, é disso que precisas. A quem? À História? Como se ela fosse alguém essa falada História, penugenta andando por aí, como se ela fosse real, olha aí a História, tá passando aí, olha pra ela, olha a História te engolindo, jantas hoje com a História, os filhinhos da História, Marat marx mao, o primeiro homicida, o segundo tantas coisas humanista sociólogo economista agitador, ó tão fundo esse segundo, tão História tão Estado. E que terceiro, ó gente, que terceiro.

já leu Marx?

maçante aquilo tudo

mas leu?

sim, o que pude conseguir, as cartas aos amigos dizem mais dele do que tudo

que límpido ordenado, que precisões hen? liberdade pra quê? liberdade têm os outros de te montar em cima, de te arrancarem o naco de carne da boca, tens medo de que te tirem o que se não tens nada? Marx meu amor, te amei tão História, Mao e Shu vocês também, que soerguido vital, que caminhadas que floração, que linguagem, e fui relendo, anotando, cintilantes esquemas, destrinchações, como se eu fosse jantar com a História logo mais, como se eu fosse meter com a História, as pernocas abertas da História, as coxonas cozidas de tão faladas, o vaginão da História, vermelhusco, baboso, e o meu fiapo magro nadando lá por dentro

já leu tudo, menino? já sabe tudo de mim, como me fiz, o que sou?

sim dona História

viu que gente de primeira já andou por aí?

sim dona História

e que sangueira hein filho? que linguagens, que porte, que pompas Vou entrando na História, endurecendo, vou morrendo explodindo em faíscas, a cavernosa vai me comendo, ímã gozoso, já não sou Axelrod Silva, sou nomes, fachadas, sou máscara, já não penso, pensam por mim, sou credo, sou catecismo, sou bandeira, sou acorde, sou principalmente Político, o peito teso empinado, tenho ideias mas já não sou Axelrod Silva, tudo o que quiserdes, menos eu, a História me chupa inteiro, a língua porejando sangue goza filhinho

sim dona História, vou indo, estou cheio de ideias, tenho dúvidas, tenho gozos rápidos e agudos, vou te apalpando agora, o povo me olha, o povo quer muito de mim, gosto do povo, devo ser o povo, devo ser um único e harmônico povo-ovo, devo morrer pelo povo, adentrado nele, devo rugir e ser um só com o povo, Axelrod-povo, Axelrod-coesão, virulência, Axelrod-filho do povo, HISTÓRIA/POVO, janto com meus pais, sopa de proletariado, pãezinhos mencheviques, engulo o monopólio, emocionado bebo a revolução, lento vou digerindo o intelecto, mas estou faminto, estarei sempre faminto, cago o capitalismo, o lucro, a bolsa de títulos, e ainda estou faminto, ô meu deus, eu me quero a mim, ossudo seco, eu.

doutor, o trem tá parando, vai parar aqui um pouco.

chegamos?

imagine doutor, ainda falta, o senhor está suando muito, quer um refresco? posso ajudá-lo?

vai parar aqui?

uma boiada, e ao mesmo tempo uns enguiços na máquina, uma hora talvez, não mais

devo descer então?

esticar as pernas doutor, é melhor, o senhor está suando muito, uma mancha vermelha aí

onde?

na sua testa, dormiu de mau jeito, não foi? a testa encostou nesse duro da madeira, não foi?

Vermelhosuras da História, devo descer mas ela não me larga, grudou-se, chutar a cabeça da História, chutar a bola-cabeça em direção à trave, também joguei sim senhores, joguei, ia chutando a cabeça de muitos naquela única bola, esfacelei uns branquicentos moles, a mim mesmo chutei, chutei minha comensurabilidade, meu limite, meu finito fibroso, minha putrescível cabeça, minha vermelha dura fixa cabeça, ah um ocre que vi e não me esqueço, num canto, a parede rebrilhava num branco exibido obsceno e no canto aquele ocre, esqueceram-se, eu perguntei, esqueceram-se de pintar aquilo ali? Aquilo onde? cruzes, cara, aquele ocre ali, olhavam-me, não viam ocre algum, ah mas que ocre, senhores, que ocre, como a fundura de um peixe, escamas ocres lá no fundo, como certos chamalotes, um vermelho-ocre tafetoso, uns estilhados de ruído, aquele ocre ali, que fogaço mínimo, mas que luz a luz daquele ocre. Devo suportar o que me vem, vem vindo, minha cabeça de laca, de sangue esmaltado, efêmero tu mínimo, Axelrod, habitante de um planeta mínimo, bola planeta de uma risível estrela desta Via, lactente pequenino se pensando inchado em abastança, ridículo pequenino abasbacado, laca diluída nas tuas veias, coágulos, então Axelrod te moves quando pensas? ou circulas no teu ridículo espaço com a pompa dos pavões, o peito purgando adjetivos, togado, promotor, te acuso Axelrod Silva de se supor a si mesmo um pretenso diferenciado de fornicar a História com teu magro minguado. Te acuso de indecências, de pensamenteios, de friorentas ideias, nunca te moverás, maquinista do Nada. podemos descer juntos, o senhor quer? há uma colina mais adiante e abetos como?

não nada, sim, pode ser bom caminhar até a colina, foi isso que pensei, andar um pouco enquanto o trem, olhe, acenderam as luzes, podemos ver o trem de longe iluminado.

Esguio, de passadas lentas, a nuca magra, o olhar é de um cinzento alagado, tenso de ombro e omoplata, discorre pausado de topografias, que à nossa frente, esta, se parece a outras que já viu mas não se lembra onde, que viu tão pouco de tudo e que por isso deveria lembrar-se desse pouco onde, olhe ali, há queimadas, se não vou me cansar até o pequeno topo, não não, imagine eu digo, também nem tanto, quarenta e dois anos ainda suportam um passeio na tarde, e há esse frescor, esse caimento, o cheiro dos abetos. Como? O cheiro desses verdes, ah sim, parecem estranhos, o mundo também, a forma das coisas, é um gavião lá no alto? Sim, pode ser, e me diz que não quis dizer que eu lhe parecia velho, que nem pensou nisso quando perguntou se eu não me cansaria até o pequeno topo, digo que não me importo com esses luxos da idade, que aos vinte temos muitas certezas e depois só dúvidas.

certeza de nada eu tenho

exceção. Aos vinte pontifiquei, tinha um orgulho danado, um visual pretensamente sábio

como?

discorria claro sobre as coisas, pensava que via

o senhor é professor?

sim, História

Apressado me interrompe, entre eu e ele um espesso, por que me interrompe? entre eu e ele uns afastados, parece desejar chegar ao topo, sim porque deve ser bonito ver o trem lá embaixo iluminado, da História diz que não sabe nada, da sua própria estória sim, começa a correr como se me esquecesse, bem assim também não, correr na subida já maltrata coronárias coração, escuto-lhe a risada quinze passos acima, vejo-o de frente, longo, um nítido de sol numa das faces, não, não devo subir mais, o espesso desmanchando-se, está vivo à minha frente como se fosse o primeiro vivo visto, digo que o moço está tão vivo e tão adequado àquele espaço, tão singularmente colocado que

vamos, venha, ou desço para te ajudar?

Desço para te ajudar, íntimo, caloroso, estendeu os braços, amplo, lento pensando o passo vou subindo, o visível pensado me diz que há um medo se construindo em suor e vazios, o visível pensado não nomeia este medo, não deveria subir mas vou subindo, amasso com meus pés os tufos verdes, fixo-me nos sapatos, moles, úmidos, as meias molhadas, um ridículo Gólgota, sorrio, falta um, não deveriam ser três? Ele e os dois, e faltam

cruzes, os dois viram-no subir lá do alto das cruzes? E faz falta a multidão, os lamentos, e a hora da subida não foi esta, subiu a que hora Jeshua? ao meio-dia? A hora, seis e meia a minha, ridiculez de subida, a camisa empapada, tenho cheiros? cheiro como um homem, aprumo-me, sou um homem, tropeço, estou de bruços, de bruços pronto para ser usado, saqueado, ajustado à minha latinidade, esta sim, real, esta de bruços, as incontáveis infinitas cósmicas fornicações em toda a minha brasilidade, eu de bruços vilipendiado, mil duros no meu acósmico buraco, entregando tudo, meus ricos fundos de dentro, minha alma, ah muito conforme seo Silva, muitíssimo adequado tu de bruços, e no aparente arrotando grosso, chutando a bola, cantando, te chamam de bundeiro os ricos lá de fora seo Silva brasileiro, seo Macho Silva, hô-hô hô-hô enquanto fornicas bundeiramente as tuas mulheres cantando chutando a bola, que pepinão seo Silva na tua rodela, tuas pobres junturas se rompendo, entregando teu ferro, teu sangue, tua cabeça, amoitado, às apalpadelas, meio cego cedendo, cedendo sempre, ah Grande Saqueado, grande pobre macho saqueado, de bruços, de joelhos, há quanto tempo cedendo e disfarçando, vítima verde-amarela, amado macho inteiro de bruços flexionado, de quatro, multiplicado de vazios, de ais, de multi--irracionais, boca de miséria, me exteriorizo grudado à minha História, ela me engolindo, eu engolido por todas as quimeras.
machucou-se?
nem um pouco
Trêmulo me levantando, eu Axelrod me levantando porque o Grande Saqueado deixo ali de bruços, descola-te de mim, eu sozinho sou mínimo, alavancas do sonho, as impossíveis para te levantar, ideias palavras abstrações textos dialéticas, impossíveis alavancas de sonhos impossíveis, beijo-te as nádegas, brasilíssima fundura, teus gordos aparentes, beijo lívido tua escura saqueada rodela, te pranteio
me dá tua mão Axel
A mão do moço, pesada, curta, seca, não está em emoção, a palma toca a minha, molhada, a voz num tom de sacristia, baixa

respeitosa, me dá tua mão, Axel, (comeu-me o sufixo, não importa) talvez me veja um pouco abade, abacial, tenho ares de, apesar da magreza, abade Axelrod, ali vai Axel o abade, amanhã ventrudo, tropeçou, vê só, me dá a tua mão, Axel, que tons, como se os turíbulos tivessem passado há um segundo, como se eu lhe tivesse dado escapulários, obrigado abade Axel, posso lhe beijar a mão? vou me levantando inteiro abade, curvado vou me fazendo, tento chamar a velhice, fazer ares de, quero ser velhíssimo neste instante, e agachado correndo, num urro senil estaco. E numa cambalhota despenco aqui de cima, nos ares, morrendo, deste lado do abismo.

TIPOGRAFIA Warnock
DIAGRAMAÇÃO Elisa von Randow e acomte
PAPEL Pólen Natural, Suzano S.A.
IMPRESSÃO Geográfica, maio de 2023

A marca FSC® é a garantia de que a madeira utilizada na fabricação do papel deste livro provém de florestas que foram gerenciadas de maneira ambientalmente correta, socialmente justa e economicamente viável, além de outras fontes de origem controlada.